Zu diesem Buch

Steht Deutsch auf der Liste bedrohter Idiome? Ja, es sieht so aus, sagt Dieter E. Zimmer, der Literaturkritiker, Übersetzer, Herausgeber, Buchautor und Wissenschaftsreporter der ZEIT. In diesem Buch breitet er das von ihm in Jahren gesammelte Material aus – und man liest es höchst amüsiert, fühlt sich aber ständig auch blamiert, weil man selber dauernd Pidginbrocken in den Mund nimmt. Zimmers Befund: «Niemand kann sagen, ob der Punkt, an dem es für einige europäische Sprachen keine Rettung mehr gibt, bereits erreicht ist und wann er erreicht ist. Niemand kann aber auch sagen, er sei noch nicht erreicht; erst recht nicht, er werde nie erreicht.»

Zimmers Essay «Die ausländischen Wörter» über die Immunschwäche unserer Sprache ist der längste in dieser Sammlung. Der zweitgrößte Aufsatz heißt «Die berichtigte Sprache». Darin geht es um PC, «politische Korrektheit»: ihre ursprünglich konstruktiven Motive, die heute zu fundamentalistischen Sprachdiktaten und Denkverboten, zu einer linguistischen Polizeiordnung geworden sind.

Der Autor

Dieter E. Zimmer, geboren 1934 in Berlin, studierte Germanistik und Anglistik in Deutschland und den USA und lebt seit 1959 als Redakteur der ZEIT in Hamburg.

Weitere Veröffentlichungen: «Ich möchte lieber nicht, sagte Bartleby» (1979), «Der Mythos der Gleichheit» (1980); «Die Vernunft der Gefühle» (1981), «Schlafen und träumen» (1984/86), «Tiefenschwindel» (1986), «Redens Arten» (1986), «So kommt der Mensch zur Sprache» (1986), «Experimente des Lebens» (1989), «Die Elektrifizierung der Sprache» (1990/97).

Dieter E. Zimmer ist der Herausgeber der «Gesammelten Werke» von Vladimir Nabokov, die seit 1989 im Rowohlt Verlag erscheinen und 25 Bände umfassen werden. Außerdem zahlreiche literarische Übersetzungen (u. a. Nabokov, Joyce, Borges). 1982 erhielt er von der Deutschen Gesellschaft für Psychologie den Preis für Wissenschaftspublizistik, 1990 den Medienpreis für Sprachkultur der Gesellschaft für deutsche Sprache.

Dieter E. Zimmer

Deutsch und anders –
die Sprache im
Modernisierungsfieber

Rowohlt

4. Auflage November 2004

Veröffentlicht im Rowohlt Taschenbuch
Verlag, Reinbek bei Hamburg, Juli 1998
Copyright © 1997 by Rowohlt Verlag GmbH,
Reinbek bei Hamburg
Der Beitrag von Urs Widmer ist mit freundlicher
Genehmigung des Autors abgedruckt
Alle Rechte vorbehalten
Umschlaggestaltung Büro Hamburg/Susanne Schmitt
Gesamtherstellung Clausen & Bosse, Leck
Printed in Germany
ISBN 3 499 60525 2

Inhalt

Neuanglodeutsch — 7
  Über die Pidginisierung der Sprache
  Hundert Computerbegriffe in zehn Sprachen — 86

Die Berichtigung — 105
  Über die Sprachreform im Zeichen der Politischen Korrektheit

Eine Neue Herzlichkeit — 181
  Über den Wandel der sprachlichen Manieren

Zwischen Sie und Du — 193
  Über eine bleibende Verlegenheit

Abschied von Illusionen — 201
  Über den internationalen Status der deutschen Sprache

Die Mythen des Bilingualismus — 215
  Über Mehrsprachigkeit

Schrift gegen Bild — 226
  Über das Lesen in einer Zeit des Sehens

Papier und Elektrizität — 245
  Über die Bibliothek der Zukunft

Grammätik — 252
  Über Fehler und wie man sie garantiert nicht vermeidet
  Falsche Sätze – Gebrauchsanweisungen — 267

Schone Gruse aus dem Netz 272
Über die rechte Schreibung in der E-Mail
Verlustbilanz – Zeichensatznormen 293

Ausstellung ist verpestet 297
Über den PC als Übersetzerlehrling
Drei Versuche 308

Übersetzen als darstellende Kunst 315
Über eine mißverstandene Berufstätigkeit
Urs Widmer, Kettenübersetzung 344

Jahrhundertwerk 355
Über das Rechtschreibdebakel

Die Abschaffung des Eszett 360
Über einen entbehrlichen Buchstaben

Aus dem Kauderwelschen 366
Über Sprachennamen

Glossar 370

Bibliographie 373

Neuanglodeutsch
Über die Pidginisierung der Sprache

Ist die deutsche Sprache fremdenfeindlich? Seit Hunderten von Jahren wird sie purgiert, gereinigt, sind ausländische Wörter nicht willkommen, werden «Fremdwörter» vertrieben, oder sollen sie vertrieben werden. Aber das ist nur die eine Seite. Auf der anderen werden seit Hunderten von Jahren «Fremdwörter» von überall her herbeigerufen, bewundert und gehätschelt, haben sie sich in großer Zahl und dauerhaft angesiedelt.

Beides ist richtig. Die deutsche Sprache war abwechselnd fremdenfeindlich und fremdenfreundlich und zuweilen beides zugleich. Sprachliche Xenophobie wie Xenophilie haben eine lange Tradition. Sie haben sich gegenseitig bedingt und angefeuert. Was sich aus dem Streit der Gegensätze ergab, war dann der Status quo einer maßvollen mittleren Position. Sie blieb prekär, weil eigentlich keine der Parteien sie gewollt hatte.

Unsere heutigen Schwierigkeiten, ein «mittleres», vermittelndes Verhältnis zu den in unsere Sprache zahlreicher denn je einströmenden ausländischen Wörtern zu finden, sind ein Reflex auf eben den xenophobischen Strang der deutschen Sprachgeschichte, von dem wir, wenn auch zu Unrecht, meinen, er hätte im Nazistaat seinen Höhepunkt erlebt. Verdient es irgend etwas Deutsches, in seiner Eigenart bewahrt zu werden? Zum Beispiel die Sprache? Schon die Frage setzte heute jeden, der sie stellt, dem Vorwurf der Deutschtümelei, der Deutschdümmelei aus.

Das Thema existiert darum einfach nicht. Die Sprachwissenschaften haben ohnehin längst allem «Normativen» abgeschworen und die bloße Beschreibung des Vorgefundenen zum Programm erhoben: Das Volk spricht, die Wissenschaft beobachtet es beim Sprechen und erklärt dann, wie es spricht. Wie es sprechen sollte, will sie unter keinen Umständen mehr sagen. («der duden behauptet, er is keine entsheidungsinstanz sondern sreibt nur wi di bevölkerung sreibt. di bevölkerung widerum behauptet, si sreibt nur wi der duden sreibt. und nimand is imstande, ein machtwort zu sprechen» – so faßte der Schriftsteller Zé do Rock, der sich selber eine ‹Ultradoitsh› genannte Rechtschreibung zurechtgelegt hat, die Situation zusammen.) Es gibt zwar allerlei Akademien und Vereinigungen, die sich mit Sprachfragen befassen, aber keine, die sich des Themas annehmen wollte und dann mit unverdächtiger Autorität sprechen könnte. Die Medien fürchten verständlicherweise den Nationalismusverdacht besonders, und man weiß ja auch nie, wen man eigentlich hereinließe, wenn man die Tür öffnete – weiß es besonders dann nicht, wenn man selber kein Urteil hat, wie zum Beispiel in diesen undurchsichtigen Sprachdingen, wo jeder etwas anderes behauptet und keiner je recht zu haben scheint.

Es muß jedoch sein – wenn auch hoffentlich auf eine Art, die den Verdacht deutschtümelnder Borniertheit im Keim erstickt (unter anderem durch die ungenierte Verwendung von «Fremdwörtern»). Die Sprachentwicklung nämlich hat eine Richtung eingeschlagen, die den Fortbestand nicht nur des Deutschen, sondern etlicher europäischer Sprachen in Frage stellt. «Über Sprachverderb wurde von jeher gejammert, die Sprache aber hat alles immer ganz gut verkraftet, und auch jetzt wird sie es wieder tun» – nur zu gerne würde man sich mit dieser gefaßten Zuversicht zufriedengeben. Aber das Tempo der Sprachentwicklung, die sich vor unseren Augen vollzieht, macht solche abwartende Lässigkeit zumindest riskant. Schneller als erwartet könnte es zu spät sein.

Es wäre ungerecht und geradezu falsch, der ganzen Verdeutschungsbewegung der letzten Jahrhunderte fremdenfeindliche und nationalistische Motive zu unterstellen. Solange Deutschland ein Konglomerat teilweise untereinander verfeindeter Fürstentümer war und keine Nation, konnte es einen sprachlichen Nationalismus sowieso noch nicht geben. Die meisten «Sprachreiniger» wurden von keiner Feindseligkeit gegen Nichtdeutsches getrieben und erst recht nicht von dem Glauben, daß die deutsche Sprache anderen überlegen sei. Im Gegenteil, ihr Hauptmotiv war ein Gefühl der Unterlegenheit: Sie sahen, daß die deutsche Sprache für vieles, worüber sich die Gebildeten der Nachbarländer unterhielten, keine eigenen Worte hatte und sich mit teils mißverstandenen und verballhornten fremden Wörtern behelfen mußte. Auch aus dem ungefügen Deutsch, meinten sie, sollte eine anständige Literatursprache werden. Nicht besser als andere Sprachen sollte es sein, nur ebensogut. Sie haben es geschafft, und schon darum haben sie nicht den leichtfertigen Spott der Nachfahren verdient, die das, was einmal erst erdacht und durchgesetzt werden mußte, nun als ihren selbstverständlichen Besitz betrachten. Das andere Hauptmotiv lautete: Verständlichkeit. Die Verdeutscher stießen sich daran, daß die fremden Wörter, die nur ein kleiner Teil der Bevölkerung auf Anhieb richtig sprechen und richtig verstehen und richtig gebrauchen konnte, Sprachbarrieren entstehen ließen. Von einem demokratischen Impetus vor der Zeit zu sprechen, wäre übertrieben. Aber jedenfalls glaubten sie, daß eine Sprache dazu dasein sollte, die Menschen zu verbinden und nicht zu trennen.

Wenn man sich heute alte Verdeutschungsglossare ansieht, erwartet einen manche Überraschung. Zunächst erschrickt man über die Wunderlichkeit vieler ihrer Erfindungen: *Gesichtserker* für *Nase*, *Jungfernzwinger* für *Kloster* (beide vorgeschlagen von Philipp von Zesen, einem Mitglied der 1617 in Weimar nach dem Vorbild der italienischen Accademia della crusca gegründeten Fruchtbringenden Gesellschaft) – bis heute dienen sie als abschreckende Beispiele dafür, wie aussichtslos und lächerlich die ganze Verdeutscherei ist und immer war.

Dann aber ist man überrascht, wie viele dieser gewollten und gekünstelten Verdeutschungen sehr wohl Fuß gefaßt haben, so daß schon lange niemand mehr etwas Gewolltes oder Gekünsteltes an ihnen findet. Es scheint uns ganz unvorstellbar, daß es diese Wörter nicht schon immer gegeben haben soll und jemand sie sich eigens einfallen lassen mußte, Wörter wie *Zufall* (im 14. Jahrhundert für lateinisch ‹accidens› gebildet), *Jahrhundert* (für lateinisch ‹saeculum›, 17. Jahrhundert), *Gewissensbiß* (für lateinisch ‹conscientiae morsus›, 17. Jahrhundert), *Geschmack* (für italienisch ‹gusto›, 18. Jahrhundert), *Tatsache* (für englisch ‹matter of fact›, 18. Jahrhundert), *Abteil* (für französisch ‹coupé›, 19. Jahrhundert). Derselbe Philipp von Zesen, der den *Tageleuchter* (für ‹Fenster›) und den *Reitpuffer* (für ‹Pistole›) erfand, erfand auch das *Gotteshaus* (für ‹Tempel›), und im Augenblick ihrer Erfindung waren alle drei Wörter gleich artifiziell; jene sind es geblieben, dieses nicht.

Dies ist die dritte Überraschung und die heilsamste: Es läßt sich den Wörtern partout nicht ansehen, warum das eine verworfen und das andere akzeptiert wurde. Im ersten modernen Fremdwörterbuch, das gleichzeitig «erklären» und «verdeutschen» sollte, stellte der Braunschweiger Schriftsteller und Sprachforscher Joachim Heinrich Campe im Jahre 1801 systematisch fremde und eigene Verdeutschungsvorschläge zusammen, hauptsächlich für die damals modischen Gallizismen. Auch hier wieder wirken manche bizarr, etwa *Druffel* für ‹groupe›, *Barschenkler* für ‹Sansculotte›, *Lügenzicht* für das (damals noch französisch ausgesprochene) ‹Dementi›, *Haarkräusler* für den ‹Friseur›. Andere dagegen wirken heute ganz und gar selbstverständlich, etwa *Feingefühl* für ‹Takt›, *Brüderlichkeit* für ‹fraternité›, *Minderheit* für ‹minorité›,

Streitgespräch für ‹Debatte›. Aber warum hat sich Campes einer Vorschlag für die Guillotine, *Fallbeil*, durchgesetzt, sein anderer – *Köpframe* – nicht? Warum seine eine Eindeutschung von ‹république›, *Freistaat*, aber sein nachgereichter besserer Vorschlag *Gemeinstaat* nicht? Warum wurde seine Eindeutschung von ‹Universität›, *Hochschule*, angenommen und auch sein *Hochschüler* (für ‹Student›), aber nicht sein *Hochlehrer* (für ‹Professor›)? Ist *Mischklump* oder *Wust* etwa unanschaulicher als ‹Chaos›? Allerdings, *Gelehrtenverein* wäre etwas umständlicher und eine Silbe länger als ‹Akademie› gewesen – aber ist *Übungskunst* umständlicher als *Gymnastik*, *Anderswo* länger als ‹Alibi›, dessen wörtliche Übersetzung es ist? Ist nicht *Weingeist* sogar kürzer als ‹Alkohol›? Ist *Hochholz* schwieriger als ‹Hautbois› oder dessen orthographische Assimilierung als ‹Oboe›? Ist *Bankbruch* ungenauer oder schwerer zu schreiben als ‹Banquerott›? Über Annahme oder Ablehnung eines Vorschlags entscheiden offenbar Gründe, die wir nicht übersehen – man kann auch sagen: der Zufall. Sobald der Zufall ein Wort über die gewisse Schwelle geführt hat, fällt alles Angestrengte, Artifizielle von ihm ab, und in kurzer Zeit steht es da als das immer schon Richtige.

Wenn man sieht, wieviel Scharfsinn, Einfallsreichtum und Gewissenhaftigkeit Leute wie Campe auf einzelne bescheidene Wörter verwendet haben, wird man kaum umhinkönnen, unsern heutigen Umgang mit ihnen leichtfertig und verantwortungslos zu finden. ‹Ironie› – was wäre das auf deutsch? *Scheinunwissenheit*, *Spottlob*, *Hechelscherz*, wie von anderen vorgeschlagen – war da Campes *Schalksernst* nicht ein wirklicher Fund? Und dennoch hat es ihm nichts genützt. Von all den Wörtern, deren Verdeutschung Campe empfahl, ist höchstens ein Drittel verschwunden, und die meisten von ihnen nicht, weil eine Verdeutschung an ihre Stelle getreten wäre, sondern weil sie sich schlicht überlebt haben – eine deutliche Warnung, die Erfolgsaussichten selbst der umfassendsten, schöpferischsten und auf breite Zustimmung gestützten Verdeutschungsaktionen nicht hoch einzuschätzen. Daß zwei Drittel von Campes verdeutschten Fremdwörtern heute, nach zweihundert Jahren, immer noch lebendig sind, ist indirekt eine Antwort auf die Frage, ob die deutsche Sprache insgesamt fremdenfreundlicher oder fremdenfeindlicher war: Sie war fremdenfreundlicher.

Das Überleben so vieler fremder Wörter, für die deutsche Entsprechungen nicht nur angeboten, sondern in der Folge auch durchaus akzeptiert wurden, beweist den nicht erst in unserer Zeit immens hohen Wörterbedarf einer entwickelten Sprache. Offenbar kann eine Sprache nie genug Wörter bekommen. Wörter, besonders vielgebrauchte, verschleißen sich und müssen erneuert werden. Anfängliche Synonyme geben die Möglichkeit zu feinen Nuancierungen der Bedeutung, die jedem von ihnen ein dauerhaftes Daseinsrecht verleihen. In vielen, sehr vielen Fällen jedenfalls nahm die Sprache beides an und behielt beides bei, das Fremdwort und die Verdeutschung, die *Möbel* wie den *Hausrat*, das *Quartier* wie das *Viertel*, die *Absurdität* wie den *Widersinn*. So waren selbst diese großen und planvollen Verdeutschungsanstrengungen ein Erfolg und ein Mißerfolg zugleich. Ihre Absicht, die Fremdwörter auszumerzen, erreichten sie ganz und gar nicht. Dennoch bereicherten sie die deutsche Sprache um vieles, was immer noch unverzichtbar ist.

Auch die Gleichung «Eindeutschung gleich Deutschtümelei gleich Nazidenken» ist nicht haltbar. Der Sprachpurismus ist um Jahrhunderte älter als die Nazis, und die dachten in dieser Sache ganz anders. Er organisierte sich zuletzt 1885 im Allgemeinen Deutschen Sprachverein, einem deutschnationalen Club unter dem Motto: «Gedenke, auch wenn Du die deutsche Sprache sprichst, daß Du ein Deutscher bist!» Sein Ziel: nichts, was sich auch mit einem deutschen Ausdruck sagen läßt, mit einem Fremdwort zu sagen. Die Sprache seines militantesten Fremdwortjägers klirrt in der Tat so martialisch, daß sie von den Nazis sein könnte: «Die weltgeschichtliche Stunde hat geschlagen, von der ab alle Leisetreterei in dieser höchsten Frage deutschen Volkstums endlich aufhören und der rücksichtslose Ruf erschallen muß: ‹Sprich deutsch!›» (Eduard Engel, 1917). Entsprechend suchte sich der Verein dem Nazistaat anzudienen, von dem er sich die Erfüllung seiner linguistischen Germanenschwärmerei versprach. Aber vergebens bemühte er sich, ihnen auch nur die eigenen reichlich benutzten Fremdwörter auszureden (*Autorität*, *Garant*, *fanatisch*, *Mission*, *Propaganda*). «...unser Goebbels (wird) noch einmal so freundlich lächeln, wenn der Führer ihn in *Werbeminister* umtauft», schrieb einer zuversichtlich. Goebbels lächelte nicht. Die Nazis dachten gar nicht daran, sich ihre Lieblingsfremdwörter anschwärzen und verbieten zu lassen. Sie hatten ganz anderes im Sinn als ein Volk nur germanische Wortstämme benutzender Untertanen. Schon in ‹Mein Kampf› hatte Hitler die rückwärtsgewandten «Rauschebärte» mit Verachtung gestraft: «Wenn irgend etwas unvölkisch ist, dann ist es dieses Herumwerfen mit besonders altgermanischen Ausdrücken, die weder in die heutige Zeit passen, noch etwas Bestimmtes vorstellen... Das ist wahrer Unfug...» 1937 rügte Goebbels offiziell die Deutschtümelei der Puristen, und 1940 dann schaffte Hitler nicht nur die Fraktur ab – ein Führererlaß ordnete kurzerhand an: «Der Führer wünscht nicht derartige gewaltsame Eindeutschungen...» (Nachzulesen ist der Fall in einem immer noch frischen Grundtext der sich vom Nationalsozialismus erholenden Germanistik, Peter v. Polenz' ‹Sprachpurismus und Nationalsozialismus›.)

Es war also gar nicht das zur Demokratie bekehrte Nachkriegsdeutschland, das die Fremdworthatz abblies; es war Hitler selber. Womit nicht gesagt sein soll, daß sich Nazitum und Sprachpurismus nicht teilweise durchaus aus dem gleichen Geiste nährten. Die führenden Mitglieder des Allgemeinen Deutschen Sprachvereins hielten sich für Nationalsozialisten und glaubten, mit der Nazifizierung Deutschlands sei nun endlich ihre Stunde gekommen. Es war ein Fall von enttäuschtem Liebeswerben.

Die einzigen offiziellen, staatlichen Verdeutschungsaktionen fanden im neunzehnten Jahrhundert statt. Sie betrafen das Militärwesen, die Eisenbahn und die Post, besonders diese. 1874 ließ der Generalpostmeister Heinrich von Stephan nicht weniger als 760 französische Wörter durch deutsche ersetzen: *mandat* durch *Postanweisung*, *poste restante* durch *postlagernd*, *rekommandieren* durch *einschreiben*, *remboursement* durch *Nachnahme*, *retour-recipissé* durch *Rückschein*, *couvert* durch *Umschlag*. Den Gründer des Weltpostvereins dürften dabei kaum Xenophobie und borniertes Nationalismus geleitet haben. Die meisten dieser Lehnschöpfungen haben sich durchgesetzt und offensichtlich keinen sprachlichen oder politischen Schaden gestiftet.

Heute ist die Deutsche Bahn dabei, die Verdeutschung wieder rückgängig zu machen. Was im neunzehnten Jahrhundert aus dem Französischen ins Deutsche herübergeholt wurde, *Waggon* und *Perron* und *Coupé* und *Billet*, wird heute ebenso offiziell und systematisch aus dem Deutschen in eine Art Englisch befördert: *Ticket*, *Service-Point*, *Ticket-Counter*, *Autoshuttle*, *Park & Ride*, *PostGepäck Set*, *BahnCard First Teen*, *CityNightLine*, alles bedient von allerlei *Teams*, die es in diesem Sinne im Englischen nicht gibt. Früher waren die Züge, nach der Dichte der Stopps, unterteilt in FD-Züge, D- oder Schnellzüge, Eilzüge, Personen- oder Bummelzüge. Heute heißen diese vier Zugarten: *InterCityExpress*, *InterCity*, *InterRegio*, *CityExpress* oder *RegionalExpress*; was nebenbei auch die Bummelzüge zu *Expressen* aufwertet. Die Deutsche Bahn könnte geltend machen, daß sie dem internationalen Verkehr diene und darum kosmopolitisch radebrechen müsse. Das aber war gewiß nicht der Grund. *InterCity-*

Night klingt einfach schneller und komfortabler als *Schlafwagenzug*. Es verkauft sich besser.

Und doch, und doch. So harmlos sich die ganze Verdeutschungsbewegung in der Rückschau ausnimmt – manchmal «fruchtbringend», manchmal kurios –, so war sie doch von Anfang an von einem fatalen Fehler befallen, der sie am Ende geradewegs in die (unerwünschten) Dienste der nun tatsächlich fremdenfeindlichen völkischen Gesinnung führte. Der Fehler bestand darin, einzig Wörter germanischer Herkunft als deutsch anzuerkennen: eine Ethnisierung der Sprache, die genauso verfehlt war wie der Versuch, die Germanen als eine reine arische Rasse zu etablieren. So lange sich ein Wort auch bereits im deutschen Sprachgebiet aufgehalten, sosehr es sich in dieser Zeit auch akklimatisiert hatte: war es nicht garantiert germanischer Herkunft, so wurde es vielfach als verdeutschungsbedürftig angesehen. Mit dem Vordringen der römischen Steinbauweise waren beispielsweise auch deren lateinische Begriffe nach Mitteleuropa gelangt, und sie waren dort schon seit althochdeutscher Zeit heimisch, Wörter wie *Fenster* (aus ‹fenestra›), *Kammer* (‹camera›), *Keller* (‹cellarium›), *Mauer* (‹murus›), *Pfeiler* (‹pilarium›), *Pforte* (‹porta›), *Ziegel* (‹tegula›). In mehr als einem halben Jahrtausend waren daraus jedermann geläufige und formal durch und durch deutsche Wörter geworden. Dennoch betrachteten manche Puristen sie als fremd und verdeutschungsbedürftig, wie eben auch das *Kloster* (‹claustrum›) und die *Nase*, die fälschlich nichtgermanischer Herkunft verdächtigt wurde; tatsächlich rührt ihre Verwandtschaft mit dem lateinischen ‹nasus› schon aus indogermanischer Zeit. Der Fehler war ebendieser zwanghafte Blick zurück in das manchmal täuschende Dunkel der Wortgeschichte. Die «diachronische» Betrachtungsweise triumphierte in solchen Fällen über die «synchronische»: Nicht, ob das Wort zu der betreffenden Zeit den Wortbildungsregeln des Deutschen entsprach und auf seine Benutzer so deutsch wie nur etwas wirkte, interessierte, sondern woher es früher einmal in die deutsche Sprache gelangt war.

Auch die Annahme, daß ein Wort germanischer Herkunft allemal das verständlichere wäre und darum den Vorzug verdiente, war ein folgenschwerer Irrtum. Ein Wort germanischer Herkunft ist für den deutschen Muttersprachler keineswegs von vornherein durchsichtiger als ein nichtgermanisches; oft ist es genau umgekehrt. Als die Bahn sich im neunzehnten Jahrhundert auf das alte Wort *Schaffner* besann, war das nicht verständlicher, als es ein *Kontrolleur* gewesen wäre. Wer nur die seltsame Lehnschöpfung *Eisenbahn* gehabt hätte, um auf das neue Fahrzeug zu schließen, nicht aber eine Vorstellung von der Sache selbst, für den wäre es ebenso nichtssagend gewesen wie ‹chemin de fer›. Daß das neue Wort gar nicht verstanden wurde, zeigt die Sinnverschiebung vom Weg zum Vehikel – anfangs konnte man nur ‹auf der Eisenbahn› fahren, dann aber bald nur noch ‹mit› ihr. Wer das Kunstwort damals verstand, muß sich so gewundert haben, wie man sich heute wundern würde, wenn jemand ‹mit der Autobahn› führe.

Ein Wort wird nämlich nicht erst verstanden, wenn man seine Etymologie versteht. Die versteht man sehr oft nicht im mindesten, und es müssen erst Sprachwissenschaftler kommen und sie in mühsamer historischer, fast archäologischer Arbeit freilegen. Die Bedeutung eines Wortes lernt man einzig und allein, wenn man lernt, wofür es in der Gegenwart verwendet wird, welchen Begriff, welche Sinnstelle es abdeckt. Seine Herkunft spielt dabei keine Rolle. Manchmal erleichtert sie das Raten, manchmal führt sie es in die Irre, manchmal bleibt sie völlig undurchsichtig. Wer dem eigenen Wortschatz das Wort *unwirsch* hinzufügt, hat von seiner germanischen Herkunft (‹unwert›, ‹unwillig›) gar nichts; es könnte auch beliebig anders lauten.

Wörter kommen über die Sprachgrenzen, verändern beim

Gebrauch ihre Gestalt und ihre Bedeutung, werden zu konventionellen Symbolen für die Begriffe, mit denen die Sprecher zu hantieren belieben, und keines ist schlechter, weil es irgendwann einmal aus der Fremde kam. Das war der Fehler des Purismus, und er hatte schwerwiegende Folgen.

Vermutlich in keinem anderen Sprachgebiet gibt es so viele «Fremdwörterbücher» wie im deutschen. Fremdwörterbücher, aus den «Verdeutschungswörterbüchern» des neunzehnten Jahrhunderts hervorgegangen, verzeichnen nicht etwa nur die eigentlichen fremden Wörter. Ihren Hauptinhalt bildet, was die Sprachwissenschaft Lehnwörter nennt: in Lautung, Beugung und Schreibung dem Deutschen mehr oder weniger, oft vollständig angeglichene Wörter. So werden sie von einer Auflage zur nächsten fremd gehalten. Faktische Assimilation zählt wenig. Einen Anspruch auf Naturalisation gibt es nicht. Fremd bleibt fremd. Es ist, als würden zum Beispiel die Polen, die in den Gründerjahren in die deutschen Industriegebiete strömten, bis heute in Ausländergettos festgehalten. Auch wenn viele irgendwann in die allgemeinen Wörterbücher eingelassen werden, sozusagen in den Fabriken des großmütigen Gastlandes arbeiten dürfen, etwa die schon im achtzehnten Jahrhundert aus dem Niederländischen entlehnte *Pampelmuse* (das niederländische ‹pompelmoes› ging seinerseits auf ein tamilisches ‹bambolmas› zurück): vor dem Sprachtribunal hilft es ihm nicht, es bleibt ein Fremdwort, «undeutsch» eben. Dabei kommt es der Sprachgemeinschaft bereits viel zu deutsch vor, so sehr, daß sie ihm heute das Fremdwort *Grapefruit* (‹Kreepfrut›) vorzieht, das nicht, schön durchsichtig, an ‹Pampe› und ‹Mus› denken läßt – so wie die Obstsafthersteller eines Tages beschlossen, die viel zu deutsche *Apfelsine* (entstanden aus dem niederländischen ‹appelsina›, ‹Apfel aus China›) durch die edler, weil exotischer klingende *Orange* zu ersetzen, die einmal auch nur ein französierter holländischer ‹Oranienapfel› war.

Es ist oft gerätselt worden, warum das wohl größte Wörterbuch der deutschen Gemeinsprache, der ‹Brockhaus Wahrig›, 220 000 Stichwörter enthält, das größte englische Wörterbuch, der ‹Webster III›, aber 460 000. Sollte der Wortschatz des Englischen tatsächlich mehr als doppelt so groß sein wie der deutsche? Wahrscheinlich ist er wirklich etwas größer als der deutsche, zum einen, weil es für etliche Begriffe im Englischen ein germanisches und ein romanisches Wort gibt (zum Beispiel neben ‹pig›, ‹Schwein›, das Wort ‹pork› für dessen Fleisch), zum andern, weil sich Englisch weniger auf Kompositbildungen verläßt als Deutsch und darum mehr Morpheme lebendig halten mußte. Aber über doppelt so viele sind es auf keinen Fall. Der Unterschied dürfte sich vielmehr vor allem daraus erklären, das der ‹Webster III› auch all das enthält, was in Deutschland in «Fremdwörterbücher» verwiesen würde oder gar in «Fachwörterbücher», die nichts anderes als Fremdwörterbücher für Fachsprachen sind. «Fremdwörter» sind im Englischen einfach nicht im gleichen Maß aus dem allgemeinen Sprachschatz ausgegrenzt.

Wörter kommen über die Sprachgrenzen herein, und zwar nicht als Flüchtlinge, sondern als geladene Gäste, einige werden abgewiesen, die meisten werden aufgenommen und mit der Zeit assimiliert, und sosehr sich auch manche über den Zustrom echauffieren, die Sprache ist daran offensichtlich nicht zugrunde gegangen, hat davon sogar profitiert. Wenn dies jahrhundertelang so war, warum sollte es dann nicht jetzt und in aller Zukunft wieder so sein?

Es ist immer riskant, daraus, daß etwas in der Vergangenheit gutgegangen ist, zu schließen, es werde auch in Zukunft gutgehen. In mehrerlei Hinsicht ist die Situation heute eine andere, und so könnten auch die Folgen andere sein.

Erstens: In der Vergangenheit war der Einstrom fremder Wörter und Wendungen jeweils zeitlich begrenzt. Entsprang er einer Mode, so versiegte er, wenn die nächste an der Reihe war. Diente er der Abdeckung neuer Begriffsfelder, so war der Bedarf irgendwann gesättigt. Der heutige Zustrom aber wird nicht eines baldigen Tages versiegen; im Gegenteil, mit der wachsenden weltweiten Verflechtung aller Lebensbereiche wird er weiter anschwellen. Außerdem wird die Beschleunigung der technischen und wissenschaftlichen Entwicklung dazu führen, daß wir es mit immer mehr neuen, bislang namenlosen Dingen zu tun bekommen, die zunächst einmal ihren fremden Namen mitbringen. Auch an der Richtung dieses Stroms wird sich in absehbarer Zeit nichts ändern: Es wird sich weiter um eine Anglisierung handeln. Die Erwartung, daß der Vorgang sich auch diesmal selber limitieren werde, dürfte also eine Täuschung sein.

Zweitens: In der Vergangenheit war der Gebrauch der fremden Wörter auf bestimmte, relativ isolierte Sprecherkreise beschränkt. Der Adel und das Militär des siebzehnten und achtzehnten Jahrhunderts riefen Französisch zu Hilfe, Kaufleute und Musiker Italienisch, die Wissenschaften Latein und Griechisch, Seefahrer und später Sportsleute Englisch. Auf einigen Gebieten (beim Militär und der Post) wurden die Fremdwörter durch planvolle Verdeutschungen wieder beseitigt. Sofern sie sich aber nützlich machten, weil sie nämlich Dinge und Vorgänge benannten, für die das Deutsche keine ebenso handlichen Begriffe bereitstellte, wurden sie eingebürgert – aus Fremdwörtern wurden Lehnwörter, und im Laufe der Zeit konnten manchmal nur noch studierte Etymologen denen die fremde Herkunft ansehen. Auch das fremdwortreichste Deutsch, das je gesprochen wurde, das französierende Deutsch der ersten Hälfte des achtzehnten Jahrhunderts, blieb eine Schichtensprache, die des Adels und der bürgerlichen Oberschicht. Ludwig Reiners, der Verfasser der ‹Stilkunst›, zitiert das folgende hübsche Gedicht aus der Zeit nach dem Dreißigjährigen Krieg: «Reverierte Dame, / Phönix meiner Ame, / gebt mir Audienz, / Eurer Gunst Meriten / machen zu Falliten / meine Patienz.» Das Volk, die

Masse jedoch drückte sich weiterhin anders aus, und wenn sie einen Gallizismus übernahm, tat sie ihm anverwandelnde Gewalt an, machte aus dem hauchzarten ‹bleu mourant› ein bedudeltes *blümerant*, aus dem Kramzeug der ‹quincailleries› die *Kinkerlitzchen*, aus der *tête* (Kopf) den *Deez*. An der Basis war man eben nicht so *etepetete* (was vielleicht aus niederdeutsch ‹ete›, geziert, kommt, vielleicht aber aus französisch ‹être, peut-être›).

Die heutige Anglisierung scheint auf den ersten Blick ebenfalls auf einzelne sachliche oder soziale Bezirke beschränkt. Beim zweiten Blick aber sieht man, daß niemand mehr um sie herumkommt. In mindestens einem dieser Lebensbereiche hält sich jeder einmal auf; die meisten in mehreren. Da einige eine besondere Domäne der Jugend sind, verinnerlichen die Heranwachsenden von vornherein ihre Sprachregeln; sie werden für sie zum Maßstab des Angemessenen – und wenn die Jugendlichen eines Tages zu Konservativen geworden sind, werden sie das anglisierte Deutsch für das einzig normale halten und ebenso halsstarrig verteidigen wie frühere Konservative das ‹th› und heutige Konservative das angeblich griechische ‹ph› oder ‹rh›. Diese Lebensbereiche sind: die Wissenschaften, die sich internationaler Konkurrenz stellen, also vor allem die Naturwissenschaften; der Computerbereich (und zwar nicht nur der benutzerabgewandte Bezirk der Informatiker unter sich, sondern ebenfalls die Schnittstelle zum Benutzer); der Bereich Reise/Verkehr/Tourismus; viele Zonen der Wirtschaft; die stark trendbestimmten Bereiche Werbung, Mode, Popmusik. In diesen Bereichen ist heute ein großer Teil, in den extremeren Fällen schon die Mehrzahl aller sinntragenden Wörter (im Unterschied zu den Funktionswörtern) englisch.

Das ergibt dann solche Sätze: *Bei den gemateten Hefestämmen wurde die Genedisruption über einen Southernblot und der Expressionslevel des getaggten Proteins in einem Westernblot gecheckt* (Diskussion unter Molekularbiologen). *In der Pipeline ist das Upgrade eines Kalibrationskits für Proofscreenmonitore und als Highlight ein Digitizer für CAD-Applikationen* (ein Computermagazin). *Miles & More führt ein flexibleres Upgrade-Verfahren ein: Mit dem neuen Standby oneway Upgrade-Voucher kann direkt beim Check-in das Ticket aufgewertet werden* (Lufthansa). *Praktische Erfahrungen im Total Quality Management und/oder Business Process Re-engineering haben unsere Senior Berater/innen als externe Consultants oder in einem in-house-Team erworben* (eine Stellenanzeige «der Wirtschaft»). *Der Shootingstar unter den Designern bekam Standing ovations für die supercoolen Outfits mit den trendigen Tops im Relax-Look* (ein Modemagazin). *Der letzte Gig der Band zeigt einmal mehr, daß der Trend zum Crossover geht, diesem ausgeflippten Sound-Mix aus Heavy Metal und Rap, der seine Fans unter weißen Unterschichtkids hat und zunehmend in die Charts gelangt* (frei nach einem Nachrichtenmagazin). Nahezu jedes Inhaltswort ist in diesen Sätzen ein englisches. Die deutsche Sprache liefert solchen Sätzen nur noch das Füllmaterial. Und das Vertrackte ist: «deutscher» ließe sich das gleiche auch gar nicht sagen. Deutsch hat sich auf diesen Gebieten verabschiedet und seinen Platz einem oft miserablen Englisch überlassen.

Wer nicht wahrhaben will, daß es so steht, lese etwa folgendes Bekenntnis der Hamburger Modeschöpferin Jil Sander im Magazin der ‹Frankfurter Allgemeinen›, welches die Interviewerin mit den in den Sanderschen Ateliers arbeitenden «Menschen vieler Nationalitäten» entschuldigt: *Mein Leben ist eine giving-story. Ich habe verstanden, daß man contemporary sein muß, das future-Denken haben muß. Meine Idee war, die hand-tailored-Geschichte mit neuen Technologien zu verbinden. Und für den Erfolg war mein coordinated concept entscheidend, die Idee, daß man viele Teile einer collection miteinander combinen kann. Aber die audience hat das alles von Anfang an auch supported. Der problembewußte Mensch von heute kann diese Sachen, diese refined Qualitäten mit spirit eben auch appreciaten. Allerdings geht unser voice auch auf bestimmte Zielgruppen. Wer Ladyisches will, searcht nicht bei Jil Sander. Man muß Sinn haben für das effortless, das magic meines Stils.*

Hervorstechendstes Kennzeichen des öffentlichen Neudeutsch, dem nur entginge, wer keine Einkäufe machte, keine Zeitungen und Prospekte läse, niemals das Haus verließe, sind heute jene unzählig überall aus dem Boden schießenden Pseudowörter, die durch das hastige Zusammenleimen irgendwelchen Wörterbruchs oft englischer, oft aber auch nur vage internationaler Provenienz gebildet wurden. Es müssen viele Beispiele sein, nicht weniger als hundert, um die Allgegenwart des Phänomens zu belegen. Dabei bleiben Firmennamen und Messen, die schon lange vorwiegend auf diese Weise gebildet wurden (*Eurofly*, *FlexTime*, *OrgaComp*), ausgespart. Jeder brauchte sich am nächsten Kiosk nur ein paar bunte Zeitschriften zu kaufen, um die Zahl mühelos zu vervielfachen – der Methode ist nämlich Maxi-Kreativ Power zu eigen: *Airpaß, Antiklau-Code, Anti-Streß-Hit, Antiviren Tool, Aquarobic, Astrolook, Austro-Burger, Autocad-Applik, BahnCard, Barcode Portable, Bike Fit Aktion, Body-Bewußtsein, Branchenmix, Bugfix für Windows Setup, Busineß-Look, Car HiFi, CD-ROM Fan, CitiFonds, Clinique-ServiceTelefon, Convenience Produkt, Copy-Collage, Dauer-Talker, Double Matte, EasyFit Zuschlag, Erotik Clip-Art, EuroCrash-Test Partner, Euro Tec-Park, Europol, Family&Friends Tarif, Fashion-Mix, Fast-food-Info, FlyDrive-Kunde, Fun und Breakfast Szene, Funny-Land, Ghetto-Kid, Gogo-Boots, Hair und Make-up-Artist, High-end Moni, High-Tech Profi, Hipness-Skala, Infopool, Intelligent-Techno-Szene, Intensiv Crash Kurs, (inter)aktive NC-Zapper, InterKombiExpress, InterRegio, Kilo-Pack, Kreativ-Guru, Kult-Bube, Lifestyle-Debut, Low Cost Produkt, Maso-Freak, Media Box, Mediamix, Megastau, Megastore,*

Metroliner, Micro-Mini, Mini-Abo Service, Moisture On-Call, Multi-Layer-Chassis, Multimedia Toolkit, Multivisions DiaShow, Neo-Comic, New-Age-Einkaufscenter, Öko-Set, Office Paket, Online-Chats, Open-air Gefühl, Politthriller, Pop Chor Night, Power Logistics, Prêt-à-porter Showdown, Promi-Paradies, Promotion-Aktion, Pull-Down Menü, Punk-Opa, Quickpick, Reiseshop, Repro Center, Service total, Sick Building Syndrom, Sixties Legende, Ski-Kids Corner, Sleep-Kick-Taste, softes Power-Elixier, Sommer Oldies Gala, Sound-Porti, Spezial Akne-Programm, StartSet, Suspense Gourmet, Technic Center, Telelearning, Topfrisch Discount, Trend-Guide, Trial-and-Error Odyssee, TripHop-Sound, trocken hardboiled Schreibe, Trucker Festival, Tune-Up-Modul, Tuningtips, TV Gameshow-Hopper, Video Chip, Vit-Cash. Damit es jeder glaubt, noch fünf obendrauf: *Aids Gala, Öko-Audit, Onko-Lunch, OsterIntensivWorkshop, Instant-Fick.*

Manche finden es ungerecht, derlei Neuprägungen schnöde als «Wörterbruch» abzutun. Sind es nicht wendige und witzige und vor allem weltoffene Bildungen, zumindest etliche davon, die die Lebendigkeit des Deutschen bezeugen, seine heitere Geistesgegenwart, seine quicke Anpassungsfähigkeit? Sind sie nicht genau, wie wir selber gerne sein möchten? Es läßt sich darüber kaum streiten. Entzücken steht gegen Schaudern, zwei spontane Reflexe, die einander nichts zu sagen haben. Jedoch handelt es sich tatsächlich überwiegend um «Bruch» im buchstäblichen Sinn: verstümmelte Wörter, Wortbruchstücke, teils nur halb verstanden, irgendwo ohne Rücksicht auf ihre Herkunft zusammengerafft, ohne Rücksicht auf die Wortbildungsregeln ihrer Heimatsprache oder des Deutschen zu Wortbastarden kopuliert, manchmal kaum aussprechbar, da man nicht weiß, wo welche Sprache aufhört und welche anfängt oder um welche es sich überhaupt handeln soll. Alle geben sie zu verstehen: nur schnell, schnell! Nach Gebrauch darf man sie gerne wegwerfen. Sie tragen ihre nackte, oft wenig einnehmende Bedeutung, haben keine Geschichte und keine Aura außer der ihrer blanken Neuheit, sind also noch auf lange Zeit für jede Literatur ungeeignet, es sei denn zu satirischen Zwecken. Wer meint, daß auch einer Sprache eine gewisse Würde zukommen dürfe und daß diese nicht ohne eine gewisse Achtung vor ihren Wörtern und Regeln zu haben ist, wird um die Diagnose «Sprachschutt», «Trümmersprache» kaum herumkommen. Aber einzuräumen ist: gelegentlich geht es nicht ohne; und wer damit aufwächst, wird sie zeitlebens für das Normale halten.

Oft wurde die eigentümliche Unfähigkeit nicht nur des Deutschen, sondern aller europäischen Sprachen außer der englischen vermerkt, neue Wörter für neue Sachen zu prägen. Geradezu von einer «lexikalischen Menopause» der nichtenglischen Sprachen war die Rede. Die Diagnose trifft nur bedingt zu. «Richtige» Wörter zwar bilden sie kaum noch. Dafür aber wetteifern sie geradezu in der Neuprägung von Pseudowörtern der beschriebenen Art. Es ist fast, als wäre hier eine neue, internationale Sprache im Entstehen. Ihre Wörter bestehen vorwiegend aus eingeschrumpften und umstandslos aneinandergekitteten Elementen der drei großen europäischen Wissenschaftssprachen, Griechisch, Latein und Englisch, Elementen wie *maxi, mini, mega, makro, mikro, multi, super, neo, anti, pro, re, euro, info, öko, top, fit, mix, tele, audio, video, techno, Center, Park, Shop, Studio, Szene*, und ein recht ansehnlicher Wortschatz ist inzwischen beisammen – es fehlen ihm leider nur noch eine Grammatik und die Funktionswörter für das Arrangement grammatischer Beziehungen, so daß er sich immer noch recht und schlecht den Grammatiken der alten Einzelsprachen anbequemen muß. *YoungMiss multi teleshop... sexydress minicost* – fast geht es schon. Wenn nur nicht die Verben so viele Schwierigkeiten machten. Unbescheiden wie sie sind, verlangen sie in jeder Sprache nach dem Sprachgefühl ihrer Sprecher eine andere Markierung mindestens nach Numerus und Tempus: *tele-*

shops? teleshopt? teleshopped? teleshopte? teleshopó? teleshopait? Wäre diese Verbenhürde eines Tages genommen, hätte man sich zum Beispiel «europaweit» geeinigt, daß einfach immer die englischen Flexionsendungen gelten sollen, weil sie so nett anspruchslos sind, so ließen sich mit diesem Lexikon sofort vollständige Prädikationen bilden, und alles andere würde sich finden, es gäbe kein Halten mehr, die neue Sprache würde produktiv, *OKEuroSpeak* wäre da.

Drittens: In der Vergangenheit stießen die Wortimporte auf eine uneinheitliche und teilweise ungeregelte Sprache. Es mußte sich nicht auf der Stelle entscheiden, ob und in welcher Form sie aufgenommen wurden. Sie konnten sich Zeit lassen, bis sie irgendwo eine Heimstatt gefunden hatten. Heute bleibt keine Zeit für einen langen Assimilationsprozeß. Schon bei der Abfertigung an der Grenze – also bei der Entscheidung darüber, ob ein fremdes Wort hereingelassen wird oder nicht – muß es schnell gehen: Die fremdsprachliche Pressemeldung, die da auf dem Schreibtisch liegt, muß schnell für deutsche Hörer und Leser aufbereitet werden, man kann nicht erst lange überlegen, ob es etwa schon eine deutsche Entsprechung zu diesem oder jenem neuen Begriff gibt, ob man ihn, wenn sie einem nicht einfällt, wörtlich oder frei übersetzen soll oder auch gar nicht. Und die Form, in der ein Wort eingeführt wird, ist in der Regel auch schon die endgültige. Die Sprache trifft ihre Entscheidungen sofort; Korrekturmöglichkeiten gibt es dann kaum noch.

«Die Sprache hat...», «Die Sprache tut...» – wir können gar nicht anders, als von der Sprache zu sprechen, als sei sie ein lebender Organismus, ein handelndes Wesen. Wer aber ist das Subjekt der Sprache, das da entscheidet, was sie zu tun und zu lassen hat? Wer treibt die Sprachentwicklung voran? Ist es eine vornehme Elite der sprachmächtigsten, kultiviertesten Angehörigen des Gemeinwesens? Sind es im Gegenteil die Bedenkenlosesten, Unverfrorensten? Sind es die Sachverständigen der Akademien oder Institute oder Verlage? Ist es irgendein gewähltes Parlament? Sind es Delegierte der «gesellschaftlich relevanten Kräfte»? Ist es schlicht die Gesamtheit ihrer Sprecher? So daß alles, was «die Sprache tut», wie auch immer man es persönlich findet, jedenfalls demokratisch legitimiert wäre, Volkes Wille? Oder gibt es gar keinen Verantwortlichen, ist es doch sozusagen der Geist der Sprache, der da entscheidet?

Wenn man so fragt, zeigt man auch schon auf, daß nichts davon zutrifft. Niemand kommandiert die Sprache, aber sie verändert sich auch nicht von allein; sie gehört allen, aber nicht alle sind an ihrer Entwicklung gleich beteiligt. Das Subjekt der Sprache muß man heute nicht lange suchen. Es sind die professionellen Vermittler, die Medien. Sie erfinden die Neuerungen. Sie entscheiden, ob fremde Wörter in Umlauf gebracht werden sollen und in welcher Gestalt. Sie schreiben ihre Entscheidungen sogleich schwarz auf weiß fest – die Sprachwissenschaftler können sie hinterher nur noch zusammenklauben. Und die Medien haben nicht nur darum einen großen Fremdwortbedarf, weil sie Schritt halten müssen mit allem Neuen auf der Welt. Wenn das Neue ein *non-proliferation treaty* ist, dann muß eben schnell ein *Nonproliferationsvertrag* gebildet werden (eine sogenannte Lehnübersetzung, Glied für Glied), und dabei bleibt es, wenn nicht doch jemandem schnell noch etwas Besseres einfällt wie in diesem Fall, wo ein Kollege das Wort gerade noch rechtzeitig in *Atomwaffensperrvertrag* abänderte. Die Medien verschleißen die Wörter auch schnell und haben einen großen Bedarf an frischen fremden, weil es ihnen widerstrebt, dasselbe immer mit dem gleichen Wort zu benennen. Wie langweilig, zum *Torwart* jedesmal *Torwart* zu sagen – *Torhüter*, *Tormann*, *Torwächter* gibt es doch auch noch, es muß nicht einmal das Tor darin vorkommen, man könnte ja auch *Schlußmann* sagen oder *Mann zwischen den Pfosten*, aber auch das wird langweilig, wie heißt der Kerl denn anderswo, nun, nicht gerade in Andorra, eher in der Heimat des Fußballs – richtig, *Goal-*

keeper oder so ähnlich, was immer das bedeuten mag, noch ein bißchen zu lang allerdings, *Keeper* also oder *Goaler* oder netter *Goalie*. Das ausländische Wort ist sogar besonders willkommen, weil es die leise ironische Distanz ermöglicht, die ein Ausweis der Überlegenheit ist.

Das heißt: etwaige Beschwerden haben Adressaten.

Beim heutigen Fremdwortimport, der weitgehend ein Import aus dem Englischen ist, sehe ich vier Motive am Werk. Zwei sind eher sachlicher Natur, zwei eher emotionaler.

Erstens: Das wichtigste Motiv ist die blanke Notwendigkeit. Es kommen neue Sachen, und sie bringen erst einmal ihren Namen mit, der genau so neu ist wie sie selber. Irgendwie muß man den *Scanner* ja nennen; auch seine Erfinder mußten gerade erst ein Wort für ihn miterfinden. *Abtastgerät? *Abtaster? Was tut ein *Scanner* denn? Tastet er ab? Für das, was er tut, gibt es gar kein deutsches Wort. *To scan*, das heißt unter anderem, ‹seinen Blick prüfend und gleichmäßig über einen Gegenstand hin und her schweifen lassen›, wie ein Radarschirm. Deutsch besitzt das gleiche Wort, *skandieren*, aber hat es versäumt, ihm rechtzeitig die Bedeutung zu geben, die im Englischen nun wie gerufen kommt. Warum also nicht *scannen* und *Scanner*? Es ist so einleuchtend wie praktisch.

Zweitens: Die meist kurzen, knappen, relativ affixfreien, nicht selten anschaulich wirkenden englischen Wörter sind oft weniger umständlich, sind zupackender als etwaige deutsche Entsprechungen. *Stress* ist kürzer als *Anstrengung*, *Campus* ist kürzer als *Hochschulgelände*. Das macht sie attraktiv, manchmal unwiderstehlich.

Drittens: Seit dem Ende des Zweiten Weltkriegs ist Amerika die Leitkultur, Punkt. Selbst Konservative, die vor noch nicht langer Zeit über seine angebliche Kulturlosigkeit die Nase rümpften, müssen einräumen, daß es die Maßstäbe

---

*Das Sternchen steht immer vor konstruierten, nicht gefundenen Beispielen.

setzt. Die Achtundsechziger, denen das imperialistische Amerika politisch verhaßt war, blieben doch unrettbar die «Kinder von Marx und Coca-Cola». Als Leitkultur wirkt es modern, dynamisch, jung, flott, vital, sexy, auch sein Wortschatz, und magisch teilen seine Wörter diese Qualitäten den Dingen mit, die sie bezeichnen. Amerikanische Wörter haben von vornherein eine gewisse Aura, die sie attraktiv macht, einen Nimbus, einen «Flair», wie die Deutschen sagen, obwohl das eigentlich ‹Geruchssinn› heißt und tatsächlich ein ‹Air› gemeint ist. Sie haben Appeal und verleihen Appeal (ein Wort, das keine genaue Entsprechung im Deutschen hat und darum von vornherein willkommen sei). Man muß nur einmal ausprobieren, wie es sich anfühlt, eine *Unterhose* zu tragen oder einen *Slip*, und man fühlt den Appeal auf seiner Haut. Mehr als irgendeine Notwendigkeit oder Vorteilhaftigkeit englischer Bezeichnungen ist dies das Hauptmotiv hinter dem Sprachwandel hin zum Englischen, und genau darum ist er auch nicht zu bremsen.

Zweihundert Jahre lang listeten Fremdwörterbücher Fremdwörter auf, erklärten sie, übersetzten sie; seit 1992 gibt es ein umgekehrtes Fremdwörterbuch (von Heinz Laudel): ‹Zu jedem [deutschen] Begriff das passende Fremdwort› – nicht etwa als Satire auf die Fremdwortmanie der Deutschen, sondern als Tribut an sie – mit seiner Hilfe soll man alles auch aparter sagen können, nämlich mit einem Fremdwort. Es liefert, was ein anderes Ratgeberbuch schon im Titel *ultimative Idioms* nennt. Viele Begriffe, für die es eingeführte und in keiner Weise anstößige deutsche Wörter gab, wurden dennoch von englischen überrannt und besetzt: *Editorial* für ‹Leitartikel›, *Highlight* für ‹Höhepunkt›, *Joint venture* für ‹Gemeinschaftsunternehmen›, *Referendum* für ‹Volksbegehren›, *Shop* für ‹Laden›, *Weekend* für ‹Wochenende› und Hunderte mehr. Die treffende alte Bezeichnung ‹Dauerlauf› hätte in Deutschland niemanden zu einer so ausdauernden und eintönigen Kraftanstrengung motiviert; *Jogging* schaffte es. Das zur Fortbewegung bestimmte Metallgestell mit zwei Rädern hatte längst einen Namen, der weder umständlich noch in irgendeiner Weise verschmockt und altmodisch war: ‹Fahrrad› oder ‹Rad›, beide kommoder als das Schweizer ‹Velo(ziped)›. Seine Renaissance aber erlebte es unter dem Namen *Bike*. Ein *Bike* sei aber doch etwas anderes, nämlich eine Kurzform von *Mountain Bike*, und dieses habe es vorher nicht gegeben? Aber beim Import des *Mountain Bike* kam niemand auf die Idee, es vielleicht *‹Bergrad› zu nennen, obwohl das eine unverkrampfte und vollständige Übersetzung dargestellt hätte. Wer schweißüberströmt auf Schotterwegen berganstrampelt, will wenigstens ein schickes Wort für sein Sportgerät, eines, mit dessen Hilfe er sich in die Marlboro-Welt des Abenteuers versetzt vorkommen darf. Als *‹Bergrad› hätte das Gestell nicht Karriere gemacht; trotzdem ist es natürlich nichts anderes. Die Verständlichkeit der deutschen Bezeichnung spricht manchmal geradezu gegen sie: *Hobby* ist nicht nur kürzer und flotter als ‹Steckenpferd›, es wirft auch nicht die Frage auf, was eigentlich eine Liebhaberei mit einem Steckenpferd zu tun hat, denn den wenigsten ist bewußt, daß ein ‹hobby-horse› nichts anderes ist als ein Steckenpferd.

Wenn das Englische den profanen Dingen jenen gewissen Appeal verleiht, den sie unter ihrem normalen deutschen Namen nicht hätten, so wirken sie damit natürlich auch an der Konstruktion einer Scheinwelt mit. Den schönen Schein könnte man sofort zerstieben lassen, wenn man sie ins Deutsche übersetzte, gar wörtlich. Das Wunder an prompter Hilfe, das einem eine *Hotline* verspricht, würde man von einer ‹Telefonberatung› gar nicht erst erwarten; die wörtliche Übersetzung, ‹heißer Draht›, stünde aber allzu sichtbar als Großsprecherei da und wäre darum erst recht kein Werbeargument. Wenn der schicke *Trash Look* zum ‹Müllaussehen› würde, verlöre sich sofort manches von seinem Charme. Käme der *Double Color Everlasting Lipstick* als ‹zweifarbiger Dauerlippenstift› daher, würde ihn zwar niemand mehr kaufen wollen, aber immerhin sähe jeder sofort, worum es sich handelt. Die Übersetzung ins Deutsche hat oft etwas Entlarvendes – sie führt schnurstracks zurück auf den Boden der Tatsachen. Darum wird sie in der Warenwelt auch so konsequent gemieden.

Viertens: Während die ersten drei Motive mehr oder minder für alle Welt gelten, gibt es eines, das spezifisch für Deutschland ist – die deutsche Identitätskrise, um sie beim neutralsten denkbaren Wort zu nennen. Es ist dies ein sensibler Punkt, über den sich schlecht sprechen läßt, in unpersönlicher Form schon gar nicht. Manche bestreiten, daß es sie überhaupt gibt – die einen, weil ihr Identitätsbewußtsein als Deutsche immer ungebrochen war; die anderen, weil es so gebrochen ist, daß ihnen schon die bloße Konstatierung des Bruchs als ein Ruf zurück zu einem ungebrochenen Nationalismus erscheint.

Für viele Angehörige meiner Generation, die in den Jahren nach dem Zweiten Weltkrieg zu politischem Bewußtsein erwachte, ist sie dagegen eine Grundtatsache ihres Lebens. Die Scham, ein Deutscher zu sein, war für uns nicht, was sie heute ist, eine im Vollbewußtsein der eigenen Rechtschaffenheit vorgetragene Gedenktagsfloskel, sondern täglich gelebte Realität, und zwar schon bevor jener Holländer die Frage nach der Lage der Jugendherberge nicht beantwortete und wortlos davonging, bevor der Däne vorgab, kein Wort Deutsch zu sprechen, bevor die amerikanischen Juden den gemeinsamen Essenstisch stumm verließen – genau das hatten wir erwartet, und wir verstanden und billigten es, auch wenn wir darunter litten. Das Wort ‹deutsch› war in Deutschland für unsereinen keine Empfehlung, und daß einige es noch als eine Empfehlung empfinden mochten, bestärkte uns darin, daß es wirklich keine war. Eines unserer vernichtendsten Urteile lautete, und lautet teilweise immer noch, «typisch deutsch». Das «typisch Deutsche» war das

Ungute schlechthin. Wir waren sehr gerne anderswo und froh, wenn uns dort jemand für eine Weile das Deutsche nicht anmerkte oder es wenigstens nicht so laut sagte. Wir wären gerne etwas anderes gewesen. Nicht alle von uns haben irgendwann eingesehen, daß man seiner Herkunft nicht davonlaufen kann und gerade dann ganz besonders deutsch wirkt, wenn man so tut, als gehöre man im Grunde gar nicht dazu. Die anderen nämlich, die Niederländer, die Juden, die Dänen, sind ohne akrobatische Skrupel einfach, was sie sind, und bringen kein Verständnis für die Subtilität jener inneren Distanzierung auf. Sie sehen in einem gegebenenfalls nur den Deutschen mit der sonderbaren und wahrscheinlich typisch deutschen Marotte, irgendwie keiner sein zu wollen, vielleicht schlimmer noch den Deutschen, der, indem er sich als unbestimmter Kosmopolit ausgibt, sich nur darum drücken will, die deutsche Geschichte auf sich zu nehmen. Wenige von uns haben sich zu der Einsicht durchgerungen, daß sich deutscher Selbsthaß und deutsche Selbstüberhebung auf unheimliche Weise gegenseitig bedingt und hochgeschaukelt haben; und daß wir auch unsern Nachbarn leichter erträglich sind, wenn wir uns nicht von einem Extrem ins andere stürzen.

Solange wir es tun, läßt sich öffentlich nur sehr schwer verhandeln, ob irgend etwas typisch Deutsches, zum Beispiel die deutsche Sprache, es wert ist, in seinem Charakter bewahrt zu werden. Von der einen Seite kommt der vorschnelle Applaus übriggebliebener Nationalisten, die sich endlich einmal einen Bundesgenossen erhoffen, von der anderen aufgebrachter Protest gegen die Wiederbelebung muffiger nationalistischer Regungen – und beide Seiten haben gemein, daß sie das Argument gar nicht ansehen, sondern sich nur gegenseitig im Visier haben.

Es ist uns nahezu unvorstellbar geworden, daß es eine völlig unbegeisterte Zustimmung zur eigenen kulturellen «Identität» (die von der Sprache mehr als von allem anderen konstituiert wird) geben könnte, frei von Hybris und Chauvinismus; daß man das Eigene schätzen könnte, ohne das Fremde zu verachten; daß die Wertschätzung für andere Sprachen sogar wachsen könnte, wenn man auch der eigenen solche Wertschätzung zukommen ließe; daß man die deutsche Sprache lieben könnte, ohne sie für besser als irgendeine andere zu halten – als ein kollektives Werkzeug, dem im Laufe der Jahrhunderte eine Menge Ausdruckskraft zugewachsen ist und in dem gute Literatur geschrieben wurde; oder einfach als das Medium, in dem man wohl oder übel selber denkt und dem man niemals entkommen kann, so englisch oder was auch immer man sich gibt.

Aber niemand wollte doch je Deutsch abschaffen!? Schon recht. Hier war nicht von irgendwelchen Maßnahmen die Rede, sondern von kollektiven Gefühlsströmungen, manchmal auch «Zeitgeist» genannt. Selten artikulieren sie sich offen. Ende der siebziger Jahre hing auf einem TU NIX-Kongreß in der Technischen Universität Berlin unter den Transparenten auch eines mit der Aufschrift «I hate my german language» – ‹german› klein geschrieben und sicher ‹dschörmen› ausgesprochen. Im Juli 1995 ließ eine «Berliner Initiative End Germany!» anläßlich des Volksfests der Reichstagsverpackung eine Resolution drucken, die sich auf den ersten Blick wie ein matter rechtsradikaler Versuch in polemischer Ironie las, dann aber, beglaubigt durch einen Haufen Unterschriften aus dem eher linken Lager, als das Gegenteil zu erkennen gab, nämlich als Freudenruf über das Ende Deutschlands: «Kulturell ist Deutschland eine Kolonie der USA und der Dritten Welt. Freudig entledigt es sich nicht nur seiner Musik, seiner Literatur, seines Films – nun auch seiner Sprache... Wir, die Unterzeichneten, begrüßen das Ende Deutschlands, das wir bisher allenfalls hassen konnten.»

Nicht, daß aus solchen Dokumenten die ganze Wahrheit spräche oder daß auch nur alle Unterzeichner es ernst gemeint hätten. Dennoch zeigt es ein Klima an – und womit jeder zu rechnen hätte, der die grobe politische Inkorrektheit beginge, für den Erhalt des Deutschen an der deutschen Sprache zu plädieren. Es ist ein Klima, in dem eine Sprache nicht nur keine Resistenz gegen Fremdwörter entwickelt, sondern geradezu süchtig nach ihnen wird; ein Klima, in dem an so etwas wie eine deutsche Sprachpolitik überhaupt nicht zu denken ist. Darum ist es auch nicht die reine, abgeklärte Weltklugheit, wenn heute das Argument lautet: Es werde der deutschen Sprache schon nicht zu bleibendem Schaden gereichen, wenn sie einen etwas internationaleren Anstrich bekommt – bloß keine Panik, die nur nationalistische Ressentiments wecken würde! Niemand kann sagen, ob der Punkt, an dem es für einige europäische Sprachen keine Rettung mehr gibt, bereits erreicht ist und wann er erreicht ist. Niemand kann aber auch sagen, er sei noch nicht erreicht; erst recht nicht, er werde nie erreicht. Wenn er jedoch erreichbar ist, stellt sich gestern, heute oder morgen eine kleine, harte, unangenehme Entscheidungsfrage. Darum soll es nicht wahr sein, daß es einen solchen Punkt überhaupt geben kann. Er zwänge einen ja, entweder selber das zu werden, was man unter einem Nationalisten zu verstehen beliebt, oder seine eigene Sprache tatsächlich zum Teufel zu wünschen.

Englisch ist heute die Lingua Franca der Welt und damit die Hauptquelle für die neuen Wörter in vielen anderen Sprachen. Japan exportiert vieles, aber von seiner Sprache nur ganz wenig, und strickt sich für den Export sein eigenes «Amerikanisch», das der Welt den *Walkman* beschert hat, von dem noch nicht einmal Amerikaner wissen, wie der Plural zu lauten hätte. Englisch wird die Hauptquelle bleiben, bis – vielleicht – eines Tages Spanisch doch zur verbreitetsten Sprache der Vereinigten Staaten wird oder bis ein anderes Land, vermutlich am ehesten ein großes asiatisches, die Vereinigten Staaten als Führungsmacht verdrängt und dem Globus eine unvorhersehbare neue Weltsprache opportun erscheinen läßt.

Dazu, daß es einstweilen das Englische ist, kann sich die Welt nur gratulieren, denn es ist eine ausdrucksvolle, nüchterne, flexible, zum Spiel einladende und damit ungemein innovationsfreundliche Sprache, eine würdige zudem, in der hervorragende Literatur geschrieben und der moderne Parlamentarismus konzipiert wurde. Deutsche Puristen haben über das Englische lange die Nase gerümpft, weil es ja unrein ist, ein Amalgam aus drei verschiedenen Sprachschichten: Westgermanisch, Normannisch und Latein. Gerade das aber, die gelungene Einschmelzung heterogener Elemente, macht heute seine strotzende Gesundheit aus.

Im übrigen aber ist das heutige Englisch fremdwortfeindlicher als jede andere europäische Sprache. Daß es keine englischen Fremdwörterbücher gebe, ist zwar nicht richtig; es gibt ja nichts, was es nicht gibt. Es gibt sie, aber sie spielen eine viel geringere Rolle als im Deutschen, eben weil es im Englischen kaum Fremdwörter in unserem Sinn gibt. Die fremden Wörter wurden eingebürgert, und nun sind sie nicht mehr fremd. Der Fremdwörter-Anhang des verbreitetsten amerikanischen Wörterbuchs, des ‹Merriam-Webster›, zählt nicht viel mehr als ein paar hundert Wörter und Wendungen vor allem französischer und lateinischer Herkunft, darunter auch eine knappe Handvoll deutsche, etwa *auf wiedersehen, galgenhumor, kindergarten, schadenfreude, weltanschauung* (Plural *the weltanschauungs*), *weltschmerz, wunderbar*. Etwaige fremdsprachige Einsprengsel werden in Amerika von Lektoren und Redakteuren rigoros wegredigiert, Begründung: unverständlich und damit unzumutbar.

Vermutlich taugt Englisch überhaupt nur darum zur Weltsprache, weil es sich diesen relativ geschlossenen Charakter bewahrt. Deutsch eignete sich wenig, nicht nur wegen seiner umständlichen Grammatik, sondern weil ein Ausländer, der sich um das heutige Deutsch bemühte, Englisch und allerlei anderes gleich mitzulernen hätte. Das erste deutsche Wort, das in einem Sprachkurs des New Yorker Goethe-Instituts an die Tafel geschrieben wurde, so berichtete der Amerikaner Mark Rilla, lautete *Mülldeponie*, das zweite *Recycling*. So wurde den Deutschschülern dreierlei auf einmal klargemacht: daß das heutige Deutschland erstens das Gegenteil von nationalistisch ist, zweitens in der Selbstkritik gleichwohl allen anderen Nationen voraus – und daß drittens die deutsche Sprache gar nicht so deutsch ist, wie ihre Aspiranten vielleicht befürchtet hatten. Dazu paßt ein Stoßseufzer des ungarischen Germanisten Csaba Földes. Die Unterrichtswerke, aus denen Ausländer derzeit Deutsch lernen, seien auf einen so düsteren, selbstkritischen Ton gestimmt, schrieb er, daß sie wenig geeignet seien, «im Ausland Interesse und Sympathie für die deutsche Sprache und damit auch für die deutschsprachigen Staaten zu wecken und zu vertiefen». Gleichwohl seien sie in Deutschland gerade wegen «Vernachlässigung der Realität» beanstandet worden, denn bisher kämen in ihnen «Rollstuhlfahrer, Mongoloiden, alkoholkranke Väter oder gar Mütter» sowie «Gewalt gegen Ausländer, Arbeitslosigkeit, Gewalt in der Schule und Leistungsdruck… Rauchen mit Zwölf, Geschlechtsverkehr mit Vierzehn und Aids» nicht vor. Offenbar fällt es dem Ausland schwer, die Subtilität einer Sympathiewerbung richtig zu würdigen, die vor allem auf Selbstanschwärzung setzt.

Unsere eigentümlich anglisierten europäischen Sprachen erregen bei englischen Muttersprachlern denn auch keineswegs Entzücken, sondern Befremden wie ein dazu noch ungekonnter Anbiederungsversuch. Erstens nämlich unterlaufen bei der Einfuhr natürlich Fehler. So tragen Mädchen nun ein *Body* (statt ein ‹bodysuit› oder ‹tank›), wird *Know-how* genannt, was in Amerika ‹expertise› heißt, ist ein ‹C.E.O.›, ein ‹Chief Executive Officer›, bei uns zu einem *Manager* oder *Topmanager* geworden, eine ‹pin-ball machine› zu einem *Flipper* und ein ‹cellular phone› zu einem *Handy* (als Substantiv gibt es das Wort im Englischen sowenig wie den *Smoking*). Zum anderen verfremdet unsere eigentümliche Aussprache das Englische bis zur Unkenntlichkeit, etwa wenn sie *Curry* (phonetisch 'kʌrɪ) zu ‹Körri› macht, so wie in deutschen Gymnasien zu Anfang dieses Jahrhunderts, *spare ribs* zu ‹Sperr-Rips›, den *airbag* (wegen der deutschen Auslautverhärtung) zu ‹Ehrbeck› oder das *sweatshirt*, das Schweißhemd, (aus purem Unglauben) zum ‹Swietschört›, dem Süßhemd. *Manager im Smoking und Teens im Body, alle spielen Flipper und lieben Handys* – alles Englisch in diesem Satz ist nichtexistent, und das *lieben* ist anglisiertes Deutsch. Auf Engländer muß er wirken, wie der Satz **Spitzchefs in fracks and madles in leibs, all may quassels* auf uns wirken würde.

Besonders groß ist die Peinlichkeit im übrigen, wenn Ausländer, die nur dürftiges Englisch sprechen, sich ausgerechnet darauf verlegen, ihre Sprache mit allerlei amerikanischen Slang-Brocken aufzupeppen: *hi!*, *wow!*, *fuck!* Sie sind wie die Touristen, die sich, kaum in Mexiko eingetroffen, einen großen Sombrero aufsetzen und sich unter dessen breiter Krempe mexikanisch vorkommen. Slang ist ja nicht einfach eine Primitivsprache, die besonders «leicht» wäre. Er ist eine Sondersprache, und als solche erforderte er nicht weniger, sondern mehr Kenntnisse als die Standardsprache. Wer Slang gebraucht, müßte sehr genau wissen, in welchem Milieu und in welcher Situation ein bestimmter Slang-Ausdruck angebracht ist. Leiseste Irrtümer weisen ihn erbarmungslos als das aus, was er in seiner anbiedernden Art am wenigsten sein will – jemand, der nicht dazugehört. Schon die Aussprache verrät meist, daß er eben nicht dazugehört. Ein ‹wau› teilt den Eingeborenen nicht mit, daß hier einer ganz wie sie ist; vielmehr entnehmen sie ihm, daß sie einen komischen Ausländer vor sich haben. Zwar hört man *fuck* nicht in der Art kontinentaler Englischlehrer der Jahrhundertwende ausgesprochen, als ‹föck›, aber als ‹fack› (statt phonetisch fʌk) ist es verräterisch falsch genug.

Englisch gilt als einfache Sprache, Deutsch als schwierige. Daran ist richtig, daß sich Englisch als eine nur noch wenig flektierende Sprache auf einem niedrigen Niveau leichter erlernen läßt als Deutsch. Das notorische Basic English, 1930 von dem Cambridger Sprachwissenschaftler Charles Kay Ogden als Welthilfssprache erdacht, ist darum kein Unsinn, weil sich mit seinen 850 Wörtern und einer Handvoll syntaktischer Verknüpfungen tatsächlich einiges sagen läßt. Es ist zwar kein Englisch, stellt sich aber doch nirgends in Gegensatz zu ihm. Ein «Grunddeutsch» dagegen kann es nicht geben. Es müßte ein rundheraus falsches Deutsch sein. Auf höherem Niveau ist Englisch mit seinem großen und fein nuancierten Wortschatz, seiner überaus reichen und unvorhersagbaren Idiomatik, seiner diffizilen und unberechenbaren Aussprache genauso schwer wie jede andere Sprache. Der Ruf einer leichten Sprache verführt jedoch zum leichtfertigen Umgang mit ihr.

Für deutsche Muttersprachler kommt hinzu, daß Englisch dem Deutschen so nahe verwandt ist. Manche Sprecher scheinen in dem Irrtum befangen, Englisch sei eine Art deutscher Dialekt mit mehr oder weniger den gleichen Wörtern, die nur etwas anders gesprochen und geschrieben werden als ihre deutschen Gegenstücke, man könne sich also einfach bedienen. So werden englische Wörter immer wieder gröblich mißverstanden, werden die ‹faux amis›, die falschen Freunde unter seinen Wörtern nicht erkannt. Das englische ‹vital› ist eben nicht das gleiche wie das deutsche *vital*; jenes bedeutet ‹lebenswichtig›, dieses ‹lebenskräftig›, und das verbreitete *vitale Interesse* entstammt der Unkenntnis. ‹Eventually› heißt nicht *eventuell*. Ebenso ist ‹familiar› nicht *familiär*, sondern ‹vertraut›, ‹fatal› nicht fatal. Das Computerprogramm, das sich mit einem *Fatalen Fehler* verabschiedet, hat das richtige Wort durchaus ungewollt gebraucht. Sagen wollte es ‹verhängnisvoll›, ‹tödlich›, ‹unbehebbar›, aber unbehebbare Fehler haben natürlich etwas Fatales.

Das heißt, wenn Deutsch und Englisch hybridisiert werden, beginnen wegen der Nähe beider Sprachen die Bedeutungen vieler Wörter aufzuweichen. Beim deutschen *fatal* tritt, zunächst aus reiner Unkenntnis, zu der Bedeutung ‹mißlich›, ‹peinlich› die englische Bedeutung ‹unbehebbar›. Wenn sie durch häufigen Gebrauch Allgemeingut geworden ist, könnte sie eines Tages die alte deutsche Bedeutung ersetzen – dann wäre Deutsch um ein schönes Wort ärmer. In einigen Fällen wurden brauchbare deutsche Worte von gleich geschriebenen englischen bereits überlagert und außer Kraft gesetzt: *ausgepowert* (‹in die Armut getrieben›) und *modeln* (‹formen›) werden heute nicht mehr verstanden, *pulen* lädt zur Verwechslung mit *poolen* ein und ist darum nicht mehr sicher, *ausbooten* wird wie *booten* ausgesprochen (ˈbuːtən), also gar nicht mehr als das erkannt, was es ist.

Auf jeden Fall schleichen sich wegen der Nähe beider Sprachen neben den offenen Anglizismen reichlich heimliche ein und bringen die innere Anglisierung des Deutschen voran. Sie sehen aus wie alte deutsche Wörter und Wendungen, wurden aber nach englischem Vorbild entweder umgedeutet oder neugebildet. Sprachwissenschaftler nennen sie Lehnbedeutungen beziehungsweise Lehnfügungen.

Früher konnte man nur einen Brief *adressieren*, heute auch ein Thema oder eine Speicherstelle im Computer, denn das Wort bedeutet nun nicht mehr nur ‹mit einer Adresse versehen›, sondern auch ‹ansprechen›. Es ist gar nicht lange her, da bedeutete *arbeiten* einfach ‹arbeiten›, heute heißt es auch noch ‹funktionieren›, wg. englisch *to work*, so daß es zu Sätzen kommt wie *einige Befehle arbeiten nur mit bestimmten Datentypen* oder gar *Urinal arbeitet ohne Wasserspülung*. Das Verb *konfrontieren* hieß bis vor zehn, zwanzig Jahren einzig soviel wie ‹gegenüberstellen›; heute ist es auch transitiv und bedeutet ‹gegenübertreten› (*er konfrontierte seinen Schöpfer*). *Kontrollieren* bedeutete ‹prüfen›, ‹überwachen› (*an der Grenze wurden sie kontrolliert*), heute aber fast nur noch ‹beherrschen›; das Schild, das die Skifahrer ermahnt, *Kontrolliert fahren!*, wäre vor zwanzig Jahren völlig anders verstanden worden (‹den Liftpaß vorzeigen›). Wer bei dem Satz *die Forscher lernten den Infektionsweg* an eine Schar büffelnder Wissenschaftler dächte, läge falsch: Unter dem Einfluß von *to learn* nimmt *lernen* heute auch die Bedeutung ‹in Erfahrung bringen›, ‹erforschen› an. *Lizenzieren* hieß früher allein ‹eine Lizenz erteilen›: *Die Firma A lizenzierte den Gebrauch ihres Verfahrens durch die Firma B*; heute heißt es auch das Gegenteil, nämlich ‹eine Lizenz nehmen›: *Die Firma B lizenzierte das Verfahren der Firma A* – ein Fall, in dem die Bedeutungsverschiebung zu rechtlich relevanten Mißverständnissen führen könnte. *Lokalisieren* bedeutete früher ‹auffinden›, heute auch noch ‹an örtliche Verhältnisse anpassen› oder einfach ‹übersetzen›; wer in der *Softwarelokalisierung* tätig ist, arbeitet nicht etwa in einem Fundbüro. *Realisieren* bedeutet nicht mehr nur ‹verwirklichen›, sondern auch noch ‹einsehen›. Selbst so elementare Verben wie *lieben* und *hassen* haben unter dem Einfluß des Englischen eine Bedeutungsverschiebung erfahren; waren es einmal die Namen starker Gefühlsbewegungen, so bedeuten sie (neuer Kryptoanglizismus: so *meinen* sie) heute nur noch ‹mögen› und ‹nicht mögen›, mit der Folge, daß dem Deutschen Wörter für diese starken Gefühlsbewegungen abhanden kommen. Das Adjektiv *ultimativ* bedeutete immer nur ‹in Form eines Ultimatums›: ‹Die Besetzer wurden ultimativ aufgefordert…› Als dann ein Wort für das englische *ultimate* (‹höchst-›, ‹letzt-›, ‹Spitzen-›) gesucht wurde, wurde *ultimativ* dienstverpflichtet (*der Premier brachte das ultimative Opfer*). *Administration* war früher rar und hieß nur ‹Verwaltung›; heute bedeutet es auch, was in Amerika die ‹administration› ist, die Regierung. ‹Aktivität› *meinte* seit dem achtzehnten Jahrhundert soviel wie ‹Tatkraft›; heute sind *Aktivitäten* beliebige Beschäftigungen oder Handlungen. Eine *Destination* war die Bestimmung, der Endzweck; heute ist sie auch der Zielort. Ein *Dokument* war früher eine Urkunde; heute ist es das, was man mit einer Textverarbeitung schreibt (*Müssen Sie schnell noch ein Dokument finden...* – gemeint ist nicht die Versicherungspolice). *Drogen* waren Naturstoffe, aus denen Gewürze und Medikamente hergestellt wurden; heute sind sie Rauschgift, und da man einen Kräutertee nun nicht mehr ohne grobes Mißverständnis als *Droge* bezeichnen kann, ist die alte Bedeutung abgeschafft. *Integrität* war einmal ‹Anständigkeit›, heute ist sie auch ‹Vollständigkeit›.

Zuweilen werden ganz und gar verschollene deutsche Wörter ausgegraben, weil sie im Englischen eine Entsprechung haben. Ein Friedensprozeß hat heute nicht einfach Schwung, er hat *Momentum*. Eine *Option* war ein befristetes Kaufvorrecht, das Wahlrecht zwischen zwei Staatsangehörigkeiten; heute wird das Wort für jede Wahlmöglichkeit verwendet. Eine *Plattform* war eine Fläche oder das Grundsatzprogramm einer Partei; heute ist auch das Betriebssystem eine *Plattform*. Beim *Platz* ist unter englischem Einfluß die allgemeinere Nebenbedeutung ‹Ort›, ‹Stelle› in den Vordergrund gerückt, so daß es nunmehr auch *in Plätzen wie Sarajevo* heißt oder *Börsenplätze* existieren (die Orte, wo *Analysten* und *Banker* ihre *Aktivitäten* entfalten). Das Wort *Referenz* (‹Empfehlung›, ‹Stelle, bei der positive Auskünfte über eine Person eingeholt werden können›) mußte sich schon immer die Verwechslung mit *Reverenz* (‹Ehrerbietung›) gefallen lassen; heute wird ihm auch noch die Bedeutung von englisch *reference* (‹Verweis›) aufgebürdet, und zunehmend werden Nachschlagewerke (englisch *reference works*) ebenfalls einfach als *Referenzen* bezeichnet. Eine *Studie* war eine Vorarbeit, ein Entwurf, heute ist jede wissenschaftliche Untersuchung eine *Studie*. *Kontrollierte Studien* wären vor fünfundzwanzig Jahren noch auf völliges Unverständnis gestoßen. Was in *Studien* gesammelt und gesichtet wird, ist die *Evidenz*. Und diese ist nicht, was sie einmal war, ‹Offensichtlichkeit›, sondern das zur Entscheidung einer wissenschaftlichen Frage herangezogene Beweismaterial.

Nicht anders sieht es in der Idiomatik aus. *Das ist kritisch für seine Arbeit* (früher hätte es ‹entscheidend› geheißen). *Nicht wirklich* (‹not really› – früher hätte es nur ‹eigentlich nicht› heißen können). *Ich erinnere das nicht* (statt ‹mich – an›). *Für ein Jahr* (statt ‹ein Jahr lang›). *In 1996* oder sogar *in '96* (statt ‹1996› oder ‹im Jahr 1996›). *In Deutsch* (statt ‹auf›). *In Schlaf fallen. Das Phänomen ist bis heute nicht voll verstanden* (früher konnte etwas nur *verstanden werden*, nicht aber *verstanden sein*). Claudia Schiffer sagt von sich, *Ich bin im öffentlichen Auge*, wenn sie zum Ausdruck bringen will, daß sie im Blick der Öffentlichkeit steht. *Mehr und mehr* (statt ‹immer mehr›). *Einmal mehr* (statt ‹noch einmal›). *Es wurde zweihundert mal mehr Strahlung freigesetzt* (daß es einmal ‹zweihundertmal soviel› hieß, ist fast schon vergessen). *Um auf der sicheren Seite zu sein. Das macht keinen Sinn. Das macht keinen Unterschied. Eine gute Zeit haben. Spaß haben. Sex haben. Ich habe keine Idee, wie das gemacht wird* (statt ‹Ahnung›). *Wir sehen uns! Kein Problem!* Dies ist inzwischen so sehr zu einem Synonym für ‹leicht› geworden, daß ein Nachrichtensprecher verkünden kann, es sei *bei der Kälte kein Problem mehr, über die Ostsee zu laufen* – ganz als stünden an deren Ufern sonst die Menschen und grübelten über das Problem der pedestrischen Meeresüberquerung nach.

Es gibt keinen Grund, Lehnbedeutungen und Lehnfügungen, die es immer gegeben hat, in Bausch und Bogen zu verwerfen. Man muß jede einzeln ansehen: Erweitert oder beschränkt sie die Ausdrucksgenauigkeit des Deutschen? Die Bedeutungserweiterung von *kontrollieren* zum Beispiel ist unverzichtbar; *beherrschen* hätte den Sinn nicht völlig abgedeckt. Irgendwie sind *kontrollierte Studien* zwar schon ‹beherrschte Untersuchungen›, aber erst hätte ‹beherrschen› verbogen werden müssen, und so kann es nun intakt bleiben. Für den Begriff *eine gute Zeit haben* hatte Deutsch keine Wendung (‹viel Spaß› oder ‹viel Vergnügen› ist nicht ganz das gleiche); der Import nimmt ihm nichts, er gibt ihm etwas. Im Fall

Droge und *lieben* und *hassen* kommen der deutschen Sprache die alten Wortbedeutungen abhanden, und das ist bedauerlich, aber nun nicht mehr zu ändern.

Meist läßt sich weder eine Steigerung noch eine Schrumpfung der Ausdrucksgenauigkeit konstatieren. *Sinn machen* ist genau dasselbe wie *Sinn ergeben, das macht keinen Unterschied* ist nichts anderes als *das ist kein Unterschied*. Natürlich wirkt *Sinn machen* auf den, der *Sinn ergeben* gelernt hat, zunächst und vielleicht zeitlebens schlicht falsch, und natürlich war es ursprünglich die ignorante wörtliche Entsprechung eines eiligen Übersetzers und nimmt sich darum noch immer ein bißchen dümmlich aus. Aber bald wird es das nicht mehr tun, und eines Tages wird es wohl nur noch so heißen können. Wer sich dagegen stemmen wollte, stünde längst auf verlorenem Posten. Aber warum denn auch? Es schadet ja nicht, und «an sich» ist es weder häßlicher noch unlogischer. Es ist im Grunde egal, eins so willkürlich wie das andere. Und *paß auf dich auf!* für ‹watch yourself!›, ‹take care of yourself› ist eine außerordentlich geglückte Lehnübertragung, für die der anonyme Finder eine Medaille der Gesellschaft für deutsche Sprache bekommen sollte.

Man muß nur sehen, daß Bedeutungserweiterungen oder -verschiebungen und alternative idiomatische Wendungen das Lexikon einer Sprache zunächst einmal aufweichen: Man weiß nicht mehr genau, welches Wort an einer Sinnstelle eigentlich zu stehen hätte. Ein Beispiel ist das Wort *Routine*, das heute gerade eine Bedeutungserweiterung erfährt, welche am Ende auf eine Bedeutungsverschiebung hinauslaufen mag. Früher bedeutete es soviel wie ‹gewohnheits- oder regelmäßige Verrichtung›; heute kommt die Bedeutung ‹Unterprozedur eines Computerprogramms› hinzu. Und wenn nun am Computerbildschirm die Meldung *Routineprüfung der Hardwarekomponenten* erscheint: ist dann eine regelmäßig wiederkehrende, durch keinen besonderen Störfall veranlaßte Überprüfung gemeint – oder nur, daß jetzt das Unterprogramm Hardwareprüfung läuft? Es läßt sich nicht mehr sagen, und weil wir nicht mehr sicher sein können, daß unsere Gesprächspartner uns richtig versteht, wenn wir das Wort *Routine* benutzen, benutzen wir es im Zweifelsfall lieber gar nicht. Solche Wörter ungefestigter Bedeutung erzeugen eine Zone sprachlicher Unsicherheit, und wenn sie groß genug ist, entsteht der Eindruck, daß es den richtigen Sprachgebrauch gar nicht mehr gibt, daß alles so oder auch anders sein könnte, und «anders» heißt unter den gegebenen Umständen: wie im Englischen.

Ganz nebenher sind zwei andere Eigenheiten des Englischen ins Deutsche eingedrungen. Die eine ist eine gewisse Rehabilitierung des Buchstabens ‹c›, der als selbständiger Buchstabe schon so gut wie ausgestorben war: *Büroelectronic, Cabaret, Casino, Cassette, Caviar, Circus, Club, Comfort, Communications Congress, Concert Casse, Contactlinsen, Delicatessen, Focus.* Wenn ein Gemischtwarenladen namens *Conny's Container* heute *Cnallhart calkulierte Preise für Colorfilme* anbietet, versucht er die ältlichen Reize des ‹c› bis zur Erschöpfung in Anspruch zu nehmen.

Die andere Eigenheit ist der sächsische Genitiv, der sich dann selbständig gemacht hat. Ausgangspunkt war wohl das Gefühl, daß Ladenschilder in Amerika irgendwie moderner, jünger, dynamischer und so weiter wirkten: *McDonald's* hatte etwas, das es ohne sein -'s vielleicht nicht gehabt hätte. Wenn es so einfach ist, wird sich Rolli gedacht haben, als er das Schild für *Rolli's Pizza Drive* in Auftrag gab. Die *Titanic* hat in der Ausbreitungsphase mehrmals gesammelt: *Anne's Lädchen, Ossi's Grill, Jörg's Backstube, Rudi's Fundgrube, Dino's Getränkemarkt* und so fort, aber heute lohnte sich kein Sammeln mehr, denn der sächsische Genitiv in Geschäftsnamen ist überall – er ist schlechthin zum Standard geworden. Warum der Apostroph in Amerika da steht, scheint keinem so recht klar gewesen zu sein. Also hat wohl auch niemand gemerkt, daß die unpersönlichste Eßkette sich mit seiner Hilfe den Anschein gibt, es grille dort das gastliche schottische Brüderpaar McDonald noch höchstpersönlich. (Für den Eigentümer dürften die Leute aber auch in Amerika eher Donald Duck halten.) Das Wichtige war allein jenes gewisse Etwas, die Aura, der Appeal, der von dem Apostroph an sich ausging. So wurde er auch hingequetscht, wo er nur ein Fugen-s abtrennen konnte (*Museum's Café*) oder gar vor dem Plural-s (*Mac's Snack's*, *Bea's Blue Jean's*). Immerhin scheint noch Klarheit darüber zu herrschen, daß es schon irgendein ‹s› sein sollte. Oder? Die Zeitschrift mit dem sowieso blödsinnigen Titel ‹in'side online› weist dem Strich schon neue Wege.

In Frankreich scheint weitgehender Konsens zu bestehen, daß die Sprache genauso bewahrenswert ist wie Kathedralen oder Käsesorten. In Deutschland erntet es dafür nur milden Spott, mißbilligendes Kopfschütteln und immer wieder die Diagnose «Kulturchauvinismus». Wir verstehen nicht, wie das offizielle Frankreich sich so restaurativ verhalten kann. Wir verstehen aber noch weniger, daß seine Intellektuellen gegen solches Treiben nicht Sturm laufen, daß es vielen von ihnen geradezu recht zu sein scheint. «Ich steige nicht auf die Barrikaden», sagte der Sprachwissenschaftler Claude Hagège vom Collège de France, als ihn ein deutscher Interviewer 1994 erwartungsvoll nach seiner Meinung zur ‹Loi Toubon› befragte. «Der Kampf der Sprachen spielt sich zwar auf ganz anderen Feldern ab als auf jenen der Justiz und der Gesetze. Wenn das Gesetz dazu beiträgt, daß Medien, aber auch die Wirtschaft und besonders die Werbung die Sprache wieder bewußter verwenden und nicht völlige Anarchie herrschen lassen, erfüllt es vielleicht gar einen Zweck.»

Jene ‹Loi Toubon›, benannt nach dem damaligen gaullistischen Kulturminister Jacques Toubon, war eine Fortschreibung und Erweiterung des als zu vage und lasch empfundenen Sprachgesetzes aus dem Jahre 1975, der ‹Loi Bas-Lauriol›. Im Juni 1994 mit den Stimmen sogar der

Kommunisten verabschiedet und Meinungsumfragen zufolge von fast 80 Prozent der Franzosen begrüßt, soll sie das öffentliche Französisch von dem verlästerten Franglais freihalten, der Hybridisierung von Französisch und Englisch. Rechnungen, Produktinformationen, Arbeits- und andere Verträge, Stellenanzeigen, Behördenanweisungen, Kongreßprogramme, Schilder, Aufschriften, Rundfunk- und Fernsehwerbung – alles soll künftig in unkontaminiertem Französisch daherkommen, zumindest auch auf Französisch. Bei Zuwiderhandlungen drohen bis zu 20000 Francs Buße. Die potentiell folgenreichsten Passagen allerdings erklärte der Conseil Constitutionnel sogleich für verfassungswidrig: die Hinweise auf die 3600 Anglizismen, für die fortan französische Neuprägungen obligatorisch sein sollten, etwa *jeu décisif* für *tie-break*, *remue-méninges* für *brainstorming*, *restovite* für *fast food*, *saucipain* für *hot-dog*, *stylique* für *design*. Daß dem einzelnen Bürger bestimmte Wörter verboten und bestimmte andere aufgenötigt werden sollten, wertete der Verfassungsrat als Verletzung der persönlichen Ausdrucksfreiheit, die es in der Tat gewesen wäre. Dem Staat aber beließ er das Recht, für Gebrauchsanweisungen, Garantieerklärungen, Dienstleistungs- oder Warenangebote und Rechnungen sowie in seinem eigenen Bereich – also etwa bei Verträgen mit der öffentlichen Hand oder bei der Verwendung von Markennamen durch öffentliche Institutionen – die Verwendung französischer Wörter vorzuschreiben. So trat das Gesetz (offiziell ‹Gesetz über den Gebrauch der französischen Sprache›) zwar mit einigen wesentlichen Abstrichen, aber dennoch am 4. August 1994 in Kraft. In Deutschland wurde oft falsch darüber berichtet. So wurde behauptet, es versuche sich an dem so chauvinistischen wie aussichtslosen Unterfangen, auf wissenschaftlichen und anderen in Frankreich stattfindenden internationalen Kongressen und Tagungen Englisch zu verbieten. Nichts dergleichen tut es; es schreibt nur vor, daß auf Kongressen in Frankreich, an denen auch Franzosen teilnehmen, Französisch zugelassen sein muß und daß die schriftlichen Tagungsunterlagen zumindest französische Zusammenfassungen enthalten sollten.

Vermutlich sind mit Strafen bewehrte Gesetze untaugliche Mittel für derartige Zwecke. In Ländern, in denen man sie weniger als symbolische Fingerzeige auffaßte denn als wörtlich durchzusetzende Vorschriften, wären sie es auf jeden Fall. Wenn Frankreich das Franglais tatsächlich eingedämmt hat, dann nicht dank seinen beiden Sprachgesetzen, sondern weil es in der Académie française eine immer noch angesehene Institution hat, die zu definieren sucht, was gutes und richtiges Französisch ist; und weil seit Anfang der siebziger Jahre Terminologiekommissionen aus den einzelnen Wirtschaftsbereichen unter der Aufsicht einer dem Erziehungsministerium unterstellten Délégation générale à la langue française bemüht waren, neue Fachwörter sofort ins Französische zu übersetzen. Zusammen ergaben diese Übersetzungen 1994 das ‹Dictionnaire des termes officiels de la langue française›, das für den staatlichen und den schulischen Bereich verbindlich ist, wie in Deutschland die Orthographie des ‹Duden›. Seine insgesamt etwa 3600 Termini sind keine geradezu üppig zu nennende Ernte für das über zwanzigjährige Wirken von vierhundert Experten in einundzwanzig Fachkommissionen und angesichts einer Sprache, in der Jahr für Jahr etwa fünftausend Wörter neu auftauchen und ebenso viele wieder verschwinden: Niemand wird behaupten können, diese terminologische Anstrengung hätte das heutige Französisch vergewaltigt. Dennoch ist schon das bloße sofortige Vorhandensein sozusagen amtlicher Wörter wirksam. Industrie und Wirtschaft haben von sich aus ein großes Interesse, ihre Terminologie einheitlich und widerspruchsfrei zu halten. So hat sich auch ohne Zwangsmaßnahmen ergeben, daß zum Beispiel das heutige Computerfranzösisch von Anglizismen weitaus weniger durchsetzt ist als das Computerdeutsch.

Die europäischen Sprachen geben dem Druck der Anglizismen nämlich nicht alle gleich bereitwillig nach. Um zu testen, wieviel Widerstand sie leisten, habe ich verglichen, wie neun europäische Sprachen hundert der gebräuchlichsten Computerbegriffe akkommodiert haben, und dann eine Art Naturalisierungsquote errechnet: nämlich den Anteil jener ursprünglich durchweg englischen Begriffe, für die die einzelnen Sprachen auf irgendeine Weise eigene Entsprechungen gefunden haben. Jede hat dabei als legitim gegolten: Neuprägungen (wie französisch *logiciel* für *software*, deutsch *Lichtmarke* für *cursor*) sinngemäße Übertragungen (*Speicher* für *memory*), wörtliche Übersetzungen (*Benutzerschnittstelle* für *user interface* oder *herunterladen* für *download*), semantische Besetzungen ähnlicher einheimischer Wörter (*Treiber* für *driver*) oder auch nur die orthographische und phonetische Zurechtstutzung des Fremdworts in Richtung auf die Zielsprache (*Mausklick*). Es zählte nur, ob es das nackte, unveränderte, gänzlich unassimilierte englische Wort war oder irgendein wenigstens minimaler sprachlicher Einbürgerungsversuch stattgefunden hatte.

Der Computerjargon ist nur ein Beispiel, aber es ist ein gutes Beispiel. Alle Sprachen sind hier dem gleichen Druck ausgesetzt. Es handelt sich auch um keine bloße Mode, sondern um eine neue Welt voller neuer Dinge, für die keine Sprache Namen hatte und die alle einen Namen benötigen. Für alle Sprachen kommt der Druck aus der gleichen Richtung. Obwohl ein Fachjargon, geht er in dem Maße, in dem der Computer zum Teil des Alltags wird, zu großen Teilen in die Alltagssprache über. Die hundert ausgewählten Begriffe sind keine Sache nur von Informatikern; es sind solche, die ständig auch dem normalen Anwender begegnen und mit denen er selber hantieren muß, sobald er über sein Arbeitsgerät sprechen will. Dieser Jargon entsteht unter sozusagen verschärften Bedingungen, wie sonst nur noch der Jargon des internationalen Verkehrswesens und zunehmend der der Naturwissenschaften: Die ihn prägen – die Autoren und Übersetzer der Handbücher, die Fachjournalisten, die Werbeleute – müssen nicht nur selber zweisprachig sein, sie arbeiten auch zweisprachig, ständig aus der einen Sprache in die andere und zurück wechselnd. Bei diesem unablässigen Wechsel können sie nicht lange nachgrübeln, wie man diesen oder jenen Begriff in der anderen Sprache sinnvoll und geschickt wiedergeben könnte, sie müssen auf fertige Begriffe zurückgreifen, und wo ein Begriff in der Zielsprache unterlegen wirkt – trockener, umständlicher, ungelenker, nämlich weniger leicht einbindbar in wechselnde Satzzusammenhänge –, hat er das Nachsehen, wird das englische Wort lieber doch gleich so belassen, wie es ist.

Das Ergebnis? Die Zahlen geben an, zu welchem Prozentsatz in diesen Sprachen das englische Wort durch ein irgendwie assimiliertes vertreten ist: Finnisch zu 93 Prozent, Französisch 86, Polnisch 82, Spanisch 80, Schwedisch 69, Niederländisch 68, Italienisch 65, Deutsch 57, Dänisch 52. Finnisch, Französisch, Polnisch und Spanisch haben also den am wenigsten anglisierten Computerjargon, Dänisch und Deutsch den am stärksten anglisierten. Wer will, mag daraus ableiten, daß Finnisch, Französisch, Polnisch und Spanisch die intaktesten europäischen Sprachen sind und Dänisch und Deutsch die kaputtesten. Auch fällt der Abstand zwischen Schwedisch und Dänisch auf, Zeichen dafür, daß eng verwandte Sprachen auf das Problem höchst unterschiedlich reagieren können. Daß Finnisch und Polnisch in dieser Aufstellung so weit oben rangieren, hängt zweifellos damit zusammen, daß beide dem vor allem aus germanischen und romanischen Sprachen amalgamierten Englisch sehr fremd sind, besonders das Finnische, das zu einer typologisch verschiedenen Sprachgruppe gehört. Polen und Finnen selber finden den Computerjargon ihrer Sprachen meist alles andere als «intakt», denn auch er strotzt von Lehnwörtern aus dem Englischen. Aber damit diese überhaupt importiert werden können, müssen sie orthographisch und morphologisch angeglichen werden. Die Affinität zwischen dem Englischen und Deutschen steht der Assimilation entgegen, auch wenn sie oft nur illusionär ist.

Das Wort *Personal Computer* ist übrigens ein Beispiel für die Art von Verlegenheiten, die durch eine halbherzige Assimilation entstehen. Als Ed Roberts' Firma MITS in Amerika 1975 den ersten Bausatz für einen *personal computer* lancierte, meinte sie den Kleinrechner, den sich jedermann leisten könnte, im Unterschied zu den *mainframes*, den Großrechnern, die nur in großen Firmen und Institutionen zu finden waren; der Zugang zu ihnen war ein kostbares und streng rationiertes Gut. Damals war der Gedanke an einen Computer für jedermann so ungewöhnlich, daß viele ihn noch lange nicht recht ernst nahmen – so als propagierte heute jemand das Kleinkraftwerk für jede Wohnung. Wie hätte *personal computer* damals übersetzt werden müssen, spätestens 1981, als IBM seinen Kleinrechner auf den Markt brachte? *Persönlicher Computer*? Man sagt ja auch nicht, in dieser oder jener Gegend habe jeder sein *persönliches Schwimmbad*. *Privat* lautet in solchen Fällen das deutsche Wort. Was damals in die Welt kam, war also der *Privatcomputer*. Durch einen günstigen Zufall hätte auch er sich zu *PC* abkürzen lassen. Er wurde aber gar nicht übersetzt, sondern so importiert, wie er war, als *personal computer*. Also mußten sich die Deutschen die Zunge daran zerbrechen; heraus kam so etwas wie ein *pörßenell Kompjuter*. Ausgeschrieben aber wurde er bald *Personalcomputer* und teilweise dann auch so gesprochen. Dieser aber scheint nun etwas ganz anderes zu sein, ein Rechner fürs Personal nämlich, in gewisser Hinsicht also das genaue Gegenteil des privaten eigenen Rechners, der gemeint war. So steht das Deutsche heute mit einem Wort da, das in seiner Heimat anders geschrieben wird, das niemand so sprechen kann oder mag, wie es gesprochen werden müßte, das sich nicht recht flektieren läßt und das etwas ganz anderes zu bedeuten scheint, als es bedeutet. Und das Fiasko reißt die Wörter ‹privat› und ‹persönlich› mit ins Verderben. Überflüssigerweise entsteht ein neues deutsches Adjektiv, das *personal* lautet (*personale Briefbögen*), und fürs erste weiß nun niemand mehr, ob an einer bestimmten Sinnstelle *privat*, *persönlich* oder *personal* das richtige wäre.

Während der mehr oder weniger stark anglisierte Computerjargon die innere Anglisierung der nichtenglischen Sprachen schon seit Jahrzehnten langsam, aber sicher vorantreibt, erfährt dieser Prozeß seit Beginn der neunziger Jahre durch die rapide fortschreitende weltweite Vernetzung eine mächtige Beschleunigung. Die Lingua Franca der Netze ist Englisch. Kaum eine Datenbank, deren Inhalte anders als auf Englisch gespeichert sind, und selbstverständlich ist auch die Zugriffssprache fast immer allein Englisch. Kaum ein Diskussionsforum, in dem andere Sprachen gesprochen werden. Und da die sogenannten Sonderzeichen der nationalen Alphabete in den Netzen vielen Fährnissen ausgesetzt sind, sind die nichtenglischen Sprachen selbst bei der privaten elektronischen Post stark gehandicapt. Die gesamte Metakommunikation des Internet – also die Kommunikation über die Techniken der Kommunikation – vollzieht sich ebenfalls fast ausschließlich auf Englisch, und so werden die Schlüsselbegriffe fast nirgends mehr übersetzt: *browser, chat, client, cyberspace, gateway, home page, host, link, modem, on line, server, url, web* – das sind inzwischen Weltwörter, bei denen so gut wie keine Sprache mehr auch nur den schüchternen Versuch unternimmt, ihnen eigene Entsprechungen an die Seite zu stellen, abgesehen von einigem letzten Widerstand aus Frankreich und Frankokanada. Womit der nichtenglische Benutzer in den Netzen ständig konfrontiert ist und worein er sich irgendwann selber einklinken muß, ist nicht einfach nur Englisch, sondern ein ganz besonderes Englisch, wie es sich auf keiner Schule lernen läßt: Netspeak, bestimmt durch den flapsigen Jargon amerikanischer Informatikstudenten und eine Reihe von Eigenheiten, die sich nirgendwo sonst finden, etwa den «Emoticons» genannten, aus Schriftzeichen gefügten Signalen für Gemütszustände, etwa :-) als Symbol für gute und :-(für schlechte Laune; und die teils witzigen, aber für Uneingeweihte zunächst einmal nur unverständlichen Akronyme wie *B/C* (*because*), *CU* (*see you*), *TIA* (*thanks in advance*), LOL (*laughed out loud*), BTW (*by the way*). Die neuen Medien kommen also durchaus englisch daher; und da sie nicht nur ein weiteres Fachgebiet sind, sondern eben Medien und als Medien allgemeine Multiplikatoren, dürfte die Auswirkung auf die nichtenglischen Sprachen noch stärker, noch dauerhafter und noch irreversibler sein als beim bloßen Computerjargon.

Wie viele fremde Wörter verträgt eine Sprache? Wie viele hat denn das Deutsche?

Das aktuellste große deutsche Wörterbuch, der achtbändige ‹Große Duden›, enthält etwa 200 000 Stichwörter. Davon stehen etwa 48 000 auch im ‹Fremdwörter-Duden›. Beide Wörterbücher beschränken sich auf die Gemeinsprache, schließen also Fach- und Sondersprachen aus; beide stammen aus der gleichen Redaktion und zählen ihre Stichwörter nach ähnlichen Gesichtspunkten. Somit wären 24 Prozent der allgemein gebrauchten deutschen Wörter irgendwie «fremd».

Diese Zahl aber täuscht doppelt. Zu etwa 60 Prozent besteht jeder Text aus Funktionswörtern. In weitestem Sinn gezählt, gibt es deren etwa 2000. Von ihnen sind nur ganz wenige «fremd» (*per* oder *via* etwa). So daß also ein normal fremdwortreicher Text nur zu 10 Prozent aus Fremdwörtern bestünde. Und die meisten von diesen sind Fremdwörter nur noch im Sinne der Puristen, die den germanischen Ahnenpaß verlangen; tatsächlich sind sie längst assimilierte Lehnwörter.

Das vorzügliche, nämlich genau belegte dreibändige ‹Anglizismen-Wörterbuch› von Broder Carstensen und Ulrich Busse, in das nur englische Fremdwörter aus der Nachkriegszeit aufgenommen wurden, viele von ihnen unvollständig oder gar nicht eingebürgert, wird, wenn es fertig ist, deren etwa 4500 enthalten. Selbst wenn sich die Zahl seit seiner Konzipierung vervielfacht haben sollte, wäre sie an sich immer noch nicht alarmierend.

Wie viele Fremdwörter also verträgt die Sprache? Manchen Sprechern erscheint ein einziges schon zuviel – sie vertragen gar keine; andere können gar nicht genug davon bekommen. Aber die Sprache, der Organismus Sprache – wie viele verträgt er? Offenbar viele, sehr viele. Es läßt sich nicht sagen, solange ‹vertragen› nicht näher definiert ist. Wann also wäre der Organismus Sprache beschädigt? Auf der Ebene ihres Wortschatzes wäre es nie anders als subjektiv zu entscheiden. Aber es gibt durchaus ein Kriterium, das Objektivität beanspruchen kann. Eine Sprache ist dann beschädigt, wenn das höchst komplexe, einzigartige Regelsystem, das sie darstellt, in Frage gestellt ist und sich aufzulösen beginnt. Ist also das Regelgefüge des Deutschen durch den Zustrom fremder Wörter und Wendungen in diesem Sinne gefährdet?

Das, was die Linguisten das Lexikon nennen, der Wortschatz also, ist nur der äußerlichste, zufälligste und instabilste Teil einer Sprache. Wörter kommen und gehen, ihre Bedeutung verschiebt, verengt, erweitert sich, ihre Laut- und Schriftgestalt verändert sich, aber die Sprache selber bleibt davon unberührt. Das deutsche Lexikon enthält keines der Inhaltsworte in dem Satz «Strumm, es ist Fosch, der Räben war ech gühl». Dennoch sieht jeder sofort: Der Satz ist eindeutig deutsch, und zwar richtiges, grammatikalisches Deutsch, er könnte gar nichts anderes sein. Was macht ihn zu einem unverkennbar deutschen Satz? Daß er, auf verschiedenen Ebenen, bestimmte Regeln einhält.

Auf der untersten Ebene ist eine Sprache ein bestimmtes

charakteristisches Repertoire von Lauten. Die menschlichen Sprechorgane könnten unzählige unterscheidbare Laute hervorbringen, und eine unbekannt große Zahl von ihnen wird in den Sprachen des Globus verwendet. Noch ehe er zu sprechen anfängt, beginnt der zunächst frei mit allen experimentierende Säugling ihre Menge einzuengen, bis nur noch die in seiner Muttersprache üblichen 13 bis 75 bedeutungsunterscheidenden Lauteinheiten (Phoneme) übrigbleiben. Englisch besitzt, je nach Zählung, etwa solche 40 Phoneme (25 Vokale und 15 Konsonanten), Deutsch 55 (33 Vokale und 22 Konsonanten, eingeschlossen die nasalierten Vokale, die nur in französischen Lehnwörtern vorkommen), aber es sind zum Teil ganz andere, wie jeder weiß, der versucht, *worth* oder *thrill* auszusprechen. Tückischerweise ist es gerade das Wort *German*, das Deutsche selten akzentfrei über die Lippen bringen und das so den Deutschen schon verrät, ehe er es auch nur zu Ende gebracht hat.

Sprachartikulation erfordert eine sehr schnelle und äußerst präzise koordinierte Bewegung einer ganzen Reihe von Muskeln. Sie muß völlig automatisch vor sich gehen. Müßte man sie sich einzeln bewußt befehlen («Oberlippe soundso weit anheben», «Zunge soundso weit einrollen», «Stimmritze soundso weit öffnen», «ausatmen»), so brächte man allerlei Geräusche hervor, aber keine Sprache. Die entsprechenden neuralen Verschaltungen bilden sich in der frühesten Kindheit; das damit festgelegte Lautinventar ist später nur noch in Grenzen modifizierbar. Wenn der Mensch Fremdsprachen lernt, wird es ihn viel Mühe kosten, diesem seinem Repertoire wenigstens noch ein paar weitere Laute hinzuzufügen. Seine Aussprachesschwierigkeiten werden bis ans Lebensende verraten, welches seine Muttersprache war.

Auf der zweiten Ebene regelt eine Sprache, welche Laute wie zusammentreten können, um ein gültiges Morphem zu ergeben. Die Lautfolge ‹wtnegw› ist kein gültiges deutsches Morphem, obwohl ihre einzelnen Laute im Deutschen durchaus vorhanden sind. Ungültige, das heißt von den Morphembildungsregeln der betreffenden Sprache nicht vorgesehene Morpheme sind meist schwer auszusprechen. Obwohl alle seine Phoneme zum deutschen wie zum englischen Inventar gehören, wirkt das schlichte, zweibuchstabige russische Wort щи (‹schtschi›, ‹Kohlsuppe›) auf Deutsche wie Engländer wie ein schikanöser Zungenbrecher.

Die dritte Regelebene ist die der Beziehungen zwischen Lauten und Buchstaben. Ihre Regeln ergeben sich nicht aus der Neurophysiologie, sondern aus der Geschichte – es sind geschichtlich entwickelte Konventionen, die darum auch durch neue Konventionen ersetzbar sind. Die Konvention des Deutschen regelt zum Beispiel, daß zwei völlig verschiedene Phoneme, das ‹ch› in ‹ach› und das in ‹ich›, mit denselben Schriftzeichen wiedergegeben werden, daß ein ‹ch› also nach bestimmten Vokalen (‹e›, ‹i›, ‹ä›, ‹ö›, ‹ü›) am Gaumensegel (velar), nach anderen (‹o›, ‹u›) am Gaumen (palatal) zu sprechen ist; die des Englischen regelt die Laut-Buchstaben-Beziehung ganz anders, als ‹ch› gleich ‹tsch›.

Viertens wird eine Sprache von ihren Regeln der Wortbildung, der Morphologie bestimmt – *‹igkeitfähun› ist, wie jeder auf der Stelle und ohne nachzudenken erkennt, kein morphologisch mögliches deutsches Wort, obwohl alle seine Elemente, der Stamm ‹fäh› und die Affixe ‹un-›, ‹-ig›, ‹-keit›, in der deutschen Sprache existieren und zur Wortbildung benutzt werden; sie müssen nur anders zusammengesetzt werden.

Fünftens besteht eine Sprache aus der ihr eigenen Syntax: einem hochkomplexen Gefüge von Regeln, die bestimmen, wie aus Wörtern Sätze zu bilden sind. «Der gühles Strumm war ist ech Fosch Räben es» kann kein richtiger deutscher Satz sein, egal wogegen man die Joker seiner Inhaltswörter austauscht.

Normalerweise heißen sie im Deutschen nicht so, aber hier sollen die Regeln dieser fünf Ebenen kurz als der «Code» einer Sprache bezeichnet werden – und da dieser Code keinem ihrer Sprecher je zur Gänze so bewußt wird, daß er ihn ausformulieren könnte, da nur ein paar Sprachwissenschaftler mehr als eine Handvoll seiner Regeln angeben könnten, soll er hier «Tiefencode» heißen. Wie lernt man den Tiefencode der Muttersprache? Indem man aus der Sprache, die man sprechen hört und später dann auch liest, Regeln extrahiert, unbewußt, ohne sich je darüber Rechenschaft geben zu können. Das zweijährige Kind, das *die Onkels* und *liegte* sagt, hat der Sprache die Regeln entnommen, daß Plurale durch Anhängen eines -s gebildet werden und das Imperfekt nach dem Schema der schwachen Konjugation – eine nicht unrichtige Extrapolation, deren Geltungsbereich jedoch durch weitere Extrapolationen eingeschränkt werden wird, bis irgendwann der gesamte Tiefencode der Plural- und der Zeitenbildung verinnerlicht ist. Beobachtungen dieser Art beweisen, daß wir beim Spracherwerb nicht einzelne Anwendungsfälle lernen, die wir dann imitierend wiederholen, sondern daß wir die gehörte und gelesene Sprache tatsächlich nach den Regeln abhorchen, die sie beherrschen. Was auch immer wir zu hören bekommen, wir versuchen es auf seine Regeln zu reduzieren, um diese dann auf die eigene Sprachproduktion anzuwenden. Es ist ein gewaltiger, wenn auch so gut wie nie ins Bewußtsein dringender Regelapparat, den wir auf diese Weise erwerben, die «Folie sprachlicher Richtigkeit», die uns erst zum Verstehen und zur Bildung von Sprache befähigt. Es ist gefährlich, sie aufs Spiel zu setzen.

Eine Sprache – das ist ein ganz bestimmter stabiler Tiefencode, an den sich ein unruhiges und veränderliches Lexikon heftet. In dem Maße, in dem sich ein fremdes Wort diesem Tiefencode einfügt, hört es auf, ein Fremdwort zu sein. Umgekehrt heißt das: Ein fremdes Wort erhält seine Bewegungsfreiheit nur in dem Maße, wie es sich dem Tiefencode der Zielsprache anpaßt.

Manchmal ist dazu kaum eine Veränderung nötig; manchmal gelingt die Anpassung trotz allen Veränderungen nicht. Da sich die Einbürgerung auf mehreren Ebenen vollzieht, kann sie mehr oder weniger weit gehen – und ist darum auch nur selten in einem einmaligen Akt vollzogen. Manche Wörter schaffen es auf einer Ebene sofort, auf einer anderen nie. Die Einbürgerung ist also meist ein gradueller, nämlich stufenweiser Prozeß, und nicht alle diese Stufen sind fakultativ.

Jedes ausländische Wort muß zunächst einmal sprechbar werden, und wegen der bedauerlichen, aber unabänderlichen artikulatorischen Beschränkungen des menschlichen Sprechapparats bedeutet das meist, daß es seine mitgebrachte Lautgestalt in Richtung des Lautsystems des Ziellandes verschieben muß. Auch wenn sie entschlossen wären, das Fremde in seiner Gestalt zu achten – die Menschen könnten nicht anders, als ihm in dieser Hinsicht Gewalt anzutun. Sie bringen einfach die fremde Phonetik nicht zuwege, wenn sie im gegebenen Falle überhaupt wissen, welche es sein sollte, und den ständigen schnellen Wechsel zwischen verschiedenen Phonetiken erst recht nicht. Mitten in einem deutschen Satz ein Wort wie *synthesizer* oder *thriller* einigermaßen richtig auszusprechen, fällt selbst vielen jener schwer, die es in einem englischen Satz ohne weiteres über die Lippen brächten. Selbst bei Importen aus dem Englischen, das die meisten ja irgendwie zu kennen glauben, wissen sie die Aussprache durchaus nicht immer. Die große amerikanische Stadt Chicago (phonetisch ʃɪˈkɑːgʊ) muß sich immer wieder die deutsche Aussprache ‹Tschiekago› oder gar ‹Tschiekejgo› gefallen lassen – Tschiekago am Mitschigensee. Für die unsere artikulatorischen Möglichkeiten eigentlich nicht übersteigende Wendung *no comment* ist aus purem Unwissen eine falsche Aussprache geradezu zur deutschen Norm geworden, ‹nokoménhnt›. In dem unausbleiblichen deutschen ‹läborätóhri› würde kein Engländer mehr sein ‹laboratory› ausmachen. Ganz ratlos sind wir bei Sprachen, die wir gar nicht kennen. Lautet es *Peking* oder *Beijing*? Geduldig sprechen wir nach, was die jeweilig empfohlene Umschrift uns nahelegt. Wie nahe es der originalen Aussprache (phonetisch beɪˈdʒɪŋ) ist, wir ahnen es nicht einmal. Und wo wäre in einem Wort wie *Hardlinerinnen* wohl die Grenze zwischen englischer und deutscher Aussprache zu ziehen? Daß *Lifestyle-Debut-Plan* am Anfang englisch ausgesprochen werden müßte, ist klar – aber wie hätte es weiterzugehen? Selbst wer die in Frage kommenden Phonetiken und Laut-Buchstaben-Beziehungen beherrschte, könnte es nicht aussprechen. Es läßt sich nicht klar erkennen, wie es auszusprechen wäre, es ist darum kein verwendbares Wort, und wenn es eines werden soll, muß es sich verändern.

Bei der phonetischen Einbürgerung fremdsprachlicher Wörter begegnet wieder das gleiche merkwürdige Phänomen wie bei der Annahme oder Abweisung von Verdeutschungsvorschlägen: Manchmal wird sie willig und prompt vorgenommen, manchmal nie, und oft ist nicht festzustellen, warum «die Sprache» sich so oder so entschieden hat. Anfangs wurde *Globetrotter* sicher versuchsweise mit ‹-ou-› und englischen ‹-r-›s ausgesprochen, irgendwann dann aber nicht mehr, und wer noch heute die englische Aussprache nachzuahmen suchte, gälte als affektiert und machte sich lächerlich, so lächerlich, wie sich andererseits auch jemand machte, der das *Globe Theatre* wie ‹Glohbeteahter› spräche. Phonetisch eingebürgert wurden zum Beispiel *Bulldozer*, *Bunker*, *Gully*, *Joker*, *Knickerbocker*, *Moderator*, *Poker*, *Puzzle*, *Reporter*, *Sport*. Ihre Schriftgestalt ist unverändert geblieben, gesprochen werden sie mit Lauten ausschließlich aus dem deutschen Repertoire, mit der Folge, daß für sie weder die englischen noch die deutschen Laut-Buchstaben-Beziehungen gelten, sondern gar keine: Man kann nur Wort für Wort lernen, wie es zu lauten hat. Das Wort *Jazz* hat von Anfang an zwischen phonetischer Einbürgerung und Nichteinbürgerung geschwankt, zwischen ‹Jatz› und ‹Dshähs›, und achtzig Jahre haben nicht gereicht, zu einer Entscheidung zu kommen – die

Unentschiedenheit hat sogar noch eine dritte Variante hervorgebracht, ‹Schäss›. Kein Mensch würde zum *computer* je ‹Komputer› sagen. Dem *sponsor* dagegen wurde schon bei der Einreise das phonetische Einbürgerungszertifikat überreicht, kein Mensch hat ihn je englisch ausgesprochen. So gesetzlos geht es zu in den interkulturellen Beziehungen.

Um sich in der Umgebung der deutschen Sprache frei bewegen zu können, müßten sich fremdsprachige Wörter des weiteren den deutschen Wortbildungsregeln unterwerfen. Zum Beispiel müßten männliche Substantive sich zu weiblichen movieren lassen, müßten Verben allerlei Präfixe annehmen können, die ihren Sinn modifizieren – eine der großen Stärken der deutschen Sprache. Manchmal geht es, manchmal nicht. Aus den *Users* werden bei Bedarf *Userinnen*; aus einem *Bodyguard* würde nie und nimmer eine *Bodyguardin. Das Adjektiv *fit* brachte seine Substantivierung gleich mit, *Fitness*, aber wie wäre *cool* zu substantivieren? *Coolheit? *Coolnis? Die *Coole? Kaum je läßt sich einem fremden Verbum ein Präfix verpassen. *Ausgepowered* und *einchecken* wurden akzeptiert, *hinhitchhiken könnte zur Not gerade noch hingehen, aber *mißmatchen? *entcrinceln? *besightseen? *vertalken? Wahrscheinlich wäre es nie möglich. Nicht, daß damit der deutschen Sprache viel fehlte oder den fremden Wörtern ein Tort getan wäre – aber sie sind einfach nicht frei, nicht gleichberechtigt, und das heißt, auch nicht so recht brauchbar.

Um in einem deutschen Satz verwendet zu werden, müßten sich fremde Wörter vor allem den Regeln der deutschen Syntax zur Verfügung stellen. Das heißt, englische Wörter müßten zulassen, was sie von Hause aus nur in beschränktem Umfang können: sich flektieren lassen.

Substantive müßten mindestens ein Genus und einen Plural erhalten. Auch die Entscheidung, daß Plural gleich Singular sein soll, ist eine. Wiederum scheint die pure Willkür zu herrschen. Es heißt: *die Notebooks*, aber nicht *die Users*, sondern *die User*. Heißt es aber *die Modems* oder *die Modeme*? Und warum eigentlich nicht *der Modem* und *die Modemen*, da sie ja von ‹(De-)Modulatoren› abgeleitet sind? Was immer einer schreibt: unweigerlich belehrt ihn jemand, daß es aber gerade anders heißen müsse. Ein zu internationaler Verwendung gebildetes, also von vornherein kosmopolitisches und auch prompt von allen Sprachen übernommenes Kunstwort wie *Multimedia* kann sich im Deutschen dennoch nicht frei bewegen, weil niemand sicher ist, ob es Singular oder Plural, Maskulinum oder Femininum oder Neutrum, ja ob es überhaupt ein Substantiv ist. Also traut sich noch nicht einmal, wer es in seiner Machart durchschaut, so etwas wie «auf dieser Disk finden sich zwei von den Multimedia» zu sagen. Ehedem erging es dem Wort *Agitprop* ähnlich. Solche Unsicherheiten behindern die Bewegungsfreiheit eines Wortes stark.

Adjektive müßten sich ebenfalls flektieren und dazu noch steigern lassen. Wiederum: einige schaffen es, andere nie. Ein *cooler* (oder *coolerer*) *Typ* und *ein softes* (oder *softeres*) *Waschmittel*: «kein Problem». Kein Problem sind sie alle in prädikativer und damit unflektierter Stellung: *ihr Leben ist easy*. Ein richtiges Adjektiv sollte sich jedoch auch attributiv gebrauchen lassen. Aber kann man *ein easyes Leben* führen, gar *ein easyeres*? Kann er *ein groovyer Typ*, sie *eine sexye Frau* sein? Und wenn eine noch *sexyere* kommt? Bei anderen streikt das Deutsche ganz und gar. Den *hipsten DJ* gibt es noch, aber wenn ein noch **hip(p)erer* kommen sollte, ist er nicht mehr nennbar. Die flektierten und gesteigerten Formen von *oversized* weigert sich die Maschine zu schreiben.

Noch schwerer wird die Einbettung in die deutsche Syntax den Verben. Sie müßten sich auch schriftlich konjugieren lassen. Wieder das gleiche: Manche lassen es sich ohne weiteres gefallen, ja wirken schon bei der Einreise so, als hätten sie sich immer im deutschen Sprachgebiet aufgehalten. Manche lassen sich mit Mühe und Not ein paar Konjugationsendungen anhängen. Andere verweigern jede Anpassung. Verben wie *testen, tunen, clonen, outen* bewegen sich fast auf Anhieb frei in der deutschen Syntax, wohl weil sie zufällig fast den deutschen Regeln der Morphembildung und der Laut-Buchstaben-Beziehung entsprechen und auch der Aussprache keine nennenswerten Schwierigkeiten bereiten. Andere erreichen diese Freiheit durch eine minimale Änderung der Schreibweise, so wenn *to stop* zu *stoppen* wird oder *to handle* zu *handeln* (weiter ‹händeln› gesprochen, aber nicht geschrieben). Andere scheinen ein für allemal unkonjugierbar zu sein, und wenn ihnen in einer Notsituation einmal ein Konjugationsaffix angeheftet wird, stehen sie damit da wie am Pranger. Wie auch immer man es macht, es sieht einfach unmöglich aus, und zwar ganz im Wortsinn. *Das wurde gecaptured? gecapturt? – Disablet diese Funktion doch? disabelt sie? – Du bouncest auf der Matte? bouncst? – Sie sightseete? sightsaw? sightsah? – Wir haben das Material recycled? recyclet? gerecycelt? regecycelt? – Wer hat das gelayouted? gelayoutet? outgelayed? outgelayt? outlayed? – Du hast das backuped? backupt? gebackupt? upgebackt? aufgebacken?* Welche Erleichterung geradezu, wenn man sich aus dieser Verlegenheit zu einem *rezyklieren* retten kann. Wenn solche Verben unangetastet bleiben, lassen sie sich nicht konjugieren; und wenn man sie konjugiert, sind sie keine englischen Verben mehr. Das ausnahmsweise von einem französischen Wort abgeleitete deutsche Verb *bongen* ließe sich ohne diese rigorose Eindeutschung überhaupt nicht schreiben – in der Form *‹bonen› wäre es nicht zu erkennen gewesen; gleichwohl bleibt es beim *Bon*.

Aber der Fall sei selten und darum des Aufhebens nicht wert? Hier sind hundert englische Verben, die in den letzten zehn, zwanzig Jahren ins Deutsche importiert wurden. Das Konjugationsproblem stellt sich für jedes von ihnen; bei einigen ist es leicht zu lösen, bei anderen gar nicht: *appreciaten, backupen, beamen, biken, blotten, boarden, boosten, bouncen, browsen, canceln, capturen, chatten, clonen, coachen, combinen, connecten, crinceln, crosslinken, cruisen, debuggen, decoden, designen, dimmen, disablen, downloaden, (e)mailen, encoden, featuren, fighten, finishen, handlen, hiken, hitchhiken, hypen, klicken, labeln, lasern, layouten, leasen, linken, mailen, mappen, matchen, maten, mobben, modeln, multitasken, outen, outplacen, outsourcen, outtimen, overrulen, patchen, performen, phonen, piercen, pipen, plotten, posten, powern, promoten, publishen, pushen, putten, raven, recyclen, relaxen, releasen, rendern, routen, samplen, saven, scannen, scratchen, screenen, scrollen, searchen, shiften, sightseen, skaten, sniffen, splicen, sponsorn, steppen, stretchen, supporten, swappen, switchen, taggen, talken, targetten, timen, toppen, triggern, upgraden, uploaden, warpen, whirlen, wobbeln, zappen, zippen, zoomen.*

Das Problem löst sich auch nicht durch Abwarten – indem man den englischen Verben nur genug Zeit läßt, sich in unserer Sprache häuslich einzurichten. Das Verb, das sich nicht gleich einrichtet, richtet sich nie ein. Das zeigt sich an älteren, mit größerer Vorsicht importierten Verben wie *boomen, chartern, dealen, dopen, fixen, foulen, jetten, jobben, joggen, kidnappen, knocken, liften, managen, mixen, poolen, splitten, sprayen, strippen, stylen, surfen, testen, tilten, trampen. Andernfalls wird der Tisch getilt*, steht in der Gebrauchsanweisung eines Computerspiels, Zeichen dafür, daß selbst volkstümlichsten und seit Jahrzehnten eingebürgerten Verben, die in Aussprache und Schreibung den deutschen Regeln voll entsprechen, die uneingeschränkte Bewegungsfreiheit vorenthalten bleibt. Besonders gehandikapt sind zusammengesetzte Verben, deren eines Element als Präposition identifiziert werden kann (*backupen, upgraden*), und solche, bei denen die deutsche Flexion die Aussprache so verändert, daß sie weder den deutschen noch den englischen Regeln für die Beziehungen von Lauten und Buchstaben mehr entspricht. *Bouncen* geht noch, aber *gebounct*? Oder *das wird outgesourct*? Die Folge ist, daß hier nun gar keine erkennbare Regel mehr gilt.

Während sich bei Aussprache, Wortbildung und Flexion ein gewisses Maß an Assimilation nicht vermeiden läßt, wenn die fremden Wörter nicht unverwendbar bleiben sollen, ist eine Angleichung an die deutsche Schreibweise (also an die im Deutschen gültigen Regeln für die Laut-Buchstaben-Beziehungen) etwas, das ihnen gewährt werden kann oder nicht. Es wird ihnen nur noch höchst selten gewährt. Die orthographische Assimilation ist der Eingriff, der das fremde Wort am stärksten zu verändern scheint und der darum am schwersten fällt. Orthographische Einbürgerungsakte wie *Bluse, Büro, Depesche, Fortüne, Keks, Klub, Möbel, Ranküne, Schock, Streik* finden heute so gut wie gar nicht mehr statt, Fälle wie *Sponser* oder *antörnen* sind seltene Ausnahmen. Das französische *bouquet* wurde noch zum *Bukett*. Aus der *boutique* wurde schon im achtzehnten Jahrhundert die *Budike* und driftete als solche semantisch davon, bis sie eine Kneipe war. Bei ihrem Neuimport blieb sie strikt *Boutique*. Niemand würde es mehr über sich bringen, etwa aus *cornflakes*, analog zu *Keksen*, *Kornflekse zu machen. Die Maxime scheint zu lauten: Jedes Wort soll genau so bleiben, wie es in seiner Ursprungssprache aussah. Auch wenn die orthographische Assimilation in der Regel alle anderen Assimilationsprobleme mit einem Schlag behöbe; auch wenn die eingedeutschte Form wahrscheinlich nach der anfänglichen Schrecksekunde genauso selbstverständlich wäre wie die originale: sie findet nicht mehr statt. Es kostete zu große Überwindung, erstmals *hitschheiken oder *Kammbeck zu schreiben. Nicht, daß ich gerade diese rigorosen Eindeutschungen empfehlen möchte; ich wähle sie im Gegenteil gerade darum, weil sie auch mir besonders weh täten – und weil ich vermute, daß selbst sie in kürzester Zeit akzeptiert wären.

Die kleine Orthographiereform, an der die Fachleute fünfzehn Jahre lang beraten und gefeilt hatten, wäre im letzten Augenblick an dieser Frage fast noch gescheitert. Sie hatte vorgesehen, bei einer Anzahl von längst eingeführten «Fremdwörtern», Lehnwörtern also, behutsame deutsche Schreibungen freizustellen – wohlgemerkt: nicht vorzuschreiben, sondern lediglich neben den originalen Schreibungen zu erlauben. Keine ihrer anderen Änderungen stieß auf ebenso massiven Widerstand. Leute, die sich noch nie an der *Sinfonie* gestoßen hatten, riefen im Chor: Filosofie nie! Der Plan mußte gestrichen werden.

Was liegt da vor? Welche kollektive Schrulle hindert uns? Ist es die alte nationale Arroganz, die uns einflüstert, ausländische Wörter verdienten es nicht, das volle Bürgerrecht zu erhalten? Ist es im Gegenteil das alte Minderwertigkeitsgefühl, das uns sagt, jede Verdeutschung tue den fremden Wörtern ein Unrecht an? Der Respekt vor dem Fremden in seiner Fremdartigkeit also? Nach meinen Erfahrungen ist es etwas anderes, Profaneres: die deutsche Oberlehrerhaftigkeit. Wir wollen einander vorführen, daß wir genau wissen, wie ein Wort an seinem Herkunftsort gesprochen und geschrieben wird. Eindeutschen hieße aber: sich dem Verdacht aussetzen, man wüßte es nicht. Man spüre nur einmal dem nach, was sich in einem selber dagegen sträubt, den deutschen Laut-Buchstaben-Code etwa auf das Wörtchen *User* anzuwenden und es entweder *Juser zu schreiben oder ohne das Anlaut-j zu sprechen. Es ist die Furcht vor dem höhnischen «Der weiß noch nicht mal...» der anderen – und damit letztlich doch mangelndes Selbstbewußtsein.

Auch in der Schlußdebatte um die Orthographiereform hieß es wieder, es wäre grundfalsch, in einer Zeit allgemeiner Internationalisierung fremden Wörtern Eindeutschungen zuzumuten – je internationaler die Sprache, desto besser. Es sei doch nur begrüßenswert, wenn zumindest in den starkem internationalem Verkehr ausgesetzten Sachgebieten – der Touristik, dem Computerwesen – überall die gleichen, das gleiche bedeutenden Wörter in Gebrauch sind.

In der Tat, es bildet sich langsam eine internationale Terminologie heraus, und nationale Wörter werden ihr geopfert. Dem Übersetzungsdienst der Europäischen Kommission wurde eines Tages vorgeschrieben, nicht mehr das Wort *Vorhaben* zu verwenden, sondern *Projekt*; nicht mehr *Bewertung*, sondern *Evaluation* zu schreiben. Der Grund: *Bewertung* ist zwar eine richtige Übersetzung, deckt sich aber nicht voll mit dem Bedeutungsumfang von *évaluation*, die nicht nur ein Werturteil ist, sondern auch die Methodik der Bewertung mit einschließt. *Vorhaben* ist zwar ebenfalls eine richtige Übersetzung, eignet sich aber nicht wie *projet* zur Bildung von Komposita (*projektorientiert* wirkt eindeutiger und müheloser als *vorhabengerichtet). Es bildet sich also langsam ein Vorrat gemeinsamer Begriffe. Er setzt jedoch keineswegs voraus, daß diese Wörter überall gleich gesprochen, gleich geschrieben, gleich flektiert werden. Sie dürfen sich den jeweiligen Sprachen ruhig anpassen, ja werden erst bei einer solchen Anpassung wirklich benutzbar. Die Angleichung macht lediglich klar, daß überall die gleiche Definition gelten soll. Die internationale Geschäftigkeit braucht Wörter, die überall das gleiche bedeuten, nicht Wörter, die in ihrer Gestalt identisch sind.

In dem Augenblick, in dem ein Wort in eine andere Sprache aufgenommen wird, ist es schon nicht mehr genau das gleiche – es wird anders gesprochen, es wird in ein anderes Flexionssystem eingebunden, es wird allein darum schon zum Teil auch anders geschrieben. Außerdem beginnt es in diesem Augenblick eine neue, unabhängige Wortgeschichte, in deren Verlauf es sich auch in seiner Bedeutung von seinem Ursprung fortentwickelt. Die entstehenden Internationalismen werden durch ihren fortgesetzten internationalen Gebrauch wahrscheinlich auf einen Bedeutungskern festgelegt, der stabil bleibt; rundherum aber werden sie in jeder Sprache ihre eigenen Wege gehen.

Wenn ein Engländer noch die Fähigkeit hätte, darüber zu erschrecken, wie seine Wörter in anderen Sprachen malträtiert werden, dann erschräke er schon über die Aussprache und die Flexionsform *gescratcht*, nicht erst über die Schreibung **geskretscht* – die wäre eher geeignet, den Schreck zu mildern, denn es wäre nicht mehr so deutlich sein Wort.

Und: Nie würde seine orthographische Assimilierung die Verständigung über die Sprachgrenzen hinweg erschweren. Den Auskunftsschalter findet der Neuankömmling auch, wo er ‹Informaciones› oder ‹Informatie› heißt, so wie *projet* und *project* und *Projekt* sich ohne weiteres ineinander erkennen lassen. In manchen Fällen würde die orthographische Assimilation den Gebrauch indessen wesentlich erleichtern.

Solche praktischen Gründe sind aber vermutlich auch nur vorgeschützt. In Wahrheit sind wir froh, daß da Wörter sind, die nicht so deutsch aussehen. Wir meinen, es bedeutete den anderen: Wir sind hier gar nicht so deutsch, wie ihr denkt.

Das Wort ‹Sprachgefühl› ist normalerweise dem Gehör für die feinen Nuancen des Ausdrucks vorbehalten. Tatsächlich aber braucht jeder, der eine Sprache spricht, besser: der an einer Sprache teilnimmt, ein enormes elementares Sprachgefühl (Linguisten nennen es Sprachkompetenz). Er muß sicher sein, was die Wörter, die er hört und selber verwendet, bedeuten. Er muß wissen, wie sie richtig gebildet und erweitert und verkoppelt und zu richtigen Sätzen zusammengestellt werden können. Auch wer Sprachgefühl im höheren Sinn nicht eigentlich besitzt, hat dieses elementare Sprachgefühl, und er hat es sich scheinbar ohne jede Anstrengung erworben.

Auf jeder ihrer Ebenen ist eine Sprache vieldeutig: viele Krakel und Kringel einer durchschnittlichen Handschrift könnten für mehrere Buchstaben stehen, viele gesprochene Laute könnten auch andere sein und dann ganz andere Wörter ergeben, die meisten Wörter haben mehrere verschiedene Bedeutungen, auch viele Sätze sind noch mehrdeutig, und oft sind diese Mehrdeutigkeiten durch eine allein linguistische Analyse nicht auflösbar. *Das Biest hat die Monsterwerkstatt gebaut* ist ein Satz, der sich mit linguistischen Mitteln nicht aufklären läßt und erst verstehbar wird, wenn wir schleunigst alles, was wir über Biester und Werkstätten wissen, zu Rate ziehen. Das Englische ist aus strukturellen Gründen – weil es die syntaktischen Beziehungen der Wörter relativ selten mit Hilfe von Endungen klarstellt und weil ihm die Großschreibung der Substantive fehlt – besonders reich an solchen Vieldeutigkeiten: *Time flies like an arrow. Fruit flies like a banana.*

Wenn er säuberlich aufgeschrieben vor uns liegt, scheint uns jeder Satz völlig durchsichtig. In der Form, in der er unser Ohr erreicht, ist er es meist ganz und gar nicht. Die Klarheit stellt sich immer erst hinterher ein, wenn unser Sprachapparat es geschafft hat, ihn zu verstehen. Bis zu diesem Moment ist er verwirrend vieldeutig. Was unser Ohr erreicht, ist ein Strom von ineinander verfließenden, aufeinander abfärbenden Sprachlauten, zum Beispiel diesen: *erbekante wasserfer mistatte*. So etwas legen wir unserem inneren Parser vor, dem Satzanalysemodul in unserm Kopf, und er muß schnell zu einem Schluß kommen, denn sobald der Satz fertig ist, beginnt schon der nächste, den wir erst recht nicht mehr verstehen, wahrscheinlich gar nicht mehr hören würden, wenn wir dann noch über den letzten nachdächten. Die Analyse erfolgt nicht hinterher. Sie muß beginnen, sobald der Satz beginnt, und sie muß ihn bis ans Ende begleiten. Das heißt, sie muß den gesprochenen Worten ständig voraus zu sein versuchen, muß von jedem Punkt aus verschiedene mögliche Fortsetzungen vorwegnehmen, um dann jene zu verwerfen, die nicht zu dem passen, was wir tatsächlich hören. *Erbekante*: *Erbe kannte*? Ist nur wahrscheinlich, wenn der Satz sich als einer im Telegrammstil erweist; sonst hätte es *der Erbe kannte* heißen müssen. *Erbekante*? Ein solches zusammengesetztes Substantiv steht nicht im inneren Lexikon. Hat der Sprecher es vielleicht ad hoc gebildet? Unwahrscheinlich, denn es ergibt keinen Sinn, aber im Hinterkopf behalten, vielleicht macht das Folgende es ja doch sinnvoll. Also wohl eher *er bekannte*.

Aber ist *bekannte* Adjektiv oder Verb? Wahrscheinlich Verb, sonst nämlich müßte jetzt eine sehr eigenartige syntaktische Konstruktion folgen: *er bekannte Wasser*... wohl nicht, aber als Möglichkeit merken. Also *er bekannte was erfer Mist*... Nein, *erfer* gibt es gar nicht, und *Mist* würde dieser Sprecher vermutlich nicht in den Mund nehmen, also *er vermißt*; womit das naheliegende *Wasser* ausscheidet. So bilden wir, während wir zuhören, eine Hypothese nach der anderen, verwerfen eine nach der anderen wieder, merken uns andere, bis wir zwischen ihnen entscheiden können, und wenn der Sprecher am Ende des Satzes angekommen ist, wird uns hoffentlich nur noch eine Hypothese übriggeblieben sein. Hoffentlich – aber vielleicht lautete es doch *für Mist* – also im Kopf behalten, ob der nächste Satz diese Hypothese bestätigt. Jede dieser Arbeitshypothesen versucht vorausblickend Sätze zu entwerfen, die erstens grammatikalisch und zweitens sinnvoll sind. Dazu muß dem Sprachapparat ein Referenzsystem verfügbar sein, das ihm auf Anhieb sagt, welche Sätze unter welchen Umständen grammatikalisch und sinnvoll wären. Die stillschweigende Voraussetzung aller sprachlichen Verständigung ist die, daß das Gegenüber grammatikalische und sinnvolle Sätze äußern werde. Sie erscheint uns so selbstverständlich, daß sie uns in der Regel überhaupt nicht bewußt wird. Wie unverrückbar sie gilt, wird einem klar, wenn man sich versuchsweise vorstellt, man fügte in ein normales Gespräch unvermittelt einen Satz ein, der diese Voraussetzung auch nur leicht verletzt, etwa *leicht Steine aufwärts oft fallen*. Zunächst würde unser Gesprächspartner uns fassungslos ansehen, im Glauben, er habe sich verhört. Sobald er sicher wäre, daß er sich nicht verhört hat, daß wir allen Ernstes gesagt haben, was er zu hören meinte, würde er wahrscheinlich eine Ambulanz rufen. Er hätte nämlich so rasch wie richtig diagnostiziert, daß wir nicht mehr kommunikationsfähig sind. Wenn man nicht mehr sicher sein kann, ob der Sprecher sich an die stillschweigende Voraussetzung aller sprachlichen

Verständigung hält, er werde grammatikalische und sinnvolle Sätze äußern, wenn sich also die «Folie sprachlicher Richtigkeit» aufgelöst hat, wird einem der Entwurf der begleitenden Verständnishypothesen schwer werden; wäre die Auflösung weit fortgeschritten, könnte man dem Sprecher überhaupt nicht mehr verstehend entgegenkommen. Man «versteht nicht recht»; man kann ja gar nicht mehr recht verstehen.

Sprache hören oder lesen, Sprache sprechen oder schreiben setzt eine unablässige, rasche, mehrschichtige Analyse- und Synthesearbeit voraus, die all die sich in einem fort anbietenden falschen Möglichkeiten ausschließt. Sie erst macht das Mehrdeutige eindeutig, sie «desambiguiert». Diese Arbeit läßt sich nur auf jener «Folie sprachlicher Richtigkeit» verrichten. Man muß wissen, wie ein Wort «richtig» gesprochen und geschrieben wird, für welche Bedeutung ein Wort «richtig» verwendet wird, wie ein «richtiger» Satz auszusehen hat, wenn man das, was man an Sprache zu hören oder zu lesen bekommt, in der gebotenen Geschwindigkeit entschlüsseln und selber Sätze bilden will, die anderen verständlich sind. Nur wo diese Bezugsebene des Sprachrichtigen, des Grammatikalischen vorhanden ist, läßt sich Sprache mit der nötigen Leichtigkeit verwenden.

Die Folie sprachlicher Richtigkeit stattet einen mit jenem elementaren Sprachgefühl aus, das einem Sicherheit im Umgang mit der eigenen Sprache verschafft. Es ist notwendig konservativ. Es hält an den gelernten Regeln fest, weil es ohne sie verloren wäre. Was einmal als richtig verinnerlicht wurde, wird nur gegen große Widerstände aufgegeben und durch anderes ersetzt. Das hat seinen Grund in den neurobiologischen Modalitäten der sprachlichen Informationsverarbeitung im Gehirn, es dient aber auch einem sinnvollen Zweck: dem Kommunikationsschutz. Wenn jeder frei wäre, die Regeln des Spiels nach seinem Gusto abzuändern, wäre das möglicherweise ein Zeugnis für seine Kreativität und Flexibilität, aber bald verstünde niemand mehr den andern. Würde zum Beispiel der antiautoritäre Traum wahr und die Orthographie freigegeben, so würde zwar niemand mehr einen Fehler machen, wir könnten aber handschriftliche Texte nicht mehr lesen und hätten auch bei gedruckten um so größere Schwierigkeiten, je freier sich ihre Autoren von den früheren Normen machten. Denn Lesen ist eine Aufwärts- und eine Abwärtsbewegung zugleich: «Aufwärts» erfassen wir einzelne Buchstaben, «abwärts» wissen oder ahnen wir, welches Wort an der betreffenden Sinnstelle zu erwarten ist – und das hilft uns über undeutlich oder mehrdeutig geschriebene oder sogar fehlende Schriftzeichen spielend hinweg. Unangekündigte fremdsprachliche Einsprengsel oder unvertraute Eigennamen in handschriftlichen Texten lassen uns ratlos – keine Erwartung kommt hier der Entzifferung entgegen. Könnte jedes Wort egal wie geschrieben werden, so wüßten wir nie, was wir zu erwarten haben, und wären in die Lage dessen zurückgeworfen, der jedes Zeichen erst eindeutig identifiziert haben muß, ehe er überlegen kann, welches Wort sich in einem bestimmten Krakel versteckt.

Sprachliche Normen sind darum keine überflüssige Willkür, die sich abschütteln ließe. Sie machen Sprache überhaupt erst möglich. Jede Deregulation würde zu einer Sprachanarchie führen, die im ersten Augenblick vielleicht als Befreiung von lästigen Zwängen empfunden würde, bald aber als eine unerträgliche Behinderung, die aus bisher mühelosen Sprachakten eine ständige Denksportaufgabe machte. Im Bereich der Inhaltswörter sind Innovationen (neue Wörter, neue Bedeutungen, die allmählich hinzukommen, ohne die früheren ungültig zu machen) noch am ehesten geduldet – auf dieser Ebene ist der Sprache eine gewisse Beweglichkeit und Erfinderischkeit (sic) erlaubt, und sie macht von dieser Freiheit Gebrauch, obschon jede Art von Neuerung auch hier zunächst als kleiner Schock wirkt und so lange um *Akzeptanz* ringen muß wie dieses Wort. Der gesamte Tiefencode dagegen ist die Orthodoxie selbst und gegen auch nur leichte Veränderungen außerordentlich resistent, und das mit Grund.

Deutsch hat seine Assimilationskraft weitgehend eingebüßt. Es ist kaum noch imstande, fremdsprachliche Wörter und Wendungen entweder zupackend und überzeugend zu übertragen oder sie wenigstens den inländischen Sprachgesetzen ein Stück weit anzupassen. Es ist dazu kaum noch imstande, und es will es auch gar nicht mehr sein. Nichtassimilierte fremde Wörter und Wendungen jedoch nötigen zu einem Wechsel des Tiefencodes. Um die Überschrift *Inforecherche total im Onlinedienst für Homenutzer* lesen, aussprechen und verstehen zu können, muß man sechsmal zwischen drei Codes wechseln, dreimal mitten im Wort. Kein einziger dieser Wechsel kündigt sich an oder ist zu erwarten. Das heißt, solche Texte setzen die Bereitschaft und Fähigkeit zu ständigen, auch den unerwartetsten Codesprüngen voraus. Das macht sie zum einen schwerer verständlich. Zum anderen kann man gar nicht immer wissen, welcher Code überhaupt gefragt ist. Ist *total* deutsch oder englisch zu sprechen? Soll es ein Adjektiv oder ein Adverb sein?

Wer beide Sprachen beherrscht und seine Kenntnisse durch ständigen Gebrauch lebendig erhält, wird solche Codesprünge meistern, ohne daß eine der beiden Sprachen Schaden nimmt. Wer sie nicht beide wirklich beherrscht – und das ist die Mehrheit jener, die das heutige anglisierte Deutsch sprechen –, bei dem kommt es zu Interferenzen; er kann die beiden Tiefencodes nicht mehr sauber trennen und faßt die ständigen unberechenbaren Codesprünge zu dem schwirrenden Gefühl zusammen: In diesem Text kann es mit deutschen oder irgendwie englischen oder auch noch ganz anderen Dingen zugehen. Es gibt für ihn nicht mehr die eine Folie sprachlicher Richtigkeit, sondern mehrere, und oft ist nicht auszumachen, wo welche zu gelten hätte. Was richtig und was falsch wäre, ist nicht mehr gewiß, es schwindet die selbstverständliche Sicherheit beim Zugriff auf die Worte und beim Arrangement von Satzstrukturen. Langsam wird zweifelhaft, welcher Tiefencode eigentlich gilt. Dann ist die Sprache tatsächlich irreparabel beschädigt.

Das Phänomen hat einen Namen, keinen wissenschaftlichen, einen polemischen. Er lautet Pidginisierung. Pidgins sind die Behelfssprachen, die sich ad hoc bilden, wenn Sprecher verschiedenster sprachlicher Herkunft und ohne gemeinsame Sprache miteinander zu tun bekommen und sich auf Biegen und Brechen verständigen müssen, ohne daß einer wirklich die Sprache des anderen lernt. Das erste Pidgin im heutigen Sinn war die Hybridsprache, die sich nach der Mitte des siebzehnten Jahrhunderts erst in Kanton und dann in anderen südchinesischen Häfen herausbildete, wo Chinesen und Engländer miteinander Handel trieben. Pidgins sind mündliche Sprachen und haben keine schriftliche Überlieferung. Sie werden so ausgesprochen, wie sie dem jeweiligen Sprecher von der Zunge gehen – das Wort *pidgin* selbst ist die lautlich anglisierte Form des Wortes, zu dem die Chinesen das englische *business* verballhornt hatten. Ihr Vokabular ist klein und instabil – im Falle des China-Pidgin waren es nur 700 Wörter, in diesem Fall, aber nicht notwendig überwiegend aus der einen der beteiligten Sprachen, mit der Folge, daß jedes von ihnen eine Vielzahl von Bedeutungen übernehmen mußte, also höchst unscharf definiert war. Fehlt ein Wort für den Begriff, der ausgedrückt werden soll, so muß er mit den vorhandenen Wörtern umständlich umschrieben werden – ‹Blitz› im Melanesien-Pidgin war ‹leit bilong klaut›, ‹Licht von Wolke› (‹light belonging to the cloud›). Die Grammatik des Pidgin ist nur rudimentär – für die Kennzeichnung grammatischer Kategorien stehen keine Flexionsaffixe zur Verfügung, grammatische Unterschiede können allein durch Wortstellung und Betonung ausgedrückt werden. Ein Satz im China-Pidgin lautete etwa: «Mei no heb ketschi basket», «Ich habe den Korb nicht mitgebracht», entstanden aus den englischen Wörtern ‹me/I›, ‹not›, ‹have›, ‹catch›, ‹basket›. Pidgins sind keine leistungsfähigen, zeitbeständigen Sprachen, sondern ein Notbehelf für den Augenblick; das China-Pidgin starb Ende des neunzehnten Jahrhunderts aus, weil es seinen Sprechern zu primitiv war. Instruktiv aber ist, was aus einem Pidgin wird, wenn Kinder keine andere sprachliche Umwelt als dieses vorfinden. Sie übernehmen dann nicht einfach das Pidgin ihrer Eltern. In ihrem Mund verfestigt es sich, es «kreolisiert». Das Kreol, spontan geschaffen von den Kindern des Pidgin, besitzt dann eine feste Aussprache, einen festen Wortschatz, eigene feste grammatische Regeln, die dem Pidgin noch abgingen – einen eigenen vollen Tiefencode also. Er ist ein Beweis dafür, daß der Zustand sprachlicher Regellosigkeit nicht ertragen wird.

Die Gefahr ist also nicht der Zustrom von fremden Wörtern und Wendungen als solcher. Es ist die Pidginisierung durch die unablässigen unberechenbaren Codesprünge, zu denen die vielen nichtassimilierten fremdsprachigen Wörter und Wendungen des Neuanglodeutsch zwingen, und die von ihnen bewirkte Aufweichung des Regelsystems, der «Folie sprachlicher Richtigkeit». Die Pidginisierung ist besonders gefährlich, wenn sie das «Entwicklungsfenster» betrifft, in dem sich der elementare menschliche Spracherwerb vollzieht. In dieser Zeitspanne wird der Tiefencode festgelegt, den einer sein Leben lang beherrschen und an dem sich nur noch wenig ändern lassen wird: bis etwa zum zehnten Lebensjahr für die mündliche, bis zum vierzehnten für die geschriebene Sprache. Die Bereiche Pop, Sport, aber auch Computer sind besonders stark durchsetzt von unassimiliertem Englisch, und gleichzeitig sind sie Bereiche, in denen sich heute nahezu alle Kinder aufhalten. Es ist zu erwarten, daß diese das Erwachsenenalter mit einem irreversibel lädierten Sprachgefühl erreichen, wenn nicht starke Gegenkräfte – etwa ein besonders sprachbewußtes Elternhaus – wirksam werden. Und wenn die Mehrheit ihrer Sprecher eine Sprache nicht mehr wirklich beherrscht, ist es um sie geschehen. Daraus folgt: Die zur Assimilation unfähige Sprache ist eine tote Sprache.

Als 1964 in Frankreich Étiemble gegen die um sich greifende französisch-englische Mischsprache Front machte, die er auf den Namen ‹Franglais› taufte, tat er es ausdrücklich nur darum, weil die französische Sprache die Kraft zur Absorption des Fremden zu verlieren schien, nicht aber im Namen der Reinheit des Französischen.

Der Sprachwissenschaftler Giancarlo Oli kam für das Italienische zur gleichen Diagnose: «Das Italienische hat die in seinem Genom (das heißt im reinen Florentinisch) angelegte Immunabwehr eingebüßt, die es in all den vergangenen Jahrhunderten befähigte, ausländische Entlehnungen einzubürgern» (und etwa ‹jacket› zu ‹giacchetta›, ‹pudding› zu ‹budino›, ‹beefsteak› zu ‹bistecca› zu machen). Darum gewönnen völlig sprachfremde Wörter heute die Oberhand, die Anpassung an neue Gegebenheiten bleibe nichtitalienischen Wörtern überlassen, das Italienische verliere mithin seine Beziehung zur kontemporanen Wirklichkeit – es sei eine «zum Tode verurteilte Sprache».

«Immunabwehr» war keine geglückte Metapher. Es ginge ja gerade nicht um Abwehr, sondern um eine vollständigere Aufnahme, um Einverleibung, so wie sie Goethe vorschwebte: «Die Gewalt einer Sprache ist nicht, daß sie das Fremde abweist, sondern daß sie es verschlingt. Ich verfluche allen negativen Purismus, daß man ein Wort nicht brauchen soll, in welchem eine andre Sprache Vieles oder Zarteres gefaßt hat. Meine Sache ist der affirmative Purismus, der produktiv ist und nur davon ausgeht: Wo müssen wir umschreiben, und der Nachbar hat ein entscheidendes Wort? Der pedantische Purismus ist ein absurdes Ablehnen weiterer Ausbreitung des Sinnes und Geistes (z. B. das englische Wort grief)» (‹Maximen und Reflexionen›, 1016–1019). Aber Oli hat genau den Punkt getroffen: Nicht der reichliche Einstrom fremder Wörter ist es, der verschiedene europäische Sprachen heute bedroht, sondern ihre Unfähigkeit und Unwilligkeit, die eingereisten Fremden zu assimilieren und ihnen damit volle Bewegungsfreiheit in ihren eigenen Regelsystemen zu verschaffen.

Dies ist also keine Polemik gegen Fremdwörter, vorgebracht im Namen irgendeiner Deutschtümelei. Es ist ein Plädoyer für ein flexibles, aufnahmefähiges Deutsch, das aber seine Eigenart behauptete.

Das Plädoyer beruht auf einem dreiteiligen Argument. Eins: Jede Sprachkompetenz setzt voraus, daß man sich sicher im Regelsystem einer Sprache bewegt, ihrem Tiefencode. Zwei: Die große Zahl unassimilierter englischer Wörter nötigt heute auf einigen Gebieten zu einem ständigen unberechenbaren Wechsel des Tiefencodes. Drei: Diese unablässigen Wechsel führen zu starken Interferenzen zwischen dem Deutschen und dem Englischen, die in ihrer Menge die Folie des sprachlich Richtigen aufweichen, die die Referenzebene ist, welche eine Sprache erst möglich macht. Eine starke Beschädigung dieser Folie vermindert die Sprachkompetenz des einzelnen, und in ihrer Gesamtheit verwüstet sie die deutsche Sprache.

Ein lebendiges Deutsch wird auch viele Fremdwörter aufnehmen können. Ein totes Deutsch wird keinem eine neue Heimat sein können.

Ist das nun Schwarzseherei? Werden die Sprachen nicht auch diese Masseninvasion überstehen? Wird sich ihr jeweiliger Tiefencode nicht aufs neue als beständig erweisen?

Vor mir liegt ein Softwarehandbuch. Es hat nichts Bemerkenswertes an sich, außer vielleicht, daß es überhaupt existiert – amerikanische Firmen, die ein kleines Dienstprogramm auf den deutschen Markt bringen, machen sich nicht immer die Mühe, das Programm selbst und das dazugehörige Handbuch übersetzen (*lokalisieren*) zu lassen. Für dieses zeichnet sogar ein deutscher Übersetzer mit seinem Namen.

Und man kann noch nicht einmal sagen, daß seine Übersetzung in einem konventionellen Sinn schlecht wäre (auch wenn sie einem das seltene Vernügen verschafft, einen Satz wie *das ist jedem seine eigene Entscheidung* gedruckt zu sehen). Ihr Deutsch wirkt nur noch etwas eigen. Es könnte aber das Deutsch von morgen sein.

Sein Deutsch von morgen hat der Übersetzer nicht selber erfunden. In der heutigen Computerliteratur stößt man überall auf Neuerungen gleichen Kalibers. Dieses ansonsten nicht weiter bemerkenswerte Handbuch wird hier nur darum bemüht, weil es demonstrativ verdichtet, was bereits vielerorts zu hören und zu lesen ist.

Und dies sind die zehn wichtigsten Neuerungen.

1. Englisches wird manchmal übersetzt, manchmal englisch belassen. Wann das eine geschieht und wann das andere, entscheidet das Los. Keinesfalls wird dabei berücksichtigt, wieviel Widerstand ein englischer Begriff seiner Übersetzung entgegenbringt. Daß sich zum Beispiel *Backup & Restore* wunderbar leicht übersetzen ließe (*Sichern & Wiederherstellen*), heißt nicht, daß es auch übersetzt wird. Dafür plagt man sich mit hoffnungslosen Fällen, wie *SmartDecoy* (das hier zu «Köder» Kopie wird).

2. Wo ein übersetzungsbedürftiges und der Übersetzung für wert befundenes englisches Wort ein irgendwie ähnliches deutsches Gegenstück hat, okkupiert es dessen Bedeutung, auch wenn die Leute zunächst einmal gar nichts mehr verstehen: *Das Restaurieren einer Sicherheitskopie geschieht automatisch*. Was verschlägt es, daß deutsch *restaurieren* nicht das gleiche bedeutet wie englisch ‹to restore›? Das wird es bald schon tun; Wörter wie *kontrollieren* und *realisieren* und viele andere sind ihm vorangegangen. Tatsächlich ist es keine von vornherein verwerfliche Art, im zunehmenden Weltverkehr die Begriffssysteme verschiedener Sprachen *kompatibler* zu machen. Aber es lockert den Bedeutungscode einer Sprache. Ihre eigenen Begriffe beginnen zu verschwimmen.

3. Deutsch hat die Eigenschaft, Wortstämme vieler Art zu neuen Begriffen zusammenzusetzen. Dabei entstehen oft vielbespöttelt lange Wörter vom Typ *Donaudampfschiffahrtskapitänswitwenversicherungsgesellschaftshauptgebäudeseiteneingangstür*. Es gab bisher nur zwei Arten, solche Komposita zu schreiben: zusammen oder mit Bindestrich(en). Diesem Zustand macht das Deutsch von morgen ein Ende. Es schreibt wie das Englische die einzelnen Elemente getrennt: *Shell Verweis, Windows Anfänger, Support Datei*. Dabei beschränkt es sich keineswegs auf solche Fälle, in denen englische Elemente in die Zusammensetzung, die nun keine mehr ist, aufgenommen werden. Auch wo sämtliche Elemente der deutschen Sprache entstammen, wird es so gemacht: *Notizblock Anwendung, Raster Schriftart, System Säuberung Eigenschaft* (was immer diese ist). Wer es einmal begriffen hat, merkt bald, daß *Hilfe Sekretär* kein Hilferuf (künftig: *Hilfe Ruf*) sein soll, weil ein Sekretär naht. Selbst der Sinn der *Welche: Box* erschließt sich irgendwann. Das Fugen-s, das in vielen deutschen Wortverbindungen die Elemente miteinander verkittet, verhindert solche Trennungen keineswegs, auch wenn dadurch, daß jenseits der Fuge nun gar nichts mehr steht, ein neuer Genitiv entstanden zu sein scheint: *Eliminations Prozeß, Technische Unterstützungs Abteilung* – anscheinend die Abteilung für die Verabreichung des Unterstützungs. Nur manchmal taucht noch eine vage Erinnerung an die alte Art und Weise auf; dann wird, wiederum nach dem Zufallsprinzip, ein Bindestrich irgendwohin gesetzt: *Datei-Lösch Sekretär*. Und wer meint, das sei nun doch nur eine Eigenheit dieses einen Übersetzers, der werfe einen Blick in ein beliebiges Computermagazin oder auch auf die Schilder und Plakate in der nächsten Einkaufsstraße. In den letzten Jahren sind die Dämme gebrochen. Gereinigt wird vom *Stadt Reinigungsamt*. Im Café wirkt die *Konditorei Brigade*. Und zwischen dem *Sonnen Studio* und der *Folklore Boutique* leuchtet *der neue Stern am Pianisten Himmel*. (Wer kennte nicht den neube-

sternten Klavierspieler Starry Himmel?) Tatsächlich mag die deutsche Art der Substantivkoppelung nicht die eleganteste gewesen sein. Dennoch war sie nicht sinnlos. Sie schuf Klarheit, und ihre Auflösung jetzt schafft Unklarheiten zuhauf.

4. Eine geradezu liebenswerte Neuerung, von der der ‹Duden› noch nichts ahnt, ist die Sitte, Komposita übersichtlicher zu machen, indem man einzelne Elemente im WortInnern großschreibt. Im Handbuch zum Deutsch von morgen ist sie nur durch den *DoppelFinder* vertreten. Sie hat aber auch gar keinen Pusch mehr nötig. Selbst in quasi amtlichen Drucksachen findet sie sich zuhauf: *HiFi, LandesBank, InterCityTreff, InHausPost, TeleBanking, PrickNadelTest, ProfiPartner, WirtschaftsWoche,* und weil es so apart wirkt sogar im Titel *DieWoche*. Im Laufe der neunziger Jahre hat die Binnenmajuskel die Bindestrichkoppelung zunehmend ersetzt, so daß diese nachgerade zum Aussterben verurteilt scheint. Die Fluggesellschaft, die heute ihre saisonalen Sondertarife bewirbt, nennt sie selbstverständlich nicht etwa Sommer-Spezial-Angebote, sondern *SuperSommerSpecials*. Aber das Neue ist in diesem Fall nur das Alte. In den Briefen des Dichters Wilhelm Waiblinger, Hölderlins Jugendfreund, finden sich beispielsweise: *HerrGott, FlammenSchrift, MorgenZeitung, OberfinanzRath* oder auch eine *BuchhändlerCanaille*. Doch nicht aus der Klassik hat das heutige Deutsch diese Neuerung bezogen. Auch sie kommt aus dem Englischen. Sie verdankt sich nämlich dem Umstand, daß der Computer bei manchen internen Befehlen keine Leerzeichen duldet und Groß- wie Kleinbuchstaben als den gleichen Wert liest. Der String *screen save time out* wäre wegen der Leerzeichen unverdaulich. Geschrieben werden muß er *screensavetimeout*. *ScreenSaveTimeOut* ist für den Computer genau dasselbe – und für den Menschen denn doch sehr viel lesbarer. So kam sogar das der Kleinschreibung ergebene Englisch in den letzten Jahren vermehrt zu Majuskeln – nebenbei ein Argument

für die Beibehaltung der Großschreibung im Deutschen: Sie erleichtert das Lesen.

5. Das Deutsch von morgen besitzt den sächsischen Genitiv, nicht nur bei Eigennamen (*Norton's*), auch bei anderen Substantiven (*Manager's*). Schon heute ist er aus dem Straßenbild nicht mehr wegzudenken. Dort war er zunächst nur ein Signal für Internationalität, also eine Art, Aufmerksamkeit zu erregen. Im Deutsch von morgen entfällt das Motiv der Werbewirksamkeit; er wird Routine, kann aber ebensogut auch fehlen – die Genitivschreibung ist nicht mehr geregelt.

6. Kommas werden im Deutsch von morgen ebenfalls nach dem Zufallsprinzip über den Text verstreut (*Für, in der Shell installierte Objekte...*). Das leidige Problem der Silbentrennung wird ein für allemal radikal gelöst. Das Handbuch hat sich für die eine mögliche Radikallösung entschieden: Es trennt Wörter am Zeilenende gar nicht mehr, egal wie tief die Einschnitte am flatternden rechten Rand auch werden (oder wie weit bei Blocksatz die Wortzwischenräume). Die andere radikale Lösung scheint zur Zeit jedoch die größeren Aussichten zu haben: die Wörter an beliebigen Stellen zu zerhacken, wann auch immer die Zeile gerade voll ist (*Blutergüsse, Kreb-stiere, Waldst-erben*).

7. Die deutsche Idiomatik wird stark angereichert, und zwar um Redewendungen, die geradewegs und aufs wörtlichste aus dem Englischen übersetzt wurden: *danke für diese Anweisungen* statt ‹dank dieser Anweisungen›, *das ist so, da...* statt ‹das liegt daran, daß...› und so weiter. Auch hier setzt das Deutsch von morgen jedoch nur fort, was ihm das Deutsch von heute längst vorgemacht hat, wenn es *in 1996* oder *in Deutsch* oder *in Schlaf fallen* sagt, ist das nicht so?

8. Während sich die Anglisierung des Deutschen im allgemeinen auf den Wortschatz, die Wortbildung und die Idiomatik beschränkt und die Syntax unangetastet gelassen hat, wird das Deutsch von morgen hier erste Einbrüche erzielen.

Besonders anfällig für die Auflösung grammatischer Regeln ist zunächst die Zone der Adjektive. In ganz eilig aus dem Englischen übersetzten Texten wird gelegentlich die deutsche Form der Steigerung gegen die englische vertauscht: *das ist mehr interessant, am meisten nützlich ist ein Bike*. Und wie die Nebeneinanderstellung flexionsloser Wortstämme im Englischen zuweilen die Grenze zwischen Adjektiv und Substantiv verwischt (man merkt nur: das hintere Substantiv wird von dem vorderen Element näher bestimmt), geschieht es auch im Deutsch von morgen: *der original Programmdateiname, der standard Treiber*. Das heißt, die Entkoppelung von Komposita läßt Scheinadjektive entstehen. Scheinadjektive lassen sich meist nicht flektieren (*der *standarde Treiber* ist unmöglich), so daß die Flexion auch dort unterbleibt, wo sie zufällig möglich wäre (*der originale Name*). Damit gilt der bisherige deutsche Code nicht mehr unbedingt: Wie im Englischen bleiben Adjektive hin und wieder flexionslos: *mit voll Power* – wohl weil es dem importierten ‹full power› näher ist als ‹mit voller Power›. Auch die *trocken hardboiled Schreibe* (die im ‹Spiegel› zu lesen war) ist solch ein Fall. Ist ein *spezial Akne Programm* ein Spezialprogramm für die Aknebehandlung oder ein Behandlungsprogramm für eine spezielle Akne? Der Status dieses *spezial* ist nicht mehr auszumachen, und darum ist es auch der Sinn der ganzen Fügung nicht.

Im poetischen Deutsch früherer Zeiten konnte *das rote Röslein* ohne weiteres zum *Röslein rot* werden. In gänzlich unpoetischen Fügungen wie *Ski total* oder *Urlaub exklusiv* kehrt die Nachstellung des unflektierten Adjektivs heute zurück. Es ist in solchen Fällen nicht mehr klar, ob es sich überhaupt noch um Adjektive handelt oder ob diese zu Adverbien mutiert sind. Fragt die dahinterstehende Sprachlogik: ‹Was für einen Skilauf willst du? Einen totalen?› Oder fragt sie vielmehr: ‹Wie willst du Ski laufen?› ‹Total?› Es ist nicht mehr sicher auszumachen. So entsteht eine Klasse von Adjektiven von unsicherem Status, bei denen eine Flexion nicht mehr angebracht ist. Sie ist auch dann nicht mehr angebracht, wenn ein prädikativ gebrauchtes und damit flexionsloses (Pseudo-) Adjektiv in die attributive Stellung gerückt wird. Es sind vor allem drei Fälle: *(Der Film ist) Klasse, (Der Comic ist) Spitze, (Das Heft ist) Scheiße.* Alle drei Substantive werden offenbar für prädikativ gebrauchte Adjektive gehalten und darum häufig, natürlich weiter unflektiert, vor ein Substantiv gestellt und dabei dann auch gleich klein geschrieben: *Ein klasse Film. Ein spitze Comic. Ein scheiße Heft* – wohlgemerkt nicht *ein *scheißes Heft* und auch nicht, wie es früher einzig hätte heißen können, *ein Scheißheft.* Verlegenheit haben schon immer einige importierte Farbadjektive wie *lila, orange, rosa* bereitet – sollen sie flektiert werden oder nicht? *Ein orange Ballon? Ein oranger Ballon? Ein orangener Ballon?* Mit Anstand konnte man sich der Verlegenheit nur entziehen, indem man ihnen ein ‹-farben› oder ‹-farbig› anhängte. Nun kommen weitere des Wegs, *pink* etwa. Man versteht den Übersetzer des Science-fiction-Autors William Gibson, wenn er *pink* weder bieder übersetzen noch mit einem ‹-farben› beschweren will. Es wie ein deutsches Adjektiv zu flektieren, traut er sich andererseits auch nicht. Also läßt er es unflektiert: *Er kratzte sich mit der pink Klaue... Es war ein flaches, pink Oktagon...* Wer heute Deutsch hört und liest, begegnet immer mehr solchen unflektierten Adjektiven. Sie scheinen also bisweilen erlaubt zu sein – nur könnte niemand mehr angeben, wann. Die Adjektivflexion, im Prozeß ihrer Deregulation.

9. Das Handbuch zum Deutsch von morgen hat die bereits weitverbreitete Sitte aufgegriffen, das, was im herkömmlichen Deutsch nur durch den Genitiv oder eine Präposition ausgedrückt werden konnte, auf die umstandslose englische Art zu konstruieren: *der Kohl-Besuch* statt *Kohls Besuch*, *der Handke-Roman* statt *Handkes Roman*, *die Schmidt-Villa* statt *die Villa von Familie Schmidt.* Die ältere deutsche Art bot ein Mittel, einen feinen Unterschied zu machen zwischen

einem neuen zusammengesetzten Sammelbegriff für eine Sache, die in der Mehrzahl auftreten kann, und der reinen attributiven Ergänzung eines Begriffs. *Müllers Hut* war der besondere Hut, der Müller gehört; *der Müller-Hut* dagegen war ein Hut vom Typ jenes, den Müller trägt. Diese feine Unterscheidungsmöglichkeit hat Deutsch unter dem Einfluß des Englischen längst aufgegeben. Aber das Handbuch zum Deutsch von morgen dehnt diese Sitte nun auch auf vielgliedrige Phrasen aus. Erst versteht man gar nichts mehr. Wenn man sich dann aber klargemacht hat, daß der Typ *das Schild «Vorsicht, spielende Kinder»* hier zu *das «Vorsicht, spielende Kinder»-Schild* umgebaut wird und zudem alle hilfreichen Satzzeichen entfallen, wird plötzlich klar, was da gemeint sein könnte: *der Geschicktes Entfernen Abschnitt, die Alle Löschvorgänge bestätigen Checkbox, der Druckereinrichtung Sende Header Dialog,* gar *der Wählen Sie das zu deinstallierende Programm Dialog.* Aber das sei nun wirklich eine private Marotte dieses einen Übersetzers? Keineswegs. Vielerorts stößt man auf Ähnliches, zum Beispiel im Internet auf den Gruß: *Willkommen bei der besetztes haus Alt Stralau 46 Home Page Wir bleiben alle.*

10. Ob *der Waise* (*Die Definition eines «Waisen» ist*… zu lang, um hier zitiert zu werden) ebenfalls futuristisch gemeint ist oder antiantisexistisch, wird leider nicht deutlich; die konsequente Großschreibung von Adjektiven in titelartigen Zeilen ist es bestimmt. Gelegentlich führt zwar auch sie zu Großen Verständnis Problemen: Entspricht das *Schnelle Waisen Finden* dem *Geschicktes Waisen Löschen,* das heißt: Ist «der Waise» schnell, oder wird er schnell gefunden? Das Deutsch von morgen wird keineswegs ein einfacheres, klareres sein.

Irgendwo in dem Handbuch heißt es: «Betrachten Sie es so, als wenn zwei Personen verschiedene Sprachen sprechen, die einen Übersetzer beschäftigen, der ihre Worte übersetzt. Die Funktion des Übersetzers übernimmt der Treiber.» Hier hat umgekehrt der Ü. die Funktion des T. übernommen. Er treibt dem Deutsch von morgen entgegen.

Wohlgemerkt, bei den Neuerungen dieses Textes handelt es sich nicht um die Privatangelegenheit eines einzelnen. Es handelt sich zum Teil auch nicht um bloße lexikalische Neuerungen, die sich noch irgendwie unter dem Begriff ‹Fremdwort› subsumieren ließen, sondern um strukturelle Veränderungen der Sprache. Manchen, die derlei lesen, wird schon nichts mehr daran auffallen, wie niemandem, der dieses Machwerk in den Druck beförderte, etwas daran aufgefallen zu sein scheint. Anderen werden sich die Haare sträuben. Zwar dürften sie drastischere Ausdrücke wählen, aber sie liefen wohl alle auf ein ästhetisches Urteil hinaus: Wie unschön! Tatsächlich hat sich eine Sprache im Zustand der Deregulation auch um die Fähigkeit gebracht, schön zu wirken – der Eindruck der Sprachschönheit setzt eine überlegene Beherrschung ihrer Regeln voraus. Aber wie alle ästhetischen Urteile wäre auch dieses subjektiv, weder zu beweisen noch zu widerlegen. Was der eine unschön findet, gefällt dem anderen um so mehr, vielleicht gerade darum, weil es so «unschön» wirkt. Zeigen solche Texte nicht immerhin, daß die deutsche Sprache nicht stagniert? Daß sie sich dem Wandel der Zeiten anpaßt? Daß sie internationaler wird, weniger deutsch? Und ist das nicht ein gefälliger Anblick, ein gefälligerer als die Einhaltung irgendwelcher altüberlieferter Normen?

Ob schön oder unschön: gegen solche Texte spricht vor allem, daß sie nur mit Mühe und Phantasie überhaupt verständlich sind. Bei jedem Wort, jeder Phrase, jedem Satz muß sich der Leser fragen, welcher Tiefencode hier gelten soll: der deutsche? der englische? keiner von beiden, weil ein solcher Text alles erwarten läßt, auch das totale Chaos? Am besten übersetzt man sich in Gedanken erst einmal alles zurück ins Englische, und sofort wird vieles klar. Vermutlich ist es genau diese Schwerverständlichkeit, die den Eindruck der Unschönheit weckt: der unberechenbare dauernde Codewechsel und der Eindruck allgemeiner sprachlicher Regellosigkeit.

Sicher wird auch das Deutsch von morgen, das sich heute an vielen Stellen ankündigt, eine Sprache sein, in der sich das Nötige ausdrücken läßt. Auch werden die *Kids*, die heute ihre *Trial-und-Error Odysseen* beim *Zappen* von *Quizshow* zu *Talkshow* erleben, eines nicht fernen Tags genau dieses pidginisierte Deutsch für das einzig richtige halten und vielleicht auf ihre Weise kreolisieren. Vielleicht wird es, wenn sich seine Worte und Weisen eine gewisse Geschichte erworben haben, dann sogar eine Literatur ermöglichen, falls so etwas wie Literatur noch gefragt sein sollte.

Sub specie aeternitatis mögen sich alle Sorgen um den Bestand einer bestimmten Sprache kleinlich und kurzsichtig ausnehmen. Wer die Brennweite so weit einstellt, wie manche Linguisten es tun, die Sprachen im Kontakt miteinander erforschen, sieht die Welt als ein brodelndes Meer von einigen tausend Sprachen, jede mit ungezählten Varietäten und in Berührung mit anderen, die sich im Laufe dieser Kontakte gegenseitig anstecken, durchdringen und manchmal auch kannibalisieren. Der «ideale Sprecher» der Grammatiktheorie: ein Konstrukt, eine Fiktion – niemand beherrscht seine Sprache je vollständig. Jedes Beharren auf einer einzelnen Sprache, auf der «korrekten» Beherrschung eines einzelnen Sprachzustands nimmt sich unter diesem Blick unaufgeklärt, reaktionär und geradezu lächerlich aus: als nichts anderes denn ein Symbol für die Machtansprüche einer bestimmten Sprechergemeinschaft auf Kosten jener, die nicht zu ihr gehören, und als letztlich vergeblich, denn auch wenn ein bestimmter Sprachzustand noch so zäh verteidigt wird, ist ihm nur eines gewiß: die Veränderung. Für die Oxforder Linguistin Suzanne Romaine zum Beispiel scheint schon der Begriff «die Sprache» irregeleitet – in Wirklichkeit besäßen alle immer nur «Sprache», das heißt sprachliche Mittel, und die gingen für jeden einzelnen ein anderes und zudem in ständiger Wandlung begriffenes, jedenfalls unideales Gemisch ein. Es ist dies natürlich ein Blick, der allen Kontaktphänomenen wie Entlehnungen, Mischungen, Interferenzen, Codewechseln mit grenzenloser Duldsamkeit zusieht, sie geradezu willkommen heißt. Ich meine jedoch, daß es ein verbreitetes und nicht verwerfliches Bedürfnis vieler Menschen ist, möglichst vollständig über einen bestimmten Code zu verfügen, der für sie dann der korrekte ist, auch wenn kein einziger von sich behaupten kann, sein idealer Sprecher zu sein; und daß eine bestimmte Sprache für ihre Sprechergemeinschaft genausosehr ein Kulturbesitz werden kann wie etwa eine bestimmte Rechtskultur, den zu verteidigen nicht weniger legitim ist als die Verteidigung kleiner Minoritätensprachen.

Läßt eine Sprache so große Veränderungen zu, daß die Erosion ihres Tiefencodes beginnt, so ist zumindest ein Effekt unausbleiblich: Die Sprachzustände der Vergangenheit werden fremd und schließlich unverständlich. Jenes Deutsch von morgen wird die Brücken zu dem Deutsch von gestern und heute abgebrochen haben. Wer das Deutsch von morgen spricht, wird einen Satz von Lichtenberg oder Heine oder Schopenhauer oder Nietzsche oder Brecht oder Enzensberger vielleicht noch ungefähr verstehen, aber er wird nicht mehr in der Lage sein, zu erkennen, daß er gut war und was an ihm gut war, wird es weniger können als wir angesichts eines Satzes von Walther von der Vogelweide. Es sei lieber einem Ausländer überlassen, zu sagen, warum das schade wäre – nicht weil die deutsche Sprache besser wäre als andere, sondern «weil die deutsche Sprache... so viele Schätze menschlicher Zivilisation in sich birgt» (der Amerikaner Mark Rilla). Das hieß wohl: ein Volk habe eigentlich nicht das Recht, etwas, das zum Weltkulturerbe gehört, verwahrlosen zu lassen.

Was geschehen müßte, um das Deutsch von morgen abzuwenden, liegt auf der Hand. Es müßte ganz und gar keinen

Einreisestopp für fremde Wörter geben. Sie müßten auch nicht allesamt brachial eingedeutscht werden. Es müßte in den von der Anglisierung betroffenen gemeinsprachlichen Bereichen nur die Menge der Codesprünge vermindert werden, so daß insgesamt der deutsche Code gefestigt würde. Hier eine Übersetzung, dort eine lautliche oder orthographische Anpassung, mit dem Ziel, die zugereisten Wörter in sämtlichen grammatischen Zusammenhängen frei gebrauchen zu können – schon das würde viel bewirken.

Es setzte jedoch den gemeinsamen Willen voraus, das Deutsche an der deutschen Sprache zu erhalten. Dieser Wille ist nicht vorhanden und würde, wenn er sich irgendwo regen sollte, sofort als Deutschtümelei ausgepfiffen. Also werden die, die später in unserm Land leben, Engländer, Franzosen und Spanier um ihren Eigensinn beneiden. Und die Klügsten werden ihre Kinder von Anfang an Englisch lernen lassen, damit diese wenigstens eine der geschichtlichen europäischen Sprachen von Grund auf und richtig beherrschen.

Es geht hier nicht um einzelne importierte Wörter. Es geht um die lexikalische, grammatische, phonetische und orthographische Hybridisierung einer Sprache, die in diesem Fall die unsere ist. Es geht auch nicht um etwas, das in der fernen Zukunft eintreten könnte, oder auch nicht. Es geht um eine Hybridsprache, weder Deutsch noch Englisch, die bereits an den Mauern klebt: *The Ultimate Battle House. Donnerstag, 22. Januar. Star DJ (It's like that, Remix von Run-D.M.C.) Live: Dance-Performance (Hip Hop, Karate Kicks, Akrobatic, Schwerter). Vorgeführt vom Show-Team. House-Frau mit DJ's (Bauhouse Berlin). Vvk DM 20,– zzgl. Vvk. Gebühr.*

Im Magazin einer Fluglinie war über Malaysia zu lesen: «Obwohl die Amtsprache in Malaysia das beziehungsreiche und poetische Bahasa Melayu ist, wird zwischen den ethnischen Gruppen gewöhnlich ein englischer Dialekt gesprochen. Die innovativen grammatischen Strukturen dieses hybriden Dialekts entzücken Besucher wie Linguisten.»

Hundert Computerbegriffe in zehn europäischen Sprachen

Englisch	Dänisch	Finnisch	Französisch	Italienisch
access provider	netleverandør	yhteydentoimittaja	fournisseur d'accès	fornitore d'accesso
application	applikation	sovellus	application	applicazione
backup	sikkerhedskopi	varmuuskopio	sauvegarde, backup	backup
benchmark	benchmark	benchmark, koestus	référence	segno di riferimento
to boot	boote	käynnistää uudelleen	amorcer	avviare
boot disk	bootdiskette	alkukäynnistyslevy	disquette d'amorçage	disco di avvio
browser	browser	selaaja	browser	server Web
buffer	buffer	puskuri	tampon	buffer
bug	programfejl, bug	vika, virhe	bug, bogue	bug, errore
bus	bus	väylä	barre, bus	bus

Niederländisch	Polnisch	Schwedisch	Spanisch	Deutsch
toegangs-provider	serwis dostępu	acces provider	proveedor de acceso	Provider, Dienstanbieter
toepassing, applikatie	aplikacja	applikation	aplicación	Anwendung, Applikation
reservekopie	backup, kopia bezpieczeństwa	backup, säkerhetskopiering	backup, copia de seguridad	Backup, Sicherungskopie
benchmark	program testujący	benchmark, referenspunkt	benchmark, acción de prueba de referencia	Benchmark
starten	inicjować	primärladda	lanzar	booten, starten
bootsdiskette	dyskietka startowa	bootdiskett, primärladdningsdiskett	disquette de lanzamiento	Bootdiskette, Startdiskette
browser	browser	browser	examinador, browser	Browser
buffer	bufor	buffert	buffer, memoria intermedia	Puffer
fout	błąd w aplikacji	bugg, defekt	bug, error	Bug, Programmfehler
bus	bus	buss	bus	Bus

Englisch	Dänisch	Finnisch	Französisch	Italienisch
CAD	CAD	CAD, tietokone-avusteinen suunittelu	CAO, conception assistée par ordinateur	CAD
CD-ROM drive	CD-ROM-drev	CD-ROM-asema	lecteur CD-ROM	lettore di CD-ROM
chip	chip	mikropiiri	puce	chip, circuito miniatur-rizato
to click	klikke	napauttaa	cliquer	cliccare
client	klient	asiakas	client	cliente
color monitor	farveskærm	värinäytin	écran, moniteur couleur	monitor colori schermo a colori
compiler	compiler	kääntäjä	compilateur	compilatore
computer	computer	tietokone	ordinateur	computer, calculature elaboratore
to copy	kopiere	jäljentää, kopioida	copier	copiare
CPU	processor, lakrids	suoritin, prosessori	processeur, unité centrale	processore

Niederländisch	Polnisch	Schwedisch	Spanisch	Deutsch
CAD, computer-ondersteund ontwerp	CAD, projektowanie wspomagane komputerowo	CAD	CAD, diseño soportado por ordenador	CAD
CD-ROM speler	stacja dysków CD-ROM	CD-ROM-spelar	lector CD-ROM	CD-ROM-Laufwerk
chip	chip, kostka	IC-krets	chip, pastilla electrónica	Chip
klikken	klikać	klicka	accionar tecla del ratón	klicken
klant	klient, uzytkownik sieci	kund	cliente	Client
kleurenmonitor, scherm	monitor kolorowy	färg(bild)-skärm	monitor(en) color	Farbmonitor
compiler	kompiler	compiler	compilador	Compiler
computer	komputer	dator	ordenador, computadora	Computer, Rechner
copiëren	kopiować	kopiera	copiar	kopieren
CPU, centrale verwerkingseenheid	procesor	CPU, processor	unidad central de proceso, procesador	CPU, Prozessor, Zentraleinheit

Englisch	Dänisch	Finnisch	Französisch	Italienisch
crash	crash	kaatua, lakata toiminnasta	panne totale, incident	crash, crollo
cyberspace	cyberspace	keinomaailma	cyberspace	ciberspazio
decoder	dekoder	dekooderi, purkaja	décodeur	decodificatore
data bank	databank	tietovarasto	banque de données informathèque	banca dati
to delete	slette	poistaa	supprimer effacer	cancellare, annulare
directory	dir, indeks	hakemisto	répertoire	directory
to download	hente, downloade	noutaa	transfer, télécharger	scaricare
drag & drop	træk og slip	vedä ja pudota	tirer-lâcher, drag & drop	trascinare e rielasciare
driver	driver	ajuri, ohjain	driver, pilote	driver
DTP	DTP, desktop publishing	sivuntaitto, omataitto	P.A.O., Publication Assistée par Ordinateur, microédition	DTP, desktop publishing, editoria elettronica
e-mail	e-post	sähköposti, e-mail	courrier électronique	posta elettronica

Niederländisch	Polnisch	Schwedisch	Spanisch	Deutsch
crash, systemfout	zawiesic się	krasch	cuelgue, crash	Absturz
cyberspace	przestrzeń cybernettyczna	cyberspace	cyberspace	Cyberspace
decoder	dekoder	decoder	decodificador	Dekoder
databank, gegevensbank	baza (bank) danych	databas, databank	banco de datos	Datenbank
uitwissen	kasować, usuwać (z pamięci)	radera, deleta	suprimir, cancelar	löschen
directory, map, catalogus	katalog	katalog, bibliothek	directorio	Verzeichnis, Ordner
downloaden, sponzen, teleladen	sprowadzać, przyjmować, ściągać	ladda ner	bajarse	downloaden, herunterladen
drag & drop	ciągnij i upuść	dra-och-släppa	arrastrar y soltar	Drag and Drop
driver, stuurprogramma	program obsługi	drivrutin	circuito piloto	Treiber
DTP, desktop publishing	DTP, desktop publishing	desktop (publishing)	autoedición	DTP
e-mail, elektronische post	poczta elektroniczna	e-mail, e-post, elektronisk post	correo electrónico	E-Mail

Englisch	Dänisch	Finnisch	Französisch	Italienisch
file	fil	tiedosto	fichier	file
floppy (disk) drive	diskettedrev	levykeasema	lecteur disquette	disco, floppy disc
to format	formattere	muotoilla, alustaa	formater	formatare
hard disk drive	harddisk	kiintoasema	unité de disque dur	drive di disco fisso, hard disk
hardware	hardware	laitteisto	matériel	hardware
host	host, vært	isäntäkone	serveur	host
hotline	hotline	hotline, puhelin-neuvonta	ligne directe	hotline
hyperlink	hyperlink	hyperlinkki, sidoslinkki	liaison	colle-gamento
icon	icon	kuvake, ikoni	icône	icona
inkjet printer	inkjet printer	mustesuihku-tulostin	imprimante à jet d'encre	stampante inkjet
to install	installere	asentaa	installer	installare
interface	interface, grænsesnit	liitymä, liitäntä	une interface	interfaccia
joystick	joystick	peliohjain	manette de jeu	joystick

Niederländisch	Polnisch	Schwedisch	Spanisch	Deutsch
bestand	plik	fil	fichero	Datei
diskette-station	stacja dysków miękkich, stacja dyskietik	diskettdrive	disquetera	Diskettenlaufwerk
formatteren	formatować	fomatera	formatear	formatieren
harde schijf, harddisk	stacja dysków miękkich, stacja dyskietek	hårddisk	unidad de disco duro	Festplattenlaufwerk
apparatur, hardware	hardware	hårdvara	hardware	Hardware
gastheer (Computer)	host, gospodarz	host	ordenador central, host	Host
hotline	hotline, aktualna linia	hotline	hotline	Hotline
hyper-verbinding	łacznik, link	hyperlink	encadenamiento	Hyperlink
icoon(tje)	ikona	ikon	icono	Ikone
inkjetprinter	drukarka atramentowa	bläckstråleskrivare	impresora a chorro de tinta	Tintenstrahldrucker
installeren	ibstalować	installera	instalar	installieren
interface	interfejs	gränssnitt	interfaz	Schnittstelle
joy-stick	joystick	joystick	palanca de mando	Joystick

Englisch	Dänisch	Finnisch	Französisch	Italienisch
keyboard	tastatur	näppäimistö	clavier	tastiera
laser printer	laserprinter	lasertulostin	imprimante laser	stampante laser
to load	indlæse, loade	ladata	charger	leggere
to log in	logge ind	kirjata sisään	ouvrir	registrare
macro	makro	makro	macro	macro
memory	memory, hukommelse	muisti	mémoire	memoria
memory manager	memory manager	muistin-hallitsin	gestionnaire de mémoire	memory manager
micro-computer	mikro-computer	mikro-tietokone	micro, micro-ordinateur	micro, micro-calculatore
minitower	minitower	minitorni	minitour	minitower
modem	modem	modeemi	modem	modem
motherboard	bundkort, motherboard	emolevy	carte mère	scheda madre, mother-board
mouse	mus	hiiri	souris	mouse
mouse click	musklik	hiiren napautus	clic de souris	clic con il mouse

Nieder-ländisch	Polnisch	Schwedisch	Spanisch	Deutsch
toetsenbord	klawiatura	tangentbord	teclado	Tastatur
laserprinter	drukarka laserowa	laserskirvare	impresora láser	Laserdrucker
laden, inlezen	ładować, wprowadzać do pamięci	ladda	sacar, leer	laden
inloggen	zalogować się, podłączać się	logga in	entrar en el sistema	einloggen
macro	makro	macro	macro	Makro
geheugen	parmięć	minne	memoria	Speicher
geheugen-manager	menedżer pamięci	minne-shanterare	administrador de memoria	Speicher-verwaltung
micro-computer	mikro-komputer	mikrodator	micro-ordenador	Mikro-computer
minitower	mini-wieża	minitower	minitorre	Minitower
modem	modem	modem	módem	Modem
moederkaart	płyta główna	moderkort	placa base	Motherboard, Hauptplatine
muis	mysz	mus	ratón	Maus
muisklik	kliknięcie myszą	musklickning	clich del ratón	Mausklick

Englisch	Dänisch	Finnisch	Französisch	Italienisch
multimedia	multimedia	multimedia	multimédia	multimedia
network	netværk	verkko	réseau	rete
newsgroup	nyheds-gruppe	uutisryhmä	newsgroup	gruppo novità
notebook	notebook	kannettava muistikirja	notebook, portable, carnet	notebook, portatile
OCR	Optisk Læsbar Skrift	optinen luku, tekstintunnistus	reconnaissance de caractères	riconoscimento caratteri
online	on-line	on-line, suora	on line, en ligne	on-line, in linea
operating system	operativ-system	käyttöjärjestelmä	système d'exploitation	sistema operativo
parallel port	parallelport	rinnakkaisportti	port parallèle	porta parallela
personal computer	PC'en	mikro	PC, micro	PC, micro, personal
plug & play	plug & play	plug & play, kytke ja käytä	prêt à l'emploi	Plug & Play
interface, port	port	portti	port	porta
printer	printer	tulostin	imprimante	stampante

Nieder-ländisch	Polnisch	Schwedisch	Spanisch	Deutsch
multimedia	multimedia	multimedia	multimedia	Multimedia
netwerk	sieć, network	nätverk	red	Netzwerk
nieuwsgroep	grupo informacyjna, infogrupa	newsgroup	newsgroup, grupo de informaciones	Newsgroup
notebook, notaboek	notatnik	notebook	el notebook, ordenador portatil	Notebook
OCR, tekstherkenning, karakterherkenning	optyczne rozpoznawanie znaków	OCR, teckenigenkänning	OCR, reconocimiento de caracteres	OCR
on-line, gekoppeld, in verbinding	na linii, online	on-line	online, contacto al ordenador	online, verbunden
besturingssysteem	system operacyjny	operativsystem	sistema operativo	Betriebssystem
parallelpoort	port równolegly	parallel port	interface en paralelo	Parallelport, -schnittstelle
pc	komputer osobisty	PC -n, persondator, personliga dator	PC, ordenador personal	PC, Personalcomputer
plug & play, inschakelen & spelen	podłącz i graj, plug & play	plug & play	plug & play	Plug and Play
poort	port	port, interface	interface	Schnittstelle, Port
printer	drukarka	skrivare	impresora	Drucker

Englisch	Dänisch	Finnisch	Französisch	Italienisch
to program	programmere	ohjelmoida	programmer	programmare
programming language	programmeringssprog	ohjelmointikieli	langage de programmation	linguaggio di programmazione
prompt	prompt	kehote	guidage	pronto
protocol	protokol	yhteyskäytäntö	protocole	protocollo
pull-down menu	rullegardinmenu	vetovalikko	menu déroulant	menu a tendina
RAM	RAM	RAM, käyttömuisti	RAM, mémoire vive	RAM, memoira ad accesso casuale
to reset	nulstille, resette	nollata, palauttaa	réinitialiser, mettre à zéro	risettare
to restore	genoprette	entistää, palauttaa	restaurer	restaurare
ROM	ROM	ROM, lukumuisti	ROM, mémoire morte	ROM
to scan	skanne	lukea, skannata	balayer, explorer	scandire, fare la scansione

Niederländisch	Polnisch	Schwedisch	Spanisch	Deutsch
programmeren	programować	programmera	programar	programmieren
programmeertaal	język programowani	programmeringsspråk	lenguaje de programación	Programmiersprache
prompt	znak wezwania, prompt	prompt	prompt, insertar mensaje guía del operador	Prompt, Eingabeaufforderung
protocol	protokół	protokoll	protocolo	Protokoll
pull-down-menu	menu kaskadowe	rullgardinsmeny	menú desplegable	Pull-Down-Menü
intern geheugen, RAM	RAM, pamięć swobodnego dostępu, pamięc robocza	internminne	RAM	RAM, Arbeitsspeicher
resetten, terugstellen	resetować, zresetować	resetta, återställa	reponer al estado inicial, inicializar	zurücksetzen, resetten
herstellen	przywracać	restore, plocka fram på nytt	reconstruir	wiederherstellen
ROM	ROM, pamięć stała	ROM	ROM	ROM
scannen, aftasten	skanować, zeskanować	scanna, läsa in	digitalizar, escanear, lecturar	scannen

Englisch	Dänisch	Finnisch	Französisch	Italienisch
scanner	scanner	tasokuvan-lukija	scanner, analyseur	scanner
serial port	serieport	sarjaportti	port série	porta seriale
server	server	palvelin	serveur	server
setup	opsætning	alkuasetuk-set	installation	settaggio
software	software, blødvare	ohjelmisto	logiciel	software
soundcard	lydkort	äänikortti	carte son	scheda sound, scheda sonora
spreadsheet	regneark, spreadsheet	laskutau-lukko	feuille de calcul	foglio elettronico, tabellone, spreadsheet
streamer	streamer	nauhavar-mistin	unité de sauvegarde à cartouche	streamer
task	proces	tehtävä	tâche	operazione
task bar	proceslinje	tehtävä-palkki	barre des tâches	tasto operazione
toner	toner	sävytin	toner	toner
tool	verktøj	työkalu	outil	utensile

Niederländisch	Polnisch	Schwedisch	Spanisch	Deutsch
scanner, aftaster	skaner	scanner	escáner	Scanner
seriële poort	port seryjny	serieelt interface	interface en serie	serielle Schnittstelle
server	servis obsługi, obsługujący	server	servidor	Server
installering	instalacja, setup	setup, installering	setup, instalación	Setup
programmatuur, software	software	mjukvara, programvara	software	Software
geluidskaart	karta dźwiękowa	ljudkort	tarjeta de sonido	Soundkarte
rekenblad, spreadsheet	arkusz kalkulacyjny	kalkylark	hoja de cálculo	Spreadsheet
streamer	pamięć magnetyczna	streamer	streamer, bobinador en continuo	Streamer
taak	czynność, task	uppgift	tarea activa	Task
taskbar	pasek narzędzi	uppgiftsblock	barra de tareas	Taskbar
toner	toner, barwnik	toner	tinta, toner	Toner
gereedschap	narzędzie	verktyg, tool	herramienta	Tool, Werkzeug

Englisch	Dänisch	Finnisch	Französisch	Italienisch
trackball	trackball	pallo-ohjain	balle roulante	sfera rotante
to uninstall	afinstallere	poistaa asennus/ohjelma	désinstaller	disinstallare
to upgrade	opgradere	korottaa, parannella	étendre, évoluer, mettre à jour	aggiornare
user	bruger, anvender	käyttäjä	utilisateur	utente
user interface	brugerflade	käyttöliittymä	interface utilisateur	interfaccia utente
utility	hjælpeprogram, util	apu(ohjelma)	outil, utilitaire	utility
video card	grafikkort	näytönohjain	carte graphique	scheda grafica
word processing	tekstbehandling	tekstinkäsittely	traitement de texte	word procesor, elaborazione de textos
workstation	arbejdsstation	työasema	station/poste de travail	workstation, stazione di lavoro
	$62 + 48 = 110$ 52%	$99 + 7 = 106$ 93%	$95 + 15 = 110$ 86%	$74 + 39 = 113$ 65%

Niederländisch	Polnisch	Schwedisch	Spanisch	Deutsch
trackball	trakbal, sterownik kursora	trackball	bola rodante	Trackball
deïnstalleren	deinstalować, anulować instalację	av-installera	desinstalar	deinstallieren
uitbouwen, opwaarderen	doskonalić, poprawiać	uppgradera	actualizar, ampliar, hace passar a una versión superior	upgraden
gebruiker	użytkownik	användare	usuario	User, Anwender, (Be-)Nutzer
gebruikersinterface	interfejs użytkownika	användargränssnitt	interfaz de usuario	Benutzerschnittstelle
hulpprogramma, utiliteit	program usługowy	hjälpprogram	utilidad	Utility, Dienstprogramm
grafische kaart	karta grafiki	grafikkort	terjeta gráfica	Grafikkarte
tekstverwerking	obróbka tekstu	ordbehandling, textbearbetning	proceso de textos	Textverarbeitung
werkstation	stacja robocza, workstation	arbetsstation, workstation	estación de trabajo, workstation	Workstation
71 + 33 = 104 68 %	92 + 20 = 112 82 %	74 + 33 = 107 69 %	91 + 23 = 114 80 %	63 + 48 = 111 57 %

Es wurde für die einzelnen Sprachen einerseits ausgezählt, für wie viele der hundert ausgewählten Computerbegriffe ein oder mehrere Wörter gebräuchlich sind, die unveränderte, in keiner Weise assimilierte Übernahmen aus dem Englischen darstellen. Andererseits wurde ausgezählt, wie viele dieser Begriffe mit einem oder mehreren Wörtern ausgedrückt werden, die in irgendeiner Weise an die Zielsprache angepaßt wurden: durch Lehnschöpfung, durch Übersetzung oder durch auch nur minimale orthographische Angleichung an die eigenen Laut-Buchstaben-Beziehungen der Zielsprache. Wo mehrere unassimilierte oder assimilierte Wörter nebeneinander bestehen, wurden diese jeweils nur einmal gezählt. Da in allen Sprachen für manche Begriffe sowohl unassimilierte wie assimilierte Wörter zur Verfügung stehen, ist die Gesamtzahl der Wörter überall höher als hundert. Wenn sie besonders hoch ist (im Spanischen, Italienischen und Deutschen), bedeutet das, daß hier noch in vielen Fällen assimilierte und unassimilierte Wörter koexistieren, die Entscheidung oft also noch nicht gefallen ist. Die Prozentzahl gibt an, für welchen Teil der jeweiligen Gesamtmenge assimilierte Wörter zur Verfügung stehen. Je *höher* die Prozentzahl, desto *weniger* anglisiert ist der Computerjargon der betreffenden Sprache. Kein einziges der im Englischen gebrauchten Wörter ist nichtenglischen Ursprungs; auch die Kunstwörter (*modem*, *multimedia*) sind nach angloamerikanischen Regeln gebildet.

Die Berichtigung
Über die Sprachreform im Zeichen
der Politischen Korrektheit

Das, was heute auch in Deutschland *Political Correctness*, PC, Politische Korrektheit, PK, heißt, ist nicht nur ein sprachliches Phänomen. Es ist ein Bündel politischer und weltanschaulicher Meinungen, eine Denkweise, eine Haltung, eine Stimmung, zuweilen geradezu ein Lebensstil. Es ist dabei aber auch, und zwar ganz zentral, eine Art zu sprechen, in Amerika zum Teil sogar der Ausfluß etlicher ausdrücklicher und sanktionsbewehrter Sprachregelungen. Die sprachlichen Veränderungen, die die PK bewirkt hat und in aller Welt weiter bewirkt, lassen sich jedoch nur auf dem Hintergrund der ganzen Denkweise verstehen (und kritisieren), der sie zu Diensten steht.

Sie ist nicht auf Amerika beschränkt, und sie ist nichts Marginales. Im Gegenteil, sie wirft einige der letzten Fragen des gesellschaftlichen Zusammenlebens auf, denen sich niemand entziehen kann. Welche Haltung sollen in einem heterogenen – multikulturellen, multiethnischen, multirassischen, multisprachlichen, multisexualorientierten, multireligiösen – Gemeinwesen die einzelnen Gruppen zueinander einnehmen? Wie können und sollen sie ihr Zusammenleben organisieren? Welche Meinungen übereinander und welche Wörter füreinander dürfen geäußert werden und welche nicht?

Es sind Fragen, die sowieso nicht leicht zu erörtern wären, da für jeden einzelnen zuviel vom Ausgang dieser Erörterung abhängt. Wenn dazu die Geschichte der Beziehungen zwischen den betreffenden Gruppen eine der manifesten, unbestreitbaren Ausbeutung, Diffamierung, Unterdrückung oder gar Sklaverei war, erschweren die Gereiztheit auf seiten der Nachkommen der Opfer und das schlechte Gewissen auf seiten der Nachkommen der Täter jede Diskussion noch mehr. Sachlich und nüchtern jedenfalls wird es dabei nicht zugehen können. Daher die schrillen Töne im Streit um die Politische Korrektheit. Sie wurde als ein schützender Verband über lauter wunde Punkte gelegt. Schon ein bloßes Wort kann ihn herunterreißen.

Das Zusammenspiel von gereizten Forderungen und schlechtem Gewissen hat an den amerikanischen Hochschulen und zum Teil auch in den Medien in den letzten fünfundzwanzig Jahren nach und nach ein Klima entstehen lassen, in dem es gefährlich ist, bestimmte Ideen und bestimmte Wörter laut zu sagen: Ideen und Wörter, von denen sich eine der *Opfergruppen* herabgesetzt fühlt oder fühlen könnte. Hochschullehrer wurden an den Pranger gestellt, am Reden gehindert, beleidigt und gedemütigt, hier und da auch physisch bedroht und tätlich angegriffen, mußten Lehrveranstaltungen absetzen, verloren Forschungsmittel oder ihre Stellung, weil sie eine tabuisierte Idee vertreten, ein tabuisiertes Wort gebraucht hatten. Professoren, Studenten, Journalisten und Fernsehkommentatoren wurden genötigt, sich wegen einer tabuisierten Idee, eines tabuisierten Wortes, ja eines matten Witzes öffentlich zu entschuldigen, Buße zu leisten, zu widerrufen. («Habe meine Lektion gelernt», lautete die Überschrift eines Artikels, in dem ein Student in Michigan sich gezwungenermaßen für ein Scherzgedicht über einen homosexuellen Sportler entschuldigte.) Die Unduldsamkeit scheut nicht die Lächerlichkeit. Es kann Folgen haben, auf dem Campus das falsche T-Shirt zu tragen. Da sich darauf ein Junge und ein Mädchen küßten, wurde ein Professor an einer der großen Westküstenuniversitäten von einigen Studentinnen wegen «sexueller Belästigung» (*sexual harassment*) angezeigt und mußte ein Disziplinarverfahren über sich ergehen lassen. Hätten sich auf dem Hemd zwei Jungen oder zwei Mädchen geküßt, wäre ihm vermutlich eine Belobigung zuteil geworden.

«Tugenddiktatur», «Denkverbote», «Gedankenpolizei» – das sind dramatische, zu dramatische Worte, denn zu einem totalitären Staat sind die Vereinigten Staaten bei allem nicht geworden. Jedenfalls aber hat in einigen die öffentliche Meinung bestimmenden Milieus vielfach ein unduldsames Eiferertum um sich gegriffen, das – zum Besten des großen ganzen, versteht sich – anderen das Leben schwermacht und ein Klima der Einschüchterung und Beklommenheit erzeugt. Ausgerechnet die politischen Erben des *free speech movement* bestehen darauf, daß der freien Rede Grenzen gezogen werden sollten.

Dreieinhalb Jahrhunderte nach Galilei sei eine neue antikritische Ideologie auf dem Vormarsch, die die Wissenschaft selbst bedrohe, schreibt Jonathan Rauch. In seinem Buch ‹Kindly Inquisitors› (1993) heißt es: «In Amerika... und anderswo wird das alte Prinzip der Inquisition wiederbelebt: daß Menschen, die falsche und schädliche Ansichten hegen, zum Wohle der Gesellschaft bestraft werden sollten. Wenn man sie schon nicht ins Gefängnis werfen kann, dann sollten sie immerhin ihrer Arbeitsstelle verlustig gehen, organisierten Beschimpfungskampagnen ausgesetzt, zu Entschuldigungen und zum Widerruf gezwungen werden. Und wenn der Staat die Bestrafung nicht übernehmen kann, sollten private Institutionen und Interessengruppen es tun, eine auf Gedanken Jagd machende Bürgerwehr.»

Der Begriff der *Political Correctness* selber ist eins der seltenen Beispiele dafür, daß der Sprache durchaus eine gewisse Macht eigen sein kann. Nicht sosehr darauf kommt es an, was für einen Namen eine Sache hat – aber ob sie überhaupt einen Namen hat, macht in der Tat einen Unterschied. Komplexe Sachverhalte zu einem Begriff zusammenzufassen, erleichtert das Denken ungemein; prägnant benannte Begriffe machen diese Sachverhalte allgemein verhandelbar, und geschickt benannte Begriffe tragen bereits ein polemisches Moment in sich, das das Denken in eine bestimmte Richtung lenkt und ihm andere Wege abschneidet.

Ehe der Begriff der *Political Correctness* da war, gab es den Gesinnungsdruck einer radikalen politischen Bewegung, den er dann bezeichnen sollte, seit langem. Aber da er keinen zusammenfassenden Namen hatte, fehlte es ihm gewissermaßen an voller Realität – das Phänomen war allgegenwärtig und in Ermangelung eines Namens doch nicht benennbar. Die Plötzlichkeit, mit der er sich nach zwei fast gleichzeitigen Titelgeschichten der Magazine ‹Newsweek› und ‹New York› im Januar 1991 durchsetzte, zeigte, wie sehr er entbehrt worden war. Am Ende dürfte die bloße Existenz eines Namens einiges dazu beigetragen haben, die Auswüchse der PC zu überwinden.

Es war ein milde ironisches, kein gehässiges Wort, dem sein polemisches Potential zu Anfang nicht anzusehen war. Wer könnte sich schon durch das Attribut *korrekt* angegriffen fühlen? Mit dem Wort *politically correct* hatten sich in den sechziger Jahren junge Linke ironisch von der stursen Parteilinie mancher Funktionäre distanziert. Direkt oder indirekt ging es wohl zurück auf einige Mao-Sprüche aus dem Jahr 1963, zu finden in seinem Rotem Buch, etwa dem: «Sobald die richtigen [*correct*] Ideen... von den Massen beherrscht werden, werden sie zur materiellen Gewalt.» Im Diskurs der deutschen Linken meinte *Linientreue* und dann bei den Neu-Linken *richtiges Bewußtsein* das gleiche. Der Satz *You are not politically correct, I'm afraid* aus einer amerikanischen politischen Diskussion jener Tage wäre mit *Du hast eben nicht das richtige Bewußtsein, Genosse* zutreffend übersetzt. Der früheste Beleg für die Verwendung in einem positiven Sinn stammt aus dem Jahre 1970. Wörtlich übersetzt: «Jemand kann nicht zugleich politisch korrekt und Chauvinist sein.»

So lebte der Begriff, bald positiv, bald ironisierend kritisch gebraucht, als linker Insider-Kommentar zum relativen Wert der Gesinnungstreue viele Jahre still vor sich hin – bis John Taylors Titelgeschichte im Stadtmagazin ‹New York› ihn der Linken entwand und plötzlich die ganze Nation in Balkenlettern vor die Frage stellte: *Are You Politically Correct? Also: Hast du auch das richtige Bewußtsein?* Um dann im Innern zu beschreiben, welche vielfältigen Drangsalierungen an den Hochschulen auf Leute warten, die es am *richtigen Bewußtsein*, an der *political correctness* fehlen lassen.

Daß er so rasch um sich griff, lag jedoch nicht nur daran, daß nun ein amorpher und sozusagen schweifender Radikalismus einen Namen hatte. Es lag wahrscheinlich auch daran, daß dieser sich als ein ungewollt listiger Name erwies. Die, die nun die *politisch Korrekten* hießen, hatten sich gern als Schwimmer gegen einen übermächtigen Strom gesehen, als Partisanen. Der Name jetzt machte darauf aufmerksam, daß der Strom zumindest im Hochschulmilieu längst in ihre Richtung floß, daß ihr Partisanentum hier zu einer neuen Orthodoxie geworden war. Er traf sie sozusagen in ihrer Partisanenehre. Die Gegenseite hatte plötzlich die Genugtuung, zur Abwechslung einmal viele *P*Cler in der Defensive zu sehen, bemüht zu erklären, daß sie nur das politisch Notwendige, Anständige und Richtige täten, aber so *politisch korrekt* gar nicht wären.

Später, als das Wort zu einem giftigen Kampfbegriff geworden war, den sich die Parteien hin und her reichten und der dann auch in andere Länder mit anderen sozialen Gemengelagen exportiert wurde, verschwamm seine Bedeutung, fiel alles nur mögliche unter das Rubrum *pc*, auch sein Gegenteil. Zunächst aber war die Bedeutung völlig klar. *Politically correct*: im Kern waren das die Forderungen einiger militanter *Minderheiten*, die um ein Ende ihrer Diskriminierung kämpften. Die eine Forderung war die nach der quotierten Berücksichtigung bei der Stellen- und Mittelvergabe (*affirmative action*, konkrete antidiskriminatorische Maßnahmen). Die andere war die nach einer Revision der Lehrpläne. Diese führte zu einer an vielen Stellen aufflammenden, erbitterten «Kanon»-Diskussion: Welche Lektüre soll Studienanfängern vorgeschrieben werden? Es war eine Diskussion, die von zwei merkwürdigen Voraussetzungen ausging: daß Studenten höchstens das vorgeschriebene Dutzend Bücher lesen und sonst keine; und daß sie sich die Gedankenwelt dieser verordneten Bücher umstandslos zu eigen machen. So gesehen, nahm sich der «Kanon», die Pflichtlektüreliste der Anfangssemester, wirklich als ein Instrument aus, die Köpfe ein für allemal mit diesem oder jenem Inhalt zu füllen.

Es ist eine lockere Koalition von *Minderheiten*, die sich da zusammengefunden hat. Gemein haben sie nur, daß sie sich in erster Linie als *Opfer* verstehen: Schwarze, Indianer, Hispanics, männliche und weibliche Homosexuelle – und Frauen, auch wenn diese nicht gerade Minderheitenstatus beanspruchen können. Sie alle wurden einmal oder werden immer noch *diffamiert, diskriminiert, stigmatisiert, marginalisiert, deklassiert, degradiert, ausgegrenzt, oppressed* (unterdrückt) – kurz, sie wurden und werden *victimized* («viktimisiert», zu Opfern gemacht).

Daß es sich um eine Koalition weniger ausgewählter *Opfergruppen* handelt, wird klar, wenn man sich vor Augen hält, daß andere, die sich – subjektiv mit Recht – ebenfalls über Diskriminierung und Zurücksetzung beschweren könnten, entschieden nicht dazugehören: etwa Juden, Pädophile, Raucher, Psoriatiker oder User von OS/2. (Der konservative Hochschulkritiker Roger Kimball merkte einmal bissig an: «Viel mehr Menschen sterben jedes Jahr an Brustkrebs, Herzinfarkt und anderen Krankheiten als an Aids. Doch nur Aids genießt den Vorzugsstatus, politisch korrekt zu sein... vor allem wegen des Aktivismus, den es unter Homosexuellen ausgelöst hat.») Zwei Gruppen, die immer wieder um Aufnahme nachgesucht haben, blieben ausgeschlossen: in Amerika die Creationisten, in Deutschland die Scientologen, auch wenn diese sich in ihren Veröffentlichungen gern als eine Minderheit darstellen, die der gleichen Verfolgung ausgesetzt sei wie die Juden im Nazistaat.

Diese Koalition hat sich einen Kompositfeind erschaffen, der sie eint: den *weißen (eurozentrischen) heterosexuellen (phallokratischen), patriarchalischen) Mann*, auch und besonders den *toten*, als Verkörperung einer als unterdrückend empfundenen europäischen *Kulturhegemonie*. Er ist der *Täter*, der sie alle zu *Opfern* gemacht hat und dessen Macht nun gebrochen werden soll. Das stand hinter den Sprechchören an der Stanford-Universität: «Hey hey, ho ho, Western culture's got to go» – «He he, meck meck, westliche Kultur muß weg». Das Frappierende daran war vor allem, daß diese Rufe an einer Elitestätte westlicher Kultur ertönten. Goethe, Darwin, Tolstoj, Picasso – zweifellos waren sie weiße Europäer und männlichen Geschlechts, vielleicht waren sie sogar «Phallokraten»; aber daß ihre Leistungen damit ausreichend oder auch nur in irgendeiner relevanten Weise charakterisiert wären, läßt sich wohl kaum behaupten. Die *political correctness* ist das Klima, in dem solche einerseits völlig richtigen, andererseits völlig leeren Anschuldigungen gedeihen.

Politisch korrektes Denken beruht auf einer Verabsolutierung, sozusagen einer Fundamentalisierung der Gruppenzugehörigkeit. Die Gruppe, der er zugehört, ist es, die den Menschen definieren soll – und wenn sie ihn nicht geradezu erschöpfend definiert, stellt sie doch das einzig Interessante an ihm dar. Bei allem, was einer sagt, schreibt, tut, zuallererst und vielleicht als einziges zu fragen, ob er einer der anerkannten *Opfergruppen* oder der einen *Tätergruppe* angehört – das macht den Kern politisch korrekten Denkens aus.

Die Gruppenzugehörigkeit ist es, die dem Menschen im politisch korrekten Denken seine *Identität* verschafft. Diese vielbeschworene, vielgesuchte *Identität* ist in seinem Verständnis gar nicht das ganz persönliche Wesen, in dem sich der einzelne von allen anderen unterscheidet. Sie ist etwas grobschlächtig Kollektives – das ausdrückliche und vernehmbare Bekenntnis zur eigenen Gruppe. Der Homosexuelle, der von sich sagt, er habe seine *Identität* gefunden, will damit nicht sagen, daß er irgendwelche ganz persönlichen Eigenheiten in sich entdeckt habe. Er sagt vielmehr: Ja, ich gehöre zur Gruppe der Homosexuellen. Ein *weißer heterosexueller Mann* machte sich lächerlich, wenn er von sich sagte, er habe nun endlich seine *Identität* gefunden – nicht weil nicht auch er eine persönliche und eine kollektive *Identität* hätte, sondern weil eine kollektive *Identität* wie die seine nicht von der Art ist, von der irgendein Aufhebens gemacht werden sollte. Man brüstet sich nicht noch mit ihr. Als *Identitätspolitik* hat sich dieses zersplitternde Gruppendenken auf dem amerikanischen Campus weitgehend durchgesetzt. In einem Memorandum an die Mitglieder eines *Diversity Education Committee* schrieb eine Studentin in Pennsylvania von ihrer «tiefen Achtung für das Individuum und [ihrem] Wunsch, die Freiheiten aller Mitglieder der Gesellschaft zu schützen». Sie bekam das Papier zurück. Das Wort ‹Individuum› war unterstrichen. Der Kommentar lautete: «Das ist heute ein zu meidendes Wort, welches vielen als RASSISTISCH gilt. Argumente, die das Individuum über die Gruppe stellen, privilegieren letztlich die INDIVIDUEN, die der größten und herrschenden Gruppe angehören.»

Diese Verabsolutierung der Gruppenzugehörigkeit macht die *PC* mißtrauisch gegen jeden Universalismus. Der Anspruch, es gebe universal gültige Aussagen über objektive Tatsachen und gruppenübergreifende menschliche Eigenschaften und Werte, könnte ja selber nur ein weiterer Trick des *weißen heterosexuellen Mannes* sein, seine Kulturhegemonie durchzusetzen. Wenn er etwa behauptet, die Regeln der Logik gälten für die gesamte Menschheit, ja sogar unabhängig von der Menschheit: Erklärt er damit nicht nur seine eigene Denkweise für universal? Will er sie damit anderen

Gruppen aufnötigen? *Diskriminiert* er auf diese Weise nicht jene, die nicht logisch denken und vielleicht auch gar nicht logisch denken wollen? Dieser inhärente Antiuniversalismus bringt eine Denkströmung, die im Ansatz auf ein fröhlich pluralistisches, multikulturelles Miteinander der verschiedenen Gruppen aus zu sein schien, in die ständige Gefahr, in einen feindseligen Gruppenseparatismus umzuschlagen.

Ein offensichtliches Beispiel ist die Sprachenpolitik. Es lag von jeher auf der Hand, daß es für einen Staat von Vorteil ist, wenn alle seine Bürger durch eine gemeinsame Sprache verbunden sind. Das galt schon für den autoritären Staat, in dem von oben nach unten befohlen wurde. Unten sollten die Befehle schließlich überall verstanden werden. Um so mehr ist ein demokratisches Gemeinwesen darauf angewiesen, daß sich jeder jedem verständlich machen kann. Dort, wo in einem Staat die einzelnen Sprachen ihre eigenen geschlossenen Verbreitungsgebiete haben wie in Belgien oder Kanada oder der Schweiz oder in Spanien, sind die Konflikte groß genug. Wo die Sprecher der einzelnen Sprachen durchmischt zusammen wohnen, geht es ohne gemeinsame Sprache gar nicht mehr. Die Politische Korrektheit jedoch nimmt von vornherein und fast automatisch für die Partikularsprachen und gegen die verbindende Gemeinsprache Partei. Sie ist ja die dominante Sprache der Herrschenden, soll den Anderssprachigen oktroyiert werden und diese ihrer eigenen Sprache berauben, wenn sie es nicht schon getan hat. Der Hispanic im vorwiegend englischsprachigen Nordamerika habe ein Recht darauf, in seinem gesamten Alltag Spanisch zu sprechen. Er solle stolz auf sein Spanisch sein und jeden Versuch zurückweisen, ihm das Englisch der Herrschenden aufzuzwingen. Diese Parteinahme für die «kleinen», *unterdrückten, stigmatisierten* Nebensprachen eines Landes hat tatsächlich etwas ungemein Sympathisches und Verführerisches. Es ist schade um jede Sprache, die irgendwo in Bedrängnis gerät und vielleicht sogar untergeht, wie es schade um jede aussterbende Art in der Natur ist. Und die eigene Sprache ist ein so intimer, lebenswichtiger Besitz, daß der, der auch nur teilweise auf sie verzichten soll, einen der größten denkbaren Verluste erleidet. Im Nachteil gegenüber den Sprechern der dominanten Sprache ist er sowieso, und der Nachteil verstärkt meist die anderen Nachteile, die mit dem Minderheitenstatus verbunden sind. Andererseits aber ist auch dies wahr: daß der Staat, der in lauter isolierte Sprachen zerfällt, an Sprachlosigkeit zugrunde gehen muß. Natürlich wird er deswegen nicht wirklich zugrunde gehen; es werden sich nur die getreuen Sprecher der Nebensprachen selber in ihren jeweiligen Gettos verbarrikadieren und von seinen wichtigen Angelegenheiten ausschließen.

Wer Kritik an der *Political Correctness* anmeldet, dem antwortet aus deren Lager meist eine Gegenfrage: «Was ist denn schlimm daran, wenn den Rassisten und Sexisten endlich Einhalt geboten wird? Sie gehören wohl selber zu diesem Gesindel?» Wenn zur Abwechslung einmal die ewigen *Unterdrücker* (*oppressors*) ein wenig drangsaliert werden – um so besser! Wie es ein Flugblatt in den frühen siebziger Jahren formulierte: «Was sind ein paar Prügel gegen den Genozid, den dieser Mann vorbereitet hat?» Es galt einem in seinem Fach hochangesehenen Psychologieprofessor, der keineswegs irgendeinen Genozid vorbereitet hatte, dessen Forschungsergebnisse jedoch, beim Weitersagen von der Entrüstung bis zur Unkenntlichkeit vergröbert, von einer der *Opfergruppen* als irgendwie kränkend empfunden wurden.

Genau dies macht selbst das gutwilligste Inquisitionsklima so gefährlich: daß es unweigerlich mit der Wahrheit kurzen Prozeß macht. Die Freiheit, seine Meinung ohne Prügelandrohung zu sagen, ist schließlich kein widerrufbares Zugeständnis der Gesellschaft an die selbstsüchtigen Ausdruckswünsche einzelner Individuen. Sie ist der Nährboden, aus dem die liberale (das heißt freiheitlich verfaßte) säkulare Gesellschaft ihre Kräfte bezieht.

Dies ist keine Sonntagsredenfloskel, sondern eine Tatsache, wie Jonathan Rauch gezeigt hat. Ein Gemeinwesen hätte viele Möglichkeiten, darüber zu entscheiden, was als wahr gelten soll, und alle sind irgendwo und irgendwann ausprobiert worden. Die Wahrheit könnte einigen wenigen auserwählten Individuen von einem überirdischen Wesen offenbart worden sein, und die Gesellschaft hält diese Offenbarungen dann für letzte Wahrheiten, die niemand in Frage stellen darf. Es könnte einigen wenigen Weisen überlassen werden, die Wahrheit durch scharfes und tiefes Nachdenken zu finden; und die anderen übernehmen sie. Über die Wahrheit könnte abgestimmt werden: Wahr ist dann, was die Mehrheit für wahr hält. Über die Wahrheit könnte auch das Los entscheiden. Alle diese Methoden heben den Konflikt zwischen vielen subjektiven Wahrheiten durch einen Machtspruch auf. Sie schaffen Ruhe im Land. Sie sind nur nicht produktiv. Seit dreihundert Jahren gehen einige Kulturen einen anderen Weg, den die Wissenschaft ihnen vormacht.

Die Wissenschaft ist nicht, wofür viele sie immer noch halten: eine Ansammlung von Theorien, die sich ein paar Spezialisten nach den der Allgemeinheit verschlossenen Regeln ihrer Kunst ausgedacht haben. Schon gar nicht ist sie das, was ein paar auserwählte Autoritäten in kanonischen Texten festgehalten haben. Die Wissenschaft ist überhaupt kein bestimmter Wissensbestand. Sie ist ein Prozeß der Erkenntnisgewinnung, und zwar ein offener Prozeß, der keinem bestimmten Ziel zustrebt und an keinem Ende ankommt. Dieser Prozeß wird von einigen einfachen Regeln gesteuert, die keine Ausnahme zulassen. Sie lauten: Jede Idee ist willkommen. Jede Idee muß sich jederzeit der Kritik stellen. Jede Idee gilt nur so lange, bis eine überzeugendere Idee sie überwunden (oder absorbiert) hat. Also gibt es in der Wissenschaft keine absoluten Wahrheiten: Alles, was für wahr gehalten werden will, muß auf den Tisch und stellt sich einer allgemeinen Debatte. Also gibt es auch keine letzten Autoritäten: Kein Papst, kein Seher, kein Philosophenkönig, kein Diktator, kein Parlament, auch kein Nobelpreisträger hat in der immerwährenden Debatte je das letzte Wort.

Diese kritische Debatte ist eine spezifische, eben die wissenschaftliche Art der Erkenntnisgewinnung. Ihre beiden Grundpfeiler lauten: Eine Behauptung muß in sich logisch widerspruchsfrei, und sie muß falsifizierbar sein – das heißt, sie muß die systematische Suche nach Gegengründen zulassen und aus dem Test unwiderlegt hervorgehen. So und nur so könnten objektive, universal gültige Erkenntnisse gewonnen werden. Von den Geistes- und Sozialwissenschaften ausgehend, haben sich dagegen in den letzten Jahrzehnten des Millenniums verschiedene *postmodern* genannte Kulturtheorien ausgebreitet, die dieses Grundverständnis der Wissenschaft in Frage stellen und einem radikalen Perspektivismus huldigen. Alle Erkenntnisse, sagen sie, seien nichts anderes als *soziale* oder *kulturelle Konstrukte*, zutiefst durchdrungen von den besonderen Interessen des Individuums oder seiner Gruppe oder seiner Zeit.

Diese müde, modische perspektivistische Skepsis arbeitet dem Erzfeind der wissenschaftlichen Haltung in die Hand, dem Fundamentalismus. Sie erklärt letztlich jede Erkenntnis zu einem bloßen *Narrativ* und eine Narrativ für so gut wie das andere, und wenn das «Narrativ» der Wissenschaft den anderen nichts voraus hat, kann man genausogut den Narrativen jener Gruppen, die einem sympathischer sind, den Vorzug geben. Der Fundamentalismus ist ja keine bestimmte religiöse oder weltanschauliche Glaubensdenomination. Er ist eine Geisteshaltung, die sich voll und ganz auf irgendein Narrativ verläßt, die lauter Antworten weiß und nie Fragen. Fundamentalisten sind im doppelten Sinn unbeirrbar: «nicht bereit, die Möglichkeit ins Auge zu fassen, daß sie im Irrtum sein könnten» (Rauch). Der Stil der Wissenschaft dagegen ist unbegrenzte Skepsis: Alles mag sich als falsch erweisen.

Dieser Weg hat nichts an sich, was prinzipiell für ihn spräche, außer vielleicht, daß er der Verschiedenheit menschlicher Ideen angemessen ist. Seine Legitimation ist eine rein pragmatische: daß er sich als beispiellos produktiv erwiesen hat, und zwar in zweierlei Hinsicht. Zum einen hat er die Erkenntnis wie kein anderer vorangetrieben, und daß die auf diesem Weg gewonnenen Erkenntnisse nicht ganz falsch gewesen sein können, zeigt sich daran, wie wirksam und schnell sie die gesamten menschlichen Lebensumstände verändert haben und weiter verändern. Zum anderen hat er Konflikte entschärft: Anders als die Anhänger verschiedener Religionen in ihren Glaubenskriegen, brauchen sich die Anhänger verschiedener Theorien nicht die Köpfe blutig zu schlagen. Statt dessen führen sie eine unausgesetzte Debatte. Alle Argumente erhalten in dieser Debatte eine Chance, auch die sonderbaren (die vielleicht einmal nicht mehr sonderbar erscheinen), sogar die tatsächlich oder scheinbar abstrusen (denn niemand kann schon vorher entscheiden, ob ein Argument abstrus ist). Der Fortgang der Erkenntnisgewinnung lebt von der Verschiedenheit der Ansichten, die in den Prozeß eingespeist werden, so wie die Evolution einer Spezies auf ihrer genetischen Vielfalt aufbaut. Wo die Verschiedenheit beschnitten wird, wird der ganze Prozeß gestört. Die Wissenschaft mit ihren scheinbar laxen, scheinbar alles zulassenden Rahmenrichtlinien hat das Wunder bewirkt, das störende Faktum menschlicher Meinungsverschiedenheiten produktiv zu machen. Daß alle Argumente ohne Gefahr für Kopf und Kragen vorgebracht werden können, ist ihr Lebenselixier.

Simpler gesagt: Argumente verprügelt man nicht, man schreit sie auch nicht nieder oder belegt sie mit anderen Strafen. Argumente werden ausschließlich kritisiert – und «kritisiert» heißt: nicht lautstark verurteilt, sondern rational gewogen. Damit treten sie in Wettbewerb miteinander, und hoffentlich siegt das besser begründete. Dafür, daß es tatsächlich siegt, gibt es keine Garantie. Für das Verfahren spricht nur, daß dort, wo der freie Wettbewerb der Argumente behindert wird, die Aussichten, daß jemals irgendein richtiges Argument übrigbleibt, noch viel geringer sind.

Insofern stellt jede Nötigung, auch die von moralischem Pathos getragene, die Geschäftsgrundlage der Wissenschaft in Frage. Und darum ist die *Political Correctness* in Amerika nicht nur bei Rassisten, Sexisten und anderen Reaktionären auf Widerspruch gestoßen. Zu ihrem eigenen Erstaunen sahen sich die zu erwartenden Konservativen mit vielen Liberalen und (von jeher universalistischen) Linken im Widerspruch zumindest gegen ihre Auswüchse geeint. Denn die radikale Aufwertung des Gruppendenkens löst nicht nur gesellschaftliche Probleme, sie schafft auch welche.

Erstens: Wer die Diskriminierung einer *Opfergruppe* beheben will, muß ihren (bisher verkannten) Wert betonen. Wer aber den Wert einer Gruppe betont, begibt sich in jenes riskante Gefilde, wo der Anspruch auf ihre Gleichberechtigung leicht in Verklärung umschlägt. Das ist dann nicht nur eine unrealistische Haltung, die notwendig zu Enttäuschungen führt, denn der Opferstatus hat noch keine Gruppe je von den üblichen menschlichen Schwächen befreit. Die Verklärung irgendeiner Gruppe führt vor allem nicht dazu, daß die verschiedenen Gruppen besser miteinander auskommen. Sie spaltet. Und die gespaltenen Sympathien – einerseits für die an vielen Fronten fortschreitende Reethnisierung der Welt, andererseits für die Überwindung ethnischer und anderer Barrieren – führen in vielen konkreten Konfliktlagen zur Lähmung.

Zweitens: Auf der einen Seite betont die *Political Correctness* die Verschiedenheit der Menschen und Kulturen. Die diversen einzelnen Unterschiede hat sie zu *Der Differenz* aufgewertet. *The Difference*: das ist ihr geradezu eine mythische Qualität. In einem der vieldiskutierten Grundtexte der *PC*, der Eröffnungsrede der Literaturwissenschaftlerin Catharine R. Stimpson zur Jahrestagung 1990 der Modern Language Association, heißt es gegen Ende dunkel, aber lyrisch: «Wir hatten die Freiheit, mit Großmut und Tapferkeit die Unterschiede zwischen Texten und zwischen unseresgleichen wahrzunehmen. Wir merzten die schädigenden Unterschiede aus. Wir buchstabierten die Unterschiede, die uns zu erneuern versprachen.» Auf der anderen Seite aber lautet das egalitäre Grunddogma der Politischen Korrektheit, daß alle Menschen, alle Menschengruppen im Grunde gleich seien – gleich nicht nur im Sinne der Chancengleichheit, sondern durchaus auch in ihren ihnen von der Natur verliehenen Anlagen.

Die inquisitorischen Umgangsformen der *Political Correctness* wurden in den frühen siebziger Jahren erprobt und eingeübt, als ein paar Professoren in Amerika und England die alte Theorie, daß die bestehenden Unterschiede in der meßbaren Intelligenz und in anderen Fähigkeiten zu einem erheblichen Teil aus genetischen Unterschieden zu erklären seien, mit besserem Datenmaterial untermauerten. Unterschiede, ja! Aber um genetische Unterschiede durfte es sich auf keinen Fall handeln. Obwohl die ketzerischen Ideen von damals heute in Fachkreisen kaum noch angezweifelt werden, ist für die *Political Correctness* jegliche Verhaltensgenetik tabu geblieben. Wenn Unterschiede zwischen den Menschen bestehen, dann nur, weil verschiedene Umwelten sie in verschiedene Richtungen gedrängt haben; und weil die einen die anderen daran gehindert haben, alle ihre Fähigkeiten voll zu entwickeln. Bestehende Ungleichheiten wären also nur ein gesellschaftlich produzierter Schein. Noch einmal Catharine Stimpson, nicht über Unterschiede zwischen Individuen, sondern zwischen Gruppen: «Die üppig produktive Werkstatt der Geschichte hat die Hohlformen der Gruppenzugehörigkeit ausgestanzt und aufgestapelt: Alter, Klasse, Ethnizität, Institution, Geschlecht, Nation, Stamm, Rasse, Rang, Religion, Sexualorientierung. Aus gutem Grund fragen viele unserer zentralen Forschungsanstrengungen heute, was aus der Kultur wird, wenn solche Differenzierung für einige wenige Macht und für viele Unterwerfung bedeutet.»

Dies gibt sich als die bare Selbstverständlichkeit, die wissend umraunt werden kann und keiner weiteren Begründung bedarf, ist jedoch tatsächlich eine Hypothese, die beim Wort zu nehmen und dann empirisch nachzuprüfen wäre – und im Zuge dieser Nachprüfung hätte sie sich konkurrierenden Hypothesen zu stellen. Es könnte sein, daß sie bestätigt wird: daß Gruppenunterschiede ausschließlich von der Geschichte geschaffen werden. Es könnte auch sein, daß sie sich als falsch erweist: daß einige der aufgezählten Unterschiede biologischer Art sind und keine Produkte der Geschichte. Es könnte schließlich sein, daß bei jedem der aufgezählten Unterschiede Geschichte und Natur auf eine andere Weise zusammenwirken; dann bekämen Wissenschaftler vieler Disziplinen Arbeit. Der Punkt ist, daß man es eben nicht vorher weiß und darum auch nicht das eine oder andere der möglichen Ergebnisse von vornherein als das einzig richtige hinstellen kann. Wer es dennoch tut, verläßt den Boden der Wissenschaft. Er kann niemals zu einem zutreffenden Modell der objektiven Wirklichkeit kommen, will es wohl auch gar nicht. *Political Correctness* hat auch in diesem Fall der Wahrheit kurzen Prozeß gemacht, nicht mit den Fäusten, sondern mit Lyrik.

Und weil er stichhaltige Antworten zur Genese von Unterschieden nicht sucht, ist sich zum Beispiel der Feminismus nicht über die Grundfrage klargeworden, ob Frauen im Grunde genau wie Männer sind, aber von den Männern gehindert wurden, sich voll zu entfalten; oder ob sie «von Natur aus» glücklicherweise gerade ganz anders als Männer sind und diese Andersartigkeit kultivieren sollten. Klar, daß er sich in Widersprüche verwickelt.

Drittens: Das politisch korrekte Denken ist in seinem guten Kern antirassistisch, antisexistisch, antieurozentrisch. Es hat den Feind der *Opfergruppen* identifiziert, den *weißen (europiden) heterosexuellen Mann,* und es ist von vornherein all jenen Kulturen und Subkulturen gewogen, die nicht weiß, nicht europäisch, nicht heterosexuell, nicht männlich sind.

Ihre Sympathie stößt dabei jedoch immer wieder auf Kulturen, die selber durchaus nicht antirassistisch, antiethnozentrisch, antisexistisch, antihomophobisch sind. Ihre Prämisse, daß alle Kulturen gleich gut seien und die nichtweißen noch besser, trifft auf fundamentalistische Kulturen, die ganz entschieden nicht der Meinung sind, alle Kulturen seien gleich gut, für die es vielmehr nur eine einzige gute gibt, die eigene.

Was also, wenn es zu den Besonderheiten der geförderten fremden Kultur gehört, Ehebrecherinnen zu steinigen? Kleinen Mädchen die Klitoris herauszuschneiden? Homosexualität als Verbrechen zu verfolgen? Andersgläubige auszupeitschen? Offen Antisemitismus oder anderen Rassenhaß zu proklamieren? Ist das fremdes Kulturgut, das Respekt verdient? Oder muß sich die allumfassende Gutwilligkeit der *PC* dann doch selber Grenzen setzen? Muß sie sich gar selber als ein ziemlich spezielles Produkt eben der verhaßten eurozentrischen Kultur erkennen, für das sie außerhalb dieser auf wenig Verständnis zählen kann? Und der Gipfel der Zumutung: ist ihr liberalistisches Geltenlassen von allem, was da kreucht und fleucht, jedenfalls solange es nichtweiß und nichtwestlich ist, etwa auch wieder nur eine Form von *westlichem Kulturimperialismus*, und eine ganz besonders raffinierte?

Die Nachfolgerin der ‹Black Muslim›-Bewegung, die von Louis Farrakhan angeführte ‹Nation of Islam›, ist notorisch für ihren unverhohlenen Antisemitismus. Wenn ihre Agitatoren Stimmung gegen die *Jewniversities* oder *Jew York* machen – ist auch das noch politisch korrekt, da es ja irgendwie im Rahmen der Emanzipationskämpfe der Schwarzen geschieht? Als Farrakhan im Oktober 1995 zum ‹Million Man March› nach Washington aufrief (etwa eine halbe Million kam), waren von der Kundgebung Frauen ausgeschlossen. Hätte eine weiße Organisation dergleichen getan, hätte sie sofort die gesamte *Political Correctness* auf dem Hals gehabt – wahrscheinlich hätte sie den Sturm nicht überlebt. Dürfen also die einstigen Opfer von weißem Rassismus heute selber

Rassisten sein? Ja, genau das dürfen sie, das sollen sie sogar, ist dann oft die Antwort, denn «Rassismus gibt es immer nur gegenüber Untergeordneten» (Paula Rothenberg). So wird etwas sprachlich wegdefiniert: Was eine *Opfergruppe* selber tut, kann niemals Rassismus sein. Es ist nicht bekannt, wieviel Anklang diese Logik gefunden hat. Vermutlich führt sie zu jener schizoiden Reaktion, die jedes Inquisitionsklima heranzüchtet: Öffentlich nickt man vage zustimmend mit dem Kopf; innerlich hält man sie für baren Nonsens.

Viertens: *Diskriminieren* bedeutete ursprünglich «unterscheiden». In der Wissenschaftssprache bedeutet es das immer noch. Wer ‹Diskriminationsvermögen› besitzt, besitzt die Fähigkeit, Unterschiede zu erkennen. Die Grundüberzeugung der *Political Correctness* ist egalitär, antielitär: Alle Kulturen, alle Religionen, alle Gruppen, alle Personen sind zwar verschieden, aber keine ist irgendwie schlechter als die andere, ausgenommen die *weißen heterosexuellen Männer*, die schlechter sind als alle anderen. Die *Differenzen* dürfen, ja sollen konstatiert werden; aber mit ihrer Konstatierung darf nie ein Werturteil verbunden sein. Korrekt?

Einige Lebensbereiche beruhen nun aber auf dem Vermögen, Unterschiede nicht nur zu konstatieren, sondern auch zu bewerten. Am offensichtlichsten ist es im Sport. Interessant für die Menschen ist er nicht als egalitär-demokratische Leibesertüchtigung für alle; gemeinsame Radtouren einer Freundesschar werden gewöhnlich nicht im Fernsehen übertragen. Interessant wird Sport erst als ein Wettbewerb, in dem sich herausstellt, ob die einen besser sind als die anderen: ob sie schneller laufen, höher springen, härter schlagen, öfter eine Lederkugel in einen Holzrahmen schießen. Zu diesem Wettbewerb treten nicht nur einzelne, sondern Gruppen (Clubs, Ortschaften, ganze Länder) an, und ganze Länder und Kontinente geraten in einen allgemein gebilligten Freudentaumel, wenn ihre Mannschaft gezeigt hat, daß sie die bessere ist. Es ist geradezu der Sinn des Spiels, die Besseren von den Schlechteren zu unterscheiden. Zu den Schlechteren zu gehören ist indessen kränkend. Verlierer sind, wenn man so will, *stigmatisiert*: eben als die Schlechteren. Sie können sich damit trösten, daß sie deswegen noch lange nicht die schlechteren Menschen sind. Aber auf diesem ihrem Parcours sind sie die Schlechteren, und sie wollten sich messen und haben diese Feststellung damit sogar selber herausgefordert. Da beißt die Maus keinen Faden ab.

Während sich das politisch korrekte Denken mit der Tatsache körperlicher Qualitätsunterschiede offenbar abgefunden hat, sind sie ihm in den geistigeren Zonen unerträglich. Auch die Künste und Wissenschaften jedoch beruhen darauf, daß nicht alles gleich gut ist. Eben weil nicht alle gleich gut singen, tanzen, zeichnen, spielen, schreiben können, gibt es Kunst. Kunst: das ist die Einsicht der meisten, daß sie es selber nicht so gut könnten. Auch diese Einsicht kann etwas Kränkendes haben. Da die Psyche der meisten Menschen jedoch nicht nur aus Neid besteht, überwiegt in der Regel ihre Freude an Dingen, die sie selber nicht zuwege brächten, eben weil sie sie selber nicht zuwege brächten. Je schwerer eine Leistung aussieht, desto größer ist auch ihr Reiz für die anderen, die sie nicht erbringen können. Das heißt, Kunst ist ihrem Wesen nach *elitär*. Sie macht Qualitätsunterschiede, und sie prämiiert die Besseren.

Dieser ihr Aspekt ist der Politischen Korrektheit nicht geheuer. Sie geht ihm aus dem Weg, indem sie die (sowieso unbequem schwierige) Qualitätsfrage wegdrückt. An der sogenannten Kunst interessiert sie dafür, daß es sich um Gruppenäußerungen handelt. In den «Kanon» sollen nicht die besten und noch nicht einmal viele gleich gute Bücher aufgenommen werden; die ganze Frage «besser» oder «schlechter» erscheint als abwegig und irgendwie unanständig und eine neuerliche Zumutung des *weißen heterosexuellen Mannes*. Der korrekte «Kanon» wäre der, in dem die *Opfergruppen* vertreten sind. Einerseits meldet die *PC* damit eine völlig richtige Forderung an, die auch konsensfähig wäre: daß die einzelnen Kulturen einer multikulturellen Gesellschaft möglichst viel übereinander erfahren sollten – und daß die vorhandenen Kanons, sofern sie eine blinde Voreingenommenheit zugunsten der westlichen Kultur atmen, berichtigt werden müssen. Aber indem sie die Qualitätsfrage dabei ausblendet, degradiert sie die Literatur zu einer bloßen Wortmeldung: Hier sind wir, uns gibt es auch noch! Wenn aber Literatur und die anderen Künste nur noch als kollektive Wortmeldungen wahrgenommen werden, sind sie überhaupt nicht mehr nötig. Es gibt viel effektivere Methoden, die Aufmerksamkeit auf eine Gruppe zu lenken; den ganzen Umstand der Kunst braucht es dazu nicht.

Das verabsolutierte Gruppendenken, das *die Gruppe*, die Interessen der Gruppen zum Maßstab aller Dinge macht, verkürzt die Literatur auch dort, wo Qualitätsunterschiede anerkannt werden. Afroamerikaner sollen auf den Leselisten Bücher von Afroamerikanern vorfinden, Latinos von Latinos, Frauen von Frauen, Schwule von Schwulen, Lesben von Lesben. Es werde, heißt es, ihr Selbstgefühl heben. Daß es das tut, ist möglich. Wenn sie dabei aber das Gefühl beschleichen sollte, daß sie auf der Liste nur stehen, weil ihre Gruppe nicht übergangen werden sollte, nicht weil das Buch aus ihrer Gruppe ebenso gut ist, dürfte es ihrem Selbstgefühl eher schaden. Wieder liegt das Mißverständnis zugrunde, daß Literatur nichts anderes wäre als ein Container von Meinungen, die bei der Lektüre umstandslos in die Köpfe eingefüllt werden. Alle Literatur ist aber in Wahrheit eine Einladung an den selber abwägenden und urteilenden – den «kritischen» – Leser; jede richtige Lektüre schult ihn. Wer dafür sorgen will, daß nur korrekte Bücher gelesen werden, hat eine sehr geringe Meinung vom menschlichen Verstand; zumindest an Universitäten ist sie kaum angebracht. Kaum ein anderes Buch dürfte seine Leser so stark gegen allen Faschismus immunisieren wie Hitlers ‹Mein Kampf›. Literatur ist auch nicht primär

Psychotherapie, ein Mittel zur Erzeugung von Selbstgefühl. Literatur ist eine Begegnung mit fremden Vorstellungswelten; Selbstgefühl erzeugt sie nur dort, wo sie dazu anstiftet, sich selbständig, eben kritisch, mit diesen fremden Welten auseinanderzusetzen. Noch mehr verkürzt wird sie, wo an ihr nur noch interessiert, ob die korrekten Gruppen die momentan korrekten politischen Inhalte vortragen. Diesen Zweck erfüllen die Flugblätter der entsprechenden Organisationen allemal effektiver als Romane, Dramen oder Gedichte. Genau darum überleben sie den Moment auch nicht.

Genausowenig kann es sich die Wissenschaft leisten, Qualitätsmaßstäbe durch Gruppenzeugnisse zu ersetzen. Nicht jedes Argument ist gleich gut; ein schlechtes Argument wird nicht besser dadurch, daß es aus einer bestimmten Gruppe kommt. Wissenschaft ist schon darum nicht egalitär, weil die meisten Menschen sie nicht verstehen und nicht verstehen können; profundes Verständnis bringt immer nur eine Handvoll über die ganze Welt verstreuter Fachkollegen auf. Wissenschaft ist auch universalistisch. Ihre Gegenstände können mit den Zeitströmungen wechseln, ihre Vertreter können in den verschiedensten Loyalitäten befangen sein, können sogar die abwegigsten Vorurteile über die Welt und übereinander hegen – als eine Methode der Erkenntnisgewinnung funktioniert sie nur, solange sie an ihrem universalistischen Objektivismus als Ziel festhält: als eine Methode, die alle Ideen ohne Rücksicht auf ihre Herkunft nach den gleichen Regeln der Prüfung unterwirft. Sobald sie das Ziel der Objektivität fallen ließe und glaubte, daß jeder einzelne und jede Gruppe ihre eigene Wahrheit hätten, hätte sie sich aufgegeben.

In den «weichen», subjektivistischen, ideologie- und modeanfälligen Geschichts-, Kultur- und Sozialwissenschaften mag man sich eine Weile über ihre universalistische Natur hinwegtäuschen. *Black science*, *gay science*, *female science* – fördern sie nicht alle hochinteressante Ergebnisse zutage? Dringend nötige sogar, die vordem niemand zutage förderte?

Das tun sie. Aber sie tun es nur dort, wo sie sich der gleichen universalistischen Methode unterwerfen. Sie richten den wissenschaftlichen Blick auf andere, vorher vernachlässigte Gegenstände, aber es bleibt der gleiche wissenschaftliche Blick. Wenn es nicht der gleiche Blick ist, dann ist es sonst etwas, aber keine Wissenschaft. Und wenn dieser wissenschaftliche Blick und die Institutionen, die ihn lehren und anwenden, die Universitäten westlichen Zuschnitts also, ursprünglich von *toten weißen heterosexuellen Männern* geschaffen wurden, dann hilft es auch nichts, dann wurden sie es eben.

In den «harten», den Naturwissenschaften kann die Täuschung keinen Augenblick lang bestehen. Wenn eine Molekularbiologin bei ihren Experimenten Meßergebnisse bekommt, die alles, was über jenen Ausschnitt der Natur bisher bekannt ist, auf den Kopf stellen würden, kann sie sich nicht darauf berufen, daß es sich in ihrem Fall eben um *female science* handele und daß «Frauen (oder Feministen, ob männlich oder weiblich), *als Gruppe* eher unparteiische und objektive Resultate hervorbringen als Männer (oder Nichtfeministen)» (so die Feministin Sandra Harding). Sie muß sich wie jeder andere, Mann oder Frau, Feminist oder Nichtfeminist, fragen lassen, ob sie richtig gemessen hat. Hat sie es, so kann sie sich freuen, denn sie hat eine große Entdeckung gemacht. Hat sie es nicht, so war es nur ein Fehler, und wenn es sie als Frau kränkt, daß sie einen Fehler gemacht hat, so ist das ihr Pech. So erbarmungslos geht es in der Wissenschaft zu, und nur solange es so erbarmungslos darin zugeht, bleibt sie Wissenschaft. Frauen oder Schwarze oder Schwule mögen andere Gegenstände für interessant halten und ihre Arbeit auf unterschiedliche Weise tun: Der Test, der über «richtig» oder «falsch» befindet, bleibt für alle der gleiche. Wenn die Naturwissenschaftler zu der Überzeugung kämen, daß es separate weibliche oder schwarze oder schwule Wahrheiten gäbe, müßten sie ihre Labors anderntags schließen.

An der Oberfläche scheint *Political Correctness* aus einer

Agenda heterogener und variabler Anliegen zu bestehen, die keinen Zusammenhalt haben. In Connecticut wird eine Studentin relegiert, weil ein Schild an ihrer Zimmertür *Homos* zu jenen Personen zählte, von denen sie nicht besucht werden wollte; in Pennsylvania wird ein Juradozent für ein Jahr beurlaubt, muß sich öffentlich entschuldigen und an einer *Sensibilisierungs*-Veranstaltung teilnehmen, weil er, und zwar in betont antirassistischem Zusammenhang, Schwarze als *Ex-Sklaven* bezeichnet hat; in Harvard wird eine Rufmordkampagne gegen einen Professor für ethnische Studien organisiert, einen liberalen Veteranen des Antirassismus, weil jemand in seinem Standardwerk das Wort *Indian* und *Oriental* entdeckt hat; er muß schließlich seine ganze Lehrveranstaltung absetzen. Solche Vorfälle scheinen wenig miteinander zu tun zu haben. Wer sich in dem einen Fall engagiert, tut es nicht automatisch auch in dem anderen – vielleicht steht er dort sogar auf der entgegengesetzten Seite. Dennoch haben sie etwas gemein: die Fundamentalisierung des Gruppendenkens, die *Sensibilisierung* genannt wird. Gibt es eine Art Lackmustest für Politische Korrektheit? Er müßte den Kern treffen und also eruieren, wie absolut sich jemand das Gruppendenken zu eigen gemacht hat. Vielleicht ist es dieser? Man zeige der Probandin oder dem Probanden ein wissenschaftliches Ergebnis, das möglicherweise irgendeiner anerkannten *Opfergruppe* nicht gefällt. Zum Beispiel: daß mathematische Hochbegabung bei Männern häufiger ist als bei Frauen, während der Begabungsschwerpunkt des weiblichen Geschlechts im sprachlichen Bereich liegt, daß es zwischen dem weiblichen und dem männlichen Begabungsprofil also einige statistische Unterschiede gibt (nachgerade eine wissenschaftliche Binsenweisheit). Und dann beobachte man die Reaktion: Tritt ein Blick des Entsetzens in die Augen? Wenn dann noch der Kommentar kommt: Das sei wieder einmal typisch männliche Pseudowissenschaft, Frauen hätten so etwas nie und nimmer herausgefunden – dann darf man wohl die sichere Diagnose stellen: *pc*.

Eine Hauptthese der sogenannten *Schwarzen* oder *Afrozentrischen Wissenschaft*, zuerst vertreten in einem Buch des senegalesischen Schriftstellers Cheikh Anta Diop (‹The African Origin of Civilization›), besagt, daß nicht das weiße Europa die Wiege der westlichen Kultur war, sondern das schwarze Afrika. Die westliche Kultur entstamme nämlich der ägyptischen Kultur, und die sei eine schwarze gewesen. So wurde die These seitdem immer wieder popularisiert: Weiße hätten Schwarzen in Ägypten ihre Kultur geraubt – und dann der Sphinx die Nase abgeschlagen, damit ihre negroiden Züge nicht mehr auszumachen wären. (Kann eine Kultur überhaupt geraubt werden? Eine Kultur kann unterdrückt oder gefördert oder oktroyiert oder auch übernommen werden, aber wenn sie Fremden so zusagt, daß sie sie übernehmen, ist sie damit niemandem geraubt.)

Es handelt sich da nicht um eine Glaubenssache, sondern um eine empirische Frage: Welche Hautfarbe hatten die alten Ägypter? Da sie schon lange nicht mehr unter uns weilen, kann man es nicht sicher wissen. Man kann es nur aus den erhaltenen Zeugnissen zu erschließen versuchen. Weiße Berichterstatter haben sie teils geweißt, teils geschwärzt; Augenzeugen ist nicht immer zu trauen. Sie selber haben sich in ihrer Kunst jedoch dargestellt, und zwar teils rötlichbraun, teils ockergelb, teils weiß, insbesondere die Bewohner des Südens auch teils dunkelbraun. Die Mehrheit der Ägyptologen hat daraus den Schluß gezogen, daß im alten Ägypten offenbar Menschen verschiedener Hautfarbe zusammenlebten, im Süden auch dunklere. Dennoch schreibt der Schwarze Wissenschaftler Molefi Kete Asante, es werde heute überhaupt nicht mehr bestritten, daß Ägypten ein schwarzafrikanisches Land war, und sicher sagt er nicht wissentlich die Unwahrheit.

Den Widerspruch mag unabsichtlich jene Zeitung geklärt haben, die eine telefonische Rundfrage bei amerikanischen Ägyptologen veranstaltete und sie fragte, was sie von der

These eines schwarzen Ägyptens hielten. Die meisten (oder waren es alle?) sagten, daß sie sie für falsch hielten – daß sie aber um Himmels willen nicht beim Namen genannt werden wollten, da sie sonst Scherereien bekämen.

Und das ist ein Ergebnis des inquisitorischen Gesinnungsdrucks, das auf Dauer gefährlicher ist als die spektakulären Fälle von Zensur: daß ganze Fachbereiche sich daran gewöhnen, fünf gerade sein zu lassen. Halb zog sie ihn, halb sank er hin. Zum einen sind die Wünsche ja verständlich und nicht unberechtigt. Zum anderen hat man ein ebenso verständliches Interesse daran, Scherereien aus dem Weg zu gehen und sich nicht etwa von Flugblättern oder Sprechchören als Rassist oder Sexist anspucken zu lassen. So lernt ein ganzes Fach nach und nach, daß es besser ist, Forschungsprojekte, bei denen das Falsche herauskommen könnte, gar nicht erst in Angriff zu nehmen, daß bestimmte Fragen besser ausgeklammert bleiben, um in Ruhe den übrigen nachgehen zu können, daß bestimmte Autoren besser nicht zitiert werden, andere aber bei jeder Gelegenheit, daß bestimmte Kollegen besser nicht berufen oder zu den Fachtagungen eingeladen werden, daß man ihren Arbeiten Formfehler ankreiden muß, die man jedem anderen achselzuckend durchgehen ließe, daß man scheinbar kompromittierende Zitate eines in Verruf geratenen Kollegen unentwegt voneinander abschreiben darf, ohne jemals nachzuprüfen, ob sie dessen Meinung richtig spiegeln, daß man ihn vielleicht sogar aus dem Fachverband ausschließen und damit wissenschaftlich zur Unperson machen kann, daß man sich zu bestimmten Fragen klugerweise überhaupt nicht äußert, daß man besser durch irgendein Denkopfer die Harmlosigkeit der eigenen Position demonstriert – und im weiten Umkreis sehen alle betreten weg, um nicht selber noch in Sachen hineingezogen zu werden, die ja gar nicht die ihren sind. Niemand hat etwas Unredliches getan, zumindest ist ihm nichts Unredliches nachzuweisen, es wurde nur die Form der Bewahrheitung still und unauffällig ein wenig verändert –

aber schon neigt sich die Wahrheit ein wenig, biegt sich, verbiegt sich, kippt. Und die Medien können melden, die einhellige Meinung der Experten sei die und die.

Wenn die Ansprüche der *Political Correctness* so stark auf die Sprache durchschlugen, dann sicher auch deshalb, weil sprachliche Reformen allemal die billigsten sind. Der Hauptgrund aber dürfte gewesen sein: daß sich die Überzeugung durchsetzte, jeder einzelne und jede Gruppe habe ein Recht darauf, sich nicht verletzt zu fühlen. Wohlgemerkt: nicht ein Recht darauf, nicht verletzt zu werden, sondern sich nicht verletzt zu fühlen, auch nicht durch Worte – ein entscheidender Unterschied. Ist es nicht logisch und nur gerecht? Unter allem, was den *Opfergruppen* in der Vergangenheit angetan wurde, waren meist auch sprachliche Verletzungen (*hurtful speech*, *hate speech*); zum Beispiel kursierten allerlei Schmähworte für sie. Wer ein Ende der Diskriminierungen will, muß der nicht auch ein Ende dieser Schmähungen wollen?

Schmähung aber ist gar nicht der Punkt. Daß es ein Recht darauf gibt, nicht beschimpft zu werden, ist unstrittig. Beleidigungen – ob mit Worten, Gesten oder Taten – sind überall verpönt und verboten. Um sie brauchte kein Aufhebens gemacht zu werden. Ihretwegen müßten nicht ganze Sprachfelder umgepflügt werden. Es geht aber gar nicht um die mit Absicht oder im Affekt gebrauchten Schimpfwörter. Es geht um an sich neutrale Wörter, die indessen jemand als verletzend empfindet. Das Kriterium also hat sich verschoben. Ob ein Wort verletzend ist, entscheidet sich nicht daran, ob es nach allgemeinem Sprachverständnis objektiv verletzend ist – und auch nicht daran, ob es in verletzender Absicht gebraucht wurde. Es soll sich allein am Gefühl des Verletzten entscheiden.

Nun können Gefühle objektiv angemessen sein, aber auch unangemessen; sie können sogar rundheraus irren. Aber subjektiv sind Gefühle immer wahr. Damit sind sie auch unwiderlegbar. Es gibt keine Berufung gegen sie. Wer ein Gefühl verletzt, ist von vornherein verurteilt. Unschuldsbeweise läßt ein Gefühl nicht zu. Es läßt sich noch nicht einmal ein echtes von einem nur behaupteten Gefühl unterscheiden. Ob jemand schuldig ist oder nicht, liegt allein im Belieben des Verletzten. Der Wahrheitsbeweis ist sein Gefühl. Wenn jemand einen anderen *Kanake* nennt, so hat er objektiv ein Schimpfwort gebraucht und muß sich darauf gefaßt machen, daß der sich mit einem *Arschloch* oder einer Ohrfeige oder einer Strafanzeige revanchiert, und das ist richtig so: Einer soll dem anderen keinen Schaden zufügen, auch nicht durch Worte. Wenn ich jedoch einen Schwarzen *Neger* nenne, habe ich kein Schmähwort benutzt und wollte wahrscheinlich auch keines benutzen. Das aber hilft mir nicht, wenn er oder jemand in seinem Namen sagt: Gleich, ob er objektiv geschmäht wurde oder ob ich ihn schmähen wollte, also unabhängig vom Bedeutungsgehalt des Wortes oder von meiner Absicht, fühle er sich geschmäht, und aus seinem verletzten Gefühl folge, daß ich ein hassenswerter Rassist sei. Nirgendwo ist die Rechtsordnung auf das bloße subjektive Gefühl des Geschädigten abgestellt. Niemand dürfte einen anderen zum Dieb erklären und ihn wegen Diebstahls bestrafen lassen, nur weil er sich bestohlen fühlt, auch wenn tatsächlich nichts gestohlen wurde. Im Fall der sogenannten *hate speech*, der ‹Haßsprache›, wurde dieses gesunde, ja für jede Gesellschaft lebensnotwendige Prinzip außer Kraft gesetzt. In Amerika fanden bereits Prozesse statt, in denen sich einzelne Schadenersatz für den ihnen angeblich verbal angetanen seelischen Schmerz erstreiten, also ihr Gefühl der Verletztheit in Bargeld verwandeln wollten.

Und es ist nicht einmal notwendig, daß jemand sich subjektiv wirklich verletzt fühlt. Es reicht, daß er sich verletzt fühlen könnte. Es reicht, daß ein paar Aktivisten behaupten, Angehörige dieser oder jener *Opfergruppe* könnten sich verletzt fühlen. Es reicht die bloße Befürchtung, ein paar anstoßnehmende Aktivisten könnten sich prophylaktisch im Namen einer *Opfergruppe* verletzt fühlen.

Das Bemühen, den *Opfergruppen* jedes mögliche Gefühl sprachlicher Verletztheit zu ersparen, heißt *(rassische, ethnische, sexuelle) Sensibilisierung*. Gegen *Unsensibilität* gibt es Umerziehungskurse, eine Art Zwangsnachhilfeunterricht in *PC*. Wenn *Sensibilität* aber nicht mehr nur eine persönliche Eigenschaft ist, der gegenüber andere die Freiheit behalten, sie angemessen oder unangemessen zu finden, wenn sie zum politischen Programm erhoben wird und sich in Interessenvertretungen organisiert, setzt sofort ein Wettbewerb ein, bei dem jeder den anderen an *Sensibilität* zu übertreffen sucht.

Auf den ersten Blick erscheint die Forderung nur allzu billig: Niemand soll einen anderen verletzen. Aber sobald man seelische Verletzungen – Verletzungen durch Worte – körperlichen Verletzungen gleichstellt, also eine Art Rechtsanspruch auf seelische Unversehrtheit einführt, und sobald allein der angeblich Verletzte und seine Fürsprecher definieren, wann eine seelische Verletzung vorliegt, zeigt sie ihren Pferdefuß. Natürlich können nicht nur einzelne Wörter verletzen, sondern auch Sätze und Meinungen und wissenschaftliche Theorien. Galilei und Darwin haben viele Gläubige tief verletzt, und es handelte sich um wirkliche, nicht nur um von den Kirchen behauptete Verletzungen; heute verletzt viele die Ausdehnung der Evolutionstheorie auf die Psyche und den Geist des Menschen. In der Wissenschaft geht es überhaupt außerordentlich verletzend zu – ihr Lebenselixier ist Kritik, Kritik verletzt, selbst die schonend vorgetragene, nicht recht zu bekommen ist kränkend, und manche Ergebnisse des Wissenschaftsprozesses haben das Zeug, auch in der Allgemeinheit Verstörung und Kränkung zu bewirken. Ein Rechtsanspruch auf seelische Unversehrtheit brächte alle Wissenschaft zum Erliegen. Wollte der Staat seinen Bürgern die seelische

Unversehrtheit garantieren, müßten alle Debatten ein Ende haben; er selber müßte dann festlegen, welche Worte, Meinungen, Theorien ihnen zugemutet werden können und welche zu verbieten sind – das heißt, das Prinzip der seelischen Unversehrtheit wäre auch das Ende der liberalen Gesellschaft.

PC also ist unter anderem das Bemühen, die anerkannten *Opfergruppen* sprachlich aufzuwerten und wenn schon nicht aus dem Leben, so zumindest aus der Sprache alles zu tilgen, was an ihre *Stigmatisierung* erinnern könnte. Wie weit das gehen kann, macht der Leitfaden klar, der 1990 am Smith College in Northampton, Massachusetts, den Studienanfängerinnen in die Hand gegeben wurde (er wurde schon im Jahr darauf wieder zurückgezogen). Zu Tabus erklärte er nicht nur die Standard-Ismen, die man hier erwartet: *Rassismus* («Unterdrückung anderer Gruppen»), *Ethnozentrismus* («Unterdrückung anderer Kulturen»), *Sexismus* (die Diskriminierung von Frauen), *Heterosexismus* (die Diskriminierung von Homosexuellen), «*Klassismus*» («Unterdrückung der Arbeiterklasse» – wohl um auch den übriggebliebenen Marxisten einen Platz innerhalb der *PC* einzuräumen). Eine herrschende Stimmung aufgreifend, fügte er einige durchaus neue hinzu: *ageism* («die Unterdrückung der Jungen und Alten durch jene mittleren Alters»), *lookism* («die Konstruktion eines Schönheitsstandards») und, vor allem, *ableism* (*Elitismus*), nämlich «die Unterdrückung der Andersbefähigten durch die zeitweilig Befähigten».

Also vermeide man (wie es eine an der Universität Missouri erarbeitete Sprachregelung für Journalisten empfahl) nicht nur das Wort *alt*, sondern alle Hinweise auf das Alter. *Alte* sind *senior citizens*, ‹Seniorbürger›; der Vorschlag «Juniorengel» war dagegen nur einer der satirischen Scherze, zu denen diese Kunst der schonungsvollen Umschreibung geradezu herausfordert. Man vermeide jeden Hinweis auf das

Aussehen, zumindest jeden, der auf gutes Aussehen hinweist und so die weniger gut Aussehenden verletzen könnte. Und man vermeide vor allem jeden *Elitismus*, den Beelzebub schlechthin, der daran erinnert, daß es Menschen verschiedener geistiger Ausstattung gibt. Worte wie *dumm* sind sowieso längst tabu; doch auch Umschreibungen wie *minderbegabt* sind noch zu deutlich – *andersbefähigt* also; und wem auch das noch zu verletzend scheint, sage *von den zeitweilig Befähigten andersbefähigt genannt*, um klarzustellen, daß hier die etwaige Dummheit allein in den Köpfen jener anzutreffen ist, die nach traditionellem Verständnis eher die Helleren sind. Im gleichen «Wörterbuch zu vermeidender Wörter und Wendungen» steht auch folgender Eintrag: «Mann, Der: Hinweis auf das vorwiegend weiße Establishment. Könnte verletzend wirken.» Anscheinend soll der Unterdrücker par excellence, der *weiße heterosexuelle Mann*, in der sprachlich berichtigten Welt durch Verschweigen gestraft werden.

Ähnliche sprachliche Rücksicht wurde dem Sachverhalt der Armut zuteil. Die *poor (Armen)* wurden zu den *needy (Bedürftigen)*, diese zu den *deprived (Deprivierten)*, diese zu den *underpriviledged (Unterprivilegierten)* und diese schließlich zu den *disadvantaged (Benachteiligten)*. Sie wohnen in keinem *Slum*, sondern einem *kulturell deprivierten Milieu*. Ähnlich wurden *Kranke* und *Invaliden* zu den *handicapped (Behinderten)*, diese zu den *disabled (Entfähigten)* und diese schließlich zu den *Andersbefähigten (differently abled)* oder *körperlich Herausgeforderten (physically challenged)*. Daß Kleine *vertikal Herausgeforderte* heißen sollen, war jedoch ebenfalls nur ein Scherz.

Auch die Bezeichnungen der *Opfergruppen* selbst wurden renoviert. Die männlichen Homosexuellen machten sich ein Spottwort zu eigen, *gay (schwul)*, so wie sich die Schwarzen in den siebziger Jahren plötzlich selber stolz *black* nannten. Aber wehe, jemand benutzte eins der anderen alten Schimpfwörter, *fairy* oder *queer* etwa.

Die Feministinnen bescherten der englischen Sprache das praktische, ja unentbehrliche *Ms.*, das den Briefschreiber heute der unmöglichen und entwürdigenden Wahl zwischen *Mrs.* und *Miss* (Ehefrau und unverheiratete Frau) enthebt. Das Motionsproblem besteht im Englischen nicht in der gleichen Schärfe wie im Deutschen: Einige Bezeichnungen zwar werden moviert (*waiter/waitress*), die meisten aber – *student*, *teacher*, *scientist* – meinen Frauen und Männer gleicherweise. Also konnte gar keine Versuchung aufkommen, neue, feminine Formen in Verkehr zu bringen. Das Problem taucht nur dort auf, wo ein Pronomen auf eine solche geschlechtsneutrale Gruppe Bezug nimmt: *The student came in, and* (*he* oder *she*?) *asked*... Handelt es sich um eine bestimmte bekannte Person, so ist der Fall klar: Es ist das natürliche Geschlecht gefordert. Aber was, wenn es sich um eine unpersönliche Aussage handelt: *the teacher who receives the information*... Ist das männlich oder weiblich zu lesen? Hier protestierten Feministinnen schon in den siebziger Jahren: Es müsse doch nicht immer nur maskulin weitergehen. Seitdem taucht an dieser Stelle auch in mancher wissenschaftlichen Literatur das Femininum auf. Manche Autoren lassen Maskulinum und Femininum sorgfältig ausgewogen abwechseln. Auch das ist eine harmlose Korrektur, die der Sprache keinerlei Gewalt antut. Aber da es die Norm verletzt, wurde es zu einem starken Signal. Wer an solchen Stellen grundsätzlich immer nur *she* schreibt, der gilt heute als ausgemacht *pc*. Wenn eine Frau es tut, hat es einen kämpferischen, bei einem Mann einen anbiedernischen Zungenschlag.

Eine rundheraus lächerliche Neuerung war es dagegen, als Feministinnen auch das Wort *girl* auszumerzen suchten, wohl weil es in ihren Ohren fast wie eine sexuelle Belästigung klang, denn amerikanische Männer nannten und nennen Frauen bis ins reife Alter gerne und eher liebevoll als despektierlich *girl* (bei entsprechendem Alter nicht zu übersetzen mit *Mädchen*, sondern mit *junge Frau* – und mit den Jahren wandert der Ton im Deutschen hinüber zu *jung*). Aber heute soll es nun nur noch *highschool women* geben, ‹Oberschulfrauen›. Eine Logik, die aus Gruppenbezeichnungen jeden Hinweis auf die Jugendlichkeit tilgen will, weil sie ihn offenbar für *stigmatisierend* hält, müßte konsequenterweise zu **Kindergartenfrauen* und weiter zu **Personengartendamen* führen.

Die *Orientals* wurden zu den *Asian-American*. Die *illegal aliens* (die *illegalen Ausländer*, die meisten von ihnen *Hispanics*, nämlich Arbeitsimmigranten aus Mexiko), wurden zu *undocumented residents* (*ausweislosen Bewohnern*). Aus den *Indians* (übrigens die Selbstbezeichnung der meisten) wurden *Native Americans* – und plötzlich standen alle anderen Amerikaner da, als wären sie im Ausland geboren.

In einem Artikel mit dem Titel «Wie man seine Ausdruckskraft vermindert» hat der Fernsehkritiker Walter Goodman in der ‹New York Times Book Review› auf den eigentümlichen Umstand aufmerksam gemacht, daß längere Bezeichnungen sich irgendwie korrekter machen als kürzere. *Asian American* (‹Asienamerikaner›) statt Orientale, *jüdische Person* statt Jude, *senior citizen* (‹Seniorbürger›) statt *elderly* (‹Älterer›), *person with disabilities* (‹Person mit Entfähigungen›) statt Invalide – keine der alten Bezeichnungen war verletzend, und sowieso bedeuten die neuen genau das gleiche. Aber sie sind länger. Vielleicht wird die schiere Länge als Signal dafür aufgefaßt, daß der Sprecher oder Schreiber es sich etwas kosten läßt, sprachliche Rücksichtnahme walten zu lassen: Selbstkasteiung zum Zwecke scheinhafter sozialer Gerechtigkeit. Länger ist korrekter – das scheint die eine Regel zu sein; die andere lautet natürlich: Im Zweifelsfall nehme man das allgemeinere, abstraktere, blassere Wort.

An den Verhältnissen selbst ändert der Austausch von Wörtern nichts. Und ob er zumindest die Domäne der Sprache etwas freundlicher und gerechter gestaltet, steht dahin – denn wo es emotionale Vorbehalte und Abneigungen gegen bestimmte Gruppen gibt, heften sich diese alsbald auch an neue Wörter, so daß ein ständiger Austausch nötig wird. Die Entwicklungsreihe von *negroes* zu *Negroes* zu *non-whites* zu *colored* (heute: *persons of color*) zu *blacks* zu *minority (group)* zu dem heute korrekten *African Americans* ist ein Beispiel.

Auf jeden Fall aber machen die politisch korrekten Sprachregelungen das Sprechen zu einem ständigen Eiertanz. Könnte das Wort, das mir auf der Zunge liegt, eventuell jemanden verletzen? Habe ich jemanden, den ich nennen sollte, weil auch er einer *Opfergruppe* angehört, nicht ausdrücklich mitgenannt und damit *ausgegrenzt*? Im Falle des letzten Satzes also zum Beispiel die Frauen, indem ich ‹er› gesagt habe? Steckt in dem gewählten Wort etymologisch oder pseudoetymologisch eine Anspielung auf eine nicht erwünschte Gruppe? Könnte es jemanden an das erinnern, was er vielleicht gern wäre, aber nicht ist? Ist es geeignet, irgendein Stereotyp zu befestigen, und sei es das Stereotyp, daß Alte alt und Dicke dick sind?

In den Kämpfen und Krämpfen, die das Erlernen eines multikulturellen Zusammenlebens notwendig begleiten, muß Amerika der ganzen Menschheit vorangehen. Aber *PC* ist nicht nur ein amerikanisches Phänomen. Aus Japan wird von einer ähnlichen linguistischen Säuberung berichtet: daß in seinen Fernsehanstalten und Nachrichtenagenturen Listen mit Unwörtern kursieren; daß die Wörter für ‹blind›, ‹taub›, ‹stumm›, ‹dumm›, ‹verrückt› nicht mehr öffentlich gebraucht werden dürfen, nicht einmal in unverfänglichen Redensarten wie «die Uhr spielt verrückt»; daß ein Science-fiction-Autor, in dessen einem Roman Epileptikern Fahrverbot erteilt wird und der damit den Epileptikerverband gegen sich aufbrachte, das Schreiben überhaupt einstellte – «danpitsu», eine Art von schriftstellerischem Harakiri.

Hätte Deutschland ähnliche soziale Konflikte wie die Vereinigten Staaten, es ginge daran zugrunde. Es hat sie nicht. Ist somit auch das Phänomen *PC* Deutschland erspart geblieben? Ist es nichts als paranoide Einbildung, wenn auch hierzulande einige über ein inquisitorisches geistiges Klima Klage führen? Zum Beispiel der Historiker Christian Meier: «[Es] entsteht ein bemerkenswerter Meinungsdruck. Wer die Probleme anders sieht, sehr viel größer und schwieriger, wer fürchtet, daß die massierte Gutwilligkeit dabei ist, sich angesichts einer ihr zunehmend weniger entsprechenden Realität zu verschleißen, sieht sich zwar nicht geradezu Denkverboten, aber doch allen möglichen Drohungen, wenn nicht gar Verleumdungen preisgegeben, wie etwa Botho Strauß sie inzwischen so vielfältig hat erfahren müssen, wie früher schon Martin Walser; zuallermindest ist man der Verständnislosigkeit ausgesetzt. Man erscheint als Pessimist, als Miesmacher, wenn nicht als Nationalist oder gar Faschist...» Sieht Meier Gespenster? Gibt es in Deutschland das Analogon zur amerikanischen *Political Correctness* überhaupt?

Es gibt sie nicht, wird dem Miesmacher entgegengehalten. Als 1993 ein Autor (zufällig war ich es selber) in der Wochenzeitung ‹Die Zeit› das amerikanische *PC*-Phänomen erstmals versuchsweise auf deutsche Zustände projizierte, wurde er sogleich scharf zurechtgewiesen, sinngemäß: Erstens gebe es das hier gar nicht, zweitens bestehe es völlig zu Recht.

Die Politische Korrektheit ist keine irgendwo kodifizierte Lehre. Es läßt sich nirgendwo nachlesen, was in ihrem Sinn korrekt sein soll. Sie enthält kein festes Repertoire an Thesen. Sie ist vielmehr ständig in Fluß. Sie ist nicht festzunageln. Sie hinterläßt keine Signaturen, sondern nur Folgen. Sie läßt sich darum auch kaum schwarz auf weiß nachweisen. Sie läßt sich nur spüren. Wer, wie Konrad Adam in einem Leitartikel der ‹Frankfurter Allgemeinen›, in Deutschland überall dreiste «Sprachanweiser» am Werk sieht, die definieren, was politisch korrekt und was unkorrekt ist, um dann alles Unkorrekte «anzuprangern», verkennt das Phänomen völlig – er übertreibt es, und gerade darum unterschätzt er es. Diese «Anweiser» gibt es nicht. Niemand schreibt anderen etwas vor. Die deutsche PK hat überhaupt kein Subjekt, an das sich halten könnte, wer mit ihr nicht einverstanden ist. Sie ist etwas viel Ätherischeres, das gerade darum eine solche Durchdringungskraft besitzt: ein spontanes Einverständnis der Gutwilligen. Sie müssen gar nichts definieren und erst recht nichts dekretieren. Welche neue Frage auch immer auftaucht, sie wissen wunderbarerweise, was davon zu halten ist, und müssen sich darüber gar nicht erst einig werden, sie wissen es von vornherein. Diese untereinander Einigen weisen sich durch die Verwendung einer Reihe von Begriffen aus, die sie ihrer Rede als Erkennungsmarken anstecken. Man kann ihren Kreisen beitreten, man kann es aber auch lassen, und meistens geschähe einem nichts – nur daß man sich selber aus dem Kreis der Gutmenschen ausgeschlossen hätte, von ihnen fortan scheel angesehen würde und irgendwann sein Fett bekäme. PK ist nämlich so etwas wie eine kollektive Stimmung, ein starker, steter Wind aus politischen und sozialen Grundsatzgefühlen, der ursprünglich von links kam, aber längst die ganze Landschaft bestreicht und in das alte Links-rechts-Schema überhaupt nicht mehr einzupassen ist. Daß eine bestimmte Brise bläst, merkt natürlich nie, wer sich mit ihr bewegt. Ist sie darum unfaßbar?

Ich zähle hier, mehr oder weniger aufs Geratewohl, ein Bäckerdutzend einzelner dezidierter Meinungen auf, die in den letzten Jahren in jedem Audimax, auf jedem Kirchentag, bei jedem Treffen einer Bürgerinitiative tonangebend waren, von jedem Teilnehmer erwartet wurden und nicht erst begründet werden mußten – und sage prophylaktisch dazu, daß ich sie persönlich für legitim und ehrenwert und auch nicht für durchweg falsch halte, nur keine von ihnen für selbstverständlich gewiß.

Wenn es schon deutsche Soldaten geben muß, sollen sie wenigstens nicht ins Ausland entsandt werden. Keimbahn-

therapie darf unter keinen Umständen erlaubt werden. Schon das Wort ‹Elite› läßt einem die Haare zu Berge stehen. Nationalsozialismus und Kommunismus dürfen niemals miteinander verglichen werden. Ausländer, die in Deutschland Zuflucht suchen, sollen nicht abgewiesen und nicht abgeschoben werden. Verkehr entsteht durch Verkehrsermöglichung; um den Verkehr zu reduzieren, müßten nur Straßen und Pisten «zurückgebaut», jedenfalls nicht weiter ausgebaut werden. Alle Unterschiede zwischen den Menschen sind kulturbedingt und könnten durch entsprechende Erziehung eingeebnet werden. Naturheilmittel sind allemal besser als synthetische Medikamente. Volkszählungen sind des Teufels. Ölplattformen dürfen nur an Land und nicht auf See entsorgt werden. An allen Übeln der farbigen Welt ist der weiße Norden schuld. Wenn es nur wenige Physikerinnen gibt, dann allein darum, weil die Männer sie aus diesem Beruf ferngehalten haben. Gentechnisch faulresistent gemachte Tomaten sind gesundheitsschädlich und ekelhaft.

Auf den ersten Blick nimmt sich das als ein chaotisches Sammelsurium aus. Die dreizehn Meinungen scheinen nicht das geringste miteinander zu tun zu haben. Möglicherweise ist es so: daß der Zufall – eine eindrucksvolle Fernsehsendung hier, eine eindrucksvolle Rede auf einer Demo da – aus allen Richtungen einen Haufen Meinungen zusammenweht, die vielen auf Anhieb einleuchten, weil überhaupt keine Alternativen dazu denkbar sind, und die dann zusammenkleben und meist gemeinsam vorkommen. Nun setze man aber das Gedankenexperiment fort und stelle sich vor, auf einer öffentlichen Diskussionsveranstaltung sei irgendeine Auswahl aus diesen Meinungen vorgetragen worden, und jetzt trete jemand ans Saalmikrofon und behauptete für jede das genaue Gegenteil. *Sollen sie die Ölplattform doch versenken. Die Dritte Welt hat sich ihre Schwierigkeiten selbst eingebrockt. Wir brauchen eine Elite. Der Zustrom von Ausländern muß gedrosselt werden...* und so weiter. (Und noch einmal sage ich vorbeugend, daß das, jedenfalls in dieser Form, nicht meine Meinungen wären.) Was würden die anderen von ihm denken? Was würden sie ihm bald entrüstet ins Gesicht sagen? Genau: *Faschist*!

Viele jener Meinungen haben, bald direkt, bald indirekt, einen Fluchtpunkt. Er heißt *Faschismus*. *Ins Ausland sollen keine deutschen Soldaten entsandt werden, weil Hitlers Wehrmacht leider im Ausland war. Keimbahntherapie darf nicht sein, weil sie auf einen Züchtungsversuch hinausliefe, wie ihn sich schon die Nazis vorgenommen hatten. Schon das Wort ‹Elite› läßt einem die Haare zu Berge stehen, weil es an die ‹Herrenrasse› der Nazis erinnert.* Die Politische Korrektheit wacht also darüber, daß nicht faschistisches Gedankengut in irgendeiner neuen Verkleidung wiederauflebt. Der antifaschistische Impetus ist es, der die meisten jener dreizehn Meinungen verbindet. Nicht oder nur auf Umwegen diesem Fluchtpunkt zuzuordnen sind jene Meinungen, die aus der Ökologiedebatte stammen und deren Fluchtpunkt etwa lautet: Natur ist gut, Menschenwerk ist schlecht. Damit ist aber nicht nur ein gewisser innerer Zusammenhang jener Meinungen demonstriert, sondern auch die Nähe zu dem amerikanischen *PC*-Phänomen. *Sexist, Rassist, Faschist*! – als das wird gebrandmarkt, wer sich nicht *politically correct* verhält. Allerdings, ‹Faschist› klingt in Amerika etwas anders. Außer im Gedächtnis der Juden ist hier der ‹Faschist› ein mythischer Übeltäter, der weit weg und in ferner Vergangenheit Monstrositäten begangen hat, so etwas wie Dracula. In Deutschland hat das Wort aus offensichtlichen Gründen eine unmittelbarere, drohendere Bedeutung, und die Brandmarkung als *Faschist* oder *Nazi* ist eine viel härtere Sanktion.

Soweit scheint alles völlig in Ordnung. Faschistische Ideen haben sich auf die denkbar schmerzhafteste Weise selber hinlänglich widerlegt. Sie fehlen im dissonanten Konzert der Meinungen nicht. Sie sind nicht nötig, um irgendeinen Erkenntnisprozeß voranzutreiben. Die Allgemeinheit kann auf sie verzichten. Die Meinungsfreiheit deckt keine Aufforderungen zu Verbrechen. Glückliches Land, das so viele argwöhnische Wächter hat! Oder etwa nicht?

Die Faschismusprophylaxe ist ein guter und moralischer Zweck, aber auch die besten Zwecke rechtfertigen keine Wiedergeburt der Inquisition. Dies darum, weil auch «Faschismus» kein zweifelsfrei erkennbares objektives Merkmal ist. Wer bei einem anderen Faschismus diagnostiziert, kann sich täuschen. Selbst wenn jemand von sich selber sagt, er sei Faschist, kann er im Irrtum sein. Ein subjektiver Verdacht kann niemals auch schon das endgültige Urteil darstellen. Wie es gegen den Pornographieverdacht eines Zensors eine Berufung geben muß, so hätte es sie auch gegen den Faschismusverdacht zu geben. Wenn es sie nicht gibt, werden unter den leichthin als «faschistisch» abgewürgten Ideen auch fruchtbare und notwendige sein – oder schlicht richtige.

Noch schärfer nämlich stellt sich das Problem, wenn die «Ideen» keine bloßen Meinungen irgendwo im letztlich unnachprüfbaren Gewölle sozialer Werthaltungen sind, sondern wissenschaftliche Erkenntnisse, die nach den anerkannten Regeln der Kunst aus empirischen Beobachtungen abgeleitet wurden – wenn also ein begründeter Verdacht besteht, daß die «Ideen» schlechthin richtig sind. Der Volksmund nennt bestätigte objektive Sachverhalte kurzerhand – und etwas voreilig – «Tatsachen». Können derartige Tatsachen *faschistisch* sein? Das nicht, wird man sagen, aber es disqualifiziert eine solche Tatsache durchaus, wenn sie den Nazis möglicherweise willkommen gewesen wäre. Den Nazis vielleicht willkommen gewesen wären die wissenschaftlichen Erkenntnisse über die Erblichkeit der gemessenen Intelligenz, die sich Ende der sechziger Jahre angehäuft hatten; vielleicht auch nicht, aber es ist nicht auszuschließen. Prompt wurden die Psychologen, die diese Tatsachen eruiert und gemeldet hatten, als *Faschisten* beschimpft und auf vielfache Weise inquisitorisch schikaniert; der ganze Forschungszweig ist seitdem in Verruf, in Deutschland noch mehr als in Amerika, und kann nur unter vielfachen Behinderungen weiterverfolgt werden. Einer, der ihn entgegen der Parteilinie sogar in der DDR vertreten hatte, Volkmar Weiss in Leipzig, schrieb nach seinen ersten Erfahrungen im vereinigten freien Deutschland 1996 einen Offenen Brief an die Gesellschaft für Anthropologie, die ihm die Mitgliedschaft verweigert hatte: «Seit 1968 haben die Prediger der Gleichheit den Marsch durch die Institutionen angetreten und versuchen nun ihre Meinung durchzudrücken, auch mit Mitteln der simplen Einschüchterung und der Repression, von der Einflußnahme auf Berufungsverfahren... ganz abgesehen, und auch dort mit Erfolg, wo man eigentlich zuallerletzt Resonanz erwarten dürfte. Denn die Humangenetik und die Differentielle Psychologie sind die Wissenschaften von der Ungleichheit par excellence. Nicht der Ungleichheit vor dem Recht, sondern der biologischen. Und was ist physische Anthropologie, wenn sie sich nicht mehr mit biologischer Ungleichheit befassen darf?... Wenn die Menschen schon äußerlich verschieden sind... und alles eine genetische Komponente haben kann, dann Unterschiede in der Intelligenz auf keinen Fall. Für die Prediger der Gleichheit ist das das absolute Tabu...»

Eine wissenschaftliche Erkenntnis aber verschwindet nicht durch Zensurmaßnahmen, und seien diese noch so moralisch motiviert. Eine wissenschaftliche Erkenntnis verschwindet nur, wenn sie widerlegt wird. Was an ihr richtig ist, bleibt es auch, wenn es mit vernichtenden Epitheta wie *faschistisch* bedacht wurde. Wegzensierte wissenschaftliche Erkenntnisse führen nur zu einer Realitätsspaltung: Auf der einen Seite gibt es dann die Erkenntnisse, die man laut aussprechen darf, auf der anderen die, die sich die Informierten still denken, ein im Untergrund wucherndes und dort nicht richtiger werdendes Geheimwissen. Und die Gesellschaft läuft Gefahr, sich ein schimärisches Wirklichkeitsmodell zu eigen zu machen.

Nach meinem Geschmack tut die Frage, was wohl die Nazis zu dem oder jenem gesagt hätten, diesen sowieso viel zuviel Ehre an. Daß die Nazis Schiller und Schäferhunde mochten, kann kein Grund sein, Schiller und Schäferhunde zu hassen. Wenn das Nazitum etwas gut und richtig fand, wird es allein dadurch noch nicht schlecht und falsch; was das Nazitum schlecht fand, wird allein darum noch nicht automatisch gut. Das Nazitum war ein barbarisches Wahnsystem, das den Staat usurpiert hatte. Es ist konsequenterweise an seiner Wahnhaftigkeit zugrunde gegangen. Es verdient nicht, nach seinem Untergang zum Schiedsrichter darüber eingesetzt zu werden, was als richtig und als falsch gelten soll.

Das politisch korrekte Denken ist ein grundsätzlich kämpferisches Denken und damit strikt dualistisch, ja eschatologisch: letztes Heil gegen letztes Unheil. Es sieht die Welt in einem krassen Schwarz-Weiß, nicht in verfließenden Farben. Das Zwar-Aber, das Teils-Teils, das Einerseits-Andererseits, die die Wissenschaft zum Prinzip erhoben haben, sind seine Sache nicht; es ist ihm zutiefst unsympathisch. Was nicht gut ist, ist schlecht und muß bekämpft werden. Dem relativistischen Gedanken, daß sich vieles unter verschiedenen, durchaus nicht von vornherein verwerflichen Aspekten sehen läßt und damit gut und schlecht zugleich sein könnte, mag es nicht näher treten. Seine eschatologische Militanz ist ein Erbe aus den linksradikalen Oppositionsbewegungen der sechziger und siebziger Jahre: Hört die Signale! Auf zum letzten Gefecht! Erkämpft das Menschenrecht! Demgemäß schätzt es *Kritik*, *Nonkonformismus*, *Widerstand*. Es nennt den und nur den einen *bewußten* Menschen, der in seinem Sinn *kritisch* ist – und relegiert alle, die die speziellen Inhalte dieser Kritik nicht teilen, auf die Stufe dumpfer Umnachteter. So vollführt es nach wie vor die Protestgesten von gestern – und hat nicht bemerkt, daß sich die Zeiten geändert haben. *Kritik* war einmal gefährlich. Der *Nonkonformist*, der *das Bestehende*, *die Gesellschaft*, *die herrschenden Verhältnisse* in

Frage stellte (*hinterfragte*), nahm ein Risiko auf sich. Er schadete zumindest seiner Karriere; manchmal drohten ihm Berufsverbote oder das Gefängnis; in totalitären Verhältnissen setzte er sein Leben aufs Spiel. Er hatte etwas von einem Helden oder Märtyrer. Aber nun hat jenes *kritische Bewußtsein* längst auf breiter Front gesiegt, jedenfalls unter den «Sinnproduzenten» der westlichen Gesellschaften, die deren öffentliche Meinung bestimmen. Aus dem *Nonkonformismus* von damals ist seinerseits Konformismus geworden, der sich indessen weiter für Nonkonformismus hält; aus dem Dissidententum eine neue Orthodoxie, die jedoch weiter den Heldennimbus von einst in Anspruch nimmt. Kritik stigmatisiert den nicht mehr, der sie übt; sie wurde zu einer Ehrenplakette. Ein *Skandal* war einmal, worüber sich die Gesellschaft mehr oder weniger unisono entrüstete. Heute ist *Skandal* ein beliebtes Werbeargument – *dieser Film ist ein Skandal* heißt, daß seine Verleiher sich Chancen ausrechnen, ihn zum Kassenschlager zu machen. Auch wo der *Skandal* in seinem einstigen negativen Sinn fortlebt, ist er blasser geworden; *die Preiserhöhung ist ein Skandal* heißt nicht mehr, daß sie ein die Allgemeinheit schockierendes Vorkommnis sei, sondern nur noch: Meiner Meinung nach ist sie mißbilligenswert. (Erst greift man, um den eigenen Worten Nachdruck zu verleihen, zum hyperbolischen Ausdruck – kurz, man übertreibt. Nach einer Weile passiert das Unvermeidliche: Der hyperbolische Ausdruck sinkt ab und eignet sich zu keiner Übertreibung mehr.) Aus dem *kritischen Intellektuellen* von einst, der Nachteile gewärtigen mußte und das in Kauf nahm, ist die heutige Figur des *Querdenkers* geworden, dem sein Querdenken vielfältig honoriert wird. «... während sich das kritische Denken in allen Schichten und Lebensbereichen als intellektuelle Norm etablierte, geriet es zum ‹Querdenkertum› unserer Tage. Was sich bis heute durchgesetzt hat, ist nicht so sehr die Fähigkeit des einzelnen zur Kritik, sondern vor allem deren äußerer Gestus – eine unverbindliche Attitüde, deren Wert heute vornehmlich darin besteht, die Rangordnung der kritischen Geister festzulegen» (Martin Hecht). Kein *Querdenker* zu sein, ist geradezu karriereschädlich geworden. In diesem Sinn hat sich das *kritische Bewußtsein* zu Tode gesiegt, ist politische Korrektheit ein Paradox, zur Norm geronnene Normverletzung, zum Mainstream gewordenes Außenseitertum, in der Heldenpose erstarrte Durchschnittlichkeit. Was wahrscheinlich keiner revolutionären Bewegung erspart bleibt, ist auch hier eingetreten: eine gewisse Verspießerung.

Die Steigerungsreihe für das, wogegen die *Pießie* sich richtet, lautet derzeit: *Stammtisch, menschenverachtend, faschistisch*. Alle besagen: Du solltest dich schämen! Hinter dem Wort *Stammtisch* steckt die Hypothese, eine Meinung – zum Beispiel etliche der in diesem Kapitel vertretenen Meinungen zur Sprache der *Pießie* – könnte den Beifall der falschen, nämlich der mehr oder weniger *faschistisch* denkenden Leute finden. Die nun sind allerdings kein bloßes polemisches Phantom, sondern existieren wirklich, sind möglicherweise sogar zahlreich – in der pluralistischen Gesellschaft gibt es ja immer gegenläufige Tendenzen und Stimmungen –, aber sie bestimmen die öffentliche Meinung keineswegs. Insofern sind alle drei Wörter tautologisch. Die *Stammtisch*-Genossen sind jedenfalls anonymes *Volk*, nicht die hochgeschätzte *Basis* also, sondern der verachtete *Bodensatz*. Die *Basis* verkehrt in anderen Gaststätten. Ihre Stammtische heißen nicht *Stammtische*, es fließt dort auch mehr Chianti als Bier, und es sitzen daran die richtigen Leute und äußern die richtigen Meinungen in den richtigen Worten. Und an welchen Tischen will man nun mitreden und gelobt werden: an diesen? an jenen? an allen? an keinem? (Was mich selber angeht, würde ich sagen: am liebsten natürlich an allen, aber wenn an keinem, wäre auch das recht – der hypothetische Applaus aus dieser oder jener Richtung kann nicht zum Oberzensor des Denkens gemacht werden, und auch zwischen den Tischen gibt es Sitzplätze.)

Wer daran zweifelt, daß es einen bis zu Tätlichkeiten gehenden Gesinnungsdruck gegen inkorrekte Ideen auch in Deutschland gibt, brauchte sich nur für die Verfemung der das Dogma der totalen Kulturdeterminiertheit in Frage stellenden «Biologisten» an den deutschen Hochschulen zu interessieren oder für die rabiate Verfolgung, der hierzulande ausgesetzt ist, wer die Meinung zu vertreten wagt, der inzestuöse sexuelle Mißbrauch kleiner Mädchen durch ihren Vater oder einen «Onkel» sei nicht so häufig, wie von einigen extremistischen Frauengruppen behauptet, und die Erinnerung daran immer nur ein unverläßliches Beweismittel, da Erinnerungen ihrem Wesen nach Konstrukte sind. Er wäre schnell eines Besseren belehrt.

Es gibt die Sache, und es gibt ihre Sprache. Sie ist hierzulande nicht omnipräsent und in der gleichen Weise zwingend wie in Amerika; vor allem gibt es keine expliziten Sprachregelungen. Wer aber meint, jeder könnte alles sagen, braucht sich nur vorzustellen, in irgendeinem Hörsaal verwendete jemand das Wort *Neger*, in der schließlich nicht falschen, wenn auch lebensfernen Meinung, es selbst sei keineswegs pejorativ und bedeute nur, was auch die meisten korrekteren Wörter bedeuten, *Schwarzer*, so wie Bundespräsident Lübke es verwendete, als er eine Gästegruppe mit «Meine Damen und Herren, liebe Neger» begrüßte. Nicht umsonst wurden sogar die *Negerküsse* abgeschafft, die die Schwarzen bei den Kindern früherer Zeiten so beliebt gemacht hatten wie der Sarotti-Mohr. Beim heutigen *Schokoladenschaumkuß* können sie sich nur noch schütteln, schon das Wort schmeckt wie Mäusespeck.

Das sei alles nur reaktionäre Paranoia? 1995 veröffentlichte ein Hamburger Richter, Günter Bertram, in der ‹Neuen Juristischen Wochenschrift› einen kurzen Artikel über die schwierigen Probleme, die sich ergeben, wenn Ausländer Straftaten an Ausländern begehen, also wenn die Gerichte Fälle verhandeln müssen, in denen Opfer wie Täter Ausländer sind. Es sind Fälle, in denen die Komplexität des Lebens die bequeme, vereinfachende manichäische Formel «Ausländer gleich Opfer» in Frage stellt. Zitiert wurde der Fall eines Ghanaers, der in Deutschland eine Türkenfamilie mit einer Baseballkeule zusammengeschlagen hatte. Vor Gericht beschwerte sich der Ghanaer, er werde schon wieder wegen seiner Hautfarbe diskriminiert. Auch die türkische Seite beschwerte sich: Das Gericht gewährleiste ihr aus türkenfeindlichen Motiven nur unzureichenden Schutz gegen den «Terror eines Negers».

Prompt kam auf den Aufsatz der «energische Einspruch» eines anderen Juristen: Er sei ein fremdenfeindlicher Akt, der den deutschen *Stammtisch* aufwiegle. Nach «Freisler» klinge er zwar nicht ganz, aber doch nach «Deckert». Die Wortwahl jedenfalls passe genau «in das Menschenbild eines Richters, der im gleichen Aufsatz einen Schwarzafrikaner als ‹Neger› bezeichnet und dem die Rede von ‹ausländischen Mitbürgern› gegen den Strich geht. Hier soll gegen Ausländer, gegen die multikulturelle Gesellschaft (‹Multikultur›) bewußt Stimmung gemacht werden.»

Die sprachliche Etikette muß also peinlich genau beachtet werden. Du sollst das Wort *Viktimisierung* nie in Anführungszeichen setzen, wie Bertram es einmal getan hatte. Du sollst *ausländische Mitbürger* nie einfach *Ausländer* nennen (Bertram hatte die Formel *ausländische Mitbürger* als zwar sympathisch, aber eigentlich paradox bezeichnet). Du sollst die *multikulturelle Gesellschaft* nie zu *Multikultur* abkürzen, sonst schürst du Ressentiments gegen sie. Du sollst unter keinen Umständen das Wort *Neger* gebrauchen, selbst wenn du einen Türken zitierst. Und wenn du dich nicht daran hältst, wirst du an den Pranger gestellt, und zwar als ein Mittelding zwischen Freisler und Deckert.

Nun kann man sagen: Da hat ein Jurist einen Artikel geschrieben, ein anderer einen Leserbrief – und was weiter? Dem Richter ist ja nichts weiter passiert. Er wurde nicht versetzt, mußte sich vor keiner Disziplinarkammer verantworten, mußte sich nicht öffentlich entschuldigen, mußte keinen Sensibilisierungslehrgang absolvieren. Die Sache hatte keinerlei Folgen. Anders als in anderen gesellschaftlichen Bereichen, dem Journalismus zum Beispiel, kam ihm sogar eine Reihe weiterer Leserbriefe zu Hilfe. In der Tat, die deutsche PK ist bisher weniger rigoros als die amerikanische *PC*. Trotzdem manövriert sie hart an der Grenze. Man muß sich nur vorstellen, die Entlarvung hätte nicht in einem Leserbrief an die Berufszeitschrift stattgefunden, sondern in einem Groschenblatt oder *frontal!* vor einem Fernsehtribunal – den «Freisler» oder «Deckert» dort wäre dieser Richter nicht wieder losgeworden.

Insgesamt ahmt Deutsch die sprachlichen Renovierungen des politisch korrekten amerikanischen Englisch getreulich nach. Es handelt sich auch nicht bloß um den Import einiger Wörter. Importiert wurde die Denkweise, die jene Wörter hervorgebracht hat und hier nun neue des gleichen Schlags hervorbringt. Wie in Amerika sind die Neuerungen auch in Deutschland nicht durchweg unbegründet und an einigen Stellen sogar willkommen. Wenn man sie vernünftigerweise daran mißt, ob sie die Ausdrucksgenauigkeit des Deutschen erhöhen oder senken, werden einige als Zuwachs, andere als Einbuße eingestuft werden müssen und viele als weder-noch.

Einzuräumen ist auch, daß die deutsche Sprache (sofern man sie als ein handelndes Subjekt betrachten darf) bei der Übernahme nicht mit dem gleichen sophistischen Puritanismus vorgeht wie die amerikanische. So hat sie sich bisher mit dem Wort *Behinderte* begnügt, und auch *arm* darf in Deutschland noch gesagt werden, *blond* oder *weißhäutig* oder *matronenhaft* oder *Siesta* oder *Mädchen* und vieles andere ebenfalls.

Dennoch wurden viele Benennungen politisch korrekt umfrisiert. Deutsch gibt sich dafür um so williger her, als die beschönigende Umschreibung – der Euphemismus – hierzulande eine lange Tradition hat. Man denke nur an das Wort der Nazis für den staatlich-industriellen Massenmord, *Endlösung*. In diesem Verschönerungsstreben sind sich alle politischen Lager einig. Auf der einen Seite verbreiten der *Verteidigungsfall*, die *Verschlankung*, die *Freisetzung*, der *Kompressionsgriff* oder der *finale Rettungsschuß* ihren harmlos-sachlichen Nimbus. Auf der anderen Seite nennen sich politisch radikale Chemiker *kritische Chemiker* (und degradieren so nebenbei die politisch weniger radikalen Kollegen zu unkritischen Subjekten), wenden sich Ausstellungen an *bewußte und lesbische Frauen* (denn *bewußt* bedeutet etwas anderes, als es zu bedeuten vorgibt). Auch die *Autonomen* laufen in sprachlicher Tarnkleidung herum. Was tun sie manchmal? Sie *gehen auf die Straße*. «Selbständige betreten die Straße» – unverfänglicher geht es kaum. Das werden sie ja wohl noch dürfen! Das Milieu, in dessen Namen sie dieses Recht in Anspruch nehmen, heißt dann *Gegenkultur*.

Überhaupt möbelt jeder seine kleine Welt oder irgendeine ihm liebe oder unliebe Verhaltensweise gern zu einer ganzen eigenen *Kultur* auf, bis hin zu Horst Eberhard Richters *Rivalitätskultur*, in der vermutlich statt *Versöhnungsarbeit* oder *Weltgebetstagsarbeit* Rivalitätsarbeit geleistet wird (denn wo man an den Adel durch Arbeit glaubt, mußte Freuds *Traumarbeit*, gefolgt von Mitscherlichs *Trauerarbeit* und irgend jemandes *Stolzarbeit* und vieler anderer hochabstrakter *Arbeit*, auf fruchtbaren Boden fallen). Es ist nicht leicht, zu erkennen, welche Bedeutung das Wort *Kultur* in solchen Verbindungen noch hat. Der *Kulturbegriff* wurde dermaßen erweitert, daß sich sein Inhalt dabei erst verdünnte und dann völlig verdünnisierte. Eine *Streitkultur* ist allenfalls noch eine kultivierte Art des Streitens, die *Wohnkultur* eine geschmackvolle und teure Möblierung, die *Eßkultur* ein zivilisierter Umgang mit der Serviette – aber was wäre die *Bierkultur*? Worin gar besteht die *Kultur* der *Verleumdungskultur*? *Kultur* ist hier überhaupt kein Wort mit einer bestimmten Bedeutung, es ist eine bloße Markierung, die Beliebiges als ‹irgendwie gut› ausweist oder wenn nichts Bestimmtes, so doch zumindest das Sprachgebaren des Kulturfreunds.

In dieser schönen neuen Welt haben erst die *Minderbemittelten*, dann die *Sozialschwachen* die Armen abgedrängt. Sozialarbeiter sprechen auch nicht mehr von *Bedürftigen*, sondern von *Kunden* oder *Klienten*. Die Alten und erst recht die Greise wurden durch *Senioren* ersetzt. Selbstverständlich tragen diese *Senioren* keine Perücke, sondern höchstens eine *Zweitfrisur*, ein Gebiß heißt *die dritten Zähne*, und *Runzeln* oder *Falten*, für die ein Ersatz nicht leicht zu finden ist, wurden wenigstens zu *Fältchen* verharmlost (wie wäre es mit **Lächelspur?*). Aus dem Eigenheim wurde die *Residenz*, aus dem Altersheim die *Seniorenresidenz*, aus dem Gewerbegebiet der *Technologiepark*, aus dem Rummelplatz der *Vergnügungs-* oder *Freizeitpark*, aus der Müllhalde der *Entsorgungspark*, und da offenbar nahezu alles zu einem Park umgewidmet werden kann, war das Schild *Park und Reitplatz* unausbleiblich. Der Bahnhof wird zum *Mobilitätszentrum* gemacht, und wenn die Toilette im Kasseler *Kulturbahnhof* renoviert wird, wird sie unter dem Namen *ReiseFrische* wiedereröffnet. «Im Kulturmobilitätszentrum muß ich mal schnell auf die Reisefrische!»

Irre, *Wahnsinnige*, *Verrückte* gibt es nicht mehr; das deutlichste heute sind *Geistesgestörte*, aber korrekter ist *psychisch Kranker* oder *Psychiatriepatient*, und ganz korrekt ist *Person mit Psychiatrieerfahrung* – womit erfolgreich kaschiert wäre, ob es sich um Psychiater oder ihre Patienten handelt. Die Reform der Krankenbehandlung (oder vielmehr ihrer Finanzierung) heißt *Gesundheitsreform*, als sollte die Gesundheit der Bevölkerung umgeschichtet werden. Daß es noch Krankenhäuser gibt, ist ein Wunder – aber *Heilanstalt* klänge wahrscheinlich zu psychiatrisch; anläßlich irgendeiner Gebührenerhöhung oder Leistungseinschränkung werden sie sich aber sicher noch in *Gesundheitszentren* umbenennen. Die Umbenennung des Leichenackers in *Friedhof* reicht weit zurück, bis ins Mittelalter, war damals aber nicht euphemistisch gemeint, sondern bedeutete schlicht ‹eingefriedeter, eingezäunter Raum› – der ‹Friede› darin war erst eine spätere (irrige) Volksetymologie. Kaum ein Wort hat im Laufe der Zeiten wohl so viele beschönigende Umschreibungen erfahren wie das Verb ‹sterben›.

Im Zuge sprachlicher Umgestaltung der Welt haben ersetzt: *Sonderschulen* die Hilfsschulen, *(Justiz-)Vollzugsanstalten* die Gefängnisse, *Vollzugsbeamte* die Gefängniswärter, *Straftäter* die Verbrecher (kein Wunder, daß soviel Zurückhaltung auf der anderen Seite einem besonders drastischen Wort zur Verbreitung verhilft, *Knast*), *Rettungsmehrzweckstöcke* die Gummiknüppel, *Prozeßkostenhilfe* das Armenrecht, *Entsorger* die Müllmänner und Straßenfeger (so wie im Englischen *refuse collectors*, ‹Abfallsammler›, die *dustmen*, ‹Staubmänner›), *Alkoholkranke* die Alkoholiker und Säufer, *Drogenabhängige* oder *Suchtkranke* die Rauschgiftsüchtigen, *Berater* die Verkäufer, *Repräsentanten* oder *Referenten* die Vertreter, *Außendienstler* die Reisenden, *Gebäudereiniger* die Fensterputzer, *Restaurantfachleute* die Kellner. Da mag auch die Wahrsagerin nicht zurückstehen und firmiert als *AstroForce*, und allerlei *Partner* machen sich anheischig, einem *Rundum-Sorglos-Pakete* anzudienen.

Die amerikanische *PC*-Sprache hatte es auch darum so leicht, weil sie sich nahtlos in die deutsche Betroffenheitssprache fügte – jenen schwammigen und vage wunden Stil, bei dem einige sprachliche Leuchtbojen auf einem Ozean stereotypisierter Gutwilligkeit schwimmen. Dort herrschen chronisch *Betroffenheit* alias *Wut und Trauer* alias (wenn gerade kein Schuldiger auszumachen ist) *Bestürzung und Trauer*, Steigerungsform *fassungslose Betroffenheit*. Dort bleibt man *sensibel* und *verletzbar*, was aber beileibe nicht dasselbe ist wie ‹leicht gekränkt›. *Verletzlich* wurde zu einem Kompliment; stolz erklärte sich eine Illustrierte selber zu *Deutschlands verletzlichster* (und erwies sich ein paar Wochen später als auf ganz unmetaphorische Weise verletzlich, als sie nämlich ihr Erscheinen einstellen mußte).

In diesen Zielgruppen *läßt* man *sich ein* auf alles, was *wichtig ist* und – Tribut an die aktuelle *Fun-Kultur* – erfreulicherweise manchmal sogar *spannend*. Dort *geht* man *aufeinander zu*, *bringt sich ein* in diverse *Diskurse* und *Projekte* (zum Beispiel ein *Projektcafé mit Rollstuhltanz*), sucht keine billige Wohnung, sondern *bezahlbaren Wohnraum* in einer *bewohnbaren Stadt*, lebt nicht, sondern *überlebt* grundsätzlich nur, als sei man unausgesetzt in Lebensgefahr (vielmehr: als werde einem von... ja, von wem?... von «der Gesellschaft» böswilligerweise eine Existenz am Rande des Todes zugemutet), hat keinen Lebenslauf, sondern grundsätzlich eine *Biographie*, ohne daß irgend jemand je auch nur ein Wort davon aufschreiben muß. In dieser wehen Sprache hat man gewohnheitsmäßig *Träume* oder *eine Utopie*; wer psychotherapeutische Erfahrung sein eigen nennt, hat nicht etwa *Phantasie*, sondern *eine Phantasie*. *Ich habe so eine Utopie, daß die Bäume immer grün bleiben.* Denn die *Utopie* ist heute kein mehr oder weniger kompletter, jedenfalls mit System erdachter Gesellschaftsentwurf mehr, sondern irgendein Wunsch, der einem zufällig gerade durch den Kopf fährt. Der Vorteil dieser Wörter gegenüber anderen möglichen wie ‹Überlegungen›, ‹Wünsche›, ‹Forderungen›, ‹Hoffnung›, ‹Gesellschaftstheorie› besteht darin, daß sie gleich das zartbittere Gefühl ausdrücken, aus dem Erwünschten werde sowieso nie etwas.

Alle naselang findet im Radio und überhaupt bei jeder öffentlichen Äußerung etwas statt, das *Umgang* heißt. Man *geht* mit seinem Schicksal *um*, seiner Vergangenheit, seiner *Sensibilität*, seinen *Ängsten* (die nur noch im Plural vorkommen), gar *mit sich selbst als Person. Der Künstler geht mit Wahrnehmung um. Wie gehen Sie mit Ihrem Alter um? Mit einer solchen Katastrophe können sie noch nicht umgehen.*

Opfer sollten geschickter mit den Tätern umgehen. Wo alle mit etwas *umgehen*, dürfen die Seelsorger nicht fehlen, und so *gehen die Kleriker offensiv mit dem Mitgliederschwund um.* Schwer zu sagen, was dieses *umgehen* bedeutet, also welche Sinnstelle es in den Sätzen einnimmt, die es ziert. Man könnte sagen: keine – es sei das reine Nichts, eine Art und Weise, die Verbalphrase etwas länger und darum scheinbar gewichtiger zu gestalten, so wie in der Amtssprache *zur Durchführung bringen* die wichtigtuerisch aufgeplusterte Form von *durchführen* ist. Das trifft es fast, aber nicht ganz. Denn eine Restbedeutung haftet dem *umgehen* meist durchaus an: eine gewisse Distanzierung von der eigenen Person. *Ich gehe mit meinen Ängsten um* heißt nicht nur ‹ich habe Angst›, sondern ‹zwar habe ich Angst, aber gleichzeitig bin ich auch ein anderer, der den, der da Angst hat, kalt von außen betrachtet›. *Umgehen* heißt: sich wie einen Fremden managen; sich selber überlegen sein.

Die Vorzugsbeschäftigung des Betroffenheitskünders ist die Zeichensetzung, und wogegen er seine *Zeichen* (auch: *Signale*) *setzt*, ist unausweichlich irgendeine *menschenverachtende* Praxis. *Menschenverachtend* ist zu einer Art Kennwort geworden, einer gemeinschaftstiftenden Allzweckbeschimpfung dort, wo es zu *faschistisch* trotz aller Ausweitung dieses Begriffs nicht ganz langt, und dabei ist jede bestimmte Bedeutung verdunstet. Das stärkere Wort *Misanthrop,* ‹Menschenfeind›, ist dagegen nach wie vor eher ehrend; ein *misanthropischer Spielplan* steht einem Theater gut an, ein *menschenverachtender* machte seinem Intendanten den Garaus. Überhaupt wächst dem bloßen Wort *Mensch* zuweilen ein eigenartig tränenfeuchtes Tremolo zu: *in diesem von Menschen bewohnten Haus,* das *von Menschen* mit leicht erhöhter Stimme gesprochen – die ganze Menschheit als wehleidige *Opfergruppe.*

Die Legierung dieser Sprache mit den Pendants etlicher amerikanischer *PC*-Wörter hat vielleicht auch in Deutschland dem öffentlichen Reden einen etwas freundlicheren Anstrich gegeben. Wie in Amerika hat sie aber auch eine Unsicherheit erzeugt, die jedenfalls den vermeintlich geschützten Gruppen wenig nützt: Darf man einen Türken noch einen Türken nennen? Darf man die ausländische Herkunft überhaupt noch erwähnen? Daß etwas *getürkt* sei, darf man jedenfalls nicht mehr sagen; der Journalist, der das Wort verwendet, wird prompt abgestraft – auch wenn bisher nicht einmal erwiesen ist, daß *türken* als neuere Kurzform von *einen Türken bauen* irgend etwas mit der Türkei zu tun hat. Daß Böhmen sich von *böhmischen Dörfern* und *Bohemiens* gekränkt fühlen, wurde bisher nicht kolportiert; aber sie könnten ja noch. Also sollen die Leute ruhig auch von *polnischer Wirtschaft* sprechen? Nein, das sollen sie nicht. Genau dazwischen liegt die Demarkationslinie. *Polnische Wirtschaft* ist eine despektierliche Meinungsäußerung über die Polen, besagend, daß bei denen alles drunter und drüber gehe. Die Redensart gehört in das Repertoire nationaler Stereotype, so wie *spanischer Stolz* oder *schottischer Geiz* oder *gallischer Esprit*. Das Verb *türken* hingegen bedeutet nicht, daß Türken getürkt seien oder sich besonders gut aufs Türken verstehen. Die *böhmischen Dörfer* stehen mit keinem realen Böhmen in erkennbarem Zusammenhang; man muß nachschlagen, was sie einmal besagen sollten («Die Wendung meinte ursprünglich die slawischen Namen vieler Dörfer in Böhmen, die den Deutschen in Böhmen fremdartig klangen und unverständlich waren»).

Hatte das Wort ‹Moslem› etwas Beleidigendes? Wie angeblich ‹Mohammedaner› beleidigend war, weil es den Glauben am Propheten und nicht an Gott festmachte? Oder warum drängt heute alles auf *Muslim*? Nein, ‹Moslem› war keineswegs beleidigend, sondern eine leicht eingedeutschte Fassung desselben arabischen Wortes, das ‹der sich Gott Unterwerfende› bedeutet und mit dem auch *Islam*, ‹Unterwerfung›, zusammenhängt. Aber ungewollt beleidigend ist nun der, der vor lauter Korrektheitsehrgeiz das ‹s› in *Muslim* weich ausspricht – dann nämlich bedeutet das Wort ‹umnachtet›, ‹grausam›.

Auch lädt das politisch korrekte Sprechen zur Verlogenheit ein. Wer, wie von höchster Stelle empfohlen, nur noch *Mitbürger türkischer Herkunft* sagt (*Mitbürgerin und Mitbürger* natürlich), denkt doch weiter *Türke*, denn im laufenden inneren Monolog macht man normalerweise keine Umstände, und alle wissen, daß er es weiter denkt, und er weiß, daß alle es wissen.

Wie das *politically correct* Englisch erkauft das politisch korrekte Deutsch die relative Verfreundlichung des Alltags mit einem starken Verlust an Konkretheit, an Deutlichkeit. Es ist eine diplomatische, bläßliche, verwaschene Sprache. Wenn einem jemand mit bedeutungsvollem Augenaufschlag anvertraut, *ich habe endlich gelernt, mit mir selber als Person umzugehen*, wird man sich vergeblich fragen, was er denn konkret gelernt hat, denkt sich aber natürlich sein Teil. Wer mit seiner *Betroffenheit umgeht*, indem er *ein Zeichen setzt* und *etwas bewegt* – was tut der eigentlich? Jeder darf sich alles darunter vorstellen, oder auch nichts. Wörter und Wendungen, die einmal starke Gefühlsbewegungen ausdrücken sollten, erstarren zu Formeln, die oft nur noch dem Ausweis der richtigen Gesinnung dienen und die Gefühlsbewegung selber Lügen strafen. Denn floskelhafter Gefühlsausdruck weckt den Verdacht, daß dahinter auch nur floskelhafte Gefühle stehen.

Die ganze Verlegenheit des Vorhabens zeigt sich an der Ersetzung von *primitiv* durch *einfach strukturiert*. Ursprünglich einmal war *primitiv* ein unschuldiges Wort: eine adjektivische Ableitung von lateinisch *primus*, ‹erster›, über das Französische mit der Bedeutung ‹ursprungsnah› ins Deutsche gelangt. So sprach man von ‹primitiven Kulturen› und meinte schlicht Kulturen vor der Überwältigung durch die westliche Zivilisation. Aber anders als vielen anderen Wörtern, die dennoch politisch korrigiert wurden, wuchs dem Adjektiv *primitiv* unübersehbar eine eindeutig schmähende Bedeutung zu: ‹roh›, ‹geistig unterentwickelt›. Schon vor Jahrzehnten empfahl der ‹Duden› darum, statt von *primitiven Völkern* lieber von *Naturvölkern* zu sprechen. Diese Bezeichnung, die einen Gegensatz zwischen *Natur-* und *Kulturvölkern* zu postulieren und damit den sogenannten Naturvölkern ungerechterweise jede Kultur abzusprechen scheint, geriet wohl nur darum nicht auch ihrerseits in Verruf, weil man sich schließlich nicht jede Bezeichnung des Unterschieds rücksichtsvoll verbieten kann. Aber auch einzelnen möchte man natürlich gern ersparen, *primitiv* genannt zu werden. Das dumme ist nur, daß intellektuell und emotional relativ unterentwickelte Menschen keine bloße Erfindung jener sind, denen daran gelegen ist, sie sprachlich oder sonstwie zu *stigmatisieren*. Unerfreulicherweise gibt es sie tatsächlich, und die Beseitigung der hergebrachten Bezeichnung ändert daran nichts. Die schlichte Denkungsart läßt sich nicht einmal immer ignorieren. Vor Gerichten und Sozialgerichten kann es notwendig werden, sie ins Spiel zu bringen, nicht um die betreffenden Menschen zu *diffamieren* und zu *diskriminieren*, sondern im Gegenteil, um sie zu entlasten. Früher hätten sich Gutachter nicht geniert, solche Menschen *primitiv* zu nennen. Da das zum Schimpfwort wurde, kann es in einem amtlichen Schriftstück selbstverständlich nicht mehr erscheinen. Aber wie läßt sich der gleiche Sachverhalt anders ausdrücken? Wie kann man etwas sagen, ohne es zu sagen? Heute ist der Euphemismus *einfach strukturiert* im Schwange: *A., der seine Frau täglich verprügelte, ist ein einfach strukturierter Mensch.* So wäre das anstößige Wort erfolgreich umgangen, und die Umschreibenden können sich ihres sozialen Zartgefühls erfreuen. Dennoch weiß natürlich jeder auf der Stelle, was gemeint ist: daß A. ein dummer, roher, brutaler, kurz, ein primitiver Kerl ist. Es ist nur eine Frage der Zeit, und *einfach strukturiert* hat *primitiv* in jeder Beziehung beerbt; höchstens, daß seine Umständlichkeit seine Verwendbarkeit einschränkt. Was also ist gewonnen? Der unerfreuliche Tatbestand besteht unverändert weiter, er wird auch unverändert beim Namen genannt, nur einem anderen. Sollte das Wort *primitiv* den Primitivling gekränkt haben, so kränkt das Wort *einfach strukturiert* den Einfachstrukturierten ebenso. Die Hoffnung, die den Wortaustausch inspirierte, scheint lediglich die zu sein, daß er nun nicht mehr genau versteht, was da so höflich verklausuliert über ihn gesagt wird.

Während politische Korrektheit im Fall *Afroamerikaner* einen begrüßenswerten Zuwachs an sprachlicher Genauigkeit brachte, hat die Tabuisierung des Worts *Zigeuner* die betreffende Bevölkerungsgruppe praktisch der Nennbarkeit entzogen, zumindest im Singular. Seit 1979 bestehen einige ihrer Vertreter – nur in Deutschland – darauf, daß *Zigeuner* durch *Roma und Sinti* ersetzt werden müßte. Ein Einzelner aber kann nicht Roma ‹und› Sinti sein, nur ‹oder›. Wie aber soll ein Außenstehender wissen, ob er es mit einem aus der Gruppe der (seit Generationen in Deutschland ansässigen und auch Cinti geschriebenen) Sinti oder aus der der (meist in diesem Jahrhundert aus dem Balkan zugewanderten) Roma zu tun hat? Er weiß es in der Regel nicht. Zudem weiß fast niemand, ob die beiden Namen Plural oder Singular sind, also ob man «ein Sinti» überhaupt sagen kann. (Man kann es nicht, es heißt «ein Sinto» und «ein Rom».) Und sind es auch Feminina? (Sie sind es nicht; die weiblichen Formen lauten «Romni» und «Sintiza».) Schließlich fühlen sich andere Gruppen des gleichen Volkes, die weder Roma noch Sinti sind, von der scheinkorrekten Bezeichnung *ausgegrenzt* – und die Furcht vor bewußten oder unbewußten *Ausgrenzungen* ist doch gerade eine der Triebkräfte hinter der politisch korrekten Sprachrevision.

Was aber sprach denn gegen *Zigeuner*? Angeblich, daß das Wort «jahrhundertelang zur Stigmatisierung gebraucht wurde». Nur zu wahr, daß die, die früher *Zigeuner* hießen, jahrhundertelang geringgeachtet und dann in Deutschland nicht nur *stigmatisiert*, sondern in unbekannt großer Zahl ermordet wurden. Aber das Wort als solches war nicht pejorativ. Es bedeutet keinesfalls «Ziehgauner» und wurde auch nicht so verstanden. Die Volksetymologien, die das Grimmsche Wörterbuch verzeichnet, besagen alle nur soviel wie «Zieh einher», in Anspielung auf die fahrende Lebensweise. Auch die Ableitung *zigeunern* bedeutet nur ‹unstet umherwandern›. Daß manchen Seßhaften die unstete Lebensweise selbst unsympathisch ist, liegt nicht an den Worten für sie, kann also auch nicht durch einen Wortaustausch behoben werden.

Auch die Volksetymologien, die *Zigeuner* von ‹umherziehen› ableiten, sind wie so viele andere natürlich falsch. *Secanen* nannten sich selber die Nachkommen jener nordwestindischen Volksgruppe, die, seit sechshundert Jahren auf der Flucht, um 1500 in Mitteleuropa eintrafen. Andere bezeichneten sie irrtümlich als *Egypter* – ein Name, der schließlich das englische *gypsy*, das spanische *gitano*, das französische *gitan* ergab. Den Namen *Secanen* hatten sie vom Balkan mitgebracht. Das gleiche Wort (phonetisch ‹tsigan›) bürgerte sich in vielen osteuropäischen Sprachen ein, aber auch im Französischen (*tzigane*) und Portugiesischen (*cigano*). Jedesmal paßte es sich dabei den Laut- und Schreibregeln der Landessprache an; im Deutschen gab es schon sehr bald *Zigeuner* her. Woher ‹tsigan› stammte und was es bedeutete, ist dunkel. Die gängigste Erklärung leitet es aus dem byzantinischen Griechisch ab: *athínganoi* oder dann *tsínganoi* wurden die unberührbaren Anhänger einer phrygischen Ketzersekte genannt, und mutmaßlich wurde das Wort von ihr auf die rätselhaften Islam-Flüchtlinge aus Kleinasien übertragen. Es war jedenfalls kein Schmähwort. Seine Abschaffung macht frühere Schmähungen nicht ungeschehen und verhindert keine für die Zukunft.

Da manchen ehemaligen *Zigeunern* das Wort aber einfach nicht mehr zu gefallen scheint, spräche natürlich nichts gegen eine Umbenennung. Es müßten nur zwei Bedingungen erfüllt sein. Erstens müßte es sich um eine Bezeichnung handeln, die alle Angehörigen für sich akzeptierten, also eine echte und umfassende Eigenbezeichnung, egal ob sie aus der Geschichte geschöpft oder künstlich neu gebildet wird. Zweitens müßte es ein Wort sein, dessen grammatischer Status – Genus, Numerus – durchsichtig ist, so daß es sich in verschiedenen Zielsprachen frei verwenden ließe. Solange ein solches Wort aussteht, kann auf *Zigeuner* und seine Entsprechungen in den anderen europäischen Sprachen nicht verzichtet werden.

Es ist ein großes Glück, daß die Juden das Selbstbewußtsein hatten, keine politisch korrekte Umbenennung zu wünschen, die in ihrem Fall nur in einer akkuraten und erschöpfenden Definition hätte bestehen können. Deren Länge hätte wahrscheinlich auch sie zu Unnennbaren gemacht. Statt dessen wollten sie einfach weiter *Juden* sein – obwohl sie viel mehr noch als die *Zigeuner* mit dem Wort *stigmatisiert* worden waren. Aber offenbar war ihnen klar, daß das nicht im mindesten die Schuld des Wortes, sondern die der Antisemiten war und sie unter jeder beliebigen anderen Bezeichnung ebenso *stigmatisiert* worden wären.

Es besteht die Tendenz, die Fremd- den Eigenbezeichnungen anzugleichen. Wer das richtig findet, erklärt sie zu einem Prinzip aller Sprachmodernisierung. Ich selber finde sie richtig, meine aber, daß sie wie jedes für die Praxis bestimmte Prinzip nicht verabsolutiert werden darf. Ein Katalane nennt sich selber nicht Spanier, sondern Katalane; ein Baske Baske; jede Gruppe, die mehr oder weniger widerwillig einem größeren Ganzen angehört, wird sich nicht gern von dem Namen für dieses größere Ganze mitmeinen lassen. Trotzdem ist eine Bezeichnung für den Angehörigen des größeren ganzen unverzichtbar, in diesem Fall eine mit der Bedeutung «Bürger des Staates Spanien». Es wäre unpraktikabel, in solchen Fällen die Fremd- der Eigenbezeichnung anzugleichen. Im Falle *Moslem/Muslim* geht die Forderung im Grunde noch weiter:

die Fremdbezeichnung sollte auch genauso ausgesprochen werden wie die Eigenbezeichnung. Das muß an den Grenzen der Sprachkenntnisse und der menschlichen Zungenfertigkeit so jämmerlich scheitern, daß es besser gar nicht versucht wird. Wer weiß, wie Breslauer oder Mailänder oder Puertoricaner in ihren Landessprachen heißen? Wer wüßte sie auch richtig auszusprechen? Und was gar, wenn die betreffende Gruppe sich gar nicht einig ist, wie ihre Eigenbezeichnung lauten sollte, wie im Fall der *Roma und Sinti*? So wird das «Prinzip» nie mehr sein können als eine Daumenregel, manchmal anwendbar, manchmal nicht.

Es gibt erste Anzeichen dafür, daß das politisch korrekte Sprechen auch auf Tiere ausgedehnt werden soll. Schon war in einer Rundfunksendung von *der sogenannten Aggressivität der Eisbären* die Rede. Die Implikation war natürlich, daß Eisbären nicht wirklich aggressiv sind, daß nur der Mensch sie mit einem solchen Attribut belegt, *stigmatisiert*. So fängt es an. Ein harmloses, aber unliebsames Wort wird in ironisierende Anführungszeichen gesteckt oder mit einem distanzierenden «sogenannt» versehen. Der nächste Schritt ist dann der, es durch ein anderes zu ersetzen, das der unerwünschten Bedeutung angestrengt entgegenwirkt: **Friedbär* böte sich an, oder bei der deutschen Vorliebe für internationale Wortstummel auf -i und -o vielleicht **PaziTeddy*. Sollte das Schule machen, werden wir irgendwann den Esel in ein *andersbefähigtes Grautier* und das Schwein in ein *sauberkeitsmäßig herausgefordertes Borstentier* umgetauft wiederfinden.

Feministischer Druck hat dem Deutschen eine Reihe von Änderungen beschert, einige willkommen, andere schwer zu verkraften. Es sind die Änderungen, hinter denen die artikuliertesten Interessen stehen und die die weitaus tiefsten Eingriffe in die Sprache mit sich bringen – nicht nur den Austausch einzelner Wörter, sondern die Abänderung einiger sprachlicher Regeln. Pauschale Beifallsbekundungen oder

Verdammungen helfen hier überhaupt nicht weiter. Die einzelnen Neuerungen wollen differenzierend betrachtet sein.

Bei der Anrede muß heute erfreulicherweise nicht mehr zwischen *Frau* und *Fräulein* gewählt werden – *Frau* ist immer richtig, sogar offiziell. Es mußte der Sprache damit keine Gewalt angetan werden; es reichte, aus der Bedeutung des Wortes *Frau* stillschweigend den Hinweis auf den Zivilstand zu streichen. Das *Fräulein* war schon darum ein Beleg für sexistische Asymmetrie, weil das Gegenstück dazu fehlte, das *Männlein*, anders als zum Beispiel im Spanischen, wo es neben der *señorita* den *señorito* gibt.

Begrüßenswert und gänzlich unproblematisch ist auch, daß – zum Beispiel in der Sportberichterstattung – immer öfter der nackte Nachname gebraucht wird, wenn von Frauen die Rede ist: *Huber* wie *Becker*, *Graf* wie *Stich*. Nicht nur, daß Frauen auf diese Weise genau wie Männer behandelt werden. Vor allem verschwindet damit die zudringliche und verkindlichende Vertraulichkeit des Vornamens, und es verschwindet das gräßliche *die* der Diven (*die Duse*, *die Callas*), das so vornehm wie ordinär war, ließ es doch immer auch an den Klatsch auf Berliner Hinterhöfen denken («die Schlatzke hat heute den Müll danebengekippt»).

Wo weibliche Titel und Berufsbezeichnungen fehlten, mußten solche kreiert werden. Meist war das problemlos möglich; eine große Zahl maskuliner Substantive ließ die Movierung schon immer zu (*Bauer/Bäuerin* und analog *Ingenieur/Ingenieurin*, obwohl *Ingenieuse* auch denkbar gewesen wäre). In anderen Fällen reichte ein einfacher Tausch von ‹-mann› gegen ‹-frau› (*Kauffrau*). Allerdings hatte schon Luther ‹Mann› selbst moviert: «Das ist doch Bein von meinem Bein und Fleisch von meinem Fleisch; man wird sie Männin heißen, darum daß sie vom Manne genommen ist.» Auf diese Weise wurde früh zum *Landsmann* eine *Landsmännin*, zum *Schiedsmann* eine *Schiedsmännin* gebildet. Solche Movierungen auch dort vorzunehmen, wo sie aus irgendeinem Grunde fehlten, war nur recht und billig. Es gibt keinen Grund, warum sich eine Notarin als *Notar* anreden lassen müßte. Wenn ein Schulleiter heute eine Lehrerin immer noch als *Kollege* oder *Lehrer* tituliert, ist er wahrscheinlich wirklich Sexist.

Dennoch gerät man schon bei den Titeln in eine sprachliche Problemzone. Die Einführung femininer Formen dort, wo es vorher nur das Maskulin gab, macht Frauen in der Tat so sichtbar, wie es die feministischen Sprachreformerinnen fordern. Es schafft aber sozusagen auch einen Überschuß an Sichtbarkeit, der geradezu frauenfeindlich wirken kann: Dieses Amt wird von einer Frau ausgeübt, seht her und wundert euch! Obwohl sie eine Frau ist, hat sie die Doktorprüfung bestanden! Darum ist auch nach Jahrzehnten des Zweifels nicht entschieden, ob es nun *Frau Präsidentin*, *Frau Ministerin*, *Frau Staatssekretärin*, *Frau Professorin*, *Frau Doktorin* heißen soll. Auch viele Trägerinnen dieser Titel sind nicht dafür zu haben. Es könnte ja so wirken, als beanspruchten sie in ihrer Tätigkeit, was sie keineswegs wollen, einen Weiblichkeitsbonus.

Unter den wenigen, die die Sprache nicht nur benutzen, sondern gelegentlich über sie nachdenken, ist nicht selten die Meinung anzutreffen, man komme über die Etymologie an die wahrere Bedeutung der Wörter heran. Dann schreibt man bedeutungsschwer ‹Ver-zweiflung› oder ‹Zwei-fel›, im Glauben, so im Rückblick auf die Wortgeschichte bewiesen zu haben, daß das wahre Wesen der Verzweiflung im Zweifeln bestehe und das wahre Wesen des Zweifels in der Ungewißheit angesichts einer zweifachen Möglichkeit – so daß Verzweiflung letztlich nichts anderes als Gespaltenheit sei (was sie natürlich nicht ist). Es ist prätentiöser Nonsens. Wer die Bedeutung eines abstrakten Wortes lernt, lernt sie nicht aus der Wortgeschichte; er lernt, in welchen Zusammenhängen das Wort aktuell gebraucht wird und welche Sinnstelle dieses Zusammenhangs es vertritt. Die Wortgeschichte ist aus dem Bewußtsein der Sprecher meist völlig verschwunden, und wo sie noch durchschimmert, versieht sie die aktuelle Bedeutung höchstens mit einem gewissen Assoziationshof, nicht aber mit ihrem wahren Kern. Überhaupt stehen die Wörter in keinem tieferen inneren Zusammenhang mit den Sachen, die sie meinen, abgesehen von den wenigen lautmalerischen, von ‹Kikeriki› bis ‹Donnergrollen›. Sie sind willkürliche Marken, die den Begriffen nach rein linguistischen Regeln angeheftet werden. Es fügt der aktuellen Bedeutung eines Worts wie ‹Bereitschaft› nichts hinzu und nimmt ihr nichts weg, daß darin ‹reiten› (im Sinne von ‹sich fortwegen›) steckt und ‹bereit› irgendwann einmal die Reisefertigkeit ausdrückte. Wer aus einem Wort wie ‹fertig› seinen Ursprung heraushört, nämlich ‹fährtig› im Sinne von fahrbereit, kommt seinem aktuellen Sinn kein Stück näher. Und daß ‹bereit› und ‹fertig› etymologisch einmal bedeutungsgleich waren, ändert nichts daran, daß sie es heute nicht mehr sind; es demonstriert nur, daß die Wege der Sprache krumm und unberechenbar sind. Ein ‹Patient› ist jemand, der von einem Arzt behandelt wird; daß das Wort ursprünglich ‹Dulder› bedeutete, ist nicht mehr als eine hübsche sprachgeschichtliche Arabeske. Ein Standardargument für die Richtigkeit einer ‹radikalen› Gesinnung lautet: ‹radikal›, das komme von *radix*, Wurzel – und daraus ersehe man ja, daß eine radikale Gesinnung eine sei, die nicht nur am Symptom kuriere, sondern an die Wurzel des Übels gehe. Die Etymologie scheint das Wort zu adeln. Aber natürlich garantiert sie nicht im geringsten, daß die betreffende Gesinnung irgendeine Wurzel richtig identifiziert hat.

Hier und da hat sich auch die feministische Sprachkorrektur auf die Etymologie verlegt. Sie horcht die Wörter darauf ab, ob in ihnen nicht ein historischer Rest mitklingt, der den Frauen einmal abträglich war. Von hier ist es nur ein Schritt zu den unsinnigen Bemühungen, gegen unsinnige Etymologien einzuschreiten. Amerikanische Feministinnen wollten den *man* aus *woman* (etymologisch soviel wie ‹Weibmensch›) vertreiben, indem sie sie zu *womyn* machten – als bedeutete *woman* seiner Herkunft wegen heute irgend etwas anderes als ‹Frau›. Wenn sie sich an dem *his* (‹sein›) in *history* störten und statt dessen *herstory* (‹ihre Story›) vorschlugen, so hatten sie überdies eine völlig falsche Etymologie am Wickel. In Deutschland führte die gleiche naive Androphobie zu Vorschlägen wie *Efrauzipation* oder *verschwestern* (für *versöhnen*, das aber nicht von ‹Sohn›, sondern von ‹Sühne› kommt).

Man könnte meinen, solche Korrekturvorschläge seien von *männlichen Chauvinisten* erfunden worden, um den Feminismus lächerlich zu machen. Sie sind es aber nicht. Seine Lächerlichkeit tötet ein neues Wort auch nicht. *Verschwesterung* und *Efrauzipation* zwar haben sich bisher nicht durchgesetzt. Aber nicht irgend jemand, sondern eine Staatsministerin (von Rheinland-Pfalz in diesem Fall) übernimmt offiziell und feierlich die *Schirmfrauschaft* über eine Ausstellung. Die Logik dahinter kann nur gelautet haben: Jede Silbe, die irgendwie, zu Recht oder zu Unrecht, an Männer erinnern könnte, ist anstößig, wird ausgemerzt und durch ‹Frau› ersetzt. Sie ist nicht einmal bis zur Analyse des ganzen Wortes vorgedrungen und schon gar nicht zu dessen Etymologie. Das Wort heißt ‹Herrschaft› (übrigens ‹die›), und eine Herrschaft ist keine Herrenriege, nicht das Pendant zur ‹Frauenschaft› der Nazis, sondern der Akt des Herrschens. Auch Frauen können und konnten herrschen; sie können sich auch beherrschen oder andere anherrschen. Nach der Logik der Ministerin müßte damit Schluß sein: Das Verbum ‹herrschen› dürfte nur noch gebraucht werden, wenn das dazugehörige Subjekt maskulin ist; ist es feminin, so wäre... nun ja, *‹frauschen› oder *‹damschen› zu verwenden. Das wäre dann der kuriose einzige Fall, in dem ein und derselben Tätigkeit zwei verschiedene geschlechtsspezifische Tätigkeitswörter zuzuordnen wären. ‹Herrschen› bedeutete und bedeutet mitnichten so etwas wie ‹dem Mann unterwerfen›. Etymologisch hängt die Wurzel von ‹herrschen› vielmehr mit ‹hehr› zusammen. Beides geht auf eine altgermanische Form zurück, die soviel wie ‹grau(haarig), alt, ehrwürdig› bedeutete. ‹Herr› und ‹Herrin› sind ‹verehrte Ältere›. Die Verwandlung der Schirmherrschaft in eine *Schirmfrauschaft* war eine Exorzierung der Grauhaarigkeit.

Hält man sie unter die etymologische Lupe, so entdeckt man allerdings in vielen Wörtern männliche Formen, sogar und gerade in manchen Funktionswörtern, die mit ihrer Bedeutung kaum nach außen verweisen, sondern nur die syntaktischen Beziehungen zwischen den Inhaltswörtern eines Satzes klarstellen und damit so tief im Gefüge der Sprache verankert sind, daß sie sich praktisch jeder Reformierbarkeit entziehen. Sie lassen sich, anders als Inhaltswörter, kaum austauschen; an ihnen etwas zu verändern wäre so schwer wie ein Umschreiben der Grammatik.

Das Fragepronomen *wer* fragt nach Männern wie Frauen, obwohl ‹er› in ihm steckt; die analoge weibliche Form müßte etwa ‹wihr› lauten, existiert aber nicht. Obwohl in *jemand* wie in *niemand* etymologisch ein ‹Mann› steckt, meinen sie immer auch Frauen; das noch durchsichtigere *jedermann* tut es ebenfalls. Sogar *Mensch* wäre unter etymologischem Gesichtswinkel zu beanstanden, denn das Wort bedeutete einmal nichts anderes als ‹der Männische›. Gleichwohl meint es längst jedes Wesen der Gattung Homo, und dem allgemeinen Sprachbewußtsein ist die Etymologie völlig entfallen. Sollte feministischer Reformsinn sie ausgraben, müßte ihm eigentlich eine ‹Weibsche› an die Seite gestellt werden. Wohlweislich ist es bisher unterblieben – nicht nur, weil es die Frauen lächerlich machte, sondern weil ein Wort, das ohne Rücksicht auf das Geschlecht die gesamte Gattung meint, unentbehrlich ist. Als ein Relikt patriarchalischer Verhältnisse sind in vielen Sprachen die Wörter für ‹Mann› und ‹Mensch› identisch. *Rom* in der Sprache der einst *Zigeuner* genannten Volksgruppen ist solch ein Fall, das französische *homme* ist es wie die anderen Abkömmlinge des lateinischen *homo*.

Auch Englisch hat für beides nur ein Wort, *man*, und muß sich heute mit *human* abmühen, um ihm eine politisch korrekte geschlechtsindifferente Sammelbezeichnung gegenüberstellen zu können. (Wer auch in *human* einen Mann entdeckte, läge indessen falsch, denn das Wort ist eine Adjektivbildung zu lateinisch *humus*, Erdboden.) Mit zwei verschiedenen Wörtern für das Gattungswesen und die Angehörigen des männlichen Geschlechts ist Deutsch also sogar eine ungewöhnlich unsexistische Sprache.

Dennoch wurde auch ein deutsches Funktionswort zum Ziel feministischer Sprachkritik: das Pronomen *man*. Aus einer Zeit stammend, als bei Menschen zuerst an Männer gedacht wurde, ist es, wie sein französisches Gegenstück *on* (von *homme*), tatsächlich sexistischen Ursprungs. Jedoch bedeutete es von Anfang an nicht ‹Männer›, sondern ‹irgendein Mensch› oder ‹Leute›. Der Sprachgebrauch überschrieb sozusagen die Etymologie und setzte eine Konvention eigener Kraft an ihre Stelle. Als aber Mißtrauen wach wurde und befand, es *grenze* die Frauen *aus*, wurde dem *man* ein *frau* beigesellt. Eigentlich ist nichts dagegen zu sagen. Es ist nicht besonders lang und umständlich, es vergewaltigt die Regeln der Wortbildung und Orthographie nicht, und es stellt sprachlich Gerechtigkeit her. Dennoch ist es in den etwa zwanzig Jahren seiner Existenz, also in nahezu einer Generation, nicht durchgedrungen, und wahrscheinlich wird es das nie. Wenn es ihm nicht gelingt, über die Sondersprache der Feministinnen hinauszudringen und Bestandteil der Allgemeinsprache zu werden, so dürfte das weniger an der Renitenz der Männer als daran liegen, daß *frau*, um wirklich notwendig zu erscheinen, den Bedeutungsumfang von *man* reduzieren müßte: *Man* dürfte dann nur noch ‹Männer› bedeuten. Wenn aber *man* nur noch ‹Männer› bedeutete, gäbe es kein geschlechtsneutrales Kollektivpronomen mehr. Das aber wäre nur dann entbehrlich, wenn das Gruppendenken auf ganzer Linie triumphierte und Frauen und Männer endgültig als Angehörige verschiedener Spezies betrachtet würden. In diesem Fall freilich wäre kein Halten mehr. Dann würden *frau* und *man* beim Buchstaben genommen, und man sähe, daß die Paarformel Kinder *ausgrenzt*. Und sobald die Dreierformel *man*, *frau* und *kind* diese Ungerechtigkeit behoben hätte, kämen die *Senioren* und fühlten sich *ausgegrenzt*. Und dann könnte jede Gruppe verlangen, ausdrücklich mit aufgeführt zu werden. Es heißt, in Amerika verliefen manche gemeinsamen Aktionen der *Opfergruppen* auch darum mühsam, weil die Logik, nach der eine nicht ausdrücklich mitgenannte Gruppe *ausgegrenzt* ist, erschöpfende Aufzählungen nötig macht und immer die Gefahr besteht, daß jemand vergessen wurde.

Der naive Etymologietest zusammen mit dem anderen, folgenreichen sprachreformerischen Aberglauben, daß Gruppen, die in einem Sammelbegriff nicht ausdrücklich genannt werden, damit *ausgegrenzt, marginalisiert, stigmatisiert, unsichtbar gemacht* werden, führte unter anderem zur Ersetzung der *Brüderlichkeit* durch die *Geschwisterlichkeit*. (Konfrontiert mit dem Vorschlag, *Brüderlichkeit* durch *Menschlichkeit* zu ersetzen, die schließlich bereits etwas ganz anderes bedeutet, hatte ich die *Geschwisterlichkeit* in meinem Buch ‹Redens Arten› 1986 selber erfunden, nicht ahnend, daß jemand einen ironischen Vorschlag beim Wort nehmen würde.) *Brüderlichkeit*, von J. H. Campe zur Verdeutschung von *fraternité* geprägt: das war indessen eine Eigenschaft, die niemals nur Brüdern und damit Männern vorbehalten war. Sie war etwas durchaus Geschlechtsunspezifisches, das gleiche wie die (jüngere) *Solidarität* (die wörtlich etwa soviel wie ‹Gesamtheitlichkeit› bedeutet). Etymologisch war sie eine bloße Metapher: Geht miteinander um wie Brüder – nicht wie nur Brüder miteinander umgehen oder wie alle Brüder miteinander umgehen, sondern wie zum Beispiel Brüder im seltenen Idealfall miteinander umgehen, fürsorglich. Daß Frauen zu diesem Verhalten unfähig seien, sagte das Wort so wenig, wie es Väter und Söhne und sonstige Verwandtschaftsgrade und alle anderen Nichtbrüder *ausgrenzte*. Die Abschaffung dieser Metapher ist also die pure Androphobie: Männliches Verhalten soll nie etwas Vorbildliches haben können. Mit ähnlicher Logik wären das *Vaterhaus* und das *Vaterland*, aber auch die *Muttersprache* und der *Mutterboden* oder die *Tochterfirma* zu kassieren. Und jetzt? Wird geselligen Zechern die *Verschwisterung* abverlangt? Soll die Sprachkorrektur, um dem falschen Bewußtsein kein Einfallstor zu bieten, auch rückwirkend gelten? *Geschwister, zur Sonne, zur Freiheit? Alle Menschen werden Geschwister?*

Solches aber sind Bagatellen, verglichen mit dem einen großen Problemfall, den die feministischen Wünsche nach Sichtbarmachung der Frauen der Sprache beschert haben: den generisch – das heißt als Gattungsbezeichnungen – gebrauchten Substantiven. *Mitbürger* – grammatisch ist das ein Maskulinum. Kann und soll es Frauen «mitmeinen»? *Grenzt* es sie *aus*?

Das Problem besteht nur im Plural. Wenn von individuellen Frauen die Rede ist, versteht es sich von selbst, daß grammatisch feminine Formen benutzt werden, wo immer sie vorhanden sind oder ohne Krampf gebildet werden können. Alles andere wäre tatsächlich beleidigend. Eine einzelne Frau muß sich nicht als *lieber Mitbürger* anreden lassen. In einigen Fällen allerdings gibt es keine geschlechtsspezifischen Formen. *Mitglied* oder *Kind* als Neutra machen beide Geschlechter gleich unsichtbar und scheinen darum wahrscheinlich allseits akzeptabel. *Gast* dagegen gibt es bisher nur als Maskulinum. Wer sich daran stieße, brauchte es nur zu movieren; sollte die *Gästin* einem allgemeinen Bedürfnis entgegenkommen, wird sie sich ohne weitere Folgen für das Sprachsystem, also ohne die Änderung irgendeiner Regel durchsetzen.

Nicht alle Plurale sind problematisch. Wo von Gruppen die Rede ist, zu denen Frauen und Männer gehören, müssen natürlich beide Geschlechter genannt werden, sofern die Geschlechtszugehörigkeit von irgendeinem Interesse ist: *Seit dem Beginn der Koedukation hat diese Schule Schülerinnen und Schüler* – kein Geschlecht kann in solchen Sätzen das andere mitmeinen, und wer eines wegließe, hätte nicht sosehr gegen die sprachliche Gleichstellung der Geschlechter verstoßen als einen mißverständlichen und darum schlechten Satz gebildet.

Aber was, wenn sich der Plural auf eine Menschengruppe bezieht, deren Geschlechtszusammensetzung in diesem Zusammenhang völlig gleichgültig ist? Für Sammelbezeichnungen einzelner Personengruppen, bei denen die Geschlechtszugehörigkeit sowenig interessiert wie andere Merkmale (Alter, Größe, Haarfarbe, Gesundheitszustand und so weiter), galt von alters her eine einfache linguistische Regel. Sie lautete: Man nehme die Grundform. Aus sprachhistorischen Gründen ist diese Form meist von maskulinem grammatischem Geschlecht; weibliche Formen wurden aus ihr abgeleitet und sind daher die längeren.

Die allgemeine Übereinkunft lautete also: Generisch gebrauchte Substantive meinen beide Geschlechter, unabhängig von ihrem grammatischen Geschlecht. Niemals war in der Sprachgemeinschaft irgendein Zweifel daran aufgekommen, daß der *Bürgersteig* auch für Frauen da ist, daß ein *Personenzug* auch Männer befördert, daß ein *Führerschein* auch für Frauen gilt, daß ein *Geiselnehmer* auch Männer als Geiseln nimmt, daß *Kundenwünsche* auch zählen, wenn sie von Frauen vorgetragen werden, daß in einem *Nichtraucherabteil* auch Frauen nicht rauchen sollen. Es war selbstverständlich, daß zwischen natürlichem und grammatischem Geschlecht nur ein lockerer und oft gar kein erkennbarer Zusammenhang besteht. Auch Hündinnen sind selbstverständlich *Hunde*, so wie auch Kater *Katzen* sind; in beiden Fällen ist das jeweils andere Geschlecht im Sammelbegriff stillschweigend mitgemeint. *Die Sonne* ist sowenig eine Frau, wie der *Mond* ein Mann ist, auch wenn Mythologisierungen bisweilen von dem zufälligen grammatischen Geschlecht in der jeweiligen Sprache ausgingen; in den romanischen Sprachen war das Verhältnis genau umgekehrt, der Sonn und die Mondin. *Die Frau* ist Femininum, *das Weib* und *das Mädchen* aber nicht, und ihrer Weiblichkeit tut es keinen Abbruch. Auch eine männliche *Führungskraft* mußte sich mit dem Femininum abfinden, denn zwar sind die meisten Grundformen maskulin, aber keineswegs alle: *Geiseln, Waisen, Seelen, Personen, Persönlichkeiten, Koryphäen, Autoritäten, Kapazitäten, Fach-, Führungs-* und *Servicekräfte* sind Feminina, von denen sich gleichwohl nie ein Mann *ausgegrenzt* gefühlt hat. Es handelt sich um linguistische Zufälle, die nichts Herabsetzendes hatten.

Das Problem kam erst auf, als sich eine naive Gleichsetzung von natürlichem und grammatischem Geschlecht mit einer geschärften Ausgrenzungsfurcht kreuzte. In dem Augenblick, als Sprachreformerinnen zu dem Schluß kamen, die grammatisch maskulinen Formen schlössen böswillig oder gedankenlos die Frauen aus, war die alte Übereinkunft aufgekündigt. Von der Stunde an schossen die Paarformeln ins Kraut: *Bürgerinnen und Bürger, Studentinnen und Studenten*... Keine *Politikerin und* kein *Politiker* kann heute auf sie verzichten. Er und sie stünden sofort als SexistIn da. Die universalistische Geschlechtsneutralität der alten generischen Substantive befriedigt das Denken in *Opfergruppen* nicht mehr.

Daß die männliche Form die Grundform ist und die weibliche aus ihr abgeleitet wird wie nach biblischer Überlieferung Eva aus Adam, ist zweifellos ein Souvenir aus Zeiten, in denen Männer sich für das primäre Geschlecht hielten, ein sexistisches Relikt. Auch ist zwar das grammatische Geschlecht im allgemeinen Bewußtsein nicht mit dem natürlichen identisch, aber schwach schlägt es dennoch durch: Zu Sätzen wie *Diese Universität hat zehntausend Studenten* assoziieren viele wahrscheinlich zunächst männliche Studierende. Es ist also nicht abzustreiten, daß die alte Übereinkunft Männer bevorzugte. Solche Ungerechtigkeiten lassen sich jedoch nur sehr schwer rückgängig zu machen. Jede gewachsene Sprache trägt ihre Geschichte mit sich herum und konserviert in vieler Hinsicht das Denken vergangener Zeiten – man denke nur an die allgegenwärtige feudale und militärische Metaphorik (*unbotmäßig, eine Lanze einlegen*). Abschiede von der Sprachgeschichte sind schwer durchzusetzen. Sie haben auch ihren Preis.

In diesem Fall ist der Preis die Einbuße an Ökonomie, die der Sprache auferlegt wird. Überall stößt und schleift die Sprache Längen ab, überflüssige und sogar weniger überflüssige. Längen wirken umständlich, redundant, pedantisch, zeitverschwenderisch, unelegant, unschön. Es kann der Sprache sonst gar nichts kurz genug sein. Die Qualifikation macht sie zur *Quali*, den Solidaritätszuschlag zum *Soli*, den Professor zum *Prof*, die Toilette zur *To*. Inmitten dieser allgemeinen Entwicklung zum hastigen Telegrammstil stehen nun fremd die endlosen Paarformeln: *Professorinnen und Professoren, Rundfunkhörerinnen und Rundfunkhörer, Existenzgründerinnen und Existenzgründer, Clowninnen und Clowns,* und weil das inzwischen schon automatisch hervorsprudelt, seit einiger Zeit sogar *Mitglieder und Mitgliederinnen, Reisende und Reisendinnen*. Im Radio habe ich es tatsächlich einmal gehört: *Schwesterinnen*. Nur noch in einem Fall darf auf die Paarformel verzichtet werden: wenn die fragliche Bezeichnung für etwas negativ Bewertetes steht. Da bleibt es durchaus den Männern überlassen, Frauen mitzumeinen. Niemand jedenfalls hat bisher darauf bestanden, daß es paritätisch *Alkoholikerinnen und Alkoholiker, Trickbetrügerinnen und Trickbetrüger, Mörderinnen und Mörder, Strohfrauen und Strohmänner* heißen müßte. Also hat auch noch niemand Schillers Lied von der Glocke «gleichstellungsgerecht» umgedichtet: «Freiheit und Gleichheit! hört man schallen, Die ruhge Bürgerin und der ruhge Bürger greift zur Wehr, Die

Straßen füllen sich, die Hallen, und Würgerinnen- und Würgerbanden ziehn umher. Da werden Weiber...» Nein, pejorativ, zumal es auch noch ein Neutrum ist: «Da werden Damen zu Hyänen...» Auch typisch, daß «die Hyäne», dieses unsympathische Tier, nun gerade feminin ist. Vielleicht ebenfalls zu korrigieren: «Da wird die Dame zum Hyänen...»

Es handelt sich also um den Konflikt zweier konkurrierender Werte: Sichtbarmachung der Frauen auf der einen, Sprachökonomie auf der anderen Seite. Die politische Korrektheit hat sich mit einer Emphase für die Sichtbarmachung der Frauen entschieden, als wäre sie ganz umsonst zu haben.

Immer mehr Rechtsvorschriften ordnen die Paarformeln für den gesamten staatlichen Bereich zwingend an. Das Land Rheinland-Pfalz hat 1995 eine Verwaltungsvorschrift zur «Geschlechtsgerechten Amts- und Rechtssprache» erlassen, die immer dann, wenn man sich nicht mit einer geschlechtsneutralen Formulierung um das Problem herumdrücken kann, Paarformeln vorschreibt, allerdings nur homöopathisch dosiert, nämlich dann, wenn in einem Satz nicht mehr als zwei davon vorkommen müssen – die Verwaltungsvorschrift für Sätze mit mehr als zwei generischen Substantiven steht noch aus. (Die neutralen Formulierungen, etwa Passivkonstruktionen, machen das Amtsdeutsch meist noch amtsdeutscher.) Von einer solchen weisen Mengenbeschränkung hat das Land Nordrhein-Westfalen Abstand genommen. Dort ist das Dienstverhältnis an den Universitäten folgendermaßen geregelt: «Dienstvorgesetzter der Rektorin oder des Rektors, der Kanzlerin oder des Kanzlers und der Professorinnen und Professoren ist das Ministerium. Dienstvorgesetzte oder Dienstvorgesetzter der Hochschuldozentinnen und Hochschuldozenten, der wissenschaftlichen Assistentinnen und Assistenten...» Genug? Nein, meine Damen, meine Herren, das haben wir uns eingebrockt, da müssen wir nun durch. «... der Oberassistentinnen und Assistenten, der Oberingenieurinnen und Oberingenieure, der wissenschaftlichen und künstlerischen Mitarbeiterinnen und Mitarbeiter... ist die Rektorin oder der Rektor. Dienstvorgesetzte oder Dienstvorgesetzter anderer Mitarbeiterinnen und Mitarbeiter ist die Kanzlerin oder der Kanzler.» Und das ist nur erst der Paragraph 63. Erstellt wurden er und seine Gesellinnen und Gesellen gemäß den Weisungen einer interministeriellen Arbeitsgruppe unter dem Motto: «Eine gleichstellungsgerechte Gesellschaft erfordert auch eine gleichstellungsgerechte Rechtsprache.» Und was auf dem Weg zu diesem hehren sprachlichen Ziel ist am «erfolgversprechendsten» und mithin am Gleichstellung bewirkendsten? Die «Verwendung von geschlechtsneutralen Umformulierungen; Paarformeln» (mit den Frauen grundsätzlich voran, alte Kavaliersschule).

Das Land Nordrhein-Westfalen begründet seine Sprachregelung psychologisch, wenn auch nur in Form einer vagen psychologischen Spekulation: «Eine psychologisch wirksame Benachteiligung von Frauen durch Verwendung des generischen Maskulinums kann nicht ausgeschlossen werden.» Nicht: «ist nachgewiesen worden», nicht einmal: «ist wahrscheinlich», nur «kann nicht ausgeschlossen werden». Welche Folge kann jemals ganz ausgeschlossen werden? Mit der dünnsten aller möglichen Begründungen hat sich der Staat hier also auf das allerschlüpfrigste Terrain begeben: Er hat ein einklagbares Recht auf seelische Unversehrtheit anerkannt.

Um das zwar einem guten Zweck dienende, aber redundant Weitschweifige zu kürzen und Papier und Druckerschwärze zu sparen, verfiel ‹die tageszeitung›, zunächst scherzeshalber, Anfang der achtziger Jahre auf die Binnen-Innen: *SchülerInnen*, *KäuferInnen* und so fort. Obwohl dieses Binnen-I Karriere machte und sich inzwischen sogar in Texten findet, denen jede Ironie fernliegt, hat es sich in über einem Dutzend Jahre nicht wirklich Akzeptanz verschaffen können. Der Grund dürfte weniger der Großbuchstabe im

Wortinnern sein, den die offizielle deutsche Orthographie bisher nicht zuläßt, als vielmehr der Verstoß gegen eine noch elementarere Sprachregel: daß sich Geschriebenes und Gesprochenes eins zu eins entsprechen sollen. Jeder gesprochene Laut soll in der Schrift abgebildet werden, besagt das allgemeine Sprachverständnis, und jeder in der Schrift abgebildete Laut soll gesprochen werden. Bei Bildungen vom Typ *LehrerInnen* ist aber nicht zu sprechen, was dasteht – dabei kämen nur *Lehrerinnen* heraus. *LehrerInnen* steht vielmehr für *Lehrer* und Lehrer*innen*, ist also eine Abkürzung: Sie erspart die schriftliche Wiederholung des maskulinen Grundworts, aus dem das Femininum durch Motion entstanden ist. Abkürzungen sind natürlich erlaubt; nur müssen sie eindeutig auflösbar sein. Wäre die Abkürzungsregel (XInnen = X + Xinnen; I = +X) immer anwendbar, so hätten sich die Binnen-*Innen* möglicherweise durchsetzen können. Sie ist es jedoch nicht. Bei Bildungen wie *StudentInnen* ist etwas ganz unter den Tisch gefallen, das Plural -en der männlichen Studierenden. Ein Satz wie *Die SekretärInnen machen Überstunden* läßt sich auf Anhieb nicht mehr vorlesen; man müßte sich vorher auf die Auflösung der Abkürzung vorbereiten. Die Einfachheit täuscht also. Die Rückverwandlung der Abkürzungsform in Rede bringt den Sprecher notwendigerweise ins Stocken.

Paarformeln sind natürlich in hohem Grade *politically correct*; nur eben immer ein bißchen lang. Das Stadtparlament im schweizerischen Wädenswil ging vor einigen Jahren den kürzeren Weg. Es beschloß, daß in der örtlichen Verfassung ausschließlich grammatische Feminina Gattungsbegriffe sein dürften. Also hätte es in Wädenswil nur noch *Einwohnerinnen* unter der Ägide einer männlichen *Stadtpräsidentin* gegeben; sollten die Männer ruhig einmal sehen, wie «psychologisch wirksam» es ist, wenn sich ein Geschlecht vom anderen mitmeinen lassen muß. Hätte... denn irgendwie funktionierte es nicht. Die neue Regel, daß fortan als geschlechtsneutrale Sammelbegriffe die längeren, abgeleiteten, grammatisch femininen Formen verwendet werden sollen, war nämlich außerhalb Wädenswils unbekannt geblieben. Also verstand man die Wädenswiler Sprache dort einfach falsch. So schaffte die Gemeinde ihre Neuerung schon ein paar Monate später kleinlaut lieber wieder ab.

Die Paarformeln werden nicht so bald wieder abgeschafft werden. In voller Länge und gleichstellungsgerechter Paarigkeit wird es weiter heißen und heißen müssen: «Die Grundordnung kann vorsehen, daß die Dekanin oder der Dekan nach Ablauf ihrer oder seiner Amtszeit Prodekanin oder Prodekan wird...» Womit nebenbei auch festgestellt ist, daß auf dem Umweg über Dekanatsamt Geschlechtsumwandlungen möglich sind. Denn der scheinbare Zuwachs an Genauigkeit wird sofort wieder aufgefressen: Wo die Sprache umständlicher wird, wird sie auch mißverständlicher, und um Mißverständnissen vorzubeugen, müßte sie wiederum noch umständlicher werden.

Allerdings, den *bewußten* Frauen würde ein Opfer zugemutet, wenn sie sich von grammatisch maskulinen Formen mitmeinen lassen sollen. Es wäre sogar ein doppeltes Opfer. Nicht nur, daß sie für die kürzere Grundform optieren müßten, auch wenn diese meist grammatisch maskulin ist – sie müßten erst einmal anerkennen, daß die Geschlechtszugehörigkeit nicht alles ist und auch nicht unentwegt betont werden muß; also letztlich, daß das, was Frauen und Männern gemeinsam ist, ihre Unterschiede und Konflikte überwiegt. Diesem Doppelopfer gegenüber steht das Opfer an Sprachökonomie, das die gesamte Sprachgemeinschaft zu bringen hätte, Frauen eingeschlossen, wenn *niefrau* den Paarformeln Einhalt gebietet.

Niemand erzwingt die politische Berichtigung der Sprache. Keine Instanz schreibt sie vor. Der ‹Duden› empfiehlt sie noch nicht einmal. Was sie bewirkt, ist jener Wind der stereotypisierten Gutwilligkeit, der durch die Gesellschaft weht. Wer ihn ignorierte, bezeugte damit, daß er entweder einfach nicht auf dem laufenden ist (also von gestern) oder keine *Sensibilität* besitzt für die Kränkungen, die mit Sprache zugefügt werden können. Als *unsensibel* möchte niemand dastehen. Es wäre ja *stammtischhaft*, beinahe *menschenverachtend*, vielleicht sogar *faschistisch*.

Die Befürchtung, als *unsensibel* zu gelten, ist hochwirksam. Unwillkürlich zuckt zusammen, wer auf den Mauern eines verfallenen alten Gebäudes die verwaschene Aufschrift ‹Greisenasyl› erblickt, in Fraktur. Das Lied von den ‹Zehn kleinen Negerlein› soll man seinen Kindern auf keinen Fall mehr vorsingen; aber kann man ihnen noch die Nikolas-Episode aus dem ‹Struwwelpeter› vorlesen? Zwar ist sie unmißverständlich antirassistisch – aber «kohlpechrabenschwarzer Mohr»? Schwärzt das die Afroafrikaner nicht an? Hätte der Autor es nicht anders ausdrücken müssen? Und was soll ein Übersetzer tun, wenn er einen älteren Text vor sich hat, in dem noch völlig ungeniert die unberichtigte Sprache verwendet wird? Soll er ihn auf den aktuellen Stand bringen? Mark Twain schreibt ohne Skrupel «Mohammedaner» und «Neger» – soll man daraus *Muslim* und *Afroamerikaner* machen? Wäre es nicht geradezu falsch, solche Wörter zu aktualisieren, da in der Entstehungszeit des Textes die aktuellen Bezeichnungen ja noch gar nicht da waren? Wäre eine solche Aktualisierung nicht eine zu Recht verrufene «Kulturübersetzung», so als würde Goethe zeitlich angepaßt: «Es schlug mein Herz, geschwind aufs Moped...»? Aber werden gerade die besten, die aufmerksamsten Leser nicht doch zusammenzucken, wenn ihr Blick auf ‹Mohammedaner› und ‹Neger› fällt? Werden sie bereit sein, die historische Rechtfertigung gelten zu lassen? Darf man lebende Menschen mit solchen Wörtern kränken, nur weil Frühere nichts Kränkendes in ihnen sahen? Bei Mark Twain, der doch sowenig Rassist war, wie ein Mensch nur zu werden hoffen kann, kommt sogar öfter das Wort ‹Nigger› vor, einfach weil seine Figuren es manchmal gebrauchen, wie ihre Entsprechungen in der Realität es gebraucht hätten. Darf das stehen bleiben? Obwohl es eindeutig ein grobes Schmähwort ist? Müssen nicht wenigstens solche rassistischen Beschimpfungen heute wegzensiert werden? In Amerika war man hier und da dieser Meinung und strich Mark Twain von der Leseliste; wahrscheinlich wird es irgendwann bereinigte Ausgaben geben.

Aus Amerika ist aber auch die Reaktion eines schwarzen Harvard-Studenten überliefert, als ein weißer Kommilitone forderte, Schwarze müßten durch Sprachregelungen vor «Haßsprache» geschützt werden, da sie sonst von den Universitäten vertrieben würden: Solche Schutzmaßnahmen seien geradezu anmaßend. Er sei in seinem Leben vielen Formen des Rassismus ausgesetzt gewesen und nie davongelaufen. Ob gemeint sei, daß er seine Bücher packen und nach Hause gehen würde, weil jemand in seiner Gegenwart rassistische Sprache gebraucht? «Diese Annahme ist rassistischer und beleidigender, als mich Nigger zu nennen.»

Wenn die politische Korrektur der Sprache auf der irrigen Meinung beruht, durch bloße Namengebung ließen sich die Verhältnisse und sogar die Gefühle der Menschen reformieren, so ist sie vermutlich Teil eines noch größeren, eines säkularen Aberglaubens: der Mensch, das Bewußtsein des Menschen sei Sprache und sonst nichts. «Sprache, wie die Liebe und der Tod, ändert und bestätigt uns, haftet an uns und erforscht uns... und macht uns zu denen, die wir sind», wie kürzlich ein Literaturwissenschaftler schrieb. Von woher ist diese Idee in das zeitgenössische Denken eingedrungen, um sich dort zu einem Standardtopos aufzublähen? Vielleicht aus der hermeneutischen Umdeutung der Psychoanalyse, die aus dieser, als sie als Unterabteilung der Medizin keinen Erfolg und keine Zukunft hatte, eine Geisteswissenschaft zu machen trachtete, welche der normalen naturwissenschaftlichen Art der Bestätigung und Widerlegung enthoben wäre. Allen Ernstes haben psychoanalytische Hermeneutiker behauptet, daß der Mensch seine erzählte Lebensgeschichte «sei», daß der Therapeut ihn also nur dazu bringen müsse, seine Lebensgeschichte anders zu erzählen, und daß eine psychische Störung dann geheilt wäre, wenn der Patient sein Leben umformuliert habe. Wenn man eine Krankheit für das «Symbol» eines seelischen Konflikts hält, ist es nur folgerichtig, Heilung auf der rein symbolisch-sprachlichen Ebene zu suchen. Vermutlich waren es tiefe anthropologische Mißverständnisse dieser Art, die der Psychoanalyse zu dem Ruf verholfen haben, eine tiefe Anthropologie zu haben oder zu sein.

Wer den Menschen für ein durch und durch versprachlichtes Wesen hält, muß sich von Korrekturen an der Sprache wahre Wunder versprechen. Scheinbar nimmt er sie überaus ernst. In Wahrheit verkennt er sie. Eine blinde Liebe ist ihrem Gegenstand selten förderlich.

Die politische Berichtigung der Sprache wird von der Hoffnung befeuert, eine korrigierte Sprache würde irgendwie auch das Bewußtsein der Menschen korrigieren: Die *Alten*, die nicht mehr *Alte* heißen, würden dadurch zwar nicht verjüngt, aber es blieben ihnen all die abträglichen Vorstellungen erspart, die sich bisher an das Wort *alt* geheftet hatten. Mit dem unbeschriebenen Blatt eines neuen Wortes erhielten sie sozusagen eine neue Chance. Und da die alten Vorstellungen das Wort einbüßten, um das sie sich kristallisiert hatten, wären sie sozusagen ihres Trägermediums beraubt und müßten verkümmern und schließlich verschwinden.

Vielleicht ist es ja so – vielleicht bestimmt nicht nur das Bewußtsein die Sprache, vielleicht wirkt, zumindest ein wenig, auch die Sprache ins Bewußtsein zurück. Es ist nicht sicher, es ist aber auch nicht ganz ausgeschlossen. Das Aufkommen der Bezeichnung *pc* hat vielleicht nicht gerade das Bewußtsein der Menschen verändert, aber doch auf beiden Seiten schärfer eingestellt. Wer seine Sprache politisch berichtigt, gibt nicht nur zu erkennen, daß er sich ein neues Bewußtsein zu eigen gemacht hat, er hat möglicherweise wirklich einen Bewußtseinswandel hinter sich. Indessen war dieser nicht die Folge seines Sprachwandels, sondern ging diesem voraus; war nicht sein Ergebnis, sondern seine Ursache.

Die wirkliche Testfrage wäre darum, ob Menschen, die in die berichtigte Sprache hineinwachsen und deren Ausdrücke von vornherein für die einzig richtigen halten, damit auch genau jenes Bewußtsein erwerben, das den Initiatoren der Sprachberichtigung einmal vorgeschwebt hatte – ein Bewußtsein, das niemanden mehr *stigmatisiert* und *diskriminiert* und so fort.

Das Fatale ist, daß sich das überhaupt nicht mehr erkennen ließe. Wenn die politische Korrektur der Sprache ihr Ziel erreichte, alle irgendwie kränkenden Wörter aus dem Verkehr zu ziehen, und wenn sich die ganze Sprechergemeinschaft unisono an die neue Etikette hielte, könnte der berühmte Beobachter vom andern Stern nur noch jubeln: Tadelloses Bewußtsein in diesem Land! Allerdings hätte er keinerlei Gewähr dafür, daß die Leute nun wirklich keine anstößigen Gedanken mehr hegen. Was sie wirklich meinen, wäre jeder sprachlichen Sichtbarkeit entzogen. Und der Preis der Verfreundlichung des Alltags wäre die Große Allgemeine Verschleierung.

Eine Neue Herzlichkeit
Über den Wandel der sprachlichen Manieren

Sacht und heimlich hat sich im letzten Vierteljahrhundert eine Sprechweise ins Deutsche eingeschlichen, die ich – wiewohl nicht ganz im Ernst – die Neue Herzlichkeit nennen will.

Herzlichkeit? Gehen wir nicht unverändert ziemlich rüde miteinander um? Hat nicht gerade gestern der Herr in der Hotline…? Man wird sich der Neuen Herzlichkeit in der Tat nur bewußt, wenn man sich erinnert, welche sprachlichen Manieren vor etwa 1970 hierzulande gang und gäbe waren.

Menschen sind sehr eigene Wesen. Sie dulden es nicht, daß irgendein Artgenosse, und sei es der vertrauteste, mit selbst dem harmlosesten Ansinnen mir nichts, dir nichts über sie herfällt. Ebenso selbstverständlich ist es ihnen, daß sie die Aufnahme und Beendigung jedes mitmenschlichen Kontakts selber abzufedern haben. Im Moment der Annäherung und der Abwendung ist ein Signal fällig, das den anderen in Sicherheit wiegt. Du mußt, sagt es, keine Angst vor mir haben, ich komme und ich gehe, ohne dir feind zu sein. Offenbar besteht immer die Möglichkeit, daß es sich auch ganz anders verhalten könnte. Zur Abfederung des Aufpralls gibt es eine Pufferzone. Sie besteht aus ritualisierten Gesten und sprachlichen Formeln.

Vormals war in Deutschland das ungeschriebene Gesetz in dieser Zone das gleiche wie in alten Telefonzellen: Fasse dich kurz. Von der Begrüßungsformel *Einen guten Tag wünsche ich Euch* war mit der Zeit gerade noch *Guten Tag* übriggeblieben, nur durch die Akkusativendung als Teil von etwas weniger Lakonischem ausgewiesen. Der Satz *Seid Gott be-*

fohlen bis aufs Wiedersehen war schon im achtzehnten Jahrhundert auf ein in seiner Grammatik überhaupt nicht mehr durchschaubares *Auf Wiedersehen* geschrumpft. Die Beschwichtigungsformel *Ich bitte Euch um Entschuldigung* (also die Bitte, daß der andere die Schuld, die man ihm gegenüber auf sich geladen hat, von einem nehmen möge) wurde zu einem baren *Entschuldigung*. Und auch das schien wohl immer noch zuviel. Die Tendenz ging hin zum Einsilbigen, eigentlich zu den irgendwie freundlich oder wenigstens unfeindlich gemeinten Grunzlauten ohne semantischen Inhalt, die gar nichts mehr bedeuteten, sondern nur noch etwas besagten, und zwar so wenig wie nur irgend noch vertretbar. Aus *Guten Tag* machte die Sprachgemeinschaft ein sparsames *Tach*, aus *Auf Wiedersehen* wurde *Wie...* mit einem undeutlichen Konsonantengemurmel (*d-s-n*) hintendran, aus *Entschuldigung* ein *Tschuljung*. *Tach, Wiedersehn, Wie gehts, Tschuljung, danke, bittesehr* – das war auch schon fast das gesamte Inventar. Über dem Brief *Sehr geehrter Herr...*, drunter *Hochachtungsvoll*, basta. So behalfen wir uns.

Aber irgendwann kam uns das denn wohl doch etwas schroff vor. Jedenfalls wurde das Kürzegebot langsam unterhöhlt und schließlich aufgehoben. Wir wurden vielsilbiger. Wir begannen unsere Herzen an unsere Heckscheiben zu kleben (*I ♥ Wanne-Eickel*). Wir drückten uns ausführlicher aus.

Als erstes wurde wohl das *Hochachtungsvoll* ausgemustert, das jedem, der sich seines ursprünglichen Sinns bewußt blieb, sowieso oft wie purer Hohn vorkommen mußte, gemessen an dem Inhalt des Schreibens, das es beschloß: *Da Sie unsere Rechnung immer noch nicht beglichen haben, fordern wir Sie letztmalig auf... Hochachtungsvoll, gez. Schmidt.* Das hieß, der bei uns beschäftigte Herr Schmidt, der aber gerade nicht da ist und sich um derlei Pipifax sowieso nicht persönlich zu kümmern braucht, hält Sie im Auftrag unserer Organisation für einen schrecklichen Schlamper, wenn nicht für einen Betrüger, und achtet Sie entsprechend «hoch», haha. Der Versicherungsvertreter, der einen Kunden keilen wollte, entschied sich plötzlich, auf die nettere Formel zurückzugreifen, die vorher auf gute Bekannte beschränkt gewesen war, und verabschiedete sich nunmehr *Mit freundlichen Grüßen*, der Lotterieeinnehmer tat es ihm in seinen Werbebriefen nach, und bald mochte sogar das Finanzamt nicht mehr zurückstehen («Wir sind schließlich auch Menschen»).

Die entsprechende Eingangsfloskel *Sehr geehrte(r)* – führt ein zäheres Leben. Aber schon – amerikanische Sitte – beglückwünscht mich der Hersteller meines neuen Staubsaugers gedrucktermaßen als seinen *lieben Kunden* zur Wahl seines Produkts, und wildfremde Menschen, die nur ein paar Auskünfte von mir wollen, heben ihre Briefe mit *Lieber Herr...* an. Es ist ja sicher auch wirkungsvoller. Der so Angeredete bringt es nur noch schwer übers Herz, sich als so unlieb zu erweisen, daß er die erbetenen Literaturangaben nicht heraussucht. Die Jüngeren entziehen sich heute gerne der Wahl zwischen dem steifen *Sehr geehrte...* und dem denn doch arg intimen *Liebe...* und greifen statt dessen zu *Hallo Frau Hase* oder *Hallo Heidrun Hase*, manchmal auch *Hi* statt *Hallo* – reine Amerikanismen natürlich und nicht eigentlich herzlich, aber umstandslos zutraulich gleichwohl.

Diese vorbeugende Liebe fremder Mitmenschen dringt bereits in die Schlußformeln vor und ersetzt dort die immer noch distanzierte Wohlgesonnenheit der *freundlichen Grüße* durch die warme Umarmung *lieber Grüße*. Wenn eines Tages auch die Wasserwerke die verschicken, werden sich die Partisanen der Herzlichkeit nach unverbrauchten Wendungen, nach schärferem Zeug umsehen müssen. Vielleicht beehren sie uns dann *mit heißen Küssen*.

Um sich sozusagen für den Dank eines anderen zu bedanken, war das Deutsche ungewöhnlich gesprächig. Es besaß mehrere fertige Formeln: *Bitte*, *Gern geschehen*, *Keine Ursache* (letzteres wohl eine Verdeutschung des französischen ‹pas de quoi›, ‹nichts wofür [Sie mir danken müßten]›). Die Neue Herzlichkeit hat diesem für deutsche Verhältnisse ansehnlichen Inventar noch einiges hinzugefügt, vor allem spontane Erweiterungen: *Aber ist doch gern geschehen – Aber bitte, ist doch selbstverständlich*, vor allem aber das nette, immer wieder herzerfreuende *Da nicht für*.

Das *Tschuljung!* lebt auf der Straße fort, aber wer auf sich hält und Kunden beschwichtigen will, wird sich mit ihm nicht mehr begnügen. Die Neue Herzlichkeit legt ihm eine ausführlichere Formel in den Mund: *Wir bitten um Ihr Verständnis*. Undenkbar, daß der Flugkapitän seinen Passagieren mitteilt: *Tschuljung, wir müssen hier noch eine Weile herumkurven und können dummerweise wieder mal nicht pünktlich landen*. Er bittet um *Verständnis*. Was sollen wir verstehen? Daß nicht mehrere Fluggeräte gleichzeitig auf der gleichen Landebahn niedergehen können? Kaum. Verstehen sollen wir, daß solche Mißhelligkeiten nicht seine persönliche Schuld sind und auch nicht die seiner Firma. «Sie wissen, die Zwänge.» Aber alle diese Formeln haben den Hang, sich selbständig zu machen. Wenn uns in einem normalen Lokal die Kellnerin den Tomatensaft übers Hemd schüttet, dürfen wir auf ein normales und spontanes *Hach, das tut mir schrecklich leid* rechnen; passiert das gleiche in einem würdevolleren Etablissement, so kommt der Geschäftsführer und ersucht vornehm um unser *Verständnis*, und wir verstehen prompt, was an der Sache zu verstehen ist: daß es hier plempernde Kellner gibt.

Jedenfalls wird unser *Verständnis* heute auf Schritt und Tritt strapaziert: von Bauarbeiten, Defekten, Verspätungen, Preiserhöhungen, dem Wechsel von Schließungszeiten – alle banalen Mißhelligkeiten flehen uns an: Verstehn Sie doch! Ist ja nicht gegen Sie gerichtet! Ist überhaupt nicht persönlich gemeint! Wir können da auch nichts für! Die Macht des Schicksals!

Die Lautsprecheranlage im InterCity räuspert sich mehrmals, vermutlich verlegen, sagt dann aber trotzdem zuversichtlich, Tonfall «das kriegen wir schon hin»: *Wir bitten um Aufmerksamkeit für eine Durchsage. Aus technischen Gründen ist es Ihrem Mitropa-Team heute leider nicht möglich, Ihnen warme Speisen zu servieren. Wir bitten um Ihr Verständnis.* Neutral und geradeheraus gesagt, wollte die Ansagerstimme wohl folgendes zum Ausdruck bringen: «Bitte alle mal herhören. Im Speisewagen ist die Mikrowelle kaputt. Leider gibt es heute darum nur Kaltes.» Der nämliche Sachverhalt ließe sich auf mannigfache Weise formulieren. Im archaischen Salonstil könnte es heißen: «Hochverehrte Herrschaften. Zu unserem unendlichen Bedauern ist heute aus Gründen, mit deren leidigen Einzelheiten wir Sie nicht behelligen möchten, die Zubereitung warmer Gerichte nicht möglich. Wir bitten Sie ergebenst, unserem gastlichen rollenden Lokal dennoch gewogen zu bleiben.» Oder in amerikanischer Hemdsärmeligkeit: «Heda, Leute. Tut uns leid, aber wir haben heute im Speisewagen ein Problem beim Heißmachen von dem Essen. Natürlich setzen wir alles daran, es zu beheben. Inzwischen seid ihr trotzdem eingeladen, und damit euch das Kommen leichter fällt, gibt es solange zehn Prozent auf alle kalten Speisen. Wenn ihr also was sparen wollt, willkommen.» Oder im devoten Pseudo-Orientstil: «Als Ihre unwürdigen Diener müssen wir tief zerknirscht zugeben, daß es uns in unserer maßlosen Einfalt nicht gelungen ist...» Etc. Im Stil des alten Deutschland hätte es dagegen barsch geheißen... Nein, eine Durchsage hätte es natürlich gar nicht gegeben. Statt dessen hätte am Durchgang zum Speisewagen ein Zettel gehangen, darauf mit Bleistift: «Heute kein warmes Essen».

Alles dies bekommt man nicht zu hören. Statt dessen ertönt es zeitgemäß: *Wir bitten um Aufmerksamkeit für eine Durchsage. Aus technischen Gründen ist es Ihrem Mitropa-Team heute leider nicht möglich, Ihnen warme Speisen zu servieren. Wir bitten um Ihr Verständnis.*

Zeitgemäß daran ist die betonte Persönlichkeit (‹wir›, ‹Ihrem›, ‹Ihnen›, ‹wir›, ‹Ihr›), obwohl von niemandem Bestimmtem an niemanden Bestimmten gerichtet. Ferner, daß diese drei verdrossenen Gestalten, die im Speisewagen ihren schwankenden Dienst tun, von sich als einer zu kämpferischem Tun zusammengeschweißten Mannschaft sprechen, und nicht nur schlicht einer Mannschaft, sondern einer von angelsächsischem Sportsgeist erfüllten, einem *Team*. Es ist überdies *Ihr Team*, also zum Beispiel meines: Als potentieller Gast avanciere ich unfreiwillig zu einer Art Sponsor, für den sich diese Wackeren heldenhaft schlagen werden, selbst mit den Tücken der Küchengerätschaften – die indessen äußerst vage als «technische Gründe» umschrieben werden, so daß der Bitte um *Verständni*s, in die hier alles mündet, leider jede Voraussetzung fehlt.

Die Verständnisbitte kommt wahrscheinlich auch aus Amerika. Dort lautet die entsprechende Formel *We appreciate your cooperation* oder *patience* oder *understanding* (Wir wissen Ihre Mitarbeit, Ihre Geduld, Ihr Verständnis zu schätzen). Beim Import nach Deutschland hat sich indessen ein erpresserisches Element eingeschlichen. Ehe mein Gegenüber auch nur weiß, ob ich zu verstehen überhaupt willens und fähig bin, bedankt er sich auch schon dafür, daß ich verstanden habe. Wollte ich bei meinem Ärger bleiben, hätte ich mich selber zum Dummkopf gestempelt, der rein gar nichts begreift.

Die Neue Herzlichkeit ist nicht auf einige wenige isolierte Formeln beschränkt. Sie weht allüberall. In dem bewußten Supermarkt brummelt die Kassiererin nur geistesabwesend den Preis; aber in dem andren, dem netten, da wünscht sie einem morgens *noch einen schönen Tag*, von der Mittagspause an *einen schönen Abend* und ab Donnerstagmittag *ein schönes Wochenende*, und wenn man den Umstand, daß sie einem tatsächlich einen Fünfzigmarkschein wechselt, mit einem *das ist nett* oder gar *das ist aber lieb von Ihnen* quittiert hat, tut sie es sogar in Form eines eigens für den Anlaß gebildeten vollständigen Satzes: *Dann wünsche ich Ihnen noch ein schönes Wochenende.*

Dem Bahnreisenden selbst der zweiten Klasse schallt alsbald schmeichelnd ein anderer vollständiger Satz ins Ohr: *Wir begrüßen Sie im Intercity-Zug und wünschen Ihnen eine gute Reise.* Der Herr, dem man eine aus seiner Zeitung gerutschte Werbebeilage aufhebt, sagt nicht etwa bloß *danke* oder *danke sehr*, sondern versichert freudestrahlend: *Da bedanke ich mich aber.* Die Firma, die die Skilifte betreibt, welche momentan wegen Nebels alle stillstehen, bittet auf der Anzeigetafel im Tal um *Verständnis*, das in diesem Fall auch nicht schwerfällt, tut aber ein übriges: *Die Luftseilbahnen wünschen Ihnen einen guten Aufenthalt im Dorf*, will sagen, sie erwarten, daß man dann wenigstens in den Gasthäusern Geld ausgeben wird. Wo früher kurz und bündig *Rauchen verboten* stand, hängt ein großes, buntes, auf «lieb» gestyltes Plakat: *Liebe Raucherin Lieber Raucher Bitte rauchen Sie nicht...* Der Radioansager (der *Moderator* oder Mäßiger) wünscht dem Schlagersänger (dem *Interpreten* oder Deuter), den er gerade nach seinem Pudel befragt hat, *noch weiter viel Erfolg und alles Gute und Schöne im Leben* und haut dann seinem ihm unbekannten und unsichtbaren Publikum krachend, aber herzlich auf die Schulter: *Machen Sie noch was aus Ihrem Tag.* Wen er meint? Natürlich *Sie und Sie und ganz besonders Sie*, wie es im Radio früher einmal hieß. Und neulich hörte ich einen Sprecher des Postgiroamtes die Beschwerde, daß die Bearbeitungszeiten zu lang seien, wörtlich mit folgendem Satz beantworten: *Wir beim Postgiroamt haben alle die ganz ganz sehnsüchtige Hoffnung...* (daß es in Zukunft schneller geht). Kein kaltes Amt; wir, ein *Team*, ein hervorragendes Team sogar, denn kein einziger schert da aus, wir *hoffen*, und zwar nicht, wie Ämter so zu hoffen pflegten («Wir hoffen auf baldige Erledigung»), sondern jeder von uns spürt höchstpersönlich den Funken der Hoffnung in seinem Herzen, geradezu ein banges und doch auch frohes Ziehen, das er als *Sehnsucht* identifiziert und vor dem er wieder (*ganz, ganz*) klein wird. Das ganze Postgiroamt eine Kinderschar in Erwartung des Christkinds.

Woher stammen die Sprachmuster der Neuen Herzlichkeit? Den meisten ist ihre Herkunft noch gut anzusehen: das Fernsehen. Wie kommt ein gesetzter Medizinprofessor dazu, der dem Rundfunkredakteur gleich einige unerfreuliche Auskünfte über den Verlauf der multiplen Sklerose geben wird, erst zu sagen: *Einen guten Abend, Karl Friedrich Muckelmeier*, und dann mit strahlender Stimme ins Unbekannte hinein zu grüßen: *Einen wunderschönen Abend wünsche ich allseits*? Es ist klar: Hier stand die Anbiederungssuada der Showmaster Pate: *Ich freue mich von ganzem Herzen, Sie an diesem schönen Abend hier in dieser herrlichen Halle in dieser wunderschönen Stadt begrüßen zu können… Sie sind ein einfach großartiges Publikum…*

Die andere ergiebige Quelle sind das, was man eigentlich für Fehlübersetzungen halten müßte. Eigentlich besagt die geltende Regel der Übersetzungskunst ja vernünftigerweise: Sprachtatsachen werden übersetzt, Kulturtatsachen nicht. Sie führt dazu, daß ein guter Übersetzer einerseits *lucky dog* (eine Sprachtatsache) nicht mit *glücklicher Hund* übersetzen wird, sondern mit *Glückspilz*; daß er andererseits den Tee, den man in England zum Frühstück trinkt (eine Kulturtatsache), nicht in Kaffee verwandeln wird, sein deutsches Analogon.

Ein guter Übersetzer würde für eine konventionelle Grußformel wie *sincerely* ihr Analogon in der Zielsprache nehmen, *hochachtungsvoll* oder *mit freundlichem Gruß* etwa. Ein weniger guter bemerkt Formeln und konventionelle Metaphern und stehende Redensarten gar nicht als solche; er nimmt sie allesamt wörtlich und schreibt umstandslos ihre wörtliche Übersetzung hin. Es kommt ihm gar nicht in den

Sinn, für die konventionelle mündliche Begrüßungsformel *hello, how are you today?* erst lange das angemessene deutsche Pendant zu suchen (*Guten Tag*, vielleicht mit der Ergänzung *Wie geht es denn?*). Er übersetzt schnurstracks wörtlich: *Hallo, wie geht es Ihnen heute?* Sein unermüdliches und alles durchdringendes Wirken – vor allem bei der deutschen Synchronisierung zahlloser amerikanischer Fernsehserien – führte dazu, daß das einstige telefonische *hallo*, das mehr ein Ruf zum Testen etwaiger akustischer Leitungsverluste war als ein Gruß, inzwischen auch im Deutschen zum wohlgelittenen Substitut für *Guten Tag* avanciert ist. Und so manche andere Formel verdanken wir ihm ebenfalls: *Schön, daß Sie da sind.* Oder noch verräterischer: *Nett, Sie zu sehen. Sie sehen heute abend großartig aus. Wie ist alles? Ich hoffe, Sie hatten einen guten Aufenthalt. Ich möchte, daß Sie meinen Mann treffen* (denn die Verben *sehen* und *treffen* machen unter diesem Einfluß eine erhebliche Bedeutungsverschiebung durch). *Danke für das Kompliment* (früher lächelte einer da nur stolz-bescheiden-verlegen). *Haben Sie eine gute Zeit* (wo früher allenfalls *Viel Vergnügen* gesagt worden wäre). *Passen Sie gut auf sich auf* (das amerikanische *take [good] care of yourself*)! *Danke, daß Sie gekommen sind. Wir sehen uns dann.*

Geradezu verübeln sollte man den Übersetzern die Wörtlichkeit in diesem Fall nicht. Ahnungslos treffen sie Entscheidungen, die vielleicht eine gewisse Weisheit für sich haben. Denn manchmal ist eine Sprachtatsache gleichzeitig eine Kulturtatsache – und verdient es als solche durchaus, vor der Übertragung geschützt zu werden, auch wenn es in der Zielsprache zunächst wunderlich klingen mag. Wenn in manchen Sprachen Kinder ihre Eltern siezen oder in Amerika Studenten den Herrn Professor mit dem Vornamen anreden, so versteckte eine Übersetzung in die entsprechenden deutschen Usancen etwas durchaus Interessantes.

So kommt es, daß in Deutschland die angelsächsische

Sprachetikette eingezogen ist, die die schroffe germanische Lakonie von früher heute alt aussehen läßt. Und obwohl Sprache noch nicht das Leben selbst ist und die Neue Herzlichkeit der Sprache das Maß der Herzlichkeit, das jeder für seine Mitmenschen empfindet, nicht unbedingt erhöht, macht der bloße verbale Anstrich das Zusammenleben tatsächlich etwas freundlicher.

Dabei läßt sich das Motiv, das einen großen Teil jener amerikanischen Herzlichkeit inspiriert, letztlich nicht verbergen: Es soll etwas verkauft werden. *Soft selling*, lächelnd verkaufen. Natürlich ist es der Verkäuferin verständlicherweise völlig egal, wie ich den Abend verbringe, natürlich will sie nur, daß ich den Laden möglichst schnell und protestlos räume. Aber sie hat sich auf eine Stellenanzeige hin um ihren Job beworben, die als einzige Fachkenntnis die Fähigkeit des Lächelns verlangte, und ihr Filialleiter hat es ihr noch einmal eingeschärft: Sei immer lieb zu allen Kunden, als wären es deine besten Freunde; dann kommen sie vielleicht wieder. Geradezu in Orgien der Herzlichkeit ergeht sich der Flugverkehr in den Momenten des Abschieds, wenn es sonst nichts weiter zu tun gibt und auch die Stewardessen schon gefesselt auf ihren Hockern hocken: *Wir danken, daß Sie heute SunAir geflogen sind, und wir würden uns freuen, Sie demnächst wieder an Bord eines unserer Jets begrüßen zu können. Ihre Crew wünscht Ihnen einen angenehmen Aufenthalt...* «Meiner» Crew ist nichts so gleichgültig wie mein Aufenthalt; von ihr aus könnte ich mich aufhalten, wo der Pfeffer wächst. Wenn sie so zu reden angehalten ist, so aus Verkaufsgründen.

Dennoch wäre es falsch, in der herzlichen amerikanischen Sprachetikette nur ein verlogenes Spiel zur Profitmaximierung zu sehen. Es ist die Weise eines Landes, in dem Menschen aus sehr vielen Kulturen miteinander auskommen müssen. Ihre Verschiedenheit verlangt dem einzelnen große Deutlichkeit ab – ein bloßes irgendwie höfliches Murmeln reicht nicht, weil wenig sich von selbst versteht, alles will klar und unmißverständlich gesagt sein. Thornton Wilder schrieb die amerikanische Etikette der Erfahrung der Einsamkeit inmitten der «menschlichen Vielfalt und Massenhaftigkeit» zu: «...der Amerikaner [ist] ‹freundlich› – nicht aus Güte, nicht aus Herablassung, nicht aus Selbstüberheblichkeit, sondern aus der Erkenntnis heraus, daß jeder Mensch ein Leben zu leben hat, bei dem ihm niemand hilft. (Ein französischer Dichter, Saint-John Perse, erzählte mir, es wundere ihn immer wieder, daß amerikanische Telefonistinnen, wenn man ihnen eine Nummer angibt, ‹Thank you› sagen und daß ein Amerikaner, wenn man ihm für eine Gefälligkeit dankt, mit ‹You are welcome› antwortet...) Diese amerikanische Freundlichkeit ist nicht ‹politesse›, nicht bewußte Tugend – sie geht von der Annahme aus, daß das Leben eines einzelnen Menschen schwierig sei und daß die gegenseitige Anpassung jedem von uns nütze.»

Inzwischen beherrscht selbst der Computer, wenn er Serienbriefe verfertigt, den Jargon der Neuen Herzlichkeit. Man könnte sagen: Ob der Amtsleiter seine Untergebenen per Ukas anweist, künftig jedermann freundlich zu grüßen, oder die Formel gleich in den Computer einspeichern läßt, mache keinen großen Unterschied. Trotzdem entwertet sich der Jargon auf diesen Maschinenbriefen selber. Zu offensichtlich ist der Widerspruch zwischen dem Behaupteten, der persönlich gemeinten Herzlichkeit, und der herzlosen Erstellung. Aber vielleicht erreichen uns eines Tages auch Maschinenbriefe, die im Namen einer Dienststelle *von ganzem, ganzem Herzen und voller tiefempfundener Sehnsucht* von mir, ihrem *lieben Mitbürger*, den fälligen Monatsbeitrag erflehen.

Darin auch unterschied sich der Ostdeutsche um die Zeit der Vereinigung vom Westdeutschen. Das Sprachrepertoire der Neuen Herzlichkeit war im Osten noch nicht angekommen. Im Sozialismus wurde zwar unentwegt von der Solidarität der Menschen und der Freundschaft der Völker gedröhnt, aber im Alltag ging es, zumindest unter Fremden, herzlich ruppig zu. Wie auch sollte die Verkäuferin der hundertsten Fragerin auf freundliche Weise auseinandersetzen, daß Frischfisch heute wieder nicht «im Angebot» sei? Und sich eilfertig die neuen Manieren anzueignen: mußte das den Leuten nicht übertrieben vorkommen, so als sollten sie nun plötzlich alle so kariert daherreden wie in ‹Dallas›?

Als mir zum ersten Mal ein Taxifahrer in Leipzig mit dem Wechselgeld *einen schönen Tag noch* herausgab, wußte ich darum, daß die Einheit nun doch dabei war, Wirklichkeit zu werden.

Zwischen Sie und Du
Über eine bleibende Verlegenheit

Kein Kaiser, kein ‹Duden›, keine Instanz, nichts und niemand auf der Welt schreibt einem vor, welchen Grad von Vertrautheit man walten lassen muß, wenn man seinen Mitmenschen anredet. Nichts im Leben legt einem nahe, daß es die Qualität der Vertrautheit nur in binärer Form gibt, vertraut oder unvertraut; vielmehr spielt sich das ganze mitmenschliche Leben auf einer gleitenden Skala von Vertrautheit ab, und dauernd verschiebt sich vieles auf ihr. Dennoch kommt im Deutschen niemand je um die Entscheidung herum: *du* oder *Sie*, und oft gilt sie fürs Leben.

Obwohl niemand es einem vorschreibt, ist es aufs feinste und strengste geregelt, regelt es sich scheinbar ganz von allein. Und so, wie sich eine Anredekonvention einmal geregelt hat, bleibt sie normalerweise stabil über die Jahrhunderte hinweg. Im Deutschen jedoch hat sich vor unseren Augen, parallel zum Aufkommen der Neuen Herzlichkeit, ein Umbruch vollzogen. Er hat eine Unsicherheit erzeugt, die noch lange nicht ausgestanden ist und den mitmenschlichen Umgang nicht leichter macht.

Am Anfang war das allgemeine *Du*. Bis zum Beginn des Mittelalters war es im Deutschen die einzige Anrede. Im neunten Jahrhundert trat das hochgestellten Personen vorbehaltene *Ihr* dazu. Die dahintersteckende Logik muß etwa gelautet haben: Mehrere sind besser als einer, also tun wir so, als sei der Höhergestellte mehrere Personen in einer – Qualität ausgedrückt durch Quantität. Auch die römischen Kaiser sprachen von sich im Plural, dem Pluralis maiestatis. (Der Plural, in dem Autoren zuweilen von sich selber reden, soll genau das Gegenteil sein, ein Pluralis modestiae, der Bescheidenheit, der es ihnen erspart, mit einem ‹Ich› aufzutrumpfen, wird aber gern mißverstanden.) Bis zum siebzehnten Jahrhundert blieb es beim Nebeneinander von *Du* und *Ihr*: jenes die Anrede unter Vertrauten, dieses als respektvolle Anrede an Fremde. Dann trat eine weitere Differenzierung hinzu: das *Er* beziehungsweise *Sie*, zunächst für Höhergestellte bestimmt (*Verzeih sie mir meine Zudringlichkeit*), das aber bald seinen Ehrerbietungscharakter einbüßte, zu einer distanzierenden Anrede an Untergeordnete absank (*Er kann mich mal...*) und als zu unhöflich im neunzehnten Jahrhundert dann ganz von der Bildfläche verschwand, eine Entwicklung, die sicher vom Aufkommen einer neuen Höflichkeitsform gefördert wurde, dem Plural-*Sie*, die dann auch das alte *Ihr* verdrängte. Ursprünglich handelte es sich um den pronominalen Bezug auf pluralische Anredeformeln wie ‹Euer Gnaden› oder ‹Euer Hochwürden› und wurde darum auch groß geschrieben (*So Euer Gnaden geruhen... werden Sie in mir einen treuergebenen Diener finden...*), aber bald machte es sich selbständig, und niemandem mehr kam es seltsam vor: daß man seinen Gesprächspartner anredete, als wäre er mehrere abwesende Personen. So daß im neunzehnten Jahrhundert nur noch zwei Anreden übrig waren: das *Du* für vertraute und das *Sie* für fremde Menschen. Jede Anrede eine Entscheidung zwischen intimem Duzen und distanzbezeugendem Siezen. Ein *Du* am unrechten Ort war eine Zudringlichkeit oder gar Beleidigung. Es riß einseitig die Distanz ein. Das *Du*, das Deutsche bis heute zuweilen für ihnen persönlich unbekannte Ausländer übrig haben, ist von dieser Sorte: ein Ausdruck der Verachtung. Nur im Proletariat und dann in der Arbeiterbewegung blieb *Du* die Regelanrede unter gleichgestellten Erwachsenen, auch wo sie nicht persönlich miteinander bekannt waren.

Dieses proletarische *Du* setzte in den späten sechziger Jahren zum Angriff auf das «bürgerliche» *Sie* an: Alle Menschen werden Genossen und sagen *Du*. *Du* sagte man nun im Zentrum des antibürgerlichen Protests, in der Studentenschaft, und da die Lehrenden beweisen wollten, daß sie auf der richtigen Seite standen, duzten auch sie die Studierenden und ließen sich oft von ihnen gerne duzen. Es war ein radikaler Bruch, der die Distanz zwischen Lernenden und Lehrenden ostentativ aufheben sollte und allen, die sich ihm verweigerten oder von ihm ausgeschlossen blieben, bedeutete, daß sie in der klassen- und schrankenlosen Gesellschaft der Zukunft nicht dazugehören würden. Aus einer Entscheidung zwischen Distanz und Intimität wurde eine zwischen Wir und Ihr. Früher war der Maßstab ein persönlicher gewesen, die persönliche Vertrautheit; jetzt wurde er zu einem im weiten Sinn politischen. Die *Du*-Sager bekundeten mit dem Anredepronomen, daß sie einig seien in ihrer Ablehnung der sogenannten bürgerlichen Gesellschaft, wo man weiter *Sie* zueinander sagte.

Das Spanische, in dem die Anrede ganz ähnlich geregelt gewesen war, ersetzte nach dem Ende des Franquismus das alte *Usted* (‹Sie›) sehr rasch, fast vollständig und anscheinend endgültig durch ein demokratisches allgemeines *tu*. Dem *Usted* widerfuhr Ende der siebziger Jahre das Schlimmste, was einer Höflichkeitsbezeugung widerfahren kann: daß der so Angeredete sich geradezu beleidigt fühlen mochte. ‹Sie› hieß: du bist Franquist und damit von gestern. Im Deutschen hätte es genauso kommen können. Indessen, die Bewegung entwickelte nicht genug Schwung, und das *Du* blieb auf seinem Vormarsch stecken. Zum allgemeinen Usus wurde es unter Studenten und in anderen Ausbildungseinrichtungen, und wenn deren Absolventen dann Arbeit fanden, nahmen sie es oft mit in ihre Arbeitsgruppen, so daß heute neben dem alten intimen ein neues, allgemeines kollegiales *Du* im Entstehen scheint. In akademischen Arbeitsgruppen eint es häufig, über alle Statusunterschiede hinweg, nach wie vor Professoren und Diplomanden. Sonst aber kehren Lehrende und Lernende im Umgang miteinander wieder zum alten *Sie* zurück. Selbst Achtundsechziger halten es heute, wenn auch bedauernd, für ehrlicher und entdecken seine Vorzüge, etwa der Bremer Soziologe Gerhard Amendt, der das antibürgerliche *Du* verdächtigt, nur noch eine Halluzination auszudrücken: «Die Preisgabe des *Du* wäre heute nicht nur eine längst fällige Anpassung an die veränderten Außenverhältnisse. Es wäre ebenso das Ende einer halluzinierten Realität von Gleichen, die in Wirklichkeit große Nachteile für die strukturell Untergeordneten hat... Das *Du* kreiert eine persönliche Nähe, die die distanzierte Betrachtung der Probleme erschwert... Das *Du* erlaubt es nicht, Leistungen differenziert zu benoten.» Das Anredepronomen, heißt das, behauptet eine Gleichheit, die es nicht gibt. Es macht aus jeder Vier gleich eine persönliche Kränkung. Der Dozent, der es nicht über sich bringt, allen die obligate Einheitsnote zuzuteilen, der also unterscheidende Urteile fällt und sie per *Du* mitteilen wollte, sagte nicht «Ihre Leistungen sind mangelhaft», sondern «Du hast versagt».

Die Herolde des *Du* verweisen gern auf die anglophone Welt, die schon lange mit einem einzigen Anredepronomen auskommt, *you*. Es hat sich im vierzehnten und fünfzehnten Jahrhundert aus dem *ye* entwickelt, der genauen Entsprechung zum deutschen ‹ihr› (zweite Person Plural). Erst *ye*, dann *you* traten schon in mittelenglischer Zeit in Konkurrenz zu *thou* (‹du›). Es war ein sehr langwieriger Ablösungsvorgang: Erst im siebzehnten Jahrhundert wurde das *you* zur Regel, erst zu Beginn des neunzehnten Jahrhunderts ging das *though* endgültig unter. Aber der Schein trügt. Zwar herrscht seitdem das allgemeine *you*. Trotzdem ist bei der Anrede oft eine nicht minder heikle Entscheidung zu fällen, nicht zwischen verschiedenen Anredepronomina, sondern zwischen Vorname und Nachname (und im britischen Englisch bei der Anrede von Mann zu Mann zusätzlich zwischen *Mister* und dem nackten Nachnamen, nach der Sitte der Public Schools).

In förmlichen Situationen, etwa vor Gericht, ist die Entscheidung klar: immer Titel und Nachname. Gegenüber Verwandten, persönlichen Freunden, Kindern, gleichgestellten Kollegen: immer der Vorname. Aber bis wann ist jemand ein Kind? Bis fünfzehn? Bis achtzehn? Wann replizieren Jugendliche mit dem Vornamen? Und wie vor allem reden Vorgesetzte und Untergebene einander an? Die ungeschriebene, aber zwingende Regel lautet: Der Untergeordnete verwendet Titel und Nachnamen, bis der Höhergestellte ihn von der Pflicht dazu dispensiert hat. Aber was stellt einen Dispens dar? Was, wenn der Vorgesetzte nicht ausdrücklich und vernehmlich *Call me Tom!* sagt? Oder wenn man es zufällig überhört? Stellt dann die Tatsache, daß er einen seinerseits beim Vornamen nennt, schon eine Dispensation dar? Wenn man meint, man sei gerade dispensiert worden, müßte man die neue Anredesituation umgehend quittieren, indem man selber den Vorgesetzten mit dem Vornamen anredet. Aber was, wenn man den nicht weiß, etwa weil man ihn bei der Vorstellung nicht verstanden hat? Es sind entscheidende Momente. Eine Wahl ist zu treffen, von der die künftige eigene Position in der Arbeitsgruppe abhängt. Sie erfordert eine Menge Fingerspitzengefühl und einen genauen Blick für die Umstände der Situation. Wer die Signale mißdeutet, verpaßt den Augenblick – und bleibt hinfort der einzige *Mister* unter lauter Toms und Jims. Besonders leicht geschieht es dem Fremden, der aus Kulturen kommt, in denen der Vorname nicht so locker sitzt. Um es den neuen Kollegen gegenüber ja nicht an Höflichkeit fehlen zu lassen, geht er auf ihr unausgesprochenes Angebot des Vornamens nicht ein – und stempelt sich damit ungewollt als der arrogante Außenseiter, der sich nicht gemein zu machen wünscht. Seine höfliche Geste wird als Unhöflichkeit verstanden, und da sich derlei Mißverständnisse meist nicht thematisieren lassen, bleibt es dabei und er ein Außenseiter. Die deutsche Wahl zwischen *Du* und *Sie* ist dagegen ein leichtes.

Der Großangriff des *Du* auf das *Sie* ist gescheitert, aber jenes hat Einbrüche erzielt und ist weit in die Arbeitswelt vorgedrungen. Die neue Grenze wäre vielleicht schon schärfer gezogen, erhielte nicht das *Du* durch die interkulturellen Kontakte mit dem Englischen zunehmend Verstärkung. Die Wissenschaft, vor allem die Naturwissenschaft ist international, und wer im Verkehr mit den anglophonen Kollegen *you* und den Vornamen gebraucht, wird zu Hause nicht auf *Sie* plus Titel und Nachname umschalten. Die Institutsleiterin und ihre Studentin, die auf der Tagung in Woods Hole von dem berühmten Kollegen aus Mexiko-Stadt mit *Hilde* und *Heike* angeredet werden, werden auch daheim nicht wieder in ein förmliches *Frau (Professor)* ... verfallen. Die vom amerikanischen Vorbild inspirierte Präferenz für den Vornamen zieht das *Du* nach sich, denn *Sie* plus Vorname (*Reden Sie nicht so kariert, Karl!*) blieb im Deutschen bisher eine hanseatische Seltenheit.

Und es ist nicht die Wissenschafts-«Szene» allein. In der digitalen Welt kommuniziert man zumeist auf englisch, und das heißt denn auch, daß man in der E-Mail und in den Diskussionsgruppen von wildfremden Menschen ohne Umstände per *you* und Vorname angeredet wird. Wenn das hier der allgemeine Umgangston ist, sagt man sich, kann man kaum wieder in die *Sie*-Konvention zurückfallen, sobald man im Netz zufällig einmal für einen Augenblick nur unter Deutschen ist. Das deutsche *Sie* hat also den großen Angriff, wenn auch angeschlagen, überstanden, aber ob es sich langfristig wirklich behauptet, ist nach wie vor offen. Was die sozialistische Revolution nicht geschafft hat, vielleicht schafft es auf stillere und nachhaltigere Art die Internationale der Computer.

Ein Seitenstück der Anredekonvention ist die Vorstellungskonvention. Wie stellt man einen anderen vor? Wie stellt man sich selber anderen vor? Es gibt zur Zeit drei Typen.

Typ 1: *Jetzt spricht Frau Professor Hase*. Beziehungsweise: *Mein Name ist Hase*, nur selten mit Titel versteift zu *Mein Name ist Professor Hase*, eher verkürzt auf ein lapidares *Hase*.

Typ 2: *Jetzt spricht Heidrun Hase*. Beziehungsweise: *Ich bin Heidrun Hase* oder *Mein Name ist Heidrun Hase*. Titel entfällt.

Typ 3: *Jetzt ist die Heidrun dran*. Beziehungsweise: *Ich bin die Heidrun*.

Typ 1 ist der förmlichste, steifste, unnahbarste. Er ist politisch klar markiert: «reaktionär». Typ 2 glänzt gerade durch den Mangel an politischer Markierung. Er steht unverbindlich in der Mitte, beharrt nicht unbedingt auf dem Alten, stürzt sich aber auch nicht hemmungslos ins Neue, ist für alles offen und auf nichts ganz festgelegt: das Weltkind in der Mitten, das es mit niemandem von vornherein verderben will, die verkörperte Äquidistanz, das sprachliche Gegenstück zu Jeans mit Schlips. Typ 3 dagegen ist politisch wieder genau fixiert: *pc*. Sprachlich interessant ist an diesem Typ weniger die Verwendung des Vornamens, die unter prospektiven Kollegen, Bekannten, vielleicht Freunden nur das Normale wäre, etwa wenn ein Seminar über Heilkräuter oder Bergbuddhismus zum ersten Mal zusammenkommt und sich die Teilnehmer reihum vorstellen. Interessant ist der bestimmte Artikel, der möglicherweise unter Mithilfe der süddeutschen Dialekte in die Standardsprache eingesickert ist: *die* Heidrun. Nicht irgendeine Heidrun, sondern *die*. Der aussondernde bestimmte Artikel verlangt eigentlich nach einer Ergänzung: *diejenige, welche...* Aber welche was? Sagt einer *Ich bin Briefträger*, so macht er eine Berufsangabe. Sagt er *Ich bin der Briefträger*, so meint er: jener einzige unter allen Briefträgern der Welt, auf den Sie warten, weil er für Ihren Zustellbereich zuständig ist. *Der Alte Fritz* ist nicht *irgendein alter Fritz*, sondern unter allen alten Fritzen dieser Welt der bewußte, der berühmte. *Die Heidrun* aber will nicht erklären, daß sie die berühmte Heidrun, noch nicht einmal, daß sie die einzige Heidrun unter den Versammelten sei. Die Bezugsmenge, aus der sie der bestimmte Artikel heraushebt, sind nicht die Heidruns dieser Welt oder im Saal. Vielmehr will sie sagen: Ich bin jene Heidrun, die allen, die sie kennen, als erste in den Sinn kommt, wenn sie den Namen Heidrun hören, die prototypische Heidrun sozusagen, die ihr, soweit ihr mich noch nicht kennt, kennenlernen solltet, kurz, die eine von euch ist, eure prototypische Heidrun. Das *Die* hat Appellcharakter. Es sagt: Ich möchte zu euch gehören. Reihum wiederholt und zur Floskel erstarrt, dient es dazu, das Wir-Gefühl einer Gruppe zu bestätigen. Man stelle sich vor, in einen Raum, in dem *die Heidrun, der Thorsten, die Bea* und *der Jens* gerade ihre Bekanntschaft anbahnen, platzte ein Neuankömmling, ob weiblich oder männlich, mit einem kurzen und knappen *Dr. Hase!* Ein eisiger Luftzug wäre hereingeweht, die sich ausbreitende Wärme auf der Stelle entwichen, und dort säße er nun, der andere, der Feind.

Denn wie im Fall der Anredekonventionen schafft der Versuch, Distanzen zu überwinden, zuweilen neue Distanzen. Unversehens finden sich andere *marginalisiert, ausgegrenzt*, kurz, hinauskomplimentiert.

Abschied von Illusionen
Über den internationalen Status
der deutschen Sprache

Als die Gesellschaft Deutscher Chemiker im Sommer 1994 beschloß, in zwei ihrer traditionsreichsten Zeitschriften, ‹Liebigs Annalen› und ‹Chemische Berichte›, nur noch englischsprachige Beiträge zuzulassen, stimmte die Chemie nicht mehr. Besonders bei den anorganischen Chemikern war die Erregung groß, eine Boykottbewegung begann sich zu formieren, und die Diskussion schwappte sogar auf die Leserbriefseiten der Tagespresse über. Die Rede war von der «Preisgabe eines Stücks nationaler Identität», von der «Tendenz zum kulturellen Einheitsbrei», von der «Ausrottung» der Sprache Lessings und Liebigs. Auch die manifesten Nachteile wurden aufgeführt, die jedem entstehen, der nur noch in einer Sprache publizieren kann, die für ihn eine fremde ist. Die Gesellschaft Deutscher Chemiker aber blieb fest: Ab Anfang 1997 wird es in beiden Zeitschriften keine deutschsprachigen Aufsätze und Meldungen mehr geben.

Die Gesellschaft hat Gründe. In den im deutschen Sprachraum herausgegebenen chemischen Fachzeitschriften für eine internationale Leserschaft tauchte Englisch erst nach dem Zweiten Weltkrieg auf, aber seither befindet sich Deutsch dort auf einem stetigen Rückzug und nähert sich ohnehin der Nullgrenze. 1962 war ein Viertel der Beiträge auf Englisch abgefaßt, um 1975 wurde die 50-Prozent-Marke passiert, 1987 waren es 72 Prozent. Weltweit sind heute über 80 Prozent aller Chemiepublikationen in Englisch und nur noch knapp zwei Prozent in Deutsch. Selbst neun von zehn deutschsprachigen Chemikern publizieren (auch) auf Englisch.

Der vom Institute for Scientific Information (ISI) in Philadelphia ermittelte sogenannte *Impact Factor* mißt, wie oft bestimmte wissenschaftliche Aufsätze im Durchschnitt zitiert werden – sozusagen die Resonanz, mit der ein Forschungsergebnis weltweit rechnen kann. Englischsprachige Aufsätze werden durchschnittlich 3,7-mal zitiert, russische 0,9-mal, deutsche 0,6-mal, französische und japanische 0,5-mal. Auf Englisch publizierte Studien, heißt das, finden ein sechsmal so hohes Echo wie deutsche. Der *impact* ist keine esoterische, von allen weltlichen Interessen abgehobene Größe – sonst würde kaum soviel Aufwand getrieben, ihn laufend zu ermitteln. Für das berufliche Fortkommen jedes einzelnen Wissenschaftlers überall auf der Welt ist es von entscheidender Wichtigkeit, daß er publiziert, wo er publiziert, daß er zitiert wird, wie oft und von wem er zitiert wird.

Für die Herausgeber und Verlage naturwissenschaftlicher Fachjournale ist der Fall somit klar. Jene beiden Chemiezeitschriften etwa gehen zu 80 Prozent ins nichtdeutschsprachige Ausland. Deutschsprachige Beiträge finden dort nur wenige Leser. Sie lassen sich vor der Veröffentlichung auch nicht der internationalen *peer review* unterwerfen, die die Qualität der Journale garantiert, denn selten finden sich genügend Fachleute, die nicht nur «ebenbürtig», sondern auch noch des Deutschen mächtig sind.

Die Publikationssprache Deutsch, richtiger: Nichtenglisch, kapselt die Forschung gegen die nur zum kleinsten Teil deutschsprachige Fachöffentlichkeit ab, auf die sie sich doch in jedem Augenblick – nehmend wie gebend – bezieht. Da das den meisten Wissenschaftlern klar ist, veröffentlichen sie ihre großen wichtigen Sachen gerne auf Englisch und nur die zweite Wahl auf Deutsch. Die im deutschen Sprachraum verlegten internationalen Fachzeitschriften laufen damit doppelte Gefahr, für ihre nichtdeutschen Abnehmer uninteressant zu werden – und bei der nächsten Sparrunde aus dem Anschaffungsetat dieser oder jener Bibliothek gestrichen zu werden. Der Wettbewerb ist hart und unbarmherzig, und für die Zeitschriften ist Englisch schlicht eine Überlebensfrage. Sonderbar, daß einige Wissenschaftler darin nicht die Spiegelung ihres eigenen Überlebensinteresses sahen. Was sie dem Diskurs ihrer internationalen Fachöffentlichkeit vorenthalten, etwa durch eine dieser nicht geläufige Sprache, ist fast wie nicht vorhanden.

Stimmen aus dem Chor des Protests: «Gute Arbeiten werden auch in Deutsch zur Kenntnis genommen», «Deutsch wird zumindest in Europa zur zweiten Lingua Franca», «Täte nicht auch Amerikanern und Briten ein wenig Fremdsprachenkenntnis gut?» Sie verkennen die Lage. Auch denen, die den Vorteil haben, daß Englisch ihre Muttersprache ist, täten Fremdsprachenkenntnisse sicher gut – aber solcherlei Einsicht treibt die Belegschaft keines einzigen Labors in den nächsten Crashkurs, und wenn der eine oder andere einzelne sich ihr anschließen sollte, wird er nicht unbedingt gerade Deutsch lernen, übrigens auch dann nicht, wenn er überzeugt sein sollte, daß deutsche Kollegen gute Arbeit leisten, denn gute Arbeit wird immer auch anderswo geleistet. Da die Fremdsprachenkapazität gering ist – die meisten glauben, Wichtigeres vorzuhaben und keine Minute dafür erübrigen zu können –, wird er, wenn er sich der Mühe denn schon unterzieht, eher die Sprache wählen, die in seiner Nachbarschaft gesprochen wird, die er auf seinen Reisen am besten gebrauchen kann oder deren Kulturraum ihm schlicht am sympathischsten ist. Deutsch hat da keine besonders guten Karten. Es ist auch nirgends dabei, zur Lingua Franca zu werden.

Unter den drei- bis fünftausend Sprachen dieser Welt ist Deutsch in der Tat eine der «größten». Nach einer UNESCO-Statistik für 1989 steht es, mit den etwa 90 Millionen Menschen des deutschen Sprachraums, die mit ihm in Elternhaus oder Schule groß geworden sind, genau an zwölfter Stelle; wenn man die sechs bis acht Millionen der über die Welt verstreuten deutschsprachigen Minderheiten dazuzählt, ist es immer noch die zwölfte. An der ersten steht Chinesisch (1,08 Milliarden), dann folgen Englisch (594 Millionen), Hindustani (412), Spanisch (311), Russisch (285), und selbst Portugiesisch, das uns doch eine «kleine» Sprache zu sein scheint, hat dank Brasilien nahezu doppelt so viele Sprecher wie Deutsch. Die «Größe» des Deutschen ist also nur sehr relativ. Auf einen der ersten Plätze rückt es erst, wenn man die Zahl der Sprecher mit ihrer Kaufkraft multipliziert. Der Duisburger Soziolinguist Ulrich Ammon, der 1992 das höchst lesenswerte Standardwerk zu diesen Fragen veröffentlicht hat, errechnete ihm unter dieser Bedingung den dritten Platz.

In der internationalen Politik spielt Deutsch eine gewisse, aber keine besonders große Rolle. Die Vorzugssprache der Diplomatie war es nie; das war in den letzten fünfhundert Jahren Französisch, dem nur im siebzehnten Jahrhundert Latein Konkurrenz machte. Seit etwa 1900 hat es im übrigen seine führende Rolle an Englisch abgegeben.

Als 1945 die Vereinten Nationen gegründet wurden, waren ihre (von allen Mitgliedern getragenen) Arbeitssprachen dieselben wie die des Völkerbunds: Englisch und Französisch. In den folgenden Jahren kamen noch Spanisch, Russisch, Chinesisch und Arabisch hinzu. Seit 1974 ist Deutsch «Übersetzungs- und Dokumentationssprache», und das heißt: Deutschland darf sich auf eigene Kosten Übersetzungen von allem anfertigen lassen.

Im Europarat mit seinen 39 Mitgliedsstaaten sind die alleinigen Arbeitssprachen Englisch und Französisch. Die Nato und die OECD halten es genauso.

Die Organe der Europäischen Union – die betont keine internationale, sondern eine übernationale Einrichtung ist – halten es anders, und es macht ihnen die Sache nicht leichter.

Im Europaparlament werden alle Reden und alle Papiere

(460 000 Seiten im Jahr) aus den Mitgliedsstaaten (15) in alle Amtssprachen (11) übersetzt. 800 Dolmetscher und Übersetzer, 45 pro Sprache, sind damit beschäftigt, und ihre Dienste läßt sich das Parlament mehr als ein Drittel seines ganzen Haushalts kosten. Für 1997 wird mit 537 Millionen Mark gerechnet.

Bei jeder Sitzung des Ministerrats der EU drängen sich 33 Simultandolmetscher in den Kabinen.

Der Übersetzungsdienst der Europäischen Kommission ist der größte der Welt: etwa 1200 Übersetzer und Terminologen, die inzwischen über eine Million Seiten pro Jahr zu bewältigen haben. Auch die Kommission kostet dieser Apparat etwa ein Drittel ihres Verwaltungsbudgets.

Insgesamt beschäftigen die europäischen Organe etwa 2400 beamtete Übersetzer und etwa 650 beamtete Dolmetscher. Die Freiberuflichen zählen mittlerweile auch bereits nach Tausenden. Dazu kommen die sogenannten logistischen Kräfte. Etwa 15 Prozent des Gesamtpersonals der EU sind mit dem Übersetzen und Dolmetschen beschäftigt.

Jeder Mitgliedsstaat verkehrt mit der EU in seiner Sprache, jeder Bürger Europas soll sich in ihr an sie wenden können, und sämtliche Vorlagen an die anderen Organe der EU müssen in alle ihre elf Amtssprachen übersetzt werden. Der größere Teil des Papiers, das die Beamtenschaft der Kommission so reichlich beschriftet, ist jedoch für den internen Gebrauch bestimmt, und vor dessen Übersetzung in sämtliche Amtssprachen mußte die Eurokratie von Anfang an passen. Zwar gilt das Ideal der Allsprachigkeit: Alle Amtssprachen sollten gleichberechtigte Arbeitssprachen sein. Der Alltag aber sieht ganz anders aus. Die interne Verständigung geschieht zwangsläufig in jenen Sprachen, die den meisten Beamten als Muttersprache oder als erste Fremdsprache am besten vertraut sind. Es sind die sogenannten Umgangs- oder Verständigungssprachen, die de facto die Arbeitssprachen sind. Dreien kommt dieser Status zu: Französisch, Englisch und

Deutsch. Die Kommission berät und beschließt über keinen Vorgang, der ihr nicht mindestens in diesen drei Sprachen vorliegt.

Selbst zwischen ihnen herrscht keineswegs Gleichheit. Vor allem wegen der (teilweise) frankophonen Standorte Brüssel, Luxemburg und Straßburg war Französisch unter ihnen von Anfang an dominant. Deutsch hatte als Arbeitssprache immer ein deutlich geringeres Gewicht als die anderen beiden, und daran hat sich wenig geändert, seit es, was die Anzahl seiner Sprecher angeht, nach der Vereinigung Deutschlands und dem Beitritt Österreichs zur «größten» Sprache in der EU geworden ist. Die Asymmetrie spiegelt sich in den Zahlen. Die deutschen Übersetzer der Kommission übersetzten 1991 zu 56 Prozent französische, zu 37,5 Prozent englische Ausgangstexte; auf alle anderen Sprachen zusammen entfielen nur 6,5 Prozent. In der anderen Richtung kamen nur 15,3 Prozent der ins Französische und nur 11 Prozent der ins Englische übersetzten Texte aus dem Deutschen.

Die deutschsprachigen Länder wären schlecht beraten, wenn sie – so wie Frankreich das für seine Sprache tat und tut – ihren Ehrgeiz in eine Verstärkung des Gewichts ihrer Sprache setzten. Eines Tages – wenn das Ende der Fahnenstange erreicht ist – werden sie ihre Kraft daran wenden müssen, die Zahl der Arbeitssprachen zu reduzieren. Deutsch wird dann die Schlüsselrolle zufallen; wenn Deutschland nicht verzichtet, werden die anderen es auch nicht tun.

Schon jetzt ist das Sprachproblem Sand im Getriebe des Einigungswerks. Zwar das Ziel ist hochsinnig: Wahrung der kulturellen und damit auch sprachlichen Vielfalt, «Bürgernähe». Aber es wird den Sprachdiensten immer schwerer, Schritt zu halten. Da immer mehr Worte gesprochen, geschrieben, geändert werden, gibt es immer mehr, das eigentlich zu übersetzen wäre, aber leider noch nicht fertig ist und vielleicht auch nie fertig wird und werden kann – das vielleicht auch gar nicht fertig werden muß, weil die Betroffenen das betreffende Papier längst in einer der beiden Hauptarbeitssprachen gelesen haben und es nie wieder von irgend jemandem gelesen werden wird. Und jede neu hinzukommende Sprache bedeutet, daß die Zahl der Sprachpaare, die hin und her zu übersetzen wären, mit ihr nicht um eins steigt, sondern um die jeweilige Zahl aller Amtssprachen. Vor der Erweiterung von 1995 waren es 72 Sprachpaare. Mit Finnisch und Schwedisch wurden es 110. Kämen nur noch fünf weitere hinzu, so ergäben sich rund 300. Etwa ein Dutzend Länder begehren die Mitgliedschaft. Die meisten brächten eine neue Amtssprache mit ein, die in den anderen Ländern von so gut wie niemandem verstanden und gesprochen wird. Und es wartet auch so manche Minoritätensprache. Innerhalb der heutigen EU wird bereits mehr Katalanisch gesprochen (7,3 Millionen) als Finnisch (4,7 Millionen) oder Dänisch (5,2 Millionen). Morgen werden mehr Europabürger Galizisch sprechen (2,4 Millionen) als Slowenisch (1,9 Millionen). Möchte die ETA dann vielleicht Baskisch nach Brüssel bomben? Irgendwann geht es einfach nicht mehr. Nicht nur, weil das schon heute nur mit Müh und Not und nur für die Abschlußdokumente aufrechterhaltene Prinzip «Alle Sprachen in alle» dann die Geschäfte doch zu sehr aufhielte und wahrscheinlich auch allseits für unbezahlbar befunden würde. Es werden sich einfach nicht mehr die nötigen Übersetzer finden. Die seltenen Sprachpaare (Finnisch–Portugiesisch, Niederländisch–Schwedisch) sind bereits heute kaum besetzbar; vor Paarungen wie Dänisch–Ungarisch müßte das Personalbüro wahrscheinlich ganz kapitulieren.

Appelle, bitte weniger Worte zu machen, werden soviel helfen wie solche Appelle immer: nichts. Einem Reporter sagte Eduard Brackeniers, der in Brüssel residierende Generaldirektor des Übersetzungsdienstes der Europäischen Kommission, sehr richtig: «Wie mehr wir Sprachen haben, wie mehr wir müssen schreiben einfacher, weniger, klarer.» Und jeden Tag höher türmen sich die zwar drögen, aber wegen der involvierten Interessen empfindlichen Schriftstücke, die der Übersetzungsdienst zu babylonisieren hat.

Bei den seltenen Sprachkombinationen behilft man sich oft mit sogenannten Relaissprachen: Aus einer «kleinen» wird zunächst in eine der zentralen Verständigungssprachen übersetzt – also Englisch oder Französisch – und aus dieser weiter in die anderen kleinen. Das erübrigt viele der seltenen Kombinationen und ist damit eine beträchtliche Vereinfachung, aber es verdoppelt das Fehlerrisiko und kann darum nur ein Notbehelf sein. Erleichterung kann allein eine gewisse sprachliche Standardisierung bringen, etwa bei den vielen Ausschreibungen für Bau- und Dienstleistungen. Vom Computer ist kein Palliativ mehr zu erwarten. 1976 kaufte die EG die Nutzungsrechte an dem damals fortgeschrittensten Maschinenübersetzungssystem, SYSTRAN. Seitdem sind in Luxemburg einige Dutzend Linguisten damit beschäftigt, es wenigstens für ein paar Sprachpaare (vor allem Französisch–Englisch) und nur auf dem Gebiet Verwaltungssprache der EU fit zu machen. Der Moment, an dem man die Maschine mit den Texten allein lassen könnte, ist dennoch bisher nicht abzusehen. Für jede Fehlermöglichkeit, der vorgebeugt wurde, tun sich zig neue auf. Es wird kommen der Tag, an dem wächst das Problem der EU über den Kopf.

«Die eventuelle Einführung einer Lingua Franca», schrieb Brackeniers, «ist höchst unrealistisch und sogar gefährlich, insbesondere angesichts einer historischen Entwicklung in der Gegenwart, bei der kulturelle und sprachliche Identitäten allerhöchste und immer stärkere Priorität genießen.» Es nützt indessen rein gar nichts, die Augen vor dem mißlichen Umstand zu verschließen, daß das Fehlen einer Lingua Franca (oder zweier) die Europabehörden schon heute stark behindert und sie irgendwann in die allergrößten Schwierigkeiten bringen wird. Ihr Fall wird immer unmißverständlicher demonstrieren, was eine Lingua Franca wert ist. «Es trifft zu», schrieb der katalanische Linguist Miguel Siguan, «daß sich

Europa nur auf der Verschiedenheit und auf der Achtung vor der Verschiedenheit aufbauen läßt, der sprachlichen wie der kulturellen..., doch muß man auch hinzufügen, daß die Achtung der Unterschiede nur möglich ist, wenn man von einem allen gemeinsamen Prinzip ausgeht.» Zu dieser gemeinsamen Basis gehören auch die Sprachen, die von den meisten geteilt werden. Zu Hause mag jeder sprechen, was er will; auch mit den europäischen Organen muß er in seiner Sprache verkehren können. Aber am großen internen überstaatlichen Palaver können nicht alle Sprachen gleichberechtigt teilnehmen. Es sind die weiseren Länder, die sich beizeiten darauf einstellen.

In der Wissenschaft war Deutsch wirklich einmal eine Art Lingua Franca, vor allem in dem Raum, der heute MOE heißt, Mittelosteuropa. Russische oder baltische oder tschechische Gelehrte sprachen nicht nur Deutsch, wenn sie mit Deutschen zu tun hatten, sondern oft auch untereinander; teilweise publizierten sie auf Deutsch. Bis in die dreißiger Jahre mußten sogar amerikanische Chemiker Deutsch können.

Aber das war einmal und wird nie wieder sein. Ein Japaner, Minoru Tsunoda, hat sich 1983 die Mühe gemacht, hundert Jahre Referatenorgane durchzuzählen. Danach lagen international Französisch und Deutsch bis etwa 1910 gleichauf: Etwa 25 Prozent der Publikationen entfielen auf jede; Englisch war, mit etwa 35 Prozent, aber auch damals schon die meistverwendete Sprache. Nach 1910 begann Französisch kontinuierlich abzusinken und Englisch anzusteigen, bis jenes um 1980 bei etwa drei Prozent angekommen war und dieses bei 74 Prozent. Dem Deutschen erging es genau wie dem Französischen, nur mit einer Zeitverzögerung von zehn Jahren: Bis etwa 1920 stieg es noch leicht an, seitdem fiel es im gleichen Tempo zurück, 1980 lag es bei vier Prozent.

In welche Fachgebiete das Englische heute am weitesten vorgedrungen ist, hat vor einigen Jahren die Sprachwissenschaftlerin Sabine Skudlik ermittelt. Am weitesten ist der Prozeß in den Grundlagenwissenschaften gediehen. Aus der deutschen Biologie und Teilen der Chemie ist Deutsch als Publikationssprache fast gänzlich verschwunden. Nur noch in wenigen, stark praxisbezogenen Disziplinen veröffentlichen deutschsprachige Naturwissenschaftler mehr auf Deutsch als auf Englisch (so in der Geo- und der Forstwissenschaft, der klinischen und der Veterinärmedizin). Geistes- und Sozialwissenschaftler tun es überall dort, wo sie sich nur an eine inländische Fachöffentlichkeit wenden oder wo die Sprache nicht nur Medium, sondern Teil des Gegenstands ist (in dieser Reihenfolge: Literaturwissenschaft, Pädagogik, Theologie, Jura, Geschichte).

In diesen Bereichen stellte der Zwang, in einer Fremdsprache zu publizieren, ein nicht nur marginales Handikap dar und wäre die Quelle endloser Mißverständnisse. Bei vielen der zentralen Begriffe lauern die ‹faux amis›, die falschen Freunde in anderen Sprachen, Wörter, die dasselbe zu bedeuten scheinen, deren Bedeutungsumfang jedoch ein anderer ist und deren Bedeutungskern an anderer Stelle liegt. *Science* ist nur bedingt *Wissenschaft*, *academic* läßt sich nicht immer mit *akademisch* übersetzen, *faculty* so gut wie nie mit *Fakultät*, *consciousness* nicht immer mit *Bewußtsein*, *character* nur selten mit *Charakter*, *federal* bedeutet in England und in Amerika etwas Verschiedenes, *mental* ist nur ungefähr dasselbe wie *mental*, *psychic* ist etwas ganz anderes als *psychisch*, *methodic* ist eher *systematisch* als *methodisch*, selbst ein *index* ist eigentlich kein *Index*, sondern ein *Register*, während *reference* keine *Referenz* (also keine *Empfehlung*) ist, sondern ein *Verweis* oder eine *Quellenangabe*, und *humanities* sind nie und nimmer *Humanismus*, aber auch *Geisteswissenschaft* trifft die Sache nicht genau, eher *Kulturwissenschaft*, während das Wesen der deutschen *Geisteswissenschaften* einem nicht Deutsch sprechenden Kollegen nur sehr schwer klarzumachen ist. Kaum ein Begriff, der bei einem erfahrenen Übersetzer nicht eine Warnlampe aufleuchten ließe. Man versteht den Hang, sich im internationalen Diskurs an die taufrischen, geschichtlich relativ unbeschwerten Kunstwörter zu halten, *Kognition* oder *Motivation* oder *Signifikanz*. Es wird lange dauern, bis Neuprägungen und Bedeutungsverschiebungen ein gegen Mißverständnisse gefeites internationales Begriffssystem geschaffen haben.

Als Lingua Franca dagegen hat Deutsch in der Wissenschaft ganz und gar abgedankt. Sogar in den unmittelbaren Nachbarländern wie Dänemark oder Holland wählen Forscher heute durchweg Englisch, nicht Deutsch.

Auch der Umbruch in Mittelosteuropa ändert daran nichts. Zwar wird hier teilweise wieder Deutsch verwendet, aber wie Ulrich Ammon herausgefunden hat, ist es auf eine, wie er schreibt, geradezu dramatische Weise Sache der Älteren; wo die Jüngeren nicht beim Russischen als Lingua Franca geblieben sind, sind sie in Scharen zum Englischen übergelaufen, nicht zu Deutsch. Viele haben erwartet, nach dem Zusammenbruch des Ostreiches würde dort ein großer Nachfrageboom für deutschen Sprachunterricht ausbrechen, und so bekäme Deutsch im letzten Augenblick vielleicht doch noch einmal eine Chance. Die Zahlen, die das Auswärtige Amt gesammelt hat, sind ernüchternd. 1982 lernten hier 10,5 Millionen Schüler Deutsch, davon 9,2 in Rußland, 1992 waren es 11 Millionen, 1994 11,4 – tatsächlich, ein leichter Anstieg. Aber er verblaßt gegenüber dem Anstieg des Englischen: aus 18,6 Millionen im Jahre 1992 wurden 1994 21,2 Millionen. Von einer guten Behauptung des Deutschen kann also die Rede sein, von einem Boom ganz und gar nicht. Was auch hier heute boomt, ist Englisch.

Jeder Blick in die naturwissenschaftlichen Fachzeitschriften anderer Länder – groß oder klein, alt oder neu, leistungsfähig oder nicht – zeigt denn auch, daß der Hang zum Englischen allgemein ist: Ob sie aus Japan, Kroatien oder Rußland kommen, das meiste ist in Englisch.

Und es ist nicht Engländern und Nordamerikanern zuliebe in Englisch, sondern weil Englisch und nur Englisch die Sprache ist, die in der gesamten Welt der Wissenschaft wenn nicht durchweg flüssig gesprochen und geschrieben, so doch zumindest verstanden wird. Wenn auf internationalen Tagungen auch Ungarn und Inder miteinander ins Gespräch kommen, dann auf Englisch. Das prophezeite «globale Dorf» ist bisher nicht entstanden und wird wahrscheinlich nie entstehen. Aber jeder Fachwissenschaftler gehört in der Tat einem Dorf an. Es hat ein paar Dutzend bis ein paar Hundert Bewohner, die als einzige ganz durchschauen, was er tut, und mit denen er sich täglich durch gegenseitige Vorträge und per E-Mail auseinandersetzen muß. Meist sind sie über den ganzen Globus verteilt. Was sie verbindet, was sie überhaupt erst kommunikationsfähig macht, ist Englisch.

Mit Latein hatte die aufkeimende Wissenschaft einmal eine gemeinsame und sie einende Sprache. Ohne daß es sich danach gedrängt hätte, ist heute Englisch unter unseren Augen zur neuen Lingua Franca der Wissenschaft geworden. Es käme darauf an, das endlich nicht mehr als kulturelle Bedrohung, sondern als einmalige und unverdiente Chance zu begreifen, vor dieser Tatsache nicht davonzulaufen, sondern ihr mit Grazie entgegenzugehen.

Es ist indessen nicht nur die fremde Sprache, die heute manche besonders unter den Älteren abschreckt; es ist auch der andere Stil der anglophonen Welt. Englischsprachige Publikationen von deutschen Wissenschaftlern fallen zuweilen nicht nur durch ein mehr als behelfsmäßiges Englisch, sondern auch durch Gewundenheit einerseits, Rüpelhaftigkeit andererseits peinlich auf. Es wird manchen offenbar schwer, sich an eine Etikette zu gewöhnen, die da besagt: Du sollst nicht weitschweifiger sein als unbedingt nötig; imposante Dunkelheiten sind schlicht unwissenschaftlich; auch leidenschaftliche Gegnerschaft rechtfertigt niemals eine Injurie – sei also immer so kurz, einfach, klar und höflich wie nur möglich. Nicht, daß sämtliche anglophonen Autoren sich daran hielten; aber daß es als Ideal nicht übel ist, wird sich schwer bestreiten lassen.

An der Lage gibt es nichts mehr zu deuten. Die Antwort kann nicht der verbitterte Rückzug in den Bunker des Deutschen sein. Sie kann nur lauten: konsequente Zweisprachigkeit. Eine Fremdsprache mag man mehr oder weniger gut beherrschen, publikationsreif schreibt man sie so gut wie nie. Selbst Anglisten müssen ihre Manuskripte von Muttersprachlern durchsehen lassen, und ihr Hauptvorteil besteht darin, daß ihnen das wenigstens klar ist. Der Englischunterricht hätte sehr früh einzusetzen. Studienanfänger, besonders in den Naturwissenschaften, hätten exzellente Englischkenntnisse nachzuweisen, am besten komplementiert durch längere Aufenthalte im englischen Sprachgebiet. Heute ist hauptsächlich die Zeitschriftenliteratur vom Hang zum Englischen betroffen, Monographien, Nachschlagewerke und Lehrbücher noch kaum. Da sie unter dem gleichen Druck stehen, nicht nur in heimischen Gefilden, sondern überall verstanden zu werden, werden sie folgen. Eines Tages werden auch Dissertationen auf Englisch geschrieben werden dürfen. Eines Tages wird sogar die Unterrichtssprache zumindest in den Grundlagenfächern Englisch sein. Die Wissenschaft wird nicht darunter leiden, und die Wissenschaftler persönlich werden es auch nicht, sofern sie nur konsequent auf ihren doppelsprachigen Beruf vorbereitet wurden.

Aber die deutsche Sprache? Aus manchen Fächern hat sie sich praktisch bereits verabschiedet, in anderen wird sie es tun. Den nichtenglischen Sprachen fehlen schlicht immer mehr die Wörter für neue wissenschaftliche Begriffe; sie werden auch gar nicht mehr gesucht. Man hat treffend von ihrem lexikalischen «Ausbaurückstand» gesprochen. Er wird zunehmen.

Dem Deutschen, das als die Umgangssprache zu Hause natürlich seinen Ort behalten wird, hilft nicht, wer den aussichtslosen Versuch macht, sich auf der internationalen Bühne darin einzuigeln. Der deutschen Sprache hülfe nur, wer ihr zu Hause zu Hilfe käme, wer zum Beispiel das Seine dazu beitrüge, die unnötige innere Anglisierung zu bremsen, die bereits ihre Strukturen anzufressen beginnt. Jede Sprache an ihrem Ort, der nicht mehr geographisch, sondern inhaltlich bestimmt ist, dort aber richtig – nicht in Paderborn Pidgin-Deutsch («Dschörmen») und in Princeton Pidgin-Englisch («Ämäriken»).

Die Verlage, die deutschen Wissenschaftlern Texte in publikationsreifem Englisch abverlangen, werden deren Handikap verringern und ihnen mit kompetenten anglophonen Redaktionsdiensten zur Seite stehen müssen. Eine neue Verantwortung kommt aber auch auf alle jene zu, die Inhalte der unumkehrbar anglophonen internationalen Wissenschaft an kleinere und größere Öffentlichkeiten ihrer eigenen Länder vermitteln. Sie sind es, die von Fall zu Fall deren lexikalischen Ausbaurückständen abhelfen müssen. Sie dürfen nicht nur übersetzen, sondern müssen erfinden, so wie jener anonyme Kollege, dem für *sustainable development* als erstem einfiel, was in keinem Wörterbuch steht: *nachhaltige Entwicklung* – zwar nicht ganz dasselbe, aber gleich einprägsam. Der sprachliche Teil ihrer Aufgabe wird mehr sein müssen als eine leidige Pflicht, deren man sich möglichst nebenher und ohne Anstrengung und Risiko entledigt – eine Herausforderung, für die man von alledem gar nicht genug haben kann: Sprachverstand, Sprachphantasie, Sprachwitz, Sprachmut.

Die Mythen des Bilingualismus
Über Mehrsprachigkeit

Bilingualismus, unter diesem Namen firmiert jede Form von Mehrsprachigkeit in der Wissenschaft, und diese hat in ihrer Einstellung zu dem Phänomen eine erstaunliche Kehrtwendung vollzogen. Jahrzehntelang war der Bilingualismus in Verruf; dann plötzlich wurde es zu einem höchst erstrebenswerten Schicksal, mit zwei oder mehr Sprachen aufzuwachsen.

Bis in die sechziger Jahre herrschte nahezu Einigkeit darüber, daß zweisprachige Kinder in ihren Schulleistungen regelmäßig hinter ihren einsprachigen Altersgenossen zurückblieben, und zwar bis zu drei Jahre. Zwei Sprachen, meinte man, zersplittern ihre geistigen Ressourcen; vor allem, aber nicht nur, sprachlich seien sie retardiert. Bei den Kindern, die die Forscher dabei im Sinn hatten und deren IQ sie maßen und verglichen, handelte es sich in der Mehrheit um amerikanische Einwandererkinder. Aber die Befunde waren klar und hielten sich hartnäckig, und das ließ nur zwei Schlüsse zu, die denn auch beide gezogen wurden: Entweder waren diese Einwandererkinder von vornherein unintelligenter, oder ihr Bilingualismus hatte ihre Intelligenz beeinträchtigt. Die Öffentlichkeit entnahm aus alledem einfach, daß Bilinguale irgendwie dümmer seien.

Seine Rehabilitation setzte 1962 ein. Damals veröffentlichten zwei kanadische Linguisten, Elizabeth Peal und Wallace Lambert, eine umfangreiche Studie an französisch-englisch aufwachsenden Kindern in Montreal. Zu ihrer eigenen Überraschung stellte sie die früheren Befunde total auf den Kopf. Von einem Rückstand konnte keine Rede sein. Im Gegenteil, zweisprachige Kinder, so schien es nun, waren ihren einsprachigen Altersgenossen in puncto IQ sogar überlegen. Bilingualismus, schlossen Peal und Lambert, schadete nicht nur nicht, er nützte sogar; wahrscheinlich, indem er die geistige Flexibilität erhöhte.

Wie konnte das sein? Wie konnten Wissenschaftler plötzlich das genaue Gegenteil dessen verkünden, was ihr Fach jahrzehntelang für die bedauerliche Wahrheit gehalten hatte? Hatte man geirrt? Irrte man jetzt? Nach und nach wurde klar, daß das Fach vorher geirrt hatte, und warum. Es war einem klassischen Korrelationsirrtum aufgesessen.

Bilingualismus hatte zwar regelmäßig mit einem niedrigeren Intelligenzquotienten korreliert – aber daß er ihn verursacht hatte, war ein voreiliger Schluß gewesen. Die als zweisprachig eingestuften Einwandererkinder hatten einfach nicht genug Englisch gesprochen, um in den Tests so gut abzuschneiden wie die Kinder eingesessener Familien. Es war fraglich, inwiefern sie überhaupt zweisprachig gewesen waren; gelegentlich hatte ein südeuropäischer Familienname ausgereicht, ein Kind in die Gruppe der Bilingualen einzustufen. Wo die früheren Untersuchungen von «Bilingualismus» sprachen, hatten sie also einfach gemeint: Unterschichtenkind mit mangelhaften Englischkenntnissen. Die Bilingualität selbst hatte gar nicht mit auf der Agenda gestanden. Ihre etwaigen Folgen lassen sich auf diese Weise natürlich nie und nimmer dingfest machen. Dazu müßte bestimmt werden, in welchem Grade überhaupt Bilingualität vorliegt; und dann müßten bilinguale Kinder mit monolingualen Kindern gleicher Intelligenz und gleicher sozialer Herkunft verglichen werden.

Genau so machte man es in den Jahren darauf, und dabei bestätigte sich Peals und Lamberts Befund noch und noch, wenn auch nicht immer in gleicher Höhe. Daß die Bilingualität die Intelligenz geradezu erhöhe, wurde zwar wieder mit Fragezeichen versehen – aber jedenfalls richtete sie keinen

Schaden an, und zumindest sprachlich waren die zweisprachigen Kinder ihren einsprachigen Altersgenossen voraus. So wurde die Mehrsprachigkeit von ihrem schlechten Ruf schließlich befreit.

Mittlerweile glaubt man auch zu wissen, wie sich die sprachliche Überlegenheit der Bilingualen erklärt. Erhöht der ständige Sprachwechsel die geistige Flexibilität? Verlassen sich die Zweisprachigen bei der Bewältigung geistiger Aufgaben mehr auf den effizienten Modus Sprache? Oder sind sie den Einsprachigen in dem überlegen, was die Wissenschaft «metalinguistisches Bewußtsein» nennt? Erstmals hatte das einer der Pioniere der Bilingualismusforschung konstatiert, der Deutschamerikaner Werner Leopold, als er in den dreißiger Jahren die zweisprachige Entwicklung seiner Tochter beobachtete und protokollierte: Zweisprachige Kinder neigen weniger dazu, Sache und Wort für dasselbe zu halten. Sie gewinnen eine gewisse Distanz zu ihrer Sprache, ihren Sprachen. Früher und gründlicher wird ihnen klar, daß Wörter auswechselbare Symbole sind. Ganz von allein kommen sie zu Ferdinand de Saussures Grunderkenntnis: Wörter sind «arbiträr». Als Kenji Hakuta 1987 die verschiedenen Möglichkeiten evaluierte, kam er zu dem Ergebnis, daß es genau dieses metalinguistische Bewußtsein der Zweisprachigen und nichts anderes ist, das ihnen ihren Vorsprung verschafft.

Während die Zweisprachigkeit ihren schlechten Ruf abstreifte, wurde klar: Bilingualismus ist auf der Welt gar nicht die Ausnahme, sondern die Regel, jedenfalls wenn man ihn im weitesten Sinn definiert, als gelegentliche Verwendung von mehr als einer Sprache, nicht im engen idealen Sinn, der beständigen muttersprachgleichen Beherrschung zweier Idiome. Im engen Sinn bilingual ist fast niemand; im weiten Sinn ist es fast jeder. Immer war man davon ausgegangen, daß normalerweise ein Kind in eine einzige Sprache hineinwachse, seine Muttersprache, und daß alle die Wanderungsbewegungen, die Kinder plötzlich in andersprachige Umgebungen versetzen, diese einzig gesunde Entwicklung stören. Aber die meisten Menschen dieser Erde wachsen in Kontakt mit mehreren Sprachen auf. Wie es der Bilingualismusforscher François Grosjean 1983 formulierte: «Bilingualismus gibt es in fast jedem Land der Welt, in allen Gesellschaftsklassen und Altersgruppen. Es ist schwer, eine wirklich einsprachige Gesellschaft zu finden... Keine Sprachgruppe war je von anderen Sprachgruppen isoliert, und die Sprachgeschichte strotzt von Beispielen für Sprachkontakte, die zu irgendeiner Art von Bilingualismus führten.»

Seit den sechziger Jahren hat sich so eine dreifache Einsicht durchgesetzt: ein gewisser Bilingualismus ist allgegenwärtig, er ist grundsätzlich gut, und seine negative Bewertung in den frühen Jahren hat Unterschichtenkinder benachteiligt. In vielen Ländern führte sie zu einem radikalen Wandel in der Sprachpolitik. «Bilinguale Erziehung» wurde vielerorts zum großen neuen Programm. Um ihre frühere Benachteiligung aufzuheben, wurden Minoritätenkinder an vielen Schulen vieler Länder nicht mehr nur in der dominanten Standardsprache unterrichtet, sondern teilweise auch in ihren eigenen Muttersprachen. Hier und dort wurden auch die Kinder der Sprachmehrheit dazu gebracht, Minoritätensprachen zu lernen. Und während die Idee der Mehrsprachigkeit und die bilinguale Erziehung einen Boom erlebten, boomte die begleitende, begründende und rechtfertigende Bilingualismusforschung mit. Seitdem sind diesem zuvor eher esoterischen Fach ganze Zeitschriften und Buchreihen reserviert.

Indessen, die großen Triumphmeldungen, die den ganzen Enthusiasmus beglaubigt hätten, sind bisher ausgeblieben. Wie das Gehirn mit mehreren Sprachen fertig wird, ist trotz vielen Detailwissens alles in allem nicht viel klarer als vorher. Daß Bilingualismus, wo er sich denn eingestellt hat, in jeder Beziehung von Vorteil ist, kognitiv wie sozial, scheint zwar festzustehen – aber nicht, unter welchen Umständen und mit welchen Methoden er sich am besten erreichen ließe und ob es überhaupt realistisch ist, ihn für ein allgemeines Ziel zu halten. Ein Zyniker könnte den Eindruck gewinnen, ein Teil des Forschungsaufwands sei darauf gerichtet gewesen, diese zentralen Fragen möglichst ungeklärt zu lassen, da ihre Klärung das große Projekt möglicherweise gefährdet hätte.

Immerhin, aus Skandinavien wurde gemeldet, daß sich bei nicht wenigen bilingual unterrichteten Kindern ein Zustand eingestellt hatte, den die Forscher kurz entschlossen und undiplomatisch Semilingualismus nannten, Halbsprachigkeit. Sie beherrschten keine der beiden Sprachen ganz. Sofort wurde eingewendet, daß das diesen Kindern gegenüber unfair sei: Erstens lasse sich der Grad der Sprachbeherrschung objektiv kaum messen, zweitens sei das Ideal der vollkommenen Sprachbeherrschung sowieso eine Fiktion, denn niemand beherrsche auch nur eine Sprache vollständig, drittens müßte, wenn schon, etwas ganz anderes gemessen werden, nämlich das gesamte kommunikative Geschick dieser Kinder, zu dem sich eben die, wenn auch unvollständigere, Beherrschung zweier Sprachen addiere. Was zwar alles richtig sein mag, soweit es einen ungerechten persönlichen Vorwurf von diesen Kindern abwenden möchte, indessen nicht den Verdacht aus der Welt räumt, daß ein vollständig funktionsfähiges Auto zwei kaputten doch irgendwie vorzuziehen ist.

Aus Holland kam Ende der achtziger Jahre (in Form eines Aufsatzes von Ton Vallen und Sjef Stijnen, der eine Dekade intensiver niederländischer Bilingualismusforschung resümierte) die Nachricht, recht verhalten und kleinlaut, daß es den Erwerb des Niederländischen zwar nicht beeinträchtige, wenn Minoritätenkinder einen Teil des Unterrichts in ihrer Muttersprache erhielten, ihm aber auch nicht weiter förderlich sei. Egal nach welcher Methode die bilinguale Erziehung vonstatten gehe und ob sie dazu bestimmt sei, langsam zur Zweitsprache überzuleiten (Transition) oder die Erstsprache voll zu bewahren (Erhalt), alle Studien stimmten darin überein, daß die Niederländischkenntnisse am Ende nicht besser waren als in den verschrieenen «Submersions»-Programmen, bei denen die Kinder ohne sprachliche Unterstützung in einsprachigen Klassen «eingetaucht», sozusagen versenkt werden. Und «nicht besser» hieß: daß die Minoritätenkinder, mit und ohne zweisprachigen Unterricht, in ihren Schulleistungen im Durchschnitt hinter ihren einsprachig-niederländischen Altersgenossen deutlich zurückblieben. Der bilinguale Aufwand hatte ihnen zwar nicht geschadet, aber auch nicht genützt, jedenfalls nicht direkt. Bilingualer Unterricht, heißt das wohl, nützt wahrscheinlich den kleineren, schwächeren und damit bedrohten Sprachen, indem er ihnen öffentliche Anerkennung zollt und sie in der nachwachsenden Generation übt; er unterstützt die Kinder moralisch, die sich in einer Sprachumgebung finden, in der sie mit ihrer Erstsprache nichts anfangen können. Aber Bilingualität stellt er nicht besser und nicht schlechter her als monolingualer Unterricht.

Wenn jene nicht allzu zahlreichen heroischen Studien, in denen Linguisten den Spracherwerb ihrer eigenen oder fremder Leute Kinder über viele Jahre hin genau beobachten und analysieren, eines deutlich gemacht haben, dann dies: Der doppelte Spracherwerb ist kein Kinderspiel. Er ergibt sich – anders als der Erstspracherwerb – nicht quasi von selbst, sobald man ein Kind nur irgendwann, irgendwie beiden Sprachen aussetzt. Es braucht immens viel Geduld, Geschick und Willensstärke seitens der Eltern, ihr Kind zweisprachig zu machen. Und alles war vergebens, wenn irgendwann die Motivation nicht mehr stimmt, wenn sich das Kind Kontaktpersonen zuwendet, die ihm seine zweite Sprache nicht abverlangen und sie nicht unterstützen, vielleicht gar auf sie herabsehen. Dann läßt es diese erbarmungslos fallen. Der ideale Bilingualismus ist etwas außerordentlich Seltenes, wenn es ihn überhaupt je geben sollte: daß ein Kind sozusagen in zwei gleichberechtigte Sprachen hineinwächst und dann beide sein Leben lang als seine Muttersprachen spricht. Bald ist die eine dominant, bald die andere, bald vielleicht sogar eine dritte.

Jede nicht ständig und gern geübte Sprache verblaßt und verschwindet schließlich. Auch von Anfang an zweisprachig aufgewachsene Kinder können jede dieser Sprachen vollständig verlernen; höchstens, daß es ihnen vielleicht etwas leichter fällt, später im Leben auf sie zurückzukommen. Bilingualismus ist überhaupt nichts Statisches. Er ist immer in Bewegung und droht ständig, sich ganz zu verabschieden.

In einer der neueren Untersuchungen verfolgte Susanne Döpke die Sprachentwicklung bei sechs Kindern in Australien, die nach dem bewährten Prinzip «Ein Elternteil – eine Sprache» sowohl englisch als auch deutsch aufwuchsen. Sie wollte herausfinden, welche Umstände der Zweisprachigkeit förderlich sind. Die Voraussetzungen schienen so günstig, wie sie nur sein können: Die Eltern waren entschlossen, die nötige Zeit und Zuwendung zu investieren, beide Sprachen hatten ein hohes Prestige. Und am Ende der Untersuchung ließ sich auch durchaus erkennen, was den Erfolg am meisten unterstützte: wenn die Eltern das Prinzip «Ein Elternteil – eine Sprache» in aller Konsequenz praktizierten, wenn also jeder Elternteil jederzeit rigoros auf seiner Sprache bestand. Klar war ebenfalls, daß nicht die schiere Menge des Inputs zählte, sondern seine emotionale Qualität: Jene Sprache hatte die größere Chance, deren Vertreter am besten auf das Kind einzugehen verstanden. Aber von den sechs Kindern wurden trotz der günstigen Vorbedingungen nur zwei bilingual – und auch die waren ein paar Jahre später ganz zur Mehrheitssprache übergelaufen und hatten ihr Deutsch fallenlassen.

Zwar kommt kaum ein Mensch sein Leben lang allein mit seiner Muttersprache aus. Aber die Hoffnung, daß die ganze Menschheit nur mit gutem Willen und etwas Nachhilfe mehrsprachig werden könnte, nähren solche Beobachtungen ganz und gar nicht. Daran hatte schon Werner Leopold nicht mehr geglaubt, seit seine bilingualen Erziehungsanstrengungen bei der zweiten Tochter auf Renitenz gestoßen waren. Er meinte, was heute wenig populär ist: daß der Erfolg auch sehr von persönlichen Variablen abhänge, Sprachbegabung, Temperament, Motivation – daß also Bilingualität nicht jedermanns Sache sei. Wenn aber die zweisprachige Erziehung selbst dort nur bedingte Chancen hat, wo alle Signale auf Erfolg stehen: wo Mittelschichtkindern von hingebungsvollen Eltern, oft selber Linguisten, das zweite Idiom mit List und Liebe schmackhaft gemacht wird, wenn also oft sogar versagt, was manche Soziolinguisten mit leiser Verachtung «Elite-Bilingualismus» nennen, im Unterschied zum normalen Bilingualismus, der eins der weiteren Probleme der Unterprivilegierten ist, welche sich in fremder Sprachumgebung durchschlagen müssen – wie soll dann in den verschiedenen Sprachminoritäten der multikulturellen Gesellschaften je allgemeine Mehrsprachigkeit ausbrechen können?

Widerlegt ist bis heute nicht die zwanzig Jahre alte Interdependenzhypothese des Kanadiers Jim Cummins: daß sich die Zweitsprache nur auf der Grundlage einer intakten Erstsprache entwickeln kann, und daß dann auch die Erstsprache von der Zweitsprache profitiert. Sie bedeutete: Wer, aus welchen Gründen auch immer, im richtigen Entwicklungsstadium nicht zu einer intakten Erstsprache gekommen ist, läuft Gefahr, im Semilingualismus steckenzubleiben, auch wenn er dann eine zweite Sprache dazulernen sollte und könnte. Wie ebenfalls Cummins beobachtete, behilft sich das bilinguale Kind im Alltag möglicherweise ganz flüssig und geschickt, aber die abstrakteren Dimensionen der Sprache bleiben ihm verschlossen, und damit ist sein Scheitern programmiert, wo es auf abstraktes sprachliches Denken ankommt.

Wo immer Bilingualismus angestrebt wird, bleiben in der Praxis die beiden Sprachen normalerweise strikt getrennt. Entweder wird zu Hause die eine gesprochen und draußen und in der Schule die andere, oder jedem Elternteil ist eine andere vorbehalten. So, hofft man, werde es dem Kind leichter gemacht, die beiden Sprachen sauber auseinanderzuhalten; so ergibt es sich auch meist von allein. Aus der Zeit, als Bilingualismus eher ein Fluch als ein Segen schien, ist der Verdacht geblieben, die beiden Sprachen könnten sich gegenseitig stören, das Kind hätte am Ende weder die eine noch die andere richtig gelernt. Viele lassen ihn von vornherein nicht gelten. Für sie geht er von einem irrealen und elitären Ideal von Sprachreinheit aus, das sich niemand gefallen lassen müsse.

Aber stören sich die beiden Sprachen tatsächlich? Kommt es zu Interferenzen? Für diese Frage ist nicht die Sozio-, sondern die Psycholinguistik zuständig, und sie hat im letzten Vierteljahrhundert manche Anstrengung unternommen, zu eruieren, wie das Gehirn die beiden Sprachen ablegt, getrennt oder zusammen – ob zum Beispiel die Begriffe beider Sprachen in einem einzigen Lexikon enthalten sind oder in zweien, oder ob sie manchmal einem gemeinsamen, manchmal einem speziellen Lexikon angehören. Heute scheint letzteres das wahrscheinlichste, aber die Ergebnisse waren bisher nicht schlüssig und werden es wohl auch so lange nicht sein, bis die Beziehung zwischen Denken und Sprache genauer aufgeklärt ist – und die ist eins der allerschwierigsten psychologischen Probleme.

Der äußere Verlauf dagegen scheint klar. Am deutlichsten hat ihn 1983 Traute Taeschner beschrieben, die zusammen mit ihrem Mann zwei Töchter italienisch und deutsch aufzog. Ihr stellte sich die Entwicklung in drei Phasen dar. In der ersten ist der Wortschatz der Kinder nicht nach Sprachen getrennt. Für die Dinge ihrer Umwelt lernen sie jeweils nur ein Wort; Äquivalente in der anderen Sprache gibt es kaum. Benutzt werden die Wörter, als entstammten sie einer einzigen Sprache, durcheinander also. Die Frage der Grammatik stellt sich noch nicht, denn es ist das Stadium der Ein- und Zwei-Wort-Sätze, in dem die Kindersprache noch ihre eigene universale Grammatik besitzt. Die zweite Phase dann, in der die ersten rudimentären Sätze auftauchen, ist die der starken Interferenzen. Den Kindern wird klar, daß die Eltern verschiedene Sprachen sprechen, und daß das nun auch von ihnen verlangt wird. Phonetisch (also in der Aussprache) färben die beiden Sprachen so gut wie nie aufeinander ab, wohl aber morphologisch (in der Wortbildung), syntaktisch (in Wortstellung und Satzbau) und semantisch – die in der einen Sprache erworbenen Bedeutungen werden manchmal in die andere Sprache mit hinübergenommen. «*Ti ricordi Giulias Geburtstag mit zwei candelen? Io trinko, io esso. Ich weiß schon cucire.*» (Erinnerst du dich an Giulias Geburtstag mit zwei Kerzen? Ich trinke, ich esse. Ich kann schon kochen.) Eine Hybridsprache scheint im Entstehen begriffen. Aber dann kommt es ganz anders. In der folgenden dritten Phase klären sich die Verhältnisse, und zwar vollständig. Auch andere Untersuchungen ergaben das gleiche Bild: Am Ende der Ein- und Zwei-Wort-Phase, also etwa mit zwei Jahren, wird den Kindern klar, daß sie zwei verschiedene Lexika haben, sie beginnen beide Sprachen zu trennen, und mit etwa drei Jahren ist die Trennung abgeschlossen: Nunmehr wissen sie genau, wann und wem gegenüber welche angebracht ist, wechseln zwischen ihnen nur dann hin und her, wenn sie jemand vor sich haben, der so bilingual ist wie sie selber, und selbst in ihrem inneren Monolog wechseln sie so gut wie nie.

Es scheint also, daß die Kinder spontan, von sich aus auf eine saubere Trennung beider Sprachen hinsteuern. Dafür spricht auch, daß in den wenigen Studien, die sich mit dem Spracherwerb unter vermengenden Umständen befaßt haben, am Ende meist ebenfalls die Trennung stand, wenn auch zuweilen später und unter größeren Schwierigkeiten. Und dafür spricht ebenfalls, daß manche zweisprachigen Kinder geradezu allergisch auf die mutwillige Vermischung der beiden Sprachen reagieren.

Neue Forschungsergebnisse, von Johanne Paradis aus Kanada, stellen für die Grammatik die «Einheitssprachenhypothese» ganz in Frage, also die Annahme, daß sich zuerst eine einzige Grammatik bilde, die sich dann nach und nach teile. Sie untersuchte unter anderem, wie sich bei französisch-englisch aufwachsenden Kindern die Verneinung einstellte. Beide Sprachen verneinen einen Satz auf völlig verschiedene Weise: *je ne veux pas, I don't want to.* Dennoch gab es keinerlei Interferenzen; jede Art der Verneinung blieb auf die Sprache beschränkt, der sie entstammte. Eine aufsehenerregende Entdeckung machte 1997 das Rätsel der Sprachtrennung noch rätselhafter. Im Labor der New Yorker Neurologin Joy Hirsch wurde nachgewiesen, daß Erst- und Zweitsprache in dem für die Sprachproduktion zuständigen Gehirnareal, dem Broca-Zentrum, tatsächlich getrennte, mehrere Millimeter entfernte Felder beanspruchen – aber nur, wenn die Zweitsprache im frühen Erwachsenenalter dazugelernt wurde. Kinder, die mit zwei Sprachen aufgewachsen waren, wiesen keine solche räumliche Trennung auf.

Für den, der es dazu bringt, ist Bilingualität eine rundum gute Sache. Sie führt nicht zur Sprachvermengung, sie verstärkt das Gespür für den formalen Charakter der Sprache, sie nützt in vielen Situationen, sie verleiht Heimatrecht in verschiedenen Kulturen, sie stärkt das Selbstbewußtsein, die Verbindung zu den eigenen Wurzeln. Aber es jagte wohl einer Illusion nach, wer sie von jedem erwartete.

Wir neigen dazu, jenen mit mißtrauischem Neid zu begegnen, die die Gelegenheit hatten, mit mehr als einer Sprache groß zu werden, so als wäre ihnen ohne ihr Zutun ein für allemal ein mirakulöser Zustand zuteil geworden, der den meisten für immer verschlossen ist: die Bilingualität. «Die» Mehrsprachigkeit aber ist etwas, das es in der Wirklichkeit nicht gibt. Es gibt sie nur in verschiedenen Graden und Formen, und bei jedem einzelnen ist sie unablässig im Fluß, braucht sie, um erreicht und erhalten zu werden, unausgesetzte Anstrengung. «Mehrsprachigkeit», schrieb Mario Wandruszka, «ist kein verläßlicher endgültiger Besitz, sondern ein ständiges Lernen und Verlernen.»

Schrift gegen Bild
Über das Lesen in einer Zeit
des Sehens

Manchmal wird man Zeuge eines bitteren rituellen Disputs, der immer gleich verläuft, wenn auch mit jeweils anderen Worten. In der Regel entzündet er sich an irgendeiner aktuellen Nachricht: ein Autor in Finanznöten, ein Verlag verkauft, eine Buchhandlung geschlossen. Eröffnet wird er von dem Kulturpessimisten, der wie alle Pessimisten immer als erster ausspielt. Er sagt etwa dies: «Da sehen wir es wieder einmal. Die Leute lesen immer weniger. Kein Wunder, sie hocken ja auch nur noch vor der Glotze. Das Buch – das ist eine aussterbende Gattung. Das Gutenberg-Zeitalter nähert sich dem Ende. Es geht bergab mit uns. Wir amüsieren uns zu Tode.»

Die Diagnose ruft prompten Widerspruch auf den Plan. Er lautet ungefähr: «Stimmt das denn eigentlich: daß die Leute immer weniger lesen? Eher lesen sie doch mehr als früher. Es ist auch gar kein Wunder, denn sie haben schließlich immer mehr Muße fürs Lesen als in der angeblich so guten alten Zeit, und das allgemeine Bildungsniveau ist ebenfalls stark gestiegen und steigt weiter. Man sehe sich doch nur einmal auf der Buchmesse um: jedes Jahr mehr Bücher, viel zu viele. Die werden doch nicht gedruckt, um dann ungelesen herumzuliegen. Das Fernsehen hält nicht vom Lesen ab, es regt zum Lesen an.»

Und man sitzt daneben und findet wieder einmal beide Meinungen auf den ersten Blick ganz plausibel. Schließlich lassen sich für jede von ihnen leicht überzeugende Indizien beibringen. Positive Beispiele sind ja immer zu finden: für die Wirksamkeit eines Medikaments, für die Richtigkeit einer astrologischen Prophezeiung, auch für die Stichhaltigkeit einer schneidenden sozialen Großtheorie. Aber positive Beispiele beweisen nichts, solange nicht auch systematisch nach negativen Beispielen gesucht wird. Eine Theorie kann erst dann als richtig zu gelten beginnen, wenn sie die Gegenprobe überstanden hat: den Versuch ihrer Falsifikation. Was also hat die Medien- und die Leseforschung zu jenem Disput zu sagen, abgesehen vom allezeit Selbstverständlichen, nämlich daß man so naive Fragen eigentlich nicht stellen dürfe?

Es soll hier nicht um Kulturphilosophie gehen. Ob die Gesellschaft visueller oder kommunikativer oder oraler oder analer wird, sei den Hochseilartisten dieser oder jener Hermeneutik überlassen. Ob gut oder schlecht ist, was da ist, soll erst recht unerörtert bleiben. Es geht vielmehr allein um das bodennahe Fragenbündel: Wird tatsächlich immer weniger gelesen? Wird insbesondere weniger gelesen als vor der Einführung des großen Konkurrenzmediums, des Fernsehens? Und wenn die sogenannten Printmedien insgesamt keine Einbußen verzeichnen sollten: werden dann vielleicht doch zumindest Bücher weniger gelesen? Wird insbesondere «Literatur» weniger gelesen, die Schöne?

Jedes Kind glaubt heute zu wissen, daß Umfrageergebnissen nicht zu trauen sei. Erhebungen vom Umfragetyp sind aber das einzige Werkzeug, das die Medienforschung bei jenen Fragen einsetzen kann. Und man darf es schon zugeben, selbst eine fragwürdige Umfrage ist immer noch glaubwürdiger als die pure, auf nichts als das momentane Ressentiment sich stützende Vermutung. Auch wenn man sie hinterm Komma besser nicht bei der Zahl nimmt, so geben sie, da die Fehler von Mal zu Mal etwa die gleichen bleiben, über langfristige Trends sogar recht gut Auskunft.

Eine vielleicht nicht endgültige, aber brauchbare Antwort gäbe also eine Langzeitstudie irgendwo, die vor dem Siegeszug des Fernsehens eingesetzt und einem repräsentativen

Querschnitt der Bevölkerung über die Jahre und Jahrzehnte hin die gleichen Fragen zur relativen «Nutzung» der verschiedenen Medien gestellt hätte. Eine solche Studie gibt es leider in Deutschland nicht. Auch im übrigen Europa sucht man vergeblich nach ihr, und selbst in den Vereinigten Staaten und Kanada hat die empirische Medienforschung erst später begonnen, als der mutmaßliche Konkurrenzkampf zwischen Lesen und Fernsehen längst entschieden war. Dennoch ist jene Zeit nicht ganz undokumentiert verronnen. In Japan fragt eine große Tageszeitung, ‹Mainichi Shimbun›, seit 1947 unverwandt nach der Nutzung der verschiedenen Medien. Die Zeitreihe, für die Zahlen vorliegen, geht über alle Jahre hinweg, als das Fernsehen zaghaft auftauchte und sich dann relativ schnell und total durchsetzte – und als die anderen Medien sich wohl oder übel auf seine Existenz einrichten mußten.

Japan ist weit weg, aber unvergleichbar ist sein Fall nicht. Es war eine traditionelle Gesellschaft, die zur gleichen Zeit wie alle übrigen einen Modernisierungsschub durchmachte. Er fiel dort rascher und heftiger aus als anderswo. Die japanische Kultur war sehr stark vom Lesen geprägt, und die Fernsehleidenschaft der heutigen Japaner ist Legende. Wenn das Fernsehen die traditionelle Schriftmedien an den Rand drängt, dann müßte diese Verdrängung in Japan besonders deutlich geworden sein. Insofern müßte das japanische Beispiel die weltweite Entwicklung nicht nur widerspiegeln, sondern sogar überzeichnen.

Dies ist der Verlauf über das entscheidende Vierteljahrhundert, wie er sich aus der Erhebung von ‹Mainichi› ergibt (siehe Seite 229).

Das Fernsehen tritt in der zweiten Hälfte der fünfziger Jahre auf den Plan und setzt sich wie in Deutschland bis Mitte der sechziger Jahre durch. Ab etwa 1962 beansprucht es im täglichen Zeitbudget unter allen Medien den größten Anteil für sich, mehr als alle anderen zusammen. Seine Expansion

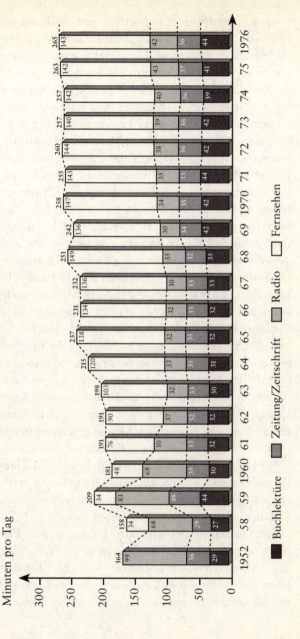

setzt sich jedoch nicht unbegrenzt fort. Ende der sechziger Jahre kommt sie zum Stillstand, und in der Folge gibt es sogar einen leichten Rückgang. Die Zuwächse des Fernsehens gehen in der ganzen Zeitspanne eindeutig niemals auf Kosten der Druckmedien: Für Zeitungen und Zeitschriften erübrigten die Japaner am Ende dieses entscheidenden Vierteljahrhunderts noch genausoviel Zeit wie am Anfang und für Bücher sogar 63 Prozent mehr (44 Minuten, wo es vorher nur 27 waren). Das einzige Medium, das Zeit an das Fernsehen abgab, war der Hörfunk. Er verlor genau in den Jahren, in denen das Fernsehen gewann, und begann sich erst um 1970 wieder zu fangen. Dennoch ist der Zuwachs beim Fernsehen größer als die Einbuße beim Hörfunk: weil die Japaner insgesamt mehr Zeit für die Medien aufbrachten. Der Zugewinn des Fernsehens speiste sich zum größeren Teil aus dem Mehr an Freizeit, nicht aus den Verlusten des Hörfunks. Natürlich kann man sich fragen, wie die anderen Medien zugelegt hätten, wäre ihnen das Fernsehen nicht dazwischengekommen. Vielleicht hätten sie, vielleicht auch nicht – das Fernsehen ist schließlich nicht der einzige Konkurrent um freie Minuten, und die Muße hätte sich möglicherweise ganz andere Betätigungsfelder gesucht. Aber dieses nachträgliche spekulative ‹Wenn› ist sowieso immer eins der kraftlosesten Argumente. Genug, daß das Fernsehen die Printmedien keineswegs verdrängt hat, daß sie sich im Gegenteil sogar größeren Zuspruchs erfreuen als vor seiner Einführung.

Die längste deutsche Zeitreihe ergibt sich aus Klaus Bergs Langzeitprojekt «Massenkommunikation». Es setzte 1964 ein, zwölf Jahre nach der Einführung des Fernsehens. Nach «Bücherlesen» fragt es leider erst seit 1980.

1964 hatten in Deutschland 55 Prozent aller Haushalte einen Fernsehapparat. 1974 waren es 95 Prozent, war fast der Zustand der «Vollversorgung» erreicht. Über diese zehn Jahre der Expansion hin, auch über die Einführung der Privatprogramme hin aber blieb der durchschnittliche Fernsehkonsum zwischen 1964 und 1990 nahezu konstant: Er steigerte sich nur von 2 Stunden 29 Minuten auf 2 Stunden 49 Minuten. Gemessen an der insgesamt zur Verfügung stehenden Freizeit, sank er in diesem Zeitraum sogar von 44 auf 35 Prozent. Es ist in der Tat viel – aber offenbar gibt es eine Sättigungsgrenze, die schon früh erreicht war. Insofern entsprechen die deutschen Zahlen durchaus den japanischen und bestätigen die Vergleichbarkeit des japanischen Beispiels. Die simple Gleichung «Je größer das TV-Angebot, um so mehr wird ferngesehen, und je mehr ferngesehen wird, desto weniger wird gelesen» ist darum nicht richtig, weder in Japan noch hierzulande. Denn welche Entwicklung die Leserate seit 1964 auch immer genommen hat: am wachsenden Fernsehkonsum lag es nicht.

Welche Entwicklung aber hat sie genommen? In der kurzen Spanne zwischen 1980 und 1990 blieb, der Berg-Studie zufolge, der Fernsehkonsum nahezu gleich, während sich die Befragten fürs Bücherlesen tatsächlich einen Hauch weniger Zeit nahmen.

Den wesentlich längeren Überblick vermittelt aber «Allensbach». 1968 gaben 29 Prozent der Befragten an, mehrmals pro Woche oder sogar täglich ein Buch (das heißt: in einem Buch) gelesen zu haben. 1970 waren es 30 Prozent, 1976 dann 34 Prozent, 1991 schließlich 37. Umgekehrt erklärten 42 Prozent der Befragten im Jahre 1968, sie hätten im letzten Jahr seltener als einmal im Monat oder nie in einem Buch gelesen – 1979 waren es noch 40 Prozent, 1976 dann 35 und 1991 schließlich 34. In den letzten zwanzig Jahren wäre danach in Deutschland die Zahl der Vielleser stetig angestiegen, hätte die Zahl der Wenig-oder-nie-Leser stetig abgenommen, trotz gleichzeitiger Ausweitung des Fernsehangebots! Auch das entspricht dem Beispiel Japan.

Ein anderes Allensbacher Fragenbündel erlaubt es, die den einzelnen Medien reservierte Zeit über einen Zeitraum von zwanzig Jahren ins Auge zu fassen. 1967: Fernsehen 578 Mi-

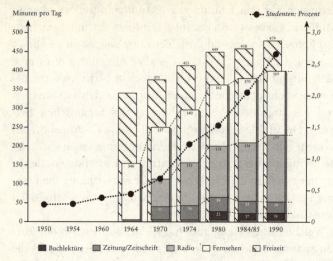

Mediennutzung in Deutschland

nuten pro Woche, Hörfunk 316, Bücher 192, Zeitungen und Zeitschriften 360. (1967 ist das einzige Jahr, das in jedem Punkt einen direkten Vergleich zwischen dem japanischen und dem deutschen Medienbudget erlaubt. Vor dem Fernseher verbrachten zu dieser Zeit die Japaner täglich 136 Minuten, die Deutschen 83. Radio hörten die Japaner täglich 30 Minuten, die Deutschen 45. Zeitung und Zeitschriften lasen die Japaner 33 Minuten, die Deutschen 51, Bücher die Japaner 33, die Deutschen 27. Insgesamt hatten die Japaner also mehr Zeit als die Deutschen für die Medien übrig, aber nicht für alle, sondern sehr viel mehr fürs Fernsehen und ein wenig mehr für die Buchlektüre.) 1987 sah das Wochenbudget in Deutschland so aus: Fernsehen 797 Minuten, Radio 607, Bücher 204, Zeitungen und Zeitschriften 406. Danach haben in diesen zwanzig Jahren alle Medien zugelegt, die audiovisuellen stärker als die Printmedien, aber diese ebenfalls, und der gestiegene Fernseh- und Radiokonsum hatte dem Buch und der Zeitung keine Leser abgejagt.

Untersuchungen aus der Schweiz (in diesem Fall der Schweizerischen Radio- und Fernsehgesellschaft SRG) ergeben ein etwas anderes Bild. Nach ihnen ist beim Fernsehen die Nutzungsdauer (also die Zahl der täglich vorm Fernseher verbrachten Minuten) auch in der Deutschschweiz zwischen 1975 und 1988 nahezu konstant geblieben: Aus 75 Minuten wurden 79 (ein Plus von bloßen 5 Prozent). Die Printmedien aber befanden sich in diesem Zeitraum tatsächlich auf dem Rückzug, die Lesezeit schrumpfte zunächst um 26 Prozent (von 50 auf 37 Minuten), am stärksten bei Zeitschriften, dann bei Büchern, am wenigsten bei Zeitungen, blieb aber seit 1983 stabil. Genauer: Zwischen 1983 und 1988 halbierte sich die Nutzungsdauer bei Zeitschriften, während Zeitungen hinzugewannen und Bücher auf dem gleichen Niveau verblieben.

Zwischen 1975 und 1988 scheinen sich in der deutschen Schweiz die Printmedien unterm Strich also tatsächlich auf dem Rückzug befunden zu haben, am stärksten Zeitschriften, dann Bücher, am wenigsten Zeitungen. Da in der ganzen Zeit der TV-Konsum aber etwa der gleiche blieb, fiele es auch hier schwer, für diesen Rückgang das Fernsehen verantwortlich zu machen. Die Lektüre hat offenbar noch andere Konkurrenz.

Manche dieser Zahlen belegen, daß das gedruckte Wort leichte Einbußen hinnehmen mußte – andere, daß es sich tapfer geschlagen hat, und mehr als das. Starke Schlüsse erlauben sie alle nicht – und zwar in keiner Richtung. Es sei denn den einen: daß jedenfalls nicht dem Fernsehen die Schuld an etwaigen Einbußen der Druckmedien zugeschoben werden kann.

So ist es angezeigt, ganz andere Zahlen zu Hilfe zu rufen. Die aus dem westdeutschen Buchhandel erlauben es, die Entwicklung bis 1951 zurückzuverfolgen. Die Zahl der produzierten Titel: von 1951 bis 1980 war sie, von einem kleinen Einbruch Anfang der siebziger Jahre abgesehen, stetig gestiegen, von etwa 14 000 auf 67 000. Besonders steil war der Anstieg in den drei Jahren vor 1980. Dann aber fielen die Zahlen zurück, und erst seit 1991 wurden wieder die von 1980 erreicht, bei denen sie sich nun einzupendeln scheinen.

Mag ja sein, lautet der Einwand: aber bekanntlich wurden in dieser Zeit die Auflagen immer niedriger, so daß die bloße Zahl der Titel wenig besagt. Tatsächlich sind die Auflagen bei Taschenbüchern stark zurückgegangen, während der Anteil der Taschenbücher selber stark zunahm (von 1961 bis 1985 um nahezu das Dreifache). In den Anfangsjahren konnte jedes Taschenbuch noch auf mindestens 30000 Leser zählen. Heute kann sein Verlag zufrieden sein, wenn es 8000 Käufer findet. Gleichzeitig dürfte die Auflagenkluft zwischen den wenigen Bestsellern und den vielen gewöhnlichen Büchern immer weiter, immer hirnrissiger geworden sein.

Ein aussagekräftigerer Indikator als die schiere Titelproduktion ist darum die Umsatzentwicklung im Sortimentsbuchhandel. Auch der Umsatz aber ist seit 1951 Jahr für Jahr immer nur gestiegen, und zwar selbst dann, wenn das Jahresplus um die jeweilige Inflationsrate berichtigt wird. Einen einzigen Knick gab es in diesem Aufwärtstrend: Zwischen 1980 und 1985 stagnierte der Umsatz. Prompt kam die Reaktion: Die Titelproduktion wurde gedrosselt, während die Umsätze besonders stark anstiegen. Zwischen 1975 und 1980 war die jährliche Titelzahl von 43 649 auf 67 176 angeschwollen; bis 1985 wurde sie auf 57 623 zurückgenommen – und erst 1993 wurde die Zahl von 1980 langsam wieder erreicht. Offenbar hatte der Buchmarkt mit den Wachstumsambitionen mancher Verlage nicht Schritt gehalten und diese alsbald unsanft korrigiert; in der nächsten Expansionsphase verfuhren sie dann vorsichtiger.

Diese Umsatzzuwächse aber waren besonders hoch (um die 10 Prozent) gerade in den Jahren, als sich das Fernsehen ausbreitete: noch ein Grund, im Fernsehen nicht das Konkurrenzmedium zu sehen. Auch ohne Fernsehen hätten die Leute ihr Mehr an Freizeit wahrscheinlich nicht aufs Bücherlesen verwendet. Hingegen korreliert das Lesequantum sehr stark mit dem Bildungsniveau, und das ist stetig gestiegen. Zum Beispiel studierten 1950 gerade 0,24 Prozent der westdeutschen Bevölkerung, 1975 waren es 1,2 Prozent, 1990 2,6 Prozent – in vierzig Nachkriegsjahren eine Verzehnfachung des Studentenanteils.

Angesichts dieser Zahlen bleibt dem Buchpessimisten nur ein Argument. Er könnte – zwar ins Blaue hinein, aber darum auch fast unwiderleglich – behaupten, die Leute hätten zwar immer mehr Bücher gekauft (und in den Bibliotheken ausgeliehen), diese aber nicht unbedingt auch gelesen. Ganz abwegig wäre solcher Verdacht nicht einmal. Das Buch hat ja das gleiche Schicksal wie die Armbanduhr durchgemacht. Einst – in jener guten alten Zeit – war es ein dauerhafter Wertgegenstand, der im Bücherschrank hinter Glas aufbewahrt und von Generation auf Generation vererbt wurde. Heute ist es ein Gebrauchsgegenstand, der meist nicht lange hält: ex und hopp. (Und das Antiquariat bedankt sich, wenn jemand es schnöde für einen Entsorgungsbetrieb hält – es tätigt seine Ankäufe nur noch sehr wählerisch, eine Kiste mit irgendwelchen alten Büchern wird man kaum noch los, selbst wenn man kein Geld dafür will.)

Aber daß das kurzlebigere Buch auch das ungelesenere ist, ist natürlich keineswegs gesagt. Man könnte es, obzwar ebenso spekulativ, genau umgekehrt sehen: Die Ungelesenen waren jene wertvollen Klassikerbände, die ein Leben lang im Bücherschrank einstaubten. Warum sollte sich heute jemand ein Buch kaufen, wenn er es nicht auch lesen wollte? Jedenfalls dürfte es kein leichtes sein, die ständig und erheblich gestiegenen Titel- und Umsatzzahlen mit der These vom Rückgang des Buches und des Lesens überhaupt zu vereinbaren.

Vorschnelle Schlüsse zieht man besser nicht, und vorschnell tröstliche Schlüsse sind besonders fatal. Aber wenn man die beiden deutschen Zahlenstränge zusammen nimmt, die zur Mediennutzung wie die aus dem Buchhandel, so bleibt der buchpessimistischen These nicht viel Luft. Nein, man kann nicht sagen, daß immer weniger gelesen würde, besonders weniger Bücher. Mit «dem Buch» scheint es einstweilen doch noch nicht zu Ende zu gehen. Und wenn die fürs Fernsehen reservierte Zeit grosso modo gleich geblieben ist, scheint das Fernsehen überhaupt nicht der Hauptkonkurrent um die freie Zeit zu sein. Vom Mehr an Freizeit hat unter den Medien in Deutschland vielmehr vor allem der Hörfunk profitiert, und das wahrscheinlich vor allem darum, weil soviel freie Zeit heute wohl oder übel im Auto verbracht wird.

Durchschnittszahlen verbergen manchmal das Wesentliche. Gibt die Medienforschung auch Auskunft darüber, wer da mehr oder weniger liest und was er mehr oder weniger liest? Allerdings, sie tut es, und die grauen Pauschalbefunde kommen zu etwas mehr Farbe.

Nirgends ist es so, daß junge Leute – die vermeintliche Fernsehjugend – weniger lesen. In allen Ländern nimmt die Leserate vielmehr mit zunehmendem Alter ab (mit einer einzigen, seltsamen Ausnahme: Großbritannien). Zum Beispiel Deutschland im Jahre 1990: da widmeten die 14- bis 19-jährigen den Druckmedien an jedem Werktag 57 Minuten, dem Fernsehen 132. Die entsprechenden Zahlen für die 20- bis 29-jährigen lauteten: 61 und 113 (mehr Lesen, weniger Fernsehen also). Für die 50- bis 59-jährigen: 55 und 135 (weniger Lesen, mehr TV). Besonders stark fällt diese altersbedingte Abnahme beim Buch ins Gewicht. 52 Prozent aller 14- bis 19-jährigen bekannten sich als regelmäßige Bücherleser («mehrmals die Woche»), unter den 40- bis 49-jährigen waren es nur noch 30 Prozent und bei den über 70-jährigen gar nur 21. Womit ein anderes liebes Vorurteil schlichtweg platzt: Bücherlesen ist entschieden nicht eine Sache der Generationen, die noch ohne Fernsehen groß geworden sind. Das Bild von den lesenden Seniorbürgern, die nun endlich die immer ersehnte freie Zeit haben und sie nach alter Art der Lektüre widmen, ist leider völlig falsch. Am meisten liest nach wie vor die Jugend.

Überall zeigte sich auch, daß die modernen Industriegesellschaften in puncto Lesen ungefähr gedrittelt sind: Einem Drittel der Bevölkerung, das oft oder sogar täglich etwas liest, steht ein anderes Drittel gegenüber, das so gut wie nie liest. (Das mittlere Drittel der Lauen dehnt sich hier und da auch so weit aus, daß aus den Dritteln an den Enden Viertel werden.)

Und durchweg gilt die Regel: Vielleser sehen weniger fern, Wenigleser mehr. Aber wieder verschweigt eine solche an und für sich richtige Pauschalaussage etwas ganz Entscheidendes: daß es sich da mitnichten um ein symmetrisches Verhältnis handelt.

Besonders deutlich zeigen es ein paar Zahlen wiederum aus der deutschen Schweiz. Sie unterscheiden drei Bildungsniveaus: tief, mittel und hoch. In der Gruppe «Tief» lesen nur 11 Prozent jeden Tag, in der Gruppe «Hoch» dagegen 38 Prozent. In der Gruppe «Tief» sehen 67 Prozent täglich fern, in der Gruppe «Hoch» aber... Eben nicht. In dieser Gruppe sind es immerhin auch noch 49 Prozent. Anders gesagt (und andere Zahlen bestätigen diesen Sachverhalt noch und noch): Es gibt eine Bevölkerungsgruppe, einen Menschenschlag, der wenig liest und fast nur fernsieht. Ihm steht aber nicht eine andere Gruppe gegenüber, bei der es genau umgekehrt wäre, sondern eine, die viel liest und dazu eine Menge fernsieht und überhaupt viele Medien nutzt.

Es ist dies ein anderer Blick auf ein Phänomen, das in der Medienforschung seit über zwanzig Jahren vermerkt wurde und eine Menge meist bestätigendes Kopfzerbrechen hervorgerufen hat: das des wachsenden «information gap», der Wissenskluft in den Bevölkerungen der westlichen Welt.

Die einschlägige Theorie besagt folgendes. Das immer größere Angebot immer allgemeiner zugänglicher Massenmedien erhöht den Wissens- und Informationsstand der Bevölkerung leider ganz und gar nicht gleichmäßig. Je höher

Bildungsniveau und Sozialstatus sind, desto mehr werden zusätzlich zu den anderen auch jene Medien genutzt, ohne die sich die Informationsflut nicht verstehen läßt, die Druckmedien. Vielleser also sind durchweg besser informiert als die vorwiegend unterhaltungsorientierten Wenigleser und Nur-Fernseher. Fernsehen selbst – die Information durch Bilder – führt nicht generell dazu, daß die Leute besser Bescheid wissen. Es führt nur dort dazu, wo die Fernsehinformation durch Lektüre und damit durch eigene neugierige Gedankenarbeit vertieft wird. Aus Österreich ist zu erfahren, daß das Bücherlesen in den unteren Bildungsschichten seit 1972 weniger zunahm als unter Akademikern und Abiturienten – und daß andererseits der Fernsehkonsum nur bei den Hochgebildeten etwa gleich blieb, unter den weniger Gebildeten aber deutlich zunahm.

Die Ausgangsfrage läßt sich also zumindest mit einem resümierenden Verdacht beantworten. Es wird nicht «immer weniger gelesen», es werden auch nicht «immer weniger Bücher gelesen». Es wird, im Durchschnitt, sogar eher immer mehr gelesen. Aber nur im Durchschnitt. Ein erheblicher Teil der Bevölkerung partizipiert nicht oder nur wenig an dieser allgemeinen Literarisierung.

In Zahlen (die aus der Allensbacher Werbeträger-Analyse 1994 stammen): In den alten Bundesländern bekennen 30 Prozent der erwachsenen Bevölkerung ein großes Interesse an Büchern, 29 Prozent das Gegenteil: keines. In den neuen Bundesländern steht das Buch etwas besser da: Nur 22 Prozent haben kein Interesse, 33 Prozent aber ein großes. Mit steigendem Alter nimmt hier wie dort das Interesse ab, mit steigendem Bildungsniveau und steigendem Einkommen nimmt es zu; bei Frauen ist es durchweg größer als bei Männern. Der typische Buchleser also ist eine Leserin, vierzehn bis neunundvierzig Jahre alt, mit Abitur oder Hochschulabschluß und einem Haushaltseinkommen von über 5000

Mark (3500 in den neuen Bundesländern). Der typische Buchnichtleser ist ein Mann über fünfzig, mit Volksschulabschluß und einem Haushaltseinkommen unter 4000 Mark. Beide Gruppen sind etwa gleich stark; gleichsam als Puffer zwischen ihnen steht eine größere Gruppe der Gelegenheitsbuchleser.

Eigentlich sollten solche Befunde die Alarmsirenen heulen lassen. Sie besagen nämlich folgendes: Die kommende Informationsgesellschaft wird eine Zweiklassengesellschaft sein. Die eine Klasse sieht fern und hört Radio und liest Zeitungen und Zeitschriften und Bücher und navigiert in den Datennetzen und nutzt die neuen computergebundenen Informationsangebote. Es ist jene Klasse, die sich nicht mit dem momentanen Reiz der effektvollen Bilder begnügt, sondern Zusammenhänge zu verstehen versucht – und die die qualifizierten Jobs besetzen wird. Die andere Klasse sitzt vorm Fernseher und greift daneben höchstens zu jener Presse, die die Welt in ebenso bunten, zusammenhanglosen Häppchen darbietet wie ihr Vorzugsmedium. Qualifizierte Arbeit ist ihr verschlossen, und je stärker der allgemeine Bedarf an unqualifizierter Arbeit («in der Produktion») abnimmt, um so weniger Arbeit wird es für sie geben. Die gleichen und großen Informationschancen der Mediendemokratie führen also wahrscheinlich nicht zur gleichen Informiertheit. Sie befördern vielmehr die Ungleichheit.

Seit den achtziger Jahren sehen viele «dem Buch», «dem Lesen», der auf der Schriftlichkeit beruhenden abendländischen Kultur einen neuen Feind heranwachsen: den Computer. Es ist fast schon zum Gemeinplatz geworden. Das «uralte Speichermonopol von Schrift», liest man etwa bei dem Literaturwissenschaftler Friedrich Kittler, werde heute «in eine Allmacht von Schaltkreisen» überführt: «Computer schreiben selber, ohne Sekretärin, einfach mit dem Kontrollbefehl write... Sätze [wurden] ebenso grenzenlos manipulierbar wie Zahlen. Ende von Literatur, die ja aus Sätzen gemacht ist.»

Sein amerikanischer Kollege Barry Sanders gibt das gleiche zu verstehen: «Gott ist tot. Der Autor hat das Zeitliche gesegnet. Die geschriebene Seite wird dekonstruiert. Textverarbeitungssysteme machen jedermann zu einem Ghostwriter, einem ‹Geisterschreiber›, und damit hat die Technik wie ein Vampir aus Verdrahtung und Schaltelementen dem Leben das innerste Wesen ausgesaugt. Sehen Sie sich um. Junge Leute streifen durch die Straßen wie in Trauer. Sie sind ganz in Schwarz gekleidet...» Und selbst der Präsident der Deutschen Forschungsgemeinschaft, der Germanist Wolfgang Frühwald, sieht eine «elektronische Sintflut» hereinbrechen: «Nicht *die* Welt geht unter, wohl aber *eine* Welt, die... Welt des Gutenberg-Zeitalters.»

Es sind alles dies weniger Prognosen als lyrisch-apokalyptische Szenarien, in deren Ausmalung sich Grauen und Faszination ununterscheidbar mischen, nicht dazu bestimmt, irgendeine Zukunft vorherzusagen, sondern dem Leser (der insofern noch vorausgesetzt wird) angenehme Schauer über den Rücken zu jagen. In der weiten, pauschalen Form – der Computer werde demnächst der Schriftkultur ein Ende machen – sind sie mit Sicherheit falsch. Man muß differenzieren, um sich an ihren möglicherweisen richtigen Kern heranzutasten.

Es ist wahr, «der Computer» entwickelt sich zu einer Art Universalmaschine, mit deren Unterstützung man vieles kann: rechnen, schreiben, Zeitung lesen, Faxe versenden, Buch führen, Bilder betrachten, fernsehen, Musik hören, Geld überweisen, Flüge buchen, Schach und Scrabble spielen, flippern, einkaufen, selbst als Eieruhr läßt er sich verwenden. Einige dieser «multimedialen» Verrichtungen beruhen auf Schrift, andere nicht. Unter den schriftlosen, rein visuellen Applikationen gibt es manche, die neu und ohne Computer unmöglich sind: Fraktale lassen sich ohne Computer nicht erzeugen. Der Kauf eines Wintermantels war indessen auch vor der Ära des Computers kein besonders alphabetisches Unterfangen (‹Alphabetismus› im Sinne von ‹literacy›: ‹Belesenheit›, ‹literarische Bildung› – es ist eins jener englischen Abstrakta, für die leider eine deutsche Entsprechung fehlt). Daß manches davon heute per Computer geschieht und künftig wahrscheinlich mehr, entalphabetisiert die Welt also mitnichten. Die typische Computertätigkeit jedoch ist das alles keineswegs. Auch im «Multimediazeitalter» wird sie vielmehr auf nichts anderem als Lesen und Schreiben beruhen, nur nicht mit Papier und Stift, sondern mit Bildschirm und Tastatur. Insofern ist der Computer nicht der Feind der Schriftlichkeit, im Gegenteil, er setzt schriftlich versierte Benutzer voraus und übt sie weiter im Medium der Schrift. Die mit dem Computer verbrachte Zeit wird in der Regel nicht der Schriftlichkeit entzogen, sondern kommt ihr zum größeren Teil zugute, und die weltweite Vernetzung der Computer ändert daran nichts. Die «Daten», die da durch die Prozessoren und Leitungen schießen, sind zum allergrößten Teil kodierte Sprache, und die schwarzgekleideten Jugendlichen, die Sanders beobachtet zu haben behauptet, müssen wohl aus anderen Gründen Trauer angelegt haben. Das soziale Problem ist nämlich genau das umgekehrte: nicht daß der Computer die Menschen ihrer Sprachlichkeit, insbesondere der Schrift entfremdet, sondern daß eine unterentwickelte Sprachlichkeit vom Gebrauch des Computers ausschließt. Wer annimmt, im Multimediazeitalter werde Lektüre und überhaupt Sprache keine besondere Rolle mehr spielen, und folglich brauchten die Jugendlichen heute auch keine großen Lernanstrengungen mehr zu unternehmen, sich in diesen Gefilden zu bewähren, wäre einer völlig falschen Prognose aufgesessen, aber einer wirkungsvollen. Für die Kinder von heute, die zur Vernachlässigung der Sprachlichkeit angehalten werden, wird diese später in der Tat keine große Rolle mehr spielen – und genau darum werden sie die Verlierer von morgen sein. Die Prophezeiung wird die Zweiklassengesellschaft befördern, indem sie einige einlädt, vor den kommenden Anforderungen von vornherein zu kapitulieren.

In einem engeren Sinn enthält das Szenario vom Ende des Gutenberg-Zeitalters jedoch einen Verdacht, der zumindest eine brauchbare Hypothese abgibt. «Das richtige, gar das stilistisch schöne Schreiben wird dabei [in den «Beziehungsgeflechten der Datennetze»] unwillkürlich eine Kunst von gestern, weil es nicht auf Stil und Lektüre, sondern auf rasche Information ankommt» (Wolfgang Frühwald). Unverkennbar in der Tat: am Bildschirm wird fast nie in einem traditionellen Sinn gelesen. Am Bildschirm informiert man sich. Auf die Sprachgestalt achtet man dabei kaum. Auf das Was kommt es an, die rasche Extraktion der gesuchten Information – wie etwas gesagt ist, wird dabei unwichtig, die ästhetische Dimension von Sprache geht verloren. Und so mag der Computer langfristig zwar die Schriftlichkeit der Gesellschaft unterstreichen und befördern, aber es könnte eine andere Art von Schriftlichkeit sein, in der die «schöne Sprache» verkümmert und auch als Ziel überhaupt nicht mehr begriffen wird.

Bisher hieß es immer: «das Buch». «Dem Buch» wurde attestiert, daß seine Zeit durchaus noch nicht abgelaufen ist und vorläufig auch nicht abzulaufen scheint. Manche denken, wenn sie vom «Buch» sprechen hören, vor allem an die Literatur: an Romane, Erzählungen, Gedichte, Essayistik. Für sie sieht das Bild weniger rosig aus.

Wenn Teens und Twens (besonders weibliche) zu den stärksten Bücherlesern gehören, so nämlich nicht nur, weil sie noch jung und neugierig sind. Die Bücher, mit denen sie am meisten zu tun haben, sind Schul- und Lehr- und Fachbücher aller Art. Zwar lesen sie auch noch in ihrer Freizeit mehr als Ältere. Aber das Gros ihrer Lektüre gilt der Schule und dem Beruf. Mit dem Berufseintritt findet diese Lesewut ein ziemlich jähes Ende.

Das aber heißt, daß die stetigen Zuwächse, die «das Buch»

seit Anfang der fünfziger Jahre zu verzeichnen hat (die Titelzahl, der Umsatz), vor allem aufs Konto der Schul- und Fachbücher gehen. Der Anteil der Belletristik (aus statistischen Gründen enthält er auch die Sprach- und Literaturwissenschaft) ist bis in die frühen siebziger Jahre kräftig mitgestiegen. Seitdem aber bleiben weitere Zuwächse aus. Von der Literarisierung einer größeren Bevölkerungsschicht kann man möglicherweise sprechen – von einer Belletrisierung nicht, und der Computer gibt dieser Entwicklung weiteren Auftrieb.

Immerhin, bei den absoluten Titelzahlen verzeichnet sogar die Belletristik einen deutlichen Anstieg – von 2810 Titeln (1951) bis 10051 (1975) und weiter bis 13015 (1994) ging es fast immer nur bergauf. Leicht rückläufig aber ist der Anteil der Belletristik an den Büchern insgesamt. Er stieg langfristig nur in der Spanne von 1951 bis 1964 (und zwar von 19,9 auf 24,8 Prozent): die belletristische Ära der Bundesrepublik, vermutlich nicht zufällig die Zeit, in der eine neue deutsche Literatur auf den Plan trat und auch aus dem Ausland noch vieles zu importieren war, was Nazizeit, Krieg und Nachkrieg ferngehalten hatten. Seitdem ist er leicht, aber stetig gesunken, auf 18,4 Prozent im Jahre 1994. Kein Drama – aber doch ein Zeichen der Zeit.

Etwas aber ist seit jenen frühen Nachkriegsjahren dramatisch anders geworden, und sonderbarerweise wurde es in seiner Tragweite noch gar nicht recht zur Kenntnis genommen. Die gute alte Lesezeit ist wirklich unwiederbringlich dahin. Eigentlich war sie es schon im ausgehenden neunzehnten Jahrhundert, aber bis in die fünfziger Jahre konnte sich noch eine Art Schein ihrer selbst erhalten. Nicht daß jeder Gebildete alles gelesen hatte, was es zu lesen gab – aber jeder konnte immerhin noch wissen, was er eigentlich hätte gelesen haben sollen.

Es gab so etwas wie einen ständig sich ergänzenden Kanon, und der ließ sich, wenn auch mit wachsender Mühe, bewältigen. Die gebildete Öffentlichkeit hatte, tendenziell, einen gemeinsamen Fundus.

Heute dagegen muß auch der besessenste Leser von vornherein kapitulieren. Nicht nur angesichts der nackten Titelzahl, die ihm nur noch ein resigniertes Achselzucken abgewinnen kann. Der Raum, aus dem Literatur heute fordernd auf ihn einstürmt, hat sich über jede Rezeptionskapazität hinaus erweitert. Potentiell ist heute fast alles verfügbar, was andere Zeiten und andere Kulturen je an Literatur hervorgebracht haben. Alles will, alles könnte gelesen werden, und immer winziger wird der Ausschnitt dessen, was einer dann tatsächlich liest. Jeder hat seine eigene Bibliothek im Kopf. Die Überschneidungen mit den Bibliotheken der anderen werden immer geringer. Wer seine Lektüre erwähnt, kann immer weniger darauf zählen, daß andere dasselbe gelesen haben.

Es ist vor allem ein Orientierungsproblem. Was der einzelne liest, wird nicht nur relativ zur Menge des Lesbaren immer weniger – es wird auch immer zufälliger. Immer irrationalere Macht kommt allem zu, was seine Entscheidungen zu lenken sucht: hier die Werbekampagne eines Verlags, dort ein nachrichtenwirksamer Autorenlebenslauf oder auch nur ein paar lobende Worte in einer Talkshow.

Es war in dieser Hinsicht wirklich noch eine gute Zeit: als ein epochales Werk der Literatur vielleicht für eine Weile verkannt wurde, aber sicher sein konnte, über kurz oder lang in sein Recht eingesetzt zu werden. Schon heute, aber morgen erst recht muß man es jedoch für möglich halten, daß selbst ein Shakespeare daherkommen könnte, und wenn das Literarische Quartett ihn zufällig übersähe oder gerade schlechte Laune hätte, ginge er auf alle Zeiten unbekannt und ungelesen davon.

Papier und Elektrizität
Über die Bibliothek der Zukunft

Wie sieht die Bibliothek der Zukunft aus? Gibt es in dieser Zukunft überhaupt noch Bibliotheken? Um ihre eigenen Vorstellungen in diesem Punkt zu klären, rief die Berliner Humboldt-Universität im Herbst 1995 Experten aus dem ganzen Land zu Vorträgen und Diskussion zusammen.

Für die Humboldt-Universität ist es eine dringende Frage. Wenn Sparmaßnahmen es nicht im letzten Augenblick noch verhindern, ziehen zwischen 1997 und 2003 ihre naturwissenschaftlichen Fachbereiche aus ihren verstreuten, beengten und verschlissenen Quartieren in der Stadtmitte um, in einen vom Grundstein auf neu zu bauenden Campus draußen auf dem brachen Gelände eines ehemaligen Flughafens im Stadtteil Adlershof. In einer Zeit rasanter Veränderungen, deren Ziel alles andere als klar ist, muß die Universität also unter anderem in allen Einzelheiten planen, wie in den Jahren 2003 ff. eine wissenschaftliche Bibliothek (oder was immer aus dieser bis dahin geworden sein wird) auszusehen hat. Und wie auch immer sie dann aussieht, diese hier muß noch etwas Zusätzliches leisten: die dann räumlich auseinandergerissene Universität verklammern und dazu die Teiluniversität mit den in Adlershof ebenfalls angesiedelten nichtuniversitären Forschungsinstituten und Firmen.

Im vorliegenden Kapitel sollen die in manchem übereinstimmenden, in anderem inkongruenten Äußerungen jenes Expertengesprächs übereinander projiziert werden, um auf diese Weise ins Blickfeld zu bekommen, worüber sich die Fachleute einig zu sein scheinen, und so ein Bild der Bibliothek der Zukunft zu erhaschen.

Wird es sie jemals geben? Vielleicht schafft es die Politik in diesen Jahren, die konventionellen Bibliotheken so weit herunterzusparen, daß es im nächsten Jahrtausend überhaupt keine funktionsfähigen wissenschaftlichen Bibliotheken mehr gibt, weder die der Vergangenheit noch die der Zukunft. Das aber wäre das einzige, was die Bibliothek der Zukunft verhindern könnte. Sonst wird es sie geben, auch wenn sie dann anders aussieht als die heutige und also auch anders heißen sollte, «Informations- und Kommunikationszentrum» beispielsweise. Gesucht wird noch ein passendes Akronym, da ein «KZ» oder «ZK» im Namen keine Empfehlung wäre.

In dieser künftigen Ex-Bibliothek werden auch noch Bücher und Zeitschriften aufbewahrt und gelesen. Es muß darum Büchermagazine und Leseplätze geben, beides aber möglichst nicht getrennt. Die Bücher sollten in offenen, jedem Benutzer jederzeit zugänglichen Regalen stehen. Da das sich ständig vermehrende Papierquantum ein ständig größeres Lagerungsproblem darstellt, wird wenig benutzte Literatur gleichwohl in schwerer zugänglichen Kompaktmagazinen untergebracht werden müssen. Denn es wird sich keinesfalls nur um Altbestände handeln. Auch der papierene Teil der künftigen Ex-Bibliothek wird weiter wachsen. Allerdings wird nicht die absolute Menge, aber die Zuwachsrate Anfang des nächsten Jahrtausends möglicherweise etwas zu sinken beginnen.

Dies indessen ist keine Bedrohung für das Gemeinschaftsunternehmen Wissenschaft. Es ist das Gegenteil, eine Überlebenschance. Nämlich: seit hundert Jahren verdoppelt sich der schriftliche Output in den Naturwissenschaften alle zehn Jahre, allgemein etwa alle fünfzehn Jahre. Selbst die üppigst bemessene Bibliothek wäre dieser Masse nicht gewachsen, wenn alles auf gebundenem oder geleimtem Papier stünde. Irgendwann ließe es sich nicht mehr bezahlen und aufstellen, und dieses Irgendwann käme schneller, als man meint, denn es handelt sich um ein exponentielles Wachstum. Zudem ließe sich in diesem sich hochtürmenden Informationsmassiv nichts mehr auffinden. Die Wissenschaft würde an ihrer eigenen Produktivität ersticken.

Es trifft sich also günstig, daß im Bereich der Schriftlichkeit zur Zeit die dramatischste Umwälzung nicht seit Gutenberg, sondern seit Sumer im Gange ist: daß Text sich in einem anderen, unmateriellen Aggregatzustand aufbewahren, weitergeben und erschließen läßt, dem elektronisch-digitalen. Die Bibliothek der Zukunft wird zu einem großen und sich rasch ausweitenden Teil eine elektronische sein. Darum muß sie engstens mit einem Rechenzentrum verkoppelt werden – dessen Hauptaufgabe heute, in einer Zeit verteilter Computerleistung, im übrigen nicht mehr darin besteht, schiere Rechenkapazitäten zur Verfügung zu stellen, sondern Netze zu managen.

Die technischen Konkretisierungen der elektronischen Literatur sind einem rapiden Wandel unterworfen. Die Bibliothek der Zukunft muß sich ihm anpassen können. Darum lautet das oberste Gebot: Flexibilität, bis in die Raumaufteilung hinein! Die heutigen Planungs- und Bewilligungsverfahren tendieren zu einer Fortschreibung, einer mühsamen, bloß des Vorhandenen und bisher schon Bewährten. Sie verhindern Flexibilität.

Ein mindestens ebenso großes Problem, und zwar ein weltweites, besteht darin, daß der rechtliche Rahmen für die Verbreitung und Nutzung von elektronischem Material bestimmt werden muß. Einerseits drängt alles auf leichten, freien, allgemeinen Zugang – alles, was ihn bremste, erschiene als geradezu wissenschaftsfeindlich. Andererseits verursachen auch elektronische Leistungen Kosten, und irgend jemand muß sie tragen, sonst werden sie nicht oder jedenfalls nicht dauerhaft erbracht. Auch von den Bibliotheken kann niemand verlangen, daß sie ihre digitalen Angebote ohne zusätzliches Personal, zusätzliche Räumlichkeiten und zusätzliche Sachmittel auf die Beine stellen. Sie sollen nicht das gleiche wie bisher auf teilweise andere Art machen, sondern mehr.

Die digitale Revolution der Schriftlichkeit bringt es mit sich, daß auch Ton und Bild, das stehende wie das bewegte, auf die gleiche Weise konserviert und transportiert werden können wie reiner Text. So wird die Bibliothek der Zukunft eine multimediale sein – und auch darum keine Bibliothek im Wortsinn, kein bloßes «Bücherbehältnis». De facto ist sie es bereits längere Zeit nicht mehr; die großen Bibliotheken zählen ihren Besitz schon seit Jahrzehnten nicht mehr in Büchern, sondern in «Bestandseinheiten» oder «Medieneinheiten».

Es zeichnet sich ab, daß die wissenschaftliche Publikation künftig in zwei Phasen existieren wird: einer zwei, drei Jahre währenden vorläufigen, fluktuierenden, deren Existenzform nur elektronisch ist. Erst was sich in dieser brodelnden Phase bewiesen und gesetzt hat, wird dann in eine dauerhaftere, «referierte» und zitierfähige Phase überführt, unter anderem, aber nicht nur, auf Papier. Referiert heißt: begutachtet und gutgeheißen von Fachleuten, die die Verantwortung für ihre Urteile übernehmen. Die Bibliothek der Zukunft wird aber auch die unruhige plastische Phase davor in bestimmten Zeitschnitten «spiegeln» und archivieren müssen. So daß insgesamt drei Aufgaben auf sie warten, zwei davon neu: die Archivierung des Gedruckten, die Vermittlung in die elektronische Datenwelt, «on-line» – und die ausschnittsweise Spiegelung und Konservierung der gärenden elektronischen Information. Wie und wann und wo letztere zu geschehen hätte, ist noch ganz und gar unklar. Klar ist nur: sie wird sein müssen.

Zunächst war völlig offen, ob und in welchem Maß der Bildschirm als Lesegerät akzeptiert werde. Es hat sich rasch geklärt. In den fünfzehn Jahren der Textverarbeitung am Computer hat sich die Faustregel herausgebildet: Am Bildschirm wird nachgeschlagen, gelesen wird auf Papier. Sie leitet sich nicht aus irgendwelchen Prinzipien ab, sondern resümiert einfach, was den meisten erfahrungsgemäß am liebsten ist: Längere Texte, die genau studiert, eventuell sogar annotiert und markiert werden sollen und in denen bei der Lektüre hin und zurück geblättert werden muß, kommen den Lesern in der Papierform mehr entgegen als in der elektronischen. Die äußerste Grenze liegt bei etwa zweitausend Wörtern, sechs Druckseiten, die bei stark aufgelockerter Typographie etwa zwanzig Bildschirmfüllungen entsprechen, bei kompakter der Hälfte. Je länger etwas ist, desto weniger mag man es am Bildschirm lesen; jenseits des Limits liest man es dort höchstens unter Zwang – etwa wenn der Drucker gerade defekt oder man nicht sicher ist, ob man den betreffenden Text im Netz je wiederfindet. Die Hauptvorteile elektronischer Veröffentlichungen dagegen sind: die Geschwindigkeit (nicht so sehr die Verbindungsgeschwindigkeiten online als die Publikationsbeschleunigung durch die Umgehung von Druck und Versand) und die Möglichkeit, ungeheure Textmengen – ganze Bibliotheken – schnell und zuverlässig nach bestimmten Details zu durchsuchen. Darum werden Nachschlagewerke aller Art zunehmend auch oder nur noch in elektronischer Form angeboten werden, Monographien und wohl sogar die gründlicheren Zeitschriften (im Unterschied zu Informationsblättern) aber nach wie vor als Druckwerke. An dieser Zweiteilung dürfte sich so bald auch nichts ändern. Der Computerbildschirm würde als universales Schriftmedium wohl erst akzeptiert, wenn er so dünn, weich, faltbar, heftbar, beschreibbar wäre wie ein Folium, sich in die Tasche stecken oder mit in die Badewanne nehmen ließe – kurz, wenn er zu einer Art elektronischen Papiers würde.

Die künftige Ex-Bibliothek wird darum eine Schnittstelle zwischen den Aggregatzuständen der verschiedenen Medien sein müssen. Sie braucht also mehr als einerseits Magazine und Lesepulte, andererseits Bildschirmarbeitsplätze. Sie braucht Drucker und Scanner, um elektronische Dokumente in papierene zu verwandeln und umgekehrt. Und ihre Druckmöglichkeiten müssen hohen Qualitätsansprüchen genügen.

Gerade weil die Leser für das gründliche Studium von längeren Texten samt ihren multimedialen Zutaten auf unabsehbare Zeit das Papier dem Bildschirm vorziehen werden, wird es ihnen verstärkt auf die sozusagen sensuellen Qualitäten des gedruckten Textes ankommen; die endlosen Papierschlangen hämmernder Matrixdrucker wären keine Alternative zum Bildschirm.

Einerseits wohnt der heutigen Entwicklung ein starker Sog zur Auflösung aller Zentren inne, auch der Bibliotheken. Über die Telefondose und den Rechner auf seinem Arbeitstisch (der unter Umständen zu Hause oder in jedem Hotelzimmer stehen kann) kann sich – potentiell – jeder Wissenschaftler jederzeit mit jedem anderen Wissenschaftler der Welt und jeder Datenbank in Verbindung setzen. Ebenso könnte er seine eigenen Kommunikationen an die Allgemeinheit auf seinen eigenen Server legen, und schon wären sie weltweit verfügbar. Eigentlich bestünde für niemanden mehr eine Notwendigkeit, sich das gesuchte Informationsklümpchen aus einem bestimmten Gebäude namens UB oder IKZ abzuholen. Die ganze Welt wird zu einer riesigen virtuellen Bibliothek, und der Eingang ist überall.

Andererseits jedoch sind der Aufsplitterung praktische Grenzen gesetzt. Eben die Virtualität der großen virtuellen Bibliothek wird den Zukunftstraum nachhaltig stören: Computer und ihre Peripheriegeräte werden von Krankheiten befallen, Server müssen gewartet werden oder geben ihren Geist ganz auf, einzelne Dokumente werden auf andere Server verlegt und sind nicht mehr ohne weiteres auffindbar, Netzadressen ändern sich, in den Leitungsnetzen kommt es schon jetzt zu unzumutbaren Staus – das ganze Netz ist in unablässiger Bewegung, und man kann nie sicher sein, am Abend wiederzufinden, was man noch am Morgen, leider unvollständig, in Augenschein genommen hatte. Zu einem Teil ist das Virtuelle also immer auch das Unerreichbare und wird es bleiben. Darum werden Orte gebraucht, wo wenigstens ein Grundbestand an häufig benutzter Literatur in Buchform vorhanden ist. Es wäre nämlich viel zu umständlich und einfach auch viel zu teuer, sie jedesmal aus den Netzen von sonstwo herbeizuschaffen und eigens in die Papierform zu überführen.

Dem Sog zur Dezentralisierung wirken noch drei weitere Umstände entgegen. Erstens: Das Digitale ist seiner Natur nach veränderlich und flüchtig; es werden Orte nötig sein, wo es archiviert und systematisch erschlossen und konserviert wird. Zweitens: Die Konvertierung der verschiedenen Aggregatzustände ineinander setzt einen jeweils aktuellen Maschinenpark voraus, den sich nicht jeder Einzelne in voller Vielfalt anschaffen kann, Studenten schon gar nicht. Drittens: Das Navigieren im immer unüberschaubareren Informationsozean schließlich verlangt ein Expertenwissen, das unmöglich jeder Einzelne für sich erwerben kann und das irgendwo gebündelt werden muß.

Es wird also auch in Zukunft so etwas wie wissenschaftliche Bibliotheken geben, und sie werden die Gestalt von Gebäuden auf dem Campus haben. In diesen Gebäuden werden auch in Zukunft Bücher und Zeitschriften gesammelt und gelesen. Zusätzlich aber sind diese Zentren Schnittstellen zu der universalen virtuellen Bibliothek und damit im Innern etwas ganz anderes als die traditionelle Universitätsbibliothek. Wenn diese die Umstellung nicht schafft, macht sie sich überflüssig. Dann fließen die Informationsströme eines baldigen Tages an ihr vorbei.

Der Beruf des Bibliothekars wird sich zum Bibliothekar-Informatiker-Dokumentaristen hin verändern und dann auf neue Weise differenzieren müssen. Die Benutzer werden ebenfalls anders sein müssen, und manch einer auch unter den Wissenschaftlern wird es mit Sorge sehen und der traditionellen Bibliothek nachtrauern. Und nichts wird ihn zwingen, die Bibliothek der Zukunft in Anspruch zu nehmen – nur die Tatsache, daß er sich selber aus dem Prozeß der Wissenschaft ausschließt, wenn er sich nicht auf sie einstellt.

Grammätik
Über Fehler und wie man sie
garantiert nicht vermeidet

Das Computerwesen mag sich durch manches auszeichnen – ein geschärfter Sinn für Sprache und linguistische Probleme ist nicht darunter. Leider schlägt sich diese sprachliche Fehlsichtigkeit nicht nur im krampfigen Deutsch vieler seiner eigenen Verlautbarungen nieder, Handbüchern zum Beispiel; schwerer wiegt, daß der Computer selber, der schließlich für immer mehr Menschen zum Hauptwerkzeug fürs Schreiben und Redigieren und Veröffentlichen wird, zwar mancherlei linguistische Hilfe verheißt, daß aber meist verraten und verkauft ist, wer sich naiverweise auf sie verläßt.

Die linguistischen Fähigkeiten selbst der so überaus funktionsreichen Textverarbeitungen sind eher ärmlich, werden es notwendigerweise auch noch sehr lange bleiben. Das hält manche Softwarehäuser nicht von bombastischen Versprechungen ab. Glauben sie selber daran? Es ist zu befürchten. Sie scheinen die Sprache nämlich chronisch zu unterschätzen und zu verkennen. Ahnungslos, welch ein überaus komplexes und empfindliches Gespinst eine natürliche Sprache darstellt, rücken Programmierer ihr mit ein paar Hauruck-Algorithmen zuleibe – und da sie auch selber der Sprache eigentümlich hilflos gegenüberstehen, sind sie außerstande, sich über die Ergebnisse ihrer Mühen gebührend zu wundern.

Ein Beispiel sind die Trennprogramme. Wörter richtig trennen: das ist eine der wenigen linguistischen Aufgaben, denen der Computer durchaus einigermaßen gewachsen wäre. Wenn aber selbst professionelle Redaktionssysteme in dieser Hinsicht weit hinter den besseren Textverarbeitungen für den Privatgebrauch zurückbleiben, läßt das nur einen Schluß zu: Die betreffenden Firmen nehmen das Problem nicht ernst, sie nehmen es vielleicht gar nicht wahr. Damit eine Software die Wörter richtig trennt, genügt es nämlich nicht, ein Programm zu schreiben, welches die Trennregeln exekutiert. Die paar Regeln, die die Worttrennung in einer Sprache wie Deutsch regieren, wären schnell in einen Algorithmus verwandelt. Er trägt nur nicht sehr weit, denn groß ist die Zahl der Fälle, in denen er nicht oder falsch griffe. Von ihnen müßten möglichst viele einzeln erfaßt und in Ausnahmelisten aufgenommen werden, die das Programm dann bei jeder Trennung zuerst abfragt, ehe der Algorithmus sein Werk tut. Es ist keine unmögliche, aber eine mühsame Kleinarbeit, die die Auswertung großer, verschiedenartiger Textmengen voraussetzt. Trennprogramme sind darum nie fertig. Auch wenn die Softwarehäuser die häufigsten Ausnahmen aufgenommen haben: seine Benutzer müßten die Ausnahmelisten für ihre eigenen Zwecke ständig selber ergänzen. Der Tag, an dem sie das Trennen ganz dem Computer überlassen können, ist fern. Trennprogramme brauchten also eigentlich unausgesetzte «Pflege», und da niemand die auf sich nehmen will, sind Trennfehler in Zeitungen, Zeitschriften und Büchern immer noch das offensichtlichste Anzeichen dafür, daß hier der Computer gewaltet hat. Die Arten von Trennfehlern zeigen an, daß bisweilen selbst die häufigsten Ausnahmen (*Par-odie*) nicht verzeichnet oder sogar die Algorithmen zu dürftig sind (*Gartenza-un*).

Schon bei den Rechtschreibkontrollen beginnt dann aber die reine Hochstapelei. Einen begrenzten Nutzeffekt können sie haben, solange dem Anwender klar ist, was er da vor sich hat: eine Wörterliste, mit der jedes Wort, das er selber geschrieben hat, verglichen wird. Der Spellchecker meldet nie etwas anderes als «steht nicht in meiner Liste». Das kann dann immer zweierlei bedeuten: Das Wort wurde tatsächlich falsch geschrieben, entweder im geprüften Text oder in der

Liste (auch das kommt vor – in einer habe ich einmal das *Horroskop* entdeckt), oder es wurde ganz richtig geschrieben, fehlt aber in der Liste. Da keine der existierenden Listen auch nur annähernd umfangreich genug ist, um die zweite Möglichkeit hinreichend unwahrscheinlich zu machen, gibt jeder Spellchecker dauernd falschen Alarm – einige öfter als richtigen. Zwei Eigenheiten des Deutschen erforderten Listen, die um ein Vielfaches umfangreicher wären als die fürs Englische: die vielen Flexionsformen und die vielen, zum Teil ad hoc gebildeten Wortzusammensetzungen, die kein Wörterbuchautor je vorhersehen kann und die oft so schnell wieder zerfallen, wie sie gebildet wurden. Dazu kommt, daß deutsche Wörter im Durchschnitt wesentlich länger sind als englische. Alles zusammen macht, daß deutsche Spellchecker sehr viel längere Wörterlisten benötigen als englische. Große Wörterlisten wiederum brauchen viel Speicherplatz. Was viel Speicherplatz braucht, kann nur zum Teil oder gar nicht in den Arbeitsspeicher geladen werden. Wenn aber für jedes Wort, das vom Spellchecker geprüft werden soll, ein Festplattenzugriff nötig ist, sinkt die Arbeitsgeschwindigkeit. Darum sind deutsche Spellchecker in der Regel einfach schlechter als englische: langsamer und sehr viel öfter im Unrecht. Das Problem läßt sich leider auch nicht umgehen, indem dem Computer anheimgegeben wird, selber Wörter nach bestimmten Regeln zu bilden, so daß sie nicht einzeln aufgelistet werden müßten. Nur Flexionsformen sind so regelmäßig, daß ein gutes Programm ihnen gewachsen wäre. Behandelt es aber alle ihm anvertrauten Lexeme als komponierbare Elemente, so läßt es prompt Fälle wie *Standart* unbeanstandet: das ja eine Zusammensetzung aus *Stand* und *Art* sein könnte.

Textverarbeitungen wie Microsofts ‹Word› lassen ihre mäßigen, aber auch mäßig nützlichen Rechtschreibprüfprogramme «Korrekturvorschläge» machen. Wo sie auf eine Zeichenfolge stoßen, die ihnen unbekannt (nämlich in ihren Listen nicht verzeichnet) ist, offerieren sie dem arglosen User eine Auswahl alternativer Wörter, die mit dem unerkannten ein paar Buchstaben gemein haben. Es ist linguistischer Unfug schon vom Ansatz her. Die Wahrscheinlichkeit nämlich, daß ein Wort aus dem schmalen Fundus einer solchen Liste das eigentlich gemeinte, nur versehentlich falsch geschriebene ist, daß also *Prasser* oder *Pariser* schreiben wollte, wer *Parser* getippt hat, ist von vornherein nahe null, und Hermann Kant macht sich mit Grund ein ganzes Buch lang über die absurden Alternativen lustig, die ihm sein ‹Word› unverdrossen anträgt: «...man tut wohl gut daran, von diesem Spellchecker das Wort *Spellchecker* nicht durchleuchten zu lassen; dreist, wie wir ihn kennen, könnte er dessen Ersetzung durch *Speichellecker* empfehlen. (So wie er... aus *Cursor Kurswert* machen wollte.)»

Die Version 7 von ‹Word›, das zu einer Art Standard der Textverarbeitung geworden ist, hat etwa vierhundert solcher vertippten Wörter in eine Funktion namens ‹AutoKorrektur› eingebaut. (‹WordPerfect› hat etwas ganz Ähnliches; dort heißt es ‹Blitzkorrektur›.) Wann immer man sie auf die von den Programmierern vorhergesehene Weise falsch schreibt, korrigiert ‹Word› sie augenblicks und vollautomatisch. Wer ungewarnt mit ‹Word› etwa *DNA* schreiben möchte, traute seinen Augen nicht. Wieso steht *Dann* da – hat er nicht *DNA* geschrieben? Er wiederholt die Eingabe. Wieder liest er *Dann*. Er beginnt an einen Spuk zu glauben und schreibt es ganz langsam noch einmal: *DNA*. Obwohl er diesmal ganz sicher ist, *DNA* geschrieben zu haben, steht *Dann* auf dem Bildschirm. *DNA* läßt sich mit ‹Word› überhaupt nicht schreiben, es sei denn, man stellte die ‹AutoKorrektur› ganz ab oder löschte alle ihre aufdringlichen Verbesserungsvorschläge einzeln. Nicht daß sie als solche unnütz wäre. Mit ihrer Hilfe lassen sich Sonderzeichen praktisch per Kürzel abrufen; man braucht etwa nur (c) zu schreiben, und schon steht das Symbol © an Ort und Stelle. Aber die bloße Idee einer automatischen Tippfehlerkorrektur beim Schreiben verrät wieder einmal jene optimistische Naivität in linguistischen Dingen, die nur zuschanden werden kann. Daß ausgerechnet das Wort *Nichte* unter all den Wörtern vorkommt, die einer jemals schreibt, hat keine besonders große Wahrscheinlichkeit für sich; im stark frequentierten deutschen Grundwortschatz muß es nicht stehen, auch nicht das Wort *Synonym*. Und sollten solche Wörter dann doch einmal vorkommen, so gäbe es Dutzende von Arten, sie falsch zu schreiben. Daß ausgerechnet die in der Liste enthaltene Schreibung *Nihcte* diejenige ist welche, verringert die Wahrscheinlichkeit noch einmal um einige Größenordnungen. Wer dazu gezwungen ist, das ihm völlig unbekannte Wort *Synonym* zu tippen, wird es auch nicht ausgerechnet *Sünonüm* schreiben. Die allermeisten Falschschreibungen, auf die diese ‹AutoKorrektur› eingerichtet ist, werden also nie gebraucht; und 99,99 Prozent der wirklich falsch geschriebenen Wörter würde die Funktion nie bemerken – eine seltsame Fehlkalkulation bei Computerlinguisten, die doch eigentlich auch Mathematiker sein sollten.

Der Gipfel linguistischer Großsprecherei ist indessen ein von der amerikanischen Firma Reference Software entwickeltes Programm namens ‹Grammatik›, das in seiner Windows-Version 6 und einer deutschen Bearbeitung als Zugabe zu ‹WordPerfect› unter die Leute gebracht wird. Daß ihm ein deutsches Wort als Titel dient, soll den amerikanischen Benutzern wahrscheinlich Zuverlässigkeit und gelehrte Pedanterie suggerieren. Der Eindruck trügt, und zwar gewaltig. Schon die englische Fassung, die es angesichts der flexionsarmen englischen Sprache leichter hatte, bemerkte die meisten wirklichen Fehler nicht, nervte ihre wagemutigen Benutzer aber durch ständige schematische Warnungen vor zu langen Sätzen und allen Passivkonstruktionen. Sätze wie *Sie wurde dann und dann geboren...* paßten ihr grundsätzlich nicht; sie wollte alles aktivisch (*Ihre Mutter gebar sie...*).

Die deutsche nun... ‹WordPerfect› verspricht, sie könne

«ganze Sätze für Sie umschreiben, wenn in ihnen Grammatikfehler entdeckt wurden». Daran sollte man sie unbedingt hindern. Aber stellen wir uns erst einmal dumm. Nehmen wir sie beim Wort, das da lautet, sie vermöge Rechtschreib-, Interpunktions- und Grammatikfehler sowie stilistische Mängel zu erkennen und einem Vorschläge für ihre Verbesserung zu machen. Vielleicht ist ja ein Wunder geschehen.

Wie fehlerhaft aber ist eigentlich das geschriebene und in die Öffentlichkeit entlassene Deutsch? Strotzt es von Fehlern? Sind sie eher selten? Und welche Arten von Fehlern kommen in der Praxis tatsächlich vor?

Noch ehe ein Programm wie ‹Grammatik› in Angriff genommen wird, in dem trotz seiner ärmlichen Leistungen eine Menge Programmierarbeit steckt, sollte eine Fehleranalyse stattfinden. Die tatsächlich vorkommenden Fehler sind ja nicht unbedingt die gleichen, die ein Computerprogramm ausfindig machen kann. Der Programmierer kann es mit relativ geringem Aufwand dazu bringen, bestimmte Arten von Fehlern zu erkennen; bei anderen könnte der Aufwand noch so groß sein, der Computer erkennte sie nie. Leicht also kann die ganze Anstrengung an den wirklichen Bedürfnissen vorbeigehen. Dann erkennt das Programm brav Fehler, die nur den Nachteil haben, daß sie in der Praxis kaum gemacht werden, während es die tatsächlich vorkommenden außer acht läßt.

Ich habe ein paar Wochen lang alle falschen Sätze notiert, die mir in Zeitungen, Magazinen, Prospekten, Gebrauchsanweisungen, Rundfunk- und Fernsehsendungen begegnet sind. Es waren also nicht Fehler, die nach den Vorstellungen eines hoffnungsvollen Softwarehauses gemacht werden könnten, sondern solche, die tatsächlich gemacht wurden, und zwar nicht in improvisierter mündlicher Rede, die läßlicher beurteilt sein will, sondern in veröffentlichter Sprache. Diese Sätze habe ich skelettiert, allen Beiwerks entkleidet, um dem Programm zu ersparen, sich im Dickicht unübersichtlicher Satzkonstruktionen zu verirren, und schließlich ‹Grammatik› zur Prüfung vorgelegt.

Die erste Beobachtung beim Sammeln war, daß in der geschriebenen Sprache grammatisch eindeutig falsche Sätze selten sind, so selten, daß sich der Aufwand einer automatischen Auffindung wahrscheinlich von vornherein nicht lohnt. Sätze, die sich in irgendeiner Hinsicht besser formulieren ließen, gibt es zuhauf, aber wirklich und unstrittig falsche sind eine Rarität. In vielen Publikationen gibt es so gut wie keine derben Fehler dieser Art; in einigen dagegen häufen sie sich. Es sind jene, in denen der Autor Sprachschwierigkeiten hatte oder geistesabwesend zu Werke ging und kein Lektor oder Redakteur da war, ihm über seine Schwächen hinwegzuhelfen. Die meisten Schreibenden also brauchen gar kein Hilfsmittel. Und das Sprachgefühl der wenigen, die es nötig hätten, ist dermaßen defekt, daß sie nicht mit ihm umzugehen wüßten – sie wären gar nicht imstande, unter den vielen unberechtigten die paar berechtigten Beanstandungen zu entdecken.

Am Ende der Suche waren etwa zweihundert falsche Sätze zusammengekommen. Ich strich jene, die einem Programm wie ‹Grammatik› von vornherein zu hoch gewesen wären, Sätze wie *Drei Bankkunden wurden als Geiseln festgenommen – Es gab nur wenige Unfälle, die glimpflich verliefen – Da wird ihnen harter Tobak um die Ohren geschlagen.* Auch sie zwar sind eindeutig schadhaft, und ihre Schadhaftigkeit ist nicht bloße Ansichtssache, aber mit linguistischen Mitteln allein ließe sie sich nur schwer dingfest machen. Am Ende blieben, nur um der runden Zahl willen, genau hundert falsche Sätze übrig (sie stehen auf Seite 267 bis 270). Sie erlauben die Frage, welche Arten von Fehlern eigentlich gemacht werden. Welche?

Etwa zwanzig Prozent dieser Fehler sind mit ziemlicher Sicherheit bloße Flüchtigkeitsfehler: Die Schreiber hätten es besser gewußt, haben aber aus irgendeinem Grund nicht aufgepaßt. Weitere zwanzig Prozent könnten ebenfalls Flüchtigkeitsfehler sein – es ist nicht zu entscheiden. Nur etwa sechzig Prozent der Fehler gehen auf Unsicherheit oder die schiere sprachliche Ignoranz zurück.

Die häufigste Fehlerklasse sind Präpositionsfehler. Es überrascht nicht. Präpositionen fällt der Ausdruck vieler sprachlicher Feinheiten zu. In allen Sprachen, die sich ihrer reichlich bedienen, sind sie ein heikles Thema. Unter den großen Wortklassen sind sie jene, die Kinder am spätesten lernen, nach Substantiven, Verben und Adjektiven, und es dauert Jahre, bis das Kind das gesamte Präpositionensystem beherrscht. Beim Lernen einer Fremdsprache sind Präpositionenfehler besonders häufig, und die Verwendung der Präpositionen ist ein gutes Indiz für die Beherrschung einer Fremdsprache überhaupt. Ihr Gebrauch ist zwar genau festgelegt, aber die Logik dieser Zuweisungen ist oft nicht einsichtig. Präpositionen stellen also offenbar eine Zone besonderer Unsicherheit dar. Falsch gebraucht wird vor allem die Präposition *über*: *Er vergewissert sich über die Chancen – Die Parteien verhandeln um einen neuen Vertrag*. Nun haftet der Verwendung bestimmter Präpositionen in festen Fügungen immer etwas Willkürliches an. Daß es *bestehen aus* heißt und nicht *bestehen in*, wie in Anlehnung ans Englische heute bisweilen gesagt wird, hat keinerlei höhere Logik für sich. Es hätte auch genausogut umgekehrt sein können und wäre dann weder besser noch schlechter. Firm in solchen willkürlichen Setzungen einer Sprache wird man nur durch vieles und ständiges Lesen – und durch die aktive Benutzung der so erworbenen Schriftsprache. Daß die Regulation auf diesem Gebiet heute zusammenbricht, ist ein untrügliches Zeichen dafür, daß… nein, nicht dafür, daß heute weniger gelesen wird, sondern daß viele, die heute für die Öffentlichkeit schreiben, diese nur aus der Lektüre zu gewinnende Sprachsicherheit nicht mehr besitzen, und daß die Kontrollstationen – die professionellen Lektorate und Korrektorate – ausgedünnt oder ganz abgebaut wurden, die früher ein Text bis zu seiner Veröffentlichung zu durchlaufen hatte.

Die zweitgrößte Schadensklasse sind alle erdenklichen syntaktischen Konstruktionsfehler, die die nämliche Unsicherheit bezeugen: *Es ging ihnen um den persönlichen Erfolg und um ihre einmal ausgesprochene Theorie beweisen zu können – Die Meinungsverschiedenheiten sind zu groß, damit eine Einigung in Sicht wäre – Abgesehen ihres Artikels hat sich niemand zu dem Problem geäußert – Da wird sich gefreut – Solche Maßnahmen werden unzulässig bezeichnet.*

Die andere große Schadensklasse sind eigentlich eine Unterklasse syntaktischer Konstruktionsfehler: schadhafte Kongruenzen. Aber während die Mehrzahl der allgemeinen Syntaxfehler vermutlich auf echte Unsicherheit zurückgeht, sind die Hauptquellen der Kongruenzfehler einfach Unaufmerksamkeit und Flüchtigkeit: *Einem Abschluß steht noch viele Hindernisse entgegen – Diese Komödie ist in seiner Ausstattung eine neue Dimension des Monumentalfilms.* Wahrscheinlich würde niemand, der aufpaßt, je *Die Hindernisse steht dem Abschluß entgegen* oder *Der Komödie* sagen und schreiben. Dergleichen unterläuft einem nur, wenn man mit den Gedanken bereits anderswo ist – und niemand einen beizeiten zurückruft.

Auch relativ häufig sind schlichte Wortverwechslungen: *Ein solches Erlebnis hat nicht desgleichen auf der Welt.* Wortverwechslungen kommen oft in der Gestalt von Rechtschreibfehlern, etwa wenn *Referenz* und *Reverenz*, *Grat* und *Grad* verwechselt werden. Sofern das falsche Wort richtig geschrieben ist, entgeht es natürlich jeder Rechtschreib- oder Stilkontrolle. Wortverwechslungen entspringen überwiegend echten sprachlichen Unsicherheiten – «Bildungsschnitzer» nannte Thomas Mann sie rundheraus, als er sie im ‹Zauberberg› seiner notorischen Frau Stöhr anhängte, die ungeniert *insolvent* und *insolent*, *Kapazität* und *Kalamität* verwechselte.

Kasus- und Konjugationsfehler, die auch nicht zu den Seltenheiten gehören, haben ihren Grund zum Teil ebenfalls in sprachlichen Defiziten, zum Teil aber auch in bloßer Flüchtigkeit: *Es könnte ihr einen Hunderter kosten – Das Gremium hat alle Möglichkeiten reiflich abgewogen.*

Wie die Kongruenzfehler rücken diese Gruppen damit in die Nähe jener Fehlerklasse, die typisch ist für computergeschriebene Texte: Redigierfehler, zu denen die Arbeit am Bildschirm einlädt. In ihrer virtuellen Gestalt, die der Bildschirm anzeigt, lassen sich Texte ganz besonders leicht umschreiben – es fehlt der materielle Widerstand der nur mühsam löschbaren Schrift auf dem Papier und der diversen Schreibgeräte vom Federkiel bis zur Schreibmaschine, der früher alles nachträgliche Korrigieren erschwerte; war einmal die Reinschrift gemacht, waren Korrekturen ganz unmöglich. Die Textverarbeitung am Computer verlegt diesen point of no return auf den allerletzten Augenblick. Wer also sein Geschriebenes gerne korrigiert und noch einmal korrigiert, kann sich hier bis ganz zuletzt austoben wie noch nie seit der Erfindung der Schrift. Bei vielen Korrekturen in den Compuskripten wäre einerseits etwas Neues hinzuschreiben, andererseits etwas nunmehr überflüssig Gewordenes zu löschen. Hin und wieder geschieht eines davon oder beides nur unvollständig, so daß mitten in einer neuen Formulierung dann die Reste einer früheren stehenbleiben. Und seltsamerweise wird das am Bildschirm oft nicht bemerkt. Falsch geschriebene Wörter zwar fallen dort nicht weniger auf als auf dem Papier, aber über funktionslose, oder auch über fälschlich verdoppelte, liest man bisweilen hinweg – vielleicht weil es am Bildschirm schwerer ist, Sätze oder längere Satzteile als Ganzes im Blick zu behalten. Wer sich darüber im klaren ist, wird nicht darauf verzichten, alles Geschriebene noch einmal in einem anderen Aggregatzustand, also auf Papier nachzuprüfen, ehe er es in die Öffentlichkeit entläßt. Wenn diese verfremdende Gegenkontrolle ausfällt, bleiben leicht Sätze stehen wie: *Ihm war gelungen, sich sich solch eine Pretiose zu beschaffen – Die Rechnungen erhalten den Kunden am Ende jedes Monats zugeschickt – Es gab die Zusicherung eines Abzugs die schweren Waffen abzuziehen – Diese Ergänzung läßt uns die Erreichung des Ziels erreichen.*

Die einzelnen Fehlerklassen sind einer Computeranalyse in sehr unterschiedlichem Maße zugänglich. Um Nichtkongruenzen zu entdecken, wäre kein übermäßiger computerlinguistischer Aufwand vonnöten, jedenfalls solange die aufeinander bezogenen Wörter in einer der typischen Wortstellungen dicht nebeneinander stehen. Daß mit dem Satz *Mehreres Fehlern fällt keiner Lesers auf* etwas faul ist, dürfte jedes Programm dieser Art bemerken, und richtig rät ‹Grammatik›, die Flexionsformen von *Mehreres Fehlern* und *keiner Lesers* zu überprüfen (daß auch die Verbform nicht kongruent sein kann, da nach *mehrere* ein Plural folgen muß, entgeht dem Programm allerdings). Auch Präpositionsfehler wären dem Computer ohne allzu großen Aufwand zugänglich; in seinen Wörterbüchern müßte nur verzeichnet sein, in welchen formelhaften Wendungen welche Präpositionen zu stehen haben. Überraschenderweise erkennt ‹Grammatik› in dieser Kategorie keinen einzigen. Mit Ausnahme einiger schlichter Kasus-, Numerus-, Genus- und Konjugationsfehler erforderten Syntaxfehler dagegen eine volle Grammatikanalyse des ganzen Satzes. Dergleichen kann man einem solchen Hilfsprogramm von vornherein nicht zutrauen.

Wie hat sich ‹Grammatik› geschlagen, als es mit den hundert falschen Sätzen konfrontiert wurde? Es waren Sätze wie *Der Schein trug* oder *Die Dritte Weltpolitik erleidet Schiffbruch* oder *Es wurde keine Genehmigung nachgesucht* oder *Hat man die Vorsichtsmaßnahmen vergessen und die Mükken zugestochen, so verbietet sich das Aufkratzen* oder *Sie suchte halt bei einem Studienfreund* – hundert einfache, aber irgendwo defekte Sätze. Welche Defekte hat ‹Grammatik› entdeckt?

Einigermaßen zuverlässig reagierte das Programm nur, wenn Artikel, Adjektiv und ein unmittelbar folgendes Substantiv in Genus oder Numerus nicht zueinander paßten (*Eine großes Bestand...*) und wenn der Komparativ nicht mit *als*, sondern mit *wie* konstruiert war (*größer wie...*). Sonst hagelte es immer wieder Verschlimmbesserungen. Aus dem Satz *Bei Havarien ist es schwer, die Menschen handzuhaben* wollte es ... *zu handzuhaben* machen. Die entstellte Eselsbrücke über das Brauchen (*Wer brauchen ohne zu gebraucht, braucht brauchen überhaupt nicht brauchen*) korrigierte es in *Wer brauche ohne zu gebraucht...* Selbst weit klaffende Lücken (fehlende Nominal- oder Verbalphrasen) und funktionslose Satzglieder bemerkte es nie. Damit war es auch außerstande, die für Compuskripte typischsten Fehler zu entdecken: die unvollständige Löschung von Wörtern und Wortgruppen, welche bei einer Umformulierung ungültig geworden waren (*Es war falsch, daß die Konferenz dort zu veranstaltet wurde*).

Wieviel Prozent der Fehler hat ‹Grammatik› aufgespürt? Die Hälfte wenigstens, fünfzig? ‹Grammatik› monierte ganze neunzehn Mal. Das aber war noch gar nicht das trostloseste. Trostloser war, daß die meisten, nämlich zwölf dieser neunzehn Beanstandungen falsch waren; und daß bei acht dieser zwölf falschen Alarmmeldungen die Vorschläge von ‹Grammatik› eindeutig zu Verschlimmbesserungen geführt hätten. Sechs von hundert Fehlern aufgespürt und acht neu hineingeschrieben – ein Hilfsprogramm, welches die allerwenigsten Fehler findet und mehr Fehler erzeugt als beseitigt, ist natürlich alles andere als eine Hilfe. Es ist ein grammatisches und stilistisches Sabotageinstrument.

Vielleicht wurden ihm zu feine Unterscheidungen abverlangt? Die Leistungen von ‹Grammatik› gerieten um so kläglicher, je kaputter die Sätze waren, mit denen es zu tun bekam. Und damit wäre die ganze Liebesmüh dann sowieso verloren. Muttersprachler brauchen ja eigentlich kein

‹Grammatik›, weil sie nämlich nur selten grammatische Fehler machen; und wer grobe grammatische Fehler macht, wüßte auch mit den richtigen Ratschlägen eines solchen Programms nichts anzufangen. Anders ist es bei Ausländern: Sie könnten tatsächlich versucht sein, ihren fremdsprachigen Hervorbringungen mit Hilfe eines solchen Programms den letzten Schliff zu geben. Tatsächlich würden sie etwaigen Sprachunsinn jedoch nur noch potenzieren.

Hätte zum Beispiel ihr chinesischer Autor die folgende deutschsprachige Gebrauchsanleitung mit ‹Grammatik› überprüfen lassen, so hätte er die in eckigen Klammern stehenden Empfehlungen erhalten: *Der Singweisengriffer* [unbekanntes Wort!] *(Freigestellte). Stellen Sie die Gerte des Singweisengriffers zur EIN-Stellung. Eine nette Singweise wirde* [«wird»!] *verbeugen den anderen Teil auf denn Telephon von hörender Ihrer geheimer* [Flexionsform überprüfen!] *Unterredung. Stellen Sie die Gerte des Singweisengriffers zurück zur AUS-Stellung zu nehmen die Telephonunterredung zurück.* [Kongruenz von «des» und «Telephonunterredung» prüfen!] *Drucken in Hong Kong.* [«Hing Kong», «Hong King» oder «Hing King»!]

Und nun stellen wir uns nicht mehr dumm und sagen: Wie sollte ‹Grammatik› solche Fehler auch erkennen können? Eine wirkliche Grammatikprüfung, die Wortbildung und Satzbau untersuchte, erforderte zweierlei. Zum einen einen sogenannten Parser, ein Unterprogramm also, das über die Regeln verfügt, nach denen die Morpheme einer Sprache zu Wörtern und die Wörter zu erlaubten («grammatikalischen») Sätzen zusammentreten dürfen. Zum andern benötigte sie ein «Lexikon», also eine Wörterliste – und zwar nicht nur eine Liste der nackten Lexeme, also der unflektierten Grundformen; die Wörter müßten mit Dutzenden, hier und da Hunderten von «Labels» oder «Marken» versehen sein, aus denen hervorginge, welche syntaktischen und idiomatischen Bezüge sie zulassen. Mit diesem Werkzeug müßte es jeden Satz restlos zergliedern, ehe es angeben könnte, ob irgendein Wort falsch ist oder an der falschen Stelle steht. Ein auch nur einigermaßen tauglicher Parser wäre ein Riesenprogramm, nicht ein kleines Accessoire wie ‹Grammatik›. Einen Parser, der dem ganzen grammatischen Spektrum einer natürlichen Sprache gewachsen wäre, gibt es bisher nirgends; alle beherrschen sie nur einen Ausschnitt aus der Grammatik. ‹Grammatik› hat nur einen rudimentären Parser, der kaum den Namen verdient, und versteht von Grammatik darum so gut wie nichts. Das Programm kann nicht mehr, als ein paar alleroberflächlichste Nichtkongruenzen aufzuspüren, die Mehrzahl in Ermangelung jeder wirklichen Grammatik zu Unrecht, etwa wenn es *Es wurden mehr offene Stellen gemeldet* zu *Es wurde mehr offene Stellen gemeldet* verbessert, einfach weil seine Miniaturgrammatik nach *Es* ein Verb im Singular erwartet.

Kurz, ‹Grammatik› ist höchstens eine beständige Quelle der Heiterkeit. Man kann in seiner Statistikfunktion die Zahl der Wörter, die es in einem Satz klaglos duldet (voreingestellt sind 30), heruntersetzen, die Sätze eines ungeliebten Autors einfüttern und sich so die Genugtuung verschaffen, daß ‹Grammatik› ihm prompt ein miserables Deutsch nachweist, nämlich lauter viel zu lange Sätze. Man kann ‹Grammatik› aber auch verwenden, um hohe Literatur auf Biegen und Brechen zu verbessern; und man wird dabei sogar ins Grübeln geraten. Wann hat man sonst je das Vergnügen, *Robert Musil* zu *Robert Music* gemacht zu sehen? (Warum *Music* und nicht *Musik*?) Und den Anfang seines ‹Mannes ohne Eigenschaften› zu *Über dem Atlantik urteilte* [statt *befand*] *sich ein barometrisches Minimum* redigiert? Und Thomas Manns ‹Doktor Faustus› in ‹Doktor Festwiese› umgetauft? Und Kafkas Gregor Samsa in Gregor Sams? *Sams*! Das Sams ist zwar der Name eines Kinderbuchhelden, aber woher sollte ‹Grammatik› den kennen, wenn es noch nicht einmal *Faustus* kennt? Ein existentes Wort ist *Sams* jedenfalls nicht, also kommt es auch in keinem Wörterbuch vor, in dem eines Computers schon gar nicht, das auf viele durchaus existente Wörter verzichtet. Woher mag ‹Grammatik› dann dieses *Sams* haben? Verfügt es etwa über eine Kompositaanalyse, die das erste Morphem in *Samstag* abgetrennt und zu einem selbständigen Wort erhoben hat? Und das ist hier nun ermächtigt, frei zu vagabundieren? Es sieht so aus. In dem Satz *Der Mon und der Donners sind zwei Sams* kennt es alles und heißt es gut. Aber warum ist ihm dann der *Diens* entgangen?

Manche werden finden, der Spaß habe längst aufgehört. Er hat es nur dann, wenn man sich vorstellt, irgendein User (‹Grammatik› schlägt vor: *Drogenkonsument*) – also irgendein Konsument der Droge ‹Grammatik› erwartete von einem solchen Programm ernstlich auch nur die mindeste sprachliche Hilfe.

Falsche Sätze –
Gebrauchsanweisungen

Hundert falsche Sätze

In eckigen Klammern: Hinweise der «Tiefenprüfung»
von ‹Grammatik›

FALSCHE PRÄPOSITION
Unsere Außendienstvertreter kennen sich über die Kundenwünsche aus.
Sie sind zuversichtlich über die Friedensaussichten.
Sie sind dankbar über seine Gastlichkeit.
Die Frau war sich nicht über die Vaterschaft des Kindes sicher.
Tatsachen über Deutschland gibt es nicht. [«geben»!]
Der Kanzler zog die Bilanz über die deutsche Einheit.
Er lieferte eine Analyse über dieses schwierige Buch.
Sie werden geradestehen müssen mit diesen Taten.
Der Einsatz ist mit dem Bundestagsbeschluß gedeckt.
Sie engagierte sich immer um mehr Aufklärung.
Die Mehrheit der Stimmen wurde auf den anderen Kandidaten
　abgegeben.
Es besteht keine Aussicht mehr für eine Lösung.
Die Spieler sind vor Verletzungen nicht gefeit.
Die Spur führt auf ein Versteck.
Die Gala klingt durch ein großes Finale aus.

FALSCHER KASUS
Herr Borchers Äußerung läßt keinen anderen Schluß zu. [«Borchers» ist
　unbekanntes Wort!]
Gebühren werden entsprechend dieser Angaben eingezogen.
Der Vergleich wird dem Land teuer zu stehen kommen.
Nördlich Berlin gibt es Sand und nochmal Sand. [«noch einmal»!]
Während drei Wochen konnten sie nicht fernsehen.
Es bedurfte eine große Anstrengung.
Er wohnte gegenüber des Tatortes.
Die Eskapade hätte ihm nahezu das Leben gekostet.
Eingedenk dem Motto des Vereins, erhoben sie sich von den Plätzen.
Man sollte diesem Jahrestag gedenken.
Die Sendung lehrt ihnen alle möglichen Verführungstechniken.
Die Gelehrtenwelt sekundiert die frommen Sprüche.

FALSCHES GENUS
Weltweit nimmt die Diabetes zu.
Es gilt, die Position jedes Gliedmaßes zu ermitteln.
Die Mitglieder machten keinen Hehl aus ihrer Abneigung.
Es handelt sich um einen besonders aggressiven Virus.
Es wäre eine Schande, wenn sie nicht ihren Teil abbekämen.
Seine Arroganz wurzelt in der Abscheu gegen den Kunstbetrieb.

FALSCHE DEKLINATION
Hier finden Sie Klassisches für den Herren.
Solch ein Auftritt war der langgehegte Wunsch des Autoren.
An die Wunder des Spiritismusses glauben nur noch wenige.
Es werden verschiedene Sachverständigen zusammengerufen.

FALSCHE KONJUGATION
Der Schein trug.
Unter dem Icon stand: Lese mich! [«Ikon»!]
Da ich Autogramme sammel, bitte ich, Ihren Namen auf die beigefügte
    Karte zu schreiben.
Sie hing die Wäsche erst später auf.
Die Sekretärin ziehte ihn der sexuellen Belästigung.
Bei Havarien ist es schwer, die Menschen zu steuern und handzuhaben.
    [«und zu handzuhaben»!]
Die Stadt schaffte ein Jahrhundertwerk.
Der Finanzsenator wog die Wähler in Sicherheit.
Sie meinten, es geltete noch die alte Verordnung. [«geltete» groß!]
Mehrere Gouverneure hatten schon abgewunken.

KONJUNKTIVFEHLER
Der Sprecher räumte ein, daß der Fall bisher nicht geprüft sein würde.
Das Gremium kam zu dem Schluß, daß der Entwurf den Vorstellungen
    noch nicht entsprechen würde.
Es wurde durchgegeben, daß der Flug noch nicht eingetroffen wäre.

SYNTAKTISCHE KONSTRUKTIONSFEHLER
Das Wohnmobil wird gepackt, um sich in Schweden einzunisten.
Es wird keinen Frieden geben, ehe die Stromversorgung nicht wieder-
    hergestellt ist.
Es wird nichts verschenkt, was sich nicht zu Geld machen läßt.
Hat man die Vorsichtsmaßnahmen vergessen und die Mücken zugesto-
    chen, verbietet sich das Aufkratzen.
Vergewaltiger werden als weniger für ihr Verbrechen verantwortlich
    gehalten.

Auf den Stuhl muß sich gesetzt und eingeseift werden.
Der Mietvertrag muß zugestimmt werden. [Verbum wird nicht passiv mit persönlichem Subjekt verwendet!]
Der Preisvergleich braucht nicht in andere Kriterien eingebunden sein.
Besonders heimtückisch erweisen sich eine Marquise und ihr Hausgigolo. [«Erweise»!]
Es wurde keine Genehmigung nachgesucht.
Sein Interesse für das Malen entdeckte er schon als Kind und studierte es dann. [Flexionsform von «Malen» überprüfen!]
Sein zugenommenes Körpergewicht ist ihnen ein Dorn im Auge.
Die Bilder werden schön oder unschön eingestuft.

Inkongruenz

Eine Bestand an Bausubstanz besteht für kein Institut. [«Ein»!]
Sie halten die wesentliche Teile der Anmeldung des Investitionsvorhabens der Universität in den Händen. [Flexionsformen von «wesentliche» überprüfen!]
Kultivierte Damen begleiten Herren zu Aktivitäten wie Geschäftsessen und -abschlüsse.
Derzeit sind noch keine konkrete, gemeinsame Projekte in Bearbeitung.
Der Stellenwert Ägyptens als sicherheitspolitischer Faktor kann gar nicht überschätzt werden.
Menschen berichten von ihren faszinierende Erlebnisse.
Die Firma hat sich auf die Erstellung von Spezial-Effekte-Programme spezialisiert.
Vergessen Sie die Einzelheiten um den König Artus und den Rittern der Tafelrunde. [«Arturs»!]
Attraktivität und Information ist das erste Entscheidungsprinzip.
Der Film und die Romanvorlage sorgte für Diskussionen. [«Sorgten»!]
Eine überzeugende Bilder-Sprache wird mit Elementen des modernen Erzählfilm verknüpft. [Flexionsform von «Erzählfilm» überprüfen!]

Wortverwechslung

Das Gericht hatte es ihm dermaßen angetan, daß er im nächsten Winterurlaub wieder dasselbe bestellte.
Die Tatsache, ob ein Partner vorhanden ist, hat keinen Einfluß.
Alle kommen, um ihnen ihre Referenz zu erweisen.
Das Lösegeld wurde nur anscheinend übergeben.
Die gekonnte Gradwanderung macht den Film zu einem rührenden Märchen.
Sie sucht halt bei einem Studienfreund ihres Mannes.
Seine einzigartigen Filme wurden auch immer hochgelobt.
Solche Nachrichten sind nicht mitteilungsfähig.
Diese Arbeiten lernen uns Neues zum Tierschutz.

ALS/WIE
Wie er das Auto kommen sah, war es schon zu spät. [«komme sah»!]
Ihr Hunger war größer wie ihr Ekel. [Komparativ mit «als» gebrauchen!]
Es wurden mehr offene Stellen gemeldet wie im Vorjahr. [«wurde»!]
Damals war die Inflationsrate doppelt so hoch als heute.

DAS/DASS
Gehen Sie sicher, das der Name auf «Neuer Nutzer» steht.
Die neue Version befindet sich auf einem Standard, das die Ansprüche erfüllt werden.

DEREN/DERER
Erfolge, derer sich die Forscher rühmen könnten, gibt es nicht.

WÖRTLICH ÜBERSETZTES ENGLISCH
In 1995 weist die Kurve einmal mehr aufwärts.

REDIGIERFEHLER
Sie hatte vergessen, daß sie sie schon einmal gesehen war.
In der Pressemitteilung kündigten wir als Termin den kommenden November mit.
Die Sendung nähert sich dem Ende zu.
Der Staatsanwalt hat dem Antrag entgegengetreten. [Verb nicht mit «haben» konstruieren!]
Die ökonomischen und ökologischen Zusammenhänge hängen zusammen.
Daß sich auch Kriegsverbrecher darunter sind, läßt er nicht gelten.
Das ist der richtige, um die Menschheit vor der Vernichtung und für volle Action zu sorgen. [Flexionsformen von «der» und «Menschheit» überprüfen!]

DIVERSES
Die Dritte Weltpolitik des Westens muß Schiffbruch erleiden.
Der Abstand ist am wenigsten groß als in anderen Parteien.

Vier Gebrauchsanweisungen aus der Fremde
In eckigen Klammern: Hinweise der «Tiefenprüfung» von ‹Grammatik›

Die Handkoffer Schlüssel Nummer errichten wir o-o-o. Sie können diese Nummer bleiben. Oder errichten Sie Ihre einige geheime Nummer. Die Weisen wie folgen: Erst: Wenden die Nummer zum öffnenden Platz. Zweite: Knopf nach hinten drücken und die zu festlegende rote karte herausholen. dann [«Dann»] stellen die [«der»] knopf [«Knopf»!] nach Richtung der Nummerwendung fest. Dritt: Wenden die Wendung zu rechtige [«richtige»!] Nummer, die Sie mögen. Vierte: Drücken die Knopf zum ersten Platz, dann stehen die klar Karte zurück, hat Nummer dann errichtet.

Nimmer diesen Monitor legen wo [vor «wo» ein Komma!] der Schnur von Personen darauf spazierengehen grausam behandelt wird.
Das dritte Stossen [unbekanntes Wort!] des B-Knopfes [unbekanntes Wort!] wird Datum zeigen. Dann drücken den A-Knopf [«KNOPF»!], Datum wird ein Zählen jede Sekunde erhöhen. Halten die [«der»!] Knopf drücken bis der gewünschte Datum [Kongruenz von «gewünschte» und «Datum» überprüfen!] gereicht hat und erlösen ihn umgehend.

Wenn das Wetter kalt ist, wird die [«der»] Puff Unterlage sich langsam puffen. Entrollen die [«der»!] Puff Unterlage und liegen auf ihr, dann wird sie von der Wärme sich Inflationen bekommen.

Das wichtige Bewegen-Braten [«Bewegen braten»] Kochen Gerät in chinesischer Kochkunst. Das beste Oel [«Öl»!] ist Erdnussoel. Erdnussoel in hocher [«hoher»!] Temperatur macht kein Rauchen und andere Sache.

Schöne Gruse aus dem Netz
Über die rechte Schreibung
in der E-Mail

Angenommen, jemand weiht gerade seinen neuen, zeitgemäß mobilen Arbeitsplatz ein, hat also seinen Schreibtisch zu Hause aufgeräumt, sich daran für seine neue Tätigkeit in Positur gebracht, schreitet zur Tat und öffnet seinen Briefkasten, den elektronischen selbstverständlich. Tatsächlich, dort wartet schon Post von seiner Firma auf ihn. Nämlich dieses Sendschreiben: *Der B0=DF l=E4=DFt gr=FC=DFen und m=F6chte, da=DF Sie Ihren Briefkasten regelm=E4=DFig, und zwar t=E4glich mindestens f=FCnfmal =F6ffnen.=20 Viel Gl=FCck!=20*

Ist er vertraut mit E-Mail, so dämmert es auf der Stelle, und er findet nichts weiter dabei. Wenn nicht, wird ihm schlagartig klar, daß moderne B=FCrokommunikation selbst dann ihre T=FCcken hat, wenn die ganze Apparatur sonst einwandfrei läuft.

Wie kommt der geradezu konspirative Code in die unschuldige E-Post? Der Grund heißt ASCII. In den Datennetzen werden nur solche Schriftzeichen hin und her befördert, die zu dem als ASCII bekannten Zeichensatz gehören. Zeichenspezialitäten einzelner Länder gehören nicht dazu, auch nicht das deutsche ß und die Umlaute. Darum muß, wer sie dennoch in seine elektronische Post hineinschreibt, damit rechnen, daß sie unterwegs abhanden kommen oder durch andere ersetzt werden.

Auf den ersten Blick scheint die Verballhornung der elektronisch versandten Texte keines Aufhebens wert: ein kleiner Schönheitsfehler, mehr nicht. Tatsächlich jedoch ist das Problem weder unerheblich noch trivial. Unerheblich ist es nicht, weil die Beschränkung auf puren ASCII allen Sprachen, deren Schriften der ASCII-Norm nicht entsprechen, in den Netzen ein schweres Handikap auferlegt. Selbst die an Sonderzeichen reichen Sprachen mit lateinischen Alphabeten bleiben dann, wenn etwas Geschriebenes intakt bleiben muß, vom E-Mail-Versand schlechthin ausgeschlossen. Kein französischer oder spanischer oder deutscher Text, der zum Druck bestimmt ist, läßt sich per E-Mail verschicken oder in Newsgroups ans Schwarze E-Brett heften. Trivial ist das Problem nicht, weil es letztlich unlösbar ist; es kann höchstens umschifft werden. Wer es für trivial hält, hält wahrscheinlich alle sprachlichen Fragen für nebensächlich – und trägt so das Seine dazu bei, dem Computer die für den Umgang mit Sprache nötigen Fertigkeiten vorzuenthalten.

Während die mühsame kleine Orthographiereform, zu die die deutschsprachigen Staaten sich anschicken, nach hundert Jahren einige mißliche Folgen der Einheitsrechtschreibung von 1901 korrigieren soll, macht sich unterderhand bereits eine zweite deutsche Orthographie breit. Sie verwirklicht, was schon viele Sprachwissenschaftler des neunzehnten Jahrhunderts erträumten, die Kleinschreibung, und zwar nicht die gemäßigte, sondern die radikale. Sie verschmäht das lästige ß, ohne das die Schweiz schon immer auskommt, und zwar gut. Sie macht fast wie in alten Handschriften aus dem ä ein ae, dem ö ein oe, dem ü ein ue. Sie rechnet mit Entgleisungen, die das Geschriebene bis zur Unverständlichkeit entstellen. Es ist die Orthographie, die wohl oder übel den internationalen Textaustausch im Internet regiert – und also nicht die einer kleinen fernen Sonderwelt. Sie ist mitten unter uns, überall. Im Herbst 1995 versandten und empfingen über neununddreißig Millionen Menschen an ihren Computern auf der ganzen Welt E-Mail. Große internationale Firmen wickeln ihren internen Schriftverkehr fast zur Gänze in Gestalt von E-Mail ab. In den Chefetagen deutscher Firmen, so ergab eine Untersuchung, wird inzwischen mehr E-Mail geschrieben als papierene Post. (Unverändert fast 70 Prozent seiner Zeit verbringt der Topmanager jedoch nach wie vor mit persönlichen Gesprächen und Kontakten – und straft damit jene Propheten Lügen, die ihn längst völlig der unpersönlich-elektronischen Kommunikation verfallen wähnen.)

Nicht nur Post und Diskussionsbeiträge werden in den Netzen ausgetauscht. Schon 1971 begann ein besessener Amerikaner – Michael S. Hart am Illinois Benedictine College –, Literatur zu digitalisieren. Bis zum Jahr 2001 wollte er der Welt ein elektronisches Archiv von zehntausend Werken zur Verfügung stellen, kostenlos abzurufen von jedem Computer der Welt: das «Project Gutenberg», die erste und bisher umfangreichste der Unternehmungen, die derzeit Literatur zu E-Texten machen. Zwar nicht auf Tausende, aber doch auf einige hundert (gemeinfreie) englischsprachige E-Texte kann heute jeder zugreifen. Die E-Texte des Project Gutenberg sind allesamt «in plain vanilla ASCII» geschrieben, wie Hart es nennt, in Anspielung auf den allerschlichtesten aller Eiskrems. Warum? «Programm auf Programm, Betriebssystem auf Betriebssystem werden den Weg des Dinosauriers gehen, und desgleichen all die Hardware, auf der sie laufen. Aber die E-Texte des Project Gutenberg werden sie überleben. Wären sie nicht in ‹Schlichtem-Vanille-ASCII› geschrieben, so würden sie mit ihnen aussterben», schrieb Hart. Für englischsprachige Literatur kein Problem. Französischer oder spanischer oder italienischer oder deutscher Literatur aber wäre das schlichte ASCII nicht gewachsen, und das mag einer der Gründe dafür sein, daß das Gutenberg-Projekt bisher in keiner anderen Sprache eine Parallele hat. Käme jemand heute auf die kuriose Idee, über seinen Online-Dienst dem Netz deutsche Literatur zur Verfügung zu stellen, etwa Schillers Sehnsuchtsgedicht, so entließe CompuServe es so in die Welt:
Ach, aus dieses Tales Grunden, die der kalte Nebel druckt, konnt ich doch den Ausgang finden, ach, wie fuhlt ich mich

begluckt! Und T-Online führe kakophonisch fort: *Dort erblick ich schvne H|gel, ewig jung und ewig gr|n! Hdtt ich Schwingen, hdtt ich Fl|gel, nach den H|geln zvg ich hin.* Französisch wäre auch nicht besser dran: Alle seine vielen diakritischen Zeichen, die Akzente und die Cedille, würden wegrasiert, und Baudelaires ‹Herbstlied› ginge aus den Online-Diensten in dieser Gestalt ins Netz: *Bientot nous plongerons dans les froides tenebres; Adieu, vive clarte de nos etes trop courts! J'entends deja tomber avec des chocs funebres...*

Schon die Netzsuche in all den Bibliothekskatalogen, die da nun wunderbarerweise auf dem eigenen Schreibtisch stehen, gestaltet sich wegen der undurchschaubar verwandelten Sonderzeichen in vielen Namen und Titeln oft überaus frustrierend. Alle Sprachen mit Schriftzeichen, die nicht das Glück haben, in der ASCII-Tabelle enthalten zu sein, sind in den Netzen empfindlich benachteiligt.

Wenn Europäer merken, daß ASCII ihre Sprachen nur verstümmelt wiedergeben kann, reagieren sie oft leicht beleidigt, so als hätten die Amerikaner wieder einmal vergessen, daß es neben ihnen auf der Welt auch noch andere Völkerschaften gibt. Vielleicht hatten sie es wirklich. Es ist jedoch völlig irrelevant.

ASCII, damals auch noch USASCII genannt (U.S.A. Standard Code for Information Interchange), wurde der Welt am 17. Juni 1963 beschert. Niemand konnte in jenen mythischen Urzeiten des Computers voraussehen, daß es einmal so etwas wie Textverarbeitung und E-Mail geben würde. Computer existierten nur in Gestalt von Großrechnern und in wenigen verstreuten Exemplaren. Erst später, 1964, kam die Rand Corporation im Auftrag des Pentagon darauf, daß man ein paar dieser Rechner miteinander zu einem militärischen Kommandonetzwerk verbinden könnte, welches dank seiner Dezentralität Chancen hätte, selbst einen Atomschlag zu überstehen. 1969 wurde in Los Angeles der erste Knoten dieses Netzes (Arpanet) in Betrieb genommen, das den Grundstock des späteren Internet bilden sollte. 1972, als das Arpanet in Amerika schon 40 Knoten umfaßte und weniger vom Militär als von Universitäten genutzt wurde, visierte man seine weltweite Ausdehnung an. Ebenfalls 1972 erfand Ray Tomlinson von der Firma BBN (derselbe, der auch den Klammeraffen, das «kommerzielle à» @ in den Netzadressen ersann) die E-Mail, die das Netz anfangs seinem Zweck – *remote computing*, Fern-EDV – zu entfremden schien, aber schnell zur beliebtesten Netzanwendung avancierte, die sie bis heute geblieben ist. 1975 brachte Ed Roberts den ersten Bausatz für einen Jedermann-Computer auf den Markt, den Altair 8800. 1976 schrieb Michael Shrayer mit ‹Electric Pencil› das erste Textprogramm für solche Kleinstcomputer. Textverarbeitung wurde jedoch erst zur verbreitetsten Computeranwendung, als IBM 1981 seinen «Personal Computer» eingeführt hatte – und das erste ernst zu nehmende Textprogramm dafür war das 1979 von Rob Barnaby und James C. Fox geschriebene ‹Wordstar›. (Ursprünglich war es für das Betriebssystem CP/M bestimmt, das Mitte der achtziger Jahre ausstarb, besiegt von Microsofts DOS, mit dem IBM seinen PC ausgestattet hatte. ‹Wordstar› schaffte den Sprung hinüber zu DOS und war Anfang der achtziger Jahre das einzige Textprogramm, daß es sowohl für CP/M als auch für MS-DOS gab, und nicht zuletzt darum konnte es sich für einige Jahre als Standard etablieren. Dann aber hielt es nicht Schritt mit neuen Konkurrenten – 1983 brachte Microsoft sein ‹Word› auf den Markt, dessen Abkömmlinge heute den Maßstab setzen –, verschwand von der Bildfläche und wurde zu einer nicht unangenehmen Erinnerung an einen Haufen komplizierter, wiewohl logisch aufgebauter ‹Control›-Befehle – wer den Umgang mit ‹Wordstar› gemeistert hatte, konnte sich nicht zu Unrecht einbilden, daß der Computer keine Schrekken mehr für ihn bereithielt.)

Anfang der sechziger Jahre aber stand all das noch in den Sternen. Es ging nur darum, einen einheitlichen Zeichencode für den Datenaustausch zwischen den wenigen Großrechnern zu definieren. Solche Definitionen sind die Sache jener Expertenkommissionen der einschlägigen Industrie, die unbemerkt und anonym im Hintergrund der Industriegesellschaft wirken und ohne deren stille Arbeit keine Mutter auf eine Schraube, kein Bogen Papier in einen Umschlag passen würde: der Normenausschüsse. Die Normung eines Zeichensatzes scheint keine große Affaire zu sein. Es muß nur bestimmt werden, welche Zeichen er enthalten soll und in welcher Reihenfolge sie stehen, so daß jedem eine eindeutige Nummer zugewiesen wird. Aber wenn die Hersteller bereits unterschiedliche Zeichensätze verwenden, die keinen gemeinsamen Nenner haben und von denen jeder auf die eigenen Maschinen zugeschnitten ist, wird die Normung zu einer heiklen diplomatischen Aufgabe. Die Norm darf nicht die einen begünstigen und die anderen benachteiligen.

Um 1960 wurden die Großrechner fast ausschließlich per Lochkarte mit Daten gefüttert. In Amerika hieß sie in Erinnerung an ihren Erfinder Hollerith-Karte (aus Herman Holleriths Firma war die IBM hervorgegangen). Für die Eingabe von Text und Zahlen mittels Lochkarte waren über zwei Dutzend unvereinbarer Zeichencodes in Gebrauch; allein IBM hatte mehrere. Ihr Umfang entsprach der sogenannten Wortlänge der jeweiligen Maschine, ihrer kleinsten addressierbaren Speichereinheit: Für jedes darstellbare («grafische») Zeichen stand ein Computer-«Wort» zur Verfügung. Die Wortlängen, gemessen in Bit, gleichsam den Informationsatomen, lagen zwischen 5 und 32 Bit; also gab es Zeichencodes von 5 bis 32 Bit. Diese Computer sollten nun Daten austauschen. Für die Fernübermittlung von grafischen Zeichen wurden nicht Lochkarten, sondern Lochstreifen verwendet. Auf ihnen galt damals weltweit ein ganz anderer Code, das Internationale Telegraphenalphabet Nr. 2, kurz Baudot-Code genannt, der bis auf das Jahr 1895 zurückging und auf dem inzwischen der gesamte internationale Fernschreibdienst beruhte. Telegramme und später Fernschreiben wurden zunächst auf Lochstreifen geschrieben, die beim Versand automatisch durch ein Lesegerät liefen. Jedes Schriftzeichen war auf dem Lochstreifen durch ein bestimmtes Lochmuster repräsentiert, codiert. Beim Baudot-Code standen diese Muster in Fünferreihen nebeneinander. Jeweils eine senkrechte Fünferreihe symbolisierte ein Zeichen, indem jedes Loch einer solchen Fünferkolonne ausgestanzt sein konnte oder nicht. Das ergab 2 hoch 5, also 32 mögliche Kombinationen von Loch und Nichtloch pro Reihe. Die Zeichen waren also binär verschlüsselt: Der Fernschreiber hatte es nur mit zwei Zuständen zu tun, Loch oder Nichtloch, und übersetzte sie in die Sprache der Elektrizität, Potential oder Nichtpotential.

Auch der Computer handelt letztlich nur mit zwei elektrischen Zuständen, geladen oder ungeladen, 1 oder 0. Alle Information reduziert er auf Zahlen, ausgedrückt als binäre Muster von Nullen und Einsen. Was auf dem Lochstreifen durch fünf Lochplätze repräsentiert war, läßt sich im Rechner durch Fünfergruppen von elektrischen Pulsen ausdrükken, deren jeder entweder 0 oder 1 ist. Jede solche «unauflösliche Grundeinheit der Information» heißt ein Bit. Lange vor der Zeit des Bit war der Baudot-Code somit ein 5-Bit-Code; zu seiner Zeit nannte man ihn noch einen Fünfschrittcode. 26 seiner 32 Zeichen wurden für die Großbuchstaben benötigt. Da die 6 restlichen Plätze für die nötigen Steuerzeichen und auch nur die allerunentbehrlichsten weiteren darstellbaren Zeichen nie ausgereicht hätten, waren auf einer zweiten Ebene – ein Umschaltzeichen vorweg – noch die Zahlen 0 bis 9 und spärliche 11 Satzzeichen untergebracht. Der Baudot-Code war also auf insgesamt 64 Positionen begrenzt – entschieden zu wenige für die Texteingabe in die Großrechner.

Als dem amerikanischen Normenverband in den Jahren 1958/59 das heikle Problem zugeschoben wurde, fand er also auf der einen Seite einen zwar weltweit eingeführten, aber in seinem Umfang ungenügenden Code vor, der für Lochstreifen konzipiert war, auf der anderen Seite die verschiedenen Lochkarten-Codes der Computerhersteller, die sich weder untereinander noch mit dem Verteidigungsministerium einig werden konnten. «Die von Hollerith kreierten gelochten Karten müssen mit Baudots gelochten Papierstreifen kommunizieren», so beschrieb das Problem R. W. Bemer, der den Computer-Hersteller Univac in dem zuständigen Unterausschuß vertrat. Meistens erklären Normenausschüsse nur zur Norm, was sowieso schon praktiziert wird. Hier war nichts Vorhandenes verwendbar. Der Amerikanische Normenverband ASA, der sich ein paar Jahre später in ANSI umbenannte, mußte einen ganz neuen Code erfinden. Mit seinem ASCII, dem ‹American Standard Code for Information Interchange› (der offizielle Name war X3.4), tat er 1963 also gleich einen großen, weitsichtigen Schritt nach vorn: Er ging von 5 auf 7 Bit. Eine höhere Bit-Zahl, die jenen Herstellern entgegengekommen wäre, deren Computer mit längeren «Wörtern» arbeiteten, hätte die mit den kürzeren in Verlegenheit gebracht. Also mußte es schon eine möglichst niedrige Bit-Zahl sein, die aber trotzdem genug Möglichkeiten ließ. 7 Bit, das schien eine für alle akzeptable Größe, und sie machte gegenüber dem Baudot-Code immerhin Platz für die doppelte Zeichenmenge, 128. Obwohl Computer mit einer Wortlänge von 8 Bit, einem Byte, erst seit der Entwicklung des Mikrocomputers den Ton angaben, war die Acht, als eine Potenz von 2, für die Ingenieure auch in jenen Tagen schon eine magischere Zahl als die krumme Sieben. Eigentlich waren mit den 7 Bit denn auch von Anfang an ausdrücklich 8 gemeint, nur daß man das achte Bit einstweilen noch brach liegen ließ, so daß es zum Beispiel als Prüfbit Verwendung fand.

Schade, daß die Weitsicht der Normer von der ASA keine Fernsicht war. Sonst hätten sie das achte Bit von Anfang an mit herangezogen, und wir hätten es heute mit einem umfangreicheren ASCII zu tun. Aber damals – anderthalb Jahrzehnte vor der Textverarbeitung – kam niemand auf die Idee, daß eines Tages so viele Zeichen und sogar noch viele mehr erwünscht sein würden. Schon ein 7-Bit-Code schien damals dermaßen üppig, daß der Ur-ASCII von den verfügbaren 128 Plätzen nur 99 belegte: 64 grafische Zeichen (Buchstaben, Zahlsymbole, ein paar Satzzeichen) und 35 Steuerzeichen (wie «Wagenrücklauf», «Klingel» oder «Escape», Codeumschaltung) – so viele, weil der Code immer noch vor allem dem tickernden Fernschreiber zugedacht war. Kleinbuchstaben enthielt er, genau wie Baudots altes Telegraphenalphabet, noch nicht.

Zur gleichen Zeit beriet in der Normenkapitale Genf der Verband europäischer Computerhersteller (ECMA) über eine neue Zeichentabelle, und er war so klug, keine abweichende in die Welt zu setzen. Was er 1964 (als ECMA-6) verabschiedete, deckte sich im wesentlichen mit dem amerikanischen ASCII, belegte aber auch die restlichen Plätze, vor allem mit den 26 Kleinbuchstaben (weshalb diese bis heute hinter den Großbuchstaben rangieren). Die ECMA konnte gar nicht daran denken, all die Sonderzeichen auch nur der großen europäischen Verkehrssprachen auf den 128 Plätzen ihres 7-Bit-Code unterzubringen. Für die Zwecke der Dateneingabe schien es damals auch überhaupt nicht nötig; da sollte sich jedes Land eben ein paar Zeichen für seine Bedürfnisse zurechtdefinieren. Zehn Plätze wurden für solche Bedürfnisse reserviert.

1968 übernahm das ANSI die Zeichentabelle ECMA-6, und seitdem ist ASCII nur noch ihr Spitzname. Sie wurde (als ISO 646) schließlich 1974 zur weltweiten Norm gemacht. Was heute ASCII heißt, ist also eine Weltnorm und historisch eine Verschmelzung von USASCII und ECMA-6 – und damit eine zur Hälfte europäische Sache. Bei seiner Entwicklung hatten die Amerikaner auch durchaus an den Rest der Welt gedacht. «Es ist nicht wahrscheinlich», schrieb Bemer 1963, «daß der Code in genau seiner jetzigen Form international übernommen wird. Jedoch haben sich die Vereinigten Staaten große Mühe gegeben, internationalen Bedürfnissen entgegenzukommen und vorauszuplanen. Wahrscheinlich wird sich ein eng verwandter Code als internationale Norm durchsetzen, und in diesem Fall wird die ASA einige Veränderungen vornehmen müssen.» Genau dies trat wenig später ein: Die ECMA veränderte den ASCII, und das ANSI (der Nachfolger der ASA) übernahm die in Europa veränderte Fassung.

Die ASCII-Tabelle erwies sich als so gut aufgebaut, daß sie sich schnell fast überall durchsetzte – als zusätzliches, größeres internationales Telegraphenalphabet, zur Texteingabe in die Computer, aber sogar rechnerintern. Ihre Hauptvorteile waren: daß die einzelnen Zeichenklassen (Buchstaben, Zahlen, Satzzeichen und sonstige Symbole) innerhalb der Tabelle geschlossene Blöcke bildeten und darum leicht gemeinsam manipuliert werden konnten; und daß die Zahlen wie die Buchstaben in aufsteigender Reihe wohlgeordnet nebeneinander standen und dem Computer so alle Sortieraufgaben leichtmachten. (Beim Baudot-Code standen noch alle Zeichen durcheinander; das Ordnungsprinzip hieß: Löcher sparen, um die Stanzmaschine zu schonen – die häufigsten Zeichen, E, T und das Leerzeichen, begnügten sich mit einem einzigen Loch, das seltene U brauchte drei.)

In der Computerwelt, in der zunächst nichts mit nichts kompatibel zu sein scheint, hatte die ASA mit ihrem ASCII geradezu ein Wunder vollbracht. Sie hatte nichts Geringeres als ein gemeinsames Alphabet geprägt, das über alle Grenzen und Plattformen hinweg Gültigkeit gewinnen sollte. Sogar das amerikanische Verteidigungsministerium, das in dem Ausschuß kräftig mitgewirkt hatte, verzichtete zugunsten von ASCII bald auf seinen eigenen Code (Fieldata). Ob Unix, Linux, Mac, DOS, Windows, OS/2 – ASCII verstehen sie (fast) alle. Alle Software zum Beispiel, gleich für welches System und in welcher Programmiersprache, wird seitdem in ASCII geschrieben. Darum wird es so bald auch nicht gegen einen anderen, umfangreicheren Code ausgetauscht werden. Es steckt mittlerweile zu tief im Computer drin. Es ist fast so unreformierbar wie der genetische Code des Lebens.

Entsprechend lieb ist ASCII den Computermenschen geworden, und entsprechend unbeliebt ist der Gegencode, auf dem IBM-Großrechner lange eigensinnig beharrten: EBCDIC (Extended Binary Coded Decimal Interchange Code), das sich noch nicht einmal aussprechen läßt. Über EBCDIC weiß Douglas Sweeneys Teufelslexikon im Internet zu sagen: «Ein angeblicher Zeichensatz bei Dinosauriern von IBM. Er existiert in mindestens sechs sich gegenseitig ausschließenden Fassungen, denen bald dies, bald jenes Satzzeichen fehlt, das in modernen Programmiersprachen eine Rolle spielt... Hacker erbleichen schon beim ‹Namen› EBCDIC und halten es für die Verkörperung des rundheraus Bösen.»

ASCII dagegen ist dann das rundheraus Gute. Hacker erfanden sich allerlei Kosenamen für einzelne Zeichen: Das ! ist in Amerika ein *bang*, in England ein *shriek*, das ~ ein *squiggle*, das @ ein *strudel*. Ihre Zuneigung inspirierte im Stadium der Langeweile die ASCII-Art, die man sich heute megabyteweise aus dem Netz herunterladen kann und die weniger eine Kunst ist als eine Knobelei: Läßt sich mit den paar armseligen ASCII-Zeichen nicht vielleicht doch ein betrunkener Hund darstellen? Oder sogar ein verliebter Uhu? Und als Unter-Art brachte sie die Emoticons hervor, all die ASCII-Grimassen vom Typ des Smiley, auch sie stille kleine Triumphe über die Grenzen des Amerikanischen Standardcodes für den Informationsaustausch, denn ihrer Vielfalt ist heute nur noch gewachsen, wer ein Glossar zu Rate zieht. Das Lächeln :-) erkennt jeder auf der Stelle, sein Gegenteil :-(auch. Mit einem :-| konfrontiert, gerät man schon ins Schwanken. Ja, es ist ein Ausdruck der Mißbilligung, und das ;-) ein Augenzwinkern. Aber 8-)? Ein (lächelnder) Brillenträger. Und ;-Q ein Raucher, :-{) einer mit Schnauzer, (:-) einer mit Glatze, :-{} eine mit Lippenstift, $-) ein Yuppie, und %-\ signalisiert Katerstimmung.

Eine Ecke mit zehn Plätzen ist in ISO 646 für nationale Sonderzeichen reserviert; genug also zum Beispiel, um den deutschen Sonderwünschen Rechnung zu tragen. Die deutsche Fassung enthält denn auch alle Umlaute und das leidige ß. In der Praxis ist sie jedoch so gut wie bedeutungslos, denn im internationalen Datenverkehr – also etwa in der E-Mail – kann immer nur die Internationale Referenzversion auf Verständnis hoffen.

Als Anfang der achtziger Jahre Computer nicht mehr nur programmiert und mit Daten gefüttert wurden, sondern die Textverarbeitung rasch an Boden gewann, machte sich das Fehlen nationaler Sonderzeichen in den nichtenglischsprachigen Ländern schon bald höchst unangenehm bemerkbar. Wie ihm abzuhelfen wäre, war sofort klar. Die Hinzunahme des brachliegenden achten Bit würde die Zahl der im Code unterzubringenden Schriftzeichen noch einmal verdoppeln. Aber während die große Stärke von ASCII seine Eindeutigkeit und Universalität ist, wurden die durch die Verwendung eines vollen Byte erschlossenen zusätzlichen 128 Plätze sehr verschieden besetzt. Mit Schaudern etwa denken ältere Computerschreiber an die eigenwillige Ausdeutung des achten Bit bei ‹Wordstar› zurück, die mit diesem Programm geschriebene Texte auf allen anderen Plattformen alptraumhaft entstellte. IBM wartete für das Betriebssystem DOS in den achtziger Jahren mit einer Reihe sogenannter Codepages auf, von denen jede die mit dem achten Bit gewonnenen Möglichkeiten an die Bedürfnisse einzelner Sprachen oder Sprachgruppen anpaßte; die erste, für Anglo-Amerika und Westeuropa bestimmt, war die mit der krummen Nummer 437. Der Computerdoktor Peter Norton nannte das System dieser nicht miteinander kombinierbaren Codeseiten schlicht einen Alptraum. Jedes Computersystem verfuhr mit dem achten Bit auf seine Art, und jedes glaubte, seinen Benutzern ein paar ganz eigene Zeichen schuldig zu sein, die nirgendwo sonst eine Entsprechung fanden. Atari-Benutzer denken gern an die nächtlichen Ringkämpfe mit dem Pesetazeichen ₧ zurück, das ihr Drucker ungebeten zu Papier zu bringen beliebte. Ganz verzichtet auch heute keines auf solche Extratouren, nur daß sie auf einem höheren Niveau stattfinden. Wer etwa unter Windows das Promillezeichen ‰ schriebe, müßte sich auf allerlei Umdeutungen gefaßt machen, wenn er es einem anderen System zu lesen gäbe; die tückischste, weil leicht zu übersehende wäre seine Verwandlung zum Prozentzeichen %, die den Alkoholspiegel mit einem Schlag um das Zehnfache erhöhte. Es sind dies jene marginalen Inkompatibilitäten, über die sich Sysops (*system operators*) die Haare zerraufen.

In diesem Durcheinander bildete sich gleichwohl eine große Schnittmenge heraus, und die wurde weltweit genormt. Es ist die Zeichentabelle namens ISO 8859 aus dem Jahre 1986. Genau genommen handelt es sich nicht nur um eine Tabelle, sondern bisher um deren zehn, denn für die Bedürfnisse aller Sprachen, die am Computer geschrieben, dargestellt, gedruckt werden, selbst aller alphabetischen Schriften oder auch nur der alphabetischen Schriften mit lateinischen Buchstaben, reichten bloße 128 zusätzliche Positionen längst nicht aus. So gibt es einen Zeichensatz ISO 8859-1, meist einfach Latin-1 genannt, der die westeuropäischen Schriftsprachen abdeckt und sich in Westeuropa auch weitgehend durchgesetzt hat. Latin-2 erbarmt sich der osteuropäischen, weitere unter anderem des Arabischen, Griechischen, Hebräischen und Kyrillischen. Der untere Teil aller dieser Tabellen ist der gleiche: pures, unverfälschtes ASCII. Im oberen aber stimmen sie nur teilweise überein. In der Regel erlauben sie, zusätzlich zu den besonderen Sprachen, auf die sie gemünzt sind, die großen westeuropäischen Verkehrssprachen zu schreiben – Deutsch ja, Maltesisch nicht, das nur mit in Latin-3 steckt.

Darum ist es irreführend und falsch, die unterschiedlichen Erweiterungen der ASCII-Tabelle ebenfalls als ASCII zu bezeichnen. Es suggeriert eine Einheitlichkeit, die unwiederbringlich dahin ist. Was es gibt, ist immer nur ASCII plus eine von vielen verschiedenen Erweiterungen.

Am Computer lassen sich mittlerweile so gut wie alle Zeichen schreiben. Mehrere konkurrierende Normen besorgen für den elektronischen Transportweg die Übersetzung von Zehntausenden chinesischer und japanischer Logogramme in ASCII. Indem er für jedes Zeichen zwei Byte in Anspruch nimmt, schafft der 1992 von der Internationalen Normenorganisation ISO verabschiedete Unicode, der bisher nur bei Windows NT schüchterne Verwendung findet, durch die Verwendung von 16 Bit – zwei Byte also – Platz für 65 469 Zeichen, genug sogar für 27 000 chinesische Logogramme – ein wirklich universaler Code für die elektronische Vernetzung der ganzen Welt. (Natürlich genügt es nicht, ein Zeichen nur zu definieren. Es muß im System auch physisch vorhanden sein, um jedesmal, wenn seine Zahl aufgerufen wird, am Bildschirm oder vom Drucker dargestellt zu werden.) Was sich seinen Weg durch die Netze sucht, ist jedoch nach wie vor das gute alte 7-Bit-ASCII: das lateinische Alphabet in klein und in groß, die zehn Zahlsymbole 0 bis 9, 33 Satzzeichen und ein paar Raritäten wie der Klammeraffe @, das Dollarzeichen $, das Doppelkreuz # und der Asterisk *.

Warum aber eigentlich? Sind nicht letztlich sämtliche Computerdaten Folgen von Nullen und Einsen, und ist es den Leitungen und Modems nicht egal, was diese bedeuten? Allerdings – aber gerade weil es eintönige Ströme von Nullen und Einsen sind, die in die Netze geschickt werden, müssen die Clients, die Empfängersysteme, wissen, wie dieser Zahlenstrom zu interpretieren ist; müssen sie also, wenn etwa eine 7 eintrifft, wissen, ob sie eine 7 schreiben oder 7 hinzuzählen oder den siebten Pixel auf schwarz setzen sollen. Der allgemeine Datenverkehr im Netz funktioniert nur, weil von vornherein feststeht: alles, was kommt, ist zunächst einmal Text, und Text heißt im Netz immer nur 7-Bit-ASCII. Alle Daten werden in kleinen Standardpäckchen von etwa 1500 Byte auf die Reise geschickt und suchen sich von Knoten zu Knoten allein ihren Weg zum Ziel, wo sie wieder zusammengesetzt werden. Damit sie ihn finden, trägt jedes Päckchen vor sich einen Header, einen Vorspann, der angibt, wie es heißt und wo es herkommt und wo es hinwill und was es enthält. Dieser Vorspann ist in reinem ASCII abgefaßt. Da das Internet keine zentrale Verwaltung besitzt, kann auch niemand seine Spielregeln ändern und etwa dekretieren, daß ab dem soundsovielten ein neuer Code gelte. Gültigkeit kann nur der Code haben, den alle Computer, durch die eine Mail «geroutet» werden könnte, verstehen. Wenn irgendein Absender mit einigen Empfängern auch nur die mindeste Änderung verabredete, fände kein Päckchen mehr seinen Weg, und sofort bräche der gesamte Netzverkehr zusammen.

Dennoch lassen sich natürlich alle Arten von Daten durch die Netze verschicken: Programme, Grafiken, Klänge und auch Texte mit allen erdenklichen Sonderzeichen. Es geht nur nicht direkt. Immer muß alles durch den ASCII-Engpaß geschleust werden.

Eine Möglichkeit ist die, eine beliebige Nicht-ASCII-Datei (sie heißt «Binärdatei», obwohl sie letztlich nicht binärer ist als eine Text-, also ASCII-Datei) sozusagen in eine ASCII-Hülle zu verpacken. Es geschieht, indem man sie als Anhang einer E-Mail versendet. Allerdings, viele Mailprogramme nehmen keine binären Anhänge entgegen. Werden sie entgegengenommen, so kann der Empfänger nur dann etwas mit ihnen anfangen, wenn er das Werkzeug hat, das sie richtig versteht. Kommt zum Beispiel ein Anhang im Format des Textprogramms ‹WordPerfect›, mit allen Sonderzeichen, wie sie sich in ‹WordPerfect› schreiben lassen, so braucht er ‹WordPerfect›, um den Anhang zu entziffern.

Die andere Methode ist die, eine Binärdatei mit Haut und Haar in reines ASCII zu übersetzen, ehe sie auf die Reise geschickt wird. Das verbreiteste Verfahren dazu kommt aus der Unix-Welt, heißt UU-Kodierung und besteht darin, sämtlichen Daten irgendeine Kombination von ASCII-Zeichen zuzuweisen. Die Wörter *Schöne Grüße* etwa ergäben uu-bersetzt ‚*4V-H]FYE($=R_-]E* – und damit der Empfänger irgend etwas damit anfangen kann, muß er sie erst rückübersetzen («uu-dekodieren»). Ein etwas mühsames Exerzitium, das schlecht zum flotten Hin und Her der E-Mail paßt. Auch sieht man sofort den Pferdefuß: Damit ein Zeichen vom Empfänger richtig verstanden wird, muß er den gleichen Zeichensatz verwenden wie der Versender. Das Copyrightsymbol ©, aus dem westeuropäischen Zeichensatz Latin-1 versandt, käme im osteuropäischen Latin-2 als Š an. Selbst wenn der Empfänger bereit wäre, sich auf die wechselnden Zeichentabellen der Absender einzustellen – wie soll er wissen, welche sie verwendet haben?

Beide Methoden sind also weit davon entfernt, der E-Mail zu Sonderzeichen zu verhelfen. Gar keine Schwierigkeit mit ihnen dagegen scheint das bunte laute World Wide Web zu haben: Dort erscheinen anstandslos auch ein Haufen Sonderzeichen auf dem Bildschirm. Es kommt daher, daß das Web eigentlich nichts anderes ist als das Ensemble jener Computer im Netz, die die Programmiersprache HTML sprechen oder verstehen. HTML übersetzt alles, was es versendet, auf eigene Art in reines ASCII, und der sogenannte Browser ist die Software am Empfängerende, die es zurückübersetzt. Kommen etwa *Schöne Grü&zlig;e* an, so weiß er daraus *Schöne Grüße* zu machen.

Auch das taugt nicht für E-Mail und Newsgroups. Aber es zeigt, wie es trotz der ASCII-Beschränkung gehen könnte.

Alle Sonderzeichen müßten vom Mailprogramm auf eine unverwechselbare Art automatisch in 7-Bit-ASCII übersetzt werden, und das Mail-Programm des Empfängers müßte sie automatisch zurückübersetzen. Damit es dazu imstande ist, müßte gleichzeitig im Vorspann der Mail vermerkt sein, daß jetzt etwas auf diese Art Kodiertes kommt und was es ist, das da kodiert wurde, zum Beispiel der Zeichensatz Latin-1. Bei jeder eingehenden Mail müßte automatisch geprüft werden, ob der Client den Zeichensatz hat, der einen korrekten Empfang gewährleistet; und Empfänger wie Absender müßten automatisch alarmiert werden, wenn der erforderliche Zeichensatz nicht vorhanden ist.

Genau so etwas gibt es. Es heißt MIME (Multipurpose Internet Mail Extensions, Mehrzweckerweiterungen der Internet-Post) und wurde 1992 von Nathaniel S. Borenstein den das Netz regierenden Normen hinzugefügt. Und genau MIME hat die E-Mail vom Bo=DF so zugerichtet: Der Versender (wahrscheinlich hatte er einen direkten Netzzugang und verwendete ein E-Mail-Programm wie ‹Eudora›) sprach MIME, der Empfänger (wahrscheinlich Mitglied im bisher MIME-losen Online-Dienst CompuServe) verstand aber bloß ASCII.

MIME – und gerade das macht seine Stärke aus – ist nicht etwa ein neuer, größerer Zeichensatz, der dann auch bald wieder zu klein wäre. Es ist ein offener Standard: erstens eine besondere Methode, Dateien vieler Art – auch Programm-, Grafik- und Klangdateien oder auch Spreadsheets – für den Weg durchs Netz durch die Umsetzung in ASCII zu präparieren, zweitens eine standardisierte Ankündigung im Header der E-Mail, daß jetzt etwas gemäß MIME Kodiertes komme und was das ist – zwei Extrazeilen, die dann zum Beispiel lauten: «Mime-Version: 1.0 Content-Type: text/plain; charset=‹o-8859-1›». Damit es richtig beim Empfänger ankommt, muß dessen Mail-Programm diese Ankündigung verstehen und die Kodierung rückgängig machen können. MIME funktioniert also nur, wenn es an beiden Enden des elektronischen Postwegs installiert ist – und im Falle von Grafikzeichen, wenn das System des Empfängers über den gleichen Zeichensatz gebietet.

So daß es immerhin einen leisen Hoffnungsschimmer gibt, oder vielmehr zwei. Wenn entweder HTML auf ganzer Linie siegt und auch außerhalb des Web die Mailer mit den netzgeeigneten Kodierungsfähigkeiten dieser Sprache ausgestattet werden, oder wenn immer mehr Online-Dienste MIME als Wächter an ihrem Gateway zum Internet aufstellen und immer mehr Computer im Netz MIME beherrschen, so daß man getrost auch unbekannten E-Post-Partnern MIME-Kodiertes zuschicken kann, wenn zudem Versender wie Empfänger sich an einen gemeinsamen Normzeichensatz halten, der beiderseits des Nordatlantik derzeit nur Latin-1 sein kann, dann werden auch alle *Schönen Grüße* wohlbehalten das Netz passieren.

Bis sich MIME oder HTML durchgesetzt haben, schreibt man seine Mail jedenfalls besser gleich selber in reinem ASCII nieder. Deutsch mit seinen bloßen sieben Sonderzeichen macht es einem ja noch leicht: ö zu oe, ß zu ss und so fort. Französisch hat siebzehn davon, und die lassen sich nicht so einfach in wohlgefälliges ASCII auflösen. Polnisch hat an die vierzig diakritische Zeichen, die zudem nicht in Latin-1 enthalten sind, sondern nur in Latin-2. Wer aber meinte, solche Umschreibung der unsendbaren Zeichen sei die Lösung überhaupt und zumindest die deutsche Sprache damit aus dem Schneider, denn dann brauchte nur jeder einen kleinen Zusatz zu seinem Mailprogramm, der die nötigen Transformationen an hinausgehender wie an eintreffender Mail automatisch vornimmt, freute sich zu früh. Daß jedes ß zu ss werden müßte, ist klar; aber nicht jedes ss darf in ein ß zurückverwandelt werden, sonst bekommt der Empfänger *faßen* und *laßen* zu lesen, und aus *intellektuell* und *virtuell* würde eine automatische Rückverwandlung prompt *intellektüll* und *virtüll* machen, Muell.

Die ASCII-Klemme ist natürlich Teil eines sehr viel größeren Problems. Das Internet kennt keine Grenzen und ist auf weltweite Kommunikation angelegt; diese Kommunikation aber ist vorwiegend sprachlicher Art, und Sprachen haben Grenzen, oft sehr enge sogar. Der eine Globus der Datenbahnen zersplittert bei näherem Hinsehen. Von den drei- bis fünftausend Sprachen, die auf der Welt gesprochen werden (genauer läßt sich die Zahl nicht angeben, da sie vielfältig ineinander verfließen und die Abgrenzungsprobleme besonders, aber nicht nur gegenüber den Dialekten unüberwindbar sind), sind mindestens 88 Amtssprachen, gesprochen in den gut 190 Staaten der Welt; dazu kommen ungezählte Regionalsprachen ohne amtlichen Status. Wie soll die Vernetzung die Verständnisbarrieren zwischen ihnen überwinden? Werden die Einzelsprachen schließlich aussterben und nur noch eine einzige und allen gemeine Weltsprache übriglassen? Oder wird eine ganz neue Interlingua entstehen, eine Hybridform der heutigen Sprachen, zu der alle etwas beisteuern und in der sich die ganze Menschheit wiederfindet? Oder was?

Es gehört nicht viel Kühnheit zu der Prophezeiung, daß weder das eine noch das andere eintreten wird. Sprachen wandeln sich, mischen sich, sterben gelegentlich, aber sie führen auch ein ganz außerordentlich zähes Leben, und das gilt sogar für ihre Schriftzeichen. Als Spanien in die Europäische Union aufgenommen wurde, sollte es Europa sein Enye ñ opfern. Es dachte gar nicht daran und feierte seine Erhaltung wie einen nationalen Sieg. Bei der «Nationalisierung» des ASCII-Zeichensatzes verzichteten Frankreichs Fachleute ausdrücklich auf das oe-collé, das œ – das dennoch weiter verwendet wurde und sich dann auch im Zeichensatz Latin-1 wiederfand. Unvorstellbar, daß das auf Internationalismen doch so erpichte Deutschland auch nur auf sein ß verzichtete, obwohl ihm die Schweiz vormacht, daß es auch ohne geht. Selbst generationenlange Unterdrückung schafft eine Sprache nicht aus der Welt; sie könnte sich nur selber aufgeben.

Linke Tabellenhälfte: ASCII – Die darstellbaren Zeichen aus der Zeichentabelle «ASCII» (ISO 646)
Beide Hälften: Latin-1 – Die darstellbaren Zeichen aus der Zeichentabelle «Latin-1» (ISO 8859-1)

SP	0	@	P	`	p		°	À	Ð	à	ð
!	1	A	Q	a	q	¡	±	Á	Ñ	á	ñ
"	2	B	R	b	r	¢	²	Â	Ò	â	ò
#	3	C	S	c	s	£	³	Ã	Ó	ã	ó
$	4	D	T	d	t	¤	´	Ä	Ô	ä	ô
%	5	E	U	e	u	¥	µ	Å	Õ	å	õ
&	6	F	V	f	v	¦	¶	Æ	Ö	æ	ö
'	7	G	W	g	w	§	·	Ç	×	ç	÷
(	8	H	X	h	x	¨	¸	È	Ø	è	ø
)	9	I	Y	i	y	©	¹	É	Ù	é	ù
*	:	J	Z	j	z	ª	º	Ê	Ú	ê	ú
+	;	K	[	k	{	«	»	Ë	Û	ë	û
,	<	L	\	l	|	¬	¼	Ì	Ü	ì	ü
-	=	M	]	m	}	-	½	Í	Ý	í	ý
.	>	N	^	n	~	®	¾	Î	Þ	î	þ
/	?	O	_	o	DEL	¯	¿	Ï	ß	ï	ÿ

SP: Space (Leerschritt, Zwischenraum)   DEL: Delete (Löschen).

Nationale Opfer wären jedoch auch völlig unnütz, denn den ASCII-Engpaß beseitigten sie alle nicht. Selbst wenn sämtliche lateinischen Schriften auf sämtliche Sonderzeichen verzichteten und sich wie Englisch und Holländisch mit den 26 Buchstaben des Grundalphabets begnügten, bestünde das Dilemma weiter, denn andere Alphabete wie das arabische, griechische, hebräische, kyrillische wären immer noch nicht vertreten, hinter ihnen warteten das Armenische und das Javanische und zig andere, und während die Alphabetschriften mit verhältnismäßig wenigen Zeichen auskommen, da sie im Prinzip nur ein Zeichen pro Sprachlaut zur Verfügung stellen müssen, blieben auch die umfangreicheren syllabischen Schriften wie das japanische Kana zu berücksichtigen und jenseits der syllabischen die logographischen Schriften, vor allem die 27000 bis 50000 chinesischen Wortsymbole. Die verschiedenen Schriftsysteme sind schon in ihrer Anlage völlig unvereinbar und ließen sich auch durch noch so aufopferungsvolle Kompromisse nicht vereinheitlichen; einen gemeinsamen Zeichensatz kann es nicht geben, egal wie groß er sein dürfte. Es wird also nicht geschehen, und es muß auch gar nicht geschehen, denn der Computer kann alle Zeichen darstellen, im Prinzip sogar schon heute, und er kann sie nicht nur darstellen, sondern – über die ASCII-Brücke – auch mit anderen Computern austauschen. Der Unicode definiert bereits heute einen großen Teil der in Frage kommenden Schriftzeichen, und der offene MIME-Standard wie HTML wären auch dem Unicode gewachsen.

Die weltweite Vernetzung wird also am Ende weder zum großen Sprachensterben noch zur Verschmelzung und Hybridisierung der Sprachen führen. Es wird Platz für alle sein, auch in den elektronischen Verkehrsmitteln. Im linguistischen Nahverkehr wird man in den regional gültigen Verkehrssprachen mit den dazugehörigen Zeichensätzen kommunizieren. Sobald eine Botschaft über die Grenzen dieser Sprachdomänen hinaus verstanden werden will, wird man tun müssen, was man auch ganz ohne elektronische Vernetzung tun müßte: auf die Lingua Franca zurückgreifen, zu der das Englische geworden ist, und das nicht nur, weil es mit den nackten 26 Buchstaben des ASCII auskommt.

Verlustbilanz

Direkter Netzzugang:
Wer Zeichen in seiner Mail verwendet, die nicht in der 7-Bit-ASCII Tabelle enthalten sind, muß immer damit rechnen, daß sie nicht richtig ankommen. Je nachdem, welchen Mailer er selber und welchen Client der Empfänger benutzt und welche Routers und Gateways die Post unterwegs passiert, werden die Sonderzeichen unter Umständen ohne Warnung ganz unterdrückt oder durch Leerzeichen ersetzt. Möglicherweise wird auch das achte Bit einfach ignoriert und das 7-Bit-Muster des betreffenden Zeichens gelesen. Dann wird etwa ä zu d, ö zu v, ü zu |, ß zu _, und «Schöne Grüße» kommen als «Schvne Gr|_e» an. Abhilfe schafft nur ein MIME-fähiges Mail-Programm wie ‹Eudora›, ‹Netscape›, ‹Windows Messaging›: Alle Zeichen von Latin-1 können dann kodiert gesendet werden. Beim Empfänger kommen sie jedoch nur richtig an, wenn dessen Client-Programm ebenfalls MIME versteht. Sonst erhält er sie in entstellter, nämlich kodierter Form. «Schöne Grüße» erreichen ihn dann als «Sch=F6ne Gr=FC=DFe», ein «Aperçu» als «Aper=E7u». Das rätselhafte =20, das an unvermuteten Stellen, manchmal am Ende jeder Zeile auftritt, ist ein nach dem MIME-Standard kodiertes ‹Carriage Return›, bedeutet also ‹Neuer Absatz›.

AOL/Bertelsmann:
Interner Mail-Verkehr auf der Grundlage von Latin-1; alle westeuropäischen Sonderzeichen bleiben richtig erhalten. Ins Internet hinausgehende E-Mail wird relativ sinnvoll in 7-Bit-ASCII übersetzt: ä in ae, ß in ss usw.; andere diakritische Zeichen werden wegrasiert (é wird e). Aus AOL ins Internet versandte «Schöne Grüße» kommen bei allen Empfängern als «Schoene Gruesse» an, ein «Aperçu» als «Apercu». Eingehende E-Mail, die im MIME-Standard kodiert ist, wird richtig verstanden und in Latin-1 zurückübersetzt, es gibt also (fast) keine Verluste – «Schöne Grüße» bleiben «Schöne Grüße».

CompuServe:
Interner Mail-Verkehr auf der Grundlage von Latin-1; alle westeuropäischen Sonderzeichen bleiben erhalten. Ins Internet hinausgehende E-Mail wird wenig sinnvoll in 7-Bit-ASCII übersetzt: ä in a, ß in s, é in e usw. «Schöne Grüße» kommen bei allen Empfängern außerhalb CompuServe als «Schone Gruse» an, ein «Aperçu» als «Apercu». Am Gateway zum Internet auch kein MIME für eingehende E-Mail; MIME wird nicht dekodiert. Etwa aus ‹Eudora› eintreffende «Schöne Grüße» kommen beim Empfänger darum als «Sch=F6ne Gr=FC=DFe» an. CompuServe erprobt zur Zeit (Sommer 1996) MIME.

Baudot-Code

Nr.	1	2	3	4	5	6	7	8	9	10	11	12	13	14	15	16	17	18	19	20	21	22	23	24	25	26	27	28	29	30	31	32
Buchstabenreihe	A	B	C	D	E	F	G	H	I	J	K	L	M	N	O	P	Q	R	S	T	U	V	W	X	Y	Z	<	≡			A	ZWR
Zeichenreihe	-	?	:	✠	3				8	☎	(	)	.	,	9	0	1	4	'	5	7	=	2	/	6	+	<	≡			A	ZWR
Anlaufschritt																																
5er Schriftgruppe 1	●	●			●		●			●	●		●				●	●			●	●	●	●	●	●		●			●	
2	●								●	●	●	●	●	●			●		●			●	●	●	●							
3			●	●		●	●		●		●				●	●		●	●				●	●		●		●				
4		●	●	●		●		●		●		●			●		●				●	●		●	●							
5		●		●			●	●			●	●	●		●	●	●		●	●	●			●		●		●				
Stopschritt 1½ fach	●	●	●	●	●	●	●	●	●	●	●	●	●	●	●	●	●	●	●	●	●	●	●	●	●	●	●	●			●	●

☐ Pausenschritt ⎱ bei Einfach-
● Stromschritt ⎰ strombetrieb

☐ Frei für den internen Betrieb eines jeden Landes, aber im zwischenstaatlichen Verkehr nicht zugelassen.

< Wagenrücklauf
≡ Zeilenvorschub
✠ Wer da?
☎ Klingel

1 ... Ziffernumschaltung
A ... Buchstabenumschaltung
ZWR Zwischenraum

T-Online:

Interner Mail-Verkehr auf der Grundlage von Latin-1; alle westeuropäischen Sonderzeichen bleiben erhalten. Ins Internet hinausgehende E-Mail wird mit Gewalt zu 7-Bit-ASCII gemacht: ä zu d, ß zu _, é zu i usw. «Schöne Grüße» kommen bei allen Empfängern außerhalb T-Online als «Schvne Gr|_e» an, ein «Aperçu» als «Apergu». Diese Entstellung geht nicht auf ein absurdes Umsetzungsverfahren der Deutschen Telekom zurück, sondern entsteht einfach dadurch, daß der Gateway von T-Online ins Internet das achte Bit ignoriert. Am Gateway vom Internet ist für eingehende E-Mail zwar MIME installiert, MIME-kodierte Mail wird aber nicht in Latin-1 zurückübersetzt, sondern (einigermaßen sinnvoll) in 7-Bit-ASCII. Etwa aus ‹Eudora› mit MIME eintreffende «Schöne Grüße» kommen beim Empfänger in T-Online als «Schoene Gruesse» an, «Aperçu» als «Apercu».

Genormte Zeichensätze

Baudot-Code: offiziell International Telegraph Alphabet no. 2 (ITA-2). Auf 5 Schritten beruhender, international bis heute verwendeter Zeichensatz für den Fernschreibverkehr. Der Baudot-Code, benannt nach dem französischen Fernmeldeingenieur Émile Baudot (1845–1903), von dem auch das Baud seinen Namen hat, entstand 1895. 1929 löste er in weiterentwickelter Form das Internationale Telegraphenalphabet Nr. 1 ab (Recommendation F.1 des CCITT in der ITU). Er enthält folgende darstellbare Zeichen: ABCDEFGHIJKLMNOPQRSTUVWXYZ?:38().,9014'57=2/6+

ASCII (USASCII): Genormter amerikanischer 7-Bit-Zeichensatz für den Fernschreibverkehr und den Datenaustausch zwischen Computern, beschlossen vom Unterkomitee X3 der ASA, der Vorgängerin des ANSI, am 17. Juni 1963. Von den 128 Positionen benutzte er nur 100; er hatte nur Großbuchstaben. Gleichzeitig beriet seit 1960 in Europa ein Komitee der ECMA, das am 30. April 1965 eine Normzeichentabelle beschloß, ECMA-6. Sie entsprach im wesentlichen ASCII, fügte aber auf den unbesetzten Positionen die 26 Kleinbuchstaben hinzu. 10 Positionen sollten nationalen Sonderzeichen zur Verfügung stehen. Diese Tabelle wurde 1968 vom ANSI als X3.4 übernommen und zum amerikanischen Normzeichensatz. 1974 wurde sie internationale Norm (ISO 646, revidiert 1983 und 1991) und gleichzeitig deutsche Norm (DIN 66003). 1968 wurde sie auf gemeinsame Empfehlung (V.3) von ISO und CCITT/ITU zum Internationalen Telegraphenalphabet Nr. 5 (ITA-5), das ITA-2 nicht ablöste, sondern bei Bedarf ergänzt.

EBCDIC: Anfang der sechziger Jahre eingeführter Zeichencode für IBM-Großrechner, der im Umfang etwa ASCII entspricht, aber nicht mit ASCII kompatibel ist; die Konversion EBCDIC ⇔ ASCII ist eine heikle Sache. Für seine Mikrocomputer verwendete ab Anfang der achtziger Jahre dann auch IBM ASCII. Wegen der Vorherrschaft von IBM-Rechnern im BITNET spielt dort bis heute EBCDIC eine Rolle.

Erweiterungen zu ASCII: Durch Hinzunahme eines achten Bit zu einem 7-Bit-Code wie ASCII ergeben sich 128 weitere Positionen in der Zeichentabelle. Diese werden heute auf verschiedene Weise genutzt. 1981 führte IBM für DOS-Rechner die Codepage 437 ein, die die hinzugewonnenen Plätze für den amerikanischen Datenverkehr nutzte, aber auch die großen westeuropäischen Verkehrssprachen berücksichtigte. Im März 1985 beschloß die ECMA einen 8-Bit-Code mit 256 Zeichen, der alle westeuropäischen Sprachen abdeckte (ECMA-94). Er wurde 1986 von der ISO zur Weltnorm gemacht (ISO 8859-1, genannt Latin-1) und ab 1987 nach und nach durch neun weitere Zeichensätze, zum Teil auch für nichtlateinische Alphabete, ergänzt (ISO 8859-1 bis 10)

– die Nummer 2 (Latin-2) deckt die mittelosteuropäischen ab, die Nummer 10, auch Latin-6 genannt, ist für Lappisch und die Eskimosprachen bestimmt. Die IBM-Codepage 819 für DOS ist identisch mit Latin-1. Meist wird mit DOS dagegen die Codepage 850 verwendet, die sich mit Latin-1 im Zeichenvorrat deckt, die Zeichen aber in anderer Reihenfolge anordnet. ‹Windows› enthält sämtliche Zeichen aus Latin-1 und noch einige mehr. Die deutsche Entsprechung zu ISO 8859-1 ist DIN 66303 (November 1986).

Unicode (UCS): Seit 1987 ursprünglich von den Firmen Apple und Xerox entwickelter Code, der die Schriftzeichen aller Verkehrssprachen der Welt aufnehmen soll: alphabetische wie syllabische und logographische Schriften. Er beruht auf 16 Bit (2 Byte) und stellt damit 65 469 Positionen zur Verfügung. Bisher wird er nur in Windows NT verwendet. Im Juni 1992 wurde er zur internationalen Norm gemacht (ISO/IEC 10 646-1).

MIME: Eine von Nathaniel S. Borenstein von der Firma Bellcore 1992 lancierte Norm für den E-Mail-Verkehr im Internet, die es möglich macht, auch Nicht-ASCII-Dateien (Programme, Grafiken, Spreadsheets, Audio- und Videodateien, Textdateien mit Sonderzeichen) als E-Mail zu verschicken (RFC-1341/1342, überholt durch RFC-1521/1522/1563). Die Daten werden beim Versand automatisch kodiert und beim Empfang ebenso automatisch wieder dekodiert, vorausgesetzt, an beiden Enden ist MIME installiert. Bei der Kodierung werden jeweils drei Nicht-ASCII-Bytes in vier ASCII-Zeichen umgesetzt; die Dateien werden also etwa ein Drittel länger. Es werden nur jene 65 ASCII-Zeichen verwendet, die in allen nationalen Ausdeutungen von ISO 646 identisch und auch in EBCDIC vorhanden sind (Base64 ASCII).

ASA: American Standards Association, New York
ASCII: American Standard Code for Information Interchange
CCITT: Comité Consultatif International de Téléphones et Télégraphes, Genf
ANSI: American National Standards Institute, New York
DIN: Deutsches Institut für Normung, Berlin
EBCDIC: Extended Binary Coded Decimal Interchange Code
ECMA: European Computer Manufacturers Association, Genf
IEC: International Electrotechnical Commission, Genf
ISO: International Organization for Standardization, Genf
ITU: International Communication Union, Genf
MIME: Multipurpose Internet Mail Extensions
RFC: Request for Comments, von der Internet Engineering Task Force veröffentliche Spezifikationen für den Datenverkehr im Internet
UCS: Universal Multiple-Octet Coded Character Set

Ausstellung ist verpestet
Über den PC als Übersetzerlehrling

Es ist ein halbes Jahrhundert her, daß der Computerpionier Warren Weaver seinen Kollegen Mut zusprach: Aus dem Rechner ließe sich bestimmt auch eine Maschine zur Sprachübersetzung machen. Eine natürliche Sprache sei doch eine Art Geheimcode, den der Computer knacken könne wie andere Codes auch; es müsse nur immer ein Wort durch das richtige andere ersetzt werden.

Seitdem wurden viel Mühe und Scharfsinn aufgeboten, um ihm den Trick beizubringen – mit dem Ergebnis, daß heute feststeht: MÜ (Maschinenübersetzung) geht nicht, heute nicht und morgen nicht, und ohne einen zur Zeit nicht einmal vorstellbaren technologischen Durchbruch im Science-fiction-Stil wird sie nie gelingen.

Nicht, daß dem Computer damals zuviel zugetraut wurde. Es wurde nur der menschlichen Sprache viel zuwenig zugetraut. Sie ist mehr als ein Geheimcode – eine sehr viel härtere Nuß. Ihre ganze Komplexität kam erst in den Jahren ans Licht, als ein Algorithmus nach dem andern an ihr scheiterte. Der Computer tut willig alles, was man ihm aufträgt, und er tut es schneller und zuverlässiger als das menschliche Gehirn. Aber es muß ihm erst einmal aufgetragen werden, ausdrücklich und Schritt für Schritt. Das genau ist der Haken: Es ist nicht gelungen, die (nichtnumerische) menschliche Sprachaktivität auch nur annähernd vollständig in eine noch so große Zahl eindeutiger Rechenschritte aufzulösen.

Ist es grundsätzlich ausgeschlossen? Zwar ist die Zahl der möglichen Wörter und Sätze und ihrer Bedeutungen unendlich, aber die ihrer Bildung zugrundeliegenden Regeln und

Informationen sind es ja wohl nicht, auch nicht im Gehirn, sonst gäbe es Sprache nicht. Aber Sprache ist kein Modul ganz für sich. Sie ist tief in alles menschliche Wissen und Denken eingebettet, und das macht die Zahl der nötigen Rechenschritte ungeheuer groß; letztlich müßte alles Denken simuliert werden. Abkürzungswege gibt es nur wenige; eine nach der andern müssen die Regeln und die herangezogenen Informationen dem Gehirn abgewonnen und der Übersetzungsmaschine vermittelt werden. Sie ist darum auch nichts, was sich irgendwann erfinden ließe. Allenfalls könnte sie langsam, ganz langsam in schier endloser Kleinarbeit Wort für Wort, Wendung für Wendung herangezüchtet werden – und je mehr sie lernt, um so größer werden auch ihre Fehlermöglichkeiten.

Was der Algorithmisierung der Sprache ganz besonders im Wege steht, ist die Tatsache, daß sie auf drei verschiedenen, ineinander verschachtelten Ebenen durchstrukturiert ist. Der Computer muß am Ende eine Zeichenfolge in eine andere übersetzen, *how are you?* in *qué tal?* zum Beispiel. Auf der Zeichenebene käme er nicht weit. Keine auch nur denkbare Regel verriete ihm je, ob und wann er *h-o-w* in *q-u-é* verwandeln muß, ob und wann einer der drei Strings wegfällt oder ob *q-u-é* für *h-o-w* steht oder für *h-o-w- -a-r-e* oder für was sonst. Er darf nicht auf der Ebene der einzelnen Zeichen bleiben, sondern muß die Wörter in den Zeichen erkennen. Und auch die Wörter brächten ihn nicht viel weiter, solange er sie nicht im Satzzusammenhang sieht. Er muß, wenn er übersetzen soll, richtige Sätze konstruieren können, sowohl wenn er einen ihm vorgelegten Satz untersucht als auch bei seinem Nachbau in einer anderen Sprache, bei der Analyse und der Synthese also. Nach für jede Sprache besonderen Regeln treten auf der unteren Ebene die für bestimmte Laute stehenden Zeichen der alphabetischen Schriften zu Wörtern zusammen. Nach ganz anderen Regeln werden auf einer höheren Ebene die Wörter zu Sätzen kombiniert, und dabei werden wiederum die Wörter selber verändert. Und wenn beide Codes, die der Wörter und die der Sätze, geknackt wären, käme als dritter Code die Idiomatik im weitesten Sinn hinzu, die sich teilweise über die anderen Regeln hinwegsetzt: Ein Satz mag zwar in jeder Hinsicht richtig sein, aber man sagt einfach so nicht, es ist «unidiomatic», wie einem Englischlehrer so gern bescheinigen.

An diesen drei ineinander verschlungenen Codes dürfte auch das dem Gehirn abgesehene Wundermittel der Informatik scheitern, die neuronalen Netze, die jene Regelmäßigkeiten, die man dem Computer nur schwer einzeln vorbuchstabieren kann, in gewissem Umfang selber zu lernen imstande sind. Daß ein A viele Formen haben kann, oder umgekehrt gesagt: daß viele verschieden aussehende Zeichengestalten als A zu interpretieren sind – das läßt sich dem Computer mit Hilfe neuronaler Netze vermitteln. Da es schwer bis unmöglich wäre, ihm eindeutig vorzudefinieren, was ein A ist und woran es jedes mögliche A als ein solches erkennen kann, legt man ihm viele Arten von A vor und korrigiert ihn, wenn er sie nicht für A, sondern für etwas anderes hält. Dank diesen Korrekturen verändert er die Gewichtung zwischen den neurongleichen Prozessoren des Netzes und abstrahiert aus allen ihm vorgelegten akzidentellen Schriftformen sozusagen die idealen, prototypischen Buchstaben. Er stellt also zwischen vielen verschiedenen Mustern und einem bestimmten Buchstaben eine Beziehung her. Es ist eine direkte Beziehung. Wenn er die vorgelegten Muster erst in einen oder zwei Geheimcodes übersetzen müßte, aus denen sich dann die richtige Lösung extrahieren ließe, wäre er verloren. In menschlichen Begriffen ausgedrückt: Ineinander verschachtelte Codes kann er nicht durchschauen. Es wäre ihm auf diese Weise nicht beizubringen, daß die Lösung für ein bestimmtes Problem auf einer ganz anderen, über- oder untergeordneten Ebene zu suchen ist. Dem doppelt und dreifach durchstrukturierten Code der Sprache wäre er nicht gewachsen. In dem

Sprachmaterial, das man ihm vorsetzte, könnte er die Regularitäten nicht erkennen.

Der Aufwand beim Aufbau eines maschinellen Übersetzungssystems steigt exponentiell. Die häufig vorkommenden Wörter und Satzbaupläne («Phrasenstrukturen») aus den Kernbereichen der Sprachen sind dem Computer noch relativ schnell beigebracht. Aber eine Sprache ist wie ein sich nach außen immer weiter verdünnender Stern. Je weiter man sich vom Zentrum entfernt, je weiter in seine dünneren Außenbezirke man gerät, desto mehr muß unternommen werden, Fälle zunehmenden Seltenheitsgrades mit abzudecken. Je größer das System dabei wird, desto schwerer läßt sich auch erkennen, wie es auf eine Erweiterung reagiert – und desto größerer Aufwand ist vonnöten, um falschen Reaktionen vorzubeugen.

Es war mehr als naiv, anzunehmen, zwei Sprachen ließen sich jemals ineinander übersetzen, indem man einfach jedes Wort der Quellsprache durch ein entsprechendes Wort der Zielsprache ersetzt. Eins-zu-eins-Entsprechungen zwischen zwei Sprachen gibt es nicht. Und sowieso ist die Wortebene nur der Anfang. Ein Satz ist mehr als die Summe seiner Wörter. Den Wörtern *Buch, Papier, drucken, sein, alt, fein, dies* ist nicht im mindesten zu entnehmen, was sich den Sätzen entnehmen ließe, die sich aus ihnen bauen lassen.

Erst der Computer hat so richtig klar werden lassen, wie abenteuerlich, verzweiflungsvoll vieldeutig eine Sprache auf jeder ihrer Ebenen ist. Er muß Schritt für Schritt das Vieldeutige eindeutig machen. Zunächst sieht er nur Zeichen – und muß herausfinden, welches Wort in den Zeichen steckt. Ist *fehlerfreierem* eine Ableitung zu *Fehler* oder *Freier* oder *Ei* oder *frei*? Welche? Ob *Weise* Substantiv oder Verb ist, läßt sich auf der Wortebene gar nicht entscheiden, sondern erst auf der des Satzes; also muß zu der morphologischen Analyse die syntaktische treten. Gesetzt den Fall, der Computer ermittelt dabei, daß *Weisen* nur ein Akkusativobjekt sein kann:

Fragt die Weisen – Singt die Weisen. Welche *Weisen* gemeint sind, wüßte er noch immer nicht, und also auch nicht, wie sie übersetzt werden müßten. Es ergibt sich bestenfalls auf der nächsthöheren Ebene, der semantischen, nämlich wenn der Computer zu dem Schluß kommen sollte, daß weise Menschen nicht singbar sind. Und alle linguistischen Analysen zusammen helfen ihm nicht, auch nur eine Bagatelle wie *he knew it* zu übersetzen. *Er kannte es? Er wußte es?* Er brauchte mehr als semantische Kenntnisse, um dies zu entscheiden. Ganz abgesehen von der Anapher *it*, die der Computer nur richtig auflösen könnte, wenn er den Satz verließe und «wüßte», worauf in den voraufgehenden oder folgenden Sätzen sich dieses *it* bezieht.

Auch der menschliche Übersetzer, der *Humantranslator*, verwandelt beim Übersetzen eine Zeichenkette in eine andere. Dennoch ist sein Tun so nicht gerade erhellend beschrieben. Er übersetzt weder Zeichen noch Wörter und noch nicht einmal Sätze. Übersetzen ist etwas anderes. Es ist die Übertragung der hinter den Zeichen, Wörtern und Sätzen stehenden Bedeutungen. Sie sind es, die in der Zielsprache mit deren eigenen Mitteln abzubilden wären. Der Mensch ist dazu scheinbar spielend in der Lage, weil er «versteht». Er weiß nicht nur, wie etwas gesagt werden kann – mit welchen Wörtern und Wendungen, unter Beachtung welcher morphologischen und syntaktischen und semantischen Regeln. Er weiß auch, was sich über einzelne Dinge sinnvoll sagen läßt, zum Beispiel nicht, was der im Meer der Vieldeutigkeiten ertrunkene Computer bedenkenlos, wenngleich grammatisch richtig hinsetzt: *Die Zeitberechnung von den Bohrern schlägt vor, Porzellan möchte Schutz Teng-hui drohen* (*The timing of the drills suggests China wants to threaten Lee Teng-hui*). Der Computer «weiß» nichts. Er kann allenfalls kleine Bruchstücke menschlichen «Weltwissens», die ihm eingetrichtert worden sind, recht und schlecht simulieren.

Dennoch gibt es Übersetzungsprogramme mittlerweile sogar für den PC, und dennoch sind nicht alle bloßer Unfug. Zwar ist ein Ding der Unmöglichkeit, was bei Computerlinguisten FAHQT heißt, ‹vollautomatische Qualitätsübersetzung›: die unüberwachte, in jeder Hinsicht richtige Übersetzung beliebiger Texte. Mit keinem Text, auch dem simpelsten nicht, kann der Computer je allein gelassen werden; und allen Wörtern und Satzkonstruktionen, die in einer lebendigen Sprache möglich sind, ist er nie gewachsen. Aber weit, weit unterhalb der mythischen FAHQT könnte er sich in Grenzen nützlich machen, indem er dem unentbehrlichen *Humantranslator* einen Teil der Arbeit abnimmt. Nicht dem literarischen, nur dem Fachübersetzer, dessen Kunst nicht darin besteht, Feinheiten des Ausdrucks nachzuspüren, sondern vor allem darin, eine eindeutige und einheitliche Terminologie in gerade Sätze zu verstricken (auch dabei können Sprachwitz und Phantasie nicht schaden).

Bei den europäischen Behörden ist ein großer Teil des Beamtenapparats nur mit dem Dolmetschen und Übersetzen beschäftigt, und je mehr Amtssprachen hinzukommen, um so erdrückender wird die Übersetzungslast. So gut wie kein Industrieprodukt läßt sich exportieren, wenn ihm nicht umfängliche Dokumentationen in den Sprachen der Importländer mit auf den Weg gegeben werden. Es wurde geschätzt, daß auf der Welt jährlich heute über zwei Milliarden Seiten dieser schmucklosen Gebrauchsprosa übersetzt werden müssen, und die Menge wächst stetig. Das ganze Projekt MÜ wäre längst abgeblasen, bestünde nicht eine gewisse Hoffnung, daß es auf diesem riesigen Markt Fuß fassen könne, wo schon geringe Produktivitätssteigerungen zu Buche schlagen – nicht als eine Wunderarznei, sondern nur als ein Werkzeug mehr.

Die existierenden Programme sind vorzüglich geeignet, um sich die zunächst unglaublich wirkenden Klöpse der MÜ vorzuführen. *Ausstellung ist verpestet, und Foul ist fair* – was war das wohl einmal? Es war Shakespeares berühmte Zeile

Fair is foul, and foul is fair. Der Computer hat sie sogar einigermaßen richtig übersetzt, und trotzdem stimmt nichts. Aber woher sollte der Computer auch wissen, daß er es hier mit einem ganz anderen *fair* zu tun hat als dem, auf das seine Programmierer zuerst verfallen waren? Ist die bessere, die raffiniertere automatische Übersetzung sogar im Grunde die schlechtere, gerade weil sie so gefährlich glatt wirkt – obwohl sie unabsichtlich sogar einen Reim liefert? *Die Messe ist schlecht, und das Foul ist gerecht.* Die Heiterkeit hält jedoch nicht lange an. Bald glaubt man's; dann wirkt das Kauderwelsch, das jede MÜ produziert, nur noch öde.

Sind die Übersetzungsprogramme sonst noch zu etwas gut? Sie wären um so besser, je weniger sie sich als Übersetzungsprogramme gerierten, um sich statt dessen als Werkzeug für den menschlichen Übersetzer zu empfehlen. Leider ist es genau umgekehrt: Je primitiver das Programm, um so voller nehmen seine Distributoren den Mund. Wenn sie oder ein ahnungsloser Laudator in einem Computermagazin versprechen, der Mensch brauche nur Programm Soundso zu erwerben und sei auf der Stelle aller Übersetzungssorgen ledig, so muß man gar nicht erst hinsehen, um zu wissen, daß es sich um eine plumpe Irreführung handelt.

Als «Übersetzungsprogramm mit großem Leistungsumfang» stellt sich der ‹FB-Translator› vor. Wie der ähnliche, aber äußerlich gefälligere ‹SchWINn Translator Pro› ist er nicht mehr als eine Textverschrottungsmaschine. Beide übersetzen nicht, sondern ersetzen, Wort durch Wort, manchmal Wortgruppe durch Wortgruppe. Die Methode entzieht selbst einfachste Sätze jedem Verständnis: *Bezahlung kann sein gemacht von kontrollieren.* Das ist nur zu retten, wenn man es sich auf der Stelle zurückübersetzt: *payment may be made by check.* Als Option bieten einem beide an, sich die richtigen Wörter aus den angezeigten Vorschlägen selber herbeizuklicken. Dazu aber müßte man den betreffenden Satz bereits selber übersetzt haben, brauchte also die Dienste des Programms nicht mehr. Es stört einen nur bei der Niederschrift der eigenen Übersetzung. Seine Wörterlisten nämlich sind so spärlich und lückenhaft bestückt, daß meist nicht dabei ist, was man brauchte. Selbst für *the* werden nur sechs Möglichkeiten geboten, *der, die, das, den, desto, umso* – und was, wenn an der betreffenden Stelle *dem* nötig wäre? Das ist nicht vorgesehen; also kann man auch kein *dem* in seine Übersetzung schreiben, wie man überhaupt nur die wenigsten Wörter hineinschreiben oder an der Darstellung etwas verändern könnte. Auch der «manuelle» Gebrauch beider Programme also bringt dem Übersetzer nur das Gegenteil von Hilfe: eine geradezu groteske Behinderung.

Nicht ganz so low-end sind die diversen Programme der amerikanischen Firma Globalink, deren Sprachshredderdienste man auch im Internet in Anspruch nehmen kann. Ihre Lexika sind gar nicht so klein, und für eine rasche und oberflächliche Syntaxanalyse ist ihnen so etwas wie ein Parser aufgesetzt. Aber das Ergebnis ist fast durchweg grammatischer Schrott (*Der Briefträger nur Ringe zweimal*), und die Bedienung ist viel zu schwerfällig, als daß der Übersetzer etwas davon hätte, das Programm seinen Zwecken ein Stück weit gefügig zu machen.

High-end und vom feinsten dagegen sind der von IBM entwickelte ‹Personal Translator› (PT) und der von Siemens entwickelte ‹T1›. ‹T1› hieß bis 1995 noch ‹Metal›, setzte eine Sun-Workstation voraus, kostete mindestens 60 000 Mark und brauchte eine einmonatige Einarbeitungszeit: etwas für die Übersetzungsbüros einiger Großkunden, die das Programm durchaus mit Erfolg einsetzen. Da deren Zahl sich in Grenzen hält, machte es sich für Siemens nicht bezahlt. Die Firma ließ es fallen, und bei Langenscheidt versucht es nun für ein Hundertstel seines ehemaligen Preises, für 300 bis 600 Mark, sein Glück auf dem weiten allgemeinen Markt.

Beide Programme haben eindrucksvolle, nach wählbaren Sachgebieten aufgeschlüsselte Wörterbücher, beide haben mächtige Parser, die wacker versuchen, jeden Satz bis zu seiner letzten Komponente zu analysieren, und in beiden stecken viele Jahre sachverständiger Entwicklungsarbeit. Trotzdem kommt bei beiden nur ausnahmsweise einmal wenigstens ein kürzerer Satz zwar anspruchslos, aber immerhin richtig übersetzt heraus. Bei längeren Sätzen rechnen sich ihre Parser tot. Je umfangreicher die Regeln in einem Parser, und je länger das dazugehörige Lexikon, auf das sie anzuwenden sind, desto mehr Möglichkeiten hat der Rechner schließlich durchzuprüfen. Bei Sätzen von etwa fünfundzwanzig Wörtern an dauert es schon bedenklich lange, bis er zu einem Ergebnis kommt; bei Sätzen ab vierzig Wörtern – und das ist noch nicht wirklich lang – schafft er es in der voreingestellten Zeit von fünfhundert Sekunden immer öfter gar nicht und kapituliert. Man verübelt es ihm nicht, denn die Kapitulation ist in diesem Fall nicht nur die ehrlichere, sondern auch die effizientere Methode – es würde den *Humantranslator* viel mehr Zeit kosten, den von der vielen sinnblinden Rechnerei völlig durcheinandergebrachten Satz wieder zu entwirren, als ihn von Grund auf selber neu zu übersetzen. Nur wer linguistisch einigermaßen gewitzt ist, erkennt hinter den meist auch hier rundheraus falschen und oft schlechterdings unverständlichen Sätzen die große Anstrengung; nur er weiß zu würdigen, daß Welten zwischen ihren Ergebnissen und denen der primitiveren Programme stehen, die keinerlei oder wie die von Globalink nur halbherzige Versuche machen, vollständige Sätze zu bauen.

Beide Programme schränken die Sprache, mit der sie fertig zu werden versprechen, zwar nicht ausdrücklich ein, geben ihren Benutzern aber einige realistische Ratschläge, die durchaus auf eine Einschränkung hinauslaufen: Kurze Sätze! Keine Schachtelkonstruktionen! Keine langen Attribute! Keine Füllwörter (*doch*, *ja*, *wohl*, *eigentlich*, *praktisch*)! Alles dies bringt sie von vornherein in Verlegenheit. So müßten die meisten Texte, die draußen auf der freien Wildbahn des Lebens vorkommen, für sie erst mundgerecht aufbereitet werden. Auch wenn man nichts weiter von ihnen will, als sich fremdsprachige Schriftstücke so grob in die eigene Sprache übersetzen zu lassen, daß man wenigstens ihren Sinn erahnen kann (um dann zu entscheiden, ob man sie wirklich übersetzt haben will) – selbst bei solchem Minimalanspruch kann man ihren Ergebnissen also nur mit nimmermüdem Mißtrauen begegnen. Eine sprachlich simple, aber in ihren Konsequenzen entscheidende Aufforderung wie die, einen Betrag per Scheck zu bezahlen, kann fatal falsch herauskommen: *Zahlung kann von Überprüfung auf jeder Bank gemacht werden* (‹PT›) oder *Zahlung kann geleistet von Überprüfung gezogen auf jeder Bank* (‹T1›) – man müßte schon wissen, daß beide Programme dazu neigen, *check* mit *Überprüfung* zu übersetzen, ehe man ihnen solche Texte unbeaufsichtigt auch nur zum Zwecke eines groben Vorverständnisses anvertrauen könnte. Die in diese Programme eingefütterten Texte sollten also vorher den sprachlichen Fähigkeiten der Maschine angepaßt werden; und ihre Resultate müssen durchweg aus der MÜ- in die Humansprache übersetzt werden.

Der gewaltige computerlinguistische Aufwand verbessert die Übersetzungsleistungen also gar nicht gewaltig; sie sind nicht viel weniger dürftig als die der *low-end*-Programme. Aber sie sind hier gar nicht das Entscheidende, und nicht an ihnen sollten sie gemessen werden. Die Programme sind nämlich gar keine Übersetzungsautomaten, oder nur nebenbei. Sie visieren ein bescheideneres und darum realistischeres Ziel an. Es sind auf den Fachübersetzer zugeschnittene, anpassungsbedürftige, aber auch anpassungsbereite Arbeitsplattformen. Hier kann er sich sein A und O anlegen, Terminologien. Hier stehen ihm, wenn er es mit vielen gleichartigen Texten zu tun hat, etwa immer neuen Aktualisierungen der gleichen Manuale, früher einmal gefundene Lösungen in einem Archiv auf Abruf bereit.

Beide Programme haben eine seltsame Schwäche bei idiomatischen Wendungen, vor allem der ‹PT›. Selbst die allerhäufigsten erkennt er nicht – etwa wenn er *by the way* (das so häufig vorkommt, daß es in der E-Mail oft abgekürzt wird, *BTW*) mit *durch den Weg* übersetzt und *no matter what* mit *keine Angelegenheit was*. Bei ‹T1› ist Langenscheidts ‹Handwörterbuch Englisch› – das dem Übersetzer mehr hilft als das ehrgeizigste Übersetzungsprogrammm – mit in die Oberfläche eingebunden, der Parser zeichnet sich durch eine besonders tüchtige Kompositaanalyse aus, der Editor versteht wesentlich mehr als bloßes ASCII, und der Einbau eigener Wörterbücher in die Hierarchie seiner Lexika ist sinnvoller gelöst. Insofern ist ‹T1› Spitze – für den Laien eine Art High-Tech-Adventure zum Thema Sprache, für den Profi die ultimative Nichtübersetzungsmaschine.

Drei Versuche

(1) **Geschäftsmitteilung**: *All prices are in U.S. dollars and do not include shipping or insurance. We offer volume discounts. There are no minimum orders. Prices are subject to change without notice. Payment may be made by check drawn on any bank in the United States and payable in U.S. dollars, or money may be transferred directly to our account. Please reference your order. We ship door to door via DHL or other carrier of your choice. Two to three days transit time to Europe and three to four days transit time to Australia, New Zealand and the Far East.*

(2) **Pressemeldung**: *In a landmark case, a sharply divided Supreme Court ruled yesterday against a woman who protested when local authorities seized a car she co-owned with her husband after he had sex in it with a prostitute. At issue was whether an innocent owner's property can be seized if it is used in the commission of a crime. Tina Bennis argued that confiscation of the car under a Michigan law violated her constitutional right to due process and represented an unconstitutional taking of her property. But the court, in a 5–4 opinion, upheld the forfeiture.*

(3) **Literarischer Text**: *Sebastian Knight was born on the thirty-first of December, 1899, in the former capital of my country. An old Russian lady who has for some obscure reason begged me not to divulge her name, happened to show me in Paris the diary she had kept in the past. So uneventful had those years been (apparently) that the collecting of daily details (which is always a poor method of self-preservation) barely surpassed a short description of the day's weather; and it is curious to note in this respect that the personal diaries of sovereigns no matter what troubles beset their realms are mainly concerned with the same subject.*

SchWINn Translator Pro 1.0. Entwickler: Markus Schwinn. TopWare, Mannheim, 1994. D/E, E/D. Windows ab 3.1. 39,95 DM

(1) all Preise sind in U.S. Dollars und kein einschließen Versand oder Versicherung. unsereins anbieten Name eines Datenträgers Skonti. es ist nicht Mindestmaß Bestellungen. Preise unterliegst Änderung fristlos Bezahlung mag sein gemacht von prüfen gezeichnet eingeschaltet irgendeine Bank im gemeinschaftlich Beschaffenheiten und fällig in U.S. Dollars, oder Geld mag sein transferierte direkt zu unser Konto. bitte Empfehlung euer Ordnung. unsereins Schiff Tür zu Tür via DHL oder andere Spediteur von euer Wahl. zwei zu drei Tage Durchgangszeit nach Europa und drei zu vier Tage Durchgangszeit zu Australien, neu Zealand als auch die fern östlich.

(2) in ein Grenzstein Fall, ein scharf teilte höchst Hof beherrschte gestern gegen ein Frau wer aufbegehrt wenn Ortsbehörde angepackt ein Auto sie co-besaß mit ihr Ehemann nach er hatte Geschlecht darin mit ein Dirne. fortgeschrittene Technik Streitfrage war ob ein unschuldig owner's Eigentum kann sein angepackt wenn es ist gebraucht im Auftrag einer Verbrechen. Tina Bennis argumentierte diese Konfiszierung von der Auto unter ein Michigan Gesetz übertrat ihr gesetzmäßig recht zu fällig Vorgang und repräsentierte ein verfassungswidrig Aufnahme von ihr Eigentum. aber der Hof, in ein 5−4 Meinung, gehalten der Verwirkung.

(3) Sebastian Ritter war geboren auf dem dreißig-erste von Dezember, 1899, im ehemalig Hauptstadt meines Land. ein alt russisch Dame wer hat für irgendein dunkel Vernuft bettelte mich nicht zu enthüllen ihr Name, zugestoßen Schau mich in Paris der Tagebuch sie hatte behielt in der Vergangenheit also ereignislos hatte solch Jahre gewesen (scheinbar) diese der ansammelnd von täglich Einzelheiten (welcher ist immer ein arm Methode von selber-Konservierung) knapp überbot ein Kurzbeschreibung von der day's Wetter; und es ist neugierig beachten in dieser Hinsicht diese der persönlich Tagebücher von souveräne macht nichts was Mühen bedrängen ihr Reiche sind vorwiegend zuständig mit dasselbe unterworfen.

FB-Translator PA. Entwickler: Frank Brall, Sontra. Pearl Agency, Buggingen, 1994. D/E, E/D. DOS ab 3.3. 69 DM

(1) Alle Preise bist sein in U.S. Dollar und tun nicht einbeziehen Versendung oder Versicherung. Wir anbieten Band Skonti. Da sind nicht Minimum Bestellungen. Preise können ohne Ankündigung geändert werden. Bezahlung kann sein gemacht von kontrollieren gezeichnet eingeschaltet irgendeine Bank im vereinigte Staaten und fällig in U.S. Dollar, oder Geld kann sein überführte direkt zu unser abrechnen. Bitte Erwähnung euer Ordnung. Wir versenden Tür zu Tür über DHL oder andere Betreiber deiner Wahl. Zwei zu drei Tage Übergang Zeit nach Europa und drei zu vier Tage Übergang Zeit zu Australien, neu Zealand als auch die Fernen Osten.

(2) In ein Grenzstein Fall, ein scharf teilte besser Gericht herrschte gestern gegen ein Frau welcher reklamierte sobald Ortsbehörde belegt ein Auto sie co-owned mit ihr Ehemann hinter er hatte Geschlecht darin mit ein Dirne. An ausgeben wurde ob ein unschuldig Besitzers Eigentum sein können belegt ob's ist gebraucht im Auftrag eines Verbrechen. Tina Bennis argumentierte damit Konfiszierung von der Auto unter ein Michigan Gesetz übertrat ihr Verfassungs-Recht auf fällig Vorgang und vertrat ein verfassungswidrig nehmend von ihr Eigentum. Aber der Gericht, in ein 5−4 Meinung, gehalten der Verlust.

(3) Sebastian Ritter wurde geboren auf dem thirty-first von Dezember,

1899, im ehemalige Hauptstadt von mein Land. Ein alt Russe Dame welcher hat für manche dunkel Vernunft bettelte mich nicht zu enthüllen ihr Name, widerfuhr zeigen mich in Paris der Tagebuch sie hatte behielt früher. So ereignislos hatte jene Jahre gewesen (scheinbar) daß sich der sammelnd von täglich Einzelheiten (welche ist immer ein arm Methode von self-preservation) bloß überbot ein Kurzbeschreibung von der day's Wetter; und es ist neugierig zu Anmerkung in diesem Ehrerbietung daß sich der persönlich Tagebücher von Souveräne ganz gleichgültig was Schwierigkeiten bedrängen ihre Reiche bist sein vorwiegend befaßt mit dasselbe unterwerfen.

Manuelle Wortauswahl:

(1) Alle Preise sind in U.S. Dollar und tun nicht einschließen Versendung oder Versicherung. Wir bieten Umfangs Skonti. Es gibt keine Mindest Bestellungen. Preise können ohne Ankündigung geändert werden. Bezahlung kann sein gemacht by Scheck gezeichnet auf irgendeine Bank im vereinigte Staaten und zahlbar in U.S. Dollar, oder Geld kann sein überführte direkt nach unser Rechnung. Bitte Verweis euer uftrag. Wir versenden Tür zu Tür über DHL oder andere Frachtführer deiner Wahl. Zwei bis drei Tage Übergang Zeit nach Europa und drei bis vier Tage Übergang Zeit bis Australien, neu Zealand und die Ferner Osten.

(2) In einem Grenzstein Fall, ein scharf gegliedert besser Gericht herrschte gestern gegen eine Frau welche reklamierte als ortsbehörden angepackt ein Auto sie co-owned mit ihr Ehemann nachdem er hatte Sex darin mit eine Dirne. An Ausgabe war ob eines schuldlosen Eigentümers Eigentum werden kann angepackt wenn's ist benutzt im Auftrag eines Verbrechen. Tina Bennis argumentierte daß Beschlagnahme von der Auto unter einem Michigan Gesetz übertrat ihr verfassungsmäßig Recht auf pflichtgemäßen Prozeß und repräsentierte eine verfassungswidrige Einnahme von ihrem Eigentum. Aber das Gericht, in einem 5–4 Meinung, gehalten die Verlust.

(3) Sebastian Ritter wurde geboren auf dem thirty-first von Dezember, 1899, im ehemalige Hauptstadt von mein Land. Eine alte Russin Dame welche hat für irgendein unklarem Grund bettelte mich nicht zu enthüllen ihr Name, widerfuhr zeigen mir in Paris das Tagebuch sie hatte gehalten In der Vergangenheit. So ereignislos hatte jene Jahre gewesen (scheinbar) daß sich der sammelnd von alltäglichen Einzelheiten (welche ist immer eine arm Methode von self-preservation) kaum überbot eine Kurzbeschreibung von der day's Wetter; und es ist neugierig zu beachten in diesem Respekt daß sich der persönlichen Tagebücher von Souveränen ganz gleichgültig was Schwierigkeiten bedrängen ihre Reiche sind vorwiegend befaßt mit demselben Sachgebiet.

German Assistant für Windows. MicroTac/Globalink, Fairfax, Virginia, 1994. Windows ab 3.1. 99 DM. Plus- und Luxus-Versionen als Power Translator bis 700 DM

(1) Alle Preise sind in U.S. Dollar, und schließt Schiffahrt nicht ein oder Versicherung. Wir bieten Band-Preisnachlaße an. Es gibt keine Minimum-Ordnungen. Preise sind Thema, verändern ohne Benachrichtigung. Zahlung mag durch Scheck gemacht werden gezogene auf irgendeiner Bank in den Vereinigten Staaten und zahlbare in U.S. Dollar, oder Geld mag direkt zu unserem Konto übergeben werden. Bitte Erwähnung Ihr Ordnung. Wir versenden Tür zu Tür über DHL oder anderer Bote von Ihr auserlesene. Zwei zu drei Tag-Transit stoppen nach Europa, und drei zu vier Tag-Transit stoppen nach Australien, Neue Eifer-und und der Weite Osten.

(2) In einem Orientierungspunkt-Fall hat ein scharf oberst Gerichtshof geteilt, hat regiert gestern gegen eine Frau, die protestiert hat, wenn hiesige Verwaltung hat ein Auto gepackt, damit sie hat co- mit ihr Ehemann besessen, nachdem er Geschlecht in ihm mit einem Prostituierte hatte. Bei Angelegenheit war ob der Besitz eines unschuldigen Besitzers kann gepackt werden, wenn es in der Kommission von einem Verbrechen benutzt wird. Tina Bennis hat jene Beschlagnahmung vom Auto unter einem Michigan gestritten, Gesetz hat ihr verfassungsmäßige richtige gebrochen zu fälligem Prozeß und hat dargestellt ein verfassungswidrige nimmt von ihrem Besitz. Aber das Gericht, in einem 5–4 Meinung, hat die Verwirkung aufgerechterhalten.

(3) Sebastian adelt geboren wurde auf dem dreißig-erst von Dezember, 1899, in der ehemaligen Hauptstadt von meinem Land. Eine alte russische Dame, die für einigen obskuren Grund hat, hat mich nicht gebettelt, ausplaudern ihren Namen, ist mich zeigen passiert in Paris das Tagebuch damit sie hatte in der Vergangenheit behalten. So ereignislose hatte jene Jahre, ist (anscheinend) daß der sammelt von täglichen Details (der ist immer eine arme Methode von Selbst-Bewahrung) knapp hat übertroffen eine kurze Beschreibung vom Wetter des Tages; und es ist neugierig, bemerken in diesem Respekt der die persönlichen Tagebuche von Herrschern egal beunruhigt was ihre Reiche bedrängt hat, wird hauptsächlich mit dem gleichen Thema angegangen.

Personal Translator plus (PT) 2.0. Entwickler: M. McCord, IBM. v. Rheinbaben & Busch, München / Klett-Cotta, Stuttgart, 1995/96. Windows ab 3.1. 198 DM, Plus-Version (mit Übersetzungsarchiv) 498 DM

(1) Alle Preise sind in USA Dollar und umfaßt nicht ausliefern oder Versicherung. Wir bieten Mengenrabatte an. Es gibt keine Minimalbestellungen. Preise sind abhängig zu wechseln ohne Mitteilung. Zahlung kann von Überprüfung auf jeder Bank in den Vereinigten Staaten ge-

zeichneter und zahlbarer in USA Dollar gemacht werden, oder Geld kann direkt auf unser Konto überwiesen werden. Bitte verweisen Sie auf Ihre Bestellung. Wir liefern Tür zu Tür über DHL oder anderem Träger Ihrer Wahlmöglichkeit aus. Zwei bis drei Tage Durchgang mißt zu Europa und drei bis vier Tagen Durchgangzeit nach Australien, Neuseeland und dem Fernen Osten.

(2) In einem Meilensteinfall beherrschte ein scharf getrenntes oberstes Gericht gestern gegen eine Frau, die protestierte, als Ortsbehörden einen Wagen ergriffen, sie CO besaß mit ihrem Mann, nachdem er Geschlecht darin mit einer Prostituierte hatte. An Angelegenheit war, ob die Eigenschaft eines unschuldigen Eigentümers ergriffen werden kann, wenn es gebraucht in der Kommission eines Verbrechens ist. Tina Bennis behauptete, daß Confiscation vom Wagen unter einem Michigan Gesetz ihr Constitutional Recht verletzte, Gebühr verarbeitet und stellte ein Unconstitutional als dar, von ihrer Eigenschaft zu nehmen. Aber das Gericht wahrte in einer 5–4 Meinung die Einbuße.

(3) Sebastian Ritter wurde auf der dreißig geboren-erst vom Dezember, 1899 in der früheren Hauptstadt meines Landes. Eine alte russische Dame, die aus irgendeinem obskuren Grund hat, bat mich, nicht ihren Namen zu eröffnen, zeigte mich zufällig in Paris das Tagebuch, das sie in der Vergangenheit gehalten hatte. So ereignislos waren jene Jahre (anscheinend) gewesen, daß das Sich Ansammeln von täglichen Details (das immer eine arme Methode für Selbst Preservation ist) kaum eine kurze Beschreibung vom Wetter des Tags übertraf; Und es ist neugierig, in dieser Hinsicht zu beachten, daß die persönlichen Tagebucher von Herrschern, nein, wichtig sind, was Schwierigkeiten suchen heim ihre Reiche kümmern sich hauptsächlich um dasselbe Thema.

T1 (ehemals METAL). Entwickler: Siemens. Langenscheidt, München, 1996. Windows ab 3.11. 298 DM, Plus-Version (mit Handwörterbuch) 398 DM, Pro-Version (mit Übersetzungsarchiv) 598 DM
Wörterbuch: «Politik»
(1) Preise sind in U.S.-amerikanische $ und umfassen Schiffahrt oder die Versicherung nicht. Wir bieten Mengenrabatte an. Es gibt keine minimalen Ordnungen. Preise sind ohne Ankündigung änderungsgefährdet. Zahlung kann geleistet von Überprüfung gezogen auf jeder Bank in den Vereinigte Staaten und bezahlbar in U.S.-amerikanische $ oder Geld kann übertrete direkt zu unserem Konto. Beziehen Sie sich bitte auf Ihre Ordnung. Wir versenden die Tür mittels DHLs oder eines anderen Trägers von Ihrer Wahl zur Tür. Zwei to drei Tage Laufzeit nach Europa und drei to vier Tage Laufzeit nach Australien, Neuseeland und dem Osten.

(2) In einem Marksteinfall ein genau aufgeteiltes höchstes Gericht geherrscht gestern gegen eine Frau die protestierte Gemeinden griffen ein

Auto sie gesellschaftsbesessene bei ihrem Ehemann nachdem er hatte Geschlecht bei einer Dirne. Zur Debatte war ob eines unschuldigen Besitzers Grundbesitz kann gegriffen wenn es benutzt in der Kommission eines Verbrechens. Bennis, das behauptet wird, daß Konfiszierung des Autos unter einem Michigan-Gesetz ihr verfassungsmässiges Recht zum fälligen Prozeß verletzte und ein verfassungswidriges Nehm ihres Grundbesitzes darstellte, Tina. Außer des Gerichts, in einer 5–4 Meinung, aufrechterhalten der Verlust.

(3) Sebastian-Ritter war auf dem dreißigersten von Dezember 1899 geboren, in der früheren Hauptstadt meines Lands. Eine alte russische Dame, die aus irgendeinem obskuren Grund gehabt hat, erbat, ich ihren Namen nicht aufzudecken, geschehen, um mir in Paris zu zeigen, daß das Tagebuch, das sie hatte, die Vergangenheit innen ließ. So ereignislos haben diese Jahre gewesen (angeblich) das das Sammeln täglichen Details (das ist immer eine arme Methode Selbsterhaltung) kaum übertreffen eine kurze Beschreibung vom des Tags Wetter; und es ist neugierig zur Anmerkung respektieren das die persönlichen Tagebücher von Souveränen egal was Mühen überhäufen ihre Reiche machen hauptsächlich bei dem gleichen Thema.

Humanübersetzung:
(1) Alle Preise sind in US-Dollar und schließen Versand und Versicherung nicht ein. Wir bieten Mengenrabatt. Es gibt keine Mindestbestellung. Die Preise können sich ohne Vorankündigung ändern. Die Bezahlung kann durch einen auf eine Bank in den Vereinigten Staaten ausgestellten Scheck oder durch Überweisung auf unser Konto erfolgen. Bitte auf die Bestellung verweisen. Wir versenden Haus zu Haus per DHL oder einen anderen Kurierdienst Ihrer Wahl. Versand nach Europa drei Tage, nach Australien, Neuseeland und in den Fernen Osten drei bis vier Tage.

(2) In einem wegweisenden Urteil entschied gestern ein in sich höchst uneiniger Oberster Gerichtshof gegen eine Frau, die Einspruch erhoben hatte, als die Ortsbehörden ein Auto beschlagnahmten, das ihr zusammen mit ihrem Ehemann gehörte, nachdem dieser darin Sex mit einer Prostituierten hatte. Zur Debatte stand, ob das Eigentum eines unschuldigen Besitzers beschlagnahmt werden kann, wenn es zum Begehen eines Verbrechens benutzt wurde. Tina Bennis machte geltend, daß die Beschlagnahmung des Wagens aufgrund eines Gesetzes des Staates Michigan ihr verfassungsgemäßes Recht auf ein ordentliches Verfahren verletze und eine verfassungswidrige Beschlagnahme ihres Eigentums darstelle. Mit 5 gegen 4 Stimmen bestätigte das Gericht jedoch die Konfiskation.

(3) Sebastian Knight wurde am 31. Dezember 1899 in der ehemaligen Hauptstadt meiner Heimat geboren. Eine alte russische Dame, die mich

aus einem dunklen Grunde bat, ihren Namen nicht zu nennen, zeigte mir in Paris zufällig einmal das Tagebuch, das sie in vergangenen Zeiten geführt hatte. So ereignislos waren jene Jahre (dem Anschein nach) verlaufen, daß die Sammlung täglichen Einerleis (die immer eine armselige Art der Selbstbewahrung ist) kaum mehr enthielt als kurze Wetterbeschreibungen; und es ist merkwürdig, daß sich auch die persönlichen Aufzeichnungen von Staatenlenkern, welche Bedrängnisse ihre Reiche sonst auch heimsuchen, vorzugsweise an denselben Gegenstand halten.

Übersetzen als darstellende Kunst
Über eine mißverstandene Berufstätigkeit

Eine Berufsgruppe, die sonst im verborgenen wirkt, hatte Ende 1992 so etwas wie einen Eklat: die literarischen Übersetzer. Elf von ihnen, darunter hervorragende, entschlossen sich zu einem beispiellos unkollegialen Schritt. Sie schrieben einen Offenen Brief an die Medien, in dem sie die Arbeit eines Kollegen (Hanswilhelm Haefs) gnadenlos verrissen und den Verlag (Knaus/Bertelsmann) aufforderten, das betreffende Buch (Lawrence Norfolks Roman ‹Lemprière's Wörterbuch›) neu übersetzen zu lassen. Der Verlag beantwortete das Ansinnen zunächst mit einer Schadensersatzdrohung, die er jedoch nicht wahrmachte.

Trat dann ein, was man für das Normale halten möchte: daß sich Literaturkritiker auf Original und Übersetzung stürzten und selber zu entscheiden suchten, ob der ungewöhnliche Protest begründet war? Aber nicht doch. In einem seltsamen Mißverhältnis zu dem Schreck, den jener Brief in der Szene ausgelöst hatte, stand schon die Spärlichkeit der Kommentare. Was aber an Stimmen laut wurde, enthielt sich weitgehend jedes Urteils in der Sache und erörterte lieber die moralische Frage, ob es sich gehöre, einen Kollegen anzuschwärzen. Der Verleger Andreas Meyer verewigte sich im ‹Börsenblatt› mit folgender hyperbolischer Zuschrift: «Es geht nicht um irgendeinen Streit, sondern um eine unfaßliche, ebenso skandalöse wie ekelhafte, mafiose Verleumdung, die über den Angegriffenen hinaus die Freiheit der Literatur und damit – soweit vorhanden – die Freiheitlichkeit in unserer Gesellschaft schlechthin bedroht. Wenn wir es hinnehmen, daß die Zusammenrottung von Intriganten ungehindert über einen mißliebigen Einzelgänger herfällt, so können wir alles vergessen, was zum Funktionieren eines halbwegs gesitteten gesellschaftlichen Organismus im Laufe der Geschichte entstanden ist. Dann sind wir wieder im Dschungel gelandet. Graduell gewiß von anderem Gewicht, ist dieser Vorgang sittlich doch von gleicher Kriminalität wie die Verfolgung Rushdies...»

Ohne Urteil in der Sache aber gibt es hier wenig zu verhandeln. Eine Handlung aus Notwehr wäre eben nicht von der «gleichen Kriminalität» wie eine mutwillige Intrigantenattacke auf einen «mißliebigen Einzelgänger». Jene Elf hatten ihrem Brief eine seitenlange Liste mit Beispielen beigelegt. Alle zusammen deuteten sie in eine Richtung: daß diese Übersetzung gar keine war, sondern allenfalls die Vorarbeit dazu; daß der Übersetzer einem Prinzip der Wortwörtlichkeit anhing, dessen Produkt zuweilen klang wie ein umgekehrter Filser-Brief; daß man stellenweise auf ein Übersetzungsprogramm der schlichteren Art getippt hätte, wären da nicht gelegentliche Fehler von der Art gewesen, die ein Computer nicht macht, etwa *neck* mit *Nacken* wiederzugeben. Wer den Protest der Elf für grundlos und darum empörend hielt, hätte also schon erklären müssen, daß *to cut short* mit *kurz abschneiden* durchaus treffend übersetzt ist, daß *center of gravity* auf Deutsch zu Recht *Mittelpunkt des Schwergewichtes* heißt, daß und seit wann und warum *Bei der Nennung des Schweins explodiert der Platz* auch nur eine mögliche Übersetzung ist für *At the mention of pork the place* [eine Schenke] *erupts* oder *Sie ging an ihm vorüber* für *It* [ein Segelschiff] *passed him*; und so fort. Zumindest hätte er geltend machen müssen, daß dies nur gelegentliche, von anderen Qualitäten aufgewogene Ausrutscher waren. Niemand tat es.

Ein Übersetzer mag, aus Zeitnot oder Unvermögen oder gar aus Prinzip, manches hinschreiben. Die Verantwortung für das, was gedruckt in die Öffentlichkeit entlassen wird, trägt der Verlag. Wenn der Standard heute alles in allem gar nicht übel ist, so ist das nicht zuletzt jenen sachverständigen Lektoren zu verdanken, die da in anonymer Fron Reparaturarbeit leisten. In diesem Fall aber tat der zuständige Lektor (Karl Heinz Bittel) im ‹Börsenblatt› folgendes kund und zu wissen (und menschlich war es natürlich ein schöner Zug, daß er seinen Mitarbeiter nicht im Regen stehenließ, auch wenn der Regenschirm ihn selber mitbeschirmte): Die angeblichen Fehler und Stilblüten seien gar keine. Vielmehr handele es sich um wohlüberlegte und gewollte sprachliche Abweichungen vom platten Normaldeutsch, die eine Ahnung von der Fremdheit des Originals vermittelten: «...[der Übersetzer gab], eng angelehnt an das Original, einer entlegeneren, eigenwilligeren Form gegenüber der umgangssprachlich geläufigen den Vorzug.»

Niemand widersprach. Einige sekundierten. Der Kritiker Rolf Vollmann war schon vorher zu dem Schluß gekommen, «daß die Übersetzung... ganz erstaunlich gut ist, sie gehört zu jenen wenigen Übersetzungen, durch die die eigene Sprache um das reicher gemacht wird, was der Autor in seiner Sprache schon vorgefunden oder auf seine Art auch erneuert hat». Auch die Literaturwissenschaft stimmte zu: Friedmar Apel, Professor in Paderborn und Autor eines vortrefflichen kleinen Standardwerks über die ‹Literarische Übersetzung›, bot in der ‹Süddeutschen Zeitung› eine ganze Seite abgehobener Theorie und historischer Reminiszenzen von Gottsched bis George Steiner auf, um dem Leser klarzumachen, daß es beim Übersetzen keinerlei «effektive Prozedur» gebe und geben könne und daß eine verfremdende Übersetzung, die die Distanz der Quell- zur Zielsprache offensichtlich mache, unter diesen Umständen noch die ehrlichste und beste sei. Sie liege hier vor: «[Der Übersetzer] knüpft mit seiner Aufmerksamkeit für das Fremdartige und Verschiedene an die Tradition der sprachbewegenden Übersetzung an. So hebt er die ‹Eigentümlichkeit› und ‹Eigenwilligkeit› von Norfolks Wahrnehmung des Geschichtlichen hervor, die sich in der

Sprachgestalt ausprägte... [Er] hat seine Aufgabe nicht im ‹Dienst am schönen Deutsch› gesehen, sondern in der Nachbildung der Differenzstrukturen der von Norfolk entworfenen Welt...»

Auffälligerweise enthielt dieses sozusagen übersetzungswissenschaftliche Gutachten – ein Beispiel für die Blindheit gegenüber dem Offensichtlichsten, in die sich Experten manchmal verlieren – kein einziges konkretes Beispiel aus dem fraglichen Roman. Hätte es das ganze Kartenhaus sofort zum Einsturz gebracht? Jedenfalls hätte sich der Leser fragen können, worin eigentlich die «Differenzstruktur» der Romanphrase *and set sail for England* besteht, die die Übersetzung *und setzten Segel für England* gerechtfertigt hätte. Offenbar hatte doch Norfolk nicht eine gewollt oder ungewollt differente, sondern eine durch und durch konventionelle Wendung verwendet. Sollte es also die Aufgabe des Übersetzers sein, nicht nur das in seiner Heimatsprache fremd Wirkende befremdend wiederzugeben, sondern alles – vielleicht um mit jedem Wort klarzumachen, daß der Leser leider nicht das Original, sondern nur eine Übersetzung vor sich habe? Wäre die allerwörtlichste Übersetzung also schon die allerbeste? Ließe sich dann aber eine bessere von einer schlechteren Übersetzung überhaupt noch unterscheiden?

Nach einer Reihe solcher Interventionen standen die elf Briefschreiber nicht nur als üble Intriganten da, die aus niederem Konkurrenzneid einen mißliebigen, wackeren Einzelgänger denunziert hatten, sondern auch als Beckmesser, die einer grundfalschen Übersetzungstheorie das Wort zu reden versuchten, einer Theorie, die nur zur Ödnis eines platten Deutsch führen konnte. Die angeblich hanebüchene Übersetzung hingegen war aus der Debatte als sprachlich innovatives Meisterwerk hervorgegangen. Und das Publikum, das den Streit verfolgt hatte, schloß wahrscheinlich aus der Uneinigkeit der Fachleute wieder einmal, daß Übersetzungen eben einfach nicht zu beurteilen seien – der eine sage so, der andere so, und irgendwie habe bestimmt jeder ein wenig recht. «Alle haben mal wieder recht», schrieb ein Buchhändler zusammenfassend an das ‹Börsenblatt›.

Ich selber hatte das Scharmützel mit wachsender Beklemmung verfolgt. Hätte es auch mich treffen können? fragte ich mich zunächst, als jemand, der seit über dreißig Jahren ebenfalls übersetzt. Aber bald sah ich meine Arbeit durch den Disput auf eine ganz andere und viel beunruhigendere Art in Frage gestellt. *Le Mara's steps sound dully as steady thuds at his back* – wenn das mit *Le Maras Schritte dröhnen dumpf als stetige Bumser in seinem Rücken* nicht nur richtig, sondern sogar vorbildlich übersetzt ist, dann hätte es allerdings immer viel schneller gehen können, und obendrein würde ich jetzt noch als Sprachinnovator gefeiert, der nicht frevlerisch dem Fremden die Distanz genommen hat. Der Zufall wollte, daß ich kurz vorher, als Herausgeber der Nabokov-Ausgabe des Rowohlt Verlags, eine Übersetzung desselben Kollegen redigieren mußte. Was die Intrigantenclique da angeprangert hatte, kam mir alles nur zu bekannt vor – Gleichartiges hatte ich in monatelanger Strafarbeit gerade selber mühsam wegredigiert. Hatte ich unwillkürlich ein übersetzerisches Meisterwerk plattgemacht? Was berechtigte mich zu der Annahme, daß meine Art des Übersetzens richtiger sei als seine, oder auch nur so akzeptabel wie seine?

Zu der Zeit mußte ich gerade mit einem anderen Übersetzer über die Änderungen diskutieren, die ich in seinem Manuskript vorzunehmen für nötig befunden hatte. Ich verfremde den Fall hier so, daß sich niemand in ihm wiedererkennen kann, und da sich der Diskurs über Übersetzungen gerne in den Nebeln des Allgemeinen verliert, in denen dann in der Tat alle Katzen grau sind, will ich den springenden Punkt an einem Beispiel abhandeln, einem einfachen englischen Satz, der so gelautet haben könnte: *As the debate progressed, he blew his top.* Der Übersetzer hatte ihn folgendermaßen übersetzt: *Als die Debatte fortschritt, blies er seinen Deckel*. Ich hatte daraus gemacht: *Im Fortgang der Debatte platzte ihm der Kragen*. Und ich hatte gemeint, es sei das ein klarer Fall, Verkennung einer Redensart, allzu wörtliche Übersetzung, und der Übersetzer müßte mir nun vielleicht sogar dankbar sein, daß ich ihn davor bewahrt hatte, sich mit einem geblasenen Deckel zu blamieren. Aber nein, der Übersetzer war nicht dankbar. Er bestand auf seiner Übersetzung. Er habe die Redensart keineswegs verkannt. Wenn ich ‹platzte der Kragen› sagen möchte, das Übliche eben, so sei das meine Sache, seine aber nicht. Er jedenfalls sage ‹blies seinen Deckel›, Punkt.

Womit ich nun vor einer Frage stand. Praktisch hieß sie: Setze ich meine Änderung auch gegen seinen Willen durch? Dahinter aber stand die andere: Was ermächtigt mich, das «was ich sage», für die angemessenere Übersetzung zu halten? Mir gehört die Sprache sowenig wie ihm. Gibt es auch nichtsubjektive Gründe dafür, daß meine Übersetzung die richtigere ist?

So beginnt das Argumentieren. Ich bestünde gar nicht auf dem platzenden Kragen, sagte ich; er könne wählen, was er wolle, schließlich sei er ja der Übersetzer und als solcher mit dem Buch vermutlich intimer vertraut als ich – nur müßte es ‹wütend werden›, ‹die Geduld verlieren› bedeuten, und es sollte möglichst eine stehende deutsche Redensart dieses Sinnes sein, denn eine stehende Redensart sei auch *blew his top* im Englischen. Außer ihrem übertragenen Sinn habe sie einen wörtlichen, der jedem, der sie benutzt oder hört, durchaus bewußt werde (‹seine Schädeldecke absprengen›). Ihre Stilhöhe, ihr Register sei Slang, aber kein derber oder ordinärer. *Seinen Deckel blasen* sei hingegen keine stehende Redensart. Es gehe weder eine wörtliche noch eine übertragene Bedeutung daraus hervor; es sei schlicht unsinnig, und man könne allenfalls aus dem Zusammenhang ahnen, was es hier bedeuten soll. – Mag sein, aber ein ordinäres *platzte ihm der Kragen* klammere sich zu eng an die deutsche Umgangssprache.

Es sei sprachlich nullachtfünfzehn. – Genau das solle es sein, denn der Autor, der *blew his top* hinschrieb, habe auch keine Distanz zur englischen Standardsprache markiert, sondern sich distanzlos einer englischen Standardformel bedient. Indem der Übersetzer die Redensart wörtlich wiedergab, habe er ein Element der Verfremdung eingeführt, das dem Original durchaus abging, und in dieser Hinsicht also ungenau übersetzt. – Das könne schon sein, aber er nehme es hin, denn *seinen Deckel blasen* führe vor, wie die fremde Sprache denke. – Aber die fremde Sprache denke gar nicht ‹Deckel›, sondern ‹Schädeldecke›, ‹Scheitel›, und sie denke auch nicht, was Deutsch mit dem Verb ‹blasen› wiedergibt! – Möglich, aber diese Bedeutungen schwängen in der fremden Sprache durchaus mit, und indem er aus ihnen eine artifizielle deutsche Redensart bilde, mache er dem Leser klar, daß er eine Übersetzung und nicht das Original vor sich habe. – Angenommen, das sei richtig, der Leser sei über diesen Umstand nicht schon durch die Titelseite ausreichend informiert und es komme vor allem darauf an, ihm das Übersetztsein Satz für Satz aufs neue ins Bewußtsein zu rufen – woran wäre dann eine bessere von einer schlechteren Übersetzung zu unterscheiden, eine gute von der bloßen Stümperei? – Die gute Übersetzung bereichere die deutsche Sprache. – Seine Übersetzung aber sei keine Bereicherung, sondern Unsinn – keine Kombination von Wörtern würde nur dadurch geadelt, daß noch niemand sie benutzt habe und je benutzen werde. Wenn es das vordringliche Ziel sei, den Leser mit Sätzen zu konfrontieren, die noch nie da waren und ohne seinen Einsatz wahrscheinlich nie dasein würden, so dürfe er es auf eigene Rechnung gerne tun, nur solle er es bitte nicht als Übersetzung verkaufen.

Es schien ein hoffnungsloser Wortwechsel, nur durch ein Machtwort zu beenden. Immerhin, es hatte zwar keiner den anderen überzeugt, aber es waren auf beiden Seiten Argumente benutzt worden. Jedes von ihnen hatte eine bestimmte Erwartung an die Übersetzung enthalten. Auch wenn aus diesen Argumenten keine überall und ein für allemal gültige «Prozedur» zu gewinnen war, hatte sich doch gezeigt, daß sich das Urteil über Übersetzungen nicht im Zwielicht eines grenzenlosen Relativismus verlieren muß. Erwartungen lassen sich explizit machen, und auf explizite Erwartungen lassen sich rational begründbare Übersetzungsmethoden bauen.

Der Stand der Debatte in Sachen ‹Lemprière's Wörterbuch› schien diese Zuversicht Lügen zu strafen. Der gewöhnlichste und trivialste aller Übersetzungsfehler, eine unreflektierte Wortwörtlichkeit, stand als große übersetzerische Tat da; und jene, die Anstoß an ihr genommen hatten, als Banausen. Es war wie in der verkehrten Welt, wo Krummes gerade und Gerades krumm ist.

Die Literaturkritik beurteilt Übersetzungen nur noch ganz selten. Der Übersetzer hierzulande bewegt sich in einem zunehmend schalltoten Raum. Mit dem eigentlichen Element der sogenannten Schönen Literatur, der Sprache, beschäftigt sich die Literaturkritik überhaupt nur ungern; viel lieber hält sie sich an Thema oder Botschaft eines Buches oder gar an den Lebenslauf und die Gruppenzugehörigkeit seines Autors. Ihre seltenen Urteile teilt sie häufig zufällig und leichthin aus. Auch Hingestümpertes bemerkt sie kaum je, rühmt es vielleicht sogar noch ob seiner Sprachkraft. Wenn aber schon die professionelle Literaturkritik diesen Eindruck entstehen läßt, wie muß es dann erst um das allgemeine Publikum bestellt sein? Die Folge ist, daß literarische Übersetzer heute nicht nur gegen die Widerspenstigkeit eines Textes und die Zahlungsunwilligkeit eines Verlags anarbeiten müssen, sondern auch noch gegen eine ständige depressive Verstimmung, die sich auf die Formel bringen läßt: Wozu bloß all das Kopfzerbrechen? Es bemerkt den Unterschied ja doch niemand mehr.

Werden Übersetzungen rezensiert? Wie oft werden sie mitrezensiert? Wie gründlich und verständig werden sie rezensiert? Als normaler Leser der Rezensionsteile hat man seine

Eindrücke und weiß: meistens nein, manchmal ja, in einigen Zeitungen etwas häufiger, in anderen so gut wie nie. Durch Zufall bin ich in der Lage, auf die Frage eine Antwort zu geben, die nicht bloß aus gelegentlichen Eindrücken stammt und darum auch nicht nur Mutmaßung ist. Manche Verlage haben tüchtige Presseabteilungen und schicken allen, die am Zustandekommen eines Buches beteiligt waren – Autoren, Herausgebern, Redakteuren und auch Übersetzern –, Kopien von sämtlichen Rezensionen zu, die irgendwo erschienen sind, selbst in den kleinsten und entlegensten Blättern. Und da jede Redaktion dem Verlag prompt jeden erschienen Artikel zuschickt, um auch weiterhin in den Genuß kostenloser Rezensionsexemplare zu kommen, kann man sagen, daß man in diesen Fällen so gut wie alle Rezensionen zu sehen bekommt. Als Mitübersetzer eines Buches, das sofort auf die Bestsellerliste geriet und darum ungewöhnlich häufig besprochen wurde (nicht etwa umgekehrt), war ich Adressat solcher Zusendungen. In den drei Monaten nach dem Erscheinen erschienen über hundert Besprechungen, ungewöhnlich viele – lange Abhandlungen, kurze Hinweise, das ganze Spektrum. Von diesen über hundert Rezensionen kamen im Text selber vier auf die Übersetzung zu sprechen. Zwei von ihnen beschränkten sich auf die karge Aussage, Soundso habe dieses Buch ins Deutsche übersetzt. Zwei meldeten darüber hinaus eine Art Urteil an, indem sie irgendein Adverb wie «gut übersetzt», «kompetent übersetzt» dazusetzten. Wenn man diesen Fall schnöde verallgemeinern will, kann man also rundheraus sagen: Übersetzungskritik gibt es in weniger als einem Prozent aller Rezensionen. Eine argumentierende Übersetzungskritik findet überhaupt nicht statt. Sie findet noch nicht einmal dort statt, wo die Kritiker, wie in diesem Fall, durchaus gelegentlich ein Auge auf die Sprachgestalt des betreffenden Buches haben, sich jedenfalls dazu äußern; und wo in Erinnerung sein könnte, daß frühere deutsche Übersetzungen desselben Autors einmal so heftig umstritten waren, daß der

Verlag eine davon zurückziehen mußte. Wo Null das Normale ist, heben sich gelegentliche Ausnahmen wie die kompetent argumentierenden Übersetzungskritiken von Paul Ingendaay als reine Wunder ab.

So ist die Lage. Ist sie zu beanstanden? Als Übersetzer, meine ich, kann man damit schon leben; das Schweigen im Walde bedeutet indirekt ja, daß den Kritikern überhaupt nicht aufgefallen zu sein scheint, daß die Texte übersetzt waren, und wer will, kann das sogar für ein Kompliment halten. Allemal ist Schweigen besser, als wenn die Kritik sich bemüßigt fühlte, jedesmal rasch irgendeinen beliebigen Eindruck aus dem Ärmel zu schütteln und zu einem gravitätischen Urteil einzufrieren. Aber um das persönliche Wohlbefinden der Übersetzer geht es überhaupt nicht – Literaturkritik ist keine Psychotherapie. Es geht darum, daß dieses Schweigen auf Dauer das Niveau der Übersetzungen in Frage stellt. Wenn in der Leseröffentlichkeit, die die Rezensenten vertreten, niemand mehr auf die Übersetzungen achtet, so wird diese Mißachtung über kurz oder lang auf die Qualität durchschlagen. Warum soll ein Verlag dann noch Geld ausgeben, um eine nicht so gelungene Übersetzung instand setzen zu lassen? Warum soll er überhaupt einen der aus seiner Sicht schrecklich teuren erfahrenen Übersetzer unter Vertrag nehmen, wenn der Hospitant Soundso die Sache auch für die Hälfte macht, nur um der Ehre willen oder weil er sonst nichts zu tun hat? Ein Echo, wenigstens gelegentlich, würde einen gewissen Ehrgeiz wachhalten; die totale Echolosigkeit führt zur Verwahrlosung.

Dabei läßt sich über Übersetzungen und ihre Qualität sehr wohl rational reden. Zwar gibt es kein Urmeter, keinen objektiven, allgemeingültigen Qualitätsmaßstab, aber es gibt eine Reihe von vernünftigen Fragen, die man an jede Übersetzung richten kann. Zum Beispiel: Ist sie «richtig», gibt sie das Original auf der Bedeutungsebene vollständig und zutreffend wieder? Immer? Oft? Selten? Und wenn sie das nicht tut: Warum tut sie es nicht? Weil der Übersetzer den Text mißverstanden hat, oder weil er aus anderen Rücksichten auf semantische Genauigkeit verzichtet hat? Waren sie es wert? Und so weiter. Obwohl auch der Übersetzer immer wieder auf eine Inspiration angewiesen ist, die sich weder herbeikalkulieren noch herbeikonstruieren läßt, ist seine Arbeit ein Handwerk, wie die des Architekten, der ebenfalls aufgrund fremder Vorgaben und Normen eine Gestalt bis in ihr letztes Detail zu schaffen hat. Das Rathaus von Schilda war gewiß ein innovativer Bau, der brillant die Problematik allen Bauens offenbarte und jedem, der es betrat, seine Gebautheit ins Bewußtsein rief. Trotzdem, in seinem Urteil darüber schwankte nie jemand.

Haben die Übersetzer soviel Aufmerksamkeit verdient? Sie haben doch nun schon durchgesetzt, daß ihr Name meist mit auf der Titelseite genannt wird, nur wenig kleiner gedruckt als der des Autors. Reicht das nicht? Sind sie größenwahnsinnig geworden? Ist es nicht die Kunst des Autors, die alle Aufmerksamkeit verdient? Ist Übersetzen denn eine Kunst, nicht nur ein dienendes Handwerk?

Übersetzen ist eine andere Kunst als Schreiben, aber eine Kunst ist es: eine der darstellenden Künste, und zwar in einem recht wörtlichen Sinn. Der Übersetzer stellt mit seinen sprachlichen Mitteln dar, was ein anderer gestaltet hat, so wie der Sänger eine von einem anderen komponierte Arie, der Schauspieler eine von jemand anders geschaffene Figur darstellt. Seine Darstellung soll richtig sein, aber da es auf diesem Gebiet keine absolute Richtigkeit gibt, sondern nur Annäherungen an sie, ist die Übersetzung nichts Mechanisches, bleibt ihm dennoch eine große Freiheit, genau wie dem Sänger, der auch nicht falsch singen sollte und selbst dann, wenn er richtig singt, besser oder schlechter singen kann. Im Deutschen wird der Musiker, insbesondere der Sänger, auch ‹Interpret› genannt. Er interpretiert die Musik eines anderen. *Interpreter* ist das englische Wort für ‹Dolmetscher›. Übersetzen ist eine Interpretationskunst.

Dennoch ist es mitnichten der Übersetzer, der Aufmerksamkeit verdiente, sondern die Übersetzung, die Interpretation. So wie wir eine Arie niemals an sich hören können, sondern immer nur in bestimmten Interpretationen, können wir auch dem fremdsprachigen Text nicht anders als in bestimmten Interpretationen begegnen. Die Interpretation ist keine Zutat. Ohne sie bliebe der Text für uns nichtexistent.

Urteile wären nötig, und sie sind möglich. Allerdings nur unter bestimmten Bedingungen. Übersetzungskritik setzt erstens voraus, daß der Kritiker Text und Original verglichen hat. Wohl kann ein erfahrener Leser einer Übersetzung gewisse typische Fehler und auch gewisse idiosynkratische Stärken ohne einen solchen Vergleich ansehen. Bei den meisten springt jedoch nichts dieser Art ins Auge; und wo es das tut, kann man sich auch täuschen, so daß man selbst hier auf den Vergleich nicht verzichten sollte. Sagen wir: wenigstens fünf ganze Seiten in einem Roman, und dabei weder die erste noch die letzte, bei denen erfahrungsgemäß oft eine größere Mühe gewaltet hat als weiter drinnen. Dazu ist es nötig, daß man beide Sprachen beherrscht, daß man sich das Original beschafft, daß man Wort für Wort, Satz für Satz im Zusammenhang vergleicht. Das sei aber viel verlangt? So schikanös ist das Leben. Nichts gibt es umsonst, auch ein Urteil nicht.

Die Frage, ob man nicht vielleicht doch, zumindest hier und da, ausnahmsweise einmal... kommt mir vor wie die Frage, ob man es nicht doch einmal Umstände gäbe, die es einem erlaubten, ein Buch zu besprechen, das man nicht gelesen hat. Nein, darf man nicht. Das bedeutet, daß man Übersetzungen aus Sprachen, die man selber nicht spricht, grundsätzlich nicht beurteilen kann; und daß Übersetzungen aus seltenen Sprachen praktisch nie ein kritisches Echo finden werden. Natürlich machen sie einem einen Eindruck, begründen sie einen Verdacht, der auch durchaus zutreffend sein kann. Trotzdem ist es nur ein Verdacht. Wer ihm nicht nachgehen, ihn nicht begründen kann, sollte ihn anstandshalber für sich behalten.

Drittens sollte der Kritiker wenigstens einmal in seinem Leben einen anspruchsvolleren Text selber übersetzt haben. Zwar muß man, mit Karl May zu sprechen, wirklich nicht selber Kunstschütze sein, um zu sehen, ob ein anderer ins Schwarze getroffen hat. Aber anders läßt sich eine Grunderfahrung kaum erwerben, die haben muß, wer eine Übersetzung beurteilen will: die Erfahrung, daß sich alles Gedachte auf vielerlei Weisen ausdrücken läßt, von denen keine von vornherein falsch oder richtig ist. Anders gesagt, handelt es sich um die Einsicht in den approximativen Charakter jeder Übersetzung. Übersetzungen kann nur kritisieren, wer nicht selber bei jedem Satz ganz genau zu wissen meint, daß der nur so oder so lauten könne. Der Fremdsprachenunterricht in den Schulen vermittelt die Einsicht in die approximative Natur des Übersetzens eben nicht. Dort liegt auf dem Tisch der durch und durch rätselhafte fremde Text, darunter die Klatsche mit der richtigen Übersetzung, und die Übung besteht darin, mit Hilfe von Wörterbuch und Grammatik das Rätsel auf die einzig richtige Art zu lösen.

Der Kritiker sollte sich viertens einige Gedanken darüber gemacht haben, was von einer Übersetzung im allgemeinen und was von ihr im besonderen Fall zu verlangen ist. Daß ihm eine Stelle einfach nicht gefällt, mag eine unerschütterliche Tatsache sein. Mitteilensreif wird sie erst, wenn er zur Not auch erklären kann, warum.

Jeder weiß, was Übersetzen ist. Weiß es jeder? Beim Übersetzen wird ein Text von einer Sprache in eine andere überführt – eine triviale Definition, völlig richtig und völlig leer zugleich. Aber welche Aspekte eines Textes werden überführt? Und was tut der Übersetzer, wenn er einen Text übersetzt?

Werden die Wörter, die Satzteile, die Sätze, die Absätze

oder das Ganze übersetzt? Man geniert sich, es eigens hinzuschreiben, aber selbst Übersetzer scheinen es manchmal nicht zu wissen: Übersetzt werden Sätze, und übersetzen lassen sie sich nur im Zusammenhang des Ganzen. Es gibt Fehler, die verraten, daß der Übersetzer den Satz nicht zu Ende gelesen hatte, als er mit dessen Übersetzung begann – und daß er ihn auch später nie als ein Ganzes gelesen hat. Es gibt andere Fehler, die daraus entstehen, daß er eine Stelle weiter hinten im Buch nicht kannte, als er einen Satz so oder so übersetzte, und auch später die Verbindung nicht hergestellt hat.

Was tut der Übersetzer, wenn er einen Satz in seinem Kopf aus einer Sprache in die andere transformiert? Meist wüßte er es nicht zu sagen, so wie niemand sagen kann, was er tut, wenn er Sprache bildet. Immerhin neigen Übersetzer weniger als andere Menschen zu dem Mißverständnis, daß Gedanken und Sprache ein und dasselbe seien. Ein Satz ist das Vehikel für einen Gedanken, aber nicht dieser Gedanke selbst. Ein Gedanke vollendet sich, indem er zu einem Satz wird, aber er ist in einer unsprachlichen Form schon vor dem Satz da. Der Wortlaut des gehörten oder gelesenen Satzes wird in der Regel schon nach wenigen Sekunden vergessen – aber wenn der Gedanke, den er ausdrückte, eindrucksvoll genug war, lebt dieser lange fort. Die sprachliche Gestalt eines Gedankens ist nur seine flüchtige Form, dazu bestimmt, ihn an andere weiterzureichen. Ein und derselbe Gedanke kann verschiedene sprachliche Formen annehmen, die ihn alle gleichermaßen ausdrücken. Er kann auch in verschiedenen Sprachen realisiert werden. Nur darum ist Übersetzen möglich. Hätte der Gedanke keine Existenz hinter seiner sprachlichen Form, so zerfiele er mit dieser.

Wie hätte man sich den vor- und nachsprachlichen Gedanken vorzustellen? Das Geistorgan, das Gehirn, hat sich Begriffe gebildet, und wenn es denkt, operiert es mit diesen Begriffen. Die einfachste Operation jenseits der bloßen Vergegenwärtigung eines Begriffs, die es vornehmen kann, ist die

Bildung einer sogenannten Proposition. In der Proposition treten zwei Begriffe zusammen. Sie besteht darin, daß dem Begriff für ein Objekt oder ein Geschehen ein zweiter Begriff für eine Eigenschaft oder eine (aktive oder passive) Handlung zugewiesen wird: Buch/dick, Mann/lesen, Buch/gelesen werden. Jeder Satz läßt sich in eine Reihe solcher elementaren Propositionen auflösen; zusammen bilden sie seinen propositionalen Gehalt. Die Versprachlichung eines propositionalen Gehalts besteht in der Wahl von Wörtern für die Begriffe und der grammatikalischen Konstruktion eines Satzes, in dem alle Propositionen untergebracht sind. Der Satz *Der Mann liest heute das dicke Buch* enthält die Propositionen: Mann liest – Buch wirdgelesen – Buch istdick – Zeit istheute. Sobald sie Sprache wird, ist jede Proposition eine Prädikation: Von irgend etwas wird irgend etwas ausgesagt. Der einfachste Satz ist der, der eine einzige Proposition ausdrückt; er enthält ein Subjekt und ein Prädikat. Der gleiche propositionale Gehalt läßt sich in verschiedenen Sätzen zum Ausdruck bringen: *Heute liest der Mann das dicke Buch – Das dicke Buch wird heute von dem Mann gelesen – Liest der Mann heute das dicke Buch? – Der Mann liest am heutigen Tag ein Buch, das dick ist – Der Typ schmökert heute in dem Wälzer...* Vermutlich sind es solche Propositionen, mit denen das Gehirn operiert, ehe es sie in Sätze verwandelt und nachdem es sie aus gehörten oder gelesenen Sätzen entnommen hat.

Was also tut der Übersetzer, wenn er einen Satz übersetzt? Er «versteht» ihn, das heißt, er nimmt seine Sprachgestalt in sich auf und erzeugt in seinem Kopf den propositionalen Gehalt, der in seiner Sprachgestalt steckt. In dieser Phase existiert der Gedanke sozusagen an sich, sprachfrei. Und dann konstruiert er für den propositionalen Gehalt eine neue Sprachgestalt in der Zielsprache. Daß das Gehirn es so und nicht anders macht, weiß der Übersetzer genauer als jeder andere. Immer wieder kann er an sich beobachten, wie er einen Gedanken denkt, den er eben einem Satz entnommen hat, der sich also offensichtlich in Sprache ausdrücken läßt, dessen neue Sprachgestalt aber noch nicht da ist – er weiß, es wird sie geben, sie liegt ihm fast schon auf der Zunge, heißt es nicht... nein, so heißt es nicht, er muß weitersuchen. Dieser quälende Moment, in dem ein Gedanke kurz vor seiner Versprachlichung steht, ist der Moment, in dem das Gehirn sich einen reinen, sprachfreien propositionalen Gehalt mit größtmöglicher Schärfe vergegenwärtigt und nach dem Ausdruck sucht, der ihn decken würde. Linguisten sprechen vom «Zungenspitzenphänomen». Man kann es in sich selber erzeugen, indem man sich Definitionen bekannter, aber nicht allzu bekannter Dinge vorlesen läßt. Wie nennt sich ein Instrument zum Freihandmessen von Winkeln für die Bestimmung von Ort und Zeit auf See? Wer die Definition hört, vergegenwärtigt sich die Bedeutung; dann sucht er sein inneres Lexikon nach dem Wort dafür ab: Sixtant! Der Übersetzer tut das gleiche, aber nicht nur für einzelne Begriffe, sondern für ganze Sätze. *He wanted by all means to be part of the gang.* ‹Er›, ‹wünschte›, ‹durch›, ‹alle›, ‹Mittel›, ‹zu›, ‹sein›, ‹Teil›, ‹von›, ‹der›, ‹Bande›. Leicht geglättet und angepaßt ergibt das: *Er wollte mit allen Mitteln Teil der Bande sein.* Wörtlich ist es richtig, und viele eilige Übersetzer gäben sich damit zufrieden und ließen es so stehen. Die weitere Frage aber wäre: Mit welchen sprachlichen Mitteln drückt die Zielsprache, Deutsch in diesem Fall, das aus? Dazu muß man sich dieser Mittel sicher sein. Man darf sich nicht sagen, es gebe solche speziell deutschen Mittel gar nicht; die englischen seien von vornherein genauso richtig. Gebraucht wird eine «Folie sprachlicher Richtigkeit», und sei es, um bewußt einen Abstand von ihr erzeugen zu können (der in diesem Fall allerdings nicht gefragt wäre). Am wichtigsten ist die Verbalphrase *to be part*. ‹Teil sein›? ‹Mitglied sein›? ‹Angehören›? Nein, *dazugehören*. ‹Mit allen Mitteln› kann man schlecht dazugehören, es wäre «unidiomatisch»; also *unbedingt*. Und *gang*? Das läßt sich anhand dieses einen Satzes nicht entscheiden, sondern nur im Zusammenhang; vielleicht muß dann sogar *Gang* stehenbleiben, aber erst, wenn die anderen Möglichkeiten durchprobiert sind.

Daraus nun folgen zwei Binsenwahrheiten, die indessen sogar manchen Übersetzern unbekannt zu sein scheinen.

Erstens: Man kann nichts übersetzen, was man nicht verstanden hat. Wie kann ein Übersetzer sich von einer solchen Selbstverständlichkeit je dispensiert glauben? Es geschieht immer dann, wenn er sich mit verfrühten Tiefenvermutungen trägt. Dann verzichtet er von vornherein darauf, sich den propositionalen Gehalt jedes Satzes bis in seinen letzten Winkel klarzumachen. Aus der Tatsache, daß er ihn nicht sofort verstanden hat, schließt er voreilig, daß er unverständlich sein sollte, also so tief, daß er sich profaner Verstehbarkeit entzieht. Dann übersetzt er ihn nicht, denn das kann er unter diesen Umständen gar nicht, sondern produziert aufs Geratewohl etwas, das nur eines ist und sein soll: ebenfalls unverständlich. So gerät der Leser denn in einem Roman von Gabriel García Márquez etwa an Sprachgebilde wie dieses: *... er fragte sich entsetzt, wo könntest du wohnen in diesem Knotenknäuel aus teuflisch gereckten Stachelblicken blutrünstiger Hauer einer Zeterspur flüchtigen Gebells mit eingezogenem Schwanz des Gemetzels von Hunden, die sich in den Schlammpfützen zähnefletschend zerfleischen...* Tief? Wer sich die Mühe macht, die Stelle im Original nachzuschlagen, findet einen Satz vor, der wegen der fehlenden Satzzeichen in der Tat nicht leicht zu verstehen, aber doch durch und durch verstehbar ist: *... wo wohnst du wohl inmitten dieser wilden Hatz aus Knäueln gesträubter Wirbelsäulen aus teuflischen Blicken aus blutgierigen Reißzähnen aus der Spur fliehenden schwanzeingekniffenen Gekläffs aus dem Gemetzel von Hunden, die sich in den Schlammpfützen zerfleischen...* Die «Tiefe», die Poesie eines solchen Satzes beruht jedenfalls nicht auf seiner Wirrnis und Undurchdringlichkeit. Die Pseudopoesie des Undurchdringlichen war die Zugabe des Übersetzers.

Zweitens: Beim Übersetzen ist es niemals damit getan, sich die Bedeutung der Wörter und Phrasen eines Satzes zu vergegenwärtigen. Ständig muß die zweite Frage lauten: Welche konventionellen Mittel besitzt die Zielsprache, diesen Gedanken auszudrücken? Die Frage ist auch dann unerläßlich, wenn sich der Übersetzer zu einer «sprachbewegenden» Übersetzung (Apel) entschlossen hat, sich also der Standardsprache fernhalten will. Dann muß er sich diese Frage erst recht vorlegen. Er muß nämlich erkennen, in welchem Abstand zur Standardsprache das Original formuliert ist, um in seiner Übersetzung dann einen ähnlichen Abstand nachbilden zu können. In beiden Sprachen braucht er also den Standard als Folie für etwaige Verfremdungen. Ein Wert an sich ist Verfremdung nicht – sonst wäre jedes beliebige Gestammel eine legitime Übersetzung. Die wörtliche Übersetzung macht es in der Regel dem Übersetzer leichter und dem Leser schwerer. Wer ahnte auch nur, was eine *mentale Reservation* sein soll, wenn ihm das Wort zum ersten Mal begegnete und er nicht wüßte, daß sie eine wörtliche Übersetzung aus dem Englischen ist? Eine bloß eingebildete Buchung? Ein erfundenes Indianerwohngebiet?

Der Anlaß für den vermutlich häufigsten aller Übersetzungsfehler ist ein plebejischer Verwandter der vornehmen Tiefenvermutung, die Originalitätsvermutung: Der Übersetzer versteht zwar und möglicherweise sogar richtig, verkennt jedoch die Konventionalität eines Ausdrucks und hält ihn für eine originelle Schöpfung. Also sucht er nicht erst nach einer konventionellen Entsprechung in der Zielsprache, sondern übersetzt wörtlich. So entstehen dann Sätze wie *setzten Segel für England* (*set sail for England*) oder *Sein Gegenspieler ging ungesehen und ungehört* (*his adversary went unseen and unheard*). Oder der Übersetzer fällt sogar auf die sogenannten «faux amis» herein, die falschen Freunde, die im Englischen besonders häufig sind: ein Wort der Quellsprache, das einem in der Zielsprache äußerlich ähnlich sieht, aber etwas anderes bedeutet. Dann treten in Romanen lauter *Charaktere* auf und nicht ‹Figuren› oder ‹Protagonisten›. Der falsche Freund hier ist das englische Wort *character* – der deutsche *Charakter* wäre im Englischen unter anderem *personality*, das prompt wieder ein falscher Freund und mit *Persönlichkeit* oft falsch übersetzt ist. Das ist eine *konservative Schätzung*? Ein weiterer falscher Freund: *conservative* heißt hier nicht, was es zu heißen scheint, sondern etwa *vorsichtig*. Was ist *the eventual abolition of psychotherapy*? Jedenfalls nicht die *etwaige Abschaffung der Psychotherapie*. Der falsche Freund ist das englische Wort *eventual*, das hier eben nicht *eventuell* bedeutet, sondern *schließlich*. Manchmal werden akrobatische Sinnverrenkungen nötig, um einen nicht erkannten falschen Freund recht und schlecht in einem Satz unterzubringen: *Er ging zu einem Mann, Physiker von Beruf, der bereit war, sich seine Leiden anzuhören* statt *Er ging zu einem Arzt, der ihn abhorchte* – und der ganze Umstand nur, weil der Übersetzer *physician* (‹Arzt›) und *physicist* (‹Physiker›) verwechselt hatte.

Es gibt indessen Fälle, in denen zumindest eine gewisse Wörtlichkeit angebracht ist. Auch lassen sich die zugrundeliegenden Gedanken einer wörtlichen Übersetzung meist durchaus entnehmen. Die Regel allerdings kann sie nie und nimmer sein; nicht die «normale» Übersetzung hat sich zu rechtfertigen, sondern die wörtliche. Sie erfordert eine größere Lesemühe, als sie das Original seinen Lesern zumutete, und dieser erhöhte Verständniswiderstand, den sie notwendigerweise mit sich bringt, stellt eine Verfälschung dar. Obwohl wörtlich richtig, ist die wörtliche Übersetzung darum in der Regel falsch.

Was an einem Text übersetzt wird, sind also zunächst die ihm zugrundeliegenden Gedanken, der propositionale Gehalt seiner Sätze: seine Bedeutung. Eine Übersetzung, die sie nicht möglichst vollständig erfassen und wiedergeben will, verdient den Namen nicht. Alle Tests, die die Sprachwissenschaft für die Qualität von Übersetzungen entwickelt hat, prüfen die semantische Ebene. Zum Beispiel wird ein Text in eine andere Sprache und dann aus dieser wieder zurückübersetzt. Ist etwas von seiner Bedeutung verlorengegangen? Etwas hinzugekommen? Hat er seine Bedeutung verändert?

Jede Bedeutung läßt sich in jeder Sprache formulieren, nur nicht notwendig mit den gleichen sprachlichen Mitteln. Wo eine Sprache eine Bedeutung in ein einziges Wort faßt wie die deutsche den Begriff ‹Schadenfreude› oder die englische den Begriff ‹serendipity›, werden andere viele Wörter brauchen, um das gleiche auszudrücken; wofür eine Sprache Partizipialkonstruktionen verwendet, werden andere Relativsätze brauchen, und so fort. Je verwandter die Sprachen, desto ähnlicher werden normalerweise auch die sprachlichen Mittel sein dürfen. Die Frage, ob denn Übersetzen überhaupt möglich sei, ist auf dieser Ebene eindeutig zu beantworten: ja. Bedeutungen lassen sich aus jeder Sprache in jede andere übersetzen, aber nur, wenn man sich wo immer nötig von den sprachlichen Mitteln der Quellsprache – ihren zu Wörtern geronnenen Begriffen, ihrer Syntax – trennt.

Bei Texten, die ganz in ihrer Funktion aufgehen, kann es mit dieser semantischen Ebene sein Bewenden haben. In einer Gebrauchsanleitung oder der Dokumentation einer technischen Anlage braucht nichts anderes übersetzt zu werden als die reine Bedeutung. Mehr gäbe möglicherweise Anlaß zu Mißverständnissen und würde darum sogar stören. Die Kunst der technischen Übersetzung besteht in der Wahrung einer eindeutigen und einheitlichen Terminologie und der Fähigkeit, gerade, übersichtliche Sätze zu konstruieren, und auch das kann eine durchaus kreative Aufgabe sein.

Bei literarischen Texten jedoch hat der Übersetzer vielen anderen Dimensionen Rechnung zu tragen: dem Satzbau, dem Klang (auch wo nicht gerade Metrum, Reim oder Alliteration vorliegen, kann es dennoch auf die Lautwerte ankommen), dem Hof von Assoziationen, welchen viele Wörter um sich tragen, ihren historischen, regionalen oder sozialen Obertönen, der Stilhöhe irgendwo zwischen Kanzel und Gosse und allen Wechseln des Registers, die dem Text innere sprachliche Spannung verleihen. Alles dies zusammen gibt jedem Text, was man seinen spezifischen Widerstandswert nennen könnte: die Verständnisanstrengungen, die er seinen Lesern zumutet. Wer zum Beispiel lange Perioden zu einem Stakkato zerlegt oder Nullachtfünfzehn-Wörter verwendet, wo der Autor seltene und erlesene gebraucht hat, ändert diesen Widerstand.

Allen diesen Dimensionen gleichermaßen kann eine literarische Übersetzung kaum je gerecht werden; vor allem kann eine semantisch genaue Übersetzung höchstens durch glücklichen Zufall auch klanglich genau sein. Jede solche Übersetzung ist notwendig ein Kompromiß, und ihr Kritiker hätte zu prüfen, ob es ein fauler war. Der Übersetzer (und sein Kritiker) muß abwägen, welcher Aspekt eines Textes am vollständigsten erhalten werden sollte und bei welchen Aspekten Einbußen am ehesten in Kauf zu nehmen sind. Grundsätzlich und ein für allemal ist es nicht entscheidbar – jeder Text verlangt eine neue Abwägung. Wer Ogden Nashs Vierzeiler «Candy / is dandy / but liquor / is quicker» ins Deutsche übersetzen wollte, hätte vor allem die vier extrem kurzen Zeilen und ihr Reimschema zu rekonstruieren. Auf der semantischen Ebene brauchte er nicht mehr als ein allgemeines Lob des Alkohols zu erhalten. Ganz verlassen dürfte er sie dennoch nicht, sonst hätte er einen neuen Vierzeiler komponiert, aber keine Übersetzung geliefert.

Wenn es bei literarischen Übersetzungen also zuweilen auch zwingende Gründe gibt, auf der semantischen Ebene Kompromisse zu schließen, bleibt sie dennoch die Basis, die niemals ohne Not preisgegeben werden darf. Eine semantisch unnötig falsche Übersetzung mag sogar schön sein, falsch bleibt sie dennoch. Wenn der Autor ‹Sonnenaufgang› geschrieben hat, gibt es keinen Grund auf der Welt, der den

Übersetzer ermächtigte, daraus ‹Sonnenuntergang› zu machen, und wenn er tausendmal meinen sollte, das klinge in diesem Fall besser oder Sonnenuntergänge wirkten poetischer. Wo der Fehler vorkommt, und er kommt vor, hat der Übersetzer wahrscheinlich nur *dawn* und *dusk* verwechselt. Wer eine freie Paraphrase für wünschenswert oder nötig hält, sollte nicht von einer Übersetzung sprechen, sondern wie in der Musik von einer Improvisation über ein Thema von...

Aber kann es semantische Richtigkeit überhaupt geben? Decken sich zwei Sätze, in zwei Sprachen für einen Gedanken formuliert, jemals vollständig? Woran ließe sich erkennen, daß sie sich vollständig decken? Man kann zwar ohne Wenn und Aber sagen, daß eine bestimmte Stelle falsch übersetzt ist. Aber nie kann man ohne Wenn und Aber sagen, eine Stelle sei richtig übersetzt.

Das liegt nicht am Übersetzer, sondern an der Unschärfe aller Sprache. Die Mehrdeutigkeiten, die Computerlinguisten so zu schaffen machen, sind dabei die äußerlichsten Fälle von Unschärfe. (Die eine dieser Mehrdeutigkeiten ist die Homonymie: Daß das Wort ‹Ton› zum einen ‹Klang›, zum andern ‹Lehm› bedeutet, geht darauf zurück, daß es sich ursprünglich um zwei verschiedene Wörter handelte, die sich zufällig konvergent entwickelt haben. Die andere ist die Polysemie: Das Wort ‹Muschel› hat mit der Zeit auch die übertragene Bedeutung ‹Telefonmikrofon› angenommen.) Sprache jedoch ist auf eine noch viel radikalere und unreduzierbarere Weise unscharf. Der Mensch bildet Begriffe meistens eben nicht so, wie der Computer es gerne hätte: aus einer bestimmten Zahl von sowohl ausreichenden wie notwendigen Merkmalen. Der Computer könnte einen Begriff wie ‹Buch› am leichtesten und sichersten gebrauchen, wenn er durch eine Liste von Merkmalen ausreichend und vollständig definiert, das heißt gegen Nachbarbegriffe abgegrenzt wäre: Papier / Stapel gleichgroßer Blätter / geleimt oder gebunden / bedruckt, und so fort. Bleibt ein so definiertes Buch ein Buch, wenn es nicht aus Papier, sondern aus Pergament besteht? Wir könnten sagen: ja, wir nehmen Pergament auf in die Definition. Auch Baumrinde, auf die die Maya ihre Texte schrieben? Wir könnten auch die Baumrinde noch aufnehmen. Also wäre ein Stapel von gleich großen beschriebenen und verleimten Eichenborkestücken ein Buch? Offenbar hört die Sache für unser Gefühl irgendwann auf, ein Buch zu sein. Es gibt eine Zwischenzone, in der man etwas vielleicht noch ‹Buch› nennen möchte, vielleicht aber auch schon anders. Zwischen einem ‹Buch› und einer ‹Broschüre› etwa gibt es keine objektive Grenze; wo für statistische Zwecke eine erforderlich wird, muß sie willkürlich festgelegt werden (48 Seiten). Begriffe überlappen teilweise. Sie sind nicht scharf gegeneinander abgrenzbar. Sie haben eine Kernbedeutung, um die sich ein nicht genau bestimmbarer Hof von Nebenbedeutungen lagert, viele sehr emotional und subjektiv. Jedes Wort, heißt das, umgibt eine ganze Wolke von Bedeutungen. Und in zwei verschiedenen Sprachen gibt es kaum jemals eine genaue Entsprechung zwischen zwei solchen Wolken. Was Wörterbücher als Entsprechungen anbieten, hat seine semantische Mitte meist nicht an den nämlichen Stellen im Bedeutungskontinuum und um sich einen anderen Hof von Nebenbedeutungen und Assoziationen. *Science* ist ‹Wissenschaft› und ist es doch nicht, und *Naturwissenschaft* ist zwar ‹science›, hat aber im deutschen Kontext dennoch auf eine schwer faßbare Weise einen anderen semantischen Wert. Darum eben gibt es keine Eins-zu-eins-Übersetzung. Darum läßt sich auch nicht sicher sagen, ob eine Übersetzung ganz und gar richtig ist. Schon darum auch ist jede Übersetzung in gewisser Weise eine Interpretation.

Das ist nicht akademisch, sondern für den Übersetzer alltäglichster Alltag. *At that time, everybody was reading a certain cloyingly rhetorical anti-war novel* – ein ganz leichter Satz, sollte man meinen, aber manchmal sind leichte Sätze die schwierigsten. Die Schwierigkeit bereiten in diesem Fall zwei semantisch schillernde Wörter, das Adverb und das Adjektiv, *cloyingly* und *rhetorical*. *To cloy* heißt unter anderem ‹bis obenhin vollstopfen›, ‹eine eigentlich nicht unangenehme Eigenschaft (wie Süße) bis zum Überdruß entwickeln› – seinen vollen Sinn kann nicht erfassen, wer es nur im Lexikon nachschlägt; man müßte es in vielen Zusammenhängen gehört und gelesen haben. *Cloyingly* ließe sich mit ‹unangenehm›, ‹unmäßig›, ‹widerlich›, ‹ekelhaft›, ‹abstoßend› übersetzen – genau das ist es, was einem die Wörterbücher vorschlagen. *Rhetorical* heißt natürlich ‹rhetorisch›, aber auch ‹schönrednerisch›, ‹phrasenhaft›, ‹schwülstig› und so weiter. Wie also wäre *a cloyingly rhetorical novel* zu übersetzen? Falsch wäre *ein abstoßend schwülstiger Roman* nicht; *ein widerlich euphemistischer Roman* wäre es auch nicht; und *ein unangenehm phrasenhafter Roman* ließe sich aus der kleinen Bedeutungswolke auch noch ableiten. Es sind aber drei ganz verschiedene Dinge. Die übersetzerische Schwierigkeit besteht darin, daß es überhaupt keine Möglichkeit gibt, aus dem bloßen Sprachtatbestand abzuleiten, was der Autor gemeint hat. Solche Fragen aber hat der Übersetzer auf Schritt und Tritt zu lösen. In der Computerlinguistik heißt das «desambiguieren». Wir alle müssen, wenn wir Sprache hören oder lesen, ständig desambiguieren. Der Übersetzer muß es auch; aber er kann es nicht dabei belassen, daß er sich ein paar Hypothesen bildet und sie, wenn er verstanden hat, gleich wieder vergißt, er muß sich für eine entscheiden und sie auf Dauer festschreiben. Er kann es dabei nur machen wie wir alle: Er muß jedes Indiz auswerten, dessen er nur habhaft werden kann. Der Tonfall läßt sich nicht zu Rate ziehen, aber vielleicht bringt der Kontext einen Aufschluß. Dem Übersetzer ist vielleicht auch der ganze Denkstil seines Autors vertraut, so daß er die eine oder andere Möglichkeit mit einiger Wahrscheinlichkeit ausschließen kann. Er kann aus allem, was er über seinen Autor weiß, vielleicht sogar rekonstruieren, welchen Roman dieser hier im Sinn hatte.

Daß der Übersetzer sein ganzes Wissen über einen Autor zu Rate ziehen muß, um dessen Sätze überhaupt erst übersetzbar zu machen, erklärt im übrigen, warum es keine übersetzenden Wunderkinder gibt. Niemand kann sich hinsetzen, ein Buch aufschlagen und ohne weitere Vorbereitung mit seiner Übersetzung beginnen. Zwar wird es immer wieder so gemacht, aber man merkt es dem Ergebnis sofort an. Übersetzen setzt Erfahrung voraus.

Dank dieser Erfahrung kann sich der Übersetzer vielleicht am Ende sehr wohl entscheiden. Aber er hat niemals eine Gewähr dafür, daß er sich richtig entschieden, daß er diesen einfachen Satz richtig übersetzt hat. Andererseits ist er gar nicht leicht zu erschüttern. Wenn ein Kritiker käme, der sich seine Gedanken nicht gemacht hat, und behauptete, er fände hier *ekelerregend bombastisch* die richtigere Übersetzung, so wird er nur die Achseln zucken können. Das heißt, auf dieser Ebene ist Übersetzungskritik etwas sehr Schwieriges, so schwierig, daß ein normaler Rezensent damit wohl wirklich überfordert ist.

Bei manchen Übersetzungen allerdings erübrigt sich derlei höhere Mathematik. Übersetzer untereinander benutzen das unzarte Wort ‹Klops›. Ein Klops ist ein Schnitzer, ein Patzer, ein eindeutiger Fehler ohne Wenn und Aber, sagen wir mit Norfolks Übersetzer: ein Bumser. Wenn in den Fernsehnachrichten davon die Rede ist, daß auf einem englischen Flughafen Granaten in einem *Warenhaus* explodiert sind, so meldet sich bei dem aufmerksamen Zuhörer sofort Bumserverdacht, und der bestätigt sich, wenn er zur BBC umschaltet und dort die gleiche Meldung auf Englisch hört. Der Übersetzer wußte einfach nicht, daß ein *warehouse* mitnichten ein *Warenhaus* ist, sondern ein *Lagerhaus*. Er ist einem falschen Freund aufgesessen. Mehr gibt es dazu nicht zu sagen. Und wenn im folgenden Spielfilm der Gangster auf die Frage, ob die Kasse heute unbewacht bleibt, die Antwort *ich denke, sie wird* bekommt, so ist das ebenfalls einer, denn nicht nur der Irrtum über eine Wortbedeutung führt zu einem Bumser, sondern auch die Verkennung einer idiomatischen Wendung. Wer konventionelle Redensarten wörtlich übersetzt, als wären es kostbare originale Prägungen, verunklärt den Text in seiner semantischen Dimension und verschiebt gleichzeitig Tonlage und Widerstandswert. Echte Sprachschöpfungen des Autors sind vor lauter Bizarrerien dann gar nicht mehr erkennbar.

Nun ist keine Übersetzung je ganz frei von solchen Schnitzern, auch die beste nicht. Natürlich unterblieben sie besser; aber einer hin und wieder schadet einem Text weniger als ein fortgesetzt falsches Gehör für seine Tonlage oder eine chronische Schwierigkeit beim Umgang mit dem Konjunktiv. Darum reicht es auch nicht, wenn der Kritiker dem Übersetzer zwei oder drei solche Schnitzer um die Ohren schlägt. Ein Fall wird daraus erst, wenn die Schnitzerquote ein erträgliches Maß überschreitet. Wie viele dürfen sein? Theoretisch läßt es sich nicht sagen, praktisch aber stellt sich die Frage kaum. Denn die Schnitzer, die sich dem momentanen Blackout eines ansonsten guten Übersetzers verdanken, sind jedenfalls selten. Jene aber, die auf Unvermögen beruhen, kommen niemals allein. Der Text strotzt von ihnen, und der Kritiker braucht nicht lange zu suchen – im nächsten Satz schon wird er wahrscheinlich wieder fündig.

Was hier der «Widerstandswert» eines Textes genannt wurde, läuft auf das gleiche hinaus wie jene Qualität, die die Übersetzungstheorie manchmal «Wirkungsäquivalenz» nennt. Der Text soll auf den Leser in der neuen Sprache annähernd so wirken, wie er mutmaßlich auf die Leser in seiner Sprachheimat gewirkt hat: Er soll ähnliche Gedanken und Gefühle in ihnen evozieren. So lautet das Grundpostulat.

Daß es nicht trivial ist, zeigt sich an dem, was es ausschließt, nämlich zwei Typen von Übersetzungen, die durchaus vorkommen und Fürsprecher finden. Am einen Extrem ist es die versimpelnde Übersetzung, die einen spröden Text «flüssig» macht; am anderen der Typ, der unter Berufung auf eine Theorie Schleiermachers den fremden Text fremdartiger wirken lassen will als in seiner Herkunftssprache, und zwar durch Wörtlichkeit, eventuell sogar durch die weitgehende Übernahme seiner syntaktischen Konstruktion – die «sprachbewegende» Übersetzung.

Ein Postulat ist kein Naturgesetz. Es kann außer Kraft gesetzt werden, wenn Gründe dafür sprechen. Es mag Texte geben, die versimpelt, normalisiert, in die Schule der Geläufigkeit genommen werden dürfen; und andere, die am interessantesten als ethnographisches Dokument sind, an dem sich vorführen läßt, wie eine andere Sprache verfährt. Beim Gros aller Übersetzungen aber – mehr oder weniger zeitgenössischen Texten aus verwandten Sprachen und nahen Kulturen – gibt es keinerlei Sondergründe, die das Postulat der Wirkungsäquivalenz außer Kraft setzen könnten. Es ist kein Postulat, das notwendig zu einem platten Deutsch führen muß. Es besagt vielmehr, daß das Deutsch der Übersetzung genau so platt oder nichtplatt sein sollte, wie es die Sprache des Originals in ihrem eigenen Bezugssystem war.

Das Postulat der Wirkungsäquivalenz hat eine Zone, in die es nicht hineinreicht: Sprachtatsachen werden übersetzt, Kulturtatsachen aber nicht, und die fremden Kulturtatsachen wirken in ihrer neuen sprachlichen Umgebung notwendig anders als in ihrer sprachlichen Heimat. Daß Kulturtatsachen nicht übersetzt werden sollten, folgt nicht aus sprachlichen Rücksichten, sondern aus dem Respekt vor der Unterschiedlichkeit menschlicher Lebenswelten, die der Dolmetsch zwischen ihnen am wenigsten verwischen darf. Wer damit anfängt, aus *fish'n chips* ‹Bockwurst und Pommes› zu machen, machte bald auch aus *football* ‹Fußball› und aus der Moschee eine Kirche, und am Ende wäre die ganze Welt eine deutsche Wohnküche.

Auf den ersten Blick wirkt die Abgrenzung von Sprach-

und Kulturtatsachen eindeutig. Sie ist es jedoch nicht. Viele Sprachtatsachen sind nämlich gleichzeitig Kulturtatsachen. Daß Israelis wie Araber mit ihren Wörtern für ‹Frieden› grüßen; daß das Russische und einige romanische Sprachen eine Vorliebe für Diminutivendungen haben; daß das Englische vorwiegend mit Sexualbegriffen flucht, das Deutsche dagegen mit Fäkalbegriffen; daß eine Sprache ein reicheres und genaueres Vokabular für jene Dinge hat, die in ihrer Kultur im Vordergrund stehen – das alles sind Sprachtatsachen, aber es sind ebenfalls Kulturtatsachen, und als solche sollten sie auch in der Übersetzung aufscheinen. Damit sie aufscheinen, muß die Zielsprache bewegt werden. Dem Übersetzer bleibt also ein großer Ermessensspielraum. Er kann im großen und ganzen Wirkungsäquivalenz anstreben und im kleinen dennoch viel überlegte und begründete sprachliche Fremdheit hereinlassen.

Vladimir Nabokov, der als Übersetzer und Übersetzter zwischen drei Sprachen lebte und Gelegenheit hatte, viel über das Übersetzen nachzudenken, hat die Klasse der Schnitzer – er nannte sie ‹howlers› – von allen anderen Fragwürdigkeiten des heiklen Geschäfts abgesondert und wiederholt dem Spott preisgegeben. Oder wenigstens meinte er, sie ihm preisgegeben zu haben; daß manche partout nicht lachen wollten, verstörte ihn. In der Rezension einer englischen Nachdichtung des ‹Eugen Onegin› stellte er einmal einen systematischen Katalog haarsträubender ‹howlers› zusammen. Als es im Jahr darauf zu dem legendären Zusammenstoß mit seinem ehemaligen Freund, dem Kritiker und Schriftsteller Edmund Wilson, über seine eigene Puschkin-Übersetzung kam, hielt dieser ihm vor, er habe der früheren Übersetzung kleinlich nur ein paar Germanismen und Ungeschicklichkeiten angekreidet. Von Germanismen aber hatte Nabokov kein Wort gesagt. Und was er aufgelistet hatte, waren keine läßlichen Ungeschicklichkeiten, sondern unbestreitbare, grobe, lächerliche, haarsträubende Fehler. Wilson hatte sich offensichtlich nicht an ihnen gestoßen; er schien sie als solche nicht einmal wahrgenommen zu haben.

Kann aber jemand Literaturkritiker sein, ohne solche Fehler zu erkennen? Kann jemand behaupten, einen Text zu schätzen, zu bewundern, zu lieben, wenn ihm nicht auffällt, daß der von ‹howlers› entstellt ist, und wenn diese ihn selbst dann nicht irritieren, nachdem ein anderer sie ihm vorgewiesen hat? Was liebt er denn dann eigentlich? Genau dieses würgende Gefühl, in einer verkehrten Welt zu leben, wo niemand sich mehr daran stößt, daß krumm und gerade für das gleiche gehalten werden, wo sich gar ein Chor von Gratulanten aufstellt und vergnügt «fair is foul and foul is fair» anstimmt – genau dieses Gefühl war es, das Nabokov damals beschlich.

In Deutschland ließ der Fall ‹Emprière's Wörterbuch› es nicht nur bei mir aufkommen. Weil es viele andere Übersetzer beschlich, blieb die Debatte denn auch nicht an dem Punkt stehen, auf den sie in den ersten Wochen so zielstrebig zugesteuert war. Sie hat schließlich einiges geradegerückt und einige Vorstellungen geschärft. Am Ende war sogar die Unkollegialität ganz an ihrem Anfang legitimiert. Ein vor sich hin dümpelnder Betrieb braucht gelegentlich einen großen Schreck, damit viele sich fragen, was sie da eigentlich tun: ob wirklich alle Übersetzungen, für die sie die Verantwortung tragen, gleich gut oder gleich schlecht sind. Der Schreck, der durch jenen Protestbrief in den Literaturbetrieb fuhr, wird einige Zeit vorhalten und der Literatur und ihren Lesern einige Übersetzungskatastrophen ersparen. Möchte man hoffen.

Kettenübersetzung

Stille Post

Es war als eine Art Spiel gedacht, als Urs Widmer einem kurzen literarischen Text die konsekutive Reise durch fünf Sprachen zumutete, allen Amtssprachen der Vereinten Nationen (bis auf Arabisch), aber es war auch ein wirkliches Experiment. Jeder kennt das Spiel «Stille Post»: Einer flüstert dem Nachbarn einen Satz ins Ohr, der dem seinen, der wiederum dem seinen – und wenn der Satz auf diese Weise die Runde gemacht hat und wieder an seinem Ausgangsort ankommt, ist er meist nicht wiederzuerkennen. Was würde von Widmers kurzer Geschichte bei der Rückübersetzung ins Deutsche noch vorhanden sein? Goethes «Über allen Gipfeln / ist Ruh» soll zu Beginn des Jahrhunderts ins Japanische übersetzt worden sein, dann aus dem Japanischen ins Französische, um im als «Japanisches Nachtlied» wieder im Deutschen einzutreffen: *Stille ist im Pavillon aus Jade / Krähen fliegen stumm / Zu beschneiten Kirschbäumen im Mondlicht. / Ich sitze / und weine*. Nach diesem unbeabsichtigten Experiment zu urteilen, wäre Übersetzen schlicht unmöglich. Widmers Experiment jedoch ging anders aus. Sein Ausgang erlaubt zwei Schlüsse.

1. Übersetzen ist möglich. In der Kette regiert immer das schwächste Glied – aber obwohl dem Text mit der Kettenübersetzung eine Strapaze zugemutet wurde, der er in der Realität der Übersetzerdyaden nicht ausgesetzt gewesen wäre, ist die Bedeutung des Textes über alle Metamorphosen hinweg mehr oder weniger erhalten geblieben. Im Prinzip hätte von seiner «Bedeutung» oder «Information» noch viel mehr am Ende der Reise ankommen können, wären nur einige der Übersetzer genauer gewesen. Die Arven und die Fichten kamen nur darum abhanden, weil manche Übersetzer sich über derlei Details erhaben dünken. Groß ist auch ständig die Versuchung, «Kulturtatsachen» zu übersetzen. So wird aus einem *Motel* eine Art Truckerherberge und schließlich ein *Landgasthaus* – vermeidbare, in diesem Fall kumulierende Ungenauigkeiten. Davon aber abgesehen wurde die Vermutung, jede Sprache «denke» so verschieden von den übrigen, daß alles Übersetzen von vornherein vergeblich ist, eindeutig falsifiziert.

2. Was bei der Übersetzung leicht verlorengehen kann, ist der Stil, wenn man unter Stil die Bedeutungsnuancen jenseits der nackten Information versteht. Die Register der Sprache (etwa der Wechsel von «historisch» und «modern»), Wortspiele, Ironien, syntaktische Spannungen – alles das ist in hohem Maß gefährdet. Aber es müßte nicht verlorengehen, wie einige Kettenglieder klarmachen.

Nicht jede Übersetzung ist gleich gut oder schlecht. Ein guter Übersetzer ist der, der die Bedeutung uneingeschränkt respektiert und außerdem soviel Stil wie möglich in seine Sprache hinüberrettet. Übersetzen ist eben eine darstellende Kunst. *D.E.Z.*

Urs Widmer

Erste Liebe (Ursprungsfassung)

In einem Weiler in der Schweiz, einer Handvoll Stadel hoch oben zwischen den letzten Arven, gibt es einen Brauch, den die Bewohner seit Menschengedenken und länger kennen, nämlich, immer im Morgengrauen von Matthäi am letzten (irgendwann im Juni) brechen die geschlechtsreif gewordenen Männer und Frauen auf (Kinder beinah noch) und gehen los, die Burschen nach Osten, die Mädchen nach Westen. Die einen gehen zuerst steil bergan, an Gletschermühlen vorbei und über rotglühendes Firneis, die andern müssen als erstes jäh bergab ins noch tiefdunkle Tal. Sie gehen stur geradeaus. Kein Hindernis kann sie hemmen. Sie benötigen keinen Schlaf, keine Nahrung. Sie durchwandern weite Ebenen, hören immer öfter den Klang unbekannter Sprachen. Sandstürme umbrausen sie, Schneewirbel, Stauborkane. Wie sie die Meere überqueren, ist ein Rätsel, das die aufmerksamsten Ethnologen bis jetzt nicht lösen konnten. Jedenfalls, nach einem halben Jahr, abgemagert und gereift, erreichen sie (die Männer von Westen her, die Frauen von Osten) den Ort auf der andern Erdseite, der ihrer Heimat am entferntesten ist (die Ethnologen haben die Spur der Gehenden längst verloren), und dort ist es den jungen Menschen endlich erlaubt, sich zu lieben. Jeder umarmt die, auf die er als erste stößt. Jede umfängt den, der als erster vor ihr am Horizont auftaucht. Bald jubelt jeder Busch, jedes Gesträuch. Glück, wie wir es nicht kennen. – Es kommt allerdings schon vor, daß sich einer oder eine hinter einen Felsbrocken duckt, wenn just der oder die Falsche auftaucht, der tolpatschige Heinrich oder die kreuzblöde Lise. Das Schicksal ist unerbittlich, aber es ist auch blind. – Manche schießen auch, Ärmste unter den Armen, am Ziel vorbei, übers Ziel hinaus und kommen ungeliebt um. – Die Liebenden machen sich, erwachsen geworden, alle gemeinsam auf den Rückweg, lachend und plappernd, und treffen im Bergdorf ein, wenn sich gerade der nächste Pulk mündig Gewordener bereit macht. Sie sind nun aller Sprachen der Welt mächtig und gelten als verheiratet. – Heute ist dieser Brauch allerdings am Aussterben. Man bricht nur noch pro forma auf. Die Verliebten treffen sich in einem Motel im Tal unten, keine zwei Wanderstunden weit weg. Sie genießen ihr erstes Mal immer noch, aber ihrer Leidenschaft fehlt etwas, verglichen mit der, von der die Uralten berichten.

Auch haben sie keine fremden Sprachen mehr im Kopf, keine Bilder von Steppen und Sandorkanen mehr, die jungen Frauen und Männer jenes Dorfs aus ein paar Hütten hoch oben in den letzten Fichten irgendwo in der Schweiz.

Spanisch

En un caserío de Suiza, un puñado de graneros muy arriba, entre los últimos cembros, hay una costumbre que sus habitantes conocen desde tiempo inmemorial y antes aún: siempre al amanecer de las postrimerías de San Mateo (algún día de junio), los hombres y mujeres que llegan a la pubertad (casi unos niños aún) emprenden el camino y se van; los muchachos...

Kommentar
Da der Übersetzer Miguel Sáenz gut eine andere Kultur neben der seinen gelten lassen kann, hat der Text seine Reise ziemlich unversehrt überstanden. Problematisch wird es bei den Übersetzungen der sprichwörtlichen Redensart *Matthäi am letzten* (Widmer benutzt den Ausdruck, der bedeutet, daß jemand am Ende seiner Kräfte ist, als wäre er ein Kalenderdatum) und des Verbs *umkommen*. Erstere hat sich bei Sáenz zu *am Ende von San Mateo* gewandelt, was im spanischen Kulturraum soviel bedeutet wie *am Ende des Festes von San Mateo* (Apostel), während letzteres zu *zurückkehren* geworden ist. Die Ärmsten unter den Armen kommen somit nicht mehr ungeliebt um, sondern kehren zurück, ohne geliebt worden zu sein. Zu den gängigen Reiseerlebnissen würde ich das Entstehen von *granero* aus *Stadel* zählen. Der spanische Ausdruck birgt das Wort *Korn*. Es wird Konsequenzen haben. Das Wort *stur* läuft der spanischen Mentalität zuwider, wurde daher zu *mit Entschlossenheit*. Die Wiederholungen des gleichen Wortes sind alle in ihrer ursprünglichen Form in Spanien angelangt; nicht angekommen sind die Alliterationen – was wohl zu den Strapazen einer solchen Reise gehört.
Susanne Beerli

Chinesisch

作者：(瑞士)鳥爾斯·威德默

初戀

(習俗之一)

在瑞士，有一個村莊，它是全國為數不多的糧倉之一。這個村莊地處高山之上，隱約可見於松柏叢林之間。很久很久以來，村裡就有一種全村居民都很熟悉的風俗習慣。

每年六月份的一個早晨，天蒙蒙亮的時候，就是說在每年相當於聖馬太晚年的一個早晨，村裡所有剛到青春期的男男女女，其中有些可以說還是孩子，就紛紛開始長途跋涉。小伙子們向東走，姑娘們向西走。男的起步就是走崎嶇上坡，穿越冰川積雪。女的則是急劇下坡，走向還是深沉陰暗的山谷。他們個個意志堅定，向前行進。沒有任何障礙可以阻擋他們，哪怕是狂風暴雨，飛沙走石或者雨雪交加。他們不需要睡，也不需要吃。他們越過廣大的平原，耳聞日益眾多不同

Kommentar

Professor Liu Xiaopei hat sich interpretatorische Freiheiten herausgenommen, die sich Übersetzer bei uns nicht leisten können. Den Titel hat er so verändert, daß man einen volkskundlichen Text erwartet. Zudem hat er den Text in fünf Abschnitte gegliedert, womit die Geschichte einen neuen Rhythmus bekommen hat, ohne daß damit die literarische Sprache verschwunden wäre. Einige der wichtigsten Mißverständnisse erhellen (in diesem Falle) leider weniger die Art, wie Chinesisch als Sprache funktioniert, sondern eher, wie wenig genau es wohl einige Übersetzer mitunter nehmen. Zu Beginn wird aus *einer Handvoll Stadel*: *Einer der wenigen Kornspeicher im ganzen Land*. Vollends mißverstanden hat Professor Liu die Textstelle: *Manche schießen auch, Ärmste unter den Armen, am Ziel vorbei, übers Ziel hinaus und kommen ungeliebt um.* Das liest sich dann: *Manche, die Kläglichsten, sie fanden den falschen*

Partner, oder sie verpaßten die erste Person, die auftauchte, und mußten folglich unverrichteter Dinge umkehren, ohne je von einem anderen Menschen geliebt zu werden. Trotz allem ist an vielen Stellen die Zweideutigkeit erhalten geblieben. Die Sprache läßt noch vieles in der Schwebe, was bei einer Rückübersetzung in eine europäische Sprache eindeutiger formuliert werden muß.
André Kunz

Englisch

There is a village in Switzerland which lies nearly lost to view among pine forests high in the mountains – it is one of the nation's few breadbaskets. For a long long time there has been a custom in this village, one all its inhabitants know well. Every year on a morning in June, as dawn begins to light the skies, – on a morning, that is to say, very like the feast day of St Matthew – all the boys and girls of the village who are in the flower of their youth, including among them some who are no more than children, set off, one after another, on a long journey…

Kommentar

Wo deutschsprachige Menschen vom Regen in die Traufe geraten, fallen englisch- und italienischsprachige aus der Bratpfanne ins Feuer und tauschen frankophone ein einäugiges gegen ein blindes Pferd: Es sind solche idiomatisch genannten Wendungen, die – da sie nicht wörtlich übersetzt werden dürfen – den Übersetzern am meisten zu schaffen machen. Der Widmersche *Stadel* hat sich über eine spanische Scheune in einen chinesischen Kornspeicher verwandelt. Janice Wickeri hat aus ihm einen englischen Brotkorb (*breadbasket*) gemacht, was im übertragenen Sinn *Kornkammer* bedeutet. Und wird die chinesische Wendung für *zufällig* wörtlich übersetzt, entsteht daraus *ohne vorherige Abmachung* (*without prior arrangement*). Wo die Paare sich im Deutschen, Spanischen und Chinesischen auch körperlich liebten, dürfen sie sich im Englischen nur noch verlieben. Vom literarischen Tonfall ist im englischen Text nichts mehr spürbar. Verloren ist Urs Widmers freundliche Ironie, das Schweben zwischen Legendenton und umgangssprachlichen Wörtern wie *kreuzblöde*, das hier unbeholfen mit *ungelenk* wiedergegeben wird. Der letzte Satz wird in zwei Sätze aufgeteilt, deren zweiter auch noch die letzten Fichten fällt und somit kreuzblöd lautet: *Dies sind die jungen Männer und Frauen aus Dörfern hoch in den Bergen der Schweiz.* Für diese Etappe haben Urs Widmers Liebende von einem einäugigen Chinesen auf eine blinde Engländerin umgesattelt.
Thomas Bodmer

Russisch

УРС ВИДМЕР
Первая любовь
(народные обычаи)

Высоко в горах Швейцарии, среди хвойных лесов, почти затерялась одна деревня - из тех немногих, что и сейчас кормят всю страну. В течение многих лет в этой деревне сохранялся один старинный обычай, который до сих пор хорошо известен её жителям.

Раз в год, июньским утром, ну, скажем, в День Св.Матвея, на рассвете - все парни и девушки - и те, что достигли уже возраста цветущей юности, и даже почти дети, отправлялись в долгий путь; при этом юношам предстояло идти в восточном направлении, а девушкам - в западном. Парням надо было взбираться вверх и преодолевать крутые склоны и горные вершины, ледники и снежные заносы. А девушки - напротив - сразу же спускались вниз, в тихие долины, ещё окутанные ночной мглой. Бодро и решительно, не зная сна и отдыха, шли они вперёд - и ничто не могло остановить их - ни буря, ни лавина, ни мокрый снег, ни голый лёд.

Чем дальше удалялись они от родного дома в сторону

Kommentar
Der Übersetzer Dimitri Ukow greift den Stil der sentimentalen Literatur des achtzehnten Jahrhunderts auf. Dadurch ironisiert und russifiziert er gleichzeitig den Text: Das nüchterne Widmersche *ihrer Leidenschaft fehlt etwas* baut er zur pathetischen Frage aus: *Ist es nicht offensichtlich, daß etwas unwiederbringlich in der Vergangenheit entschwindet?* Wo Männer und Frauen sich im Englischen individualistisch verlieben, werden sie bei Ukow metaphysisch *von Liebe überkommen* und überhaupt traditioneller in ihrem Verhalten: Wenn die Burschen *Berggipfel bezwingen*, ja sogar vom Übersetzer dazuerfundenes *blankes Eis*, steigen *die Mädchen im Gegensatz zu den Jungen sofort in stille Täler hinunter*. Statt des Manns erscheint die Frau auf der anderen Seite der Erde *am Horizont und öffnet dem Burschen ihre Arme*. Wo sich bei Widmer *einer oder eine hinter einen Felsbrocken duckt*, ergreift nun nur noch die Frau, *nachdem sie eine Ewigkeit gewartet hatte, die Flucht.*

Irena Brëzná

Französisch

Dans les hautes montagnes de la Suisse, au milieu des forêts de conifères, il vit un village presque égaré: l'un de ces villages qui, aujourd'hui encore, assurent la nourriture du pays. Pendant très longtemps, ce village a préservé une coutume ancestrale, qui reste encore familière à tous ses habitants. Une fois par année, à l'aube d'une...

Kommentar
Das Mißtrauen des Übersetzers Despot Slobodan seiner Vorlage gegenüber hat sich ausbezahlt. Holen wir den Text in unser Jahrhundert zurück, wird er sich gesagt haben. Und es ist nicht nur bei der Wortwahl geblieben. Die jungen Frauen bekommen bei ihm wieder gleiches Recht wie die jungen Männer: *Décamper* heißt *abhauen*. *Sans demander son reste* macht sich Elisabeth davon, ohne Umstände und Verzug. So wird es der Autor gemeint haben, spürt der vorletzte Übersetzer. Wenn er zwischen Freiheit und Treue zu wählen hat, muß er als Diener die Treue wählen. Auf den Zeilen. Aber zwischen den Zeilen, da lebt seine Freiheit weiter. Er führt, in Prisenmenge, ein bißchen Ironie in den Text zurück. *Le destin, on le sait, est aveugle et impitoyable!* Im *on le sait!* (*wie man weiß, bekanntlich*) und im Ausrufezeichen klingt etwas vom Ton des Originaltexts nach. Slobodan hält etwas auf sich, und er liebt das Französische. Sein Text äfft das Russische nicht nach, sondern liest sich wie ein französischer Text. Die Lesbarkeit, ja sogar die Melodie des fremden Textes in seinem neuen Gewand sind diesem Übersetzer das oberste Gesetz. Slobodan entscheidet sich für die Leserinnen und Leser, nicht für das Original (das für ihn die russische Übersetzung gewesen ist). Er will es nicht nur wiedergeben, sondern nahebringen.   *Martin Schaub*

Erste Liebe (Zweite Fassung)

Hoch oben in den Schweizer Alpen, mitten in den Nadelwäldern, liegt ein fast weltvergessenes Dorf: eines dieser Dörfer, die das Land noch heute mit Nahrung versorgen. In diesem Dorf hat sich während langer Zeit ein alter Brauch erhalten, der all seinen Bewohnern noch bekannt ist.

Einmal im Jahr, in der Dämmerung eines Junimorgens – sagen wir zu Sankt Matthäus –, machten sich alle Knaben und Mädchen aus dem Dorf, diejenigen, die bereits in der Blüte der Jugend standen genauso wie die kaum der Kindheit entwachsenen Jugendlichen, zu einem langen Bummel auf, wobei die Burschen nach Osten, die Mädchen nach Westen aufbrachen. Die Knaben mußten den Hang in Angriff nehmen, Steilpfade, Gipfel, Gletscher und Wächten überwinden. Die Mädchen dagegen stiegen in die stillen, noch in den nächtlichen Nebeln liegenden Täler hinunter.

So schritten sie, ohne an Schlaf oder Ruhe zu denken, flott und entschlossen voran, und nichts konnte sie aufhalten, kein Sturm, keine Lawine, weder Schneematsch noch blankes Eis.

Je weiter sie sich von ihrer Heimat entfernten, desto weiter drangen sie ins Land der großen Ebenen vor, und desto mehr mußten sie sich mit unbekannten Sprachen und Dialekten herumschlagen.

Unsere Zeitgenossen können nicht verstehen, wie sie Meere und Ozeane überqueren konnten, aber wie auch immer, unsere jungen Schweizer Bergler trafen, abgemagert und gereift, irgendwo (die Gelehrten haben den Ort nie genau bestimmen können) am andern Ende der Welt wieder zusammen.

So entdeckten sie endlich die Liebe: Der junge Mann küßte das erste Mädchen, das ihm von der andern Seite des Horizonts her vor Augen kam, und das junge Mädchen empfing ihn seinerseits mit offenen Armen. Und dann, das versteht sich von selbst, verwandelte sich plötzlich alles und blühte auf: Das Gras reifte, die Bäume wuchsen. Und Worte reichen nicht aus, um zu beschreiben, wie glücklich sie sein konnten, und welche Wonnen sie erwarteten... Aber es konnte alles auch ganz anders sein. Zum Beispiel konnte ein gewisser Heinz, der eine Elisabeth daherkommen sah, sie durchaus häßlich finden; oder dann fand letztere den Jungen nicht recht nach ihrem Geschmack und machte sich sang- und klanglos aus dem Staub.

Das Schicksal ist bekanntlich blind und unbarmherzig! Es gab welche, die beschlossen, diese erste, echte Begegnung zu übergehen, und sich schließlich dazu verurteilt sahen, mit niemandem leben zu können oder nach Hause zurückzukehren, ohne die Liebe gefunden zu haben... Die andern dagegen, die sie gefunden hatten und sich liebten, schlugen als fröhlich plaudernde Paare den Rückweg ein.

Und da kamen sie nun also in ihr Heimatdorf zurück, genau in dem Moment, da sich eine neue Generation junger Leute zum Aufbruch anschickte. Sie hatten viel gelernt – zahlreiche Fremdsprachen insbesondere –, und jedermann anerkannte sie als Frau und Mann...

In unserer Zeit ist dieser Brauch auf jeden Fall im Verschwinden begriffen. Heutzutage tun die vom Liebesfieber gepackten jungen Leute so, als hegten sie ernsthafte Vorsätze, aber in Wirklichkeit steigen sie, ohne sich weit von zu Hause zu entfernen, ins Tal hinunter und treffen sich bloß in irgendeinem Landgasthaus. Natürlich genießen auch sie, wie ihre Vorgänger, die Freuden der ersten Liebe, aber kann man von dieser Liebe in so feierlichem Ton erzählen, wie man die Legenden aus alten Zeiten erzählt? Und sieht man nicht, daß etwas im Begriff ist, unrettbar in der Vergangenheit zu versinken?

Unsere jungen Zeitgenossen kennen die Sanddünen, die großen Ebenen, die Lawinen nicht mehr. Sie kennen nicht einmal mehr die Fremdsprachen, diese Jungen... So ist die heutige Jugend, die hoch oben in den Schweizer Alpen lebt.

Aus dem Französischen Yla Margrit von Dach

Kommentar

Die letzte Übersetzerin, Yla Margrit von Dach, die den Text sozusagen wieder heimführt, kennt sein Herkunftsland nicht bloß vom Hörensagen. Wo der französische Übersetzer *contrée natale* (Gegend der Geburt) und *village natal* (Geburtsort) sagte, braucht sie *Heimat* und *Heimatdorf*. Der Text wird in der letzten Übersetzung schlank und knapp, ohne daß viele Einzelheiten geopfert werden.

Aber in der letzten Etappe der Übersetzerstafette schließen die Männer die jungen Frauen nicht mehr in die Arme (*embrasser*), sondern sie küssen sie (*embrasser*). Die *coutume ancestrale* (der von den Vorfahren her stammende Brauch) ist jetzt nur noch *alt*. Vor allem ist bei der Schlußläuferin das Motel, das in der französischen Version noch immer eine etwas schäbige *auberge routière* war, zum *Landgasthaus* (mit Bad – Dusche – WC, Frotteewäsche und Minibar) geworden. *Décamper sans demander son reste* wird zwar nicht genau übersetzt, aber immerhin mit zwei sinnlichen stehenden Wendungen: *sang- und klanglos, aus dem Staub machen* wiedergegeben.

Martin Schaub

Urs Widmer

Reise um die Erde in sieben Texten – Ein Kommentar

Jeder kennt das Spiel, bei dem wir uns tuschelnd einen Satz sagen. Wenn ihn sich fünf oder sieben Menschen zugeflüstert haben, kommt er ins Unkenntliche verändert zu seinem Erfinder zurück. Natürlich habe ich an dieses Kindervergnügen gedacht, als wir den Plan faßten, einen Text auf eine Übersetzungsreise rund um die Erde zu schicken. Schweiz, Spanien, China, England, Rußland, Frankreich *and back home*. Ich wollte einen schönen Text schreiben, einen, den man auch ohne das Spiel gern läse: einen literarischen.

Obwohl ich keine hinterhältigen Fallen aufstellen wollte, habe ich doch ein paar Knacknüsse eingebaut: die Stadel und die Arven und die Fichten (die dann auch prompt einem Waldsterben zum Opfer fielen), die Gletschermühlen und das Firneis. (Daß das Motel verschwand, hat mich hingegen eher verwundert. Der Chinese hat es in eine meterlange Formel verwandelt, die in seinen Tuscheschnörkeln so hinreißend aussieht, daß ich mein Motel gerne dafür hergebe.) Doppeldeutige Begriffe wie *Matthäi am letzten* sind dagegen keine Fallen. Sie sind zwar schwer zu übertragen, gehören aber zum poetischen Alltag und müssen von einem literarischen Übersetzer bewältigt werden. Müßten – schon der Spanier sah den Doppelsinn nicht.

Wenn es kein Spiel wäre: wenn der deutsche Text, der zu uns zurückgekommen ist, der einzige wäre, den ich vorzuweisen hätte: wenn ich sagen müßte, ja, der ist von mir: dann wäre ich entsetzt. Da wir aber ein Spiel spielen, und da mein Original am Leben geblieben ist, bin ich entzückt. Wie auch anders. Das wäre ja noch schöner, wenn das, was zu uns zurückgefunden hat, besser als das wäre, was ich einst geschrieben hatte. Ich hatte an diese Möglichkeit gar nicht gedacht. Jetzt fühle ich mich wie der Reiter über den Bodensee, eben am andern Ufer angekommen. Da habe ich noch einmal Glück gehabt! Möglich wäre so was nämlich schon. Zum Beispiel finde ich, daß die Rückübersetzung vom Französischen ins Deutsche den Text eher wieder besser macht. Das nächste Mal jedenfalls werden wir etwas ganz Mieses nehmen, etwas von, na, Sie wissen schon, eine äußerst lausige Prosa halt, und die lassen wir den besten Übersetzern zukommen, nein, den allerallerbesten Übersetzerinnen (einer Spanierin, einer Chinesin, einer Engländerin, einer Russin, einer Französin und einer Deutschen), und die elende Prosa kommt wie ein sechsfach geküßter Frosch zurück, in den schönsten Prinzen verwandelt.

Was ist geschehen, daß sich meine unschuldige kleine Geschichte in etwas verwandelt hat, was sich wie eine Mischung aus einer Fingerübung des jungen Gustav Schwab und einem Beitrag für ein Lexikon der Volksbräuche liest? Ich kann sie schlecht beschreiben, meine Geschichte. Sie ist ihre eigene Beschreibung, so wie sie dasteht. Mindestens bin ich sicher, daß sie vom Beginn bis zum Ende von einer schwebenden Ironie getragen wird. «Erste Liebe. Ein Brauch» ist natürlich ein leichter Text. Kein Klotz. Aber er ist kein Scherz: denn die erste Liebe ist kein Scherz. Er hat, auch wenn wir bei der Lektüre lächeln, einen schmerzhaften Anteil, weil er uns nämlich erzählt, daß wir sogar in der Liebe – was haben wir Schöneres? – Verluste hinnehmen, die wir erst noch für Gewinne halten: indem wir auf den entbehrungsreichen Marsch auf die andere Erdseite verzichten – weg von den Blicken der Dorfbewohner – und uns mit dem nächstgelegenen Motel zufriedengeben. Ja, der größte Schaden, den die lange Reise meinem Text zugefügt hat, ist der völlige Verlust seiner liebevollen Ironie. Er hat sich in ein bierernstes, moralintriefendes Etwas verwandelt, von dem man nicht mehr weiß, was es überhaupt soll. Der Vorgang zeigt uns, daß die Sprache selber die Information ist. Sie reißt uns mit sich, oder sie ist nichts. Wenn sich die Sprache, und damit der Text, vom anteilnehmenden Gefühl des Lesers trennt, ist alles verloren. Dann kann der Text uns die vermeintlich tollsten Dinge erzählen: er ist tot. Da spielt dann eigentlich auch keine Rolle mehr, daß jeder neue Übersetzungsschritt die Fehler aufs komischste ausbaut, weil die verzweifelten Übersetzer in das längst sinnlos Gewordene doch noch einen Sinn hineinbringen wollen. Daß manche in die Fallen tappen, die ihnen ihre Idiosynkrasien oder ihre Kultur oder beides zusammen stellen, so daß im russischen Text die Frauen schicksalsergeben auf den ihnen zugedachten Mann warten, auch wenn mein Text etwas ganz anderes erzählt. Daß der englische Text sexuelle Konnotationen meidet. Und daß irgendwann einmal eine Moral in den Text hineingelangt, die so absurd ist, daß es ihr um ein Haar gelingt, die längst verschüttgegangene Ironie wieder zum Leben zu erwecken: *Unsere jungen Zeitgenossen kennen die Sanddünen, die großen Ebenen, die Lawinen nicht mehr. Sie kennen nicht einmal die Fremdsprachen, diese Jungen... So ist die heutige Jugend, die hoch oben in den Schweizer Alpen lebt.* Das ist nicht, was ich einst geschrieben hatte. Ganz und gar nicht. Aber je öfter ich es durchlese: Es ist vielleicht das, was ich schreiben wollte! Denn stimmt es nicht, daß diese Jungen, nicht wahr, hoch in den Alpen, nicht einmal mehr die Fremdsprachen kennen? Geschweige denn die Sanddünen? Die großen Ebenen? Und die Lawinen?   *Urs Widmer*

Jahrhundertwerk
Über das Rechtschreibdebakel

Hätte jemand vorhergesehen, in welche widrigen Strömungen die unter dem Namen Rechtschreibreform bekanntgewordene Neuregelung der deutschen Schulorthographie geraten würde, niemand hätte sie je unternommen. Und solange die Erinnerung an das Debakel der Jahre 1996/98 vorhält, wird gewiß niemand einen weiteren Versuch machen. Das nächste Jahrhundert dürfte vor abermaligen Rechtschreibreformversuchen sicher sein.

Aber mußte in Sachen Rechtschreibung überhaupt etwas unternommen werden? Bestand je «Handlungsbedarf»? Es ist wahr, eine Rechtschreibkrise, die eine Reform unumgänglich gemacht hätte, hat es nie gegeben, jedenfalls nicht in dem Sinn, wie es etwa eine Rentenkrise gibt. In früheren Umfragen fand die Mehrheit der Deutschen die geltende Rechtschreibregelung zwar zu kompliziert und wünschte sich alles etwas einfacher, aber zu einem dringenden Reformbedürfnis hat sich dieser Unmut nie ausgewachsen. Die Allgemeinheit hält die geltende Regelung offenbar gar nicht für die von ein paar Pädagogen und Kultusbürokraten vor hundert Jahren ersonnene Konvention, die sie ist, sondern für eine unverrückbare höhere Fügung, dem Deutsch schreibenden Volk irgendwie, irgendwann offenbart, um es allzeit auf den Pfaden der rechten Schreibung zu leiten.

Aber auch wenn kein dringender Reformbedarf bestand, etwas mußte geschehen, und die Kultusminister hatten es lange genug vor sich hergeschoben – so lange, bis seine Stunde vorbei und die allgemeine Reformbegeisterung, die in den siebziger und achtziger Jahren auch eine Rechtschreibreform hingenommen oder gar begrüßt hätte, in das Reformmißtrauen, die Reformangst der neunziger umgeschlagen war. Warum mußte etwas geschehen? Weil das Regelwerk von 1901 schon von seinem Spiritus rector, Konrad Duden, als unfertig angesehen wurde. Weil es das besonders heikle Gebiet der Getrennt- und Zusammenschreibung, mit der das andere heikle Thema der deutschen Orthographie eng verbunden ist, die Groß- und Kleinschreibung, ganz ausgespart hatte und die Zeichensetzung ebenfalls; weil es für die Assimilierung von Fremdwörtern, deren massenhaftes Einströmen damals niemand vorhersehen konnte, nicht gerüstet war. Aus diesem Grund und weil kein Regelwerk je alle Fälle vorhersehen kann, auf die es eines Tages angewendet werden muß, gab es immer wieder «Zweifelsfälle», und sie wurden im Laufe der kommenden Jahrzehnte mehr oder weniger ad hoc von den aufeinanderfolgenden Duden-Redaktionen entschieden. Daß sie es insgesamt nicht schlecht gemacht haben, wird man ihnen um so eher attestieren, wenn man bedenkt, wie stark ihr Handicap war: Sie mußten Einzelfälle regeln, die sich nach der geltenden Norm so oder so regeln ließen, ohne je etwas an der Norm selbst ändern zu dürfen, auch wenn sich dadurch im Laufe der Zeit Widersinnigkeiten zuhauf ansammelten, etwa die notorischen Verbverbindungen *Auto fahren*, radfahren, *Ski laufen*, eislaufen, *Schlange stehen*, kopfstehen – Absurditäten, über die die Kritiker der Neuregelung hinweggehen, als hätte es sie nie gegeben und als kehrten sie bei einem Scheitern der Reform nicht sofort zurück.

Während der Duden in der ersten Jahrhunderthälfte nur de facto regelte, tat er es seit 1955 auch de jure. Damals erklärte die Kultusministerkonferenz «in Zweifelsfällen ... die im ‹Duden› gebrauchten Schreibweisen und Regeln» für vorläufig verbindlich, und aus dem Kontext ging klar hervor, wie lange diese Vorläufigkeit währen sollte: bis zu einer amtlichen Neuregelung. Seitdem ist diese Neuregelung fällig; ein Provisorium kann kein Dauerzustand sein.

Um das Provisorium zu beenden, gaben die Kultusminister schließlich bei einer Expertenkommission ein neues Regelwerk in Auftrag. 1988 unterbreitete sie einen ersten Vorschlag (der *keiser* im *bot*), der noch vor seiner Veröffentlichung abgelehnt wurde, 1992 einen zweiten. Dieser wurde nach ausführlichem Hin und Her unter den Augen einer uninteressierten Öffentlichkeit am 1. Dezember 1995 von den Kultusministern und am 1. Juli 1996 von neun europäischen Staaten, in denen Deutsch geschrieben wird, angenommen. Und erst ein Vierteljahr später brach in der Öffentlichkeit der Protest los, angefeuert von einer Reihe von Gegenexperten, die alle tatsächlichen oder vermeintlichen Schwächen der Neuregelung bloßlegten und ihre Konsequenzen genüßlich dramatisierten. Die große Mehrheit, so wurde jedenfalls klar, wollte diese Neuregelung nicht, wollte gar keine Rechtschreibreform. Und eine kämpferisch gesonnene Minderheit war entschlossen, die an den meisten Grundschulen bereits voreilig eingeführte Reform noch zu Fall zu bringen.

Wer konnte sie noch stoppen? Die Retterin aus aller Verlegenheit natürlich, die Justiz. In Form von einigen Dutzend Eilanträgen an lokale Verwaltungsgerichte und einer Verfassungsbeschwerde wurde die Frage, ob die Kinder künftig die Schreibweise *dass* statt *daß* lernen sollen oder das Komma vor vollständigen und-Sätzen weglassen dürfen, zu einer Grundsatzfrage erhoben, wie sie grundsätzlicher kaum denkbar ist: Gibt es ein Grundrecht auf die hergebrachte Orthographie? Sind die Kultusminister zu einem Eingriff in die Schulschreibung befugt, wenn dieser doch nolens volens Modellcharakter für die Schreibweise der Allgemeinheit zukommt? War die Reform ein Eingriff in ein Grundrecht, der keineswegs per Erlaß vollzogen, sondern allenfalls von den Landesparlamenten per Gesetz beschlossen werden könnte?

Und damit entstand eine Impasse, aus der niemand ohne Schaden mehr herauskommt, am wenigsten die Idee der Rechtschreibung selbst. Fast zwei Jahre lang herrschte Unsicherheit, welche Rechtschreibung nun gelten wird, die neue oder doch wieder die alte. Zwei Jahre wußten die Verlage nicht, in welcher Rechtschreibung sie ihre längerfristigen Vorhaben beginnen sollten. Zwei Jahre lang lernten die Kinder eine neue Rechtschreibung, die sie möglicherweise wieder verlernen müssen. Entweder entscheidet das Bundesverfassungsgericht, daß das von den Kultusministern gewählte Verfahren Rechtens war. Dann wird die Neuregelung wie vorgesehen zum 1. August 1998 eingeführt, obwohl die Mehrheit der Bevölkerung sie nicht akzeptiert und die neue Rechtschreibkommission inzwischen selbst Korrekturvorschläge besonders zur Getrennt- und Zusammenschreibung vorgelegt hat, die von den Kultusministern sogleich verworfen wurden. Oder das Procedere war nicht Rechtens: Dann müßte ein Gesetzgebungsverfahren eingeleitet werden, das lange dauern würde und dessen Ausgang ungewiß wäre – und damit wäre die Neuregelung de facto hinfällig, Hunderttausende von Kindern müßten umlernen, und die Schulbuchverlage, die ihre Orthographie gezwungenermaßen umgestellt haben, sowie die Kinder- und Jugendbuch- und Enzyklopädieverlage, die es ihnen freiwillig nachtaten, hätten schätzungsweise eine halbe Milliarde Mark in den Sand gesetzt.

Hätte jemand dergleichen geahnt, so hätte man es anders angefangen. Aber wie? Man hätte sich vor dem Reizwort Rechtschreibreform gehütet. Da sich die Rechtschreibung in der nötigen Tiefe bis hinab zu den einzelnen zweifelhaften Wörtern keineswegs von allein regelt, hätten die Kultusminister irgendein kompetentes Gremium mit Vollmachten ausstatten müssen, vielleicht endgültig die Duden-Redaktion, vielleicht einen Ausschuß der führenden Wörterbuchverlage, vielleicht einen um Vertreter der sprachbesorgten Akademien und Gesellschaften ergänzten Verlagsausschuß. Dieser hätte den Auftrag erhalten können, nicht nur weiterhin Einzelfälle auf Grund des Regelwerks von 1901 zu entscheiden, sondern dieses Regelwerk selbst wo nötig zu ergänzen und –

maßvoll – zu modifizieren, um dem Sprach- und Schreibwandel laufend Rechnung zu tragen. Er hätte einige systematische Leitlinien erarbeiten und sie allmählich in einzelne Schreibvorschläge umsetzen müssen. Alle Änderungen an den herkömmlichen Schreibweisen hätten zuerst als mögliche, aber nicht obligatorische Varianten angeboten werden müssen – so hätte sich niemand vergewaltigt fühlen können. Und wie bisher auch wären die Rechtschreibwörterbücher etwa alle fünf Jahre neu aufgelegt worden, niemand hätte Anstand genommen, und wenn doch, so wäre er angesichts der Fakultativität ihrer Neuvorschläge ins Leere gelaufen. Und nach zehn, fünfzehn Jahren wäre lautlos eine Anpassung der deutschen Rechtschreibung bewirkt gewesen, die vielleicht sogar eher als die aufgelaufene Neuregelung den Namen Rechtschreibreform verdient hätte. Dazu ist es nun zu spät. Oder doch nicht?

Im äußersten Notfall, also wenn es den Kultusministern nicht gelingt, eine von einer gewissen allgemeinen Zustimmung getragene Neuregelung durchzusetzen, und abzusehen ist, daß sich die Misere weiter und weiter hinschleppt, wird etwas ganz anderes überlegt werden müssen. Dann sollten sich die Verbände der Buch-, Zeitungs- und Zeitschriftenverlage und der graphischen Industrie daran erinnern, daß es, von 1903 bis 1915, einmal einen «Buchdruckerduden» gab, der in seiner Detailliertheit weit über den allgemeinen Duden hinausging. Nirgends steht geschrieben, daß die allgemein praktizierte Orthographie unbedingt der geltenden Schulorthographie folgen muß. Es könnte ja auch einmal umgekehrt sein. Wenn die Kulturbürokratie eine verbindliche Schulorthographie in zumutbaren Fristen nicht mehr zustande bringt, kann vielleicht allein ein neuer Buchdruckerduden die deutsche Einheitsrechtschreibung retten.

Die Abschaffung des Eszett
Über einen entbehrlichen Buchstaben

Die Gesellschaft für deutsche Sprache hat getagt, steht in der Zeitung. Bei jener Tagung sei über die Rechtschreibreform und das Eszett geredet worden. Ein Antrag auf seine Eliminierung sei durchgefallen. Drohte die denn? Auch jene Expertenkommission, die über die Rechtschreibreform nachgrübelte, hatte sich doch für seinen Erhalt ausgesprochen. Einer der Versammelten habe gewarnt: In der Schweiz, wo es das Eszett nicht gibt, sei er einmal der Überschrift *Busse für Walesa* begegnet, und ein schauderhaftes Mißverständnis habe gedroht. Auch eine Sprachwissenschaftlerin habe gewarnt: Wo alle anderen Staaten ihre Sonderzeichen mit Klauen und Zähnen verteidigen, dürften sich die Deutschen doch nicht «um ein Stück Kulturgut bringen lassen». Und diese Betrachtungsweise habe schließlich obsiegt.

Aber so eine lebhafte Debatte bringt einen auf Ideen. Normalerweise hätte ich mich, wo es nun schon einmal da ist, ohne Murren mit dem Eszett abgefunden, so wie mit dem Hermannsdenkmal im Teutoburger Wald. Aber ein Kulturgut, auratisch? Mit Klauen und Zähnen? Das schreit geradezu nach Widerspruch. Darum unterbreite ich hier den mit mir selbst abgestimmten Vorschlag: Ja, schaffen wir das Eszett ab! Jedesmal, wenn ich an dem Laden *ÜBERGRÖßEN FÜR HERREN* vorbeikomme, stört es mich. Es ist Unfug.

Aber das könne man so nun wirklich nicht sagen? Also gut. Versuche man doch einmal, einem wohlwollenden Ausländer, Zertifikat «Deutsch als Fremdsprache» in der Tasche, klarzumachen, warum das Eszett ein unverzichtbares Kulturgut ist.

Er: Sicher finden Sie es sehr schön, so als Buchstabe.

Sie: Naja, schön? Es war eben einmal eine Ligatur, zwei zusammengewachsene Drucktypen – Schönheit kann man von so etwas nicht verlangen.

Er: Ligaturen gibt es in der Typographie überall, ft oder ck zum Beispiel. Aber überall lassen sie sich ohne weiteres wieder auseinandernehmen. Wo gibt es denn das, daß man so eine Ligatur zu einem eigenen Buchstaben ernennt? Das ft ist im Deutschen doch auch kein eigener Buchstabe geworden. Warum so inkonsequent?

Sie: In der Sprache geht es nie konsequent zu. Da waltet schließlich nicht die Logik, sondern der Zufall.

Er: Übrigens, welche beiden Buchstaben sind denn da eigentlich liiert? Ein l und ein B? Es läßt sich gar nicht erkennen. *Aßtraum.*

Sie: Die Brezel dahinten soll ein Zett vorstellen, das allerdings etwas verrutscht ist. Der lange senkrechte Strich vorne ist ein Es. Darum heißt es ja Es-Zett.

Er: So ein Es habe ich aber noch nie gesehen.

Sie: Das ist das gute alte deutsche Es. Es gab nämlich einmal zwei Es in der deutschen Schrift, ein schmales langes und ein kleines rundes.

Er: Die Deutschen haben früher zwei Sorten von Es gesprochen?

Sie: Gesprochen nicht. Geschrieben.

Er: War das eine Strafe nach einem verlorenen Krieg? Oder bloß Unentschiedenheit?

Sie: Reichtum, Fülle, Luxus war es.

Er: Jetzt ist das lange Es aber eingespart.

Sie: Es kam in den alten deutschen Schriften vor, Gotisch, Schwabacher, Fraktur, die nun schon lange so gut wie nicht mehr geschrieben und gedruckt werden. Als alles noch mit der Hand geschrieben wurde, war das lange s leichter. Es war ursprünglich einfach ein mächtig in die Länge gestrecktes rundes s, das den Schreibern die Mühe dieser beiden schwierigen Rundbögen abnahm. Zur Zeit Karls des Großen haben sie es immer lang geschrieben. Erst später dann auch rund.

Er: Und wie war später die Regel? Wann mußte das lange genommen werden und wann das runde?

Sie: Das war gar nicht so einfach. Am Silbenanfang das lange. Wenn es doppelt war auch. Vor einem t oder ch oder hinter einem p am Silbenanfang dito. Am Wortende oder vor einer Wortfuge das runde. Manchmal konnte man es auch schreiben, wie man wollte. Die Regeln gingen über einige Seiten.

Er: Das Eszett ist also einer von diesen gelben Öltanks: Ich bin zwei Öltanks. Es sagt einem: Ich bin zwei Buchstaben. So wurde es dann ja sicher auch gesprochen: die Stras-Ze.

Sie: Es wurde nur als einer gesprochen. Genaugenommen wurde der zweite niemals gesprochen, aber dafür wird der erste seit langem nicht mehr geschrieben. Gesprochen wird es, als wäre der erste Buchstabe doppelt, der, den es nicht mehr gibt. Klar?

Er: Wieso dann aber z, wenn ein zweites s gemeint war? Warum sz und nicht ss?

Sie: Das muß wohl ein Irrtum gewesen sein.

Er: Und warum existiert das Eszett nur klein?

Sie: Weil der Laut, für den es steht, nie am Wortanfang vorkommt. Es heißt eben *Salat* und nicht *ßalat*.

Er: Ach so, ein Sprechfehler. Die Deutschen können ein stimmloses Es am Wortanfang nicht aussprechen. Darum haben sie unser schönes *inßalata* zu *Salat* gemacht.

Sie: Das können wir sehr wohl, wenn wir wollen. Denken Sie an die *Szene*. Oder das *Szepter*. Oder an ein *Szintigramm*.

Er: Da schreiben Sie das Eszett also nicht als ein eigentümliches Zeichen, sondern als zwei Buchstaben, von denen der zweite aber eigentlich gar kein Zett meint, sondern ein zweites Es. Ein großes Eszett könnten Sie also doch gut gebrauchen. Ss wird ja offenbar grundsätzlich nie geschrieben. Es ist doch wirklich ein Manko, wenn man in einer Schrift nicht klarmachen kann, daß der Es-Laut am Silbenanfang stimmlos gesprochen werden will. Wenn der ‹Duden› erklärt, wie man *Scylla* zu sprechen hat, muß er *ßzüla* schreiben. Sie sollten der Kulturgutkonferenz der Länder die Vergrößerung des Eszett zur Majuskel vorschlagen.

Sie: Die sähe ja noch scheußlicher aus. Außerdem würde die Umstellung Milliarden kosten.

Er: Aber irgendeinen Sinn muß das gute Stück doch haben oder einmal gehabt haben. Ich nehme an, das Eszett steht oder stand für einen ganz besonderen Laut, der sich mit keinem Buchstaben des normalen Alphabets wiedergeben läßt. Die anderen europäischen Sprachen haben zwar alle ihre eigenen diakritischen Zeichen, allerlei Häkchen und Striche, das å und ç und è und ñ und ø und so weiter, wie das Deutsche seine Umlaute hat, aber sie haben keine Extrabuchstaben wie das ß. Sogar die Engländer haben ihre praktische alte Dornrune þ aufgegeben und schreiben ihren gefürchteten Lispellaut th. Das ß war wohl ein ganz spezieller Laut, so deutsch, daß ein Außländer dießeß feine Lißpeln gar nicht hört?

Sie: Ach was. Der Laut, für den das Eszett steht, ist überhaupt nichts Besonderes. Einfach ein stimmloses Es. Normalerweise schreiben wir es doppelt, ss, um es vom stimmhaften s zu unterscheiden.

Er: Und warum nicht immer?

Sie: Ja, warum eigentlich nicht? Ah, ich hab's. Das Eszett bedeutet gar nicht, daß hier ein besonderer Laut gesprochen wird. Es heißt einfach: der Vokal davor wird lang gesprochen. Es ist sozusagen ein uneigentlicher Buchstabe, der gar nicht sich selber meint, sondern einen anderen. Die *Masse*, aber die *Maße*. Sonst würde man Sätze wie *tu Busse!* ja völlig falsch verstehen. Oder *Busse & Bahnen*.

Er: Und warum schreibt ihr dann *du haßt* und *du hast*, zweimal kurzes a, aber nie *du hasst*, wie beide eigentlich geschrieben werden müßten?

Sie: Eine Zusatzregel. Weil vor einem Konsonant ein ss immer zu einem ß wird. Aber nach der Rechtschreibreform wird das einfacher. Dann schreibt man wirklich *du hasst*.

Er: Und nicht mehr *du hast*?

Sie: Doch, das auch noch.

Er: Und warum das?

Sie: Wir reformieren doch nicht die Inkonsequenz weg.

Er: Bei der Rechtschreibreform streicht ihr es nicht ganz, weil das eigentliche Kulturgut die Inkonsequenz ist und das ß nur ein Symbol dafür?

Sie: Wenn Sie es unbedingt so auslegen wollen, bitte sehr.

Er: Sonst tastet ihr ausländische Wörter fast nie an. Ausgerechnet bei der *Miss* aber versagt euer Respekt. Aus ihr macht ihr eine *Miß*.

Sie: Wegen des kurzen i wahrscheinlich, aber das ist ein Mißgriff. Der ‹Duden› empfiehlt es nicht.

Er: Ihr schreibt aber auch der *Haß* und der *Spaß* – beide Male Eszett, obwohl das a einmal kurz und einmal lang ist und kein Konsonant folgt. Oder der *Sproß*, aber die *Sprosse*, beide Male kurz, aber einmal ß, einmal ss.

Sie: Noch eine Zusatzregel: Am Wortende steht nie ss, sondern immer ß. Nach einem kurzen Vokal wird es künftig auch dort zu ss. *Hass* und *Spross*.

Er: Wieso heißt es dann nicht *dass Gass* und *der Greiß*?

Sie: Hm.

Er: Ja, warum?

Sie: *Credo quia absurdum!*

Er: Dann fasse ich zusammen. Das deutsche Eszett ist ein nicht gerade schöner Buchstabe, den es groß leider nicht gibt, obwohl es ihn geben sollte, und der eigentlich zwei Buchstaben ist, von denen aber der zweite nie gesprochen wurde und der erste nicht mehr geschrieben wird und der eigentlich gar kein Buchstabe für irgendeinen besonderen deutschen Laut ist, sondern das Dehnungszeichen für den davor, welcher aber manchmal auch ohne ß dahinter gedehnt wird und manchmal auch mit ihm nicht, und im übrigen wird er jetzt manchmal wegreformiert, manchmal aber auch nicht. Alles klar.

Die Schweiz, wie gesagt, kommt ganz ohne das Eszett aus, und sie leidet darob nicht Mangel. Und wir? PC-Schreiber ärgern sich schon lange mit dem ß herum, das sie manchmal als großes B, mal als griechisches β, mal als Pesetazeichen ₧ überrascht. Bei der E-Mail, in der sich meist kein ß verwenden läßt, da man nicht weiß, in welcher Gestalt es den Empfänger erreicht, steht man jedesmal wieder vor der Entscheidungsfrage: *Strasse* oder *Strasze*? Keiner weiß, wo er das ß im Telefonbuch und in ähnlichen Listen suchen soll. Und den Fremden stürzt es unweigerlich in Zweifel. Manchmal bekommt man eine Ahnung seiner Ratlosigkeit, wenn ein Brief mit den Anschrift «Fa. HeiBenbüttel MeiBen FaBstraBe» trotzdem eintrifft.

Verteidigen wir also dieses Kulturgut nicht mit unseren Klauen und Zähnen. Bringen wir es Europa dar. Man setze ein Zeichen! Man setze zwei Zeichen, und zwar ss!

Aus dem Kauderwelschen
Über Sprachennamen

Als der Unfug ausbrach, wurde er verschlafen, und jetzt ist er nicht mehr zu stoppen. Damals – es war die hohe Zeit des Literaturimports – muß sich der eine oder andere Übersetzer und Verleger gesagt haben: Ach was, Englisch! Der Autor schreibt in den Vereinigten Staaten, dem Land, wo bekanntlich mit dem Kaugummi gesprochen wird, und das sollte man gefälligst auch dem Leser nahebringen. «Amerikanisches Englisch» klingt aber ziemlich umständlich. Sagen wir also kurzerhand: «Aus dem Amerikanischen von...» Nebenbei wird dem Leser auf diese Weise fein zu verstehen gegeben, daß der Übersetzer nicht nur Englisch kann. Er kann sogar Amerikanisch.

Es war Renommisterei unter dem Deckmantel bescheidener Gewissenhaftigkeit. Seitdem werden US-amerikanische Bücher bei uns in der Regel *Aus dem Amerikanischen* übersetzt.

Dann kam die Welle der lateinamerikanischen Autoren. Auch ihre Heimat war Amerika. Sollte man die nun also ebenfalls «aus dem Amerikanischen» übersetzen? Oder «aus dem Lateinamerikanischen»? Da man nun schon das «Amerikanische» hatte, schienen «Spanisch» oder «Portugiesisch» jedenfalls nicht gut genug. Erstens hätte es ja vielleicht doch irgendwie kolonialistisch geklungen, zweitens die zusätzlichen Sprachkenntnisse unterschlagen, die der Übersetzer eingebracht haben mochte. *Aus dem Uruguayischen* oder *Aus dem Honduranischen* allerdings hätte nun doch etwas lächerlich gewirkt, zumindest auf die Kenner jener Länder, in denen solche Sprachen unbekannt sind. Also nahm man die Pedanterie in Kauf und schrieb: *Aus dem kolumbianischen Spanisch*, *Aus dem brasilianischen Portugiesisch* oder dann doch kurz und bündig *Aus dem Brasilianischen*.

So weit, so gut. Die Übung hatte nur einen kleinen Schönheitsfehler. Der Übersetzervermerk soll ja nicht den Staat nennen, dessen Bürger der übersetzte Autor ist oder in dem er einst seine Muttersprache gelernt hat, sondern die Sprache, aus der hier übersetzt wurde. Es gibt drei- bis fünftausend Sprachen auf der Welt. Eine namens *Amerikanisch* oder *Brasilianisch* oder auch *Peruanisches Spanisch* aber ist nicht darunter. Ein Buch kann man *Aus dem kolumbianischen Spanisch* so wenig übersetzen wie ins *Altbundesländische Deutsch*.

Man frage einmal einen Nordamerikaner, was er spricht. Er wird einen erst perplex ansehen und dann nicht «Oh, American» antworten, sondern «English, of course». In der Schule hatte er kein Fach, das ‹American› hieß; er hatte Englisch. Der amerikanische Lexikograph Noah Webster prophezeite dem Idiom seiner Heimat schon zu Beginn des neunzehnten Jahrhunderts, daß es sich zu einer eigenständigen Sprache entwickeln würde. Es hat die Prophezeiung bisher nicht wahr gemacht. Der Nachfahr seines Wörterbuchs, der heutige große ‹Webster›, verzeichnet so ziemlich alles Gebräuchliche und Ungebräuchliche; eine Sprache namens ‹American› kennt er nicht, nur ein ‹American English›, und das, so erklärt er, wird nur so genannt, wenn man betonen will, daß es vom britischen Englisch verschieden, aber eben doch keine eigene Sprache ist. Es gibt nur ein ‹Americanese›, aber das ist ein Spottwort für ein besonders stark mit Amerikanismen durchsetztes Englisch, keine Sprachbezeichnung. In Deutschland aber wissen wir das natürlich wieder einmal besser.

Sprachgrenzen stimmen selten mit Landesgrenzen überein, und wenn sich auch Sprachen oft nach dem Staat nennen, der ihr Hauptverbreitungsgebiet ist oder einmal war, bezeichnet ihr Name doch mitnichten diesen Staat, sondern eben eine bestimmte sprachliche Einheit, nämlich ein gemeinschaftliches System von Sprachgewohnheiten mit eigenem Wortschatz, eigener Lautung, eigener Grammatik und eigener Idiomatik. In Flandern wird Niederländisch gesprochen, nicht Flämisch; Flämisch gibt es nicht. Von einigen leichten regionalen Unterschieden abgesehen, sprechen Serben und Kroaten (und Bosnier und Montenegriner) ein und dieselbe Sprache, Serbokroatisch, und der politische Zerfall Jugoslawiens hat aus ihm keine verschiedenen Sprachen gemacht. Die einen großen Ermessensspielraum lassende Daumenregel dafür, ob man zwei Sprachen oder höchstens zwei Dialekte ein und derselben Sprache vor sich hat, lautet: Wenn sich ihre Sprecher ohne Zuhilfenahme eines Übersetzers gegenseitig verständlich machen können, handelt es sich um eine einzige Sprache. Verschiedene Sprachen sind, was erst ineinander übersetzt werden muß. Regionale Abweichungen machen noch keine eigene Sprache. Sie rechtfertigen allenfalls die Bezeichnung Dialekt, und manchmal nicht einmal die.

Briten und Amerikaner müssen keinen Dolmetsch einschalten, wenn sie miteinander sprechen wollen. Das sogenannte Amerikanische weist eine Reihe von uneinheitlichen lautlichen Abweichungen vom britischen Englisch auf, einige orthographische Besonderheiten, eine deutlich verschiedene Idiomatik, aber eine eigene Grammatik hat es nicht, sein Wortschatz ist mit wenigen Ausnahmen der gleiche, und wenn man alle äußeren Hinweise auf ihre Herkunft verwischte, ließe sich den meisten Texten nur anhand ihrer Sprache nicht entnehmen, ob sie in England oder Amerika geschrieben wurden. Ein Neuengländer hätte nicht die geringste Mühe, sich mit einem Briten zu verständigen, der britisches Standardenglisch spricht; die Verständigung mit einem Texaner würde ihm schwer. Die Unterschiede zum britischen Englisch reichen kaum, um *das Amerikanische* auch nur als einen eigenen Dialekt zu identifizieren.

In Québec wird Französisch geschrieben, in Lateinamerika Spanisch und Portugiesisch, in den Vereinigten Staaten Englisch, in Österreich und einem Teil der Schweiz Deutsch; wo die gesprochene Sprache stärker von der Standardform abweicht, wie das Schwyzerdütsch es tut, ist es ein Dialekt, keine eigene Sprache. In England gibt es Dialekte und Soziolekte, die sich vom Standardenglisch stärker unterscheiden als *das Amerikanische*; *aus dem Cockney…* ist uns bisher aber erspart geblieben. Aus den regionalen dialektoiden Varietäten des Spanischen und Portugiesischen, die sich in Lateinamerika herausgebildet haben, werden eines Tages vielleicht richtige Dialekte und in fünfhundert Jahren sogar eigene Sprachen. Heute jedenfalls sind sie es nicht, sind sie ‹Kastilisch›, wie die Eigenbezeichnung lautet, und in einigen Fällen sogar ein reineres, nämlich frühere Sprachzustände bewahrendes Kastilisch als das in Spanien gesprochene – ganz besonders spanisch sozusagen. Wenn García Márquez ein neues Buch aus seinem Computer gleichzeitig an Druckereien in Mexiko-Stadt, Bogotá, Buenos Aires und Madrid versendet, ist kein Übersetzer nötig, der es erst einmal aus einem kolumbianischen in ein mexikanisches oder spanisches Spanisch überträgt; er profitiert davon, daß überall eine Sprache gesprochen wird.

Genauigkeit, die im allgemeinen bekanntlich nicht schaden kann, ist darum hier meist nur großsprecherischer Schein. Es gibt weder eine Sprache namens Paraguayisch noch ein speziell paraguayisches Spanisch. Und wenn man wirklich genau sein und im Übersetzervermerk alle regionalen Abtönungen der Sprache des übersetzten Autors aufzählen wollte, würde die Sache lang und komisch. Ludwig Harig würde dann *aus dem Saarländischen* übersetzt werden müssen – oder besser *aus dem rheinpfälzischen Mitteldeutsch*? Und Joyce? *Aus dem ostirischen Englisch, wie es in Paris, Triest und Zürich erinnert und neuerfunden wurde*. Dann wohl besser kurz *aus dem Joyceanischen*.

Glossar

Affix: Vor- oder Nachsilbe.

Akronym: Initialwort, Kurzwort, das aus den Anfangsbuchstaben einer Bezeichnung gebildet wurde. Beispiel: *FAQ* aus *Frequently Asked Question*.

binär: aus nicht mehr als zwei wiederkehrenden Elementen bestehend. Beispiel: Im Unterschied zur Tonspur der Schallplatte, die die Schwingungen der Schallwelle durch eine «analoge» Schwingung abbildet, wird sie in der Tonspur der CD durch ein binäres Signal abgebildet, nämlich eine Abfolge von «Gruben» und Erhöhungen. Der Computer arbeitet mit einem binären elektrischen Signal, dem Wechsel der Zustände 0 (ungeladen) und 1 (geladen).

Client: ein Computer oder Computerprogramm, das Daten von anderen Computern im Netz entgegennimmt.

Code: Zeichensystem; Regel für die Übertragung einer Gruppe von Signalen in eine andere. In der englischen Linguistik wird die Sprache selbst ein Code genannt; was dieser Code kodiert, ist die gesamte Erfahrungswelt des Menschen. Eine Schrift ist ein Code, der eine Lautsprache kodiert. Ein Zeichencode wie ASCII wiederum kodiert eine Schrift, indem er jedem ihrer Zeichen eine Entsprechung in der «Sprache» der Maschine zuweist, für die er bestimmt ist.

diakritisches Zeichen: Unterscheidungszeichen innerhalb eines Alphabets. Es zeigt an, daß ein Buchstabe auf besondere Weise ausgesprochen wird. Beispiele: Akzent, d. h. Betonungszeichen wie der Akut ´ (frz. *été*), der Gravis ` (it. *età*), der Zirkumflex ^ (port. *avô*), das Trema ¨ (dt. *über*), die Tilde ~ (span. *año*), die Cedille ¸ (frz. *Aperçu*).

Entlehnung: Übernahme eines fremdsprachlichen Ausdrucks in seiner unveränderten Gestalt. «Fremdwort» im Gegensatz zum «Lehnwort», das der eigenen Sprache weitgehend angepaßt wurde.

Euphemismus: beschönigende Umschreibung. Beispiel: *heimgehen* für ‹sterben›.

Flexion: Beugung eines Substantivs, Verbs oder Adjektivs, im Deutschen durch Abwandlung des Stammes oder Anhängen bestimmter Endungen. Beispiel: *Wort, Wortes, Wörter; geh-, gehst, ging; hoch, höher, höchst*.

Funktionswort: ein Wort, das primär keine eigene lexikalische Bedeutung trägt, sondern die syntaktischen Beziehungen der Inhaltswörter eines Satzes klarstellt. Artikel, Pronomen, Konjunktionen, Präpositionen. Beispiele: *ein, keine, sondern*.

Grammatik: im traditionellen Sinn die morphologischen und syntaktischen Regularitäten einer Sprache.

grammatikalisch: grammatisch wohlgeformt.

Homonymie: Mehrdeutigkeit; Vorliegen eines Wortes mit mehreren Bedeutungen, die darauf zurückgehen, daß unterschiedliche Wörter im Laufe ihrer Geschichte zufällig in Aussprache und Schreibung zusammengefallen sind. Beispiel: *Heft* aus ahd. *hefti*, ‹Griff›, und aus ahd. *haft*, ‹gefesselt›, ‹geheftet›.

Inhaltswort: ein Wort, das lexikalische Bedeutung trägt, im Unterschied zum Funktionswort. Substantive, Verben, Adjektive, Adverbien, Zahlwörter. Beispiel: *Wort, tragen, lexikalisch*.

Lehnbedeutung: Abwandlung der Bedeutung eines Wortes unter dem Einfluß einer fremden Sprache. Beispiel: *realisieren* (ursprünglich ‹verwirklichen›, unter dem Einfluß von englisch *to realize* ‹sich klarwerden›).

Lehnbildung: unter dem Einfluß einer Fremdsprache neuentstandenes Wort der eigenen Sprache. Es gibt mindestens vier Arten von Lehnbildung: Entlehnung, Lehnwort, Lehnübersetzung (bzw. Lehnübertragung), Lehnschöpfung.

Lehnschöpfung: unabhängige Nachbildung der Bedeutung eines fremdsprachlichen Wortes mit den Mitteln der eigenen Sprache. Beispiel: *Schaumwein* (für französisch *champagne*).

Lehnübersetzung: wörtliche Übersetzung eines fremdsprachlichen Begriffs. Beispiel: *Elfenbeinturm* (aus französisch *tour d'ivoire*). Die freiere Lehnübersetzung heißt **Lehnübertragung**. Beispiel: *Tragweite* (aus französisch *portée*).

Lehnwort: ein ursprünglich aus einer Fremdsprache stammendes Wort, das sich in Lautung, Flexion und Schriftbild der Muttersprache weitgehend angeglichen hat. Beispiel: *Kamerad* (aus französisch *camerade*).

Lemma, Plural **Lemmata**: Stichwort in einem Lexikon oder Wörterbuch.

Lexem: die unflektierte Grundform eines Wortes, der Wortstamm, so wie sie normalerweise im Lexikon steht.

Lexikon: allgemein Nachschlagewerk, in der Sprachwissenschaft der Wortschatz einer Sprache.

Lingua Franca: im engen Sinn das von arabischen Elementen durchsetzte korrupte Italienisch, das vom 13. bis zum 16. Jahrhundert in den Hafenstädten des östlichen Mittelmeers als Verkehrssprache diente. Im weiten Sinn jede zur internationalen Verständigung benutzte Sprache, das gleichsam neutrale Terrain, auf dem sich Sprecher der verschiedensten Sprachen treffen, auch wenn sie für keinen von ihnen die Muttersprache ist. (‹Lingua Franca› ist nicht Latein, sondern Italienisch, und bedeutet auch nicht ‹freie Sprache›, sondern ‹Fränkisch› – ‹Franken› war der Spitzname aller Westeuropäer.)

Logogramm: Schriftzeichen (Graphem), das nicht einen Laut symbolisiert wie die Zeichen des Alphabets und auch nicht eine ganze Silbe, sondern, wie in der chinesischen Schrift, ein ganzes Wort.

Mailer: ein Computerprogramm, das elektronische Post (E-Mail) empfängt und versendet.

Morphem: kleinstes bedeutungtragendes Element einer Sprache, das sich nicht weiter zerlegen läßt, ohne seine Bedeutung einzubüßen. Das Morphem ist etwas Abtrakteres als eine Silbe. Ein Morphem kann aus mehreren Silben bestehen (Beispiel: *morgen*), eine Silbe kann mehrere Morpheme enthalten (Beispiel: *schreib-st*). Es gibt zwei Morphemklassen: Basismorpheme, die den Begriffsinhalt tragen (*sinn, silb*), und Wortbildungsmorpheme – Suffixe wie *-heit* oder *-ung* oder *-lich*, die Wortklassen charakterisieren, sowie die im Deutschen 16 Beugungsendungen (Flexionsmorpheme) wie *-est, -en*.

Morphologie: Oberbegriff für Wortbildung und Formenlehre (Flexion).

Motion: Bildung eines femininen Substantivs durch Ableitung von einem maskulinen. Beispiel: *Fuchs, Füchsin*.

Phonem: kleinstes bedeutungsunterscheidendes Lautsegment der gesprochenen Sprache. Ob ein Laut bedeutungsunterscheidenden Wert hat, läßt sich testen, indem man ihn probeweise durch einen anderen ersetzt. Ersetzt man in dem Wort *Schirm* den Laut *sch* zum Beispiel durch *f*, so verliert es seine Bedeutung, und es entsteht ein anderes Wort, *firm*, ersetzt man *i* durch *a*, ergibt sich *Charme*, und so weiter. Das gesprochene Wort Schirm besteht also aus vier Phonemen.

Polysemie: Mehrdeutigkeit; Vorliegen eines Wortes in mehreren Bedeutungen, die darauf zurückgehen, daß sich seine Bedeutungen im Laufe der Geschichte stark differenziert haben. Beispiel: *Mutter* und *Mutter* (‹Schraubenmutter›).

Server: ein vernetzter Computer, von dem andere Computer im Netz Daten beziehen.

Soziolekt: schichtspezifische Untersprache, im Gegensatz zum Dialekt, der eine regionale Untersprache ist.

String: jede Kette darstellbarer Zeichen im Computer.

Suffix: Nachsilbe. Beispiel: Autor-*in*.

Die meisten Kapitel dieses Bandes hatten Vorläufer, einen oder mehrere, in Artikeln, die zwischen 1991 und 1996 für die Wochenzeitung DIE ZEIT geschrieben wurden. Der Autor dankt der Redaktion der ZEIT für die Möglichkeit, diese Themen kontinuierlich zu verfolgen, obwohl er in einigen Fällen zu Schlüssen kam, die manchen Kollegen wenig lieb waren. Für dieses Buch wurden alle Artikel bearbeitet und erweitert, einige stark; die wichtigsten wurden völlig neu geschrieben. Die ZEIT-Veröffentlichungen, auf die sie sich beziehen, sind in der Bibliographie mitverzeichnet.

Bibliographie

NEUANGLODEUTSCH

Ammon, Ulrich: «Eine Gefahr für die deutsche Sprache? Neue Medien und Sprachverbreitung». *Zeitschrift für Kulturaustausch* (Stuttgart), 4, 1995, S. 569–575

Bausinger, Hermann: *Deutsch für Deutsche: Dialekte Sprachbarrieren Sondersprachen*. München (TR-Verlagsunion/S. Fischer) 1972

Beinke, Christiane: «*Tomatine* statt *ketchup*. Ein Weg zum reinen Französisch?». In: *Die Herausforderung durch die fremde Sprache* (Hg. Jürgen Trabant/Dirk Naguschewski). Berlin (Akademie Verlag) 1995, S. 79–90

Büchel, Anke: *Die Rolle des Übersetzers in der Softwarelokalisierung am Beispiel der englisch-deutschen Übersetzung der Online-Hilfen von Microsoft Word und Excel 7.0*. Diplomarbeit, Teil B, Fachhochschule Köln, Fachbereich Sprachen, Köln 1996

Campe, Joachim Heinrich: *Wörterbuch zur Erklärung und Verdeutschung der unserer Sprache aufgedrungenen fremden Ausdrücke*. Braunschweig (Schulbuchhandlung) 1801

Carstensen, Broder/Ulrich Busse: «Anglizismen-Wörterbuch», 3 Bde. Berlin (de Gruyter) 1993 ff.

de Luca, Maria Novella: «‹L'italiano condannato a morto›». In: *La Repubblica* (Milano), 19.2.1995, S. 21

Demmin, August: *Verdeutschungs-Wörterbuch*. Wiesbaden (Bechtold) o.J.

Etiemble: *Parlez-vous franglais?* Paris (Gallimard) 1964

Földes, Csaba: «Zum Deutschlandbild der DaF-Lehrwerke: von der Schönfärberei zum Frustexport? Ein Diskussionsbeitrag». *Deutsch als Fremdsprache* (München), 32 (1), 1995, S. 30–32

Hagège, Claude: «Mariannes Sprachpolizei». *Die Zeit* (Hamburg), 29, 15. Juli 1994, S. 26

Harndt, Ewald: *Französisch im Berliner Jargon*. Berlin (Stapp) 1977

Korlén, Gustav: «Die Couch, Hitler und das Fremdwort – Sprachpurismus gestern und heute». *Moderna Språk* (Saltsjö-Duvnäs), 70, 1976, S. 329–342

Laudel, Heinz: «Wort & Fremdwort – Zu jedem Begriff das passende Fremdwort». Hamburg (Xenos) 1992

Pogarell, Reiner: «Der deutsche Purismus; aktuelle anwendungsbezogene Fragestellungen». In: József Darski/Zygmunt Vetulani (Hg.): *Sprache – Kommunikation – Informatik: Akten des 26. Linguistischen Kolloquiums, Poznan 1991*. Tübingen (Niemeyer) 1993, S. 93–102

Polenz, Peter v.: «Sprachpurismus und Nationalsozialismus: Die ‹Fremdwort›-Frage gestern und heute». In: *Germanistik – eine deutsche Wissenschaft*. Frankfurt (Suhrkamp) 1967

Prince, Violaine: «La pidginisation du français par le jargon américain de l'informatique». *Actes du 2e colloque du Groupe d'études sur le plurilinguisme européen* (G.E.P.E.), Université des Sciences Humaines de Strasbourg, 1986, S. 15–37

Reiners, Ludwig: *Stilkunst*. München (Beck) 1943 ff.

Rilla, Mark: «Goethes Mülldeponie». *Frankfurter Allgemeine Zeitung* (Frankfurt/Main), 16. Februar 1996, S. 29

Schulz, Hans: *Deutsches Fremdwörterbuch*. Berlin (de Gruyter), 7 Bände, 1913–1988

Sörensen, Ilse: «Englisch im deutschen Wortschatz». Berlin (Volk und Wissen) 1995

Stark, Franz: *Faszination Deutsch – Die Wiederentdeckung einer Sprache für Europa*. München (Langen Müller) 1993

Trabant, Jürgen: «Die Sprache der Freiheit und ihre Freunde». In: *Die Herausforderung durch die fremde Sprache* (Hg. Jürgen Trabant/Dirk Naguschewski). Berlin (Akademie Verlag) 1995, S. 175–191

Wustmann, Gustav: «Allerhand Sprachdummheiten». Leipzig (Grunow) 1891 ff.

Zimmer, Dieter E.: «Begegnung mit dem Deutsch von morgen». *Die Zeit* (Hamburg), 21, 1995, S. 78

Zimmer, Dieter E.: «Sonst stirbt die deutsche Sprache». *Die Zeit* (Hamburg), 26, 1995, S. 42

DIE BERICHTIGUNG

Adam, Konrad: «Mutterhände, Vaterblick». *Frankfurter Allgemeine Zeitung* (Frankfurt/Main), 6. April 1996, S. 1

Berman, Paul (Hg.): *Debating P.C.: The Controversy over Political Correctness on Campuses*. New York (Dell/Laurel) 1992

Béroubé, Michael: «Public Image Limited: Political Correctness and the Media's Big Lie». In: Paul Berman (Hg.) 1992, S. 124–149

Bertram, Günter: «Reduzierte ‹Komplexität›: Blindheit als Wohltat?» *Neue Juristische Wochenschrift*, 36, 1995, S. 2328–2329. Diskussion in 47, 1995, S. XXI; 3, 1996, S. XXII

Cameron, Deborah: «‹Words, Words, Words›: The Power of Language». In: Sarah Dunant (Hg.): *The War of the Words: The Political Correctness Debate*. London (Virago Press) 1994

Carstensen, Broder: *Beim Wort genommen – Bemerkenswertes in der deutschen Gegenwartssprache*. Tübingen (Narr) 1986

Choi, Jung Min / John W. Murphy: *The Politics and Philosophy of Political Correctness*. Westport, CT (Praeger) 1992

Davis, Bernard D.: *Storm over Biology*. Buffalo (Prometheus) 1986

D'Souza, Dinesh: *Illiberal Education: The Politics of Race and Sex on Campus*. New York (Free Press/Macmillan) 1991

D'Souza, Dinesh: «Illiberal Education». *The Atlantic* (Boston, MA), 267 (3), March 1991, S. 51–79

Fish, Stanley: «There's No Such Thing as Free Speech and It's a Good Thing, Too». In: Paul Berman (Hg.) 1992, S. 231–245

Friedman, Marilyn/Jan Narveson: *Political Correctness: For and Against*. Boston (Rowman & Littlefield) 1995

Goodman, Walter: «Decreasing Our Word Power: The New Newspeak». *New York Times Book Review*, January 27, 1991, S. 14

Hecht, Martin: «Unbequem ist stets genehm». *Der Spiegel* (Hamburg), 19, 6. Mai 1996, S. 222–224

Henscheid, Eckhard: *Dummdeutsch – Ein Wörterbuch*. Stuttgart (Reclam) 1993

Hentoff, Nat: «‹Speech Codes› on the campus and Problems of Free Speech». *Dissent* (New York), Fall 1991, S. 546–549. Auch in: Paul Berman (Hg.) 1992, S. 215–224

Howe, Irving: «The Value of the Canon». In: Paul Berman (Hg.) 1992, S. 153–171

Hughes, Robert: *Culture of Complaint*. New York (Oxford University Press) 1993. Deutsch: *Nachrichten aus dem Jammertal*. München (Kindler) 1994. Auch: *Political Correctness oder die Kunst, sich selbst das Denken zu verbieten*. München (Knaur) 1995

Joynson, Robert B.: *The Burt Affair*. London (Routledge) 1989

Kimball, Roger: «The Periphery v. the Center: The MLA in Chicago». In: Paul Berman (Hg.) 1992, S. 61–84

Meier, Christian: «‹Denkverbote› als Nachhut des Fortschritts? Über den Terror der Gutwilligen und die neue Unbequemlichkeit beim Denken der Zukunft». *Neue Rundschau* (Frankfurt/Main), 106 (1) 1995, S. 9–21

«Opening Academia Without Closing It Down: A Campus Forum on Multiculturalism». *New York Times* (New York), Dec 9, 1990, Section 4 («The Week in Review»), S. E5

Pearson, Roger: *Race, Intelligence and Bias in Academe*. Washington, D.C. (Scott-Townsend) 1991

Perry, Richard/Patricia Williams: «Freedom of Hate Speech». In: Paul Berman (Hg.) 1992, S. 225–230

Perry, Ruth: «A Short History of the Term *Politically Correct*». In: Patricia Aufderheide (Hg.): *Beyond PC: Toward a Politics of Understanding*. St. Paul, Minn. (Graywolf Press) 1992

Rauch, Jonathan: *Kindly Inquisitors: The New Attacks on Free Thought*. Chicago, IL (University of Chicago Press) 1993

Ravitch, Diane: «Multiculturalism: E Pluribus Plures». In: Paul Berman (Hg.) 1992, S. 271–29

Rothenberg, Paula: «Critics of Attempts to Democratize the Curriculum Are Waging A Campaign to Misrepresent the Work of Responsible Professors». In: Paul Berman (Hg.) 1992, S. 262–268

Safire, William: *Safire's New Political Dictionary*. New York (Random House) 1993

Scarr, Sandra: *Race, Social Class, and Inividual Differences in I.Q.* Hillsdale, NJ (Erlbaum), 1981, 1984

Schmalz-Jacobsen, Cornelia/Georg Hansen: «Ethnische Minderheiten in der Bundesrepublik Deutschland». München (Beck) 1995

Schmitt, Uwe: «Im Hauptwaschgang – Rücksicht ist alles: Wie Japan seine Sprache reinigt». *Frankfurter Allgemeine Zeitung* (Frankfurt/Main), 18. Mai 1996, S. 31

Searle, John: «The Storm over the University». In: Paul Berman (Hg.) 1992, S. 85–123

Seligman, Daniel: «How to Be Politcally Correct». *Commentary*, 93 (1), January 1992, S. 53–54

«Sinti, Roma, Zigeuner: Suche nach einem Oberbegriff ist schwierig». *Frankfurter Rundschau* (Frankfurt/Main), 3. August 1994, S. 2

Snyderman, Mark/Stanley Rothman: *The IQ Controversy: The Media and Public Policy*. New Brunswick, NJ (Transaction Books) 1988

Stimpson, Catharine R.: «On Differences: Modern Language Association Presidential Address 1990». In: Paul Berman (Hg.) 1992, S. 40–60

Taylor, John: «Are you Politically Correct?». In: *New York Magazine* (New York), Jan 21, 1991

«Thought Police». In: *Newsweek* (New York), 14. Januar 1991, S. 42–48

Zimmer, Dieter E.: «Die, Der, Das». In: *Redens Arten*, Zürich (Haffmans) 1986, S. 63–79

Zimmer, Dieter E.: «Die Sonne ist keine Frau». *Die Zeit* (Hamburg), 14, 1994, S. 74

Zimmer, Dieter E.: «PC oder: Da hört die Gemütlichkeit auf». *Die Zeit* (Hamburg), 43, 1993, S. 59–60

Zimmer, Dieter E.: «Leuchtbojen auf dem Ozean». *Die Zeit* (Hamburg), 9, 1996, S. 56

EINE NEUE HERZLICHKEIT
Wilder, Thornton: in Hans Sahl: *Das Exil im Exil.* Hamburg (Luchterhand) 1990
Zimmer, Dieter E.: «Die Neue Herzlichkeit». *Die Zeit* (Hamburg), 23, 1991, S. 74

ZWISCHEN SIE UND DU
Amendt, Gerhard: *Du oder Sie.* Bremen (Ikaru) 1995
Bayer, Klaus: «Die Anredepronomina *Du* und *Sie*». *Deutsche Sprache* (Ismaning), 3, 1979, S. 212–219
Ervin-Tripp, Susan M.: *Sociolinguistic Rules of Address.* In: J.B. Pride/Janet Holmes (Hg.): *Sociolinguistics.* Harmondworth (Penguin) 1972, S. 225–240
Zimmer, Dieter E.: «Das brüderliche Du». In: *Redens Arten*, Zürich (Haffmans) 1986, S. 51–62

ABSCHIED VON ILLUSIONEN
Ammon, Ulrich: «Deutsch unter Druck der englischen Sprache». *Sprachreport* (Mannheim), 2, 1990, S. 6–8
Ammon, Ulrich: «German as an international language». *International Journal of the Sociology of Language* (Berlin), 83, 1990, S. 135–170
Ammon, Ulrich: «German or English? The problems of language choice experienced by German-speaking scientists». In: Peter Hans Nelde (Hg.): *Sprachkonflikte und Minderheiten.* Bonn (Dümmler) 1990, S. 33–51
Ammon, Ulrich/Marlis Helliger (Hg.): *Status Change of Languages.* Berlin (de Gruyter) 1992
Ammon, Ulrich: «On the Status and Changes in the Status of German as a Language of Diplomacy». In: Ammon/Helliger (Hg.) 1992, S. 421–438
Ammon, Ulrich: *Die internationale Stellung der deutschen Sprache.* Berlin (de Gruyter) 1992
Brackeniers, Eduard: «Europa bleibt mehrsprachig». *EG-Informationen* (Bonn), 10, 1992, S. 9–12
Bundesminister des Auswärtigen: *Bericht der Bundesregierung über die deutsche Sprache in der Welt.* Deutscher Bundestag, Bonn, 4. September 1985, Drucksache 10/3784
Burkert, Michael: «Deutsch als Amts- und Arbeitssprache in der Europäischen Gemeinschaft». In: *Deutsch als Verkehrssprache in Europa* (Hg. Joachim Born/Gerhard Stickel). Berlin (de Gruyter) 1992, S. 54–63

«Deutsch – die zwölfte Weltsprache». *Deutsch lernen* (Mainz), 1, 1993, S. 82–83

von Donat, Marcell: «Soll ich Deutsch sprechen?». *Die Zeit* (Hamburg), 21, 1992, S. 56

Glück, Helmut: «Viele wollen wieder die Sprache Lessings und Goethes lernen». *Frankfurter Allgemeine Zeitung* (Frankfurt/Main), 30. Juni 1994, S. 8

Mann, Michael: «Words worth their price for open and democratic Union». *European Voice* (London), April 11–17, 1996

Michels, Stefan: «Recent Changes in the Status of German as a Language of Chemistry». In: Ammon/Helliger (Hg.) 1992, S. 408–420

Oksaar, Els: «Wissenschaftssprache und Muttersprache: Zur internationalen Stellung des Deutschen». *Chemie in unserer Zeit* (Weinheim), 28 (6), 1994, S. 301–308

Paul, Fritz: «Deutsch in der Welt – Noch eine Chance für die Wissenschaftssprache?». *Frankfurter Allgemeine Zeitung* (Frankfurt/Main), 21. Juli 1987

Siguan, Miguel: *l'europe des langues*. Sprimont (Mardaga) 1996

Skudlik, Sabine: *Sprachen in den Wissenschaften: Deutsch und Englisch in der internationalen Kommunikation*. Narr (Tübingen) 1990

Skudlik, Sabine: «The status of German as a language of science and the importance of the English language for German-speaking scientists». In: Ammon/Helliger (Hg.) 1992, S. 391–487

Stark, Franz: *Faszination Deutsch – Die Wiederentdeckung einer Sprache für Europa*. München (Langen Müller) 1993

Tsunoda, Minoru: «Les languages internationales dans les publications scientifiques et techniques». *Sophia Linguistica* (Tokyo) 13, 1983, S. 70–79

Volz, Walter: «Deutsch im Übersetzeralltag der EG-Kommission». In: *Deutsch als Verkehrssprache in Europa* (Hg. Joachim Born/Gerhard Stickel). Berlin (de Gruyter) 1992, S. 64–76

Die Mythen des Bilingualismus

Arnberg, Lenore N.: *Raising Children Bilingually: The Pre-school Years*. Clevedon, Avon (Multilingual Matters), 1987

Arnberg, Lenore N. / Peter W. Arnberg: «The relation between code differentiation and language mixing in bilingual three to four year old children». *Bilingual Review* (New York), 12, 1985, S. 20–32

Arnberg, Lenore N./Peter W. Arnberg: «Language awareness and language separation in the young bilingual child». In: R. J. Harris (Hg.) 1992, S. 475–500

Baetens Beardsmore, Hugo: *Bilingualism*. San Diego (College Hill) ²1986

Cummins, Jim: «Linguistic interdependence and the educational development of bilingual children». *Review of Educational Research* (Washington, DC), 49 (2), 1979, S. 221–251

Cummins, Jim: *Bilingualism and Special Education: Issues in Assessment and Pedagogy.* Clevedon, Avon (Multilingual Matters) 1984

Döpke, Susanne: *One Parent, One Language: An Interactional Approach.* Amsterdam (Benjamins) 1992

Fantini, Alvino E.: *Language Acquisition of a Bilingual Child: A Sociolinguistic Perspective.* San Diego, CA (College Hill) 1985

Grosjean, François: *Life with Two Languages: An Introduction to Bilingualism.* Cambridge, MA (Harvard UP) 1982

Grosjean, François: «Another View of Bilingualism». In: R.J. Harris (Hg.) 1992, S. 51–62

Haarmann, Harald: *Multilingualismus*, 2 Bde. Tübingen (Narr) 1980

Hakuta, Kenji/Bernardo M. Ferdman/Rafael M. Diaz: *Bilingualism and cognitive development: three perspectives.* In: *Advances in applied psycholinguistics*, vol. 1 (Hg. Sheldon Rosenberg). Cambridge (Cambridge UP) 1987

Harris, Richard Jackson (Hg.): *Cognitive Processing in Bilinguals.* Amsterdam (North-Holland) 1992

Haugen, Einar: *Blessings of Babel – Bilingualism and Language Planning – Problems and Pleasures.* Berlin (Mouton de Gruyter) 1987

Kim, Karl H. S./Norman R. Relkin/Kyoung-Min Lee/Joy Hirsch: «Distinct cortical areas associated with native and second languages». *Nature* (London), 388/10. Juli 1997, S. 171–174

Hummel, Kirsten M.: «Bilingual memory research: From storage to processing issues». *Applied Psycholinguistics* (New York), 14 (3), Sep 1993, S. 268–284

Keatley, Catharine W.: «History of bilingualism research in cognitive psychology». In: R.J. Harris (Hg.) 1992, S. 15–50

Kolers, Paul A.: «Bilingualism and Information Processing». *Scientific American* (New York), 218, 3, March 1968, S. 78–86

Lambert, Wallace E.: «Some cognitive and sociocultural consequences of being bilingual». In: *Perspectives on Bilingualism and Bilingual Education* (Hg. James E. Alatis/John J. Staczek). Washington, DC (Georgetown UP) 1985, S. 116–131

Leopold, Werner: *Speech Development of a Bilingual Child.* Evanston, IL (Northwestern UP), 4 Bde., 1939–1949

Nelde, Peter Hans (Hg.): *Mehrsprachigkeit.* Bonn (Dümmler) 1983

Oksaar, Els: *Bilingualismus.* Darmstadt (Wissenschaftliche Buchgesellschaft) o. J.

Oksaar, Els (Hg.): *Soziokulturelle Perspektiven von Mehrsprachigkeit und Spracherwerb.* Tübingen (Narr) 1987

Paradis, Johanne/Fred Genesee: «Syntactic Acquisition in Bilingual Children: Autonomous or Interdependent?». *Studies in Second Language Acquisition* (New York), 18 (1), Mar 1996, S. 1–25

Peal, Elizabeth/Wallace Lambert: *The Relation of Bilingualism to Intelligence*. (Psychological Monographs, 76) S. 1–23

Romaine, Suzanne: *Bilingualism*. Oxford (Blackwell) ²1995

Ronjat, Jules: *Le développement du langage observé chez un enfant bilingue*. Paris (Champion) 1913

Schreuder, Robert/Bert Weltens (Hg.): *The bilingual lexicon*, vol. 6. Amsterdam (Benjamins) 1993

Skutnabb-Kangas, Tove / Pertti Toukomaa: *Teaching migrant children's mother tongue and learning the language of the host country in the context of the socio-cultural situation of the migrant family*. Helsinki (Finnish National Commission for UNESCO) 1976

Taeschner, Traute: *The Sun is Feminine: A Study on Language Acquisition in Bilingual Children*. Berlin (Springer) 1983

Vallen, Ton/Sjef Stijnen: «Language and educational success of indigenous and non-indigenous minority students in the Netherlands». *Language and Education* (Clevedon, Avon), 1, 1987, S. 109–124

Weinreich, Uriel: *Languages in Contact: Findings and Probems*. Den Haag (Mouton) ⁸1974

Wandruszka, Mario: *Die Mehrsprachigkeit des Menschen*. München (Piper) 1979

Wandruszka, Mario: «Die Muttersprache als Wegbereiterin zur Mehrsprachigkeit». In: Oksaar (Hg.) 1987, S. 39–53

SCHRIFT GEGEN BILD

Berg, Klaus/Marie Luise Kiefer (Hg.): *Massenkommunikation: Eine Langzeitstudie zur Mediennutzung und Medienbewertung*. I: Mainz (v.Hase & Koehler) 1978. II: Frankfurt (Metzner) 1982. III: Frankfurt (Metzner) 1987. IV: Baden-Baden (Nomos) 1992

Börsenverein des Deutschen Buchhandels (Hg.): *Buch und Buchhandel in Zahlen*. Frankfurt/Main, 1951 bis 1995

Fritz, Angela: *Lesen im Medienumfeld: Eine Studie im Auftrag der Bertelsmann Stiftung*. Gütersloh (Verlag Bertelsmann Stiftung) 1991

Frühwald, Wolfgang: «Vor uns: Die elektronische Sintflut». *Die Zeit* (Hamburg), 27, 1996, S. 38

Kittler, Friedrich: *Grammophon Film Typewriter*. Berlin (Brinkmann & Bose) 1986

‹Mainichi›-Zeitungen (Hg.): [Meinungsumfrage zum Thema «Lesen» über die letzten 30 Jahre – Wie sich das Denken im Nachkriegsjapan gewandelt hat]. Tokyo (Mainichi) 1977

Muth, Ludwig (Hg.): *Der befragte Leser*. München (Saur) 1993

Noelle-Neumann, Elisabeth/Renate Köcher (Hg.): *Allensbacher Jahrbuch der Demoskopie 1984–1992*. München (Saur) 1993

Sanders, Barry: *Der Verlust der Sprachkultur*. Frankfurt/Main (S. Fischer) 1995

Saxer, Ulrich/Wolfgang Langenbucher/Angela Fritz: *Kommunikationsverhalten und Medien: Lesen in der modernen Gesellschaft*. Gütersloh (Verlag Bertelsmann Stiftung) 1989

Stiftung Lesen (Hg.): *Lesen: Zahlen, Daten, Fakten über Bücher, Zeitungen, Zeitschriften und ihre Leser*. Mainz (Stiftung Lesen) 1990

Stiftung Lesen: *Lesen im internationalen Vergleich: Ein Forschungsgutachten der Stiftung Lesen für das Bundesministerium für Bildung und Wissenschaft*. Mainz (Stiftung Lesen), Teil I 1990, Teil II 1994

Stiftung Lesen: *Leseverhalten in Deutschland 1992/93*. Mainz (Stiftung Lesen) 1993

Zimmer, Dieter E.: «Viel zu früh fürs Schlußkapitel». *Die Zeit* (Hamburg), 40, 1994, S. 60

PAPIER UND ELEKTRIZITÄT

«Die Bibliothek der Zukunft, Planungen zu einem Informations- und Kommunikationszentrum in Adlershof», Humboldt-Universität Berlin, 11. Oktober 1995. http://www.unibib.hu-berlin.de/workshop.11_10_95/worksh8 f.html

Zimmer, Dieter E.: «Die Bibliothek der Zukunft». *Die Zeit* (Hamburg), 47, 1996, S. 94

GRAMMÄTIK

Zimmer, Dieter E.: «Zu schwer zu handzuhaben». *Die Zeit* (Hamburg), 41, 1995, S. 86

SCHONE GRUSE AUS DEM NETZ

ANSI American National Standards Institute, New York: http://www.ansi.org/

Baudot-Code: http://www.tbi.net/members/jhall/baudot.html

Bemer, R. W.: «The American Standard Code for Information Interchange». *Datamation* (New York), Part 1: 9 (8), August 1963, S. 32–36, Part 2: 9 (9), September 1963, S. 39–44

DIN Deutsches Institut für Normung, Berlin: http://www.din.de/

ECMA European Computer Manufacturers Association, Genf: http://www.ecma.ch/

Freiberger, Paul / Michael Swaine: *Fire in the Valley: The Making of the Personal Computer*. Berkeley, CA (Osborne/McGraw-Hill) 1984

Hardy, Henry Edward: *A History of the Net*. Allendale, MI (Grand Valley State University) 1993.
http://www.ocean.ic.net/ftp/doc/nethist.html

ISO International Organization for Standardization, Genf: http://www.iso.ch/welcome.html

ITU International Communication Union, Genf: http://www.itu.ch/

Mendelson, Sumner E.: «ASCII Code». In: *Encyclopedia of Computer Science and Technology*. New York (Dekker) 1975, Band 2, S. 272–278

Miller, L. Chris: «Transborder Tips and Traps». *Byte* (New York), Juni 1994

MIME: http://www.ece.concordia.ca/ece/help–files/rfc/mime.html

Nicol, Gavin T.: *The Multilingual World Wide Web*. Tokyo, 1996. http://www.ebt.com:8080/docs/multilingual-www.html

Normen, FAQ: http://www.cis.ohio-state.edu/hypertext/faq/usenet/standards-faq/faq/faq.html

Polsson, Ken: *Timeline of Microcomputers*, 1996. http://www.islandnet.com/~kpolsson/comphis8.htm

Pribilla, Peter / Ralf Reichwald / Robert Goecke: *Telekommunikation im Management*. Stuttgart (Schäffer-Poeschel) 1996

Sweeney, Douglas: *The Jargon Lexicon*, 1994–1996. http://www.msue.msu.edu/jargon/

Taddonio, Lee C.: «ASCII Code». In: Allen Kent / James G. Williams / Rosalind Kent (Hg.): *Encyclopedia of Microcomputers*. New York (Dekker) 1988, Bd. 1, S. 369–375

Yasuoka, Koichi: *CJK Character Tables*. http://www.yajima.kuis.kyoto-u.ac.jp/staffs/yasuoka/CJK.html

Zeichensätze (Übersicht): Impact Programme der Europäischen Gemeinschaft, Luxemburg. http://guagua.echo.lu/impact/oii/chars.html#chars

Zeichensätze (Tabellen): ftp://dkung.dk/i18n/charmaps.all

Zimmer, Dieter E.: «Schöne Grüße! Schone Gruse! Schvne Gr|_e!». *Die Zeit* (Hamburg), 22, 1996, S. 66

Ausstellung ist verpestet

Zimmer, Dieter E.: «Payment may be made – Bezahlung kann sein gemacht». *Die Zeit* (Hamburg), 15, 1996, S. 80

Übersetzen als darstellende Kunst

Dokumentation der ganzen Kontroverse in *Der Übersetzer* (Stuttgart), 27 (2), April–Juni 1993, S. 1–28

Apel, Friedmar: *Literarische Übersetzung*. Stuttgart (Metzler) 1983 ff.

Bausch, Karl-Richard: «Sprachmittlung – Übersetzen und Dolmetschen». In: Hans Peter Althaus/Helmut Henne/Herbert Ernst Wiegand (Hg.): *Lexikon der Germanistischen Linguistik*. Tübingen (Niemeyer) ²1980

Güttinger, Fritz: *Zielsprache – Theorie und Technik des Übersetzens.* Zürich (Manesse) 1963

Koller, Werner: *Grundprobleme der Übersetzungstheorie.* Bern (Francke) 1971

JAHRHUNDERTWERK

Augst, Gerhard/Hiltraud Strunk: «Wie der Rechtschreibduden quasi amtlich wurde – Zur Genese und zur Kritik des ‹Stillhaltebeschlusses› der Kultusministerkonferenz vom 18./19. November 1955». *Muttersprache* (Wiesbaden), 98, 1988, S. 329–344

Augst, Gerhard/Karl Blüml/Dieter Nerius/Horst Sitta (Hg.): *Zur Neuregelung der deutschen Orthographie – Begründung und Kritik.* Tübingen (Niemeyer) 1997

Eroms, Hans-Werner/Horst Haider Munske (Hg.): *Die Rechtschreibreform – Pro und Kontra.* Berlin (Schmidt) 1997

Heller, Klaus: *Reform der deutschen Rechtschreibung – Die Neuregelung auf einen Blick.* München (Bertelsmann) 1996

Nerius, Dieter (Hg.): *Deutsche Orthographie.* Leipzig (VEB Bibliographisches Institut) ²1989

Strunk, Hiltraud: *Stuttgarter und Wiesbadener Empfehlungen – Entstehungsgeschichte und politisch-institutionelle Innenansichten gescheiterter Rechtschreibreformversuche von 1950 bis 1965.* Frankfurt/Main (Lang) 1992

Zabel, Hermann (Hg.): *Keine Wüteriche am Werk – Berichte und Dokumente zur Neuregelung der deutschen Rechtschreibung.* Hagen (Padligur) 1996

Zabel, Hermann: *Die neue deutsche Rechtschreibung – Überblick und Kommentar.* München (Bertelsmann) 1997

Zimmer, Dieter E.: «Rechte Schreibung – Die mühsame Reformierung der deutschen Orthographie». In: *Die Elektrifizierung der Sprache,* München (Heyne) ²1997, S. 99–134

DIE ABSCHAFFUNG DES ESZETT

Zimmer, Dieter E.: «Schafft das Eszett ab!». *Die Zeit* (Hamburg), 22, 1993, S. 70

AUS DEM KAUDERWELSCHEN

Zimmer, Dieter E.: «English, of course». *Die Zeit* (Hamburg), 44, 1992, S. 61